耕云种月 金磊夫诗词集

仰山风韵

金磊夫 著

北京
冶金工业出版社
2024

图书在版编目（CIP）数据

耕云种月：金磊夫诗词集 . 仰山风韵 / 金磊夫著 . —北京：冶金工业出版社，2024.7. —ISBN 978-7-5024-9723-1

Ⅰ. I227

中国国家版本馆 CIP 数据核字第 2024VQ4030 号

耕云种月——金磊夫诗词集　仰山风韵

出版发行	冶金工业出版社	电　话	（010）64027926
地　　址	北京市东城区嵩祝院北巷 39 号	邮　编	100009
网　　址	www.mip1953.com	电子信箱	service@mip1953.com

责任编辑　曾　媛　赵缘园　美术编辑　彭子赫　版式设计　彭子赫
责任校对　王永欣　责任印制　禹　蕊
三河市双峰印刷装订有限公司印刷
2024 年 7 月第 1 版，2024 年 7 月第 1 次印刷
710mm×1000mm　1/16；33.25 印张；554 千字；460 页
定价 198.00 元（全三册）

投稿电话　（010）64027932　投稿信箱　tougao@cnmip.com.cn
营销中心电话　（010）64044283
冶金工业出版社天猫旗舰店　yjgycbs.tmall.com
（本书如有印装质量问题，本社营销中心负责退换）

　　金磊夫，高级经济师。1952年6月出生在吉林省海龙县海龙镇的一个教育世家。

　　他1968年初中毕业后到农村插队，1971年招工进厂，又四次读大学，学理工、学管理、学经济、学法律。先后在通化钢铁总厂、吉林省冶金厅、武汉钢铁集团公司、冶金工业部、国家安全生产监督管理总局工作。当过知青、做过普通工人、担任过技术员。曾任吉林省冶金厅处长，武汉钢铁集团公司总经理助理，冶金部经济研究中心副主任，冶金部政策研究室主任，国家安监总局监管三司、政策法规司负责人、宣教中心主任、机关党委副书记、纪委书记等职务。离开工作岗位后，

投身公益慈善事业，任中国煤矿尘肺病防治基金会副理事长，现为国务院安委会专家咨询委员会专家，清华大学继续教育学院顾问，中国地质大学、吉林建筑大学教授。

他喜欢文学，少年时就有一个梦想：长大了当个诗人。步入社会以后，无论是务农、当工人、搞技术还是从政，工作之余始终没有放弃对文学的眷恋和对诗词的爱好，坚持习作，笔耕从未停歇。从 20 世纪 60 年代至今，创作诗词、诗歌、散文 4000 多首（篇），其中在报刊、杂志、广播等媒体上发表作品 500 多首（篇），深受广大读者的喜爱。他是中国冶金作家协会会员、中国煤矿作家协会会员、中华诗词学会会员。

他说："对人生来讲，必要的文学修养、艺术修养与道德修养、理论修养同样重要。中华民族的优秀文化，能够陶冶情操，聪慧心志，修炼人格，高尚行为，使人成为自己精神世界中独立的力量。"

与文学相伴，生活、工作在对真、善、美的追求中，乐观向上、从容自信、磊落豁达，成就了金磊夫先生的诗意人生！

"风雅颂"的传承与创新

——《耕云种月——金磊夫诗词集》序

中国是个崇尚诗歌的文明古国，从诗经、楚辞到汉乐府诗集，从唐诗、宋词到元曲，脍炙人口的诗词歌赋家喻户晓；一代又一代的著名诗人，数不胜数、灿若群星。近现代以来，古体诗词与现代诗歌互相映衬，相得益彰。历代诗人不仅为中国文化增添了举世瞩目的光辉，他们的传世之作更是中华文明乃至世界文明的重要组成部分。

习近平主席指出："一个国家、一个民族的强盛，总是以文化兴盛为支撑的，中华民族伟大复兴需要以中华文化发展繁荣为条件。"他十分重视已融入我们民族血脉的古诗文经典的传承。1990年担任福州市委书记时，夜读穆青、冯健、周原《人民呼唤焦裕禄》一文，曾含泪写下《念奴娇·追思焦裕禄》。党的十八大以来，他强调弘扬中华优秀传统文化，对古今中外优秀文化资源兼收并蓄，善于引

仰山风韵

用诗词典故生动诠释执政理念和治国思想，已成为习近平话语体系的重要特色和魅力所在。

中国诗歌有记载的历史可以追溯到 3000 多年前。最早的诗歌总集《诗经》堪称中国古代诗歌的开端。《诗经》收集了西周初年至春秋中叶诗歌 300 余篇，反映了五百多年间色彩斑斓而又纷繁复杂的社会风貌。内容分为《风》《雅》《颂》三部分：《风》即周代各地的歌谣，《雅》是周人的雅乐，《颂》是周王室和贵族宗庙祭祀的乐歌。孔子曾教育弟子读《诗经》以作为立言、立行的标准。《诗经》与《尚书》《礼记》《周易》《春秋》合称五部儒家经典，成为我国封建时代数千年中必读的教科书。

诗人金磊夫是我吉林同乡好友，他出身于教育世家，少年时代就爱好文学，涉足诗歌、散文创作。即使后来调任冶金工业部和国家安全生产监管总局担任领导工作，也没有忘记坚持了数十年的业余爱好：研读和创作诗词。磊夫小我 6 岁，今年刚进入杖国之年。他应朋友之邀，从五十年来创作的 4000 多首诗词作品中精选 1320 首，结集出版《耕云种月——金磊夫诗词集》。这些作品，创作时间从 20 世纪 60 年代末到 21 世纪 20 年代初，跨越了

半个多世纪。磊夫诗词集分为三部，第一部《仰山风韵》，第二部《澄怀雅情》，第三部《思逸颂歌》。每部诗词集的名字分别嵌入"风""雅""颂"三字，体现了磊夫对古代经典《诗经》的尊崇和在自己的诗词创作中对古代先贤的传承。

磊夫是个热爱生活和充满激情的人。他从"还不十分清楚诗词歌赋写作要领"的青少年时期就开始走上诗词创作之路，经过对唐诗宋词的背诵和刻苦研读、结合自己的创作实践，虚心地向启功、雷抒雁、爱新觉罗·兆瑞等多位先生学习或当面求教，他的文学素养和诗词创作水平在不断提高。诗词创作是真情实感的抒发和表达。从一定意义上说，没有情感的抒发就没有诗篇。很难想象，一个"看破红尘"、在生活中处处"无所谓"的人，能够写出好的诗词来。正如磊夫所说，这五十多年间，尤其是最近三十年，他的很多作品不是写出来的，而是从心里流淌出来的，是沛然从胸中迸发出来的。

诗词歌赋是从文学和艺术角度记录历史和时代。出版诗词集是否要保留作品的原汁原味？实际上出版摄影集、书画集都有类似的问题。作品集出版前进行必要的订正、润色无可厚非，而对过去的

仰山风韵

作品推倒重来或"落架大修"则大可不必！磊夫认为，一个时代有一个时代创作的背景和土壤，"原装"地拿出来奉献给大家，可以让读者从中了解中国社会的变革和作者的情思脉络以及个人的成长过程。原汁原味才能真实地反映不同的时代特点和这个社会背景下之真我。包括诗词歌赋在内的文学艺术作品，正如摄影家、书画家出画册，不必用今天的镜头和笔墨重新修改往日的充满真情也许略显稚嫩的作品。

继承和创新是我和磊夫交流最多的话题。创新是诗歌和一切文学样式的生命。然而，这种创新是继承基础上的创新。从历史发展的眼光来看，各个时代都有诗歌领域领异标新的人物，诗歌也应随着时代不断创新发展。清初赵翼的《论诗》，反映了作者贵在创新的主张："李杜诗篇万口传，至今已觉不新鲜。江山代有才人出，各领风骚数百年。"一句"万口传"，评价了李白、杜甫在诗歌创作上无与伦比的成就。陡然笔锋一转，一句"不新鲜"又强调了诗歌创作要不断推陈出新。

这里的创新，并非是对"已觉不新鲜"的简单否定，而是在学习借鉴继承基础上的创新，无论后

来的创新是否能够实现对前者的超越。然而，"李杜诗篇"之所以"万口传"，因为当初就是创新的诗篇。创新的诗篇成为优秀的传统得到继承，又在继承的基础上实现新的创新。毋庸置疑，"李杜诗篇"和一切优秀的诗篇都是需要继承的经典，这样的经典是需要"学而时习之，温故而知新"的。

谈到诗词格律的传承和创新问题，我和磊夫都赞成"求正容变"的原则。我们都读过启功先生《诗文声律论稿》，赞赏先生谈到的古典诗文在声律上的特点和优点，同意他提出的"平仄须严守，押韵可放宽"。启功先生说："我认为作古典诗词就应该充分发挥古典诗词的优点和特色，这首先体现在优美的格律上。""特别是律诗和使用律句的词，一定要坚持这些固有的原则。但随着时代的发展，也应做一些技术上的调整。"先生讲的正是求正容变的道理。

提倡诗词歌赋的继承创新和求正容变，必然造就诗坛词坛不断推陈出新和诗人不同风格。同样是描绘和吟诵一千年前宋朝的雨：苏东坡眼里"黑云翻墨未遮山，白雨跳珠乱入船。"黄庭坚笔下"半烟半雨溪桥畔，渔人醉着无人唤。"李清照则是"昨

仰山风韵

夜雨疏风骤，浓睡不消残酒。"不同的诗人，不同的意境，不同的观察，不同的感受，写下的不同的诗句，却都留下了千古绝唱。

读磊夫的诗词，强烈地感受到一种发自肺腑的家国情怀和人生感悟。他的诗词题材丰富，意境深远。《仰山风韵》是磊夫诗词集的第一部。500首作品中，抒情地描写了他去过的270多座大山。我也喜欢祖国山河，自认为到过的几十座大山已属不少，和磊夫一比简直不可同日而语。他到的大山既有黄山、庐山、雁荡山，东岳泰山、西岳华山、中岳嵩山、南岳衡山、北岳恒山，也有革命圣地井冈山、延安宝塔山、红军走过的夹金山、六盘山，胸中丘壑化作笔底烟霞，化作对祖国大好河山、革命丰功伟业的热情讴歌。在《澄怀雅情》《思逸颂歌》两部作品中，涉猎的内容更为广泛，表现的手法更为灵动。他对生活的观察、体验和思考细致而又深刻，大到国内外大事，小到朋友聚会，总有诗词吟诵。琴、棋、书、画、诗、酒、花、茶，是中国传统文化的雅事。磊夫每逢雅事都有吟咏，且往往有神来之笔。饮酒赋诗，正所谓"一觞一咏，亦足以畅叙幽情"。

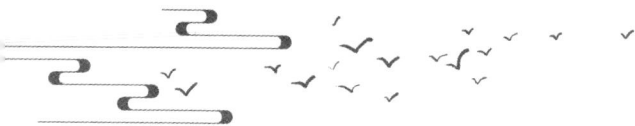

我们生活在中华民族从站起来、富起来到强起来，走向伟大复兴的时代。伟大的时代呼唤诗词的经典和大家。在不同的历史时期，诗人在讴歌，讴歌祖国大好河山，讴歌党和人民丰功伟绩；诗人在呼唤，呼唤人性的真善美，呼唤社会的公平正义；诗人在呐喊，呼吁和提醒人们克服世俗观念，以开阔的胸襟、高尚的情操、美好的追求，为时代也为人生增添色彩。我认为，"弘扬经典、推崇大家"并非作为一个口号和目标束之高阁、可望不可即，而是体现在包括磊夫诗词集在内的文学艺术精品的不懈努力之中。

赵德润

（中央文史研究馆馆员、《光明日报》原副总编辑、
国务院参事室新闻顾问）

2022 年 6 月於北京

仰山风韵

诗的史记　史记的诗

读《耕云种月——金磊夫诗词集》
有感·代序

　　摆在我面前的这套《耕云种月——金磊夫诗词集》，仅从 1320 首诗词歌赋这个数量看，就让人顿生"面朝大海，春暖花开"的感慨和激动。这种印象绝不是溢美之词，因为一旦走进这些作品，好似走进了深邃的思维空间，如同进入了美轮美奂的艺术殿堂，仿佛置身于雄伟壮阔的锦绣河山……品读这样的文学作品，你很难不与其思维共振、感情共鸣、心心相印。

　　难能可贵的是，磊夫先生在繁忙的工作之余，50 多年坚持业余创作，日积月累的诗词竟有 4000 多首，堪称"著作等身"，令人刮目相看。加之他重德厚义，感情浓烈，才思敏捷，文字清秀，语言明快，作品音节整齐，韵律和谐，且又是经过精心

仰山风韵

选编的这部《耕云种月——金磊夫诗词集》，更是让人醍醐灌顶，欲罢不能……

说实话，为磊夫先生的这套书作序，心中难免有些班门弄斧的忐忑，若不是关系太"铁"，还真不好动笔。我与磊夫先生因工作相识多年，用他是我的良师益友来概括我俩的关系恰如其分。正因为如此，当我先睹为快地读完这部作品，即便不作序，但谈点"读后感"不仅可以而且十分应该。

让我感慨最深的是，一位年届七旬的长者，用一个"杖国之年"，让我见识了他的学识。人生七十，不用"古稀""悬车"典故，便可见其素养。磊夫先生阅历丰富，学识渊博，才华横溢；他胸怀坦荡，睿智大度，心地善良；他文质彬彬，为人厚道，儒雅俭让。其心清清，其念纯纯，其风翩翩，其神奕奕。与这样的人交友，今生足矣。

《耕云种月——金磊夫诗词集》包括《仰山风韵》《澄怀雅情》《思逸颂歌》三部。景仰高山，品势赏韵；神清心静，雅抒情怀；神思纵逸，礼颂高歌。这是磊夫先生情思和文采的集结，是神州锦绣江山的素描，是共和国流金岁月的记录。风韵、雅情、颂歌，颇有《诗经》风、雅、颂的格调，从中不难看到磊夫先生对中华民族优秀传统文化基因的传承。

景仰名山大川，激荡家国情怀，以呕心沥血的赤诚，礼赞祖国的流金岁月，讴歌神州的锦绣江山。受磊夫先生诗情画意的感染，总觉得他作品的字里行间跳跃着一种十分清晰又难以言传的神韵；一种坚毅豁达又温婉儒雅的铁血柔情。每读过一首，就有一种荡气回肠的激情和难以忘怀的感动。

记得由著名诗人臧克家任主编的《诗刊》创刊号上，毛主席以"诗言志"题词相赠，几十年来成为现代中国诗歌的纲领性创作圭臬，一代伟人身体力行，把新中国的诗词推向了百花齐放、前程似锦的局面，使当代的诗词歌赋正在重现中华民族优秀文化的辉煌。

作为文化强国的重要力量，习近平总书记在中国作家协会"十大"上指出：文化是民族的精神命脉，文艺是时代的号角。古人说："文者，贯道之器也。"新时代、新征程是当代中国文学艺术的历史方位。广大文艺工作者要深刻把握民族复兴的时代主题，把人生追求、艺术生命同国家前途、民族命运、人民愿望紧密结合起来，以文弘业、以文培元，以文立心、以文铸魂，把文艺创造写到民族复兴的历史上、写在人民奋斗的征程中。这些讲话精神，不管对专业或是业余的文艺工作者，都有着深刻的指导意义。

磊夫先生的诗词作品与时代旋律高度契合，50多年笔耕不辍，半个多世纪的探寻与思索，他以匹夫有责、尽心尽力的责任感、使命感，述说着对国家和民族命运的思考，记录着几代人经历的变迁，撰写了一部自20世纪60年代到今天的时代长卷。《耕云种月——金磊夫诗词集》，是诗的史记，史记的诗。历史把昨天和今天联系起来，历史把今天和明天衔接过去。我们细读磊夫先生的作品，顿感这是一部多么深沉而详实的史记，磊夫用自己独特的文学语言记录、讴歌了他经历的这段历史。

历史是一座丰碑，历史是人类进步用生命书写的人类自身的赞歌。历史给人们提供了奋斗的舞台。当人类揭示出人的奋斗规律，展现出人类的奋斗成果，人便有了战胜一切的勇气和力量，人便有了自豪和骄傲。

我为《耕云种月——金磊夫诗词集》骄傲。史蒂夫·乔布斯说过：你不可能充满预见地将生命的

耕云种月

金磊夫诗词集

片段串联起来，只有在回顾的时候才会发现这些点点滴滴的联系。所以你必须坚信你的经历会在未来的某一天连在一起。

磊夫先生成功地将此联系起来了。从 1969 年到 2022 年，共和国波澜壮阔的半个多世纪，在磊夫先生的笔下，真实、客观地记录下来，再现给人们。他思绪凝重，激情澎湃，文采飞扬，作品不断地从他的心中流淌出来。正如磊夫先生所云："《耕云种月——金磊夫诗词集》真实地记录了社会的发展变化，客观地反映了不同的时代特点和这个过程中的人们以及真实的我。"正可谓："但写真情并实境，任他埋没与流传。"

从古至今，中国诗词歌赋大体可按宋代词坛上的分法：豪放派和婉约派。纵观横察，磊夫先生的作品两派风格兼而有之。"豪放"如磊夫先生的气魄：铁路是动脉，石油就是血液；钢铁是升帐的元帅，煤炭就是地下的太阳……所有这些，在他博大的情怀中都变得随语成韵，随韵成趣，有血有肉，有思想，有力量。"婉约"如磊夫先生的情怀：他的心随神舟上天，"尧天舜地响惊雷，龙男凤女壮国威"；他的情伴航母远洋，"追风逐浪云海间，走

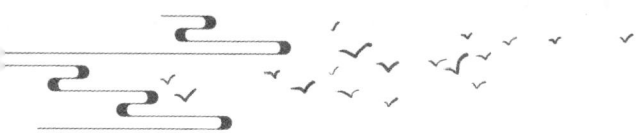

向深蓝夙梦圆"；他的脚步在乡间、在工厂，他的思念在军营、在课堂，他的情思在华夏的每一个地方。"花韵曼妙，山河争俏。神州四季醉人，喜水长天高。"他信手拈来，口吐莲花。

他爱恋高山大川。"千峰万壑情未了，诗吟难尽此生缘"，这是他的境界；"男儿应伴山河老，铁血忠魂保国安"，这是他的情怀；"跃上葱茏八百旋，漫步凌霄万里天"，这是他的胸臆；"试问苍穹谁主宰，敢凭诗茶论江山"，这是他的豪迈。

在豪放和婉约的珠联璧合中，磊夫先生有山一样的性格，水一样的柔肠。他以宽阔的胸怀《高山飞韵》《两越昆仑》《品赏武夷山》；他以凝重的笔触《解读生命》《断想尊严》《生死守望》；他以真挚的情感《歌唱十月》《吟颂朝阳》《神州放歌》《托起太阳》；他以深邃的情思《品味人生》《咏物寄意》《诉说偶像》；他不忘《感恩》，他《淡泊》名利，他坚守《真诚》；他《礼赞胡杨》，他《给太阳敬酒》，他《和春天有个约会》，他聆听《生命的吟唱》，他轻吟《茶的随想》……

在他的笔下，既感天动地、气壮山河，又含情脉脉、灵魂舒张。"我欲凌云飞千仞，横驾长风越万

里""万古人生何所有，把酒酣畅星满天""高山流水诗千首，明月清风酒一船"……磊夫先生厉行盛唐诗风;"天朗朗，爱深深，百花竞放喜煞人。世间琼质无尘染，心中长存一缕魂""花染春山同圆梦，情满人间共芳华"……磊夫先生承传宋词遗韵。这些得心应手的创作，情深义重的作品，都是磊夫先生心中流淌的歌，殊不见刀斧凿痕，足见其文学底蕴的厚重，彰显其驾驭诗词歌赋的能力和水平。

作为 50 多年的"文学爱好者"，磊夫先生不断有大作问世。作为新时代的"70 后"，他至今笔耕不停，还在纵情高歌，其余音绕梁，不绝于耳……

心中的歌，就是永不消逝的天籁之音! 磊夫先生的诗词如同一首首美妙的乐曲，就这样潺潺流入我的心田，飞溅出晶莹的水珠，形成了上述文字。

以上感言，权当为序。

企业家日报社党委副书记

2022 年 6 月於成都

仰山风韵

《耕云种月——金磊夫诗词集》

写在前面

自从几年前，出版诗集《岁月——心中流淌的歌》以后，就有很多读者和朋友给我来信、打电话："期待着尽快看到新的集子问世"。

离开工作岗位以后，我终于有时间做这件事。整理完这套书稿，心里稍稍松了口气，总算是对大家的期许有了个交代。

《耕云种月——金磊夫诗词集》，是从我50多年利用业余时间创作的4000多首作品中选出来的，共1320首，整理编辑为3部，包括《仰山风韵》《澄怀雅情》《思逸颂歌》。创作作品的时间跨度很大，从20世纪60年代末到21世纪20年代初，经历了半个多世纪，我也从一个青少年走到了杖国之年。这些作品的表现形式和体裁，以格律诗（五言律诗、七言律诗）、绝句（五言绝句、七言

绝句）为主，也有一些词、赋和现代诗歌、散文，并有极少部分札记、随笔，还有一些应约专门创作的歌词。

我与诗词结缘，与家庭的影响有很大关系。从我爷爷那代算起，奶奶、姑奶奶，父亲、母亲、叔叔、姑姑、婶婶，到我这代的兄弟姐妹，家庭里三代人中有18位老师，被当地称作"教育世家"。父亲文学底蕴厚重，在战争年代投笔从戎，从事革命文学创作和战地宣传。受长辈的影响和家庭的熏陶，我少年时就喜欢文学，尤其对诗词、散文感兴趣，曾经梦想过长大后当个作家、做个诗人。

记得读小学的时候，给《中国少年报》投稿。当《向少先队旗敬礼》《家住柳河边》等小"豆腐块"陆续发表时，对于年少的我，无疑是一个巨大的鼓舞和激励。读初中以后，写作的积极性更高了，经常利用课余时间，给学校黑板报和广播站写稿件；也时常给当地的报社和广播电台投稿，虽然被采用的不多，但热情不减。一个中学生能这样做，确实有股"初生牛犊不怕虎"的劲头。

1968年初中毕业，我作为"知识青年"到农村"接受贫下中农再教育"。在当时的社会背景下，

即便是偷偷地写作，也会被认为是"小资产阶级情调在作祟"。虽然那个时期写的东西相对少一些，但始终没有停笔。回想那段经历，真是刻骨铭心。从当时写的《知青岁月》《秋收时节》《赞春苗》《夜战》等一些作品中，可以看出那时的社会环境和自己的状态，也客观地反映了在那种特殊的背景下，我还敢坚持习作，确实有点"不合时宜"。

尽管当时把我们这批"上山下乡"的年轻人称作"知识青年"，实在是徒有虚名，初中刚读完一年级，就"停课闹革命"了，在学校的三年里没学多少知识。但毛主席诗词却能倒背如流，并且有大块的时间读王力先生的《诗词格律》，读中华书局编的《怎样用韵》《诗词鉴赏》等有关的书籍。凭自学的那点墨水，写出的东西用现在的话说纯粹"小儿科"。即便这样还能在那种环境下坚持学、坚持写，对文学的追求也算执着。

当时的我，对诗词的写作要领等并不十分明白。就是因为喜欢，对偶尔心中涌动的一点点灵感和思绪，会不知不觉地冒出几句上口的句子，把它记下来，按照诗词格律的要求，认真琢磨修改，然后大着胆子给媒体投稿。非常幸运的是有些作

仰山风韵

品竟然能被采用。这对我是一种巨大的鼓励，加上家人的支持和热心人的帮助，极大地增强了我在这条路上前行的动力。大约如此，也就渐渐放胆写起"诗"来。

1971年从农村招工，我进入海龙县八一化工厂当徒工；1973年作为"工农兵学员"被选送到吉林冶金工业学校炼铁专业学习；1975年毕业分配到吉林省通化钢铁总厂当工人、做技术员，后来调到总厂机关从事宣传工作；1978年调入吉林省冶金厅，从事全省冶金行业的计划、规划和技术改造等工作；1982年考入长春光机学院（现长春理工大学），在管理工程专业学习；1986年任吉林省冶金厅计划处负责人。1990年又在中国政法大学在职学习。1993年调入冶金工业部，先后在政策法规司、政策研究室、科技规划司工作，其间还在中央党校在职学习两年，在武汉钢铁集团公司挂职工作了一年半。那些年，虽然岗位、职务变化比较大，但主要精力和业务始终在冶金部政策研究室的工作上。

2000年，中央国家机关机构改革，我被调到国家安全生产监督管理局，先后在监管三司、政

策法规司担任领导职务。国家安监局升格为总局后，任总局宣传教育中心主任，总局机关党委副书记、纪委书记等职务。2013 年退休后，当选中国煤矿尘肺病防治基金会副理事长，投身公益慈善事业。2015 年又被国务院安委会专家咨询委聘为专家。2004 年至今，先后被清华大学、北京大学、中国地质大学、吉林建筑大学等高校聘为教授。现为中国冶金作家协会会员、中国煤矿作家协会会员、中华诗词学会会员。几十年来，不论当学生、做农民、当工人、从政还是离开工作岗位以后，始终没有放弃对文学的追求和对诗歌的爱好，一直坚持利用业余时间学习和创作，从未停笔。

这次选编书稿，看着眼前 60 多册原创作品的"手写本"，摞起来竟有近 1 米多高。这是多年习作的"成果"，也是个人成长的印迹，更是社会发展进步的记录。

我认为，提高诗词创作水平，仅仅停留在文学知识的范围内是不够的，它需要多方面的文化素养，包括哲学的、历史学的、社会学的、民族学的、语言学的、修辞学的、美学的、心理学的等等。多年来，我不仅重视从书本上学习，更注重向大

仰山风韵

师们学习，注重在实际生活中历练。特别有幸的是，在学习过程中得到了启功、雷抒雁、爱新觉罗·兆瑞、赵德润、赵茂峰、王红莉、梁东、吴晓煜等多位先生的悉心指教和多方面的帮助，使我的文学修养和诗词创作水平能够不断提高。

诗词创作已经是我日常生活中很重要的内容，成为我人生的一部分。朋友们评价说："磊夫的诗情就流淌在他的血液里，他的话意就蕴涵在他的生命中。"听到这样的评价，我常常有些心跳，但这种说法还是比较客观的。实实在在地讲，这50多年间，尤其是最近30年，很多作品不是写出来的，而是从心里流淌出来的。

我觉得人的一生有此情趣爱好，可以陶冶情操，激励心志，聪慧思维，高尚行为，使人成为自己精神世界中独立的力量。诗言志，志生情，情动心。人生若没有志向，没有对生活的感悟，没有心灵的触动，对工作没有热情，对生活没有激情，对同事没有真情，对朋友没有感情，对家人没有亲情，不但写不出好的作品，也很难干好工作，生活也不会很愉快。与诗歌相伴，我生活工作在对真、善、美的追求之中，它给我带来一

种积极向上、乐观自信和磊落豁达的人生。《耕云种月——金磊夫诗词集》就是最真实的写照。

这里面的作品，有一部分在中央人民广播电台、吉林人民广播电台、北京电视台以及《中国冶金报》《中国安全生产报》《中国煤炭报》《中国应急管理报》《诗刊》《中华诗词》《大众文学》《星星》《绿风》《诗歌月刊》《现代文学》《阳光》《长白山词林》《新天地》《中国老年》《当代矿工》等电台、电视台、报纸杂志以及官网上发表过，受到好评，并在"华夏最美诗词大赛""全国诗词大赛""诗词中国创作大赛"等比赛中获奖。

这个过程中，有一件自己没有料到的事情：连五线谱都不太熟悉的我，作品如何会在《中国乐坛》《中国大众音乐》等刊物上发表，并在《世纪之声大奖赛》等一些音乐比赛中获奖。原来一些作曲家喜欢我的诗词，把我发表在诗刊和其他刊物上的作品作为歌词谱上曲，使之成为歌曲，并且很受欢迎，如《托起太阳》《紫荆盛开庆团圆》等等。以致后来一些作曲家和音乐期刊专门向我约稿。庆祝解放军建军 80 周年应邀创作了《子弟兵颂》，庆祝建国 67 周年应邀创作了《华夏赞歌》等等。

仰山风韵

诗歌使我结识了阎肃、徐沛东、谷建芬、沈尊光、陈朝汉等音乐界的老师和朋友们。所以这次选编书稿时，我特意选了一部分集中放在一起，标题就叫《歌词》。

《耕云种月——金磊夫诗词集》中，所有的作品都是原汁原味，"原装"地拿出来奉献给大家的。之所以不做任何改动，意在让读者从中了解中国社会的变革和几代人的情思脉络以及我个人的成长经历。也正因为如此，才能真实地反映不同的时代特点和这个过程中的社会发展以及当时人们的思想感情。

《耕云种月——金磊夫诗词集》分为三部：

第一部《仰山风韵》。我将专门咏颂大山的诗词作品，集中选入这一册。这部分作品共有500首，其中诗488首，词12首。

第二部《澄怀雅情》。共选入自1969年以来的诗、词520首。这部分作品的内容有描写景物的，有抒情写意的，有叙事感怀的等等，其中：律诗、绝句418首，词102首。

第三部《思逸颂歌》。选入作品300首（篇）。与前两部相比，《思逸颂歌》中的作品，创作时间

跨度最长（自 1969 年至 2022 年），表达的文学形式也比较多，有现代诗歌、歌词、散文、随笔等等。

《耕云种月——金磊夫诗词集》的出版，是我阶段性文学创作的概括，也是我对自己人生的一个小结。用世俗的观点看，担任社会公职的人，似乎应该与文学多少保持一点距离。而我却始终认为，人的一生，必要的文学修养、艺术修养与理论修养、道德修养同样重要，不可或缺。文学能够开阔人们的视野，拓展心胸，坚定信念，激发热忱，陶冶情志，不但可以为人生增添色彩，更能够为建功立业提供精神动力。高尚的情操，美好的追求，对生活、对事业都是有益的，即使对于从政的人也并非可有可无。当然，任何时候形象思维都不可以代替科学态度，想问题、做事情、干工作一定要缜密稳重、扎扎实实，这也是我始终坚持的一条原则。

回首走过的人生道路，非常感谢从小学到大学我的各位老师、同学们，工作中的各位领导、同事们以及朋友和亲人对我的培养和帮助，对我的关爱和支持。感谢伟大的时代，感谢美好的生活，感谢所有关心、爱护、理解我的人们。也感谢文

仰山风韵

学带给我精神上的愉悦。

　　我将不负期望，站在新时代、新起点上，老骥伏枥，勤奋笔耕，为传承祖国的优秀传统文化，实现中华民族的伟大复兴，做出积极的努力。

2022 年 5 月 22 日於北京

耕云种月

金磊夫诗词集

仰山风韵

闭门即是深山
读书随处净土

磊夫先生 属书

丁亥仲夏 抒雁

《诗刊》杂志社原副总编、鲁迅文学院
常务副院长雷抒雁先生

以時而發
知光大也

石磊夫先生雅正

愛新覺羅柏瑞

中国书画艺术委员会终身会员、华光书画院
副院长爱新觉罗·兆瑞先生

中华诗词学会原常务副会长、《中华诗词》杂志社社长、
著名诗人、书法家梁东先生

耕云种月

梁代

书于京华

国创书院院长、梁代书法艺术馆馆长梁代博士

心懷日月氣自閑
胸有山河作詩篇

贺金瑞夫诗歌选集出版
壬寅初夏 曹胜利书

冶金工业出版社原党委书记、社长曹胜利先生

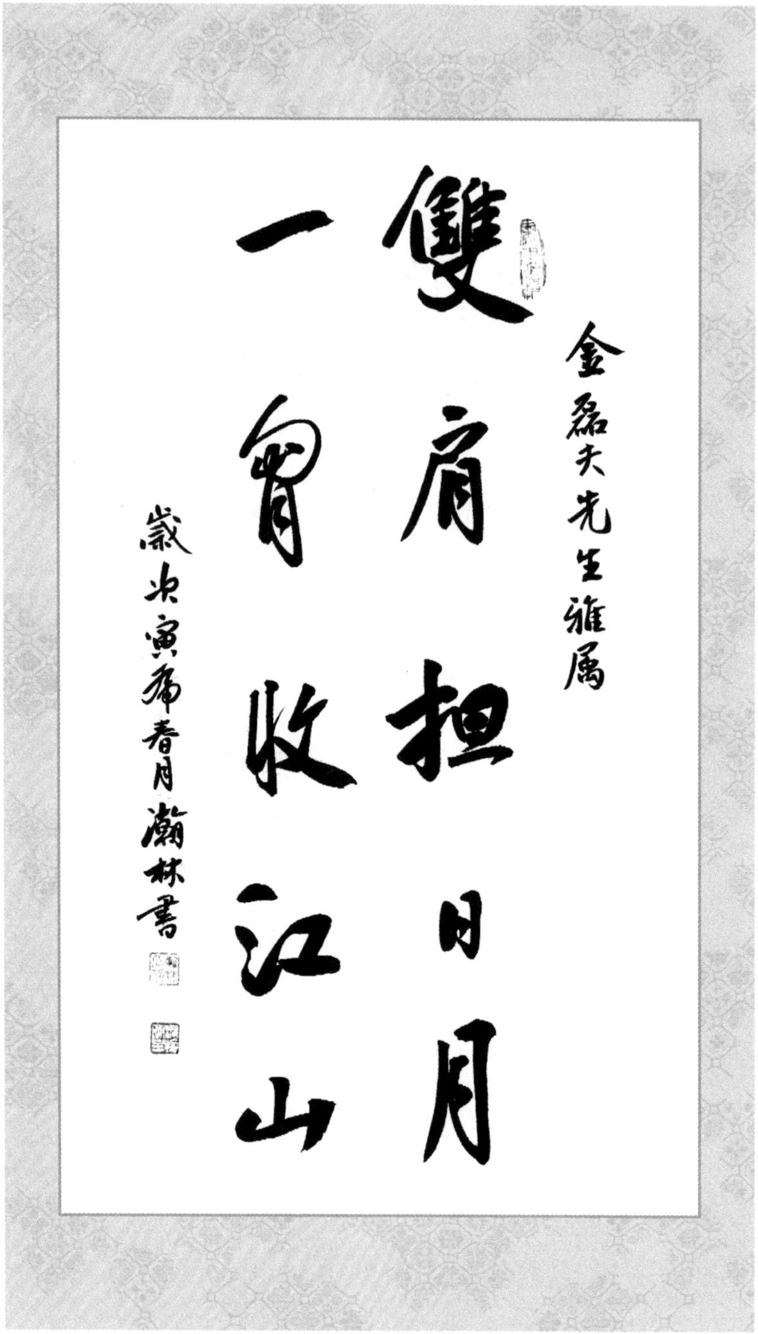

雙肩挑日月

一肩收江山

金磊天先生雅属

岁次寅虎春月瀚林书

中国书法家协会会员、中国东方艺术研究院
名誉院长胡瀚林先生

智者樂水
仁者愛山

磊夫先生雅屬

壬寅夏國權

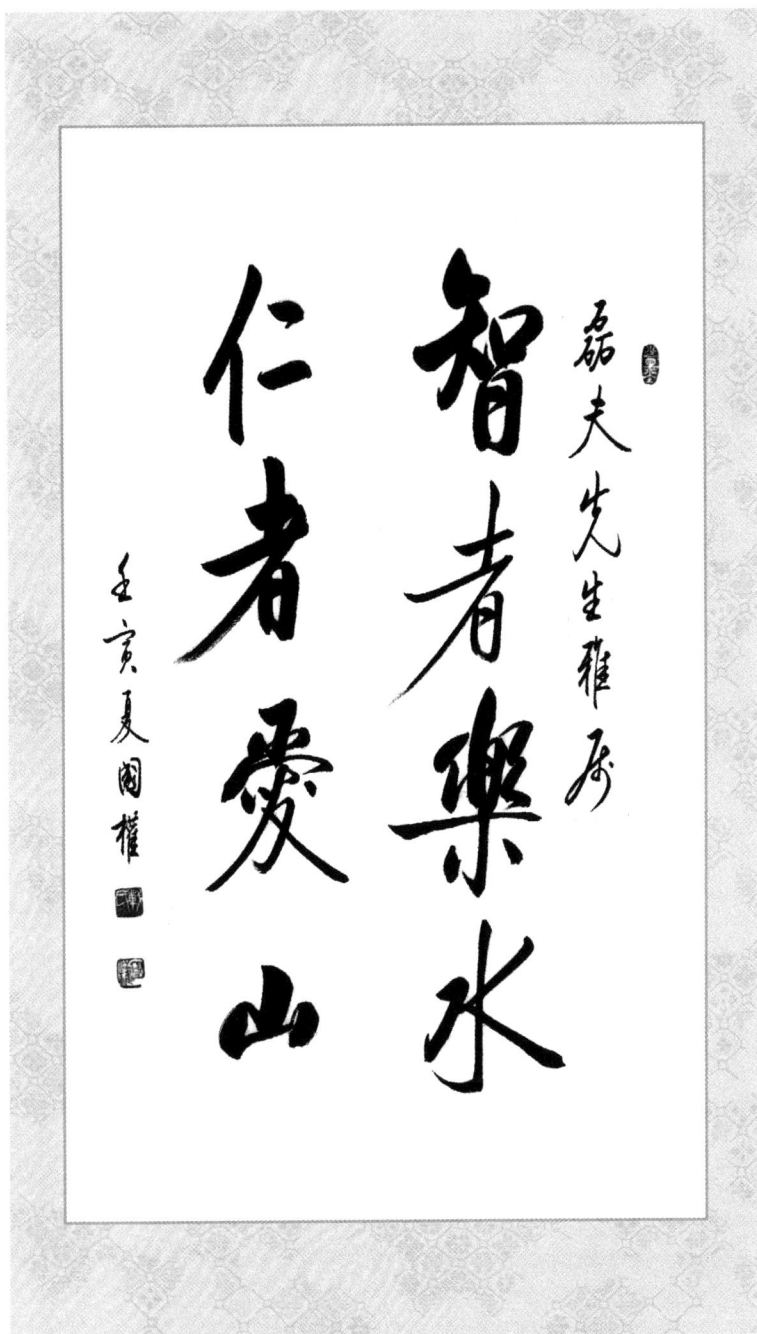

大运河之家书画院副院长、中企艺联书画院
副院长战国权先生

胸中丘壑
笔下添芳

石磊夫雅属

壬寅夏 祥美

著名书法家孔祥美先生

大山之恋

（自序）

古人云："智者乐水，仁者爱山"，这话的道理是极其深刻的。山，扎根大地，高耸入云，挺拔刚健，势与天接。世间顶天立地者，除人之外唯有大山。

我爱大山。逶迤群山，夹江湖而飞峙，蕴灵秀而奇崛。天地间所有的阳刚之气，所有的雄浑与壮美，所有的力量与情感，所有的神圣与庄严，都蕴藏在大山之中。因此，山是神奇的，是有灵气、有神力的。不爱大山便无法感知山的神韵；不知山的神韵，岂能悟出天地至理？

我爱大山。大山富存了久远的历史，大山创造了灿烂的文明。中外文化的发展和人类社会的演进，大多起于山或与山有关。天皇起于昆仑山，地皇起于龙门山，人皇起于刑马山，炎帝起于烈山，黄帝起于釜山，大舜起于历山，大禹起于涂山，商汤起

仰山风韵

37

于亭山，周文王起于岐山，中国近代史最惊天动地的井冈山……，它们都可以作证。在人类生存繁衍的这个地球上，大山不仅孕育了古老的中华文明，还孕育了地中海古希腊文明，孕育了尼罗河古埃及文明，孕育了恒河古印度文明……。大山孕育了世界上生态的所有文明。

三山五岳吸纳了千万大山的奥秘和精华。因泰山而知重，因华山而知险，因衡山而知灵，因恒山而知妙。寺因嵩山而名，松因黄山而奇，云因天山而秀，水因白山而清。普陀山、五台山、峨眉山、九华山、青城山、太白山、武夷山、雁荡山……数不尽的大山，使佛教、道教文化和儒家思想一脉相承，流传千古。大山创造和记述了神州五千年灿烂的文明，大山给了炎黄子孙代代相传的不竭动力。

没有山便没有水。山水相依，源远流长。非洲的尼罗河源于米通巴山，欧洲的多瑙河源于阿尔卑斯山，北美的密苏里河源于落基山，南美的亚马逊河源于安第斯山，伏尔加河、密西西比河、扎伊尔河、巴拉那河、莱茵河……，世上没有哪一条江河不源于大山的怀抱。澎湃汹涌的江河，勇往直前，势不可挡，这百折不回的豪迈气概，也都来自于大

耕云种月

金磊夫诗词集

山。山河共存，天地共荣。

没有大山便没有生灵万物，便没有人类的生生不息。如果说江河是生命的摇篮，那么大山便是文明的发祥地；如果说江河是人类的母亲，那么大山就是人类之父。没有举世瞩目的青藏高原，便没有奔腾的长江、黄河。唐古拉山、巴颜喀拉山是中华民族母亲河出嫁的地方。巍巍巴颜，钟灵毓秀，乃华夏之本、炎黄之根；"黄河之水天上来"，浩瀚长江"奔流到海不复回"。高山大河，给神州注入勃勃生机，带来无限活力。

我景仰大山。大山是我灵感的源泉。寄情大山，向往大山，亲近大山。因为，大山中有信念，大山中有智慧，大山中有豁达，大山中有豪情。在大山中寻找自我，在大山中凝练情思，在大山中升华境界，在大山中感悟人生。

我崇敬大山。大山伟岸挺拔、大山雄壮刚毅，大山神奇，大山神圣，这难以割舍的情结还在于她的博大。神州大地960万平方公里，山地、丘陵、高原就占有670万平方公里之巨，近华夏版图的70%。大山，张国魂以宏邈，砥民气而长扬。大山吐纳雷霆，大山笑傲宇宙。爱国家者，怎可不爱山，

仰山风韵

怎能不爱山？仁者爱山，地义天经。

世人爱大山。富士山是日本人心中的图腾，白头山被铸入朝鲜国徽，阿尔卑斯山是欧洲人的骄傲，南、北美洲为安第斯山和落基山而自豪，尼泊尔、不丹、锡金以"山国"为荣，中亚诸国以多山为耀，乌拉尔山是欧罗巴、亚细亚两大洲的洲界，喜马拉雅山是世界的第三极……大山在人们心中有太多太重的分量。

大山连接昨天，大山展现今天，大山昭示明天。

昨天大山与太阳同行，今天大山与天地同辉！

2022 年於北京

《仰山风韵》前言

这次编辑出版《耕云种月——全磊夫诗词集》，特意将用诗词这种文体咏颂大山的作品专门选出500首，单独集成一部，名《仰山风韵》。

胸中丘壑，笔底烟霞，是我喜欢的人生。我爱大山。一座山就是一幅画，一首诗，一支歌，一杯酒，大山是我创作的灵感和激情所在。神州960万平方公里的锦绣江山，为诗歌创作提供了极好的条件。

我喜欢登山。登山不仅可以愉悦心情，还可以锻炼体魄，培养吃苦耐劳、不屈不挠的精神，更能历练心志，激发更高更远更强的信心和勇气。在大山中静思、修身、养性，享受幽深高远和空灵，那种心旷神怡无以言表。走进大山，已成为我生活中很重要的内容。

我喜欢文学，尤其喜爱诗词。虽然我不是诗人，作为50多年的"文学爱好者"，用诗词歌赋咏颂大

仰山风韵

山，是我乐此不疲的事。当一片片青山，坐于你的心中，即便没有"行到山穷处，坐看云起时"的胸襟，也会常有"看你时很远，看山时很近"的心情和挥笔咏颂的激动。

在《仰山风韵》的作品中，比较详细地描写了我去过的270多座大山。有的山气势磅礴、高耸云天；有的山玲珑秀气、茂林修竹；还有的山云缠雾锁、飞瀑流泉；也有的山从不同的角度观赏，会幻化出不同的雄姿。

每座大山都有自己独特的形象和气势，都有不同的故事和传说，都对当地文化习俗、经济社会发展产生了重大影响。大山令人为之动容，人们对大山的崇拜和景仰源远流长。

《仰山风韵》的作品中，涉及到的大山北自大兴安岭，南到五指山，西始天山，东至崂山，其中，有三山五岳（黄山、庐山、雁荡山，东岳泰山、西岳华山、中岳嵩山、南岳衡山、北岳恒山）；有被封为五镇名山的东镇沂山、南镇会稽山、西镇吴山、北镇闾山、中镇霍山；有佛教圣地五台山、峨眉山、普陀山、九华山、梵净山等；有道教发源地青城山、道教仙境龙虎山、道教圣山终南山、空灵武当山、

仙都三清山以及齐云山、崆峒山等；也有革命圣地井冈山，延安宝塔山、清凉山；还有英魂感天的夹金山（红军长征时翻越的第一座大雪山）、残阳如血的大娄山、悲壮的狼牙山、红旗漫卷的六盘山；更有人间仙境武陵源、洞庭山、百花山；又有神秘的卦山、尧山、花山、天星山；还有香港的太平山、澳门的松山等等。凡是有机会去的大山，我都会不辞辛苦去拜访、去登临、去感受。虽然很累，需要很大的付出，也有一定的风险，但我不仅是心甘情愿，更是欢欢喜喜。

我去过贡嘎雪山，看到了海拔7556米的大雪山主峰；去过梅里雪山，看到了海拔6740米的卡瓦格博峰；去过四姑娘山，看到了海拔6250米的幺妹峰。

我登上超过3700米的陕西太白山，登上4114米的四川夹金山，还登上了4680米的云南玉龙雪山，最高站到了海拔4772米的昆仑山口。在这些大山中，身临其境地感受着"山不争高自极天"的博大胸襟和"一览天下小"的磅礴气势。

我也去过海拔不足150米的牡丹江大孤山、海拔不足50米的镇江金山，甚至海拔只有41米的南

仰山风韵

京求雨山。在这些山上，可以真切领悟"山不在高，有仙则名"的深刻道理。

登山的过程，风云在胸中激荡，情思在天地间飞扬。不但开阔了视野，增加了见识，愉悦了心情，同时还加深了对人生、对大自然、对宇宙观的多维认知和对生命的深刻理解。

大山对我的人生影响很大。"山不争高自极天"是我的座右铭，无论工作还是生活、为人还是处世、顺境还是逆境，"志在顶峰，绝不在半坡上停留"的信念始终鞭策着自己。当历尽艰辛，用毅力和汗水把自己送上山顶时，放眼江天，胸襟豁然开朗，"山高人为峰"的感觉便油然而生，也因此对"山外有山，天外有天"的认识更加清晰，理解得更加透彻，"思想有多远，就会走多远"的自信，也会更加执着、更加坚定。

自 1977 年始至 2022 年初，有诗词创作的登山活动 345 次（北京周边的香山、西山、八达岭等休息日经常去攀登的山，少儿时常去游玩的家乡的山，以及在国外登过的一些山，均没有统计在内）。这其中：江西井冈山去了 6 次；吉林长白山、湖南天子山等分别去过 5 次；山东泰山、四川青城山、安

徽黄山、新疆天山都去过 4 次；湖南岳麓山、河南嵩山、甘肃麦积山、江西庐山、山西恒山、陕西华山、山东崂山、宁夏贺兰山等各去过 3 次；去过 2 次的山就更多了，如梵净山、五指山、雾灵山、凤凰山、万佛山、会稽山、九宫山、武夷山、江郎山、苍岩山、雪窦山等等。火焰山两次去的时间相隔 20 多年，而双塔山两次去的时间相隔不到 20 天。绝大多数的山只去过一次。

在去过的这些大山中，有很多是一山多名，比如：恒山，又称玄武山、嵿山、太恒山、玄岳；碧鸡山，也称卧佛山、西山、华亭山；凤凰山，又称龙山、和龙山；天柱山，也称潜山、皖山、万岁山；青城山，也叫天仓山、丈人山、赤城山、清城山；武当山，又称太和山、谢罗山、参上山、仙室山；峄山，也叫邹峄山、邹山、东山；横山，也叫五坞山、七子山、荐福山；闾山，也叫医巫闾山、于微闾山，又称北镇、无虑山等等。

也有很多大山，虽然坐落在不同的省市、位于不同的地方，但山的名字却是同一个（多山同名）。比如：江西有灵山、贵州有灵山，广东、四川、山东也各有灵山，北京、江苏、河南还有灵山，甚至

仰山风韵

河北一省就有南、北两座灵山；浙江有天台山，四川、陕西、江西也有天台山，辽宁、河北、云南还有天台山；湖北有天柱山，陕西、山东、福建也有天柱山，甘肃、安徽还有天柱山；浙江、山东有药王山，四川、陕西也有药王山，西藏还有药王山；江西有龙虎山，广西也有龙虎山；杭州有五云山，河南不但信阳有五云山，郑州还有五云山等等，全国同名的大山很多。为了在作品中，使读者能够一目了然，在撰写标题时或注释中，我按其所在地域或其特征，着意加以区分或作了必要的说明。

大山的名字也很有趣。有的山名是以数字开头的，如二郎山、三清山、四姑娘山、五女山、五台山、六盘山、九嶷山、百望山、千佛山、万仙山、十万大山等等；

有的山是以动物命名的，如猫儿山、碧鸡山、朱雀山、凤凰山、野牛山、鸡公山、龙虎山等等；

也有以植物为山定名的，像海棠山、百花山、莲花山、圣莲山、花果山、梧桐山等即是如此；

还有的是根据山势山形定名的，如象鼻山、虎山、狼牙山、天门山、罗汉山、双塔山、乳山、蛇山、龟山、鸡冠山、棋盘山、牛首山、神钟山、天桥山、斗篷山、五指山等等；

更有根据大山的自然景象定名的，如光雾山、缙云山、长白山、鸣沙山、嵖岈山、白石山、雾灵山、大黑山等等；

有的山名字比较浪漫，如仙女山、木兰山、花山、香山、月亮山、烟霞山、天台山、玉垒山、丹霞山、云蒙山、青秀山、玉龙雪山等等；

有的山名字则比较霸气，如玉皇山、武帝山、天子山、无量山、法铁山、威虎山、凌云山、太子山等等；

有的山名字是皇帝赐的。崀山是舜帝命名的，西岳吴山是周秦王封的，南岳天柱山是汉武帝敕封的，老君山是唐太宗赐的，沂山是宋太祖赵匡胤钦封的，雪窦山因北宋皇帝仁宗赵祯梦中到此一游而得名"应梦名山"，景福山是元世主忽必烈命名的，武当山被明成祖朱棣封为"大岳太和山"，五莲山是明代万历皇帝赐名的，承德棒槌山是清代康熙皇帝赐名的，巴彦汗山的名字也是康熙皇帝赐的，凤凰山名字是乾隆皇帝赐的……

有的山名字则是当地老百姓给起的，如金山、江郎山、大孤山、求雨山、娘娘山、幺妹山、望儿山、七子山等等。

泰山被尊为五岳之首，华山被称为华夏之根，嵩山被视为峻极于天……在这些大山的感染和熏陶下，作品中既有"高山流水诗千首，清风明月酒一船""菊黄枫丹溪水潺，剪出秋华漫春山"的闲情，也有"乘龙巡天八万里""敢将茶酒论河山"的豪迈；既有"山仞自古耐云磨""山横水卧载秋情"的感叹，也有"跨越雄关再启程，龙子龙孙正飞翔""心系塞外情万里，我与大山共唱和"的欢乐；还有"耕云种月青山在，春风送我上碧霄""云中相见神仙客，只缘身在大龙山"的逍遥，又有"光阴似水泻流年，我将丹心奉河山""男儿应伴山河老，忠肝义胆保国安"的情怀，更有"英烈雄魂荡浩气，化作罗霄做脊梁"的咏赞。

我多次走进井冈山，不仅仅是机会，更重要的是情结，它是中国第一个农村革命根据地。当我站在夹金山上，望着苍茫天地间的皑皑白雪，眼前便涌现出当年衣衫单薄的红军战士"血染征旗过雪山"的雄壮，心底更坚定了"复兴伟业越雄关"的信念。五上长白山，因为它是我心中烙印最深的山。长白山是中朝两国的界山，更是松花江、鸭绿江、图们江三江的发源地，"登山不为离天近，只因心系故乡情""直上峰顶心通天，再绘江山一万年"。我愿意为家乡的大山放歌，为祖国的江山增色。

为了能够直抒胸臆，更准确地表达情思，在咏颂大山的写法上，我始终坚持形式服从内容，采用了不同的表现手法，既有五言律诗和七言律诗，也有五言绝句和七言绝句，如《玉皇山咏怀》《情恋齐云山》《烟雨麦积山》《信步天华山》《春眺八达岭》《晨游大崎山》《华山春晓》《黄山夏忆》《追梦盘山》《乐山情长》等等。也有填词，如《卜算子》咏泰山、《蝶恋花》登香港太平山有感、《西江月》重上北山、《浣溪沙》夏游清凉山、《一剪梅》再登庐山、《鹧鸪天》游百望山等等。

还有用现代诗歌形式写的，如《玉龙雪山感怀》《捧起井冈山的米酒》《香山·十月》等等；也有用赋的形式来表现的，如《高黎贡山赋》《小汤山温泉赋》等等。在编辑时，把诗、词这两种形式以外的咏颂大山的作品，都编入在第三部《思逸颂歌》中。

在《仰山风韵》的作品中，大多是一山一题，一般为1～2首，也有一些组诗，多数为一组3～5

首（最多的一组内有8首），如五台山组诗、龙凤山组诗、天子山组诗、雁荡山组诗等等。还有将多座山写在同一首诗里的，一首诗里有二三座，甚至五六座大山，像《高山飞韵》《赞巴山蜀水》《冀州名山》等等。也有同一座山，每去一次就创作一次的，如《井冈山颂》《心回井冈山》《井冈山组诗》等等，《长白山赞》《又上长白山》《四上长白山》等等，《踏上火焰山》《又进火焰山》，《登武夷山》《再游武夷山》，《再访岳麓山》《再访三清山》《三上黄山》《三访崂山》等等。还有一些作品用藏头诗的形式创作的，如《高山飞韵》《香山红叶》；也有回文体的作品。

用诗词咏颂祖国山河的壮美，记录不同大山的不同特点和各自美好的传说，反映这些大山对当地民俗民风的形成以及对社会、经济、文化发展的影响，抒发在这些大山中的所感所悟，所思所想，既是留给自己的美好回忆，也是与更多人的愉快分享。我觉得，这是一件很有意义的事情。

还有很多没有去过的山，一直想去看看。也有一些看过的山很想再去，不知还有没有机会重游。我期待能与更多的大山有缘。960万平方公里的神州大地上，有太多、太美的大山，真是让人看不够、爱不够、写不够。

现在社会上出版的诗集很多，描写大山的诗歌也不少，但是用诗词的形式集中咏颂这么多大山的专著不是很多。能为大家献上这样一本诗集，使得一书在手，遍览群山，共同感受祖国山河的美好，分享游山的欢乐、登山的欣慰、赏山的感受、咏山的愉悦，是我心仪已久的事情，也是朋友们对我的热切期望。今了此愿。

借此，向与我一同登山、咏山的伙伴和朋友们真诚致意。愿我们的友谊与大山同在！

2022 年 6 月於北京

仰山风韵

目　　录

仰山风韵

耕云种月

金磊夫诗词集

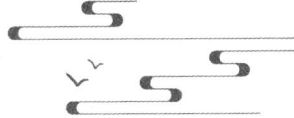

仰山风韵

耕云种月

金磊夫诗词集

仰山风韵

耕云种月

金磊夫诗词集

仰山风韵

耕云种月

金磊夫诗词集

仰山风韵

耕云种月

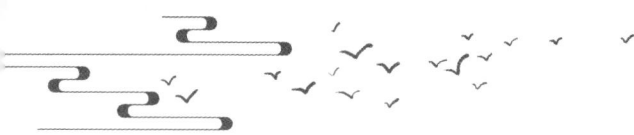

金磊夫诗词集

仰山风韵

耕云种月

金磊夫诗词集

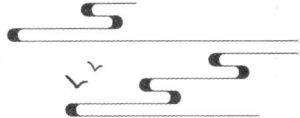

仰山风韵

耕云种月

金磊夫诗词集

咏京城名山

春踏灵山①观垂柳，
夏游莽山②荡心舟。
秋燃香山③红胜火，
冬赏景山④松雪秀。
阳台山⑤高眺海坨⑥，
妙峰⑦雾灵⑧空悠悠。

---

① 灵山：位于北京市西北部，是北京第一高峰，最高峰海拔 2303 米。
② 莽山：是北京面积最大的国家森林公园，因山势起伏如莽而得名。
③ 香山：是一座具有山林特色的皇家园林。
④ 景山：位于北京市中心，是我国历史最悠久，保存最完整的宫苑园林之一，距今已有近千年的历史。
⑤ 阳台山：位于北京西北部，是京郊最佳日出观赏地。
⑥ 海坨山：位于北京延庆区与河北赤城县交界处，主峰 2241 米，为北京第二高峰。
⑦ 妙峰山：位于北京门头沟区，属太行山余脉。每年在山上举办华北地区规模最大的传统朝圣庙会，已有逾千年历史。
⑧ 雾灵山：位于北京、天津、唐山、承德之间，主峰海拔 2118 米，为燕山山脉的高峰之一。被称为华北热海中的"避暑凉岛"。

仰山风韵

1

云蒙①百望②凤凰岭③，
莲花山④上咏风流。

2022 年 5 月 1 日夜
作于北京东郊

耕云种月

金磊夫诗词集

---

① 云蒙山：是距北京市区最近的一座名山，以雄、险、奇、幽、
旷著名。

② 百望山：是距北京城区最近的自然生态型森林公园，素有北京
"城市氧源"之称。因其为太行山脉最东端的山峰，故有"太行前哨
第一峰"的美誉。

③ 凤凰岭：是大自然赋予人类的一方净土，也是京城百姓旅游、
休闲、观光、度假的理想去处。

④ 莲花山：距北京城区 65km，因其山形似莲花而得名。莲花山以
山奇、水美、林茂而深受人们的喜爱。

游丫髻山

（外一首）

丫髻山，位于北京平谷区境内。因山巅两块巨石状若古代女孩头上的丫髻，因此而得名。

丫髻山自唐贞观年起至民国初年，历代王朝都曾在这里大兴土木，现存古建筑群十八处，成为"京都名胜大观"。山上有建于唐代，盛于元、明、清的著名道观碧霞元君祠，有始建于辽代的云岩寺，在东西两顶之间，有三皇殿，以及万寿亭、菩萨殿、巡山庙等等。山下有皇帝的行宫和大戏楼、紫霄宫等。清康熙、乾隆两帝曾多次驾幸丫髻山，御封为"金顶""畿东泰岱"。

丫髻山，双峰高耸，满山苍松翠柏，郁郁葱葱。山下错河如玉带环绕，山前有四十八盘台阶直通山顶。双松迎客、回香揽古、碧霞夕照、观音望海、碑林怀旧等名胜，吸引了无数游人。

丫髻山为华北地区道教圣地，袅袅香火，晨钟暮鼓，保留着千年古观风韵。每年农历四月初一至十五举办"丫髻山庙会"，至今已有 400 多年的历史，为华北地区四大庙会之一。

丫髻山，现已成为人们京东郊游、休闲和中小学生举办夏令营活动的理想之地。

今游丫髻山有感。记之：

> 双峰巍巍侧临渊，
> 山水潺潺接碧泉。
> 松下老翁茶欲醉，
> 溪边兴起寄诗篇。

仰山风韵

3

夜宿丫髻山

双峰高耸向天生，
一曲碧波动地情。
晚磬悠悠悬皓月，
银光漫漫照新京。

2022 年 4 月 23 日
作于平谷松林山庄

梅兰山醉月

（外一首）

孤山有梦我酬诗，
老树新芽杖国时。
邀月举杯共醉酒，
一梅一兰一情痴。

兴游梅兰山

山名如花秀贵阳，
玉蝶①幽兰②竞芬芳。
游兴催我踏歌来，
疏影横斜送暗香。

2022 年 3 月 30 日
作于贵阳

① 玉蝶：梅花的雅称。古时梅花亦被称为玉妃、驿使、百花魁、
玉霄神、玉玲珑等。
② 幽兰：兰花的雅称。古时还称兰花为：侍女、服媚、古香、九畹、
兰茗、国香等。

仰山风韵

5

直上鸡峰山

鸡峰山，在宝鸡市东南，距城区仅15公里。鸡峰山主峰——元始天尊峰海拔2014米。

鸡峰山古称"宝鸡山""鸡山"。宝鸡市的名称即源于此。据《宝鸡县志》记载："鸡峰插云，县境峰岳之奇，唯鸡山为最。天柱矗立，玉笛排空；云绕峰腰，时呈五色，鸡栖山顶，惊人只在一鸣。"

鸡峰山自古就有"三十六景"之说：麦积缩影、铜墙铁壁、灵官神池、金鸡报晓、神鞭奇峰、神龟探海、黑虎池、剑劈石等著名景点。

鸡峰山不仅景色迷人，还有很多动人的故事和美丽的传说，非常值得一游。

> 林海苍茫涌碧涛，
> 群峰嵯峨向丹霄。
> 林深崖突能藏虎，
> 风疾云追欲飞雕。
> 灵官神池①听泉韵，
> 剑劈奇石②笑天骄。

---

① 灵官神池：鸡峰山三十六景之一。
② 剑劈奇石：鸡峰山著名景点。

踏歌直上鸡峰顶，
低吟浅唱醉笙箫。

2022 年 3 月 26 日
作于宝鸡市

仰山风韵

海口火山

（外一首）

耕云种月

金磊夫诗词集

海口火山，位于海口市西南 15 公里的石山镇内。

准确地说，应该称其为海口火山群。大约 1 万 3 千年前的琼北火山爆发，在这里留下了世界上保存最为完整的火山群（可辨认的火山口有 177 座），似一座座天然的火山地质博物馆。

海口火山群，是中国为数不多的全新世（距今 1 万年）火山喷发活动的休眠火山群之一，也是我国唯一的城市滨海热带火山群，具有很高的科考、科研、科普价值。风炉岭火山口海拔 222.8 米，为海口市的最高点。

今再次登顶风炉岭火山口，有感：

万古火山入梦萦，
千重心界系苍生。
融浆凝结新诗画，
奇崛幻为旧岁情。

火山休眠

流岚缠绕势如虹，
丹崿叠云接玉宫。
火口暂歇迎远客，
石山常在弄春风。

2022 年 2 月 15 日
作于海口石山镇

小驻鸡足山

在祖国西南边陲的茫茫云岭高原，矗立着一座伴日月、擎苍天的巍巍群山，这就是享誉东亚、东南亚，并与五台山、峨眉山、普陀山、九华山齐名的佛教"五大名山"之一的鸡足山。

雄居云贵高原宾川县境内的鸡足山，西与大理洱源毗邻，北与鹤庆相接。因其山势顶耸西北，尾迤东南，前列三支，后伸一岭，形似鸡足而得名。

鸡足山是中国汉传、藏传佛教交汇地和世界佛教禅宗发源地，素有"天开佛国""华夏第一佛山"的美誉。自蜀汉到清代，鼎盛时期山上有 36 寺 72 庵，共 108 座寺庙的宏大建筑规模。鸡足山更以"四观八景"的奇风异彩扬名于世。

走进它，无论是谁，不管你信仰什么，此刻心都会静下来。

晓共云霞暮共禅，
梆声烛影伴入眠。
心诵佛陀念旧梦，
手洒甘露润广田。
东望日出穿云海，
西眺苍洱来去难。
自知鸡足登临少，
山中小驻情难还。

2022 年 2 月 11 日
作于鸡足山下

仰山风韵

冬游云贵山

云贵山，位于贵阳湄潭县境内，因山上常年云雾缭绕而得名。最高峰海拔 1715 米。

云贵山产的茶很有名气。山上生长着珍稀的古茶树，所产茶叶全为贡品。

深冬，走进云贵山。天地间云雾茫茫，什么也看不清，只闻到空气中散发的醉人的清香。云贵山，果真名不虚传！

欲上云贵览皓空，
风寒霜重正隆冬。
千峰万壑难寻觅，
只怨山中香雾浓。

2021 年 12 月 15 日
作于贵阳湄潭

天成罗汉山

（外一首）

承德市武烈河的东岸，有座罗汉山。

此山中部一峰突起，酷似罗汉袒胸露腹，双手扶膝，神态自若，背山面水而坐。其各部分比例匀称，如同人工雕凿的一般。罗汉山因此而名。

据地质学家考证，这座天然形成的罗汉大佛，已经有300多万年的历史。在罗汉山主峰北面还有一峰，犹如一僧人身披袈裟，面罗汉而立。相传，罗汉山是玉帝派来的一位高僧，到承德一带降妖伏魔，守护一方平安。罗汉周边的磬锤峰、蛤蟆石、金龟石、双塔山、元宝山等都是他的法器。在承德周边的群峰中，这些实景确实存在。看来，罗汉山能声名远扬，与这些神奇的山峰和这些动人的故事不无关系。

笑看罗汉坐东山，
庇护神州逾万年。
登上峰巅极目望，
江天如画慰心田。

游罗汉山有感

秋霞伴日彩云飞，
罗汉乘风下翠微。

仰山风韵

11

灵境天成谁堪比，
笑口常开大智慧。

2021 年 10 月 26 日
作于承德双滦

又记：

  在河北金秀县城西 10 公里的地方，还有一座罗汉山，最高峰海拔 1335 米。

  远望此山，峰浮云海，气势磅礴；近看峰峦，怪石凌空，雾锁云缠。整个山势如万马奔腾，似猛虎下山。山峰高低对比强烈，青松漫山遍野，山下细流涓涓，山上飞瀑涌泉……也是一处旅游、休闲、度假的好地方。

耕云种月

金磊夫诗词集

缘近双塔山

（外一首）

似乎与双塔山有缘。不到一个月的时间，两次到承德都住在双塔山下的"金滦国际大酒店"。

双塔山，双峰挺立，像忠诚的卫士护佑着天子眷恋的离宫；又像一对好客的主人，热情地迎送着远方的来客。

清晨，推开窗子便看到双塔山立在朝阳里，好像在眺望我们；晚饭后到山下转一转，更是我们每天必做的功课。不知不觉与双塔山竟成了形影不离、朝夕相伴的朋友。

今天将要离开承德回京。临行前又登上双塔山，与它作别。

秾华竞秀荡东溟，
千古龙城① 似有灵。
双峰情重酬远客，
金秋祥瑞九州同。

双峰伴日

双峰沐斜晖，
群峦似丰碑。
并肩共比翼，
倩影永相随。

2021 年 10 月 22 日中午
作于回京车上

---

① 承德：清代皇帝离宫，故有龙城之称。

仰山风韵

诗意秋山

我喜欢秋天，更喜欢秋天的山。

秋山烂漫，多彩多姿，蓝天白云的映衬下，景色更加迷人。这是大自然给我带来的最好的礼物。

霜枫红叶香群峰，
乐品秋山画中行。
石径通幽添雅趣，
亭台姿仁惹闲情。
岭前碧水留飞雁，
崖上秋风伴雨声。
桂酒三杯心底热，
红尘一曲醉翁听。

2021 年 10 月 6 日
作于北京慕田峪

登定都峰

（外一首）

定都峰，位于北京门头沟区潭柘寺镇境内。其位置正处于长安街的西延长线上，是传说中"燕王喜登定都峰，刘伯温一夜建北京"的地方。

定都峰，又称牛心山、狮山，海拔 680 米。登上此山，可纵览北京全貌。定都峰四周群山逶迤，峻岭叠嶂，峰顶高耸，素有"京西观景第一峰"的美称。明成祖朱棣登上此山后感叹不已："此峰之位，观景之妙，无二可代，天赐也。"

相传，朱元璋统一天下建立明朝后，分封四子燕王朱棣坐镇北平。朱棣靖难得帝位后，欲迁都于发祥之地北平，遂命军师姚广孝选址建新都，定"日上"之所为金銮殿址。"日上"指太阳升起的地方。姚广孝寻选了五年，仍没有结果。后来一工匠对姚广孝讲，刘伯温（丞相）托梦说："观日上之所必为观日下之地，可营定都标。"姚广孝顿悟，遂登上牛心山东望，以日出之地为京城中心，建紫禁城（就是现在的北京故宫）。由此，明朝迁都北京，此山亦改名为定都峰。

中秋小长假，与妻子、朋友们同登定都峰，回望历史。有感而记：

地吐岚烟开此境，
天凝紫气拥奇峰。
九关云锁碧霄处，
八面神威谁与宗。

仰山风韵

定都阁①

京阙叠峦几万重，
孤标雄立定都峰。
推窗远眺云天秀，
开阁近望紫禁城。

2021 年 9 月 29 日
作于定都阁中

耕云种月

金磊夫诗词集

---

① 定都阁为中式古典造型，建在定都峰顶，共 6 层，地上高度为 33.9 米，建筑面积约 2400 平方米。

在定都阁里，不但能够品味古都文化的厚重，而且可以一览京城全景。

塔山凌空

（外一首）

在承德市区西南的滦河边上，有座双塔山。两座千年宝塔分别建在两个巨大、陡峭的崖峰之上。故称此山为双塔山。

清代纪晓岚在《阅微草堂笔记》中写道：乾隆五十五年，曾命守吏修建木梯，登上双塔山顶查看。

双塔山北峰较为粗大，南峰上粗下细，给人"摇摇欲坠"之感。两座石山相对而立，四周皆为丹崖绝壁，如同刀劈斧砍，险不可攀。据考证，近代以来，尚未有人仅凭人力能够成功登顶。

今游览双塔山，被大自然的神奇所惊叹。有感：

昂然耸立白云间，
滦水倒悬双塔山。
疑似上天成幻影，
此心当与赋诗还。

双峰滴翠

嵯峨双峙迎烟雨，
云护天庭红日低。
一夜风吹栌吐艳，
三秋露凝眼先迷。

2021 年 9 月 18 日深夜
写于承德金滦国际大酒店

仰山风韵

难忘二郎山

（外一首）

"二呀二郎山，高呀高万丈……解放军，铁打的汉，下决心，坚如钢，要把那公路修到西藏……"60多年前的这首歌，经常在我脑海中回荡。

二郎山，俗称西山，因其山上有二郎庙而得名。文人墨客视其貌似驼峰，又称驼峰山。明正德十三年（公元1518年），武宗皇帝巡行驻跸，赐名"笔架山"。

二郎山悬崖陡峭，挺拔奇险，位于四川天全县城西，海拔3437米，是青衣江、大渡河的分水岭，也是千里川藏线上的一道天堑。

1950—1954年，为修建成都平原到青藏高原的公路，中国人民解放军第18军将士，不畏艰险，不怕流血牺牲，克服重重困难，将公路修到西藏。川藏公路里程之长，跨越高山大河之多，修筑维护之艰难世所罕见。在修建二郎山路段时，平均每公里就有7名军人献出宝贵生命。

今天来到二郎山，只见盘山公路千回百转，出云入雾，无比雄险。不由得想起那首歌，想起那些英烈……

弹雨枪林热血流，
挥师川藏铸金瓯。
敢于峻岭修天路，
英武铁军最可讴。

回望二郎山

二郎山高天欲低，
万峰峥峭古称奇。
群巅如泛云中浪，
车奔犹寻壑底溪。
怪石横陈多险恶，
乱峰出霭各标异。
漫道云霞遮望眼，
何计风尘景色迷。

2021 年 8 月 16 日夜
作于四川雅安

仰山风韵

夏游老爷岭

（两首）

老爷岭在黑龙江东南部和吉林东部的交汇处，属于长白山支脉。它南起于牡丹江上游，东北接完达山，蜿蜒500多公里，是牡丹江与穆棱河的分水岭。

老爷岭主峰牡丹峰（也叫天岭）海拔1115米。老爷岭山高谷深，悬崖陡立，绝壁险峻，峡谷深邃。地质专家称，来到老爷岭，就到了长白山。

老爷岭周围200多平方公里被原始森林覆盖，是野生动物的天堂，已经被国家划为自然保护区。老爷岭以它无法形容的魅力冲击你的视觉，那种博大庄严，静谧美丽，令人向往，让人迷醉。

（一）

海阔山高金马行，
长赢①出塞奔天岭②。
心若不老人难老，
直上峰头摘斗星。

（二）

胸有豪气腿生风，
健步登临老爷岭。

---

① 长赢：夏季的雅称。
② 老爷岭主峰——天岭（又称牡丹峰）。

杖国①之年仍乐山，
自嘲还是一顽童。

2021 年 7 月 28 日夜
写于牡丹江

仰山风韵

---

① 时年虚岁 70。

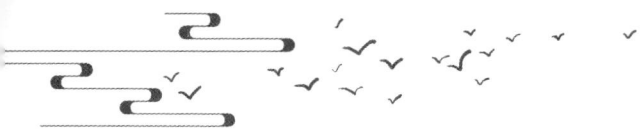

应梦雪窦山

（外一首）

雪窦山，在浙江奉化溪口镇西北，是四明山支脉的最高峰，海拔 800 米，有"四明第一山"之誉。雪窦山上的乳峰有窦，水从窦出，色白如乳，故名乳泉，窦称雪窦，由此而得雪窦山名。

北宋仁宗皇帝赵祯梦中到此一游，而得"应梦名山"，是中国五大佛教名山之一的弥勒佛道场。

山上有千丈岩、三隐潭瀑布、徐凫岩、妙高台及全球最高的弥勒佛坐像等著名景观。据载，唐宋时期，雪窦寺先后受几代皇帝的 41 道敕谕。至今，寺内尚存"钦赐龙藏"的经书 5760 本，以及玉印、龙袍、额匾等珍贵文物。

应梦圣境雪窦山，
九霄飞瀑腾紫烟。
天洒细雨丝千缕，
泉吐白云花万团。
妙高台上思故里，
三隐潭前忆桃源。
红霞漫天染林海，
悠然世事心更宽。

雪窦飞龙

谁遗宝鉴雪窦山，

碧玉函封三隐潭。

更有飞龙藏渊底，

行风布雨到人间。

2021 年 6 月 14 日

记于宁波奉化

后记：

　　1. 1937 年 1 月至 11 月张学良将军被蒋介石软禁于此山。

　　2. 雪窦山距蒋氏故居武岭丰镐房约 10 公里。

仰山风韵

耕云种月

金磊夫诗词集

追忆夹金山

（三首）

长征万里险，最忆夹金山。

2021年6月，踏着86年前红军长征的足迹，我登上了夹金山。夹金山，是当年中央红军长征中翻越的第一座大雪山。

海拔4114米的夹金山，位于四川雅安宝兴县西北部。"夹金"在藏语中称"甲几"，是又高又陡的意思。夹金山顶，终年积雪，气候变化无常，野兽无踪，飞鸟难过。当地歌谣唱道："夹金山，夹金山，鸟飞不过，人不可攀。要想翻过夹金山，除非神仙到人间。"

1935年6月，红军北上翻越这座大雪山。当时，战士衣着单薄，缺粮少药，极度寒冷加上高原反应，很多人坐下、倒下，就再也没有站起来……

我站在山顶，如同站在天庭之下，伸手可触摸到天幕，仰头可听到天上的声音。此时我想起他们，想起那段烽火岁月，潸然泪下。

作诗三首，以铭志：

其一

血染征旗过雪山，
革命精神世代传。
吾辈继续攀高峰，
复兴华夏闯雄关。

其二

皑皑白雪连苍天，
猎猎红旗卷狂澜。
滚滚寒流谁能敌？
浩浩红军过雪山。

其三

玉雕琼界垒冰峰，
雪卷龙身撞壑崩。
万里长征惊寰宇，
旌旗所向天地红。

2021 年 6 月 4 日深夜
於四川干部学院夹金山分院

仰山风韵

神钟山两首

神钟山，又称阿米尔萨拉峰。位于新疆富蕴县可可托海景区内。海拔 1608 米，被称为阿尔泰山之最。

一石一世界。一块 350 多米高的完整巨石，神、形俱像一座铜钟。这座神奇的花岗岩山峰，屹立在额尔齐斯河边[①]，默默地等待着一鸣惊人的未来。

有人这样赞美神钟山："峭壁插云，悬崖逼水，孤峰傲立。"我认为说得极是。

其一

一块石头一座山，
旷然奇巧在人间。
天成地设传佳话，
洪钟高悬亿万年。

其二

大河[②]锁控势分明，
自有雄峰向苍生。

---

① 神钟山在额尔齐斯河南岸，拔地而起，十分壮观。

② 额尔齐斯河，发源于阿尔泰山南麓，有银水之称，被誉为新疆第二大河。是我国唯一一条向北流出新疆，经哈萨克斯坦、俄罗斯，最后流入北冰洋的国际河流。

云上波光随袖舞，
月临神钟动客情。

2021 年 5 月 20 日夜
作于新疆可可托海

仰山风韵

井冈山组诗

5月9日—11日,在井冈山出席会议。这是我第六次上井冈山。

每一次到井冈山,都会被革命先烈的精神感染,心灵都会受到深深的震撼。因为,这里是中国第一个农村革命根据地,红色基因在这里代代相传。

浩气千秋

细雨凄凄①落井冈,
苍天挥泪祭忠良。
英烈雄魂荡浩气,
化作罗霄做脊梁。

井冈精神

神州薪火千秋传,
井冈精神万古流。
枪林弹雨闹革命,
改天换地争自由。

---

① 5月9日晨,去井冈山革命烈士纪念碑祭奠先烈,时天降细雨,犹似苍天挥泪。

井冈秀色

五指擎天秀井冈，
险峰无限是黄洋[①]。
星火燎原照乾坤，
铁血丹心桂花香。

井冈神韵

云外千峰依笔架[②]，
岭中万壑涌流霞。
龙潭飞瀑漫天泻，
翠竹满山遍地花。

2021年5月11日夜
於井冈山干部学院

---

① 黄洋界，十里横排，耸峰叠嶂，雄伟险峻，海拔1343米。1928年8月30日，著名的黄洋界保卫战就发生在这里。

② 笔架山，位于茨坪西南，由主峰（扬眉峰，海拔1357米）、西峰（望指峰）、东峰（观岛峰）组成"山"字形，远望如古代的笔架，故称笔架山。

仰山风韵

春游海棠山

（外一首）

海棠山，不仅是辽宁省十大景区之一，也是省重点文物保护单位，更是国家森林公园、国家自然保护区，还是一处集自然风光、宗教文化和民俗民风为一体的旅游度假胜地。

2008 年初秋，我曾来过一次。今春再游海棠山，不同的季节，这座山给人不同的感受。

万紫千红又值春，
名山招引海棠神。
日舒风轻恋空谷，
林茂花香掩游人。

禅意海棠山

佛光普照映清虚，
海棠漫山真亦迷。
红尘别梦悟生死，
彩霞幻作步仙梯。

2021 年 4 月 28 日
於阜新市大板镇

阴山组诗

阴山，实际上是一条山脉。自西向东主要由狼山、乌拉山、色尔腾山、大青山、大马群山、梁城山、桦山等大山组成。它北接内蒙古高原，南临黄河河套平原，东起滦河上游谷地，西止阿拉善高原，全长 1200 多公里，南北宽约 50 ~ 100 公里。主峰为狼山的呼和巴什格，海拔 2364 米。

阴山，蒙古语名为"达兰喀喇"，意思是"70 个黑山头"。阴山南北气候差异明显，是草原与荒漠的分水岭，也是中原农耕文化与北方游牧文化的地理分界线。正是由于地理的特殊性，使这里成为民族更迭、经济交融、文化碰撞、地域争夺和繁复之地。历史上它的战略地位十分重要，在相当长的时期，阴山是中原农耕民族与蒙古高原游牧民族极力争夺的前沿阵地。从战国开始，这里与漠北的林胡、楼烦、匈奴等部族战事不断。昭君出塞，就是北出阴山，与匈奴和亲，以保边境太平，国家安宁。

今公务去内蒙古，乘飞机抵包头。然后，换乘汽车一路向西，过大青山、色尔腾山，经乌拉特前旗、中旗、后旗，到达巴彦淖尔紫金冶炼厂和乌拉特后旗矿业公司。

迎着金阳，沿阴山西行。到达目的地时，已经明月高挂，满天繁星。阴山显得更加神秘雄浑。有感：

阴山行

魂牵梦迷敕勒川，
情思总向马头悬。
金龙飞过阴山下，
明月归来仍少年。

仰山风韵

阴山日出

阴脉千仞自驰骋，
峰峦突兀秀浑雄。
云霞几片心头过，
红日一轮笑朔风。

春染阴山

春含阴山黄河近，
雨后飞虹云水远。
昨日烽烟随梦逝，
今朝岚雨荡心船。

阴山朗月

群峰逶迤接贺兰[1]，
朗月皓然照碧山。
不见狼烟冲阵起，
只闻牧笛唱游闲。

2021 年 4 月 16 日夜
於巴音淖尔紫金宾馆

---

[1] 阴山西部与贺兰山相连。

耕云种月

金磊夫诗词集

烟雨麦积山

（外一首）

麦积山，俗称麦积崖。是秦岭山脉小陇山的一座孤峰，高142米。因山形如农家麦垛而得名。

麦积山是典型的丹霞地貌。因为这座山上有我国最为著名的四大名窟之一的麦积山石窟而名扬四海，并以雕塑艺术闻名于世。

麦积山石窟距今已有1600余年的历史。在形似麦垛的山体峭壁上，分布着自后秦（公元384—417年）以来，历代开凿的221个洞窟、10632尊佛像、1300多平方米壁画。山上，洞窟"群星点布"，栈道"凌空穿云"；佛像不论南北朝的"秀骨清像"，还是隋唐的"丰满圆润"，都雕塑得栩栩如生，温婉可亲，被誉为"东方雕塑艺术陈列馆"。麦积山已成为"世界文化遗产""国家5A级景区""国家森林公园""国家地质公园""国家重点文物保护单位"……虽然是第二次走进麦积山，我仍然被它的奥妙精深所震撼。

下山时，细雨蒙蒙。烟雨中的麦积山，美轮美奂，让人流连忘返。

轻风引我入云端，
陇山千寻势接天。
麦积烟霞入心扉，
笑看佛主自怡然。

仰山风韵

麦积春色

谁家麦垛齐天高，
飞栈凌空傲九霄。
莫道江南春色好，
原来塞北也妖娆。

2021 年 4 月 8 日於天水

祁山回想

（外一首）

祁山，被誉为"九州之名阻，天下之奇峻"。它地扼蜀陇咽喉，势控攻守要冲。所以，成为三国时魏蜀必争之地。

祁山属于秦岭山脉。在甘肃省礼县东部，位于西汉水北侧，绵延约50华里。山峰秀举，群峦竞峙。在祁山中部顶峰，三国时有城，极为严固。城南3里有亮故垒，今名祁山堡。南北朝时，为纪念诸葛亮，在堡内建武侯祠。经历代修缮，至今尚存。祠有前后三院，为歇山式建筑。祠内众多历代名人书写的匾额、楹联、碑石，详细地记述了诸葛亮的生平和功绩。山上还有点将台、藏兵湾、九寨、上马石、木门道、铁笼山等遗址。

祁山，不但是三国时的战略要冲，自古还是祁城人郊游览胜的好去处。其自然景观与人文景观相得益彰，是丝绸古道上一颗璀璨的明珠。

寻访史迹上祁山，
风云激荡越千年。
回望昨日烽尘处，
喜看今朝艳冶天。

一统华夏

武侯六次出祁山，
征伐讨擒向中原。

仰山风韵

志在九州成一统，
三分天下心不甘。

2021 年 4 月 6 日夜於陇南

周游洞庭山

早知洞庭湖，今逢洞庭山。

洞庭山，在苏州市西南，是东洞庭山、西洞庭山两山的统称。据《姑苏志》载："洞庭山，在太湖中。因四面环水，故名：包山。"洞庭山最高峰是西洞庭的缥缈峰，海拔 336 米。

洞庭山虽然不高，却非常秀丽。因四周被太湖环绕，一年四季，郁郁葱葱，如同两颗翡翠镶嵌在银镜之上。这里出产的洞庭碧螺春，是我国十大名茶之一，享誉海内外！

2020 年深秋，到太湖边小住。傍晚，与好友乘龙船、尝佳肴、品美酒、游太湖。在水上坐船环绕观赏相拥而立的东、西洞庭山，可谓"周游"名山！

乘兴赋诗一首，献给同行的各位好友。

把酒临风御龙船，

举头邀月情相牵。

一碧潋滟太湖水，

双秀耸峙洞庭山。

2020 年 11 月 10 日深夜
於苏州太湖国际会议中心

仰山风韵

京郊蟒山

蟒山位于北京西北昌平区境内六环路北侧，是燕山支脉——军都山的一部分，总面积约 8622 公顷，是北京市面积最大的国家森林公园。

因其山势起伏似大蟒，故名蟒山。最高峰海拔 659 米。

庚子金秋游蟒山，
恍然如梦做神仙。
举身远眺群峰秀，
投足踏进云浪间。
青岭飞霞千古画，
苍松荡瀑万古弦。
今乘雅兴登高望，
忽见蟠龙卧六环[①]。

2020 年 10 月 2 日
作于北京昌平

耕云种月

金磊夫诗词集

---

① 北京绕城高速公路，又称"北京六环路"。

访王屋山有感

小时候，听老人讲愚公移山的故事。知道咱中国有两座被神仙背走的山，一座叫太行山，一座叫王屋山。长大以后，多次去山西、河北，见到了巍巍太行山。此后，一直想看看王屋山到底什么样子。

王屋山位于河南济源市、山西阳城县、垣曲县之间，是中条山的分支。它东依太行，西接中条，南临黄河，北连太岳，是中国九大古代名山之一，也是道教十大洞天之首。因"山中有洞，洞中如王者之宫，故名王屋也"。

王屋山的顶峰海拔 1716 米，相传为轩辕皇帝祈天之所，名曰"天坛"。王屋山山势巍峨，山中多道观宫庙，还有愚公洞、愚公井、愚公壑等众多胜迹。

今天如愿以偿，终于走进王屋山，有幸领略它的神奇，洗涤心灵，历练情志，深刻感悟愚公精神。

群峰列阵势如虹，
恰似子孙承高曾。
山顶如见星斗转，
耳边犹闻移山声。
勿忘吾辈责任重，
志远不与智叟同。
世人有志终成事，
坚守初心做愚公。

2020 年 9 月 6 日
写于王屋山下

仰山风韵

又记：

今年68周岁，终于看到了王屋山。既圆了自己少儿时的梦想，也为继续走好今后的路增强了自信，加满了油。

全面建成小康社会（第一个百年奋斗目标）即将大功告成，奋斗下一个百年目标的号角已经吹响。

实现中华民族伟大复兴，炎黄子孙责无旁贷。

"我们的目的一定要达到，我们的目的一定能够达到"。

雨洗灵山

（外一首）

北京灵山，又称东灵山。坐落在门头沟区西北部，最高峰海拔 2303 米，是北京的第一高峰。

灵山，东与龙门涧景区相连，西与龙门森林公园毗邻。它奇峰峻峭，花卉无垠，尤以高山草甸最为著名。

雨后的灵山，郁郁葱葱。此时游山，让人心旷神怡。

雨霁峰巅晓日临，
溪湾流水涨痕深。
白云铺就山间路，
松竹沐浴迎游人。

雨后灵山

奈何烟雨物华飞，
熟料晴晖复翠微。
灵境挺然临陡峭，
金龙腾舞自天归。

2020 年 8 月 1 日
作于北京灵山

小五台山游感

耕云种月

金磊夫诗词集

　　小五台山，在河北蔚县与涿鹿县交界处，是太行山的主峰，有"河北屋脊"之称。距北京不到200公里。

　　小五台山有五个制高点，分别是东台、南台、西台、北台和中台。其中东台最高，海拔2882米，其他四台均超过2670米。

　　小五台山山势雄奇，沟壑纵横，不仅以绚丽的山地风光引人入胜，更有禅宗文化的千年积淀，建于明代的金河寺、法云寺等记录了世事沧桑。炎帝、黄帝、蚩尤部族在此繁衍交融，发展成为后来的华夏民族。因此，这里也被誉为"三祖文化"的发祥地。

　　游山有感。吟诗两首以记之：

其一

云霭常迷五台端，
山衔玉镜六宫寒。
千峰万壑情难了，
花落经台即长安。

其二

青烟碧树紫云开，
信步闲游小五台。

万顷松涛凌霄涌，

千年古刹天上来。

2020 年 7 月 13 日
记于河北涿鹿

又记：

  在山西阳曲县城东北，也有一座同名的小五台山，其最高峰海拔 1914 米，由东、西、南、北、中五座环护而立的台顶组成，因而得名小五台山。相传，大禹治水曾系舟于此，故又称系舟山。

仰山风韵

独秀王顺山

（外一首）

"天下名山此独秀，望中风景画中诗"。这是明代诗人刘玑对王顺山恰如其分的赞美。王顺山，古称玉山；又叫平顶山、蓝田山。有陕西"小黄山"的美誉。

王顺山，因中国古代二十四孝之一"王顺担土葬母于此"而得山名。距西安仅60公里，主峰玉皇顶海拔2239米。据说，王顺山是秦岭第三高峰，除了太白山、华山，就数它最高了。

登上玉皇顶，可东眺华山，北望渭水，南观群山逶迤，西瞰古都长安。王顺山是终南山世界地质公园的重要组成部分，也是国家森林公园、国家4A级旅游景区。一线天、姐妹峰、孔雀梁等20多座山峰挺拔高耸；松石潭、龙虎潭等7个池潭清澈见底；山顶半年白雪皑皑，终日白云缠绕；山下悟真寺神神秘秘，水陆庵风风光光。自汉、北魏、隋唐至今的庙宇、摩崖石刻等有些现存，有的遗迹尚在。唐代大诗人韩愈，在王顺山留下"云横秦岭家何在，雪拥蓝关马不前"的佳句；八仙之一的韩湘子，在此修炼成仙；农民领袖李自成部下当年在此操兵练马等遗迹清晰可见。著名的蓝田玉也产自王顺山……

王顺山既有华山的阳刚之美，也有黄山的楚楚动人。景象奇险，人文独特，历史悠久，不愧为天下名山，人间天堂！

秦岭苍茫耸天外，
皇顶巍峨拔地来。
霜落寒江腾雾去，
日升龙象飞瑶台。

玉山今昔

都道当关只一夫，
孔雀梁上拒匈奴。
如今景色名天下，
姐妹峰前共起舞。

2020年5月10日
作于古城西安

仰山风韵

悠游茅山

　　茅山，位于江苏镇江句容市东南约26公里与金坛县交界处，是一座道教名山，为"上清派"发源地，被道家称为"上清宗坛"，享有"第一福地，第八洞天"的美誉。

　　唐宋年间是茅山道教的鼎盛时期，山前岭后、峰巅谷底，宫、观、殿、宇等建筑多达三百余座、五千多间。茅山有九峰、十九泉、二十六洞、二十八池胜景。主峰大茅峰海拔372.5米。

　　今游访茅山，闲云野鹤般的自在潇洒。大有"花飞仙境三千里，人在福地最高层"的感觉。

几近杖国①乐至闲，

云烟空寂访茅山。

人从镇江踏胜境，

血在心头沸如泉。

含笑淡泊名与利，

拂袖了却世间烦。

所思每每常在梦，

此景悠悠如遇仙。

2020年4月25日

写于江苏镇江

---

　　① 杖国之年：古时年龄的代称，指男子70岁。意思是年过70可以拄着拐杖在都城、国都内随意行走。

又记：

　　茅山，也是革命圣地。1938年6月陈毅、粟裕等率领国民革命军新编第四军进入茅山地区，创建抗日根据地，使茅山成为全国六大山地抗日根据地之一，为中国人民的抗战胜利做出了宝贵贡献！先烈们用万丈豪情壮实了茅山的伟岸，用英勇不屈彰显了茅山的风采。

仰山风韵

泸山夜宿

（外一首）

　　泸山，位于四川省凉山州首府西昌市内的邛海之滨。山、水、城相依相融，实不多见。泸山是西昌的天然屏障，主峰（纱帽顶）海拔 2317 米。泸山灵气所钟，被誉为悟道名山。山上有汉、唐、明、清历代建造的光福寺、蒙段祠、三教庵、祖师殿、观音阁、玉皇殿、青羊宫等许多道教、儒教、佛教古寺名刹。

　　峨眉皆佛，青城纯道，惟泸山别开生面。虽然他们的哲学思想、教规教义等各不相同，却能在泸山和睦相处逾千年，使泸山享誉四海。

　　山水在城中，城在山水中，西昌实为人间天堂。

　　在凉山州领导的陪同下，登泸山，观邛海，眺西昌……深为西蜀之胜感叹不已。

今夜有缘宿泸山，
头枕林海听波澜。
但见星月满床洒，
只因心窗夜未关。

青秀泸山

俯望邛海千帆过，
仰首青天访泸山。

耕云种月

金磊夫诗词集

幽静秀丽无处觅，
凡人到此即成仙。

2020 年 1 月 5 日作于西昌

仰山风韵

三访青城山

这已经是第三次登访青城山。

青城山，秦时称渎山，当时就是皇帝敕封的国家祭祀山川的圣地之一。汉安二年（公元143年），张陵来此修道，从此青城山成为道教名山。

古往今来，这里吸引了众多文学家、史学家、政治家、艺术家、地质学家和宗教界人士游览和寄寓，他们对这里的自然环境和文化遗产交口称赞，"青城天下幽"的美誉传遍海内外。

青城山携手岷江，造福巴蜀。尤其是山脚下的都江堰，流芳万代。我对这里有特殊的感情。每次到青城山都有不同的体会，不同的感悟。

> 青山倾天下，
> 岷江敏春秋。
> 道法自然美，
> 胜境惹风流。

2019年12月13日
写于都江堰

乐享玉垒山

　　位于成都市都江堰城西的玉垒山，拥有玉垒、玉屏、翠屏、盘龙、金龟、文笔等诸峰。山上建有纪念李冰父子的二王庙，还有巍峨的秦堰楼，以及"斗犀""含晖""览波""掬翠"等名胜。玉垒山古树参天，楠木成林，绿荫如盖。

　　登上山顶，可俯瞰都江堰（兴建于公元前256年，由当时的秦国蜀郡太守李冰父子主持修建）水利工程全貌。毛泽东、邓小平等许多领导人曾站在玉垒山上视察都江堰。

　　今小住玉垒山宾馆（宾馆就在玉垒山中），在山中可乐享自然，能尽兴地游赏玉垒山。

胜似天堂玉做山，

大江奔涌伴游仙。

金楠银杏藤缠树，

蓝天白云雾涵烟。

豪气万端惊日月，

春秋千载动机玄。

诚怀先圣铭泽恩，

乐闻晨钟颂好田。

2019 年 12 月 12 日

作于都江堰

仰山风韵

秋游天界山

耕云种月

金磊夫诗词集

2019年深秋，应好友邀请，来到位于河南辉县境内的天界山，领略南太行的雄奇，感悟天地间的造化。

在这里有幸结识诸庸堂主，共游仙山，同赏仙境，品仙茶、喝仙酒……虽不是神仙，却胜似神仙。

为感谢路平先生夫妇，特作小诗，赠之为念。

天界山险峰万仞，

紫团①凌虚有仙台。

壑深岭峻溪流唱，

瀑泻泉悬曙色开。

且欲问禅谁能解？

才知牧野②有奇才。

陶然共醉诗与酒，

不枉今生吾再来。

2019 年 11 月 13 日

作于河南新乡

---

① 紫团巍，又称老爷顶，有"天下第一铁顶"的美誉。海拔1570 米，是南太行的第一高峰。

② 新乡古称牧野。

三访崂山

（外一首）

崂山，在青岛。古称劳山、牢山、鳌山。它是山东半岛主要山脉。最高峰为巨峰（又称崂顶），海拔 1133 米。

崂山是我国海岸线第一高峰，有"海上第一名山"之誉。古谚语道："泰山虽然高，不如东海崂。"

崂山东侧悬崖傍海，西侧缓丘起伏。以崂顶为中心，山脉向四个方向延伸，形成了巨峰、三标山、石门山、午山四条支脉。

崂山既是道教名山，也是佛教名山。自春秋战国始，就有方士在崂山修炼，唐宋两代崂山道教肇兴，直至清代长盛不衰。西晋时期，佛教传入崂山，盛于隋唐。佛道双兴的崂山，名胜古迹众多。

这是我第三次登访崂山。1979 年第一次到崂山，正是百废待兴的时候，这里显得有些萧瑟；1999 年第二次来到这里，看到了明显的变化；40 年后的今天再来看崂山，其变化可以用巨大来形容，不仅配套设施齐全，公共设施完备，而且生态环境和人文景观有了极大的改善，形成了与自然风光的完美融合，彰显崂山的壮美。这些变化，从一个侧面反映出经济社会的进步和青岛的长足发展。

三访海上第一山，
九龙迴旋十八潭。
巨峰飞瀑连天涌，
佛道双兴佑世安。

仰山风韵

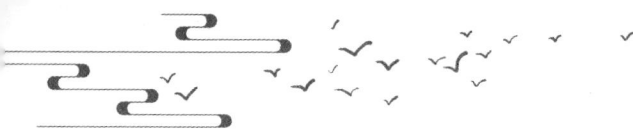

崂山印象

叠峦重嶂紫烟封，
健步瑶阶上碧峰。
三殿八门迎远客，
海天一色最融情。

2019 年 10 月 16 日
作于青岛崂山

景福山颂

　　景福山古称玄陇，又名灵仙岩，是道教龙门派的发源地，与龙虎山、青城山、武当山、齐云山并列为我国五大仙山。

　　景福山位于陕甘交界处的陇县境内，属昆仑山脉中支，北接六盘山，绵亘千余里，主峰海拔 1924 米。景福山巍峨险峻，幽洞密布，素以"岳镇乾坤胜景，峰连霄汉名山"的显赫地位，闻名于世。

　　元世祖忽必烈以"其景福也"，取大福之义，命名此山为景福山。

陕甘共耸景福山，
昆仑逶迤衔六盘。
道道清溪拥胜境，
洞洞玄妙藏神仙。
奇绝天堑自生化，
禅院龙庭具肃严。
定是穹苍解人意，
巧将此脉降凡间。

2019 年 9 月 28 日夜
写于陇县宾馆

仰山风韵

日月山遥想

日月山,坐落在西宁市湟源县西南40公里处。属祁连山脉,平均海拔4000米(最高峰4877米),是青海湖东部的天然堤坝。

日月山不仅有独特的历史意义,还有重大的地理意义。它是黄土高原与青藏高原的叠合区,又是季风区与非季风区的分界线,还是农耕文明与游牧文明的分水岭。山的东侧,阡陌良田,一派江南风光;山的西侧,草原苍茫,牛羊成群,一幅塞外景象。山的两侧反差之大,实属罕见。日月山顶部由第三纪紫红色砂岩构成,山体呈红色,古代称其为"赤岭"。

日月山曾经是会盟、和亲、战争及"茶盐""茶马"互市等众多重大事件的见证地。公元7世纪,松赞干布在逻些(今拉萨)建立吐蕃王朝,与当时的唐朝以赤岭为界。

据传,唐贞观十五年(公元641年),文成公主远嫁松赞干布时经过此山,作为告别中原的最后一站,她站在山顶,回首不见长安,西望一片苍凉,乡情愁思油然而生,不禁取出临行前皇后所赐日月宝镜观看,公主悲喜交加,不慎失手,日月宝镜摔成两半,正好落在两座小山上,东边的半块朝西,映着落日余辉;西边的半块朝东,照着初升的月光。由此,赤岭更名为"日月山"。

为了大唐的稳固,为了中原和西域长久的和平安宁,文成公主放弃了她本应该享受的幸福,用一个女人柔弱的双肩担负起华夏民族万年同好的重担。沉重的历史,和平的使命,要用一个女人的爱情和幸福去换取。作为男人,作为华夏子孙,我们站在日月山上,热泪盈眶,伫望文成公主远去的背影……

山下是文成公主庙,矗立着公主汉白玉雕像。无数经幡迎风飘扬,表达着一代又一代人对美丽、崇高灵魂的深深敬仰!

赤岭连绵水倒流^①，
文成公主情幽幽。
和谐天下向西域，
襟怀家国为世酬。
前赴吐蕃担使命，
回眸长安恋九州。
但使风雨能调顺，
日月山光耀千秋。

2019 年 9 月 20 日午
写于日月山上

仰山风韵

---

① 倒淌河：东起日月山，西止青海湖。原是一条注入黄河的外
流河，后因日月山隆起河水向西注入青海湖。因众河皆东流，唯
此河向西淌，故名倒淌河。

57

四上长白山

这是第四次登长白山。曾写过《长白山赞》《又上长白山》。

这次登长白山与前三次不同，是我离开工作岗位后，携妻带孙及家人、友人一次真正的休闲游。

虽多次登临长白山，但每次的感受都不同。也许这正是长白山的魅力所在。

耕云种月

金磊夫诗词集

直上顶峰心通天，
双肩日月自岿然。
云翻震宇神龙舞，
雾锁瑶池金蛇躔①。
林海涛涛漫禅寺，
飞瀑②荡荡润良田。
倚山不尽登临望，
再绘江山一万年。

2019 年 7 月 24 日夜
写于海沟金矿招待所

---

① 躔（音：蝉），一为兽的足迹；二指天体的运行。孙子壮壮属蛇。

② 长白山天池瀑布乃松花江、鸭绿江、图们江三江之源，孕育和滋润着松花湖和东北平原。

醉在青秀山

兴于隋唐，盛于明代的青秀山，位于南宁市区东南的邕江边，由凤凰岭等大小 18 座山峰组成，主峰海拔 289 米。

青秀山无愧山青水秀这个名字，作为国家 5A 级景区，实乃南宁城中一处优美的游览胜地。

在背依青秀山，面临邕江水的荔园山庄小驻。月光下，漫步在江边，不仅悦了身心，也大饱了眼福。

> 情醉邕江水，
> 心迷青秀山。
> 阳斜塔①追影，
> 夜静月听泉②。
> 窗外花香袭，
> 亭③中酒正酣。
> 绿池④飞白鹭，
> 翠色染岚烟。

2019 年 6 月 21 日於南宁

---

① 龙象塔。八角重檐九层，建于明万历四十六年（1618 年）。塔高 52.35 米，内设旋梯 207 级直达塔顶。

② 董泉。"凉阁听泉"为青秀山八景之一。

③ 山上建有望江亭。

④ 天池。面积约 15000 平方米，一潭池水波光粼粼，如同一块碧玉镶嵌在青秀山中。

仰山风韵

追梦盘山

　　盘山，古称：盘龙山、四正山、无终山。位于天津蓟州城区西北，南距天津 110 公里，东临唐山 100 公里，西至北京 90 公里。宛如一条巨龙，盘桓于京东津北。主峰挂月峰海拔 864.4 米，前拥紫盖峰，后依自来峰，东连九华峰，西傍舞剑峰，五峰相拥而立。山上寺院比肩，有始建于魏晋（至今已有 1500 余年）的北少林寺等历朝历代建的寺庙 72 座，在佛界素有"东五台山"的美誉。山上怪石嶙峋，更有"三盘之胜"的奇景：上盘松胜，蟠曲翳天；中盘石胜，怪异神奇；下盘水胜，抛珠洒玉。

　　"早知有盘山，何必下江南"，乾隆皇帝曾有过这样的感慨。他在 28 年中 32 次巡游盘山，最多时一年三次上盘山。当了太上皇以后，又以 87 岁高龄再次莅临盘山，可见他对盘山有多么钟情。历代帝王将相、文人墨客也竞游于此，留下的摩崖石刻多达 300 余处。

　　古有"蓟北多山，山之胜，盘为最"的记载。盘山到底有多好？带着好奇，今年春天与妻、儿及朋友专访盘山。身临其境，"脚踏神仙地，如在桃花源"的感觉顿时袭来……

　　特记：

　　　　　　　帝邑津门一脉连，
　　　　　　　中间凸秀乃盘山。
　　　　　　　崖耸千丈半壶酒，
　　　　　　　水迥百川两重天。
　　　　　　　暮鼓声声道禅意，
　　　　　　　晨钟阵阵出青莲。

迟来只恨无仙骨，
追往惟重情与缘。

2019 年 5 月 23 日
写于天津盘山

仰山风韵

拜娘娘山

娘娘山又称女郎山，位于河南灵宝市西南的豫、秦、晋交界处，是小秦岭山脉的最东端。主峰海拔 1563 米。娘娘山因供奉天母、地母、人母三位娘娘而得名。

娘娘山春华秋实，夏瀑冬雪，自然秀丽，大气恢宏。苍龙岭、青龙岭、凤凰岭、百尺瀑、长板瀑、小龙潭、七星潭、棋盘石等名胜密布山中，其"石瀑布"尤为引人入胜。

关于娘娘山的传说，千百年来在民间广泛流传，神奇动人的故事，使娘娘山成为人们心目中的神山。在三门峡小驻，专程拜访娘娘山，仰望她的英姿，感受她的神韵。幸也！

祥光吐彩福盈天，
满岭芳菲皆圣贤。
浩渺烟波传祺瑞，
莽苍峰壑纳情缘。
陕州①牧童横抚笛，
秦岭樵翁醉拨弦。
三女②凌云众山矮，
慈母厚爱尽昭然。

2019 年 5 月 7 日夜
作于三门峡市

---

① 三门峡市古称陕州，已有 2600 多年的历史。

② 传说中，王母娘娘为造福人间，点化灵宝市一李姓人家所生三个女儿登山羽化，并分别赐任她们为"天母娘娘""地母娘娘""人母娘娘"。将三位娘娘所居之处，封为"娘娘山"。

耕云种月
金磊夫诗词集

感受求雨山

很多人都知道南京有钟山、老山、紫金山……但很少有人知道在南京还有一座求雨山^①。求雨山位于南京浦口区雨山路旁，是古代人们设坛求雨的地方。

求雨山上松篁交翠，风光旖旎，水木清华，轩外白浪东去，云间紫气东来。此山虽然不高，却美得精巧。山上有被称为"江北兰亭"的文化园，还有"林散之纪念馆""肖娴纪念馆""高二石纪念馆""胡小石纪念馆"等等，使这里成为一座当代书画界的艺术殿堂，吸引了无数游人到访。

求雨山是一座名副其实的文化名山。今有幸与友人沐浴着蒙蒙细雨走进求雨山，真切感受它的神采。

世间仙境青如黛，
梅月^②金陵花竞开。
昔日拜神难得雨，
当今耕种雨常来。
古都建业有龙王，
鱼米江南多俊才。
道法自然诸事顺，
天人合一共情怀。

2019 年 4 月 23 日午
作于南京求雨山

---

① 求雨山为老山余脉。
② 古称四月为梅月、孟夏或槐夏。

仰山风韵

63

再上富乐山

富乐山地处"剑门蜀道"南部，位于四川绵阳市区东约 2 公里处。古称东山，又称旗山。

据宋《方舆胜览》记载，汉建安十六年（公元 211 年）冬，昭烈入蜀，刘璋宴至此山，望蜀之全胜，饮酒乐甚，刘备欢曰："富哉！今日之乐乎！"富乐山因之得此名。

这里也是刘备、关羽、张飞桃园三结义的地方。因此，富乐山在三国的历史上有着浓墨重彩的一笔。

1999 年曾游览富乐山，屈指已有 20 年了。今 66 周岁再上此山，仍兴志满满，不减当年。

岁华流淌鬓添斑，

豪情冲霄似昔年。

纵使胸怀日与月，

不忘俗身有尘缘。

波涛高唱春江水，

轻霭低吟富乐巅。

鸿雁南飞别乡路，

金龙东笑向秦川。

2019 年 4 月 15 日於绵阳

祖孙同登白石岭

　　白石岭，在琼海西南约 12 公里的地方，面积 16.24 平方公里，主峰登高岭海拔 328 米，有 1308 级石阶贴崖壁而上。山顶有一块重达千吨的悬石，颜色苍白，故此山得名白石岭。

　　今天，与妻带小孙子壮壮同登白石岭。登至"崆峒筛风"处，我已经气喘吁吁，大汗淋漓，欲就此打住。小孙子不允，坚持要爬到山顶。望着山上还有 300 多级台阶，再看看小孙子登顶的执着（他不满 6 周岁，此时也汗透衣衫），腰酸腿软不再是我止步不前的理由，不能让他失望，要与小孙子共同体验坚持和坚强。我们互相鼓励，互相搀扶，艰难地攀爬，终于登上峰顶。过程虽然艰辛，但心情极好。

　　迎着徐徐的山风，披着暖暖的阳光，远眺山下，只见绿树如海，清泉似玉，水库星罗棋布，万泉河如一条玉带从山下蜿蜒流向远方，琼海市簇拥在万泉河的两岸……真山真水真漂亮。难怪清朝玄学太师洪心把白石岭称为"灵气十足的神仙"。到海南不登白石岭、登白石岭不爬上山顶，都会留下遗憾。

　　与小孙子携手站在山顶，愉悦兴奋的同时，也有很多感触。

　　特记此留念。

平川猛崛一盘峘，

碧岭翠崖峰相连。

巨石嶙峋疑绝路，

绿林伸向白云前。

远望岭上飞流瀑，

近看山中睡玉田。

仰山风韵

不懈登高明大志，
祖孙同脉意相牵。

2019 年 2 月 15 日
写于琼海白石岭上

耕云种月

金磊夫诗词集

再登五指山

今年在海南过春节，有机会再次登上五指山。

1999 年来过五指山。一晃 20 年过去，真是久违了！

五指山位于海南省中部。主峰海拔 1867.1 米，是海南的最高峰。因峰峦起伏，形似五指而得名。五指山层峦叠嶂，逶迤茫茫，既是海南的象征，也是中国的名山之一，海南省的主要河流万泉河、昌化江、陵水河等 30 多条江河皆发源于此。

五指山山光水色交相辉映，构成了奇特瑰丽的海南风光。

五峰如指托青天，
抚日擎云总不眠。
夜探银河摘星斗，
朝挥彩锦舞云烟。
乐从琼岛牧南海，
笑在天涯拱北天。
幸莅峰巅最高处，
诗吟难尽此生缘。

2019 年 2 月 2 日
作于五指山上

仰山风韵

梦上鸡公山

　　鸡公山，在河南信阳市南38公里的豫鄂两省交界处，位于大别山西端与桐柏山相连，主峰海拔811米。鸡公山因山势宛如一只昂首展翅、引颈啼鸣的雄鸡而得名。1400多年前的北魏称其为"鸡翅山"，明代则以"鸡翅山""鸡公山"并称，清代定名"鸡公山"，沿称至今。

　　鸡公山有"青分豫楚、襟扼三江"的美誉，山上佛光、云海、雾凇、雨凇、霞光、花草、奇峰怪石、瀑布流泉被称为"八大自然景观"。它与北戴河、庐山、莫干山齐名，是中国四大避暑胜地之一，也是新中国第一批对外开放的全国八大景区之一。

　　昨夜梦中登上鸡公山，晨起记忆犹新。特记：

睡梦听闻报晓声，

云飞霞舞隐葱菁。

晨曦未露雄鸡唱，

唤起东方旭日明。

万里江山鸿远志，

九重天地锦心鸣。

一通号令昭华夏，

曙色染红复兴程。

2018年12月12日晨

记于信阳宾馆

夜望明月山

明月山在江西宜春城西南 15 公里处，由 12 座海拔千米以上的山峰组成，主峰太平山海拔 1735.6 米。明月山因山上"有石夜光如月"而得名。山以月为名，山因月扬名，国内唯此一处。

晚上仰望明月山，别有一番情趣。月在山中行，山在月中明。明月山、明月湾、月亮湖、栖隐寺……形成了山月相融、禅月相通、泉月相印、人月共欢的独特胜境。韩愈、朱熹、徐霞客等许多历史名人都曾游此，并留下脍炙人口的诗篇。

夜望明月山有感：

明月山头明月光，
月亮湖里藏月亮。
山湖相拥共明月，
沩仰宗风日月长。

2018 年 11 月 26 日夜
作于江西宜春

常念梵净山

梵净山，属武陵山脉，位于贵州江口、印江、松桃三县交界处，金顶为最高峰，海拔2494米。

梵净山得名于"梵天净土"。其红云金顶最为著名，山峰拔地而起，垂直高差达百米，上部一分为二，由天桥相连。晨间红云瑞气常绕四周，故称红云金顶。万米睡佛为世界之最，睡佛仰卧在梵净山顶，长达10000米（数十倍于乐山大佛），山即一座佛，佛即一座山，千百年来，人们都把梵净山当作大佛朝拜。梵净山是中国五大佛教名山之一，为弥勒道场。

2018年7月，梵净山被列入"世界自然遗产"名录，成为中国第53处世界遗产，第13处世界自然遗产。

巍峨一峰立九天，
崇尊五岳自岿然。
耀灵金顶度苍海，
高筑禅台佑瑞年。
劈破玉峦神功巧，
常开笑口慧灯悬。
看穿俗尘万千事，
默念无双梵净山。

2018年11月15日午
写于梵净山上

耕云种月

金磊夫诗词集

贺兰山游感

（外一首）

　　贺兰山位于宁夏与内蒙古交界处。南北长 220 余公里，东西宽 20 ~ 50 公里，平均海拔 2000 ~ 3000 米。主峰亦称贺兰山，海拔 3556 米。

　　贺兰山，山势雄伟，若万马奔腾。蒙古语"贺兰"为骏马之意。

　　2018 年秋，应朋友之邀，携妻游贺兰山（我已是第三次游览贺兰山）。

　　今日的贺兰山，云淡天高，山披金辉，巍峨雄壮，早已不见昔日的烽火狼烟。

　　　　　　贺兰群岭向天秀，
　　　　　　再访名山正值秋。
　　　　　　昔日雄关秦上郡，
　　　　　　今朝重镇汉灵州。
　　　　　　胡儿射猎越河北，
　　　　　　勇士吹笳过陇头。
　　　　　　驼鼓咚咚号角响，
　　　　　　骏骊腾腾热血酬。

贺兰山夜色

晓月半轮玉弓弯，
星月高照贺兰山。
群峰如浪奔腾急，
追日赶云唱凯还。

2018 年 10 月 8 日夜
作于兰州

后记：

　　我国名为"贺兰山"的山共有三处。河北磁县城西北 15 公里处有一座贺兰山，是"连接河朔"的战略要地，史记记载，岳飞曾在此征战，《满江红》即写于此处。

　　另一座贺兰山在江西赣州，山虽然不高（海拔只有 131 米），但名气很大，苏东坡、辛弃疾、岳飞、文天祥、王阳明、郭沫若等历代名人都曾到过那里并留下墨宝。

　　三座贺兰山，各自都有动人的故事。唯位于宁夏内蒙古间的这座贺兰山，气势浑雄，群峰挺立，如翻江倒海，似万马奔腾。

漫游联峰山

（外一首）

联峰山是燕山的余脉，在北戴河的海滨西部。因山势连缀，有联峰之妙，故称联峰山。远望又似莲蓬，亦称莲蓬山。

每到北戴河休假，早晚总喜欢到联峰山转转。登山观海，听涛看松……将北戴河海滨风光尽收眼底。

携友观浪登顶峰，
水天一色正空濛。
精卫填海特留此，
引得群山共祖翁。
大地结楼虚上下，
惊涛吐日耀西东。
晨曦写满升腾志，
我把戴河做彩虹。

金山嘴①

百川归纳未曾盈，
无波无浪亦无声。

---

① 金山嘴位于北戴河海滨东部海岸转弯处。这里巨崖突兀，怪石嶙峋，形似鹰嘴。踏上金山嘴，望苍天，观沧海，心潮澎湃，诗情油然而生。

仰山风韵

73

浩浩远山蕴岱色，
漫漫近海纳清明。
窗涵秋影雁初过，
门浸曙光龙正兴。
几度登临邀月处，
身披烟雨走蓬瀛。

2018 年 9 月 21 日晨
作于北戴河煤矿工人疗养院

耕云种月

金磊夫诗词集

74

六盘山三首

六盘山，是中国最年轻的山脉之一，它横贯陕、甘、宁三省区，呈东南—西北走向，主峰米缸山位于固原境内，海拔 2942 米。

六盘山山路曲折险窄，既是古丝绸之路的必经之地，也是历代兵家必争之地。1935 年 10 月 7 日，毛泽东率领中国工农红军翻越这座大山，写下了《清平乐·六盘山》的著名诗篇，使六盘山名扬海内外。

今天登上六盘山，实现了思念已久的一桩心愿。

（一）

六盘山高风漫卷，
峰回路转上青天。
钟灵浩气传千古，
毓秀风华傲万年。

（二）

猎猎旌旗常飞卷，
巍巍六盘直擎天。
长缨伏虎惊寰宇，
豪杰乘龙唱凯旋。

仰山风韵

（三）

神州处处好河山，
雄伟空灵秀甲峦。
万山峥嵘哪座美？
六盘高耸在固原！

2018 年 8 月 23 日夜
记于银川凯宾斯基饭店

再游武夷山

武夷山是历史文化名山，它奇秀于国之东南，被誉为"八闽第一胜迹"。"武夷风光绝天下，碧水丹山处处诗。"历朝墨客文人探胜寻景，登山临水，缘情赋诗，使武夷山更加耀世。

时隔一年多，再次来到武夷山。上次是初冬，这次是盛夏。不同的季节游武夷山，有不同的感觉。但是它厚重的文化底蕴和水碧山青的大美，无论在什么季节，都是刻骨铭心的。

武夷山秀甲东南，
碧水丹崖隐圣贤①。
九曲清溪流翠玉，
一峰独秀吐青莲。
洋洋碑刻②千般韵，
座座宫祠③万种缘。
虎啸台前④览天下，
半梦半幻已陶然。

2018 年 7 月 16 日於南平

---

① 山上有朱熹、熊禾、蔡元定等鸿儒大雅的书院遗址 35 处。
② 山上有历代摩崖石刻 450 多方。
③ 有僧道的宫观寺庙 60 余处。
④ 虎啸台：即虎啸岩观景台，盘踞在九曲溪南。

仰山风韵

乳山游记

　　乳山，在乳山市境内，地处青岛、威海、烟台三市腹地。因山形浑圆挺拔，顶峰凸起，状如母乳而得名。最高峰（垛山）海拔612米。乳山市因乳山而名。

　　乳山，南靠一望无际的黄海，北有波平浪静的内海，外有小青岛、琵琶岛、竹岛等为屏障，堪称"海山泽国""福运桃源"。拥有"好客山东最佳休闲度假区""中国最美海岸线之一"等美誉。

　　乳山在新石器时代就有人类居住，是全国闻名的"长寿之乡"，更是一个让人来了就不想走的地方。

　　　　　柳绿荷红路一千，
　　　　　亲朋好友聚银滩[①]。
　　　　　伏羲像下寻根脉，
　　　　　观海亭中眺碧天。
　　　　　水上飞舟掠帆影，
　　　　　林间流瀑伴清泉。
　　　　　神仙福地世人爱，
　　　　　欲留乳山度晚年。

　　　　　2018年6月18日
　　　　　写于山东乳山市

---

　　① 银滩，被誉为"天下第一滩"。乳山市也因此被称作"东方夏威夷"。

耕云种月

金磊夫诗词集

穹窿山游感

（外一首）

穹窿山，位于苏州市西郊。主峰箬帽峰海拔 341.7 米，为太湖东岸群山之冠，也是苏州市的最高峰，被誉为"吴中之巅"。

穹窿山集政治、军事、宗教、文化于一山，有着十分丰富的人文和自然景观。中国春秋时期著名的军事家、政治家孙武在此写出了中国历史第一部兵书《孙子兵法》；清乾隆帝六次临山，留下无数趣闻轶事；西汉大臣朱买臣曾在此读书……山上有孙武苑、上真观、宁邦寺、玩月台等著名景观。

穹窿山现已成为国家 5A 级景区——吴中太湖旅游区的重要组成部分。今游穹窿山，有感：

> 穹窿嵯峨半倚天，
> 乘春登临山之巅。
> 心书彩笺三千册，
> 难述仙境在人间。

访孙武苑

> 兵圣雄才吞八荒，
> 奇谋神略系锦囊。
> 古今征战同此法，
> 血脉相承共图强。

2018 年 4 月 10 日
记于苏州吴中

仰山风韵

重游鼓山

（外一首）

两晋时期著名文学家郭璞曾在《迁城记》中写道："左旗右鼓，全闽二绝。"民间更有"不到鼓山，白来福州"的说法。

鼓山位于福州市晋安区东部、闽江北岸，距市中心约8公里。相传，山上有一巨石平展如鼓，每当风雨时便发出隆隆响声，如鼓声绵绵不绝地在山间回荡，故名鼓山。

主峰绝顶峰，海拔870.3米。原名屴崱峰。因少年林则徐登上峰顶后，发出"海到无涯天作岸，山登绝顶我为峰"的豪迈，绝顶峰之名因此而来。

晴日立于山顶，东望大海，一碧万顷；黎明看日出，生机勃勃，给人以巨大的惊喜。历代的文人墨客在鼓山留下许多摩崖题刻（现存480多处）。

1989年曾到此山览胜。30年后重游，鼓山的大美和文雅仍深深地吸引着我。

坐上瑶台静悟禅，
达摩面壁①自安然。
神龙听法②捶天鼓，
玉笋造林③染重峦。
扭转乾坤三万界，
往来古今五千年。

---

①②③ 鼓山十八景之一。

碧湖总爱山中秀，
云霭偏从峰顶缠。

云绕鼓山

看云疑是鼓山动，
我笑云忙山自闲。
飘去浮云山犹在，
岿然屹立送流年。

2018 年 3 月 23 日
作于福州

仰山风韵

秀美凤凰山

（外一首）

这是第二次登凤凰山。

凤凰山，是凤城县的一张名片。最高峰——攒云峰海拔836米。凤凰山虽然不高，却很有特点，它融"泰山之雄、华山之险、庐山之幽、黄山之奇、峨眉之秀"为一体，素以雄伟险峻，泉清洞幽，花木奇异的自然景色著称于世。

峰壑逶迤千里画，
风云激荡一溪诗。
凤凰展翅迎新客，
盛世登临正合时。

凤恋山

跃身葱岭九千旋，
俯瞰人间有宿缘。
最爱丹东霞起处，
凤凰从此不飞天。

2017年11月28日
写于丹东市

乐游首山

虽然多次来葫芦岛和兴城游玩，登首山还是第一次。

首山，位于辽宁兴城市区东部，背靠渤海，面向古城，山势陡峭，怪石嶙峋。自古为兵家必争之地。

首山因三峰鼎立，酷似三个人头，又称"三首山"。

今日天气晴好，携妻与张国力、刘雨才等好友一起登山览胜。俯视兴城，谈天说地，品评古今……欣喜之情，洒满山路。

特留此句，作为纪念。

一柱擎天披铠甲，

三峰锁雾隐豪情。

携风挽浪笑风雨，

众友山上踏歌行。

2017 年 10 月 18 日

於兴城兵工疗养院

仰山风韵

又遇万佛山

1999 年初秋，在安徽六安，曾游历了那里有名的万佛山。

今到湖南怀化，这里也有一座万佛山。这座万佛山，在通道侗族自治县城南约 20 公里的地方，是国家森林公园、省级风景名胜区。同时还是全国最大的丹霞峰林地貌之一。

山中群峰雄峭挺拔，飞瀑深潭成群，奇洞怪石林立。宝塔山、紫云山、大佛山、神狮峰以及神仙洞、七星古庵等名胜，吸引着无数游人。其中"独岩挺秀""雄狮望月""擎天一柱""金龟觅食""美女望月"等，形象生动，神秘诱人，被誉为万佛山"十大绝景"。

走进万佛山，感受它的神奇秀美。

> 花满群山谢禅威，
> 万尊大佛沐金辉。
> 犹如星宿同降世，
> 怀化有缘菩萨陪。

2017 年 10 月 9 日

於湖南怀化

后记：

见过很多重名的山，如金山、灵山、云蒙山等等，其中已经看到两座千佛山、两座万佛山，听说黑龙江还有一座万佛山。光是名为千佛、万佛的大山就这么多，不由感慨神州的博大！

大兴安岭游记

（三首）

大兴安岭，是我国保存比较完好、面积最大的原始森林，同时也是国家级自然保护区。"兴安"为满语，是"极寒处"的意思。兴安岭，因气候寒冷的大山而名。

大兴安岭古称大鲜卑岭，是中华古文明发祥地之一，在旧石器时代，就已经有人类在这里繁衍生息。

今与妻子和朋友们，从漠河沿额尔古纳河南下，再次走进大兴安岭。

（一）

千山牧野千山缘，
万里林涛万里天。
朵朵白云飞倩影，
年年惹得魂梦牵。

（二）

青山秀水随人转，
蝶舞莺歌溪水潺。
遍地牛羊花竞笑，
大兴安岭第一湾。

（三）

岭中漫游情难收，
林涛浩荡乘飞舟。
高瞻山水胸襟阔，
近看流泉心境幽。

2017 年 8 月 19 日
作于大兴安岭

又记：

　　小兴安岭在大兴安岭的东部。又称东兴安岭，亦称"布伦山"。它西北与大兴安岭支脉伊勒呼里山相连，东南与张广才岭北端相接，南北长约 500 公里，东西宽约 210 公里，是黑龙江与松花江的分水岭。

　　大、小兴安岭走向呈"人"字形，大兴安岭为撇，小兴安岭为捺。

元宝山风韵

（外一首）

元宝山（古称神麋山），是柳州第一高峰（广西第三高峰），因整体山形像个大元宝而得名。主峰青云峰海拔 2085 米。146 公里长的贝江，穿流其间，峰回水环，飞瀑连天。

元宝山是天然的动植物王国，是一座真正的宝山。山上有国家一级保护植物冷杉、南国红豆杉、伯乐树等；还有国家一级保护动物鼋、熊猴、金钱豹以及全球性珍稀濒危的白眉山鹧鸪、仙八色鸫等。

2013 年国务院批准元宝山为国家级自然保护区，总面积达 4220 公顷。

今天，在广西朋友的陪伴下，走进元宝山，领略它的神韵。

宝山横卧天地间，
紫云飞渡逾万年。
太息沧桑只一瞬，
海珠江月映青峦。

漫游宝山

神麋昂首白云间，
贝江奔涌绕碧山。
漫步苔阶听溪唱，
晨钟悠扬颂华年。

2017 年 8 月 16 日夜
作于柳州市

仰山风韵

孤山花盛

　　大孤山，又称花山，坐落在牡丹江市镜泊湖中，它露出水面高约 150 米，是地壳断裂后遗留下来的残块。我觉得称其为岛可能更合适。

　　每当春暖花开时节，大孤山上便开满了杏花、李花、玫瑰、杜鹃等五颜六色的野花，一派生机勃勃。所以当地人又称其为"花山"。

　　2017 年夏，与众好友同游镜泊湖，探访大孤山。目睹了大孤山的芳容。走进花山，满目芬芳，这个名字真正的名副其实。

　　　　　　塞水孤山共客愁，

　　　　　　孑然傲立迎心舟。

　　　　　　莫道世上知音少，

　　　　　　花树伴君度春秋。

　　　　　　2017 年 7 月 29 日

　　　　　　作于大孤山上

天门山遐想

（外一首）

天门山，在张家界市城区南，古称嵩梁山。

公元263年（三国吴永安6年），嵩梁山千米峭壁轰然洞开，形如镶嵌在天幕上的通天之门，故易名天门山。亦因山形如铜壶，俗称方壶山。天门山主峰海拔1518.6米。在山上放眼望去，满目岩溶绝壁；从山下探望，尽是峰林峡谷。

天门洞是世界上海拔最高的天然穿山溶洞。据地方史志载："玄古之时，见霞光自云梦出，紫气腾绕，盈于洞开，溢于天合，以为祥瑞。"

自古以来，奇幻的天门山景象，一直为人们津津乐道。

谁劈天门为我开，
穿山信步登瑶台。
春风满面凌霄处，
疑似神仙下界来。

奇幻天门山

天门吐雾[①]我闲游，
碧野瑶台[②]放眼收。

---

① 由于特殊的地理和气象条件，云雾常从洞中穿越，形成天门吐雾的奇观。

② 山顶东部，长满青苔的奇石密布，天然妆成碧野瑶台的绝妙景致。

云梦仙顶^①曾拜访，
通天大道^②心常修。
洞高岂可容妖怪，
潭阔定当使客愁。
散诞襟怀因禀性，
日月相伴是我俦。

2017 年 7 月 17 日夜
写于张家界宾馆

耕云种月

金磊夫诗词集

① 为天门山十六峰之一，三面绝壁，拔地连天，气宇轩昂。
② 因道路通往天门洞而名。通天大道长 10.77 公里，蜿蜒 99 道弯，有台阶 999 级，正合天有九霄之意。

太子山两首

太子山（阿尼念卿山），位于甘肃临夏回族自治州与甘南藏族自治州之间（相传大秦太子扶苏曾巡视过这里），主峰尕太子海拔 4332 米。山上常年白雪皑皑，由于山高峰险，很少有人登上山顶。

远望太子山如同一位白马王子，巍峨矗立在甘青川藏交汇的这块神奇大地上。藏传佛教格鲁派六大寺院之一的阿卜楞寺就建在这里。

今从山下走过，仰望雪山，不禁生情，赋诗两首。

其一

跃上葱茏自悠悠，
擎天拔地势难收。
皇储本应为少壮，
为何金盔罩白头。

其二

冰雪经年云水激，
群峰高耸绣颜绨。
势衔西北昆仑近，
情恋东南华岳低。
古刹九重钟鼓远，
苍松无数野猿啼。

仰山风韵

深山总是人如织，
因有慧僧正指迷。

2017 年 5 月 11 日
写于甘南自治州

耕云种月

金磊夫诗词集

牛首山赞

我国一南一北有两座牛首山。为了分清这两座山，我把位于江苏南京的牛首山称为"南牛首山"，把位于宁夏青铜峡市的牛首山称为"北牛首山"。

"南牛首山"，是佛教牛头禅宗的开教处和发祥地。因其东、西双峰对峙，形似牛角而名。《金陵览古》记载："遥望两峰争高，如牛角然。"

"南牛首山"由牛首山、祖堂山、将军山、东天幕岭、西天幕岭、隐龙山等诸多大大小小的山组成。周围有感应泉、虎跑泉、文殊洞、含虚阁及宏觉寺、弘觉塔等景观。由于牛首山景色宜人，每岁届春金陵百姓倾城出游，故有"春牛首"之称。清乾隆年间"牛首烟峦"为金陵四十八景之一。

"北牛首山"，在青铜峡市区南的黄河东岸。其主峰小西天（文华峰）与大西天（武英峰）南北耸峙，宛如牛首而得名。

"北牛首山"有建于唐代以前古寺庙群，分东、西两部分，为朔方名刹，是宁夏境内建筑规模最大的古寺庙群。据《宁夏府志》记载，牛首山梵宫古刹林立，霞飞云掩，神奇壮观。

曾临两座牛首山，
昂然雄立各千般。
秀耸南北双峰峭，
对峙东西一脉连。
岿竟有心成牛势，
人当无悔奉华年。

仰山风韵

狂歌一曲攀登者，
直送豪情上碧天。

2017 年 4 月 12 日
写于宁夏青铜峡

耕云种月

金磊夫诗词集

94

走进大别山

（外一首）

　　大别山这个名字，是读小学的时候从《风雪大别山》《千里挺进大别山》等电影和革命回忆录中知道的。1947 年夏天，刘邓（刘伯承、邓小平）大军挺进大别山，揭开全国性战略反攻的序幕。

　　大别山位于安徽省、湖北省、河南省交界处，西接桐柏山，东延天柱山，为淮河和长江的分水岭。它西望武汉，东守南京，地理位置十分重要。主峰白马尖海拔 1777 米。

　　为什么叫大别山？追根溯源，这与大别山独特的地理条件和文化渊源有关。大别山脉连绵千余公里，是长江和淮河的分水岭，山南麓的水流入长江，北麓的水流入淮河，因此大别山南北的气候环境截然不同，植物差异也很大。相传西汉史学家司马迁（公元前 145—公元前 87 年）在 20 岁时曾游历今江苏、浙江、江西、湖南、安徽、山东、河南等地的许多名山大川，当他登上了大别山主峰，观赏大山南北两侧的景色后，不禁感叹道："山之南山花烂漫，山之北白雪皑皑，此山大别于他山也！"大别山由此得名。

　　今走进心仪已久的大别山，感受它的奇特，聆听它的故事。

登临绝顶手擎天，
笑与群仙过岭巅。
峰涌吴楚千重浪，
水连江淮万条川。

仰山风韵

云升脚下铺前路，
霞蔚雄关暖寸田。
崖险瀑飞澄练舞，
龙吟虎啸唱歌还。

大山雄魂

座座奇峰卧天庭，
兵家争战赖其中。
徐彭称帝天堂小，
刘邓挥师气如虹。
旌旗横飞云雾重，
征战血染杜鹃红。
山中魂梦知多少，
华夏脊梁万古雄。

2017 年 3 月 15 日
写于六安市霍山县

耕云种月

金磊夫诗词集

五指山颂

（外一首）

　　五指山是海南省第一高山，位于海南岛中部，因其山峦起伏形似五指而得名。最高峰为二指峰（食指峰），海拔 1879 米（比五岳之首的泰山还高出 300 多米）。

　　五指山是海南岛的象征，也是中国名山之一。海南省的主要江河皆发源于此。这里，山光水色交相辉映，构成奇特瑰丽的海南风光。

　　"我爱五指山，我爱万泉河……"这优美的歌声，伴我登上了日思夜想的五指山。

五指擎天雨霁还，
万泉涌地碧浪翻。
长河飞卷挟星斗，
朝霞喷薄弄云烟。

南国奇山

五峰列阵琼岛安，
何时崛起镇南关。
多情最是天涯客，
岁月丹诚谓泽山。

2017 年 1 月 6 日
作于五指山市

仰山风韵

夜眺北固山

　　北固山在镇江市区东侧的长江边上，虽然不高（只有 55 米），但山势险要，与金山、焦山形成掎角之势，自古有"京口第一山"之称。

　　在镇江城眺望北固山，其横枕大江，石壁嵯峨，山固势险。北固山因此得名。

　　入夜，依窗遥望北固山，难以成眠。作此：

风凛霜浓秋已残，
北固山顶玉轮寒。
江天朗月窥庐舍，
入夜难眠倚阑干。

2016 年 12 月 9 日夜
作于江苏镇江

浮来山组诗

　　地处海岱之间的浮来山，在山东日照、临沂两市的沂水、沂南、莒县三县交界处，浮来山北有佛来峰、西为浮来峰、南耸飞来峰，三峰鼎峙，拱围相连。

　　浮来山虽然不高，海拔只有 299 米，确应了"山不在高，有仙则名"的名言。山中建于晋代的古刹"定林寺"，距今已有 1500 余年。寺中儒、佛、道"三教合一"，相辅相济，传承至今。我国古代著名文学评论家、《文心雕龙》的作者刘勰曾在定林寺里著书立说、藏书校经。

　　寺中有一巨株银杏，树龄已 4000 多年，树高 26.3 米、树围 15.7 米，至今仍郁郁葱葱。被称为"天下银杏第一树"，当之无愧！

巨刹云庵浮一山，
跃向葱茏四百旋。
晨钟悠悠叙往事，
暮鼓声声颂平安。
古树①长青名华夏，
清心向月缘中圆。

仰山风韵

---

① 一株有 4000 余年树龄的银杏树。

一山一树春常在，
一寺①一书②永流传。

古银杏树

根深总有岁华追，
叶茂枝繁绿荫随。
历尽沧桑阅如幻，
灵眼③最爱九州美。

文心亭④

崇尚先贤墨色明，
山风溪水似歌声。
洞天福地无喧气，
文心雕龙慧乃诚。

2016 年 11 月 29 日夜
写于山东临沂

耕云种月
金磊夫诗词集

---

① 指定林寺，已有 1000 多年历史。
② 《文心雕龙》珍藏在这里。它的作者刘勰是南朝文学理论家，南梁时期大臣，后出家并圆寂于定林寺。《文心雕龙》是一部概括了自先秦到晋宋千余年间的文学评论巨著，具有非常的历史价值，对后世产生了巨大而深远的影响。
③ 灵眼：银杏树的别称，亦称白果树、公孙树、鸭掌树等等。
④ 郭沫若为纪念刘勰，题写"文心亭"，刻于浮来山上。

仙游崆峒山

崆峒山位于甘肃平凉市西南。它东瞰西安，西接兰州，南邻宝鸡，北抵银川，是古丝绸之路西出关中的要塞。主峰海拔2123米。

崆峒山是人文始祖轩辕黄帝问道圣地，当为"天下道教第一山"，自古有"西来第一山"的美誉。

游崆峒山，如入仙境。有感而记：

偶上崆峒万仞山，

疑如俗身在云端。

近看秦岭能入怀，

遥望西岳可比肩。

雨后苍龙腾云雾，

夜深元鹤赴瑶坛。

何须再去蓬莱岛，

人到此处已升仙。

2016年11月10日午

作于崆峒山上

仰山风韵

秋游嵖岈山

嵖岈山，又叫嵯峨山、玲珑山。是伏牛山的余脉，因石奇峰异而得名。

嵖岈山的南山、北山、花果山、六峰山，山山相连；秀蜜湖、琵琶湖、百花湖、天磨湖，湖湖相拥……嵖岈山还有九大异石、九大奇峰、九大仙洞等名胜两百多处。

2004 年，嵖岈山被列为国家地质公园，2015 年被评为国家5A 级旅游景区。《西游记》的外景就是在这里拍摄的。

嵖岈峥嵘怨刀斧，
水阔洞深赖巧工。
圆缺阴晴共今古，
日升月落向天公。
喜看秀蜜湖光滟，
乐赏六峰山色空。
尤爱奇峘如仙立，
参禅悟道沐秋风。

2016 年 10 月 2 日夜
作于河南驻马店

耕云种月

金磊夫诗词集

后记：

嵖岈山在河南省遂平县境内。

这里有很多故事：西汉末年，王莽与刘秀在这里追杀，刘秀借嵖岈山脱逃；隋末，农民起义领袖窦建德与秦王李世民在这里决战。李世民当上皇帝后，对嵖岈山钟爱有加；唐朝玄奘曾在嵖岈山诵经修行，他的大弟子道全、三弟子道一，都是嵖岈山人；吴承恩为避祸途经嵖岈山，他从嵖岈山石猴、睡唐僧、醉八戒、白龙马、定海神针、高老庄、流沙河等自然景观中得到创作灵感，写就了恢宏巨作《西游记》。

近代发生在这里最有名的事件，就是1958年4月20日嵖岈山卫星人民公社的成立。这是中国建立的第一个人民公社，也是继巴黎公社之后全世界第二个人民公社。同年10月13日，毛泽东主席亲临嵖岈山卫星人民公社视察。

仰山风韵

心念阿尔金山

（两首）

阿尔金山，至今仍是一座我只能在心里想，可以遥望，却不能游赏，更无法登临的大山。虽然多次到新疆、青海、甘肃，从不同的方向来到了山脚下，但都因季节不对，没能登上这座心仪已久的大山。

阿尔金山，蒙语意为"有柏树的山"。实际上它不是一座山，而是一条山脉。它在新疆的东南部，东接祁连山，西连昆仑山，绵延至青海、甘肃两省，是塔里木盆地和柴达木盆地的界山。东西长约 730 公里，南北宽 60 ~ 100 公里。平均高度海拔3000 ~ 4000 米，最高峰苏拉木塔格峰海拔 6295 米。

每年的 9 月中旬至次年 5 月下旬为积雪期，不宜进山。

1985 年成立了阿尔金山国家级自然保护区，面积 45000 平方公里（相当于江苏省面积）。保护区内群峰巍峨，冰川密布，丛林莽莽，人迹罕至。已发现野生动植物多达 359 种。保护区是藏羚羊、藏野驴、野牦牛、野骆驼、雪豹等野生动物的乐园。

应该给野生动植物留下一片能够自由生活的天地，这是人类文明的表现。

其一

三省缘由此脉连，

一山敢把两盆①担。

---

① 两盆：指塔里木盆地、柴达木盆地。

群峰聚首同争秀，

感叹人微难胜天。

其二

峻岭嵯峨常遥望，

恨不做鹰能远翔。

来到山前惊双眼，

白云只在峰腰上。

2016 年 9 月 8 日於甘南

又记：

　　甘南首府合作市海拔 2885 米。9 月上旬我到这里时，已经下雪了，宾馆开始供暖气。离开北京时穿着 T 恤，特意带着外衣防冷，但没有想到这里的 9 月初竟会这样寒凉。

仰山风韵

又上长白山①

一山远射三江水②，
瑶池③深藏动地魂。
心火咆哮唤红日，
乾坤激荡卷风云。

2016 年 8 月 22 日
作于吉林延边

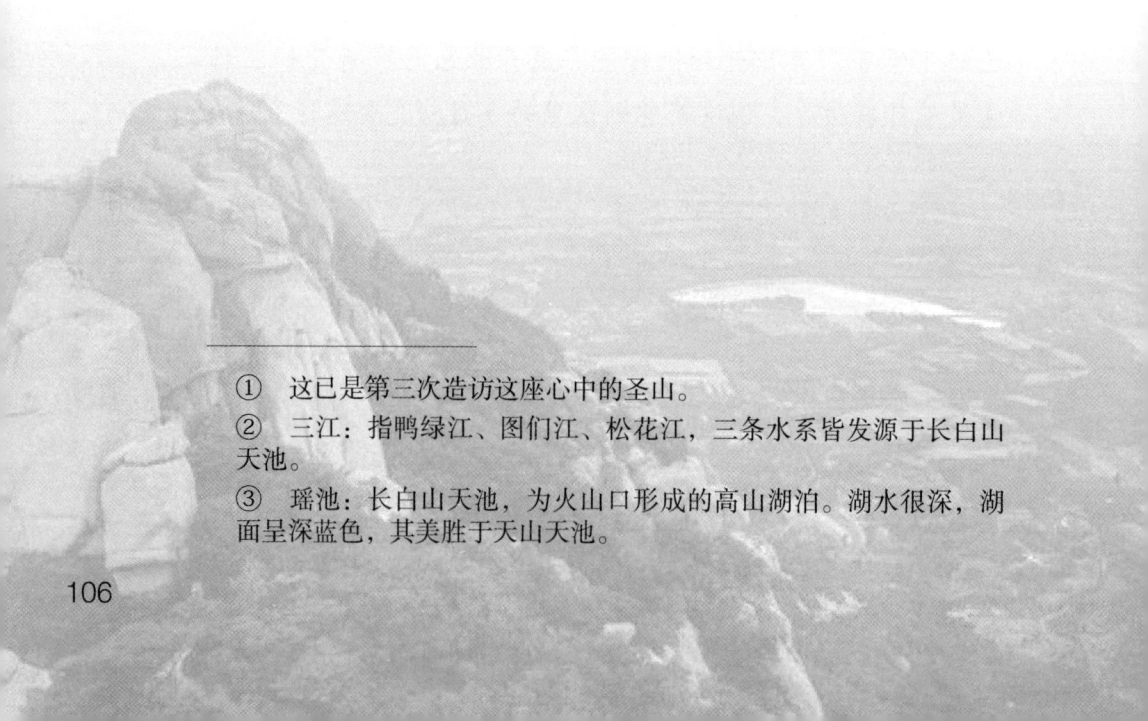

耕云种月

金磊夫诗词集

---

① 这已是第三次造访这座心中的圣山。
② 三江：指鸭绿江、图们江、松花江，三条水系皆发源于长白山
天池。
③ 瑶池：长白山天池，为火山口形成的高山湖泊。湖水很深，湖
面呈深蓝色，其美胜于天山天池。

走进大兴安岭

　　大兴安岭雄居我国东北部，是内蒙古高原与松辽平原的分水岭。它北起黑龙江畔，南至内蒙古西拉木伦河，呈东北西南走向，全长 1200 多公里，宽 200～300 公里，平均海拔高度为 1100～1400 米，主峰黄岗梁海拔 2029 米。

　　过去了解大兴安岭只是在书本上、在地图上。今天走进它，置身松涛激荡的原始森林，真实地感受大兴安岭粗犷的美。

　　　　壮美大兴安，
　　　　逶迤岭接天。
　　　　群峰追日月，
　　　　绿浪涌蓝天。

2016 年 8 月 12 日中午
写于大兴安岭上

仰山风韵

耕云种月

金磊夫诗词集

游峄山有感

（外一首）

　　峄山，又名"邹峄山""邹山""东山"。雄峙于孔孟之乡邹城市东南 10 公里处。因其独树一帜的自然风貌和丰厚的文化底蕴，享誉神州，从古至今，赞美之作不可胜数。其异情奇景之妙，非身临其境无法言表。

　　论其高，峄山仅为泰山三分之一稍强，算不得巍峨；论其面积与周长，峄山与泰山不可同语。然而峄山却以其小巧之体，玲珑之态，集泰山之雄，黄山之奇，华山之险于一身，成就了醉人的秀美。因此峄山有"岱南奇观""邹鲁秀灵"之美誉。

　　峄山以它独特的灵秀，引来帝王秦始皇、刘邦、李世民、赵匡胤、朱元璋等前往览胜。而文人骚客诸如孔子、孟子、庄子、司马迁、李白、杜甫、苏轼、陆游、赵孟頫、郑板桥等，更不辞辛劳登峄访幽。

　　峄山，因有两千多年的文化积淀，加上独特的自然风光，当你有幸登临，就会深深体会到什么是自然美，你会觉得此游别有一番趣味在心头。

　　"登峄山小鲁，登泰山小天下"。果真如此！

游遍天涯访大川，

峄峰独耸在云端。

成败荣辱生前事，

自古人生难两全。

承德继福传忠孝，

浴风迎祥入心田。

如梭流岁当无悔，
似铁江山笑翠烟。

访峄山

曾经数次访东岳，
今日有幸游峄山。
俯看穹玄三宝界，
恍如飞临九重天。
佛门施善筑母鼎，
仙苑呈祥涌玉泉。
坚卓慧磊皆造化，
孔孟之道世相传。

2016 年 7 月 10 日
作于山东邹城

仰山风韵

寻访灵山

（外二首）

灵山，位于江苏无锡，南临太湖，左挽青龙山，右携白虎山。相传，唐玄奘西天取经归来游历到此，见这里层峦叠翠，景色非凡，赞曰："无殊西竺国灵鹫之胜也。"（印度的灵鹫山是释迦牟尼得道成佛的地方），于是他给此山起名"小灵山"。

灵山是国家 5A 级景区。有建于唐贞观年间（距今已有 1300 多年）的祥符禅寺，更有世界最高的青铜佛像（净高 88 米，比乐山大佛还高 17 米，加上三层底座，全高 101.5 米）灵山大佛。这一山、一寺、一佛，使灵山名扬四海。

2012 年，灵山被确定为"世界佛教论坛的永久地址"。

遍寻灵山几十年，
难改初衷自爽然。
踏破铁鞋看不尽，
方知华夏是灵山。

仰望大佛

喜见灵山慰此生，
数看莲界九千层。
仰望佛陀凌霄立，
引我情思上碧空。

祥符禅寺

法会连年不曾散，
世间香火世代传。
佛门无际度苍生，
宝刹千寻耀灵山。

2016 年 6 月 16 日
作于无锡市

又记：

　　我国有太多的灵山，寻不尽、看不够。

　　位于北京门头沟有座灵山，山势高峻，海拔 2303 米，山上为高原草甸。当地有歌谣唱道："灵山二千三，山顶是草原，牛羊云里卧，雾从脚底穿。"

　　在北京这座灵山西边仅 15 公里的河北省涿鹿县也有一座灵山，谓之西灵山，以东、西区分这两座灵山。河北涿鹿县的这座灵山属太行山脉，非常险峻，海拔 2420 米，是北京的天然屏障。站在灵山顶上，可东眺京城，西望塞外。

　　河北迁安市境内还有一座灵山（又称五峰山）。山上多奇峰怪石和清泉。山上有一座建于唐朝的白塔，塔内有一泉，称"圣水井"。传说这座灵山曾是女娲娘娘补天化石处，在此共炼石 36501 块，以补青天。迁安的灵山被誉为"京东第一景"。

　　据说，江西上饶县北部，又有一座灵山，是国家 4A 级

仰山风韵

景区。此灵山有七十二峰，峰峰奇秀，逶迤巍峨，似蛟龙探海，如万马奔腾，非常壮观。

广西钦州市灵山县还有一座灵山，为十万大山余脉。灵山县原名南宾县，唐贞元十年（公元794年），因境内有灵山而改名为灵山县。灵山主要由龙头峰、凤尾峰、龟背峰、鹤立峰、宝障峰、冲霄峰组成，最高海拔343米。山上四季如春，有建于北宋时期的方形石塔，建于明朝正德五年的北帝庙（是闻名遐迩的道观），还有龙隐洞、观音阁、三清宫、揽月亭、六秀书院等古迹。站在山上，东前湖一览无余。

还听说山东胶南市东南的黄海之中，有个灵山岛。灵山岛是继台湾岛、海南岛之后的第三高岛。远望去如同茫茫大海中的一座山峰，当地人称它为灵山。

四川雅安市天全县东北还有一座灵山，与山东海岛上的灵山不同，这座灵山是由红灵山、七灵山、万灵山等群山组成，气势磅礴，最高峰海拔3649米。是集自然风光与佛教文化为一体的风景名胜，有"小峨眉"的美誉。

贵州也有灵山，亦称"黔灵山"，顾名思义：黔中灵山。灵山位于贵阳市郊，被称为"黔南第一山"，为国家4A级景区。山上路幽林密，湖水清澈，奇峰耸立，古刹庄严。贵州灵山贵在城中，美在自然。

河南信阳灵山，位于豫、鄂两省交界的罗山县境内，是我国著名的佛教圣地之一，山上有七寺三庵，其中灵山寺最为奇特，寺内既有僧也有尼，唐代建宁公主就是在此寺出家为尼的。宋、明两代的多位皇帝曾多次亲临灵山寺，足见这座灵山在佛教界的地位之高。

此外，在江苏南京栖霞区东南部还有一座灵山，在河南鹤壁淇县县城西北也有一座灵山……

全国到底还有多少座灵山等待我去探寻？

感悟终南山

终南山，又称太乙山、太白山、中南山、周南山。简称"南山"。终南山是道教全真派的发祥地，素有"仙都""洞天之冠""天下第一福地"的美誉。终南山也是"孝文化""寿文化""财神文化"的发源地。"寿比南山"等典故皆诞生于此。

它位于陕西省境内，是秦岭山脉中段的最高峰，海拔 2604 米，也是我国重要的地理标志。终南山东起蓝田县最东端，西至周至县最西界，东西长约 230 公里[①]，南北最宽处 55 公里（最窄处约 15 公里）。《左传》称终南山为"九州之险"。它巍巍莽苍，雄峙在长安之南，成为古都雄伟壮丽的屏障。《长安县志》载："终南山横亘关中南面。昔人言山之大者，太行而外，莫如终南。"

此山不仅雄伟壮丽，而且动植物资源十分丰富，品类繁多，被誉为"中国天然动物园""亚洲天然植物园"。终南山不仅是国家 4A 级景区，还是国家森林公园，2009 年被联合国教科文组织评定为"世界地质公园"。

人间五月，终南山之巅云海翻滚，气象万千。登上终南山，触景生情，感悟颇多。

缘何今生爱此山？
横在天下自昂然。

---

① 宋人所撰《长安县志》载："终南山西起秦陇，东至蓝田，相距八百里"。与现有关资料表述的"终南山东西长约 230 公里"相差较大。为何这般？待考。

仰山风韵

我笑浮云无定势，
惟尊太乙①唱流年。
休夸名利千般好，
不如禅茶半日闲。
天地万物凭造化，
荣辱成败笑谈间。

2016 年 4 月 26 日
作于陕西铜川市

耕云种月

金磊夫诗词集

---

① 太乙山即终南山。

天竺山踏雪

3月24日，在陕煤集团吴总陪同下，踏雪走进天竺山。

天竺山位于秦岭南麓的陕西省山阳县境内，海拔2074米。其山势陡峭，风光绮丽，有"秦岭奇观"之美誉。

"天柱摩霄"一柱擎天，"刀背梁"如刀劈斧砍，"飞身峰"悬崖突兀……山峦叠嶂，森林茂密。这里既有第四纪冰川遗迹，又有规模宏大的喀斯特地貌奇观，还有源远流长的隋唐道教文化遗存。

在山上虽未见日出、云海等奇景，但雪峰、雾凇更为壮观。置身其间，疑在玉宇，别有情趣。作此短句留念：

群山逶迤腾鲸浪，
秦岭昂然托远天。
飞雪迎怀朔风啸，
银装素裹心中暖。
山前已是春花俏，
巅顶胜于冰镜寒。
有幸来朝玉三界，
爱在天竺忘回还。

2016年3月24日
写于陕南山阳

仰山风韵

115

登武夷山组诗

　　武夷山，又名虎夷山。位于福建省西北部与江西省交界处，是福建省最高的山脉，许多山峰海拔都在 1000 米以上。主峰黄岗山海拔 2158 米。

　　武夷山属典型的丹霞地貌。是中国著名的风景旅游区和避暑胜地，还是世界文化与自然双重遗产，拥有世界生物圈保护区、全国重点文物保护单位、国家级自然保护区、国家生态旅游示范区、国家水利风景区等盛誉。武夷山还是三教名山，自秦汉以来，就是羽流禅家传经布道之地，更是儒家学者讲学明理的殿堂。

　　再次走进武夷山，恍若进入了人间天堂。

雨游武夷

武夷耸秀竞嶙峋，

奇剑倚天摄心魂。

忽报龙行携烟雨，

似为游客洗征尘。

情醉武夷

层峦叠嶂彩云飞，

"大王①""玉女②"紧相随。

---

① 大王峰，又称纱帽岩、天柱峰，因山形酷似宦官帽独具王者威仪而得名。它位于九曲溪口北面，是进入九曲溪第一峰，海拔 530 米，在武夷山三十六峰中，有"仙壑王"之称。

② 玉女峰，亭亭玉立于二曲溪南，其岩壁秀润光洁，俨然一位俊俏少女，"插花临水一奇峰，玉骨冰肌处女容"，是诗人对玉女峰神韵的真实写照。玉女峰与大王峰像一对情人相亲相望，引发了人们丰富的联想。

耕云种月

金磊夫诗词集

青山秀水连天碧，
只瞧一眼心便醉。

大红袍

　　大红袍——武夷山最负盛名的茶，位居武夷山岩茶"五大名丛"之首，实为"茶中之王"。

　　大红袍母树生长在九龙窠内陡峭的岩壁上，岩顶终年有泉水滴落，土质温润，日照短，昼夜温差大，这种特殊的自然环境，造就了大红袍的特异品质，加之产量极为稀少，成为珍品和历代贡品。

　　今到山上，一睹大红袍母树芳容，同时品尝名茶，着实有幸。

久闻红袍生崖边，
沐风浴露三百年。
芽头总是朝天笑，
不负岁月结吾缘。

品茶

青峰秀水漫山花，
乐在武夷品名茶。
红袍沁心香四海，
贡品走进百姓家。

2015 年 11 月 15 日午
作于武夷山上

仰山风韵

117

游贺兰山

耕云种月

金磊夫诗词集

贺兰山位于宁夏与内蒙古交界处，最高海拔3556米。其山势巍峨，形如青白色骏马。北方游牧民族称骏马为"贺兰"，故名贺兰山。

贺兰山在西夏王朝时期，已被视为兵家必争之地，也是当时的避暑胜地。南宋著名的民族英雄岳飞一首气壮山河的《满江红》，使贺兰山名扬古今。

今幸游此山，特记：

> 龙旌飘舞跨雄关，
> 跃马飞身踏贺兰。
> 酒泛黄河射东海，
> 诗连雪浪壮波澜。
> 流云偏向鞍前涌，
> 烽火却从书上看。
> 遥想西夏成过往，
> 沧桑历史笑谈间。

2015年11月3日
写于贺兰山下

咏凤凰山

（外一首）

凤凰山位于丹东凤城市东南 3 公里处。自古有"辽东第一山"的美誉。南北朝时称其为"乌骨山"。

据传，贞观年间唐太宗李世民游览此山时，有凤凰飞来拜祖。太宗大悦，遂赐名"凤凰山"，至今已经有 1300 多年的历史。

凤凰山上凤凰亭，
此处已无凤飞鸣。
一捧相思伴月走，
满怀寂寥向天倾。

龙凤吟

倚天雄立扶飞云，
涧水游龙与凤吟。
海空苍茫放眼望，
心随帆影尽消魂。

2015 年 10 月 6 日

信步天华山

（外一首）

　　天华山，位于辽宁省东部宽甸满族自治县灌水镇北部，为长白山脉西南麓，海拔1100多米。其中"白龙涧""青龙涧""玉龙涧""天华峰""西谷顶"五大景区浑然一体，这里的奇峰、怪石、森林、古木、涧峡、瀑布、溪水的自然之美，相映生辉，它的奇妙、清幽、雄险和润秀，以及密集型、高品位的自然景观资源，被专家们誉为"旷世佳境，万景奇山"。

　　雄奇峻拔的天华峰、神采奕奕的毛公峰、坐立云端的观音峰、栩栩如生的狮头峰、高耸云天的御玺峰、跃上云头的海豹峰等十八奇峰构成天华山的云天奇观；气势雄伟，望而生畏，攀而心惊的通天峡和天门风道、龙脊险崖可谓"天下一绝"；三涧六谷清幽幻化，沁人心肺，奥妙天成；天华山之水更是清澈缠绵，瀑布、溪水从巨石上飞泻，从怪石间跳绕，为天华山注入了灵性和活力。

　　畅游天华山，实为人生之乐事。

青①白②双涧伴玉龙③，
观音④御玺⑤峰连峰。

---

① 青龙涧。
② 白龙涧。
③ 玉龙涧。
④ 高耸入云的观音峰。
⑤ 巍峨的御玺峰。

耕云种月

金磊夫诗词集

信步走过通天峡[1]，
岂料俗身已仙成。

天华山吟

信步天华飞笑语，
山风激荡吹满怀。
凡人登临添雅兴，
诗从腹中迸出来。

2015 年 10 月 2 日
写于辽宁宽甸

仰山风韵

---

[1] 通天峡为天华山奇景之一。

雨后天姥山

2009 年夏天，曾来过这里，天姥山给我留下了美好的印象。再次走进这座文化名山，心情仍然十分激动。

昨夜，大雨倾盆；今晨，旭日东升。看来天知我心，山懂我意。既有山缘，也有天缘。实乃有情终能如愿。

雨后，天姥山升起彩虹。迎着彩虹登山，别有一番情趣。

何必江湖梦里寻，
名山有约当登临。
深秋天雨懂吾意，
天姥初晴黛色新。
开怀一笑荡幽谷，
返耳三声绕余音。
奇峰磊磊堪作友，
烟树蔼蔼最宜人。

2015 年 9 月 9 日
吟于登山路上

再游琅琊山

这是第二次游琅琊山。

自宋代以来，琅琊山一直是皖东著名的旅游胜地，享有"蓬莱之后无别山"的美誉。又因山上盛产多种药材，被誉为"天然药圃"。

山中有建于唐代大历六年（公元 771 年）的琅琊寺和建于宋代庆历六年（公元 1046 年）的醉翁亭，还有二贤堂、宝宋斋、洗心亭、让泉、野芳园、同乐园、深秀湖、姑山湖等名胜。

琅琊山，因欧阳修的《醉翁亭记》名扬四海。宋代的曾巩、王安石、辛弃疾，明代的宋濂、文徵明、王守仁等诗人、文学家、书画家、教育家、政治家等都曾宦游或旅居琅琊山，题诗作赋，以记其盛。

今与好友再游琅琊山，感受它的大雅真美。有感：

醉翁悠然山水间，
东葛城头晓月圆。
闲游最是琅琊美，
环州百里天公赞。
唐晋碑刻崖上立，
宋元亭榭溪前建。
涧绕峰回石径斜，
风唱云缠丹梯悬。
客来客去无留迹，
人醉人醒有诗篇。

2015 年 8 月 21 日
写于安徽滁州

仰山风韵

谒老君山

耕云种月

金磊夫诗词集

河南栾川老君山，是秦岭余脉八百里伏牛山的主峰，海拔 2297 米。原名景室山。因西周守藏室史李耳[1]至此归隐修炼，被道教尊为太上老君，唐太宗因此将山易名为"老君山"，沿袭至今。明万历十九年被封为"天下名山"。

老君山距今已有两千多年人文历史，享有"天下无双圣境，世界第一仙山"的美誉。

> 书里梦中老君山，
> 年逾半百才相见。
> 雾缠天门通仙庭，
> 路叠石阶连圣殿。
> 望尽红尘谁共知，
> 青牛独识五千言[2]。
> 东来紫气云多情，
> 玉皇顶上静修禅。

2015 年 7 月 15 日
作于河南栾川

---

[1] 老子，姓李名耳，字聃。是我国古代伟大的哲学家、思想家，道家学派创始人。

[2] 老子所著《道德经》是一部对国人影响深远的思想巨著，分为《道经》《德经》，上、下两卷共 81 章，全文约五千字。

后记：

　　四川新津县有老君山，河北怀来县有老君山，云南文山州也有一座老君山，甘肃武山县还有一座老君山……说不清我国到底有多少座老君山。

仰山风韵

雄奇鳌山

鳌山[①]，古称垂山、武功山。因位于太白山以西，也称西太白山。鳌山坐落于秦岭主脉，在陕西太白县境内，主峰海拔3476米，是陕西的第二高峰。

相传远古时代，女娲炼五色石以补苍天，断鳌足以立四极。那时华夏大地洪水肆虐，灾害连年，大地震动，地维不稳。东海龙王第九子神鳌，献出四足，以立四极，但从此不能游泳爬行。女娲念神鳌断足之功，遣神鳌雄镇中央，分流南北，从此天下风调雨顺，水流东去，地维沉稳。鳌山从此成为一道雄伟的龙脊，横亘在中华大地上。

鳌山是秦岭山脉中最为原始的区域，动植物种类非常丰富。石海遗迹遍布山坡，一望无际的万亩大草甸，千姿百态的第四纪冰川遗迹……

鳌山因其高耸入云的雄伟，壁立万仞的险峻，变幻莫测的气候，鬼斧神工的奇景而名声远扬。相传唐代名医孙思邈深居鳌山，精研医药，著书立说。每一个独特的景观，每一个神奇的故事，每一个优美的传说，都给鳌山增添了生命和灵气。

走进鳌山，才有无限遐想；登上鳌山顶，才能真正感知大山的神韵和雄奇。

---

① 鳌山于2009年被评为我国十大"非著名山峰"之一。

耕云种月 金磊夫诗词集

千壑碧涛萦惠风，

万峰雄峙向昊空。

东西太白两相对，

南北群峦皆仰宗。

远望八龙飞故郡，

近闻三凤恋皇城。

几番沧海度尘世，

一座鳌山立心中。

2015 年 6 月 18 日
作于陕西太白县

仰山风韵

感悟梵净山

（三首）

梵净山原名"三山谷"，得名于"梵天净土"。位于贵州省铜仁地区的江口、印江、松桃三县交界处，主峰海拔 2493 米，系武陵山脉主峰。

梵净山是中国著名的佛教道场和自然保护区，是与山西五台山、浙江普陀山、四川峨眉山、安徽九华山齐名的中国五大佛教名山，也是弥勒菩萨的道场。梵净山还是中国十大避暑胜地之一。

原始洪荒是梵净山的特征，云瀑、禅雾、幻影、佛光四大天象奇观，为梵净山增添了神秘的色彩。

走进梵净山，会让人忘却尘世的烦恼，变得轻松快活。

咏梵净山

紫霞弥漫九重天，
高筑崇台盛绮筵。
劈出巨峰开净土，
返荒万古玉弓悬。

说法台

双峰拱立云天外，
弥勒心宽笑口开。
咒语呢喃能伏虎，
慧光普照众生来。

太子岩

端磊摩崖如太清，
千峰簇拥胜蓬瀛。
祥光万里行天道，
凤舞龙翔耀帝城。

2015 年 5 月 22 日
作于贵州铜仁

仰山风韵

二龙山春色

二龙山坐落在黑龙江古城宾县境内，距省会哈尔滨50公里。

二龙山由大龙山、小龙山组成。大、小龙山相并峘立，山势起伏，如巨龙腾云驾雾，摇头摆尾奔向二龙湖中的珍珠岛。二龙山由此得名。二龙山是首批国家4A旅游区，被称为“哈尔滨东花园”。

一湖碧水，三面环山，既有二龙戏水、长龙卧波、银峰插翠等景色，又有宝岛飞虹、湖面飞鱼等奇观。不愧是休闲、消夏、疗养、度假的好地方。

二龙山上盛春花，
游此如同访仙家。
览胜踏歌心已醉，
手牵轻风抚春花。

2015年4月30日夜
写于哈尔滨曼哈顿酒店

又记：

二龙山上的灵龙寺（亦称万佛寺），是东北地区规模最大的庙宇。寺内藏佛万余尊，香火旺盛。

二龙山滑雪场，是我国规模最大、设备最全的两大滑雪场之一，可同时容纳2000人滑雪。冬天来二龙山，也会有无尽的乐趣。

圣境牛头山

牛头山，在陆良县城西北。古称：契茂山、天柱山。

《云南通志》中，把这座山列为华夏五大名山之一。牛头山以八景著称：绝顶摩天、万山拥浪、山椒旭日、皓魄初升、帆峰秋潭、古院烟霞、林间松韵、鸡唱晨钟，这些名胜蜚声海内外。

山上有建于明永乐年间的牛头山寺（又称天竺寺），是云南道教圣地，与武当山的真庆宫为伯仲。深藏在这座大山中的"牛山古寨"遗址尚存，方圆有数百亩之大。此寨建于哪朝哪代，尚待考证。这里的天师峰、擎天柱、天崩峡、石门峡、仙女瀑、流云瀑、潜龙瀑等奇峰幽峡，流泉飞瀑，吸引了无数游人。

群峰耸天势峥嵘，
牛头山峻秀三清①。
烟霞袅袅玄都界，
瑞气腾腾开圣境。
野鹤闲云心不老，
悠然自在听泉声。
修身养德怀天下，
乐善好施一愚翁。

2015 年 3 月 26 日
写于陆良县城

---

① 三清山，在江西上饶玉山县与德兴市交界处，是中国道教名山。

仰山风韵

又记：

　　牛头山也重名。在浙江武义县境内还有一座牛头山，距县城 60 公里。山中峰峦叠嶂，高耸云霄，千米以上的高峰很多。由于地形切割深度达 200 ～ 400 米，断崖、峭壁、险壑错落有致。因此山高谷深的浙江牛头山也非常壮观。

天台山抒情

（外一首）

天台山在浙江天台县城北，西南接仙霞岭，东北连舟山群岛，是曹娥江与甬江的分水岭，主峰华顶海拔 1098 米。天台山因"山有八重，四面如一，顶对三辰，当牛女之分，上应台宿"，故名天台山。

天台山是佛教天台宗和道教南宗的发祥地，又是活佛济公的故里，素以"佛宗道源、山水神秀"著称。山上的天台寺，始建于隋开皇十八年（公元 598 年）。后改名"国清寺"沿用至今。

媚丽的高山云海，神奇的天台佛光，是天台山独特的气象。徐霞客三上天台山，王羲之也曾旅居华顶，无数文人墨客在此流连忘返。2015 年天台山被评为国家 5A 级景区。

登赏天台山，实为人生幸事！

我自天台望曙霞，

手扶霄汉度无涯。

到此如赴昆仑会，

何去仙境访桃花①。

---

① 桃花源是天台山一处富有神奇色彩的地方。流传着：东汉时剡县农民刘晨、阮肇来此采药，偶遇二仙女，修仙得道上天的故事。

仰山风韵

华顶抒怀

浮云舒卷无常势，
飞瀑①激荡有随形。
惟有达人臻此理，
逍遥物外度人生。

2014 年 10 月 10 日午
作于天台山上

后记：

神州辽阔，有很多座天台山。

除浙江天台山外，较有名气的还有四川邛崃天台山，为蜀中名山，是大熊猫的栖息地。四川泸州也有一座天台山。陕西神木县有天台山，汉中有天台山，江西萍乡有天台山，辽宁朝阳县有天台山，河北平山县有天台山，石家庄还有天台山，云南腾冲天台山，北京天台山……天台山何其多！

中国的名山大川，真是数不胜数，游不胜游。让人看不够，爱不够。

---

① 石梁飞瀑是天台山著名景点。峭壁间有一巨石如飞龙横亘其间，称石梁；金溪与大兴水汇此跌落形成瀑布群，蔚为壮观。

《江城子》游武夷山

武夷山下碧溪横，
水风清，
飞霞明。
九曲竞秀，
日月伴我行。
仙迹神踪知几许，
云舒卷，
峰峥嵘。

与君同泛小舟轻，
频对酒，
诗相赠。
豪饮酣吟，
时闻踏歌声。
亲山近水晓天下，
回棹远，
翠烟凝。

2014 年 9 月 23 日
作于武夷山客舍

仰山风韵

狼牙山雄魂

（外一首）

耕云种月

金磊夫诗词集

狼牙山，坐落在河北易县西部的太行山东，原名郎山。主峰莲花峰海拔 1105 米，因山势奇峰林立，峥嵘险峻，状似狼牙而得名。

"狼牙竞秀"为古城保定八景之一。山上既有棋盘坨、风动石、仙人桥、南天门等自然奇观，又有建于汉武帝时期的老君堂、三教堂，还有建于北魏时期的蚕姑庙等文物古迹。

狼牙山还是一座彰显民族精神的英雄山。1941 年 9 月 25 日，五位勇士为掩护部队和百姓撤退，他们面对步步紧逼的日寇，在弹尽路绝的情况下，宁死不屈，义无反顾地跳下悬崖的惊天壮举，就发生在狼牙山上。

今秋，我带着崇敬的心情，登上狼牙山。面对祖国的大好河山，英雄的壮举又浮现在眼前……

莲花峰上龙飞舞，

色彩斑斓岭披纱。

壑深谷幽藏玉涧，

山高峦秀盛香花。

易水奔流唱秋色，

勇士雄魂壮华夏。

但看丰碑云外立，

热血染红满天霞。

颂五勇士

倭寇野心犯华夏，
英雄抗日战狼牙。
舍身跳崖惊天地，
千古丰碑耀绮霞。

2014 年 9 月 18 日
於易水湖边

仰山风韵

仙女山神韵

（外一首）

武隆位于重庆市西南。其特殊的喀斯特地貌和温润气候，使这里山峰奇特，万物钟秀，成为著名的国家地质公园和世界自然遗产。

在重庆朋友的热情推荐下，走进了天女山。这里果然不同凡响，非常值得一游。

地设三桥[①]天造化，
大鹏[②]恋此巧安家。
雄鹰笑傲山河秀，
不待飞黄已腾达。

仙女山草原[③]

期盼已久探草场，
有幸临此竟迷茫。

---

① 因岩溶而形成的天龙桥、青龙桥、黑龙桥拔地而起，三座桥平均高 200 米以上，桥面宽约 100 米。在相距仅 1.2 公里的范围内，就有如此庞大的三座天生桥，世界罕见。

② 过青龙桥回首眺望桥顶，凸起的山峰形如雄鹰展翅，日夜守护着这里的山山水水。

③ 武陵仙女山拥有南国少见的高山林海草原。其主峰海拔 2033 米，平均海拔 1900 米。群山起伏而又不失平坦，给人以阴柔与阳刚相济的和谐美。山上林海茫茫，松涛滚滚。镶嵌在山林之间的辽阔草原碧绿如洗，绵延无际，如诗如画。

亦真亦幻云雾绕，
疑似俗身入画廊。

2014 年 9 月 13 日
作于重庆武隆

仰山风韵

白石山秀色

（外一首）

耕云种月

金磊夫诗词集

白石山，因山多白色大理石而得名。位于河北涞源城南，雄居八百里太行最北端。最高峰"佛光顶"海拔 2096 米，被誉为"太行之首"。

白石山拥有奇峰、怪石、云海、佛光、楼台亭阁，集黄山之奇、华山之险、张家界之秀于一山。峰峻谷深，连通天地，可谓雄；峭壁峥嵘，悬崖突兀，是谓险；云海翻卷，缥缈难当，应谓幻。此乃白石山的特点，其绚丽风光让人爱不思归。

2006 年，白石山被联合国有关组织审定为"世界地质公园"。

今日，携妻与靖宇、南冰、春雷等同登此山。记之，以谢众友。

云掩雾遮白石山，
俗身至此竟成仙。
从今不问红尘事，
乐在天庭主桃园。

悦心赏景

"双雄"① 守天庭，
"云都"② "佛光顶"③。

---

① 为双雄石。
② 为云都峰。
③ 为佛光顶。

"景心"① "野花坡"②，

"飞云"③ 汇 "七星"④。

"升烟"⑤ 迷远客，

"红桦"⑥ 舞倩影。

"晴云"⑦ 含羞笑，

"西岭"⑧ 拥 "列屏"⑨。

2014 年 8 月 31 日

於河北涞源

① 为景心亭。
② 为野花坡。
③ 为飞云口。
④ 为七星山。
⑤ 为升烟井。
⑥ 为红桦林。
⑦ 为晴云峰。
⑧ 为西岭景区。
⑨ 为列屏谷。

以上均为白石山景区著名景点。另有"八戒娶妻""仙人晒靴""海豚出水""三佛朝圣""绝壁长廊""风云际会"等奇峰异景，使白石山美不胜收。

仰山风韵

恭读敬亭山

敬亭山，位于安徽宣城市北郊，为黄山支脉。60余座大小山峰簇拥着一峰、净峰、翠云峰三大主峰。最高峰翠云峰海拔324.1米（也有说，"一峰"为主峰，但它的海拔只有317米）。

敬亭山不追"五岳"的雄奇险峻，不纳"三山"的缭绕香火，以特有的"清幽雅丽之姿，千古诗山之誉"而闻名天下。李白曾七次登临此山，白居易、杜牧、韩愈、刘禹锡、王维、文天祥、汤显祖、孟浩然、李商隐、颜真卿、韦应物、欧阳修、苏东坡、文徵明、石涛、梅尧臣等等，历代的众多文人墨客莅临敬亭山，留下了数以千计的诗文碑刻。"江南诗山"的美誉，使敬亭山"名齐五岳"，誉满天下。

这座大山不仅要看，更要深读。中华民族优秀的传统文化不但要继承，更要发扬光大。

日丽风轻白云淡，
恭读幽雅敬亭山。
碑刻诗词传千古，
承兴文脉咏江天。
春秋不负耕耘路，
日月有情家国安。
复兴神州当奋进，
吾侪挥墨著新篇。

2014年8月21日
作于安徽宣城

耕云种月

金磊夫诗词集

又访九宫山

（外一首）

这是我 8 年后第二次走进九宫山。

横亘于鄂赣边陲的九宫山，是我国道教五大名山之一。南宋时期，著名道士张道清，奉皇帝圣旨，在九宫山上建起三宫十二院，兴坛设教，使九宫山名扬四海。

九宫山主要由铜鼓凸、龙瑞山、三峰尖、大仰山等海拔1500 米以上的山峰组成。主峰老崖尖1657 米，是鄂东南第一高峰。

九宫山中，遍地喷泉飞瀑，四季涌流不竭；寺庙恢宏，香火鼎盛。山上有：华中第一高山湖——云中湖，华中最大瀑布——大崖头瀑布，华中第一松——迎客松，御制道派祖庭——瑞庆宫，还有享誉国内外的阿弥陀佛道场——无量寿禅寺。

同是全国的道教名山，又同在湖北，九宫山比武当山低调得多。

银河倒悬挂碧霄，
散成飞雪漫天飘。
重重叠叠山千座，
弯弯曲曲路九条。
健步石阶观美景，
畅游云海自逍遥。
逶迤峻岭分楚吴，
灿烂晚霞两地烧。

仰山风韵

咏九宫山

群山起舞势如龙,
驾雾腾云上九宫。
月中嫦娥迎我笑,
桂花飘洒翠湖中。

2014 年 7 月 7 日
作于九宫山上

补记:

　　九宫山名字的由来,有两种说法。

　　其一:据《太平御览》记载,南北朝时(公元 569 年),陈文帝的二子陈伯恭率领兄弟九人,为避战乱,来到山上,在这里建了九座行宫。后人称此山为九宫山。

　　其二:此山主要由四峰五岭组成,合九宫之数。谓之九宫山。

耕云种月

金磊夫诗词集

咏万仙山

　　万仙山，位于太行山南麓，距新乡市 70 公里，最高峰海拔
1672 米。登上峰顶可远眺黄河，一览透迤群山。

　　万仙山汇聚了太行山赤岩绝壁的精华。甲胄在身的将军峰、
挥手遥望的华山石人、仰天侧卧的虎啸石、几欲开屏的孔雀、龙
洞奇石、古寨崖梯、奇花异草……使万仙山千姿百态，如同人间
仙境。

　　　　　　万仙山里觅仙踪，
　　　　　　磨剑峰前试剑功。
　　　　　　飞瀑流泉天成就，
　　　　　　星移斗转地生风。
　　　　　　万壑有声传南北，
　　　　　　千峰无语立西东。
　　　　　　将军已乘黄鹤去，
　　　　　　虎啸石上悟人生。

　　　　2014 年 6 月 14 日
　　　　作于万仙山上

仰山风韵

寻访药王山

坐落在陕西铜川市耀州城东的药王山，本名五台山。据《长安志》记载，药王山古称风孔山、磬玉山。北宋时，以山有五峰，顶平如台，更名五台山。药王山是民间俗称，因孙思邈晚年归隐于此，人们尊他为药王而得名。这一名称在清光绪二十五年（1899年）被正式载入《陕西全省舆地图》中，从此取代了五台山的旧名，沿用至今。

药王山五峰环峙，高低错落。山上殿宇轩昂，宫观峥嵘，古柏荫郁，遍地药香，谷深幽静，风光怡人。历代修建的宫观庙宇，使药王山成为著名的医宗圣地。

这里还是保存北朝和隋唐造像碑最多的地方，1961年公布为"全国文物重点保护单位"。书法家及诗人于佑任、建筑大师梁思成、林徽因等对药王山建筑、石刻艺术都给予了极高的评价。

初春，寻访到这里。

不愿俗身隅偏安，
广游云水纵河川。
久寻医圣归隐处，
遂意诚访药王山。
百草深藏云雾里，
殿堂耸立紫霞前。
岐黄典籍传天下，
悬壶济世胜似仙。

2014年4月30日夜
写于耀州城

146

后记：

　　为寻访药王山，先后到过陕西、四川、浙江、西藏和山东。因为这些地方都有药王山。

　　四川的药王山在都江堰旁，距成都60公里。据载，孙思邈晚年隐居于此，著成传世经典《千金要方》《银海精微》。这里建有药王庙，冯玉祥将军为药王殿题写"药王孙氏真人"匾额。

　　浙江的药王山距衢州34公里。相传，炎帝神农氏曾在此采药；神医李时珍、华陀、孙思邈、刘神威等先后在此山采药、居住和行医。

　　这三座药王山都与医圣、药王孙思邈有关。

　　山东东阿也有一座药王山。清帝康熙、乾隆南巡时，曾多次来到这个被视为"神山"的地方。从古至今广为流传着"祈福祈寿求平安，请到东阿药王山"的说法。

　　西藏还有一座药王山，在拉萨布达拉宫的东侧，与红山咫尺相对。海拔3725米，是我国五座药王山中海拔最高的。这里是藏医的发源地，山上供有药王菩萨。

仰山风韵

佛恋凌云山

说起凌云山，或许很多人不熟悉，但谈到乐山大佛，一定世人皆知。凌云山古称青衣山（因青衣江得名），乐山大佛就坐落在凌云山的凌云寺旁，所以乐山大佛又被称为凌云大佛，为弥勒坐像，通高71米。开凿于唐开元元年（713年），完成于贞元十九年（803年），历时90年。

凌云山遥峙峨眉，俯临三江，九峰峥嵘，气势浑雄。凌云山、乐山大佛、乌龙山等共同组成了国家5A级景区，是"世界自然与文化"双遗产。凌云山与乐山市因大佛而名扬中外。

站在凌云山下仰望大佛，心中不仅仅是赞叹，一种特殊的情感油然而生，是庄严，是大爱，是责任……

依山端坐善从流，
面水俯临古嘉州①。
弥勒慈祥恩浩荡，
慧心大德解忧愁。
一千栈道拾阶上，
三江②波涛润沃畴。
无量佛光长济世，
博大胸怀胜乌尤③。

2014年4月18日
作于四川乐山

---

① 乐山市古称嘉州。
② 三江为：大渡河、青衣江、岷江。
③ 乌尤山是四川省内的一座名山。

148

耕云种月

金磊夫诗词集

品赏武夷山

（外一首）

被誉为"三教名山"的武夷山，位于福建西北与江西交界处。是世界文化与自然双重遗产、世界生物圈保护区、全国重点文物保护单位、国家重点风景名胜区、全国著名避暑胜地……

自秦汉以来，武夷山就是羽流禅家布道传经之地，留下了众多宫观、道院和庵堂。先民的智慧，雅士的驻足，文臣武将的造访，使武夷山有众多文化遗存。山中有朱熹、游酢等鸿儒的书院35处；历代摩崖石刻450多方；宫观寺庙60多处。还有始建于唐代天宝六年的武夷宫；有天下无双的天游峰、九曲溪、水帘洞。武夷山又是举世闻名的大红袍茶母树生长地……。

沐浴着春风，走进武夷山。能深入地品赏它的大美，实是幸事。

武夷山顶驭长风，
神仙几许尽灵踪。
水帘洞府云霄上，
九曲溪流碧嶂中。
千叠岭峦迎远客，
万片祥云接彩虹。
老夫含笑深情处，
桃杏芬芳春正浓。

仰山风韵

149

山中品茗

武夷山中有好茶，
九湾溪畔盛春花。
闲坐茅舍品新绿，
伫立亭前赏晚霞。

2014 年 3 月 29 日
於武夷山上

顺访岐山

陕西省的岐山县，因岐山而名。

岐山位于县城西北。岐山虽然不高，但它却是中华民族的发祥地之一，也是炎帝生息、周室肇基之地，还是周文化的源头，更是民族医学巨著《黄帝内经》、古代哲学宏著《周易》的诞生之地。

阳春三月，赶路经此，顺访岐山并拜周公庙。

夜住岐山。特记：

夜宿岐山望海楼，

星斗高挂月如钩。

春风吟唱刚归梦，

笑我鼾声伴瀑流。

2014 年 3 月 11 日

写于岐山县城

仰山风韵

金磊夫诗词集

西山晴雪

　　北京西山烟光岚影，四时俱胜。著名的香山公园就坐落在西山之中。"西山晴雪""西山红叶"等名胜，自古就被人们津津乐道。数百年来，不知有多少文人学士被西山倾倒，或游乐其间，或作诗题咏，为胜境增辉不少。

　　初冬，应朋友之邀，到西山茶室雅聚。

西山夕阳垂，
东风冬雪催。
庭前腊梅绽，
堂内笑声飞。
围坐同欢饮，
茶香沁心扉。
流年无须留，
四季好轮回。

2013 年 11 月 22 日夜
於北京西山客舍

《渔歌子》西山醉秋

西山，指的是北京西山，它是太行山的一条支阜，峰岭相连，林海苍茫，宛如腾蛟起蟒，从西方遥遥拱卫着北京城。

秋天的西山色彩斑斓，美得如同上帝的画板。走进它你一定会醉的。今在西山小住，有感。填词两首，以做留念。

门外庭前落叶红，
海棠浸露解朝酲。
云淡淡，
雾朦朦，
清秋闲情醉花丛。

2013 年 10 月 18 日

《渔歌子》秋日西山

窗外西边落红日，
晚霞乘风任驰骋。
天彤彤，
山重重，
金色乾坤在手中。

2013 年 10 月 19 日
作于西山国家森林公园

仰山风韵

153

览无量山

（外一首）

　　无量山，古称"蒙乐山"，位于云南景东县西部，为横断山脉云岭的余脉。无量山中的金鼎山、凤冠山、猫头山、白竹山等十几座山峰都在海拔 2500 米以上，主峰笔架山海拔 3376 米。因其"高耸入云不可跻，面大不可丈量"而名无量山。

　　金庸先生在其作品《天龙八部》中对无量山、无量剑、无量玉壁、无量剑湖宫等有着精妙细腻的描写，使得无量山更加闻名遐迩。

　　无量山雄奇险峻，绵延数百里，它的神秘色彩吸引了无数游人。

蒙乐山高隐南疆，
人间秘境雾中藏。
群峰巍峨生浓碧，
烟雨飞虹如画廊。

无量玉壁①

无量山雄向云耸，
银河直泻九千重。

---

　　① 无量玉壁：剑湖边有一块巨大光滑的石头称玉壁。据传说：月出时，幸运的人可以看到仙人在玉壁上练剑。

飞瀑①化作轻烟起，
疑是天庭舞玉龙。

2013 年 10 月 6 日
作于云南景东

仰山风韵

---

① 羊山瀑布从几十米高的悬崖上飞泻而下，喷珠吐雾，气势磅礴，
非常壮观。

三上黄山

黄山，被称为"天下第一奇山"。是世界文化与自然双重遗产、世界地质公园，也是中华十大名山、国家级风景名胜区、国家5A级旅游景区……

黄山原名"黟山"，因峰岩青黑，遥望苍黛而名。后因传说轩辕黄帝曾在此炼丹，故改名黄山。

黄山以"五绝三瀑"（五绝：奇松、怪石、云海、温泉、冬雪；三瀑：人字瀑、百丈瀑、九龙瀑）名满天下。明朝旅行家徐霞客登临黄山时赞叹："薄海内外之名山，无如徽之黄山。登黄山，天下无山，观止矣！"被后人引申为"五岳归来不看山，黄山归来不看岳"。

我于1991年、1999年两次上黄山。然而，每次都来去匆匆，只能登上几座不同的山峰，无法游遍黄山。从不同的角度欣赏黄山，有不同的感觉和收获。尽可能多的感悟和认知黄山，这也是我再上黄山的内在动力和乐此不疲的主要原因。

再上黄山如梦中，
感知每次竟殊同。
莲花①盛放朝银汉，
天都②雄伟笑昊穹。

---

① 莲花峰——因主峰突兀，小峰簇拥，如新莲初开，仰天怒放，故名莲花峰。是黄山第一高峰，海拔1864.8米，为黄山36高峰之首。

② 天都峰——意为"天上都会""群仙所都"。与莲花峰、光明顶并称黄山三大主峰。海拔1810米。

始信^①奇松迎远客，
西海峡谷^②胜仙宫。
今生有缘还会来，
览阅江山沐晚风。

2013 年 9 月 13 日夜
作于黄山市宾馆

仰山风韵

---

① 始信峰，海拔 1668 米。峰上汇集了接引松、龙爪松、探海松等
许多黄山名松。峰顶还有著名的渡仙桥等名胜。
② 西海大峡谷，谷深壑险，悬崖耸立，峡壁陡峭，怪石嶙峋，深
受游客及登山爱好者的青睐。

又进火焰山

（三首）

这是第二次走进火焰山。第一次是 20 世纪的 1998 年。

火焰山，古称赤石山。当地人称其"克孜勒塔格"，意为红山。也有人叫它"火山"。

火焰山真是一座天下奇山。位于新疆吐鲁番盆地北缘，是天山东部博格达山的支脉，东起鄯善县兰干流沙河，西止吐鲁番桃儿沟，长 100 多公里，最宽处达 10 公里，平均海拔 500 米左右，主峰 832 米。火焰山虽不高，但名气极大，吴承恩的《西游记》，使它名扬天下，妇孺皆知。

盛夏，我来到火焰山。远远望去，赤红如火的大山好像正在燃烧。走近它时，热浪迎面扑来，脸被炙烤得火辣辣地疼，空气都是滚烫的。此时，矗立在景区的温度计显示：气温 42 度，地表温度 69 摄氏度。估计在这样的环境下待上 2 小时，一定会变得"外焦里嫩"。

火焰山寸草不生，正应了"千山鸟飞绝，万径人踪灭"。红褐色的砂砾岩山体在烈日的照射下，灼灼闪光，炽热的气流翻滚上升，如同熊熊烈焰，火舌燎天。

（一）

走进火焰山，
如同油锅煎。
灼烈能熔铁，
劝君莫再前。

耕云种月

金磊夫诗词集

158

（二）

百里狂烧火焰山，
炙浪腾灼燎青天。
悟空挥扇总未灭，
今已燃烧八万年。

（三）

熊熊烈焰烧碧空，
燚浪胜火映天红。
石头能够化成水，
感叹此山有异功。

2013 年 8 月 20 日
作于吐鲁番葡萄沟

又记：

　　相辅相成，此乃天道。

　　与火焰山形成强烈对比的，是那一条条穿过山体的沟谷。博格达峰的冰雪消融，给这些沟谷送来源源不断的清水。所以火焰山沟底大多溪流淙淙，绿树成荫，形成条条狭长的绿洲，其中最著名的是葡萄沟。此外，还有桃儿沟、木

仰山风韵

头沟、吐峪沟等等。这些绿色的沟谷，溪流环绕，盛产葡萄、香梨、西瓜、杏等水果。这里的葡萄皮薄、肉嫩、多汁、味美，超过美国加利福尼亚的葡萄，为世界之冠。

涓涓流水和绿色的植物，使火焰山有了生命的气息。现在，火焰山已经是国家5A级旅游景区，游客不仅可以欣赏火焰山的美景，还可以在山谷里体验摘葡萄的乐趣。

耕云种月

金磊夫诗词集

仰望贡嘎雪山

　　在四川康定南部、青藏高原东缘的贡嘎山，又叫岷雅贡嘎。它是大雪山的主峰，海拔 7556 米，耸立于群峰之巅，被称为"蜀山之王"。周围有 145 座海拔 5000 米以上的山峰簇拥着它。

　　在藏语中，"贡"是冰雪的意思；"嘎"是白色、洁白之意。贡嘎山就是"洁白的冰雪大山"。

　　贡嘎雪山是在国际上具有广泛影响的世界自然遗产和世界文化价值的风景名胜区，主要包括海螺沟、燕子沟、木格措等景区，总面积约 1 万平方公里。这里有世界上高差最大的极高山群和现代冰川，又以其独特的康巴文化和木雅文化闻名遐迩。

　　对于我，贡嘎雪山是个神话，或者是个传说。因为，尽管已经来到它的脚下，也只能仰望、遥望，而无法登上这座大山。

峰耸如剑傲白光，
横列西蜀号山王。
人烟难入琼瑶境，
凡界不解冰雪肠。
燕子神沟荡红石，
药池圣水沸千汤。
风情最是康巴美，
满目珠玑慰旅囊。

2013 年 7 月 29 日
写于甘孜藏族自治州

仰山风韵

心回井冈山

（外一首）

19日下午，在中央国家机关纪工委海英书记的带领下，与有关部委的领导同志来到吉安，计划安排第二天早上赴井冈山学习。这将是我第五次上井冈山。每一次，身心都会受到洗礼，精神受到震撼。

井冈山在中国人的心中有很重的分量。在腥风血雨的战争年代，这片根据地的星星之火，燃遍神州，照亮了中国革命前进的方向。

在全面建成小康社会的今天，更需要继承井冈山光荣传统，弘扬井冈山革命精神。

今住在山下，思绪万千，彻夜难眠。起身亮灯，记下此情此景：

仰望星空夜无声，
头枕松风盼天明。
再进井冈情急切，
晨曦伴我路上行。

写在吉安①

白鹭直上九霄外，
萦绕轻云若为开。

---

① 吉安古称庐陵、吉州，元初取"吉泰民安"之意改称吉安，沿用至今。素有"吉州福地""文章节义之邦"的美誉。

吉安既有光荣的革命传统，又有厚重的庐陵文化，可谓人杰地灵。勤劳智慧的吉安人，在构建和谐社会的进程中，把这片热土建成了人间乐园。

走进吉安，气清天朗，山秀水美，令人心旷神怡。

胜似桃园这最美，
杜鹃盛请我当来。

2013 年 6 月 20 日夜
於吉安

仰山风韵

登云盘山

云盘山又叫老公山，在河北承德市滦平县境内，是一座有名的石头山。主峰海拔近千米。滦河在山下缓缓流过，好像在静静地述说着对老公山的情意。

登上云盘山，深切地感受到石头山的雄浑、壮美和厚重。

手抚青嶂豪气生，
云盘山高佑古城[①]。
北衔塞外群岭小，
南依长城沃田平。
峰头烟雨总缭绕，
天上冰轮自亏盈。
今日登临情难抑，
雄风呼啸乃心声。

2013年6月14日午
作于云盘山上

[①] 承德古城在战国时期隶属燕国辽西三郡，秦汉以后的历代中央政权都在此设置行政管理机构。

耕云种月

金磊夫诗词集

又记：

　　据说，在河北石家庄井陉境内，也有一座云盘山，是佛道兼容的文化名山。它一峰独秀，白云缭绕，背依名寨，面临丽水而享盛名天下。

　　待有机会，去看看这座同名的山。

仰山风韵

心在尧山

（外一首）

尧山，在河南鲁山县西部，原称大龙山。因山上众多石峰酷似人形，史称石人山。后因尧孙刘累为祭祖，在山上立尧祠而得名尧山。

尧山奇峰壁立，怪石纷呈，瀑多林茂。主峰玉皇极顶海拔2153米，为我国24大名山之一。

情系尧山，走进尧山，心在尧山。

松涛翻滚峰峦翠，
怪石嶙峋溪水潺。
飞瀑九叠龙腾跃，
落霞一帘虎听禅。
沙河探道开巇隙，
碧涧寻根出玉渊。
到此莫夸五岳秀，
尧山挺立在中天。

龙山望月

东望石人升弦月，
西眺天门落日圆。
云中相逢神为客，
只缘身在大龙山。

2013年5月27日
作于鲁山县

再访三清山

（三首）

2007 年匆忙来过这里，不及细赏。今天再访，感触颇深。

三清山有着 1600 多年的道教文化积淀，无愧"清绝尘嚣天下无双福地，高凌云汉江南第一仙山"。

三清山兼具泰山之雄、黄山之秀、华山之险、衡山之幽，深受人们的喜爱。玉京峰海拔 1819.9 米，是江西第五高峰，也是怀玉山脉的最高峰。信江发源于此山。

三清山有着"世界自然遗产""世界地质公园""中国古代道教建筑的露天博物馆"等盛誉。被评为"中国最美五大峰林"之一。国外地质学家称其为"西太平洋边缘最美丽的花岗岩"。

其一

奇峰壁立借云翻，
翠抱三清远近山。
再访仙源惹诗兴，
挥毫泼墨颂人间。

其二

手牵白云上玉京，
恍若身在九霄行。
携得慧雨修心智，
放下名利天地清。

其三

云瀑奔腾浪推浪，
松涛激荡风追风。
登临绝顶人无欲，
坐沐霞光心有灵。

2013 年 5 月 2 日
作于三清山上

耕云种月

金磊夫诗词集

金山日出

（外一首）

金山，位于江苏镇江市西北，海拔不到 44 米，原为扬子江中唯一的岛屿，有"江心芙蓉"的美称。由于大江东流终年沉积，至光绪末年（1903 年），其左右与陆地连成一片。

虽然名为"金山"，既不大，也不高，是一座最不像山的山。但它的名气很大，名胜古迹很多，如南泠泉、中泠泉、法海洞、白龙洞、金山湖、慈寿塔等。最有名的是建于东晋（至今 1600 多年）时期的金山寺，与普陀寺、文殊寺、大明寺并列为中国的四大名寺。金山因寺而名扬四海，正可谓：山不在高，有仙则灵。

走进金山，拥抱金山。亲近金山的一草一木，一花一石，聆听金山动人的故事和美丽的传说。

一抹云霞迎日出，
九重绿树染碧湖。
东吴清风抚楼台，
西津明月照洞府。
撷来白浪撞晨钟，
舍去红尘敲暮鼓。
江水多情伴古刹，
金山着意明天烛。

仰山风韵

169

游金山寺

金山禅寺背依峰，
殿堂楼阁在云中。
法海蛇仙无踪迹，
唯有江涛伴钟声。

2013 年 4 月 19 日晨
写于镇江金山寺

据查：山东巨野县东南也有一座金山，是泰山余脉，比镇江的这座
金山稍高大些，海拔 133 米，因在其山上"凿石得金"而名金山。

高山飞韵①

（组诗）

华山春晓

华峰耸天云翻浪，
山舞绿涛风劲唱。
春入心头情意深，
晓知万物春更狂。

黄山夏忆

黄札连篇寄远方，
山人同醉共芬芳。
夏天一笑诗随心，
忆恋春秋梦也长。

泰山秋韵

泰解人意遍地金，
山色斑斓拥白云。
秋胜春光迷望眼，
韵由霞染自天心。

---

① 藏头诗六首。

仰山风韵

171

天山冬雪

天地一派尽苍茫，
山岭巍峨叠月光。
冬住寒乡解银梦，
雪花拂面慰情肠。

恒山绿意

恒凝紫气踏青游，
山迎百花乐不休。
绿透诗心悟我梦，
意将春色放眼收。

乐山情长

乐在巴蜀友人多，
山棱自古耐云磨。
情思未尽酒兴浓，
长与大佛共唱和。

2013 年 2 月 28 日
作于北京雅韵轩

耕云种月

金磊夫诗词集

月悬贵清山

　　贵清山，在甘肃定西市漳县南部，是黄土高原最为奇秀的地方，被誉为"陇中仙境"。它是古"丝绸之路"上的一颗璀璨明珠。"何言能述美，只有贵清山"，这是古人对它的评价。

　　山上山下有中峰寺、活虎寺、雪窨禅院、断涧仙桥、禅林挂月、万壑松涛、灵岩古洞、石栈穿云、三峰环翠、滴水崖等风景名胜。

　　贵清山的确是一个以山水风光、森林植物引人入胜的好去处。

凌越飞虹应有意，

穿云石栈趣超然。

三峰翠拥灵岩洞，

四季月悬贵清山。

风掠松涛梅映雪，

情动野色灿江天。

仙桥绝尘拔地起，

神女下凡迎客还。

2012 年 12 月 12 日
作于甘肃定西

仰山风韵

香山红叶两首

（一）

香逝无须怨北风，
山横水卧载秋情。
红颜怎能伴流年，
叶寄云飘带梦行。

（二）

香桂飞魂满眼秋，
山吟彩韵醉依楼。
红枫揽尽霞滋味，
叶付诗词作雅讴。

2012 年 10 月 10 日
写于北京香山

吟云蒙山

（外一首）

　　云蒙山是一座山岳风光特征明显的京郊名山，古称云梦山。有北方"小黄山"的美称，坐落在北京怀柔区北部与密云区西部的交界处。

　　云蒙山最高峰海拔 1414 米，由主峰、霞光峰、鬼谷子峰、雄风岩等组成，是距北京城区最近的一座名山。其山势耸拔，沟谷幽深，奇峰多姿，泉瀑遍布。

　　山上气温通常要比山下低 6~7 摄氏度，空气中负离子高于城区 6~10 倍，夏季气温常在 20~24 度之间，是旅游、避暑、休闲的好去处。

　　九月的云蒙山色彩斑斓，登山如同进入仙境！

梦中几番越陵峦，

今日笑登云蒙山。

瀑染斜阳七色巧，

龙翔碧海九重天。

红霞一片燃高树，

枫叶满坡掩玉泉。

岭下回音旋呼叫，

菊花陶醉笑尊前。

仰山风韵

幽谷神潭

清幽谷地水喧天，
飞瀑悬桥栈下渊。
山色空蒙千佛笑，
潭中留影人成仙。

2012 年 9 月 29 日夜
作于怀柔宽沟招待所

圆梦首阳山

首阳山，是秦岭北坡著名高峰，位于陕西周至县与户县交界处，海拔2719.8米。东距西安60公里。因每天清晨迎来第一束朝阳而得名。

首阳山之所以名扬四海，与伯夷、叔齐有关。史载：商周交兵时，商朝上大夫伯夷、叔齐阻拦周武王大军未果，遂入首阳山隐居，采薇而食，又不食周粟，后饿死并葬于此山。历代人们对这两位推崇备至，尊其为"二贤人""二君子"。

首阳山历史上庙宇林立，景点众多，文化积淀深厚，有许多故事和传说。

多年来，一直想再访这座山。今天终于如愿。

鸟飞高树报秋晴，
人在首阳山中行。
览胜寻古访二贤，
了却十年相思情。

赏首阳山

雾漫云缠首阳山，
松青柏翠吐岚烟。
峰迎春日升落影，
峦望秋月上下弦。

2012年9月8日
写于首阳山上

仰山风韵

重游江郎山

　　2007 年因公过境江山市，因遇暴雨在此滞留一日。虽然时间很仓促，但江郎山却给我留下极深的印象。五年后如愿再来江山市，有机会细细品味江郎山。

　　江郎山作为"中国丹霞"系列提名地之一，被列入《世界自然遗产》名录。它以雄奇的"三爿石"[1]著称于世。拥有"中国丹霞第一奇峰"、全国"一线天"之最、千年古刹"开明禅寺"、千年学府"江郎书院"，以及十八曲、塔峰、须女湖、仙居寺等著名景观和人文古迹，素有"雄奇冠天下，秀丽甲东南"之誉。

　　江郎山聚岩、洞、云、瀑于一山，集雄、险、奇、峻于三石，凝山天一色，融云峰一体。"江山如此多娇，引无数英雄竞折腰。"难怪大诗人白居易对此发出"安得此身生羽翼，与君往来醉烟霞"的感叹。

　　今天是双休日。在江山市领导的陪同下，重游江郎山。

　　　　丹霞最美在东南，

　　　　江郎[2]幻化一座山。

　　　　三爿石下千秋景，

　　　　两崖壁上一线天。

　　　　川[3]字天成难描画，

---

[1]　三爿石依次名为：郎峰、亚峰、灵峰。郎峰海拔 816.8 米，为"神州丹霞第一峰"。

[2]　传说，江郎山是江姓三个兄弟变成三个高耸入云的巨石而成。所以称此山为江郎山。

[3]　三爿石拔地而起，由北向南呈"川"字形排列。

耕云种月

金磊夫诗词集

险峰惊魂玄无边。
鬼斧神工堪本色，
超凡脱俗源自然。

2012 年 8 月 11 日
写于江郎山下

仰山风韵

《浣溪沙》夏游清凉山

清凉山，在延安市东北，与凤凰山、宝塔山隔延河而立。

这里是革命圣地，抗日战争时期，新华总社、新华广播电台、解放日报社等均在这座山上。

山上有唐宋时雕凿的石窟，有历代名人学者的摩崖题刻。此外，清凉山还有清凉寺、范公祠、琵琶桥、仙人洞、月儿井、撒珠坡、插金岩、万佛洞、桃花洞等古迹胜景。

在延安学习期间，休息日经常到宝塔山、凤凰山和这座山上游览。

暑气难言周日休，
清凉山里纳凉游。
飞泉悬瀑碧溪流。

树荫蔽天君独唱，
风牵白云曲径幽。
绿水青山在心头。

2012 年 7 月 28 日
作于延安干部学院

耕云种月　金磊夫诗词集

又记：

　　除延安清凉山之外，南京有座清凉山，为石头山的一部分；辽宁岫岩也有座清凉山，山高林密，静逸清幽；广东梅州还有一座清凉山，是粤东著名的避暑度假胜地；河北石家庄有清凉山、西安户县有清凉山、宁夏白银市有清凉山……不知我国还有多少座清凉山？

仰山风韵

天山记行

耕云种月

金磊夫诗词集

过铁力买提达坂

海拔 4000 多米的铁力买提达坂，位于天山中段。2011 年新开通的从阿勒泰到库车的 217 国道，在这里逶迤而上。7 月 21 日上午离开巴音布鲁克前往拜城，途经铁力买提达坂，山下百花争奇，山上白雪皑皑。汽车左盘右旋，在云雾中穿行，如同在天街奔驰。

　　百曲千迴路如盘，
　　飞车达坂目惊眩。
　　峰头飘洒寒霜雪，
　　山下正值三伏天。

大龙池

在阿克苏境内的深山中，有一大一小两个龙池，如同两颗碧玉镶嵌在天山上。大龙池长约 800 米，宽约 300 米，她静卧在天山中，如同一位美女在桃花源。

　　一泓碧水驻山间，
　　世人称做大龙潭。
　　缘何神仙恋新疆？
　　瑶池不及此桃源。

巴音布鲁克草原

"巴音布鲁克"是蒙语，意为"永不枯竭的甘泉"。巴音布鲁克草原在天山腹地，是中国面积最大的高山草原，面积约22000平方公里，多在海拔1500~2500米之间。

每年7月以后，巴音布鲁克草原上鲜花盛开，争奇斗艳，数十万头牛、羊、马、牦牛、骆驼等，在如茵的草原上游荡，好似一幅幅迷人的动画，吸引了无数游人的目光。

满盈青翠碧连天，
莽苍无涯大草原。
牛羊似在仙境游，
牧歌随风到江南。

2012年7月22日
作于新疆天山

仰山风韵

仙都三清山

　　三清山又名少华山、丫山，位于江西玉山县与德兴市交界处。因其玉京、玉虚、玉华三座山峰宛如道教玉清、上清、太清三位尊神列坐山巅而名"三清山"。主峰——玉京峰海拔1820米。

　　三清山拥有国家地质公园、世界地质公园、世界自然遗产三顶桂冠。世界遗产大会认为：三清山展示了独特的花岗岩石柱与山峰，是世界上独一无二的景观，呈现了引人入胜的自然美。

　　三清山不但有着丰富的自然景观，同时也有着厚重的人文景观。三清山有1600余年的道教历史，孕育了丰厚的道教文化内涵，是一座道教名山。三清山按八卦布局的三清宫建筑群，被称为"中国古代道教建筑的露天博物馆"。

　　置身三清山，恍如已成仙。光临此山的人，皆有同感！

乘兴扶摇访少华，
方知世上有仙家。
丹炉①无主犹存火，
翠岭耸肩接落霞。
直向虚空排玉笋②，
且随吾意布金沙。

---

①　道教理论家、晋代著名道士葛洪在此结庐炼丹。
②　玉笋：喻秀丽的山峰。这里指玉京、玉虚、玉华三峰高耸，直指云天。

今援北斗斟元气，
恍惚已然九霄侠。

2008 年 9 月 10 日
於三清山上

附:
　　拜读金磊夫先生《大山之恋》，激情磅礴，引人遐想，尤其对山之钟爱，跃然纸上!
　　今呈上一首同为感山之拙作，敬请雅正:

冬登三清山有感

郑乐宪

洗尘上三清，
山在雾中行。
司春司安在，
秀美菩萨心。
山花惹烟雨，
云海笑浮沉。
峭壁虬松逸，
俯拾落英情。

2008 年 9 月 18 日於南昌

仰山风韵

仁化丹霞山

（两首）

位于广东仁化县的丹霞山，是世界"丹霞地貌"命名地。它由 680 多座顶平、山陡、麓缓的红色砂砾岩构成，"色如渥丹，灿若明霞"，其赤壁丹崖最为著名。

广东丹霞山是中国最美的"七大丹霞"之首，也是世界上发育最典型、类型最齐全、造型最丰富、风景最优美的丹霞地貌集中分布区。

游丹霞山，如同欣赏天公用彩笔绘出的巨幅立体画卷。

其一

云锁峰峦树如烟，
流泉飞瀑缀其间。
赤橙黄绿眼前舞，
名满五洲丹霞山。

其二

登临丹顶梦初圆，
溪水湍流伴我还。
山路不见人踪影，
雨中飞步到村前。

2012 年 6 月 9 日夜
记于广东仁化

幸游瓦屋山

　　瓦屋山又称蜀山，是一座历史文化名山。早在唐宋时期，就与峨眉山并称"蜀中二绝"。距成都 180 公里，海拔在 1154 ~ 2830 米之间。

　　瓦屋山是道教创教、发源之地。春秋末，老君西行，在瓦屋山隐居访道；汉末，张道陵在这里传教，留下了《张道陵碑》。诸葛亮、葛洪、苏轼、陆游……都与瓦屋山结缘，在这里留下了许多脍炙人口的诗句和传说。

　　今天，好友带我游瓦屋山。幸哉，兴也！有感于这里的山光水色，特记：

> 群岭巍峨披紫霞，
> 层峦竞秀裹青纱。
> 浮云直上光相寺，
> 飞瀑抛开万朵花。
> 雅女湖中惊白鹭，
> 瓦屋山顶品禅茶。
> 散开迷雾随缘去，
> 流华有缘到泽涯。

2012 年 5 月 23 日
作于四川洪雅县城

仰山风韵

耕云种月

金磊夫诗词集

春眺八达岭

八达岭，位于北京延庆军都山关沟古道北口。

八达岭长城是居庸关的重要前哨，古称"居庸之险不在关而在八达岭"，被誉为天下九寨之一。八达岭长城也是万里长城的精华，更是首都北京的重要屏障。

明长城的八达岭段被称作"玉关天堑"，为明代居庸关八景之一。

1961 年，国务院确定"万里长城——八达岭"，为第一批国家级重点文物保护单位。

一年四季，八达岭用不同的美，让你赏心悦目，让你魂牵梦绕。今日，游长城、赏杏花……有感：

城堞逶迤接太霞，

登关纵目望天涯。

烽台挺立绝烟火，

长堑内外闹杏花。

2012 年 4 月 18 日中午

作于八达岭

又记：

关于八达岭名称的由来，有几种说法：

其一，由"八大岭"的谐音而得名；

其二，由"巴达岭"的谐音而得名；

其三，由"把鞑靼"的谐音而得名；

其四，由"八道岭"的谐音而得名。

以上四种说法，虽各有典故相传，但均无文字记载，难以考证。比较可信的说法，应是第五种：

明代《长安客话》解释，"路从此分，四通八达，故名八达岭，是关山最高者"。的确，八达岭地理位置特殊，自古就是交通要道。北往延庆、赤城、内蒙古，西去张家口、怀来、宣化、大同，东到永宁、四海，南去昌平、北京等地，均要经此。

猫儿山游记

　　坐落在桂林市北部的猫儿山，别看名字不大气，却是华南第一高峰，"山海经第一山"，为五岭之一的越城岭主峰，被誉为"五岭之冠""华南之巅"，主峰神猫顶海拔 2142 米。峰顶为一花岗岩巨石，形似卧猫，故称猫儿山。

　　猫儿山起伏跌宕，溪流纵横，湖泊密布，水资源极为丰富，它是漓江、资江、浔江三江发源地。猫儿山还蕴藏着极其珍贵的动植物物种，是国家级自然保护区，被列入具有国际意义的陆地生物多样性关键地区。

　　猫儿山奇峰云海、红霞日出、高山仙湖等独特的湖光山色，吸引着无数游人。

其一

遥看峰上猫儿卧，
百岁之王奈我何？
无限风光书不完，
神形天赋共情和。

其二

猫儿山高纳俊才，
风流绝代载诗来。
骚人墨客多名句，
云锦天章任我裁。

2011 年 10 月 8 日
作于桂林

耕云种月

金磊夫诗词集

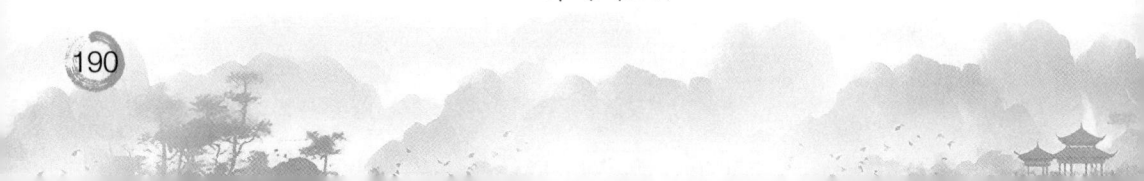

福泉仙山

（二首）

　　山因有"福泉"而名福泉山。城因福泉山而名福泉市。用泉名山，又用泉、山的名字为城市命名的，在国内并不多见。

　　福泉山是一座道教名山。相传，在洪武二十五年（1392年），道教宗师张三丰从云南看望弟子沈万山返回武当山途经福泉山时，见这里山形奇绝，气灵境幽，遂在这里结茅为庐，朝拜北斗，候诏飞升。建文元年（1399年）丹成功就，张三丰回到武当山。

　　因此，福泉山留下了许多相关的故事和美丽的传说。

其一

名城一座山，
名山一眼泉。
今朝到此游，
不愿把家还。

其二

高翔远翥隐苗岭，
真性怀仁涌福泉。
不是天尊何得道，
尽当溢美说神仙。

2011年9月6日
作于贵州福泉市

仰山风韵

191

忆南宫山

（外一首）

耕云种月

金磊夫诗词集

位于陕西岚皋县东部的南宫山，是一座集国家森林公园、国家 4A 级旅游景区、国家地质公园、古冰川及火山遗址于一山的游览观光胜地、休闲度假天堂。

南宫山冰川地貌千姿百态，妙趣横生。因主峰并列三峰，形似笔架，又称"笔架山"。主峰金顶海拔 2267 米。

南宫山以古生代火山多次喷发的流迹、第四纪冰川遗迹和原始次生森林而闻名，被称为"云中净土，世上桃源"。每当忆起南宫山，总有美好浮眼前。

火山冰壑各安然，
心同金兰欲别难。
每忆南宫明月醉，
世间竟有两周全？

又梦南宫山

流泉入梦动乡情，
风急拍窗伴雨声。
又见南宫四季俏，
移床换枕盼天明。

2011 年 8 月 13 日晨
写于陕西安康市

如画扎尕那山

（外二首）

扎尕那山，被称为上帝的伊甸园，据说是离天堂最近的地方。

关于扎尕那山，有太多惊艳的风景和风情。有人说，这里是被神仙眷顾的地方；也有人说，这是甘南最后的秘境；还有人说，如果《创世纪》的作者若看见扎尕那山的美景，将会把亚当和夏娃的诞生地放在这里。

海拔 3970 米的扎尕那山，是我国十大"非著名山峰"之一，位于甘肃迭部县境内。在藏语中，扎尕那是"石头匣子"的意思。因其山势地形既像一座规模宏大的巨型宫殿，又似天然崖壁构筑的一座完美的古城。

徒步，是进入这座大山的最好选择。途中的高山、峡谷、森林、寺庙、草原牧场、高山海子、三重石门……尽收眼底。

来到扎尕那，如入仙境。在这里，所有的语言都苍白无力。云白风清，让人心旷神怡，物我两忘。

扎尕那山势恢宏，
群峰雄峙欲凌空。
飞瀑流岚千年寺，
青山叠翠万载松。

仰山风韵

醉在扎尕那

湖光山色犹仙境，
绝景巧于鬼斧工。
今日兴游心已醉，
恍如桃源伴潜公①。

胜似桃源

石城天造化，
人神共此屯。
逍遥千秋乐，
最美小乾坤。

2011 年 7 月 24 日
作于甘南迭部县城

---

① 潜公——陶渊明，名潜，字元亮，是东晋末到刘宋初年杰出的
诗人、辞赋家、散文家。被誉为"隐逸诗人之宗""田园诗派鼻祖"。

江津四面山

四面山，地处大娄山北坡，北距重庆 100 余公里，西邻四川宜宾、泸州，东靠贵州遵义，是渝川黔旅游金三角接合部。

四面山集山、水、林、泉、瀑于一身，融幽、险、雄、奇、秀为一体，景观独特，生态优美，是国家 5A 级景区、也是国家生态旅游示范区，更是一处休闲度假的好地方。

四面山最高峰海拔 1709.4 米。山上的丹霞赤壁、摩崖壁画、朝阳观、会龙庄等自然和人文景观，都具有重要的历史与文化价值。山上多瀑布，其中望乡台瀑布群，垂直落差 50 米以上的有 37 条，80 米以上的有 11 条，100 米以上的有 3 条，有千瀑之山的美誉。

盛夏，与重庆的好友们走进了这座大山。

> 摩崖无语藏雅韵，
> 翠岭有阶通九门。
> 四面青山开画卷，
> 千帘飞瀑润诗魂。

2011 年 6 月 15 日夜
作于重庆四面山镇

仰山风韵

罗山秀色

（外一首）

　　罗山，在宁夏同心县境内。它是宁夏中部的绿色生态屏障，有效地阻滞了毛乌素沙漠的南侵；它也是宁夏重要的水源涵养林区。罗山被当地人称为"母亲山"。主峰"好汉圪塔"海拔 2624 米。

　　从高空俯视，罗山就像一座被沙漠包围的绿岛，固有"旱海明珠，荒漠翡翠"的美称。

春染罗山秀芳颜，
漫天桃杏映碧湾。
本应天堂有此景，
却在大漠旷野间。

罗山人家

乐赏树下棋正酣，
又见舍前飘炊烟。
欣闻黄鹂唱新曲，
轻吟诗句倚石栏。

2011 年 5 月 22 日
写于宁夏同心

笑览斗篷山

斗篷山在贵州都匀市，主峰海拔 1961 米，它是苗岭山脉南段的主峰，也是黔南第一高峰。因山形酷似斗篷而得名。斗篷山与梵净山、雷公山被并称为"贵州三大名山"。

斗篷山上密林覆盖，山雄谷幽，春花烂漫，远远望去如同一幅有生命的油画。

今天，慕名来到斗篷山，笑览它的容颜。

今日了却多年愿，
爽心走进斗篷山。
眼收锦绣诗千首，
手抚白云笔耕田。
竹林庐舍泉边秀，
溪唱蝶舞戏花间。
似有牧童奏乡曲，
不恋朝堂不羡仙。

2011 年 4 月 28 日夜
写于斗篷山下

仰山风韵

再访岳麓山

　　岳麓山，是南岳七十二峰的尾峰。岳麓山下，有一座创建于宋太祖开宝九年（公元 976 年）、名居当时全国四大书院之首的岳麓书院。1988 年被国务院列为全国重点文物保护单位。

　　这是我第三次访岳麓山。每有机会到长沙，总是愿意到这座山上看看。这里有爱晚亭、麓山寺、云麓宫，特别是岳麓书院。登访岳麓山，能够陶冶情操，砥砺心志。

辩哲精修济世长，
千年书院美名扬。
常温先圣慧心智，
更励后生做栋梁。
惟楚有材于此盛，
岳麓慧理长辉煌。
炎黄儿女能破立，
奋发有为正兴邦！

2011 年 3 月 11 日
作于湖南长沙

题象鼻山

（三首）

象鼻山（原名漓山），在桂林桃花江与漓江交汇处。因此山酷似一只站在江边，伸鼻豪饮漓江水的巨象而闻名于世。被称为桂林山水的象征，是桂林靓丽的名片。

象鼻山以神奇著称。首先是神形俱似；其次是鼻腿之间造就一轮临水明月，构成"象山水月"奇景，如明月浮水。与漓江东岸的穿月岩相对，一个挂于天上，一个浮于水中，形成"漓江双月"的奇观。唐宋以来，这里就是游览胜地。

春节期间，与妻子、儿子来到桂林，欣赏"甲天下"的山光水色。

其一

巨象天成饮漓江，
探鼻垂波总戏浪。
千古沉浮似水流，
河山锦绣日月长。

其二

竹排荡进象鼻山，
江上落月亿万年。

仰山风韵

199

都称桂林山水美，
只缘人是画中仙。

其三

烟雨漓江映象山，
背负青冥舞波澜。
神工鬼斧无双对，
如酒如歌如诗篇。

2011 年 2 月 16 日
作于桂林

嵩山遗韵

嵩山，古称"外方"，夏商时称"崇山"，西周时称"岳山"。以嵩山为中心左岱（泰山）右华（华山），定嵩山为中岳，始称"中岳嵩山"。

嵩山，属伏牛山脉，位于河南登封市西北部，西临洛阳，东邻郑州。北靠黄河，南面颍水。主峰连天峰海拔1512米。

嵩山文化底蕴厚重。山中建于东汉的法王寺，是中国最早的佛教寺院之一，比少林寺早420年；建于秦朝的中岳庙，是道家的象征；嵩阳书院是中国古代"四大书院"之一；名扬中外的少林寺，就坐落在嵩山五乳峰下。山上及周边还有永泰寺、嵩岳寺、会善寺、塔林等名胜古迹。嵩山碑刻多达2000余件，颜真卿、苏东坡、黄庭坚、米芾等历代大书法家，都在山上留有墨宝。

1982，嵩山被国务院颁布为首批国家重点风景名胜区；2004年，嵩山被联合国教科文组织列为世界地质公园；2010年，嵩山腹地及周围的历史建筑群，被联合国教科文组织列为世界文化遗产。

香火有情迎远客，

嵩山无欲耸巨峰。

幽涧年年沐新雨，

飞瀑日日舞玉龙。

千年书院传佳话，

百代古刹响晨钟。

仰山风韵

影摇凌霄菩提树，
霞染中岳岁华浓。

2010 年 11 月 22 日
写于嵩阳书院

九顶山游感

　　九顶山，位于四川德阳境内，因九座顶峰相连而得名。距成都 120 公里。最高峰狮子王峰海拔 4989 米。

　　九顶山是一座奇山，它将峰峦、草地、雪山、原始森林与佛光、云海、幻影等自然景观、地史景观、天象景观融为一体，具有很高的科学与审美价值。可谓：神州仙山多，九顶称一绝。

　　据清代史志载，其"九峰突兀，望之簇如青莲"。遥望九顶山，给人一种山中有山，云驻山峰的感觉。众多的山峰重叠在一起，从不同的方向望去，九座山峰像凤鸣、狮吼、招鹤、侍仙、凌霄、飞天⋯⋯在其独特的自然风光中，最惹人注目的是数十万亩野生花海。此外，九顶山还是我国早期道教发源地之一。

　　九顶山，现已成为以自然生态观光、休闲度假旅游和以国际地史、野生动植物科研为中心的旅游胜地。

　　今游九顶山，有感：

九顶山连山，
峰峦肩并肩。
入云三千丈，
擎天八亿年。
聚首揽星月，
开怀做神仙。
但能登此岳，
方为好儿男。

2010 年 9 月 20 日
作于四川什邡市

仰山风韵

乌蒙山记忆

　　乌蒙山在贵州西部与云南东北部的交界处，向北延伸至四川境内。全长250公里，平均海拔2400米左右，最高峰石岩尖3806米。

　　群峰起伏，如浩海腾波；峡谷深邃，似刀削斧切。登高远望，乌蒙跌宕，山中有山，峰外有峰，犹如万马奔腾，非常壮观。

　　1935年4月，举世闻名的红军二万五千里长征，经过乌蒙山，毛泽东在《长征》诗中，曾写下"五岭逶迤腾细浪，乌蒙磅礴走泥丸"的壮丽诗篇。

　　6年前，我作为总指挥，率"全国安全生产万里行"的队伍，曾路过乌蒙山。每当忆起往事，心情总是难以平静。

　　　　　横空出世乌蒙山，

　　　　　纵目云贵连蜀天。

　　　　　金沙水拍动风雷，

　　　　　磅礴丛岭感人间。

　　　　　当年志在凌霄顶，

　　　　　今日乘兴上峰巅。

　　　　　谁笑痴心总忙碌，

　　　　　不忘重托天下安。

　　　2010年9月9日
　　　写于北京世纪坛

又记：

　　乌蒙山是云贵高原上主要山脉之一。它有三支不同走向的主脉。西支在威宁草海以西，以西凉山为主脉；东北一支跨镇雄、越毕节，抵金沙白泥窝大山；东南支则直插入水城、六枝。

　　因乌蒙山支脉较多，所以它既是珠江的源头，也是金沙江、牛栏江、横江、北盘江、乌江等众多江河的分水岭。

仰山风韵

西镇吴山

（外二首）

耕云种月

金磊夫诗词集

吴山，是陇山的支脉，在陕西宝鸡市境内。

吴山是一座历史名山，被尊为"西镇"。古时叫岍山，又有千山、岳山、吴岳之称。唐太宗封岍山为吴山，并以此增设吴山县。

吴山是我国祭祀炎帝、黄帝最早的地方，也是周秦王朝的发祥地。周秦王认为吴山护佑有功，将其封为"西岳"（当时天下只封东、西两岳，东岳为泰山），便有了吴山曾与泰山齐名的历史。

山岳崇拜，是中国非常古老的信仰传统。从最早的昆仑山崇拜，逐渐又产生了后来的五岳信仰。在中国的山岳信仰中，五镇是仅次于五岳的"名山之仲"。岳乃国之名山，镇为一方主山。五镇与五岳一样，是分布在中国五个方位的大山，均为历代帝王加封祭祀的名山。五镇名随五岳，分别是：东镇沂山（山东）、南镇会稽山（浙江）、西镇吴山（陕西）、北镇医巫闾山（辽宁）、中镇霍山（山西），五镇各有千秋。

据史料记载，宋以前只有东、南、西、北四镇，到了宋代才有"五镇"之说，多了中镇霍山。元代时，皇帝对五岳加封了封号，对五镇没有封号。明代对五岳和五镇共同进行了加封。

西镇吴山，峰峦叠嶂，共有大小山峰 17 座，其中以镇西峰、大贤峰、应灵峰、望辇峰、会仙峰最为著名。主峰镇西峰海拔2096 米。

吴山奇峰并峙，景色迷人。山上有建于隋开皇十六年（公元596 年）的吴岳庙，还有众多的元、明、清历代摩崖题刻和碑刻。山下有仰止亭、啸月亭、望海亭、珍珠娘娘庙等名胜古迹。康熙皇帝御题"吴山"，并赐颁"五峰挺秀"，使吴山更加名扬四海。

金龙浴海啸扶桑，
自有初心向夕阳。
仰天观道慢品茶，
吴山读史静焚香。

有感西岳

吴山览胜最宜秋，
胜似桃源惹风流。
若邀李白同游此，
酒伴狂笔弄潮头。

登上镇西峰

大鹏展翅云霞浓，
秋岭斑斓若芙蓉。
吾携东风逍遥游，
登上西岳第一峰。

2010 年 8 月 31 日
作于陕西宝鸡市

仰山风韵

龙潭山感念

在美丽的江城——吉林市东部，有一座龙潭山。

龙潭山以位于山麓西北的龙潭而名。最高峰"南天门"海拔388.3米。它与朱雀山、玄天岭、小白山被称为吉林"四大名山"。

山上有建于公元4—5世纪的古城遗址，还有建于清代的龙凤寺、龙王庙、关帝庙等古建筑群。龙潭山西临松花江，山势挺拔，景色幽静，正可谓"江山如画"。

因我曾在吉林市读书，爱人所在部队的驻地也在这里。情愫所至，这里便成为我心中的"第一江山"。

登上龙潭山的南天门，可俯瞰吉林市全城。今日重游，感念万千。

龙涎泽润三千界，
潭水深藏八万年。
山不竞高多秀色，
君心天赋善亦贤。

2010年7月3日夜
写于吉林市江南

后记：

1973—1975年在吉林冶金工业学校读书期间，经常与同学们到龙潭山游玩。

1980年5月1日结婚后，也常与在空军吉林医院工作的爱人游赏这里。记此留念。

耕云种月 金磊夫诗词集

海坨山两首

　　海坨山，位于北京延庆与河北赤城县的交界处，距北京 130 公里。属燕山山脉军都山系，主峰大海坨海拔 2241 米，为北京第二高峰。

　　海坨山呈西南—东北走向，是北京与河北的自然分界线和分水岭。它像一面巨大的屏障横亘于首都北部，成为抵御风沙入京的重要防线。

　　2009 年，海坨山入选中科院地理所与中国国家地理杂志社评选出的中国十大"非著名山峰"之一，成为全国登山爱好者向往之地。

　　海坨山山高林密，是国家级自然保护区。海拔 1800 米以上是大草甸类型的植被，被誉为"京郊最美高山草甸""户外露营胜地"。

　　初夏，游海坨山。有感：

（一）

百里草原荡紫烟，

九天仙境逊青峦。

雨晴飞袂迎日出，

霞起雾腾送月还。

（二）

登陟不为追彩云，
吟诗只是遂心韵。
妫河水长纳柔情，
海坨峰高蕴雄魂。

2010 年 5 月 28 日
作于北京延庆

放眼齐岳山

　　齐岳山又名七曜山，位于湖北恩施利川市西约 30 公里处。主峰海拔 1911.5 米。它逶迤莽苍，由西南向东北绵延长达 125 公里，恰似巍峨的城墙横亘西天，成为古荆楚、巴蜀间的一道天然屏障和军事重地（自古为兵家必争之地，山上曾设有七处关隘）。

　　齐岳山是中国南方最大的高山牧场，可与重庆仙女山牧场比美。山上夏季绿草茵茵，牛羊满山；冬季白雪皑皑，玉树琼花。

　　它既是高山，又是草原；既有南国风情，又有北国风光，不愧为一座"大美之山"。很值得一游！

齐岳山中碧草芳，

游春岂可负时光。

红莲出浴匀新绿，

细雨涵烟溢清香。

明暗全凭云起落，

高低且任鸟飞翔。

峰顶放眼天犹小，

功名利禄早自忘。

2010 年 4 月 16 日

作于湖北利川

仰山风韵

211

耕云种月

金磊夫诗词集

乐在罗浮山

（两首）

雄峙于岭南的罗浮山，坐临南海大亚湾，毗邻惠州西湖，距博罗县城 35 公里。

罗浮山共有大小山峰 432 座，主峰"飞云顶"海拔 1296 米。山上有飞瀑名泉 980 处、洞天奇景 18 处、石室幽岩 72 个……素有"岭南第一山"之称。是中国十大名山之一，也是道教名山，被尊为"第七洞天"。

罗浮山以其超凡脱俗的景色，吸引了历代无数游人和文人墨客。陆贾、谢灵运、李白、杜甫、刘禹锡、韩愈、柳宗元、苏轼、杨万里、汤显祖等，都在这里留下了经典的诗词歌赋。

罗浮山的"雄狮梦梅""东坡啖荔""仙凡路别""洞天药市""天龙王梦"等传说，神奇幽雅，风流华夏。

罗浮山是个难得的风水宝地，无愧为休闲度假、养生养老的天堂。

今惠州的朋友带我到这里小住，感触很深。吟诗两首，以记此行。

其一

莫道此时已似仙，

只缘身在罗浮山。

钓鱼刚回竹林里，

吟咏又来亭榭前。

其二

伫望罗浮落日圆，
山间村舍起炊烟。
牧童笛笙随风唱，
天上飞霞到身边。

2009 年 10 月 9 日
作于广东博罗

仰山风韵

213

再访雪窦山

（外一首）

　　雪窦山位于浙江宁波奉化西北 22 公里处。因北宋仁宗皇帝赵祯梦中到此而得名"应梦名山"。

　　山中的雪窦寺建于晋，兴于唐，盛于宋，至今已有 1700 多年的历史，是弥勒佛的根本道场。雪窦寺宋朝时位居天下禅院"五山十刹"之一，先后受几代皇帝 41 道敕谕。公元 999 年北宋真宗皇帝赐"雪窦资圣禅寺"寺额。足见雪窦寺名望之高。

　　雪窦山与山西五台山、浙江普陀山、四川峨眉山、安徽九华山并称中国五大佛教名山。

　　苏东坡曾有"不到雪窦为平生大恨"的慨叹。看来我是幸运的，这已经是第二次到雪窦山，此生无憾矣。

雪窦流云脚下过，
古刹佛光头上晖。
昔别如梦茶一盏，
今逢当饮酒千杯。

钟响妙高台

禅堂石径朝云开，
飞瀑①扬雪过岭来。

---

　　① 千丈岩瀑布在雪窦寺前。石崖顶海拔 476 米，湍急的涧水在此汇合后飞流直下，一泻到底，瀑布落差 186 米。确有"一流瀑泻九重天，石梁飞龙动云烟"之大美。

214

弥勒①总在世上笑，
钟声响彻妙高台②。

2009 年 10 月 2 日
作于奉化

① 2008 年 10 月，历时 3 年建造，锡铜合金的弥勒坐佛落成。大佛高 33 米，连座全高 56.74 米，是全国最高的坐姿弥勒佛。

② 妙高台位于千丈岩西侧，是一个突起的奇峰，亦称"天柱峰"。它三面直临深渊，显得格外高峻。平台面积约 350 平方米，自古就是雪窦山登高览胜之地。1927 年蒋介石第一次下野时，在此台建了一幢中西合璧的别墅，至今尚在。

仰山风韵

游云台山

（外一首）

云台山，以独特的"北方岩溶地貌"，坐落在河南修武县境内。褐红色的山体上覆盖着原始森林，溪谷深邃，飞瀑流泉，奇峰异石……，其自然景观十分独特。云台瀑布是亚洲落差最大的瀑布，非常壮观。主峰茱萸峰海拔 1308 米。

2004 年 2 月 13 日，云台山被联合国教科文组织评选为全球首批"世界地质公园"。

登上云台山顶峰，可北望太行深处，南眺怀川平原。

行色匆匆不知倦，
走遍华夏觅丹山。
奇峰藏在云深处，
相见时难别更难。

山水争俏

不解斑斓为何物，
到此方知见识浅。
碧水丹岩竞靓色，
心虽未迷眼已乱。

2009 年 9 月 26 日夜
写于焦作宾馆

天姥山游感

　　天姥山，是浙东名山，在绍兴新昌县境内。李白一首《梦游天姥吟留别》，更使天姥山成为人们无限神往的仙境。

　　天姥山名来自"王母"。由主峰北斗尖、拔云尖、细尖、大尖等群峰组成，气势磅礴，吸引了无数古代文人的追崇。李白、杜甫、白居易等唐代诗人在这里留下了千古绝唱，使天姥山成为诗人追求精神自由的乐园。所以天姥山又是一座文化名山。

　　今再次走进天姥山，重温唐诗之路遗梦。

峰回路转千百重，
只为山径向天庭。
飘然欲仙乘风去，
不觉身入诗画中。

2009 年 8 月 24 日
作于天姥山上

仰山风韵

天星山感记

（两首）

　　福建屏南县境内的天星山，位于鹫峰山脉中段。2008 年被辟为"国家级森林公园"，总面积约 1862 公顷。

　　天星山兀然独立，整体山形酷似蜡烛，与天象景观融于一体，被称为"天星蜡烛"。由此而得山名。

　　天星山峰岭耸峙，悬崖峻峭，沟壑幽深，林木苍郁，藤萝密布，流瀑飞泻，景色十分宜人。因交通闭塞，见其真面目的游人不多。

　　经大自然千万年的雕琢，山上有无数奇特的景观。突兀而起的卓笔峰、雄奇险峻的天道崖、玉照湖、白水洋、飞虹瀑布、双叠瀑布、斧劈石、百祥桥等美不胜收。天星山是一个佳景荟萃的神秘世界、自然纯净的原始画廊。

　　仙山之美源于松。近千公顷的黄山松，遍布天星山。吸天地之灵气，聚日月之精华，山上的松树千姿百态，可谓妙趣横生。

　　现在，这座深藏在闽北的天星山，正以山的博大、水的柔情、岩的刚毅、松的奇特，吸引着越来越多的访客。

（一）

天星山上忆传说，
历尽沧桑涌碧波。
日月精华风韵永，
千姿百态雅趣多。

（二）

玉照湖边湿衣襟，
龙井古桥动天心。
笑询卓笔何功力，
挥洒万年到如今。

2009 年 7 月 19 日
作于福建屏南

仰山风韵

重上娄山

（外一首）

娄山，又称大娄山。因娄氏祖居于此而得名。

这座云贵高原上的山脉，最高峰金佛顶（风吹顶）在重庆南川市境内，海拔 2251 米。著名的娄山关，就在大娄山主脉的脊梁上，被称作"黔北第一险要"。

这是我第二次登上娄山关。极目川黔大地，追忆烽火年代，仍心潮起伏，思绪万千……

峻岭如锋向九天，
危崖耸峙锁川黔。
雄关漫道真胜铁，
一览众山羽化仙。

娄山关

再登大娄山，
关隘自奇险，
峻岭摇芳翠，
群峦印血斑。
当年鏖战急，
舍命换新天。
敬咏英雄史，
催人直向前！

2009 年 6 月 18 日
写在娄山关上

霍山两首

霍山，又称霍太山、太岳山，是我国古代五镇名山之一。

五镇是仅次于五岳的名山。尧帝时期，霍山雄居五镇之首，商以后始称中镇；隋开皇十四年册封为"中镇"，迄今已有1400多年的历史。

霍山从"一岳独尊"的神山逐渐演变为风景名胜之山，北宋杜衍在《霍岳》诗中写道"万古神山入盛谈，而今真得对晴岚"，是对霍山由祭祀神山到风景名胜演变的真实写照。

霍山的大规模建设以隋唐为盛，著名的中镇庙就是隋文帝下诏敕建的。唐皇李世民在贞观元年下诏在霍山建兴唐寺；两年后，又敕建慈云寺。至20世纪30年代，山上的人文景观已经有相当规模。

霍山的自然景观更是引人入胜，伏虎岩、桃花谷、洗心泉、盘龙峰、连珠峰、欢喜岭、朝阳洞等景区峰翠谷幽，飞瀑流泉，如同天造地设，满目仙风，美不胜收。

记下游感：

其一

中镇独尊千古奇，

怀柔天下正堪期。

星移斗转乾坤定，

灵鹫华台御笔题。

仰山风韵

其二

直上霍州第一巅，
置身云海似成仙。
松风迎客涛依旧，
慈行善为不问禅。

2009 年 5 月 20 日
写于山西霍州

耕云种月

金磊夫诗词集

春游哀牢山

（外一首）

哀牢山，得名于古哀牢国，是古哀牢国东界界山。位于云南省中部。它是云岭向南的延伸，也是云贵高原与横断山脉的分界线，还是元江与阿墨江的分水岭。全长约 500 公里，最高峰大磨岩峰海拔 3166 米。

哀牢山雄伟高大，山体两侧对称呈锥形，犹如一座巨大的金字塔，直耸云霄，气势磅礴，景象壮美。哀牢山国家级自然保护区成立于 1988 年 5 月，素有"基因库""动植物王国"之称。保护区内还有南恩大瀑布、石门峡、茶马古道、金山原始森林、哈尼梯田、土司府、杜鹃湖等自然和人文景观。

走进哀牢山，你一定会感到不虚此行。

雨润梯田千里幽，
云缠险峰万涧流。
哀牢景象绝尘美，
春色伴吾尽兴游。

哀牢山春色

哀牢山下望飞霞，
层叠梯田盛禾稼。
南恩瀑飞茶马道，
杜鹃湖映石门峡。

2009 年 4 月 1 日
写于云南新平县

仰山风韵

初游琅琊山

（外一首）

　　琅琊山位于安徽省东部滁州市境内，古名摩陀岭，系大别山向东延伸的一支余脉。自古有"皖东第一名胜"之赞誉，是历代达官显贵、文人名士雅聚之地，也是我国二十四座文化名山之一。

　　相传西晋时琅琊王司马佩率兵伐吴，曾驻跸于此。东晋元帝司马睿称帝前也是琅琊王，曾住此避乱，故后人改名为"琅琊山"。

　　我国四大名亭之一的醉翁亭，坐落于琅琊山山腰。它和丰名亭都因镌有欧阳修、苏东坡的字而著名。醉翁亭初建于北宋仁宗庆历年间，距今已有 900 多年的历史。当时，欧阳修因在朝得罪了左丞相等一伙奸党，被贬至滁州任太守，常在此饮酒赋文，琅琊寺住持智仙和尚便专门为欧阳修建造了这个亭子。

　　欧阳修自称"醉翁"，便命该亭为"醉翁亭"，并作了传世不衰的著名散文《醉翁亭记》。

　　久闻琅琊山，今天终如愿。

名亭隐约起烟霞，

泉水急湍激石花。

坐看山头飞白浪，

闲听溪树话琅琊。

醉翁

置腹推心谁人行？
洞察世事乃"醉翁"。
初心未改身已老，
只盼年年春草生。

2008 年 10 月 2 日
作于琅琊山上

《西江月》访岳麓山

岳麓山雄踞长沙市内。

它是一座历史名山。这里有我国古代四大书院之首的"岳麓书院",我国四大名亭之一的"爱晚亭",建于五代时期,历经宋、元、明、清的"开福寺",镌刻至今无人破译的蝌蚪文"禹王碑"等许多重要历史文物,都深藏此山中。

岳麓山,也是伟人毛泽东青年时常来的地方。

再饮湘江水,
重上岳麓山。
此行不为观胜景,
心中常念前贤。

江山早已红遍,
赤旗纬地经天。
民族复兴书新史,
吾辈更当争先!

2008 年 8 月 1 日
写在岳麓山爱晚亭

耕云种月

金磊夫诗词集

四姑娘山组诗

四姑娘山，位于四川省阿坝州小金县，属青藏高原邛崃山脉。距成都 220 公里。

四姑娘山是世界自然遗产、国家级风景名胜区，也是四川大熊猫栖息地世界遗产，还是全国十大登山名山之一。其中：大姑娘山位置在最南边，海拔 5355 米；二姑娘山与大姑娘山相邻，海拔 5454 米；三姑娘山位于中间，海拔 5664 米；四姑娘山（又称幺妹峰）位于最北边，海拔 6250 米，被誉为"蜀山皇后""东方圣山"，是邛崃山脉最高峰，四川第二高峰，也是横断山脉第三高峰。

在风景如画的川西，四姑娘山堪称传奇。其山势陡峭，地貌复杂，风景秀丽，动植物资源丰富。山上终年积雪，现代冰川发育，海拔 5000 米以上的雪峰共有 52 座。

人们谈论着四姑娘山的每一座山峰，每一条沟谷，每一个湖泊，以及发生在这里的每一个故事。当你走进她时会发现，她既是风景，更是千千万万人夙夜以求的山野梦想。

访四姑娘山

为访"四姑"到西川，
千里迢迢上雪山。
峰高岭险身不适，
神女遥寄红景天①。

---

① 红景天是一种中药材，具有益气活血、通脉平喘、抗缺氧、抗疲劳、抗氧化的作用。

仰山风韵

227

雪峰巍峨

朝吞云霞晚吐烟，
玉钗惊艳接青天。
四姑若肯轻移步，
五岳哪座能比肩？

情缘未了

休怪吾爱不真诚，
当怨玉女太神圣。
只能仰望不可攀[①]，
纵不畏死也难成！

2008 年 7 月 19 日夜
作于阿坝州小金县

---

① 四姑娘山的攀登难度很高，专业的登山人士都对她敬而远之。

草海大山

（外一首）

在云南会泽县城北海拔 2500 ～ 4000 米的群山中，层层叠叠，连绵起伏着如海的草山。十八万亩人工草场，何等壮观，当地人骄傲称之为"大山草海"。

今天上午，我们在曲靖许建平市长的陪同下前往。车穿行在雾里，山藏在云中。在海拔 3700 米的草场上，浓雾弥漫，对面不见人，真可谓：不识草海真面目，只缘都在云雾中。若不是专程，来这个地方的机会不多。然而，到了这里却没能看到草海，确实有些遗憾：

云遮雾罩探草海，
苍茫天地两不识。
欲晓此处可壮美？
全凭灵感和心智。

正在雾中徘徊，准备下山。可能是天公感到过意不去，一阵大风吹来，顷刻云开雾散。此时蓝天如洗，地绿如翠。阳光下，大山草海波澜壮阔，一望无际地奔涌在眼前。

草之海

群山起舞满眼绿，
芳草青青翠欲滴。

白云伴着羊群走，

无涯草海连天碧。

2008 年 6 月 27 日於曲靖

耕云种月

金磊夫诗词集

大明山游记

（外一首）

被誉为"岭南奇山，人间仙境"的大明山，在南宁市武鸣区东北部，北回归线刚好穿过大明山中部。主峰龙头山海拔 1785 米。

大明山群峰簇拥，云缠雾绕。每当阳光照射云雾，常有五彩光环出现，形成"光环随人动，人在光环中"的奇特现象。当地人称其为"大明仙境"。

大明山涌泉飞瀑，溪流纵横，是 37 条河流的发源地，滋养着 3 万多公顷良田，运转着 30 多个水电站。山中有十分壮观的甘南大河谷，常年云雾缭绕，难以见底。群峰之上，有六片天然大草坪，四周古木环绕，中间只长草不长树，十分奇特。大山中的飞瀑连冲三级，最大的一级高约 60 米，如巨龙舞动。春之花、夏之瀑、秋之云、冬之雪，是大明山秀美的缩影。

大明山地区还是壮族文化的重要发祥地，据考证，壮族先民所建立的骆越国，最早的都城就坐落在大明山南麓。广泛流传于珠江流域的龙母文化，发祥地也在大明山地区。由此可见这座山的历史地位。

满山明丽满山松，
千条飞瀑千条龙。
追步石阶登绝顶，
挥手引来八面风。

仰山风韵

231

大明山恋

得道尊居回归线，
青山绿水九垓间。
我愿在此做游客，
不去天堂当神仙。

2008 年 2 月 28 日
作于广西南宁

又记：

    在杭州临安区西南部也有一座大明山，距安徽黄山只有 70 公里。据说，那座大明山被称为"浙江小黄山"。山色黝然若黛，宛如一幅泼墨山水画。有机会一定去看看！

耕云种月

金磊夫诗词集

圣堂山组诗

圣堂山（又称圣塘山），在广西来宾市境内，是大瑶山的精华所在。7 座海拔 1600 米以上的高峰直插云天，常年掩映在云雾之中。

每天清晨，当"山高红日升，谷深云海阔"之际，置身在奇峰浮云、松篁交翠的巨幅画卷之中时，那难以数计的奇峰怪石在霞光照耀下，神奇诡秘，如梦如幻。

圣堂山上，飞瀑高挂，峰林无际；云海石河，目不暇接。雾锁双龙、石猴赏月、舞女盼夫、双龙吐玉、万睿松风等胜景奇观，令人赞不绝口。

赞圣堂山

浮云难与此山齐，
峰岭昂然红日低。
胜景藏在岚烟上，
无论冬夏晴和雨。

圣堂胜景

万壑松风两悠悠，
石猴赏月几春秋。
雾锁双龙天共远，
舞女盼夫不胜愁。

圣堂情思

云烟一片秋望月，
雨露千般花掩羞。
人在圣堂情思动，
乘风破浪荡心舟。

2007 年 10 月 2 日
作于广西来宾

重游恒山

　　北岳恒山，自然风光壮美，文物瑰宝璀璨，道教遗踪多姿，关隘雄胜奇险，引得秦皇、汉武、魏主、唐宗、康熙为之折腰祭祀，李白、贾岛、徐霞客等学士名流至此奋笔题咏。

　　恒山十八景，有的以山水之秀而迷人，有的以洞窟之幽而醉客，有的以传说之美而动情，有的因建筑之险而称奇。泉使山静，石使山雄，云使山动，树使山葱。恒山犹如美丽的画卷，展现在人们面前。

　　一年前来过恒山，走马观花，不及细看。今再访恒山，留下深深的印象。

恒山屹立白云中，

真气冥冥万事通。

一柱擎天撑南北，

三关亘地镇西东。

雁衔秋影银河渡，

风舞松涛涧底鸣。

仰首问天天不语，

翻然长啸下晴空。

2007 年 9 月 24 日

作于山西浑源

仰山风韵

235

太姥山两首

太姥山位于福建省东北部，距福鼎市南约45公里。它傲立于东海之滨，三面临海，一面背山，有"海上仙都"之称，与雁荡山、武夷山成三足鼎立之势，拥有"世界地质公园""国家风景名胜区""国家自然遗产"三顶桂冠，也是国内唯一的花岗岩丘陵地形上发育峰林地貌地区。主峰覆鼎峰海拔917.3米。

据《太姥山志》记载：汉武帝派东方朔为天下名山授封，太姥山被封为三十六名山之首，并在崖壁上题刻"天下第一山"；唐朝玄宗皇帝赐题"尧封太姥舍利塔"；唐明皇在太姥山上敕建"兴国寺"；宋代太姥山被封为授学布道的圣地。2013年国家旅游局授予太姥山为"国家5A级旅游景区"。

太姥山峰林高耸，奇石密布，洞深谷幽，山泉喷涌，溪水奔流……初秋，携妻与众好友同登太姥山，欣赏绝美景色。进入山中，如同步入仙境，心怡神爽。留下此句：

其一

登上太姥山，
乘风入碧端。
逍遥游天阙，
真是活神仙。

其二

笑从山中归，
撷来七彩云。
欲问何如故，
为妻做新裙。

2007 年 9 月 6 日
写于温州鹿城

仰山风韵

两越昆仑山

（外一首）

昆仑山，又称昆仑虚、玉山，是中国第一神山。在中华民族的文化史上具有"万山之宗"的显赫地位，古人称昆仑山为中华"龙脉之祖"，被认为是中华民族的发源地。

毛主席"横空出世，莽昆仑"的壮丽华章、女娲补天、精卫填海、王母蟠桃会、嫦娥奔月、《西游记》《封神演义》《白蛇传》等许多神话和动人故事，都与昆仑山有关。

然而，昆仑山并非神话里提到的那座"昆仑仙山"，而是昆仑山脉。它是亚洲中部的大山系，西起帕米尔高原，横贯新疆、西藏、青海，伸延至四川境内，全长 2500 多公里，平均海拔 5500 ～ 7000 米。它是中华民族母亲河长江、黄河的发源地，也是澜沧江、怒江等主要江河的源头。

今乘火车走"天路"，从青海西宁去西藏拉萨，途中翻越海拔 4772 米的昆仑山口。虽是 8 月份，但这里寒冷潮湿，空气稀薄。站在昆仑山垭口，两边群山起伏，雪峰林立，景色非常壮丽。海拔 6500 多米的玉虚峰和玉仙峰亭亭玉立、近在眼前，似触手可及。

若要翻越昆仑山，
须将俗身化云团。
两手扶携日与月，
双臂舞动雨和烟。
千丘万壑眼前立，
大笑一声去又还。

金马行空走天下，
随心往复自诩然。

2007 年 8 月 20 日

在西藏完成任务后，今日由拉萨乘机返京。当飞越昆仑山时，从空中俯瞰，莽莽昆仑，气象万千。不由感慨：如此大山竟在分秒之间悠然越过，真乃不是神仙胜似神仙！但也稍有遗憾，未能寻见王母的瑶池和蟠桃园。

飞越昆仑

事毕凯旋今启程，
来由陆路返飞行。
此时跨过昆仑顶，
恍若神仙一身轻。

2007 年 8 月 26 日
写于拉萨—北京航班上

仰山风韵

239

日出武当山

（外一首）

民间广泛流传"南少林，北武当"。虽然说的是武术流派，但也足以说明武当山的名气之大。

武当山位于湖北省西北部十堰市境内，又名太和山、谢罗山、参上山、仙室山。古有"太岳""玄岳"之称。明代皇帝封武当山为"大岳""治世玄岳"，被尊为至高无上的"皇家名山"，并以"四大名山皆拱揖，五方仙岳共朝宗"的显赫地位而闻名遐迩。

武当山是中国著名的道教圣地，也是极其珍贵的世界文化遗产。以其绚丽多姿的自然景观、规模宏大的古建筑群、源远流长的道教文化、博大精深的武当武术著称于世。

主峰天柱峰（海拔1612米）拔地而起，被誉为"一柱擎天"。环绕其周围的群山，从四面八方向主峰倾斜，形成独特的"七十二峰朝大顶，二十四涧水长流"的天然奇观，被誉为"亘古无双胜境，天下第一仙山"。金童峰、玉女峰亭亭玉立，倩姿婀娜；香炉峰、蜡烛峰云雾缭绕，岚烟弥漫；五老峰，老态龙钟；展旗峰，奔走欲动……

站在武当山上观日出，实为幸事，美哉！壮哉！

破晓极目扶桑东，
天际正吐宝珠红。
苍茫云海金波涌，
灿烂霞光玉宇彤。

空灵武当

绝顶风光隐梵宫，
香烟缭绕驾飞龙。
惊魂天柱拔地起，
喜有玉女伴金童。

2007 年 7 月 11 日
作于十堰市

仰山风韵

雨夜宿江郎山

（外一首）

　　江郎山位于浙江省江山市西南 25 公里，在仙霞山脉北麓的浙、闽、赣三省交界处。

　　由国家安监总局会同中宣部、广电部、公安部、全国总工会、团中央等部委，共同组织开展的第六次全国"安全生产万里行"活动路过这里，因遇大雨在此驻足。

　　虽然是雨中的江山[①]，依然能看出她的多姿多娇。尤其是耸立在眼前的这座江郎山，给我们留下了极深的印象。

有缘"江山"一日情，

风急雨骤阻西行。

心急赶路难如愿，

承蒙天意改征程。

夜思江郎[②]

夜抵山中灯火明，

枕松卧竹梦亦清。

---

① 江山市隶属浙江衢州，是浙江省的西南门户，也是钱江的源头。江山县历史悠久，唐武德四年（公元 621 年）设县。1987 年撤县设市。

② 江郎山，传说此山是由江氏三兄弟石化而成。

何年再来访三郎？
思恋江山乃本性。

2007 年 6 月 15 日夜
写于江山市

仰山风韵

天竺山畅想

（外一首）

天竺山，又称天柱山。因山巅骤崛一柱，如"天柱摩霄"而名。天竺山在鹘岭以南，郧岭以北，距陕西山阳县城30公里。

此山以崔嵬奇险闻名，有12奇峰、12名石、24洞窟。主峰"大顶峰"海拔2074米。天竺山的云海最为壮观，似波涛滚滚，像水漫金山。

唐贞观三年（629年）慧远禅师在此山中建了云盖寺。山上还有建于南北朝时期的宫观——上天堂，有建于宋朝的石水塔，有清代禅师所凿的藏经洞。唐代罗公远、宋代邵雍都曾在此山隐居。

气缠瑶台浮云轻，
风漫银汉天雨净。
谁借琼浆浇寂历，
自凭茶汤洗心情。
黑龙洞藏神仙客，
秀女峰隐启明星。
天柱高擎迎暖日，
金精铸魂凝寒清。

愿许天竺

往事如烟去不还,
谁人能立白云间?
天竺亦有真情在,
香炉平添几许愿。

2007 年 4 月 9 日夜
记于山阳县西照川

后记:

　　2011 年, 天竺山成为国家森林公园, 被评为 4A 级景区。

仰山风韵

冬游丫山

（两首）

丫山，在江西大余县城东。因其最高峰双秀峰呈丫形而得名。

丫山集山、林、泉、湖、瀑、洞等自然奇观于一体，风光怡人，宛如仙境。雨后云海、万亩竹林、卧龙谷、兰香谷、龙鼎湖、道源书院等名胜，吸引了无数游人。

丫山在创立和传承儒、释、道、心学等历史文化方面，具有特殊的地位，从古至今闻名遐迩。

冬季游丫山，别有一番情趣。尤其是山上农家乐的午饭，印象深刻。

（一）

冬日丫山草未凋，
石林昂首向阳翘。
古村①坐落白云上，
野墅寒烟万树涛。

（二）

皖水一支浮翠烟，
碧流三叠涌飞泉。

---

① 古村：下宕村，坐落在丫山最高处。

竹林绿浪随风起，
书院钟声伴和弦。

2006 年 12 月 16 日夜
於江西大余县

仰山风韵

耕云种月

金磊夫诗词集

秋登韭菜岭

（外一首）

韭菜岭，是五岭之一——都庞岭的主峰，海拔 2009.3 米。因其独特的地貌、独特的生物资源、多样的民族风情和文化底蕴，以及良好的生态环境，被评为中国十大"非著名山峰"[1]之首。

韭菜岭，因山上野韭如茵而名。韭菜岭森林茂密，怪石峥嵘，瀑布高悬，土质肥沃，是瑶族先民繁衍生息的聚居地之一，也曾是与世隔绝的人间仙境。群山中有形象逼真的鸟山、马山、狗头狮子，还有千姿百态的桐岩、白鹅洞、凤岩山等等奇景，美不胜收。

这里是瑶族同胞寻根问祖的圣地，也是户外徒步的好去处。相信每一个来到这里的人，都能深刻感受到什么是原生态，什么是沧海桑田，什么叫一眼万年。

云烟眷恋韭菜岭，
登顶心旷豪气生。
林海飞浪唱秋色，
石阶逶迤通天庭。

岭上放歌

野韭青青碧水长，
山花灿灿漫天香。

---

[1] 由《中国国家地理杂志》评选出的中国十大"非著名山峰"依次为：湖南韭菜岭、广东船底顶、四川九顶山、甘肃扎尕那山、江西武功山、河北小五台山、陕西鳌山、北京海坨山、云南雪岭、贵州佛顶山。

放飞情思唱心曲，
登上高岭颂金阳。

2006 年 10 月 3 日
作于湖南永州道县

仰山风韵

恒山组诗

恒山，古称玄武山、崞山、玄岳、太恒山等。明末清初被确定为"五岳"之"北岳恒山"。主峰天峰岭海拔 2017 米，号称"绝塞名山"，叠嶂拔峙，气势恢宏，被誉为北国万山之宗。

恒山横亘于黄土高原与冀中平原之间，其险峻的山势和特殊的地理位置，自古就是兵家必争之地。

遍访五岳，心仪已久。东岳泰山、西岳华山、南岳衡山、中岳嵩山均已多次登临。今天终于如愿以偿来到北岳恒山。

情动恒山

穿花百里殿门开，
时有飞云脚下来。
最数北岳峰壑美，
恒山巍巍入我怀。

有感恒山

幸有名山酬壮志，
岂容年华付水流。
此生无愧国与家，
甘用热血写春秋。

恒山耸霄

飞阁流丹山更娇，
琼台雄耸入凌霄。
林深谷峻云追月，
钟磬空灵北岳高。

2006 年 9 月 9 日
作于山西浑源

仰山风韵

仙境龙虎山

（外一首）

　　龙虎山，位于江西东北部，是闻名遐迩的"千古名岳，道教仙山"。据《龙虎山志》记载：东汉时期，张道陵携弟子由鄱阳湖，经信江溯泸溪入云锦山，肇基炼九天神丹。"丹成而龙虎见，山因以名"。从此，云锦山更名为"龙虎山"。

　　龙虎山是著名的世界自然遗产、世界地质公园、国家自然文化双遗产地，同时也是国家 5A 级景区、国家重点文物保护单位，有着奇特多样的地质遗迹和丰富多彩的人文历史。

　　登上龙虎山，笑看嵯峨万千的丹霞奇峰，形态迥异的自然风光，绚丽多彩的生态景观，交相辉映，环抱相拥，让人有飘飘欲仙之感。

龙吟虎啸震奇峦，
泉涌瀑飞天地旋。
青黛染成千嶂玉，
碧纱笼罩万重烟。

龙虎情

山光溢彩炫金纱，
石色斑斓映紫霞。
松干龙鳞向天香，
竹枝凤羽盛芳华。

阴阳只有老天定，
乾坤任由人当家。
炎黄子孙梦复兴，
龙行天下劲飞花。

2006 年 8 月 21 日
作于龙虎山上

仰山风韵

大娄山组诗

　　我第一次知道大娄山，是中学时读毛泽东主席诗词《忆秦娥·娄山关》。今天，终于有机会看望这座大山，走进这座雄关。

　　娄山关在大娄山主脉的脊梁上，也叫娄关、太平关，海拔1576米。娄山关是川黔要道上的重要关口，自古为兵家必争之地。1935年2月，中国工农红军第一方面军，两渡赤水，回师黔北，攻下娄山关，赢得长征以来第一次巨大胜利。

　　当我站在四周悬崖绝壁，曾经烽火连天的娄山关，不禁感慨万千。

娄山抒怀

铁马金戈越莽苍，
耳畔犹闻鼓角响。
娄山三叠①连七水②，
秦娥一曲送残阳。
西风不怠新征志，
霜色难挡旌旗扬。

---

① 大娄山由三支并列的山脉组成。西支位于桐梓与习水之间，延伸至重庆；中支由仁怀经松坎向北延伸至四川；东支位于桐梓、遵义之间，由金沙向东北延伸至四川。

② 大娄山分别与乌江、赤水河、綦江、习水河、桐梓河、芙蓉江、洪渡河七条江河相连。

跨越雄关再启程①，
龙子凤孙正飞翔。

忆娄山关

如戟似剑刺青天，
铜浇铁铸锁川黔。
苍山如海风云涌，
红旗漫卷越娄关。

雄关情深

漫道雄关铁如真，
何惧艰险又登临。
耳边犹闻战马啸，
胸中豪情对天吟。

2006年7月15日
於贵州桐梓

---

① 由国家安监总局会同中宣部、公安部、国家广电总局、共青团中央、全国总工会等部门共同组织的第五次全国安全生产万里行活动，我作为总指挥，率领新华社、人民日报、中央人民广播电台、中央电视台、光明日报、法治日报、工人日报、安全生产报等二十多家媒体记者，从北京出发，赴广西、贵州、四川，途经大娄山，在遵义与桐梓交界的娄山关稍作停留，参观当时的战场和纪念馆。大家受到了一次深刻的革命传统教育，增强了工作的责任感。

我们一定不负重托，不辱使命，不畏困难，按照国务院的要求，为安全生产和职业健康事业，"坚持常年行、四处行、万里行"。

仰山风韵

附：毛泽东主席诗词

《忆秦娥·娄山关》

西风烈，
长空雁叫霜晨月。
霜晨月，
马蹄声碎，
喇叭声咽。

雄关漫道真如铁，
而今迈步从头越。
从头越，
苍山如海，
残阳如血。

耕云种月

金磊夫诗词集

与众友登清源山

（外一首）

　　清源山，是国家重点风景区。它有很多名字：因山上多泉，别称"泉山"；因山高入云，又称"齐云山"；它位于泉州城北郊，也称"北山"；还因山上三峰耸立，亦称"三台山"。

　　清源山与泉州市区三面接壤，可谓山城相依。清源山景区方圆40华里，主峰海拔498米。自古以来，清源山就以36洞天、18胜景闻名于世。其中尤以老君岩、千手岩、弥陀岩、碧霄岩、虎乳岩、清源洞、赋恩岩等为胜。此外，还有舍利塔、百丈坪、清源天湖、泉州少林寺等。清源山最早开发于秦代，中兴于唐代，宋元时期最为鼎盛。历代文人、武将、高僧、权贵在清源山留下400多方碑刻和崖刻。清源山还流传着无数的典故、传说和神话，使这座名山更具文化内涵。

　　今有幸与朋友们同登此山，大喜过望。特记：

好友同登清源山，
举杯欢饮空灵间。
醉游峰岭多迷路，
野鹤闲云忘却还。

清源山放怀

幽幽山径入云中，
登向苍穹最上层。

仰山风韵

257

忽觉日低星月矮，
站在绝顶自为峰。

2006 年 6 月 6 日
作于清源山上

耕云种月

金磊夫诗词集

登云丘山

云丘山，在山西临汾市乡宁县境内。

这座大山是华夏乡土文化的地理标志，是中华农耕文明的发源地，也是中和文化——非物质文化遗产传承地，更是上古时期羲和观天测时之地，又是农历二十四节气的起源地。

云丘山特殊的喀斯特地貌和自然环境，形成了各种奇峰异景，可谓千峰竞秀，万壑峥嵘，自古被誉为"河汾第一名胜"。云丘山不仅自然景观奇特，而且文化底蕴厚重。道教全真教龙门派的开山祖庭就在这里。历史上云丘山与武当山齐名，古有"南武当，北云丘"之说。山上有隋唐时期的摩崖造像，唐代的经刻，宋代的石刻、宫殿，明代的佛塔，元代的道观，明清的古建群以及名扬四海的云丘书院等。云丘山人文景观与自然景观融为一体，相映生辉。

北托天池谓昆仑[①]，
南断吕梁[②]望临汾。
瀑飞悬崖涌神泉，
雾锁绝壁掩天门[③]。

---

① 云丘山古称昆仑，亦称姑射山。
② 云丘山位于吕梁山脉的最南端，被称为吕梁山的"龙头"，距临汾 90 公里。
③ 山上有三道天门，进入一天门就意味着已经进入云丘山仙境。

仰山风韵

玉皇顶^①上云水急，
葫芦潭^②下幽壑深。
古刹巍峨伴佛塔，
层峦叠翠系我魂。

2006 年 5 月 22 日
写于云丘山玉皇顶

耕云种月

金磊夫诗词集

---

① 玉皇顶是云丘山的最高峰，海拔 1629 米。

② 葫芦潭是进入云丘山后的第一个景点。泉池形状神似葫芦，故
得此名。相传是八仙之一铁拐李的葫芦幻化而成。

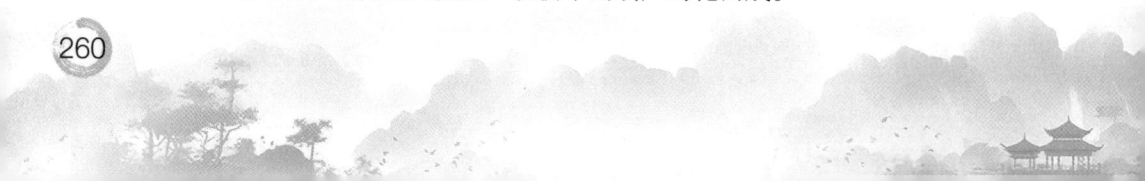

夜游雁荡山

雁荡山，又名雁宕、雁山。因山顶有湖，芦苇茂盛，结草为荡，南归秋雁多宿于此，故名雁荡。2004 年，雁荡山被评为"国家地质公园"，2005 年又被评为"世界地质公园"。

雁荡山以山奇水秀闻名。主体位于温州东北部海滨，小部分在台州温岭南境。《载敬堂集》载："雁荡山以瓯江自然断裂，分南雁荡山和北雁荡山。"其开山凿胜始于南北朝，兴于唐，盛于宋。

北雁荡万山重叠，群峰争雄，悬嶂蔽日，飞瀑凌空，自古就有"寰中绝胜"的美誉。历代文人墨客纷至沓来，谢灵运、沈括、徐霞客、张大千、郭沫若等都在这里留下了诗篇和墨迹。

这是第二次走进雁荡山。朋友告诉我，夜幕下的雁荡山最美。今夜游雁荡山，果然如此。

夜游雁荡赏星空，
忽闻山中有鸟鸣。
郁郁征鸿盘海浪，
巍巍朱阁佑苍生。
三杯淡茗品河岳，
一樽薄酒动江声。
岚气晴霞迎日出，
情怀坦荡两袖风。

2006 年 2 月 12 日夜
写于雁荡山上

仰山风韵

颂金佛山

（两首）

金佛山，在重庆南川县境内。最高峰凤凰岭海拔 2238 米。

金佛山被誉为"东方的阿尔卑斯山"，峰峦延绵十多条大小山脉，期间屹立着一百多座峻峭山峰，天然溶洞在山中星罗棋布。

每当傍晚，夕阳把层层山峦映照得金碧辉煌，使得整座山如同一尊金身大佛，放射出万道霞光，异常壮观。因而得名"金佛山"。

（一）

峰峻凌空挑月圆，
朝晖晚霞映金田。
奇峰异嶂拔地起，
碧潭明湖照苍天。

（二）

壁立千峋迷双瞳，
金佛山高在云中。

雨洗崟林千重翠，
霜秀枫叶万山红。

2005 年 10 月 16 日
作于重庆南川

仰山风韵

乔山两首

乔山，古称"美山"，俗称北山，也叫野河山。在陕西扶风县境内。

乔山东西长约 13.7 公里，南北最宽处约 6 公里，主峰瓦罐岭海拔 1579.8 米。乔山主要山峰有：明月山、龙泉山、马泉山、梁山、四郎山、火石山等。山上有建于隋朝的龙泉寺遗迹（寺中的舍利塔铭，今存县博物馆）。山中温泉众多，吸引了无数客人赏游沐浴、休闲度假。

其一

松拥古刹映斜晖，
野花漫天迎客归。
乔山溪泉盈方塘，
风伴晚霞追碧水。

其二

峰峦云锁雾浓缠，
风剪雨丝正蔼然。
乔山沐汤多恋世，
密林深处尽温泉。

2005 年 8 月 5 日
作于陕西扶风县城

耕云种月

金磊夫诗词集

夏游梧桐山

梧桐山，是国内少有的既邻近市区、又傍山滨海的城市郊野型自然景区。主峰海拔 943.7 米，是深圳的第一高峰。

梧桐山雄伟的山势与变幻莫测的云雾刚柔相济，与浩瀚的大鹏湾山海相望。它以"稀、秀、幽、旷"的独特韵味，吸引了无数游人。"梧桐烟云"被评为深圳新八景之一。

梧桐山上，泉多林密，众多山泉汇入天池，天池水顺着山谷倾泻而下，形成壮观的瀑布群，激起千堆雪浪、万束雾花。

夏日，离开喧嚣的市区，走进幽静的梧桐山，实在是一种享受。

漫游无际到天涯，
乐见奇峰拥云霞。
梧桐烟雨唤红日，
丘壑叠翠漫野花。
飞瀑流泉千帆竞，
山海拥迎一游侠。
莫道天堂无觅处，
锦绣深圳是咱家。

2005 年 7 月 1 日午
写于深圳罗湖

仰山风韵

265

白云山两首

白云山,自古就有"羊城第一秀"之称,为广东境内最高峰九连山的支脉,乃南粤名山之一。白云山主峰摩星岭高 382 米。

因白云山坐落在广州市区内,游览非常方便。每次到广州,只要时间方便,总要到山上转一转。已记不清有多少次了,只记得她的唯美和清秀。

作诗两首,以留念。

其一

小桥流水绕青山,
高塔临风玉带缠。
时与白云结伴行,
方知自己是神仙。

其二

雨净空寂心共远,
云淡天高荡瑞烟。
仙境秀丽堪为乐,
诗情画意乃江山。

2005 年 6 月 19 日
於广州白云宾馆

耕云种月
金磊夫诗词集

双海拥铁山

（外一首）

老铁山，在辽东半岛最南端，与山东半岛隔海相望。其间的老铁山水道，是我国最凶险、最湍急的水道。

著名的老铁山灯塔，就建在山角上。这是清朝海关 1893 年请法国人设计制造，由英国人施工修建的。灯塔虽然经历了 1894 年中日甲午海战、1904 年日俄战争，仍保存完好，至今还在为过往的船只导航。灯塔因铁山而名，铁山因灯塔流芳。

灯塔下方，是悬崖峭壁。老铁山与山东蓬莱的对角线，即为黄海、渤海的分界线。所以老铁山有着"一山担双海"的独特盛誉。

铁山横陈分两海，
群峰向日拥蓬莱。
潮生潮落行天道，
云卷云舒访灯台。

咏老铁山

铁山正如定海针，
黄渤两涯由此分。
南荡急浪追日月，
北扬雄风颂乾坤。

2005 年 5 月 8 日
作于大连老铁山

仰山风韵

夜宿九华山

（外一首）

耕云种月

金磊夫诗词集

到距九华山极近的池州公务。周末，朋友们劝我一定要到九华山去看看，说到池州不看九华山，一定会留下遗憾。领受美意，周六下午进山，周日上午回城。虽然是跑马观花，但在山上住了一个晚上，有了一些感受。

九华山，古称九花山、陵阳山、九子山，因山势酷似盛开的九瓣莲花而得名。九华山是我国佛教的"四大名山"之一，吸引着海内外无数善男信女到此焚香礼拜。中国佛教学院也建在这里。

九华山水清树茂，寺庙林立。夕阳下的九华山，美中透着神秘、神奇。

住在山里的这一晚，辗转反侧，感慨颇多。写下几行字，留作纪念：

礼拜九华宿深山，
头枕松涛伴无眠。
心静修得天地净，
夜半何须去问禅。

天柱仙踪[①]

天工造就此仙踪，
雾绕云缠伴玉容。
谷幽溪清花影动，
千仞耸峙向苍穹。

2005 年 4 月 10 日
写于安徽池州

---

① 天柱仙踪：九华山"古十景"之一。清《九华山志》载："天柱峰耸拔千仞，如柱倚天，此东南第一峰也。"因旁有五老峰，状如五位仙人漫游天柱，故称为"天柱仙踪"。

仰山风韵

耕云种月

金磊夫诗词集

登临芒砀山①

（两首）

芒砀山，古称砀山，又称"仙女峰"。位于豫、皖、苏、鲁四省交界的河南永城市北。山虽不大，主峰海拔不足157米，但确算得上一座名山，是国家5A级景区。因为它与中国历史上许多名人紧紧地联系在一起。

孔子周游列国在此小驻；秦始皇东游芒砀山以盛天子之气；刘邦起义隐于山中紫气岩；曹操曾引兵入砀；水浒英雄樊瑞、项充芒砀山聚义；李自成率农民起义军大战芒砀山；高适、李白、杜甫等文人畅游芒砀山，传下千古佳作……

此行是慕名而来。芒砀山果然是中原大地的"仙女"，名不虚传。

（一）

千秋芒砀势无穷，

汉祖②九州归一统。

到底江山谁做主，

人民自古是英雄。

---

① 芒砀山位于河南永城，在城北约30公里，它是豫东平原上唯一的一处山群。

② 为汉高祖刘邦。

（二）

群雄接续绘春秋，
芒砀孤悬在中州。
跃上峰巅看天下，
丰碑万古独风流。

2004 年 12 月 28 日午
作于芒砀山上

仰山风韵

访金华山

金华山，古称长山，也叫常山。因在金华市区北面，俗称北山。距离浙江金华市城北只有 8 公里。它是龙门山脉的支脉，最高峰大盘山海拔 1314 米，总面积 80 余平方公里，是一处以山岳森林为背景，集雄峰异石，地下悬河，岩溶瀑布，赤松祖庙为特色的山岳型国家重点风景名胜区。

金华山辽远、空灵、奇伟的美称和"道教名山"的传说，令人心驰神往。李白、王安石、苏轼、陆游、徐霞客等历代名人在这里留下足迹和两千多首诗词佳作。毛泽东、周恩来、朱德、郭沫若等党和国家领导人也在金华山留下佳话。

2004 年 11 月借路到此，亲身感受了金华山的娇美，偶有此句，记之：

金华山顶与天齐，

磊拓慧丽①踏玉梯。

夫子登高红日近，

乐哉俯首众星低。

2004 年 10 月 19 日

作于浙江金华

---

① 指磊夫、拓夫、慧珠、丽珠兄弟姐妹四人艰难奋进、不断前行的精神和毅力。

272

赞梁王山

梁王山，距昆明约 40 公里。

它势如其名，恢宏耸立，气势博大。西面峭壁千仞，巍峨险峻；东面群峰簇拥，古木参天。最高峰海拔 2820 米，为"滇中第一高峰"，自古就有"纵观四海，放眼三江"的美誉。

梁王山古称：装山、罗藏山。它"一山挑两江""一山跨两县"，以山脊为界，西侧属长江水系，东南则属珠江水系；山脉横跨澄江、呈贡两县。

走进梁王山，风荡荡而情动，云飘飘而神飞，让人有一种新奇神妙的感觉。站在山上，能饱览滇池、抚仙湖、星云湖、阳宗海的波光；可尽赏南盘江、螳螂川、盘龙江的美景。

梁王山有源远流长的滇中文化，有古战场烽火硝烟的余味，有许多耐人寻味的动人故事和令人遐想的神秘传说……

梁王已去山河在，
黄鹤归来醉晓风。
千古兴亡常款顾，
春秋日月复回中。
桑田不肯云中卧，
苍天有情腾玉龙。
直上碧霄八万里，
重绘锦绣乃英雄。

2004 年 7 月 31 日
写于昆明

仰山风韵

273

情醉武功山

此生一定要去一次武功山，去看那铺天盖地的绿，去看那世间最动人的云海、晚霞、日出和星空。因为，它有用语言形容不出的美。

武功山在江西，跨芦溪、安福县和宜春市，主脉绵延 120 多公里，属罗霄山脉北段。主峰白鹤峰（俗称金顶）海拔 1918.3 米。

明代"寻山如访友"的徐霞客，曾在这里徒步游历十天，用6000 多字为这座大山留下了难得的文字记载。十万亩高山草甸，是何等壮观；山上云海飘渺，星辰涌动，幻若仙境。

这座历史文化名山，不仅有自然，也有人文，曾是佛、道两教兴盛之地。神秘的古祭坛群，距今已有 1700 多年的历史。九龙十八塔、白鹤观、紫极宫、石鼓寺……一座比一座"仙气飘飘"，一座比一座令人遐想。

武功峰高云雾缠，
风光如画入诗篇。
山中放眼草万顷，
古刹诵持经千卷。
碧透群崖铺绿锦，
翠叠层峦若空烟。
我站巅顶摘星月，
身在人间却胜仙。

醉意武功山

武功参天连翠微，
仙苑秀色惹人醉。
若无王母蟠桃宴，
何有弼温御马归。

2004 年 7 月 3 日
作于江西安福

仰山风韵

275

夏游苍岩山

（外一首）

耕云种月

金磊夫诗词集

在河北省井陉县境内，有一座历史文化名山——苍岩山。它享有"五岳奇秀揽一山，太行群峰唯苍岩"的美誉，是国家级风景名胜区。

苍岩山有三绝：一绝桥楼殿。桥凌驾于百仞绝壁之间，云飞楼动，仰望蓝天一线，俯首万丈深渊，桥上建楼，楼内建殿，为中国三大悬空寺之一；二绝白檀树。山上逾百年、上千年的檀林遮天蔽日，树根裸露，有的盘抱巨石，有的形似鸳鸯，有的极像盘龙，有的形同卧虎……；三绝"古柏朝圣"。千万棵千年以上的崖柏、沙柏、香柏，生长于峭壁之上，千姿百态。令人称奇的是，无论东西南北的柏树，都朝着南阳公主祠的方向生长。

山上还有建于1400年前（隋代初期）的福庆寺，有书院、万仙堂、桥楼殿、大佛殿、藏经楼、公主祠等众多文物古迹。所有建筑依山就势，或建于断崖，或跨于险壁，十分壮观。

苍岩山著名景观有十六处，如岩关锁翠、风泉漱玉、书院午荫、桥殿飞虹、空谷鸟鸣、虚阁藏幽、窍开别天、碧涧灵檀、炉峰夕照等。

每年三月、十月的苍岩山庙会，也已经有1300多年的历史。千百年来，苍岩山以它独特的人文历史和优美自然景观，展示其雄、险、奇、秀的风貌，吸引无数游人。

飞桥跨涧楼怀殿，

耸塔吞云雨涵烟。

炉峰夕照檀王树，

古柏朝圣共谢安。

书院午荫闲云静，
岩关锁翠天下观。
金龙升腾兴华夏，
世上最美苍岩山。

苍岩入梦

霄崖苍柏揽云根，
碧涧檀香可沁魂。
空谷鸟鸣风与共，
虚阁藏幽赠同门。
灵泉漱玉吟仙曲，
宝刹悬空感佛恩。
山上晨钟声渐远，
禅房夜梦已成真。

2004 年 6 月 14 日
写于石家庄

仰山风韵

北镇闾山

（外一首）

医巫闾山，简称闾山。古称于微闾山、无虑山、扶犁山等。它是东胡语"大山"的意思；其满语意为"翠绿的山"。闾山位于辽宁锦州境内，主峰望海峰海拔 867 米。

闾山是一座历史文化名山，有 4000 多年的文明史。据先秦典籍载，"三皇五帝"时期，就对镇[①]山开始封禅；五帝时期的轩辕首封医巫闾山为幽州镇山；舜帝时期，舜肇十二州，封医巫闾山为九州的幽州镇山。西汉时期，汉宣帝先封有五岳、四镇，后定五岳、五镇为十大名山。自隋代开始，医巫闾山被封为五镇中的"北镇"。历朝历代对闾山都有封号，并到闾山祭祀朝拜，尤以辽、元、明、清为盛。

医巫闾山除悠久厚重的历史文化外，自然景观十分丰富，山峰耸峙、岩洞泉壑、奇松怪石、飞瀑石棚、望海擎天，这些诡异多姿的石形山貌，令人叹为观止。

与友春游北镇，不胜感慨。

北镇凌空连九天，

峰峦含秀一溪烟。

[①] 镇，是仅次于岳的大山。中国名山自古就有岳与镇之分。岳乃国之名山；镇为一方主山，有安定一方之意。

被封为五岳的山分别是：东岳泰山（山东泰安）、西岳华山（陕西华阴）、南岳衡山（湖南衡阳）、北岳恒山（山西浑源）、中岳嵩山（河南登封）；

被封为五镇的山分别是：东镇沂山（山东临朐）、西镇吴山（陕西宝鸡）、南镇会稽山（浙江绍兴）、北镇医巫闾山（辽宁锦州）、中镇霍山（山西霍州）。

遥望云外挂飞瀑，
近看幽州涌玉泉。

闾山行

春光伴我闾山行，
云里时听踏歌声。
风送清芬香如许，
幽州镇山轩辕封。

2004 年 4 月 2 日
作于辽宁锦州

仰山风韵

鸣沙山感记

耕云种月

金磊夫诗词集

距敦煌市西南5公里的鸣沙山，因流沙响声如鼓而闻名。

在这绵延数百公里的大沙漠中，竟有一月牙形清泉静卧在鸣沙山中。清泉四周流沙如瀑，虽历千载，流沙从不曾侵泉半分。鸣沙山因月牙泉显得雄浑，月牙泉因鸣沙山更加娇美。

沙山、清泉世代相守相伴，实为世界奇观。特记：

西域横亘鸣沙山，

披金洒银与天连。

皎月恋此不愿走，

沙泉相依岁岁安。

2003年9月8日夜

写于敦煌鸣沙山庄

寺悬恒山

　　悬空寺，在恒山金龙峡西侧翠屏峰的峭壁间。原称"玄空阁""玄"取自于中国道教教理，"空"则源于佛教教理，后改为"悬空寺"，是因为整座寺庙悬挂在崖壁上，汉语中，"玄"与"悬"同音，因得此名。

　　悬空寺建成于公元491年，是佛、道、儒三教合一的独特寺庙。它的建筑极具特色，以如临深渊的险峻而著称，是恒山十八景中"第一胜景"，也是全国重点文物保护单位。

　　游悬空寺，由衷感叹先人的大智大慧。

梵宫琼阁缀恒山，

殿宇精工凌空悬。

栈道飞梁通圣境，

石墙纤木越千年。

云蒸霞蔚翠屏秀，

暮鼓晨钟霄汉连。

上临苍穹尤绝世，

风骚独领寺接天。

2003 年 7 月 18 日

作于恒山寺

仰山风韵

放歌大青山

（外二首）

耕云种月

金磊夫诗词集

大青山，东起呼和浩特大黑河上游谷地，西至包头昆都仑河。东西长约240公里，南北宽约20～60公里，位于阴山山脉中段。最高峰九峰山海拔2338米。

大青山的北部为内蒙古高原，南部为黄河河套平原。北坡受蒙古气流影响，干燥低温；南坡则由于山地的阻挡，比较温暖潮湿。由于上述地貌特点，使大青山成为南北两种自然景观的天然屏障，也是生物多样性的富集区。大青山还是农耕文化与游牧文化的分水岭，又是蒙元文化与昭君文化的核心区。它承载了远古文明、生态文明与现代文明的辉煌。

"连绵的大青山，大青山哟，我在这里放过牛羊……"，优美的歌声时常在耳边回响。我已经记不清来过这里多少次了。

山争青秀人争先，
大河风月一肩担。
万古人生何所有，
把酒酣畅星满天。

秀美河山

莽莽苍苍大青山，
坦坦荡荡敕勒川[①]。
天上飞来黄河水，
草原秀美富人间。

青山飞歌

再上青山揽新翠，
满目芳菲心欲醉。
牛羊遍地靓春色，
白云漫天载歌飞。

2003 年 5 月 6 日夜
作于呼和浩特

后记：

　　2008 年 1 月，国务院批准大青山地区（含呼和浩特、包头、乌兰察布三市）为国家级自然保护区。

仰山风韵

———————————

① 敕勒川：即呼和浩特与喇嘛湾之间的土默川平原。

虎山春晖

（外一首）

虎山，这个名字早就听说。虽然离北京不远，但走进它还是第一次。

虎山在保定市曲阳县北部，与北岳恒山相连。因山顶有一块巨石，颇似蓄势待发的猛虎而得名。它深藏于太行群山之中，峰峦起伏，人迹罕至。主峰"三尖梁"海拔 1100 多米。

虎山气候湿润，雾气升腾，迷蒙如雨，被誉为"天然氧吧"。山上的鸟鸣涧、金水泉、三连瀑、淘金洞等自然和人文景观非常奇特。金水泉常年冒泡，泉水上下翻腾；神仙瀑的水位落差达 40 多米，响声如雷；800 多年历史的许愿树，承载了太多的历史和神秘故事……

风啸山林惊虎睡，
雨骤云翻引龙飞。
金水泉涌向明日，
鸟鸣涧深染曙晖。

游虎山

踏云乘风游虎山，
登临恰逢艳阳天。
健步拾阶人未老，
自信余生二百年。

2003 年 4 月 12 日
作于保定曲阳

情动石表山

（外一首）

石表山在广西梧州市境内，为国家 4A 级旅游景区。它是一个丹山、碧水、沙滩、翠竹、古村落组合得最完美的地方，如同一幅天人合一的山水画。

1000 多年前，石表山就是一座名山。早在秦汉时期，这里就有村寨。隋朝时，山上建有宝莲寺。隋唐以后，历朝都在此设立驿站。在"古代南方水上丝绸之路"的北流河岸，有被誉为"中国内河第一滩"的沙滩公园，沙中含有丰富的矿物质，具有十分明显的理疗效果，很受人们的喜爱。

更令人称奇的是，石表山像一尊天然的坐佛，一双法眼注视着汩汩流淌的北流河，形象十分生动感人。

激浪江河势分明，
自怡苍昊佑生灵。
神笔扬墨千峰秀，
石表名山动我情。

山顶飞龙

山为石表人为仙，
一江风月两肩担。
泉悬千尺腾飞龙，
扶摇万里上青天。

2003 年 3 月 3 日
记于广西梧州

仰山风韵

285

最爱青城山

青城山，古称天仓山，又称丈人山、赤城山、清城山等，唐开元十八年（公元 730 年）更为现名。它背靠千里岷江，俯瞰成都平原，是邛崃山脉的分支，东距成都市区 68 公里。因 36 座青峰紧密环绕，状若城郭而得名。主峰老霄顶海拔 1260 米。

青城山是著名的世界文化遗产、国家重点风景名胜区、全球道教圣地、中国四大道教名山之一、五大仙山之一。东汉顺帝汉安二年（公元 143 年），道教创始人"天师"张陵在青城山结茅传道，遂成为天师道的发祥地。

青城山分为前山、后山。前山景色优美，古迹众多，道教文化厚重；后山水秀林幽，山势雄奇，是大熊猫的重要栖息地之一。

我见过许多大山。若论山之秀，当属青城；若谈山之美，还是青城……青城山在我心中有着极其重要的位置，留下许多美好的回忆。

天府似锦山含黛，
青峰筑城世人迷。
三十六峰皆入画，
百零八景堪称奇。
神仙布道祥云舞，
金田传经紫光怡。
日出灵虚有客到，
霞满凌霄无终期。

2002 年 9 月 13 日
写于青城山上

井冈山颂

"雄伟的井冈山，八一军旗红，开天辟地第一回，人民有了子弟兵……"每唱起这首歌，对井冈山的崇敬便油然而生，一直想看看这座英雄的山、壮丽的山。今天，终于有机会来到这里。

井冈山是罗霄山脉的中段，在中国近代史上成为中国革命圣地。星星之火，正是从这里燃遍全国，照亮世界。这里，天因豪气而阔，地因人杰而大，山因理想而高，水因传统而长。

都道井冈好，

到此方知妙。

险中藏奇绝，

天设五大哨①。

人在山上行，

旗在云中飘。

如此根据地，

世上哪去找？

2002 年 8 月 12 日
写于井冈山上

① 指五大哨口。黄洋界、八面山、双马石、朱砂冲、桐木岭通称"五大哨口"，是进入井冈山中心地区的重要山中隘道。

仰山风韵

雷公山吟

　　雷公山，在黔东南州雷公县城东，是苗岭山脉的主峰，由十多座 1800 米以上的山峰组成。它是镶嵌在贵州高原上的一颗绿色明珠（森林覆盖率近 90%）。

　　雷公山最大的特点就是多雾，一年当中，竟有 300 多天有雾。在阳光折射的作用下，夏、秋季节经常出现佛光胜景——海市蜃楼幻景。

　　雷公山山高水深，飞瀑成群，景色奇特。穿衣树、苗皇城、八卦林、猴啸谷、千角场、睡莲池等名胜，让人啧啧称赞。

八卦林里欲长生，
千角场中浴惠风。
瀑泻千丈撒珠玑，
树高百尺举心灯。
笑依苍松溪边坐，
乐扶竹杖林中行。
携酒来到山下住，
好友同赴苗皇城。

2002 年 6 月 24 日
写于雷山县城

春览大容山

（外一首）

大容山，据《金通志》记载，山"高五百余丈，周围千余里，以其迥阔无所不容而名"。

大容山在广西北流市北面，位于郁江平原与玉林盆地之间。山体博大，峰峦连绵，气势雄伟，海拔 1000 米以上的高峰有 10 多座，主峰梅花顶海拔 1275 米，是桂东南第一高峰。

大容山也是一座历史名山。南汉高祖刘龑公元 917 年在今广州称帝，封大容山为"南方西岳"。

跃上东南第一峰，

极目天下驭长风。

封禅西岳千年事，

心随飞云入碧空。

赞容山

有容乃大自脱尘，

莲峰可鉴美善真。

最是消魂飞瀑狂，

总有玄机说古今。

2002 年 5 月 19 日於玉林

仰山风韵

289

西樵山游记

（外一首）

　　西樵山的名称由来已久。"樵"是打柴的意思。据传说，远古时广州人将东南方向打柴的山称东樵，将西面打柴的山称西樵。西樵山的名字由此而来。

　　可见，上古时西樵山就已经是林丰草盛的原始部落聚居地。据专家推测，"西樵山文化"大约产生在 5000 年前。

　　西樵山在佛山市境内，距广州市区 68 公里。共有 72 座山峰、232 处泉眼、28 条瀑布以及众多的奇崖怪壁，是国家重点风景名胜区、国家森林公园，还是国家地质公园。主峰海拔 364 米。

　　西樵山上的宝峰寺、白云洞、云海莲台、黄飞鸿武术馆等自然和人文景观，让人目不暇接，流连忘返。

西樵山上四时春，
紫万红千次第新。
探寻仙境来到此，
今生愿做岭南人。

山水多情

山中有湖湖含山，
山水相依总缠绵。
飞瀑流泉迎远客，
奇峰怪崖送金安。

2002 年 4 月 3 日
作于佛山客舍

赞巴山蜀水

巴蜀地灵人杰，集百代英才，汇千古风光。

名相诸葛亮在此运筹帷幄，诗仙李白在此放歌大江，杜甫居草堂而思广厦，陆放厄剑南而忧朝堂……风流人物云集巴蜀，留下无数动人的故事，世代传唱。

更令人神往的，四川不但有灿烂的人文遗产，沧桑岁月也给巴蜀留下了如诗如画的史迹和众多风景名胜，其中已有多处被联合国教科文组织列入《世界遗产名录》。有诗证曰：

峨眉新月皎洁，

青城圣境灵光。

剑门细雨润翠，

乐山大佛慈祥。

都江古堰泽民，

黄龙翻卷彩浪。

九寨仙景迷人，

贡嘎雪峰辉煌。

巴山蜀水如画，

天府胜似天堂。

2002 年 3 月 11 日
吟于重庆、修改於成都

仰山风韵

耕云种月

金磊夫诗词集

《西江月》冀州名山

巍峨苍岩①叠翠，

峻峭白石②高远。

狼牙③雄峰入云端，

鸡鸣④昂首青天。

仙台⑤风光壮丽，

太行⑥凌空岿然。

赵北燕南秀奇峦，

大美冀州河山。

2001 年 11 月 22 日

写于北京胜古庄

---

① 苍岩山，在石家庄市西南的陉县境内。是中国历史文化名山，也是国家重点风景名胜区。

② 白石山，位于河北涞源县城南，雄居八百里太行最北端。最高峰佛光顶海拔 2096 米。

③ 狼牙山，在保定市易县西部。因奇峰林立，峥嵘险峻，状似狼牙而名。

④ 鸡鸣山，距张家口市 50 公里，主峰海拔 1128.9 米。山势突兀，孤峰擎天，被誉为"塞外泰山"。

⑤ 仙台山，距石家庄 79 公里。每至汛期，百泉汇流，飞瀑高悬，仙朗凌空，故名仙台山。

⑥ 太行山景区，距邯郸 95 公里。山体海拔在 800～1736 米，群峰高耸，巍峨壮观。是"北雄风光"的典型代表。

闲游千灵山

千灵山，是北京西南第一高山和最大的石窟洞群。

千灵山史称极乐峰。汇天地之灵气，集日月之精华而得名。主峰海拔 699 米。

登上山顶，可以俯瞰京城全景。天气晴好时，西南的猫耳山，西北的百花山，北面的妙峰山，东北的莲华山、云蒙山等远郊名山均清晰可见，是北京近郊远眺视野的最佳处。

在唐代以前这里就有佛教传播，民间流传"先有极乐峰，后有戒台寺"的说法。从唐至今，千灵山与戒台寺同兴同衰，共同演绎了 1400 多年的辉煌历史，留下了宝贵的佛教文化资源。

平分风月自悠哉，
时逢秋浓菊正开。
对景忽觉双眼亮，
游兴随心上岩台。
山高千灵云天阔，
经书万卷常入怀。
古刹庄严林中立，
观音洞深众仙来。

2001 年 10 月 2 日
作于北京房山

仰山风韵

293

游龙门峡

（外一首）

"龙门峡"，横亘在华北大地上的巍巍太行山脉，与雄壮的燕山山脉在河北涞水交汇相衔，形成奇特的地质构造和特殊的自然景观。在太行山深处的这一峡谷，两侧群峰竞秀，断崖绝壁如劈似削，山势险峻，峡深水急，古称"龙门天关"。

大断壁的形成，约在距今 248 万—7 万年期间，紫荆关深断裂活动加强，这里的花岗岩形成一条南北向断层，断层以西强烈上升，断层以东相对下降，由此形成气势磅礴的龙门峡。地质学家将这里称作"世界地质公园"，名副其实。早在燕国时期，这里曾是古易州十景之首。

今到此探游，深为大自然创造这幅作品的神力感叹不已。

两山壁立红霞近，
一水中分白练飞。
日月竟从门中过，
我摘金星赠与谁？

雨后峡关

雨后的龙门峡苍翠欲滴，突兀的群峰直指青天，山腰云雾缭绕，彩虹飞跨。置身其中，如痴如醉，似道似仙。

雨晴太行千重翠，
云渡龙门万里飞。
昔日险隘绝鸢影，
而今天关游人醉。

2001 年 9 月 19 日
记于太行龙门峡

仰山风韵

耕云种月

金磊夫诗词集

梦幻缙云山

（两首）

在重庆市西北有这样一座山，它常年祥云缭绕，姹紫嫣红，万千气象，特别是早上和晚上的霞云色赤如缙，故名缙云山。缙云山是华蓥山支脉，古代称其为"巴山"。

缙云山山势陡峻，九峰争秀。最高峰玉尖峰海拔 1050 米。在山上，有建于南朝时的缙云寺、温泉寺；有晚唐时建的石照壁；有明代建的洛阳桥、石牌坊；还有宋代石刻，以及相思岩、青龙寨等众多文物古迹。

缙云山素有"小峨嵋"之称，既是蜀中名胜，也是国家重点风景名胜区。

其一

缥渺云烟雾中行，
万千景象令人倾。
晴阴突变骤降雨，
转瞬日华旷野明。

其二

若紫似红飞缙云，
青山绿水送温馨。

狮子峰巅宜远眺，
洛阳桥畔好修身。
九峰争秀晴有雾，
古刹庄严唱梵音。
佛主慈悲悯天下，
云里仙宫更爱人。

2001 年 9 月 2 日
作于重庆市

仰山风韵

游澳门松山有感

（外一首）

松山，古称琴山（山形似卧琴而得名）；因山上遍植松树，又称松山；也叫东望洋山。它位于澳门半岛的东部，海拔 93 米。是澳门最高的山岗，也是澳门的地理坐标。

登上山顶，可俯瞰澳门全景。山上有建于 17 世纪的古炮台和建于 1865 年远东最古老的灯塔（灯塔至今仍在为过往的船只引航）。山上还有 17 世纪葡萄牙修道院风格的圣母雪地殿教堂等古建筑。

松山是澳门"鸟语花香，远离尘嚣"的好去处，现已辟为市政公园。

今游松山，有感：

花拥曲径韵连海，
树摇苍空歌满城。
白云朵朵接广厦，
波涛滚滚唱心声。
四面飞霞松山上，
一湾流水旭日中。
极目海天多少事，
回望灯塔古今情。

游东望洋山

狮面朝天红日醉，
龙头望月白云飞。
人在五彩山中行，
车从九霄殿里归。

2001 年 7 月 10 日
作于澳门松山公园

仰山风韵

太白山赞

（外一首）

太白山为秦岭主峰，位于宝鸡市东南约110公里，其最高峰"七女峰"海拔3676米，山顶常年积雪，山上有明显的白垩纪冰川遗迹。

太白山山势高峻，浑雄奇险；植被葱郁，山花烂漫；云转雾飞，溪水潺潺；一山分四季，十里不同天……实乃人间仙境。

朝辞伏雨陟高山，
暮迎冬雪唱凯旋。
春花秋霜铺满路，
四季都在此一天。

游太白山有感

金蛇狂舞[①]天地转，
铁壁铜墙[②]开天关[③]。

———————————

① 迥转的盘山路直绕向海拔2800多米的山上，高处望去，宛如玉带翻飞，金蛇狂舞。
② "铜墙铁壁"是太白景区的重要景点之一。一座高约1000米、长约2公里的山崖如墙似壁，因此得名。
③ 因其势如开天雄关而闻名。

神叹鬼惊古栈道①，

太白泼墨②万仞山。

杜鹃仙子③迎远客

玉女七峰④接宵汉。

莲花飞瀑⑤八千尺，

桃花源⑥里好耕田。

2001年6月26日夜

作于宝鸡

---

① 景区内有两条古栈道：一条是沿崖壁凿建的石栈道，依稀可见，相传为药王所修；另一条为木栈道，长约2公里，是三国时蜀国所为。"明修栈道，暗度陈仓"，指的正是这条栈道。

② "七女峰"是秦岭的主峰。传说这里曾是天上七仙女们出生和长大的地方。

③ 漫山遍野的杜鹃花，传说是七仙女不甘天上的寂寞，留恋人间的美好，便幻化为杜鹃，长久地留在了太白山上。

④ 陡峭的山崖上墨迹涟涟，对面河中横卧巨石，"称太白醉卧石"。传说李白至此，感其景生其情，在醉卧石上饮酒挥毫，无奈"奋笔做诗不从心，诗到多时难成吟"，于是将墨泼向天际，洒在石崖上，留下这千古佳作。

⑤ "莲花瀑布"从900米高山上飞泻而下，如银河倒悬，非常壮观。

⑥ "桃花源"是太白山著名景点，宛若仙境，似一颗明珠缀在太白山上。

仰山风韵

礼华山组诗

　　华山，位于陕西华阴市境内，形如莲花，古称花山。主峰有东、西、南、北、中五峰，中为玉女峰，东为朝阳峰，西为莲花峰最为险峻，北为云台峰是冲刺南峰的大本营和加油站，南峰最高亦称落雁峰，是华山的极顶（海拔 2126 米）。

　　华山以雄、奇、险、峻著称天下，有"奇险天下第一山"的美誉。它挺立中原，东视黄河，西连昆仑，势与天接。鸢飞唳天者望峰息心，经纶事物者登高忘返。

　　站在华山之巅，心旷神怡，胸襟开阔。"举目红日近，回首白云低"，令人无限感慨。美哉华山，壮哉中华！

（一）

心仪已久礼华山，
借路天庭取"仙丹"。
到此更知人间好，
潇潇洒洒大自然。

（二）

天有玄机剑出鞘，
俯仰乾坤星斗跳。
吐纳日月风雷吟，
华山绝顶人冲霄。

耕云种月
金磊夫诗词集

（三）

男儿从来不怕难，

天地情怀壮我胆。

好汉何惧生与死，

笑登峰顶会神仙。

（四）

天造地化若虚幻，

风烟俱净人亦然。

云流雾飘脚下过，

直上九天觅华山。

（五）

自古华山天下险，

"千尺幢"① 前鬼神叹。

"百丈峡"② 拥万仞峰，

"苍龙岭"③ 上月光寒。

南峰"落雁"④ 鸟飞绝，

"玉女"⑤ 摘星过河汉。

登天问路"擦耳崖"⑥，

玉帝巧布"金锁关"⑦。

仰山风韵

---

①②③④⑤⑥⑦ 为华山的著名景点。

龙子凤孙高声笑，
到此小试英雄胆。
登临此山方为杰，
俯仰天地做神仙。

2001 年 4 月 18 日夜
作于华阴市

吟子午岭

（外两首）

　　子午岭，唐代以前称"桥山"，现代称"桥山山脉"，即广义的子午岭，包括：横岭、斜梁、老爷岭、青龙山、子午岭（狭义）等山脉。旧时所称的子午岭，就是现在地理上的斜梁，山势呈南北走向。古时称北为"子"，南为"午"，故称这段山岭为子午岭。子午岭位于泾河与洛河之间，是陕西与甘肃的界山。最高峰石门山海拔 1885 米。

　　传说，古代轩辕黄帝氏族部落起源于子午岭（桥山），后发展到中原。秦代在岭脊筑有直道，沿途设数百座烽燧和关口，主要关寨有：兴隆关、雕岭关、石门关、金锁关等。子午岭有众多文物古迹遗址，最著名的有：黄帝陵、周祖不窋陵、汉代甘泉宫遗址、汉代离宫遗址、孟姜女祠、嵯峨书院遗址、唐代玉华宫风景区、明代黄花山石窟等。

桥山飞泉水恋云，

峰如子午岭微醺。

月圆霞天江河涌，

风动羽裙墨客吟。

子午风云

夏商烽火秦汉关，

隋唐烟雨浸桥山。

古道通今留青史，
午亭飞檐月正圆。

人间仙境

艳阳高照子午川，
似梦非梦今相见。
朗朗乾坤多仙境，
桃源果真在人间。

2001 年 4 月 8 日夜
写于陕西铜川

后记：

　　2006 年 2 月，国务院批准建立"子午岭国家级自然保护区"。

耕云种月
金磊夫诗词集

灵秀南岳[①]

衡山，又称南岳、寿岳、南山。其主体位于湖南衡阳市，是道教主流全真派圣地，海拔 1300.2 米。

由于地理位置和气候条件等都好于其他四岳，茂林修竹、终年翠绿；奇花异草四季飘香，因而在五岳中，有"南岳独秀"之美称。现衡山已成为国家 5A 级旅游景区、国家级重点风景名胜区、全国文明风景旅游示范区。

今再访衡山，有感：

云烟浩淼隐高树，
薄雾轻缭藏祝融[②]。
独爱净土真善美，
灵秀教化天地同。

2000 年 10 月 10 日
作于衡山祝融峰

仰山风韵

---

① 1998 年第一次登临衡山，便被它的雄姿和所蕴藏的神秘所深深地吸引。今再次拜访，是为了却心中的一个美好愿望。

② 祝融峰为南岳衡山的最高峰，海拔 1758 米。登临峰顶，顿觉天高地阔，不由感慨万千。

兴隆山游感

公出兰州。周末，朋友介绍：附近有座兴隆山，值得看看。
这是距兰州市区最近的一个国家级自然森林保护区。最高峰——兴隆峰海拔2400米。

古时，因山上"常有白云浩渺天际"而取名"栖云山"。被誉为"陇右第一名山"。早在西周时，这里就成为道士凿洞修行之地。唐宋时兴隆山烟火旺盛，直至清代庙宇神殿甚多，或依山而建，或深藏于密林之中。清代所建的云龙桥飞跨兴隆峡，将隔峡相望的兴隆峰、栖云峰紧紧连在一起。

1227年，成吉思汗征战西夏，病逝在兴隆山。因为这段历史，兴隆山在中国近代史上更加有名。

古刹倚天自何年，
野桥浮云石苔鲜。
丹炉已随烽烟去，
朱书犹带月光寒。
时有高僧擎锡杖，
几树烛火识洞天。
我欲凌云飞千仞，
有幸遇得兴隆山。

2000年9月17日
作于兰州兴隆山

耕云种月
金磊夫诗词集

308

诗画天子山

（外一首）

天子山，原名青岩山。位于湖南张家界，是武陵源四大景区之一。最高峰（昆仑峰）海拔 1262.5 米。因明代土家族领袖向大坤在这里率领农民起义自称"天王"，后又殉难于此，故称此山为"天子山"。

巧的是，600 年后，贺龙元帅领导农民革命，也在这里留下了惊天动地的故事，谱写了人民解放的壮丽篇章。

天子山峰林耸立，势如千军万马，状似剑戟刺天，奇险峻秀，一派峥嵘，有着"峰林之王"的美称。"谁人识得天子面，归来不看天下山"是对它最真实、最恰当的评价。天造地设的原始风光和自然的美，使天子山如诗如画，名扬四海。

武陵源上舞神风，
吹落天庭一众峰。
紫气东来掩帝殿，
红霞西去蔽枭雄。
千军挥剑山巅上，
万马奔腾峦阵中。
险秀奇峻出空远，
如诗如画似仙宫。

仰山风韵

游天子山

未至瑶台已九霄，
云卷云舒尽逍遥。
氤氲奇峰矛和枪，
谴倦怪石人与妖。
丘壑通幽天子去，
烟霞漫野群仙骄。
激水扬墨大写意，
御笔峰前尽舜尧。

2000 年 8 月 9 日

后记：

  1988 年、1991 年曾两次与朋友来过这里，1995 年夏携
妻带子再次游览天子山，这是第四次。天子山的美景让人
看不够，忘不了。

情迷百花山

（外一首）

北京市门头沟区清水镇境内的百花山，为国家级自然保护区，占地 21740 多公顷。最高峰百草畔海拔 2049 米，是北京第三高峰。

百花山风景独特，群峰连绵，溪水潺潺，动植物资源十分丰富，野生花卉种类繁多，高等植物分布广泛，野生哺乳动物随处可见。素有"华北天然动植物园"之称。

百花山，尤以山花著称。众多的花卉植物，成就了百花山的三季花香。每年的 4 月下旬到 9 月，山上花团锦簇，山花烂漫，姹紫嫣红，如同花的海洋，让人叹为观止。

此时，如果你置身百花山中，也一定会流连忘返。

春雨夏风争晓晴，
百花竞放共清明。
芳菲满目心陶醉，
只愿身在画中行。

赞百花山

久闻京西有奇山，
雄立门头如龙蟠。
香在百花灵韵里，
生于万仞妙峰间。

2000 年 5 月 25 日中午
作于百花山上

311

仰山风韵

天山放歌

（外一首）

无论春夏秋冬，神秘、壮美的天山都是迷人的。

天山群峰耸立，山顶常年覆盖着皑皑白雪，山间奔湍着欢快的溪流，山上青青的草场，山下蓝蓝的湖水……

天山宛如一块七彩宝石，镶嵌在祖国的西北部。

群山拥红日，
烟云舒卷暝。
绿野藏寒意，
碧水映银峰。
白云草上飞，
牧歌绕天穹。
仙女翩翩舞，
天山度春风。

游天山天池

瑶池①风声传远濑，
天山碧水拥闲云。
放眼轻波凝空翠，
醉卧重峦花恋人。

2000 年 5 月 22 日
写于天山上

---

① 天山天池，就是传说中天上王母娘娘的瑶池。

《鹧鸪天》游百望山

　　百望山,俗称望儿山,在北京市的西北部,距颐和园仅3公里。《长安夜话》有云:"百望山南阻西湖,北通燕平。背而去者,百里犹见其峰,故曰'百望'。"百望山是太行山延伸到华北平原最东端的山峰,故有"太行前哨第一峰"的美称。

　　百望山的植被覆盖率高达95%以上,被称为北京"城市氧源"。春天,山花烂漫;夏天,莺歌燕舞;秋季,满山斑斓;冬季,银装素裹。一年四季,美不胜收。

　　历史上,百望山曾是古战场。如今,这里已成为人们休闲、度假的好地方。

晨起东风迎上门,
心怀绿意情犹深。
柳丝欲牵老夫手,
湖水轻波醉人心。

羞问酒,
愧听琴。
百望山上度光阴。
留他几许云和月,
一路诗心一路吟。

2000年5月6日夜
於京郊颐和山庄

仰山风韵

赏庐山

庐山，又名匡山、匡庐，位于江西九江市境内，东偎鄱阳湖，南临滕王阁，西邻京九铁路，北枕滔滔长江，主峰汉阳峰海拔 1474 米。

庐山以雄、险、奇、秀闻名于世，被誉为"人文圣山"，素有"匡庐奇秀甲天下"之美誉。1982 年被国务院颁布为国家级风景名胜区，1996 年被列为世界文化遗产。

大江大湖① 总相逢，
牯岭② 列阵迎友朋。
神工打造龙首崖③，
石窦天开仙人洞④。
地辟清秋松柏翠，
乱云飞渡⑤ 百媚生。
气吞山河含鄱口⑥，
风情万种在险峰。

2000 年 3 月 9 日夜
作于九江

---

① 长江、鄱阳湖这两个我国最长的河与最大的湖齐聚庐山，在其脚下相遇相汇。
② 牯岭为庐山最高峰，迎面而立，凸显庐山的不凡气势。
③ 为庐山上著名的景点。
④ 为庐山上著名的景点。
⑤ 一九五七年毛主席在庐山写下"乱云飞渡仍从容"的诗句。
⑥ 为庐山上著名的景点。

雪后祁连山

（外一首）

2000 年 1 月 5 日，驱车过祁连山。

祁连山群岭逶迤，雪盖冰封，琼堆玉砌。身临其境，深深地感受着"山舞银蛇，原驰蜡象"的壮美。

银装素裹美祁连，
龙腾蛇舞象驰原。
心系塞外情万里，
我携东风过大山。

雪映祁连山

远眺祁连万仞山，
冰绡细剪一脉巅。
笋峙直向云天刺，
雪影浮空月笼烟。

2000 年 1 月 5 日夜
作于敦煌

仰山风韵

315

耕云种月

金磊夫诗词集

泰山感怀

（外一首）

青山隐秀钟天地，
太液流光鉴古今。
前哲登高求望远，
吾生到此为精深。

修心炼志

登高不为离天近，
只缘心系泰山情。
增胆长识修心志，
养晦韬光万里行。

1999 年 11 月 1 日
作于泰山岱顶

又记：

　　十五年后的今天，再次登上泰山。极目远眺，朗朗世界，
坦荡心胸。江山如此壮美，匹夫更当争强。

　　立下泰山志，振兴大中华！

六安万佛山[①]

（外一首）

　　万佛山是大别山的延伸部分，在安徽舒城县西南，位于潜山、岳西两县交汇处。主峰老佛顶海拔1539米，南与天柱山遥相对峙。

　　这座山因主峰酷似弥勒大佛盘坐西南，群峰拱卫四周，形成诸佛拜祖之势，因而得名万佛山。万佛山以山高峰险，瀑多洞幽，松奇石怪而闻名。有天门峰、双剑峰、神驼峰、美女峰等36座山峰，以及虎豹石、鹦鹉石、刀背石、猪头石等奇石，神形兼备，栩栩如生。

　　迎日出、赏晚霞、观晨雾、浴佛光……如入仙境。"来到万佛山，此生无遗憾"。我深以为是！

弥勒盘居主峰清，
万佛朝贺笑相迎。
九霄云外天无雨，
三界之中人有情。

咏神龟石

云涛翻涌千山秀，
神龟昂然万古修。

---

①　在万佛山前面注明六安，是因为黑龙江尚志市也有一座同名的万佛山，乃黑龙江省"十大名山"之一，也是一个比较著名的佛教道场。以此区分两座万佛山。

仰山风韵

雷电风霜任去往，
巍峨雄立不低头！

1999 年 9 月 26 日
作于安徽舒城

普陀山游感

　　曾两次来过普陀山。自己虽然不懂佛,也不信教,但每到这里,便觉心地释然。人应该有修养,自觉地信守做人的基本理念:常怀感恩之心,常思贪欲之害,常修做人之德。不管信仰什么,都要修养身性,乐于助人,尽可能多做好事,绝不做坏事。"勿以善小而不为,勿以恶小而为之"。是也!

再朝名山心更善,
多行义举无须言。
不恋酒色财权势,
只爱清心静与安。
扶贫济困寻常事,
从严律己待人宽。
此生精进勤与奋,
地圆天圆情亦缘。

1999 年 9 月 9 日
写于普陀山上

仰山风韵

有感黄山光明顶

光明顶，因其雄伟开阔，日照久长，故名光明顶。

光明顶是黄山的主峰之一，海拔 1841 米，为黄山第二高峰，与天都峰、莲花峰并称黄山三大主峰。

光明顶上平坦而高旷。站在上面，可观东海奇景，赏西海群峰、炼丹峰、天都峰、莲花峰、玉屏峰、鳌鱼峰等尽收眼底。

由于光明顶上地势平坦，是黄山看日出、日落、观赏云海的最佳地点之一。

几次到黄山，很难一次把所有的景区都走遍，但每次我都要登上光明顶，不仅仅是因为这里壮观，也因为对光明顶有一种情结。

黄山昂然气势雄，
迷人风光在险峰。
千转石梯悬崖挂，
万丈飞瀑云海生。
时晴时雨总变幻，
似岚似烟常无踪。
浮生认准光明顶，
不忘此心总攀登。

1999 年 8 月 12 日

作于黄山光明顶

记梅里雪山

梅里雪山，是位于西藏东部与云南西部的一座南北走向的庞大雪山群，全长约 150 公里。"梅里"一词为藏语的汉译，是"药山"的意思。因山上盛产名贵的药材而得名。

梅里雪山，是藏传佛教"四大神山"之一。最高峰卡瓦格博峰海拔 6740 米，被称为"雪山之神"，是云南境内的第一高峰，也是从未被人类征服的山峰。梅里雪山地处横断山脉腹地，是"三江并流世界自然遗产地"，也是国家级风景名胜区。

由于全球气候变暖，梅里雪山冰川正以每年约 50 米左右的速度后退。这种状况令当地居民及专家们十分担忧，也引起了世人的广泛关注。

玉岭冰峰秘境长，
我欲踏雪揽苍茫。
银蛇飞舞揽昆仑，
金龙升腾捉天狼。
梅里雪山不见梅，
却有杜鹃常开放。
身在琼宇未觉寒，
心中热血正流淌。

1999 年 7 月 7 日
写于云南德钦

仰山风韵

大黑山游感

（外一首）

　　大黑山，绵亘于吉林长春与辽宁开原之间，主峰（同名大黑山）在伊通县境内，海拔 583.4 米。

　　大黑山是吉林乃至东北地区重要的军事基地。抗日战争时期，这时曾是抗联活动的主要区域之一。

　　今游大黑山，有感：

长白烽烟岁月稠，
铁骑驱倭热血流。
梦圆黑山今又是，
天地翻覆续春秋。

霞染黑山

林海波涛舞玉虹，
重峦盘蜿隐蛟龙。
险峰峭壁云中立，
日暮黑山晚照红。

1999 年 6 月 15 日
记于辽源市

海原南华山

南华山是六盘山的余脉，在宁夏海原县城南。因山势似莲花，亦称"莲花山"；又因山高气寒，山上秋、冬、春三季都有雪，也称"雪山"。主峰万马山海拔 2955 米，是仅次于贺兰山的宁夏第二高山。

清代的"海城八景"中，南华山独占其三。山上有西夏王李元昊的避暑行宫，还有灵光寺、五桥山、御池等众多名胜古迹。

南华山，春天青翠碧绿，夏天花秀鸟鸣，秋天姹紫嫣红，冬天白雪皑皑。四季分明，景色诱人。因南华山水清草茂，气候适宜，还曾经是国家的军马场。

南华逶迤连六盘，
冰融膏雨逐春还。
世间何事最有趣，
今能到此缘随天。
坛松殿柏涓滴露，
钟鸣鼓唱应有仙。
归云秀色千重彩，
临风踏山万里闲。

1999 年 4 月 18 日
作于宁夏海原

仰山风韵

又记：

之所以题《海原南华山》，是因为南华山重名，以明示。

湖南湘西凤凰城南也有一座南华山。九峰七溪，山峦叠翠，被称作"凤凰城的天然屏障"。早有"登南华、观古城、看神凤"的说法。

待有机会去湘西，定要登上凤凰南华山。看一看、比较一下南、北两座南华山的各自特色，考证它们迷人的异曲同工之妙。

咏西山八景

（外一首）

广西桂平西山（又称思灵山），是我国著名的七大西山之一。因其在桂平市城西而得名西山。

从南梁王朝设桂平郡治于西山起，这里便成为历代的旅游胜地和佛教圣地。历史上很多文人墨客留下了赞美西山的诗词、歌赋、楹联达 4000 余首。因此，桂平西山被誉为一座"文化灿烂、佛光四射"的历史名山。

桂平西山以其独特的"林秀、石奇、泉甘、茶香、佛圣"闻名于世。旧八景、新八景奇绝隽秀，更是令人赞不绝口。

石室仙踪①欲何求，
寒山应雨②将君留。
龙泉喷涌③忘情水，
水月岩虚④拱日头。
长峡会仙⑤我来过，
灵湖叠翠⑥染九州。
险峰朝阳⑦顶天立，
濂溪飞瀑⑧写春秋。

①②③④　分别为西山旧八景中的一景。
⑤⑥⑦⑧　分别为西山新八景中的一景。

仰山风韵

桂平西山

桂平城陲耸翠峰，
西山逶迤浪千重。
紫气升熹拥流耀，
云海奔腾啸玉龙。

1999 年 3 月 9 日
写于广西桂平

耕云种月

金磊夫诗词集

香山夜话

年底前，司局级以上干部集中到冶金部香山招待所，总结一年来的工作，研究讨论下一年的工作思路、奋斗目标、重点任务和具体措施。

香山确实是个好地方，既能让人静下心来思考，又能让人动起心来游赏。每天晚饭后，只要不开会，大家就自由活动。有的散步聊天，有的游泳健身，有的品茶看书，有的思考问题，有的吟诗作画。

今天，午后开始下雪，一直未停。晚上大家三三两两聚在客厅，谈天说地，论古道今，好不热闹。纪实：

（一）

钢铁能强国，
扬鞭再跃马。
质量大提升，
品种快增加。
科技要创新，
改革力度大。
开发下苦功，
引进早消化。
管理须精准，
双基紧紧抓。

仰山风韵

327

主体要精干，
辅业市场化。
抢抓机遇上，
富民强国家。
雄关真如铁，
而今从头跨。

（二）

和风送瑞雪，
星月隐天涯。
团坐品香茗，
纵情话天下。
上下五千年，
琴棋诗书画。
推心有知音，
赏乐遇伯牙。

1998 年 12 月 28 日夜
於冶金部香山招待所

花山迷窟

在黄山脚下的新安江畔，有一座高不过 200 米的连绵群山，被人称作"花山"。

花山，因有古人巧夺天工开凿而成的怪异石窟群，而闻名海内外。与敦煌石窟、大同石窟等著名的石窟相比，花山石窟洞内空间奇大，结构怪异，有的层层跌宕，有的洞中套洞，有的石柱擎天，有的水中荡漾。且所有的石窟中，没有壁画，没有佛像，也没有文字或符号，更没有任何史料记载，使花山石窟成为千古之谜。

花山石窟点多面广，形态殊异，"规模之恢宏，气势之壮观，分布之密集，特色之鲜明，国内罕见，世上少有，堪称一绝"。可谓是惊世骇俗的奇观。它可与埃及金字塔、百慕大三角、诺亚方舟等世界上的神奇景观比肩，被誉为"北纬 30 度神秘线上的第九大奇观"。

今游览花山石窟群，被古人的这一宏大巨作所震惊。

花山千古多争论，
迷窟奇观梦难寻。
廊接长廊通天地，
洞藏深洞隐晨昏。
何来斫凿无穷力，
贯通山江纳白云。
盛景何时因何就，
谁能参透古人心？

1998 年 8 月 23 日
作于安徽屯溪市

仰山风韵

329

寿鹿山游记

　　寿鹿山是祁连山脉的东延部分，在甘肃省景泰县西部。距兰州 140 公里、白银 113 公里，位于甘、蒙、宁三省、区的交汇处。是腾格里沙漠与黄土高原的过渡地带，平均海拔 2200~3200 米，享有"沙漠绿岛"的美称，是一处避暑、休闲、度假的好地方。

　　这里，春天生机盎然，夏天青山叠翠，秋天万紫千红，冬天银装素裹。登临山顶极目远眺，似有"登天梯、踏云路、入仙境"之感。

　　夜宿寿鹿山，被雷雨唤醒，再难入眠。

素有衷怀游寿鹿，
终能如愿成此行。
横驾长风三万里，
斜飞大漠两千程。
群峦耸秀凌空立，
荒沙流泻追月明。
祁连纵脉入景泰，
崖畔虹桥出岫平。
云路通天登飞船，
灵幡兆瑞上神营。
中卫只能窥半镜，
左旗无法隐天城。
忽闻春雷惊我梦，
无眠客舍正深更。

1998 年 7 月 30 日夜
记于寿鹿山中

《西江月》笑览江山

悠然畅旅天涯，
真如自在潇洒。
山野乡陌一游侠，
乐将四海为家。

心路无际坦荡，
胸襟意气风发。
金龙行空飞南北，
尽览神州如画。

1998 年 7 月 15 日
作于北京景山公园

又记：

　　景山，地处北京城的中轴线上，原为元、明、清三代皇家御苑。景山高耸峻拔，风光秀丽，是北京城内登高远眺，观览全城景致的最佳之处。封建帝王常来此赏花、习箭、饮宴、登山观景。1928 年被辟为公园，对公众开放。1957年定为北京市重点文物保护单位。

仰山风韵

鄂州莲花山

北京延庆莲花山，主峰海拔 1005 米，是北京近郊秀丽的大山之一。因距市区较近，所以周末经常去。

深圳也有一座莲花山，虽然不高，但很雅气。每次到深圳，特别喜欢到那里转一转。

今到湖北古城鄂州，又巧遇莲花山。这座莲花山九峰相连，状若金莲初开，独展灵秀，故而得名。它三面环水，汇通长江；湖山壮丽，烟波浩渺。相传：三国时，吴王孙权在这里设观星台；历代的佛、道大师也择此山修炼；屈原、陶渊明、黄庭坚、苏东坡等许多文人墨客流连于此，留下许多脍炙人口的诗篇。

这座莲花山，既有江南灵秀儒雅的气息，又有北方挺拔厚重的大气。亭台、殿宇与湖光山色互相映衬，流光溢彩。尤其是山上的龙和莲最有特点：莲花山上的"龙"，或腾云驾雾，倒海翻江；或横空出世，叱咤风云，形态各异，生动传神。莲花山上的莲，是天下名莲的集结，品种繁多，清新爽目，圣洁高雅。

走进莲花山，如置身仙境。为区分北京、深圳的莲花山，特将其题为：鄂州莲花山。

无限风光山中眠，
莲花峰秀碧连天。
空波潋滟涵云影，
静渚翠微浮雨烟。
松涛壑浪金㳠水，
霞飞岚涌瀑高悬。

灵光四射映香台，

惠风八面送善缘。

嵯峨耸立守沧海，

葱茏满目伴桑田。

远近崖畔野花俏，

冷热潭泉惹人怜。

最是乐游意未尽，

日薄西山不知还。

1998 年 7 月 14 日

於湖北鄂州

后记：

又听说广东还有两座莲花山。

一座在汕尾市的海丰县北部，主峰海拔 1337 米，是汕
尾市八景之一，为粤东沿海第一高峰。

另一座莲花山在广州番禺，因为有望海观音而出名。
很多朋友对我说："番禺莲花山，是一个不能错过的地方。"

不知道还有多少座莲花山，待我去寻访。

仰山风韵

《蝶恋花》登香港太平山有感

太平山，原名硬头山，古称香炉峰。位于香港中西区。海拔554米，是香港的最高峰。

太平山，包括扯旗山、炉峰峡、歌赋山、观龙角和奇力山等主要山峰。山上绿树成荫，鸟语花香，风光秀丽，是人们到香港的必游之地。站在太平山顶，可以俯瞰香港和维多利亚港的景色。

夜幕降临，放眼四望，在万家灯火的映照下，港岛和九龙宛如镶嵌在维多利亚港湾的两颗明珠，交相辉映，无比壮观。

此时，心中又响起了《东方之珠》这首歌，"……让海风吹拂了五千年，每一滴泪珠仿佛都说出你的尊严……"

鸦片硝烟香江血，
割地赔款，
华夏金瓯缺。
百年屈辱痛深切，
江山一统何曾歇。

国强民富奇耻雪，
登上太平，
喜望神州月。
巨龙腾飞向天阙，
紫荆璀璨惊世界。

1998年7月1日夜
作于太平山狮子亭

又遇灵山

又遇到一座灵山。之所以用这样的标题,是因为此前在北京、河北、河南、贵州等地,登过那里的灵山。

这座位于江西上饶广信区北部的灵山,是一个集度假休闲、观光游览、宗教朝觐为一体的国家级风景名胜区。因山脉连绵起伏,犹如一位侧躺入睡的江南美女,被誉为"睡美人"。

据《上饶县志》载,灵山有 72 峰,主峰海拔 1496 米。因灵山道教已有 1700 多年的历史,这座道教名山被道家书列"天下第三十三福地"。同时,灵山也是佛教的圣地,天心寺、石城寺、白鹤山寺、横峰寺等众多寺庙分布其间。落差达 224 米的水晶瀑布,恢宏壮观;海拔 1345 米的华表峰,山体呈圆形,峰壁如削,仰视至落帽才能见其顶;波光粼粼的南峰塘,上下夹层的"山外灵山",神秘的太极岩,浩瀚的茗洋湖,密集的瀑布群,奇异的迷仙坛……让人眼界大开。

灵山的人文历史也很厚重。早在新石器时代,灵山就有人类在此生息繁衍,留下众多珍贵的古代岩画。王贞白、辛弃疾、夏言、蒋士铨、徐谦等历代名人,在这里留下 300 多篇佳作。辛弃疾赞美灵山"雄深雅健,万马回旋";明朝宰相夏言盛赞灵山"九华五老虚揽结,不及灵山秀色多"。当代诗人冯雪峰赞美灵山为"神奇的山,诱人的山"。

初夏,与朋友走进灵山,深有同感。特作诗留念:

奈何烟雨物华飞,

孰料晴晖复翠微。

仰山风韵

虚谷千般临峭壁，
行空天马岭烟归。

1998 年 6 月 14 日夜
作于江西上饶市

南岳天柱山

（外一首）

我国有多处大山的名字叫"天柱山"，包括陕西合阳县天柱山、山东平度市天柱山、湖北长阳县天柱山、福建南安市天柱山、甘肃天水天柱山等。

山名虽同，但景色不同，各有千秋。我认为，比较有名的是安徽潜山县西部的天柱山，又名潜山、皖山、皖公山（安徽省简称"皖"，由此而名）、万岁山、万山等。汉武帝时封天柱山为"南岳"。这座天柱山是大别山余脉，主峰天柱峰海拔1489.8米。先后获得国家级重点风景名胜区、国家自然与文化遗产地、国家森林公园、国家5A级景区等称号。

南岳天柱山因独特的自然景观，名列安徽省三大名山之一（黄山、九华山、天柱山）。

东南巍耸万峰宗，
开向青天一芙蓉。
香火四百七十载，
公孙①三千伴苍松。
梦中相别今相遇，
烟雨潜山最景明。
信手掷投紫竹签，
笑知夫子是金龙。

仰山风韵

---

① 公孙树：亦称银杏树、鸭掌树、白果、平仲、灵眼、蒲扇等。

一柱擎天

一柱擎天惊玉皇，
巨峰高耸露锋芒。
华冠盖顶飞来石，
幽壑穿底溪水长。
岭峻潭深飞瀑布，
松青竹翠伴花香。
胜地美景人皆赞，
世界名山声远扬。

1998 年 5 月 20 日夜
写于安徽潜山

崀山追春

（外一首）

  风光旖旎的崀山，在湖南与广西交界的新宁县境内。它南接桂林，北连张家界。传说崀山的名字是舜帝南巡路过新宁时，见这方山水甚美，便脱口而出"山之良者，崀山、崀山。"崀山由此而名。

  崀山是一座丹霞地貌发育丰富程度和品味最有代表性、最完美的大山，称得上全国第一。完整的红盆丹霞地貌，俨然是一座天然的博物馆，被称为"丹霞瑰宝"。

  崀山，山、水、洞、泉、瀑、云浑然一体，变幻莫测，具有很强的视觉冲击。当你走进它，不得不惊叹大自然的神奇。难怪著名诗人艾青曾感慨："桂林山水甲天下，崀山山水甲桂林。"

  今游赏崀山，我认为艾青先生说得很客观，评价的非常真切。

夫夷江水平如镜，
峒岭丹霞朝自尊。
泉涌瀑悬溪流疾，
桃花灼烁惹游人。
赤崖拔地三千尺，
巨烛烧天万丈门。
轻荡扁舟迷碧水，
崀山飞雨独归春。

仰山风韵

层崖瀑布

一道飞瀑挂碧空，
惊煞悬崖石上松。
抛银撒玉荡紫气，
浑如河汉腾蛟龙。

1998 年 4 月 29 日
作于湖南新宁

东山纪行

（外一首）

东山，又名富乐山、旗山。地处"剑门蜀道"南段，在绵阳市城东2公里处。

据史料记载：建安16年（公元211年）冬昭烈入蜀，刘璋宴至此山，望蜀之全盛，饮酒乐甚。欢曰："富哉，今之乐乎。"故东山改名富乐山。

富乐山以高、广、秀、雅著称，被誉为"绵州第一山"。山上有桃园、梅岭、雷溪、冷源洞、玄德湖、碧云岩等景观。可与黄鹤楼相媲美的富乐阁，就建在富乐山顶。登上此楼，绵阳风光一览无余。

一江春水[①]绕城流，
东山如画世难求。
难怪后主不思蜀，
神仙到此愿长留。

绵阳胜境

蛇山昨有黄鹤立，
东山今建富乐楼[②]。

---

①　涪江环绕绵阳市。

②　绵阳市在东山仿黄鹤楼制式建"富乐楼"，高53.3米，五层八面，门拱雕梁，琉璃金顶，集古今楼、阁、塔之精华于一体，极其壮美。

仰山风韵

比翼齐飞两兄弟，
长钢^①长虹^②壮绵州。

1998 年 3 月 24 日中午
写于江油市东山

---

① 建在绵阳的长城钢厂为全国最大的特殊钢厂，也是当地的支柱产业。
② 建厂江油的长虹集团是亚洲最大的彩电显像管生产基地。

轿子山吟

轿子山，在云南禄劝县与东川市交界处。因其山形像一乘放置在万山丛中的花轿而得名。史上它曾有过很多名字：绛云露山、松外龙山、乌龙山、雪山、云弄山等。

轿子山主要由棋王山、东英山、观音山等山峰组成。主峰海拔4247米，为滇中第一高峰。

唐德宗兴元元年(公元784年)，大理南诏国王封此山为"东岳"。

1993年，轿子山被列为省级风景名胜区；其中的高山天池、七彩瀑布、轿子佛、杜鹃花海等自然景观，吸引了越来越多的游人。

大唐南诏曾封禅，
常有佛光耀眼前。
碧湖荡漾清如许，
木棉傲放红满天。
忽晴忽雨雪飞舞，
云卷云舒瀑垂帘。
莫道无声会寂寥，
方觉有诗在心间。
今朝偶做焚香客，
古寺新僧独闭关。
最是此情无限好，
笑令轿山伴醉颜。

1998年2月17日
写于云南禄劝县

仰山风韵

秋游香山

位于北京市区西北部的香山，是一座具有山林特色的皇家园林。主峰香炉峰海拔 575 米。

早在元、明、清时，皇家就在香山营建离宫别院，每逢夏秋时节皇帝都要到此狩猎纳凉。1956 年，香山被辟为人民公园。香山的香炉峰、碧云寺、洪光寺、双清别墅等著名景区吸引了无数游人。

深秋，小住香山。晨起登山有感：

香山秋最好，
小住享逍遥。
且喜松柏翠，
又恋枫栌娇。
菊香溢清远，
云淡天更高。
晨上香炉峰，
诗情寄碧霄。

1997 年 10 月 2 日
作于香山招待所

鸡冠山游感

　　鸡冠山，位于四川崇州市西北。西连苗基岭雪山，背靠终年积雪的四姑娘山。主峰海拔 3868 米，被誉为"蜀州第一峰"。

　　鸡冠山独特的山势、瀑布、温泉、雪山、云海、森林等自然景观，吸引了无数游人。这里还是大熊猫、小熊猫、牛羚、金丝猴等珍稀野生动物的栖息地。

　　白天登山远望，只见云海茫茫，山峦跌宕，江河如带，沃野千里。夜间看山下，成都平原灯光璨若繁星，天地难分，恍若天上人间。

今日登山兴愈高，
卧石听涛品野桃。
鸡冠高扬衔飞云，
翠峦垂幔花铺道。
叠泉泻瀑腾岚烟，
雪岭挂月照碧涛。
星空闪烁天色晚，
人虽下山情未了。

1997 年 7 月 16 日夜
於成都金牛宾馆

另：

　　黑龙江省也有一座鸡冠山，在哈尔滨木兰县东部。山

仰山风韵

势险峻，奇峰林立，大有拔地通天之势，擎手捧日之态。被称为黑龙江"八大名山"之一。路过那座山，因忙于公务，不及停留。待有机会一定要感受一下那座鸡冠山！

听说辽宁岫岩还有一座鸡冠山，集青山绿水、古树野花、深谷清涧、山珍野味为一体，是一个游览度假、避暑休闲的好去处。

我国地大物博，竟有这么多称"鸡冠"的山。

后记：

2006年，四川崇州鸡冠山被联合国教科文组织列入"世界自然遗产"名录。

眺望野牛山

因相距较远，加上自己寡闻，此前竟不知野牛山。它是西宁境内最高的一座山，也是环青海湖最高的山峰之一。主峰海拔4898米。

野牛山是安多藏区众多神山之一。藏语称此山为"阿玛索日格"，即"大家的妈妈"，她是众多山神中唯一的女神，更是一位美艳威猛的山神。

今站在日月山下，远眺野牛山，形如一尊顶天立地的大佛，独自在荒原上端坐修禅。她已沉思亿万年，似深藏着无数的神秘，让人深深敬畏。

跃上葱茏浮云头，
沧海无穷渡飞舟。
人间兴废知何极，
风云激荡难放收。
女神纵横善骑射，
野牛昂首向天酬。
乾坤旋转千秋颂，
江河奔腾万古流。

1997年6月14日夜
作于西宁

仰山风韵

晚晴雾灵山

（外一首）

雾灵山，位于河北兴隆县、滦平县、承德县与北京密云区之间，为燕山山脉主峰，海拔 2118 米。

雾灵山是北京第一缕阳光升起的地方。它距北京 130 公里，距承德 130 公里，距唐山 140 公里，距天津 168 公里。

雾灵山山势雄伟，峡谷纵横，幽潭飞瀑，林海茫茫，正可谓四季如画，色彩纷呈。1988 年被国务院批准为国家级自然保护区。素有"华北物种基因库""天然氧吧""避暑凉岛"的美誉。山上的仙人塔、十八潭、五龙头、青龙岭、龙潭瀑布、小壶口瀑布、迎客松、三像石、清凉世界等自然景色和人文景观，让人赞不绝口。

一片丹霞一座山，
群峰似剑向青天。
披云挂月雾消尽，
夕阳伴归把京还。

擎天雾灵山

雄居兴隆傲苍穹，
燕赵跻天数雾灵。
群峰悠悠云里走，
飞瀑荡荡山中行。

1997 年 6 月 6 日夜
写于雾灵山下

五台山组诗

五台山是中国佛教"四大名山"之首，位于山西五台县，逶迤五百余里。

五台山由东西南北中五峰组成，东台望海峰，西台桂目峰，南台锦绣峰，北台叶头峰，中台翠岩峰，海拔在 624～3061 米之间。

传说五台山是文殊菩萨的道场。鼎盛时期这里有寺庙 360 余处。可谓人间净土，世上仙界。

访五台

碧殿朱墙紫云开，
弃车健步上五台。
妙意无边谁先得，
玄机有限我独猜。

访法圆寺

五台顶上峰连环，
走进古刹觅佛缘。
忽听木鱼声声响，
疑是我佛到身边。

仰山风韵

登菩萨顶

登峰造极是何人，
尽去红尘了凡心。
绝顶静观山下客，
走进善门无俗身。

五台情缘

祥云常覆五台山，
慧心留驻一机禅。
千山万壑情未了，
直从高处下长安。

1997 年 5 月 29 日
作于五台山上

耕云种月

金磊夫诗词集

神奇龟峰山

（外一首）

神州博大，无奇不有。

在湖北麻城市东部有一座龟峰山，也称龟山。此山气势磅礴，如同一只昂首吞日的巨大乌龟。山的南部，顶峰有一突兀高耸的巨石，酷似龟头，垂直高度有 300 多米；中部山峰薄如刀背，极似龟背；北部山峰翘起，直指青天，形同龟尾。头尾间绵延达 25 公里。远眺此山，如同神龟的化石。

龟峰山地貌奇特，景象万千。林木葱茏，幽深宁静；悬崖峭壁，如砍似劈；魁拓挺拔，雄秀异险；头尾高耸，傲然群山。它是大别山脉中的名山，方圆有 100 多公里，最高海拔 1320 米。

龟峰山不但是兵家必争的军事要地，而且还有丰富的人文资源。唐太宗李世民登临龟峰御笔题字，一代枭雄曹操为龟峰题写对联，共和国副主席董必武为龟峰山题诗……

龟峰山集天下名山雄奇、险峻、秀美于一身，有"天下第一龟""中国杜鹃第一山"和"第二庐山"的美誉。

走进龟峰山，被它的奇特所吸引、所震撼、所迷恋！

神龟昂首问苍天，
天下名山谁比肩？
伸头可饮长江水，
抬腿能上大别山。

仰山风韵

悠然龟山

卧在世上逾万年，
暑往寒来自昂然。
如此神功何练得？
悠哉一笑地法天。

1997 年 3 月 25 日
写于湖北麻城

耕云种月

金磊夫诗词集

352

重阳登大孤山

（外一首）

吉林省伊通县境内的大孤山，满语名为"阿勒坦额墨勒"，意为"金色的马鞍子"，它位尊伊通火山群之首。

大孤山有四峰，姿态各异。有的像"金龟望日"，有的如"巨象卧地"，有的似"塔林高耸"……山上绿树成荫，叠泉密布，溪涧成网，百鸟鸣唱，恰似一幅壮丽的风景画。

重阳节，与好友登大孤山。有感：

风月沉浮一品香，
半醉登高喜欲狂。
攀上天梯①三千级，
大孤山顶过重阳。

夜赏孤山

孤山高峻雄且险，
峭崖壁立与天连。
月升东海最用情，
人到四平②皆金安。

1996 年 10 月 20 日夜
重阳节写于四平市

---

① 天梯：大孤山北坡上的天然石阶，极险。需拉铁索才能攀援而上。
② 四平：吉林省第三大城市，位于吉、辽、蒙三省区交界处。是松辽平原的腹地，也是满族发祥地之一。

仰山风韵

法铁山秋色

法铁山，在吉林蛟河市北，俗称法铁砬子。主峰呈等腰三角形，拔地而起，显得高大壮美。远望法铁山，峰峦突兀，如九只巨鼎，故又被称为"九顶铁叉山"。

法铁山属长白山余脉，山势陡峭，是古代道士修炼之地，有"七十二洞，八十一峰"之说。正心洞、太极洞、丹炉洞、通天洞、太和洞等遍布山中。

法铁山的奇特令人不可思议，象形的山峰和巨石随处可见，如卧象峰、金龟朝拜、仙人足迹、老熊观天、骆驼石、鳄鱼石、醉仙石等，惟妙惟肖，栩栩如生。大自然的鬼斧神工，把整座山雕琢得妙不可言。

法铁山的秋天，如同画师的彩板，色彩斑斓，让人流连忘返。

关东名胜今相逢，
走进法铁游兴浓。
一脉蜿蜒连沧海，
三坡锥体秀绝峰。
霜凝枫叶添秋色，
疑似飞花耀眼红。
奇洞异石旷世美，
九顶雄立在心中。

1996 年 10 月 4 日
作于蛟河市

消夏莫干山

莫干山，是我国四大避暑胜地之一，与北戴河、庐山、鸡公山齐名，以清、绿、凉、静、秀的自然环境著称。

莫干山属天目山余脉，位于浙江德清县，东南距杭州 60 公里，东北距上海 200 公里。

莫干山上修篁丛生，万竿夹道，竹海翻涌，流泉飞湍，一派郁郁葱葱。山上还有宋代银杏和参天冷杉挺立其间。登上其中的华山、塔山可观日出、云海；在剑池可赏飞瀑流泉……

盛夏走进莫干山，会使人产生"清风迎面来，溽暑随步消"的感觉。莫干山无愧"清凉世界"的美誉。

莫干山上有福荫，
天将此意慰民心。
风动水光射远峤，
雨洒岚气洗高林。
九州百姓争朝暮，
万里山河秀古今。
我欲乘风追云去，
情思摧笔当更勤。

1996 年 9 月 16 日
作于杭州

仰山风韵

醉美关门山

关门山，这个名字有些奇怪，与它的山形有关。

关门山双峰对峙，一阔一窄，一大一小，形状似门，故称关门山。这座大山位于本溪市东南约70公里的地方。

关门山如同仙境，是辽宁省著名景区之一。最为称道的有五美：山美，奇峰峻峭，怪石林立；水美，流泉飞瀑"夺门"而出，似来自天际，青山倒映，碧波粼粼；树美，古木名树郁郁葱葱，尤以枫林秋色闻名；花美，当地特有的天女木兰花和杜鹃，漫山遍野，芬芳宜人；云美，云蒸霞蔚，织云弄巧，气势磅礴。自古关门山就有"东北黄山""东北桂林"的美名。

周日，与众友上山游赏，谈天说地，饮酒作诗，玩得尽兴，喝得痛快。正是：酒喝干，再斟满，醉不醉都不下山。

关门山翠惹芳华，
雾绕云缠舞九遐。
怪石崎崛秀霄汉，
流泉叠瀑靓飞花。
平湖千顷荡碧水，
奇峰万丈抚流霞。
老友山中频把盏，
兴来觞咏醉天涯。

1996年8月29日夜
写于关门山上

颂千佛山

（两首）

千佛山古称"历山"。据史载：舜曾耕稼于此。故又称历山为"舜山"或"舜耕山"。虽然海拔只有 258 米，却是济南三大名胜（趵突泉、大明湖、千佛山）之一。

千佛山是泰山余脉。隋开皇年间（公元 582—600 年），因佛教盛行，随山势雕刻了数千佛像，并建千佛寺。故改称历山为千佛山。

千佛山的雕像多集中在千佛寺后面的千佛崖上。聚千佛于一山，其规模和气势足以令人震撼！

其一

满山灵气毓葱茏，
千佛慈悲佑众生。
人结善缘福自至，
心无名利是修行。

其二

一山千佛同诵经，
百世万代传心灯。

仰山风韵

357

德泽子孙兴家国，
福盈九州共繁荣。

1996 年 8 月 15 日於济南

又记：

　　四川绵阳也有一座千佛山。它横亘于岷山山脉南段，
在安州、北川、茂县三县交汇处。山上有建于唐代的"千
佛老祖庙"，记录了这座千佛山文明的久远和历史的变迁。

长白山赞

（外二首）

　　长白山，《山海经》中称"不咸山"，北魏称"徒太山"，唐称"太白山"，金始称"长白山"。因其主峰多白色浮石与常年积雪而得名。

　　长白山位于吉林省延边州和白山市境内，是中华十大名山之一，为国家 5A 级景区，被称作"关东第一山"。素有"千年积雪万年松，直上人间第一峰"的美誉。

　　长白山还是中国与朝鲜两国的界山。中国境内最高的白云峰海拔 2691 米（长白山最高峰—将军峰，在朝鲜境内）。长白山是东北海拔最高、喷火口最大的火山体，是集火山、瀑布、温泉、峡谷、地下森林、火山熔岩林、云雾、冰雪为一体的风景名胜区，也是世界上最为完整的自然生态保护区。

　　走进长白山，其博大雄浑的风格和洪荒原始的环境，深深地震撼着我的心魄。

　　　　白雪白山峰连天，
　　　　绿水绿树荡云烟。
　　　　飞瀑泻下三江①浪，
　　　　地火喷出一群峦。

仰山风韵

---

　　①　长白山瀑布，是松花江、图们江、鸭绿江三江之源。

天池①

乘风确是登山易，
踏云才晓下地难。
我将瑶池伴日月，
泊在峰顶存高远。

白山绿水

白山铸就两疆界，
绿水绘出神州娇。
山拥水抱总相依，
一衣带水情不老。

1996 年 7 月 31 日
写于安图二道白河

耕云种月

金磊夫诗词集

---

① 天池，是长白山火山口形成的高山湖泊。状圆如日月，水深蔚蓝，
如同一颗蓝宝石镶嵌在莽莽群山中。

诚访千山

（外一首）

　　千山，为长白山支脉，主峰 708 米。它在鞍山市东南，总面积 44 平方公里。素有"东北明珠"之称，是国家重点风景名胜区，国家 5A 级旅游景区。因有状似莲花的山峰 999 座，其数近千，故名千山。也叫积翠山、千华山、千朵莲花山。

　　千山"无峰不奇，无石不俏，无庙不古，无处不幽"，古往今来吸引了无数游客。千山还是道教主流全真派圣地。古人云"识得关东千山秀，不看五岳也无悔"。说得极是！

路遥不觉到千山，
古刹林立自庄严。
心静如水一身轻，
了却恩怨天地宽。
有容乃大无欲刚，
大彻大悟缘又圆。
心香点亮空中月，
梆声送来岁岁安。

千山含莲

八宝含莲千山美，
九层叠翠五湖闲。

仰山风韵

一瓣心香笑风雨，
流年似水福盈天。

1996年6月16日夜
作于鞍钢宾馆

耕云种月

金磊夫诗词集

春秀香炉山

香炉山，在四川宣汉县境内。它山势巍峨，植被茂盛，古迹众多。主峰海拔 1042.6 米。是一座闻名遐迩的川东名山。

香炉山，还是道教圣地。香炉山原名龙圣山。公元 621 年，香炉山上的玄祖宫建成后，唐高宗李渊为其亲书"第一洞天"御匾，并赐乌金香炉一座；又因山形酷似香炉。所以，后人便称龙圣山为香炉山。北宋改称大炉山；元代又改名为虎头山；清乾隆年间恢复香炉山之名，沿用至今。

自古蜀东千百川，不如龙脉香炉山。香炉山是九山拱天、五龙捧圣之地。山上除玄祖宫、望江亭、一洞天、玄祖殿、百花园等人文景观外，还有飞来石、神水湾、盘龙石、渡人桥、舍身崖、天地神井等自然景象。

走进香炉山，移步异景，处处让人惊叹！

一尊香炉升瑞烟，

千丈银瀑鸣叠泉。

雄峰挺拔萌绿意，

阳春流韵动朱弦。

不与匡庐^①争秀色，

且看双龙^②共飞渊。

仰山风韵

---

① 匡庐：指庐山。相传殷周时，有匡氏兄弟七人结庐于此，故称匡庐。

② 双龙：指庐山、香炉山。相传，这两座山都是龙脉。

祝愿华夏永太平，

把酒酣畅霞满天。

1996 年 6 月 6 日夜
於四川宣汉县双河镇

又记：

　　庐山不叫香炉山。李白诗中"日照香炉生紫烟"的"香炉"，是指庐山中的香炉峰。庐山中以香炉命名的山峰有四座：一座在庐山西北的东林寺南面，称"北香炉峰"；一座在庐山南面秀峰寺后边，称"南香炉峰"，此即李白诗中所咏的"香炉"；一座在庐山北面，称"小香炉峰"；另一座在庐山凌霄峰西南，称"香炉峰"。

另记：

　　距哈尔滨市 70 公里的宾县，也有一座香炉山。是小兴安岭的余脉，主峰海拔 790 米。至今保持着原始生态，被称为"天然森林氧吧"。

　　山上有卧佛顶、财神庙、溪水十八湾、三身岩、兰蝶泉、蟒仙洞，以及空中森林等独特景色，是一个 3A 级景区。

恒山秋梦

（外一首）

恒山，名列"五岳"，素有"塞北第一名山"的美称。它距山西省浑源县城南约 5 公里。

恒山亦名太恒山，又名元岳、常山、崞山、玄武山等。相传四千年前舜帝巡狩至此，因见其山势雄伟，遂封为北岳。

恒山地险、山雄、寺奇、泉绝，有东（天峰岭）、西（翠屏峰）两峰，以金龙峡分开。两峰对峙，十分险要，自古为兵家必争之地。最高峰天峰岭海拔 2016.8 米。

恒山悬空寺，也称玄空寺，始建于 1400 多年前（公元 491 年）的北魏后期。寺庙建在恒山金龙峡西侧翠屏峰的悬崖峭壁间，上载危岩，下临深谷、楼阁悬空、结构奇巧。是国内仅存的佛、道、儒三教合一的独特寺庙。

今秋再访恒山，思绪难平，感慨流向笔端。

绿路红尘贯西东，
悬空寺内自清风。
晨起丹阳升心底，
夜深圆蟾入梦中。
崖上庙堂忘岁月，
殿前老树识英雄。
若君独爱山河好，
不去京城来洛中。

仰山风韵

赞恒山

翠屏在天上，
梯道伴云升。
恒山不争高，
自在五岳中。

1995 年 10 月 5 日
写于山西浑源

耕云种月

金磊夫诗词集

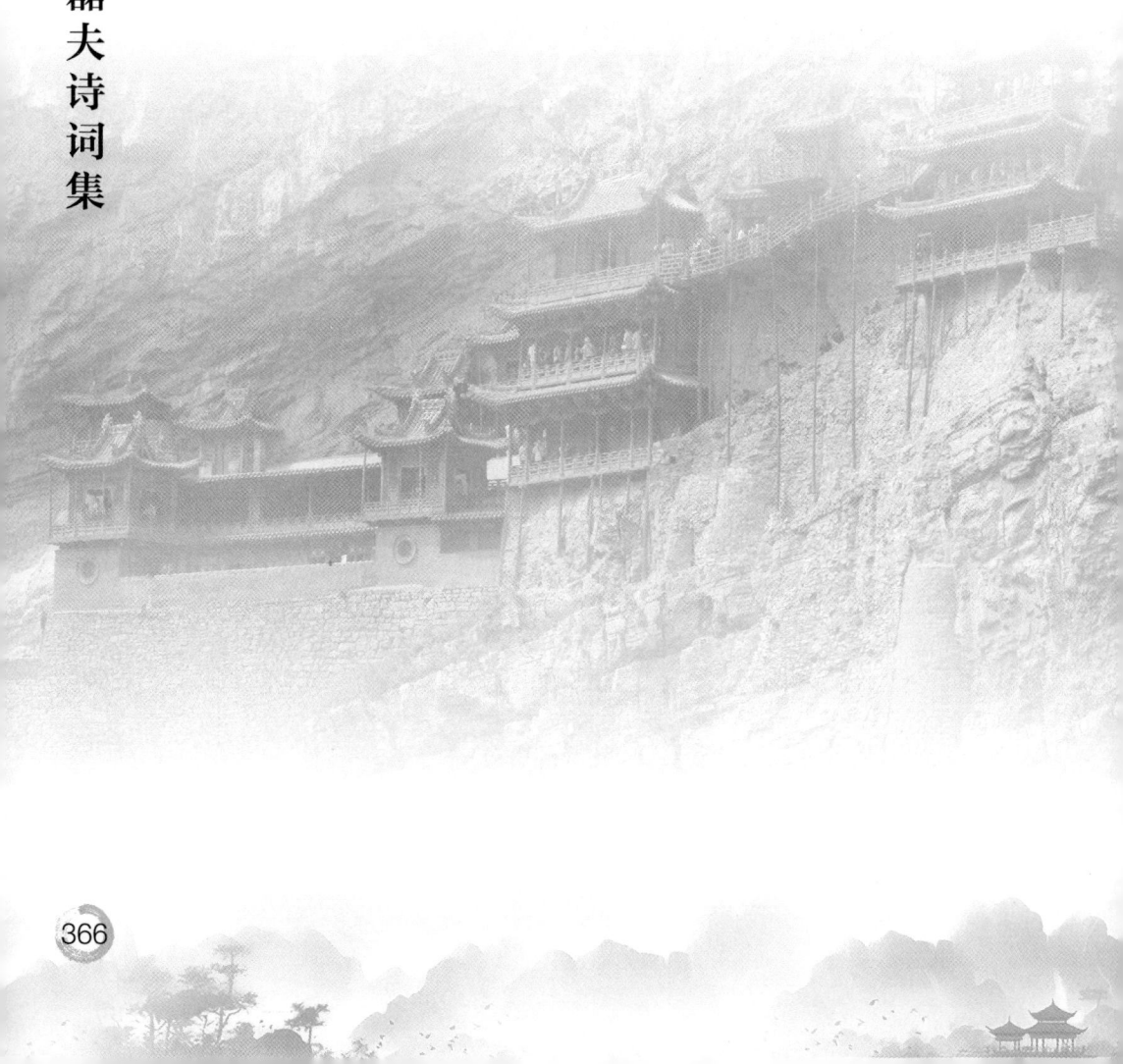

再游五云山

三年前的秋天，曾经登临五云山，今有缘再游。

五云山原名塔山。相传，炎帝和黄帝巡游中原时，发现塔山山形奇特，于是趋云查看，发现塔山为紫龙修行之地。在炎、黄二帝的点化下，紫龙飞升成仙，成为当地的保护神。百姓为了感谢二帝，就以他们乘骑的五彩祥云为名，改塔山名为五云山。

五云山景色优美，文化厚重。今再游此山。感记：

五云山中喜秋游，
古柏嘴^①下浪飞舟。
且看当年古战场，
如今盛世无鸿沟^②。

1995 年 9 月 26 日
作于河南郑州

又记：

河南信阳也有一座五云山，是车云山、集云山、云雾山、天云山、连云山五座大山的总称，也是著名的信阳毛尖的核心产区。

杭州也有一座五云山，是西湖群山中第三座大山。因其处在钱塘江与西湖两水之间，水汽充沛，形成山地云，在阳光照射下，呈现斑斓彩霞而闻名。

---

① 古柏嘴为黄河上的古渡口，现成为景区，游人接踵、快艇飞梭。
② 以鸿沟为界，此地为楚汉相争的古战场。

仰山风韵

探访武陵源

（两首）

走进武陵源，流连在奇特的山水之间，你会被天公的杰作深深震撼。这是一个一生一定要来一次的地方。

武陵源在湖南张家界境内，方圆 369 平方公里，奇山异峰 3000 多座，其中海拔 1000 米以上的就有 243 座；溶洞、群泉漫山遍野，随处可见。武陵源被称为"地质的博物馆""自然的迷宫""森林的王国""动植物的乐园"。

暑假，妻携儿子湖北探亲。承好友盛情，我和家人走进了武陵源，一起探访这座神奇的大山。

（一）

万峰林立浮云间，

群峦逶迤到天边。

安得长风迎远客，

同心向上齐登攀。

（二）

神鞭①谁舞动，

练就此等功。

---

① 神鞭峰，壁立如削，拔地接天，为武陵源胜景之一。

耕云种月

金磊夫诗词集

368

鞭梢挑日月，
鞭杆在手中。

1995 年 8 月 18 日
记于张家界客舍

后记：

2004 年，湖北武陵源被联合国教科文组织批准为"世界地质公园"。

仰山风韵

龙凤山组诗

在黑龙江五常市东南，有一座迷人的山——龙凤山。

龙凤山系张广才岭支脉。是国家水利风景区、国家森林公园。龙凤山山清水秀，四季分明，她以完美的自然生态和动人的故事，给人们留下了许多美好的记忆。

仲夏，走进龙凤山，"踏千米长堤龙洞寻古韵，登四百台阶攀塔看红霜"，别有情趣。

九龙朝凤

神斧劈开两翠峰，
云烟万古绕晴空。
女娲炼石心偏爱，
留下九龙共舞凤。

碧水丹崖

丹崖斑斓镀金身，
秀水柔情动凡心。
若知天公有禅意，
何教风雨满乾坤。

龙凤山乡

诗意芳名源大唐，
绿水青山龙凤乡。
儿时几朵梨花梦，
霜鬓已白犹闻香。

雾海藏龙

群峰耸立竞峥嵘，
飞瀑流泉露华浓。
因嫌东海天地小，
遣来山水作龙邛。

1995 年 7 月 19 日
作于黑龙江五常

仰山风韵

雨中圣莲山

耕云种月

金磊夫诗词集

　　距北京城区 70 公里的圣莲山，亦称莲花山，古时称太山。因山形似莲花而得名。它西接百花山，南连霞云岭，最高处海拔930 米。

　　圣莲山莽原万顷，翠鳄岭重，峰峦秀峙，林木蔚歧，建古寺于峭畔，锁白石于岩曲，素有"京西小五岳"之称。

　　圣莲山始建于唐，盛于晚清。山上佛道兼容，形成独特的文化。"道家风骨佛光照，奇峰峻石圣水灵"是圣莲山真实的写照。

　　生日登圣莲山，逢雨。因肖龙，朋友们戏言："龙行有雨"。

春深漫游京畿，

莲山飘洒细雨。

云缠雾锁空蒙，

道佛在此共揖。

参透红尘冷暖，

祀愿朗日清宇。

天人合一随心，

善化南北东西。

1995 年 5 月 22 日

於圣莲山中

九宫山两首

九宫山，位于湖北省通山县境内，总面积 196 平方公里。主峰老崖尖海拔 1657 米，是我国中南部地区最高峰之一。

九宫山到处流泉飞瀑，奇松高峡，古刹林立。"走进九宫山，凡人也成仙"。我有同感！

一线天

身在山底望青天，
崖壁窄仄头难转。
挤出峡谷看世界，
江山寥廓景万千。

悬崖飞瀑

谁道清溪不足谈，
纵身跃向万丈渊。
化作飞雪凌空舞，
浩歌九曲感长天。

1995 年 5 月 6 日
作于湖北咸宁

仰山风韵

感念会稽山

　　会稽山，也称茅山、亩山。位于浙江北部平原，距绍兴城南6公里。会稽山文化积淀深厚。景区内有大禹陵、炉峰禅寺等名胜古迹，最高峰为香炉峰（海拔354米）。

　　会稽山与中国古代第一个王朝——夏朝的开国圣君、治水英雄大禹有着不解的渊源，它是大禹娶妻、封禅的地方，同时也是大禹陵寝所在地。

　　会稽山是中国山水诗的重要发祥地之一，历代文人雅士在这里留下许多诗词，使会稽山声名远扬，成为"浙东唐诗之路"上的第一大山水风光景区。顾恺之说："会稽山千岩竞秀，万壑争流，草木蒙笼其上，若云兴霞蔚。"晋朝贵族王羲之、谢安等定居绍兴时常到此山。南朝诗人王籍咏描写会稽山的诗句"蝉噪林逾静，鸟鸣山更幽"传诵千古。

　　今游此山，记下所见、所闻……

阳明洞福化红尘，

峻岳凌霄自有神。

江连岚烟通八极，

地衔星汉接芳辰。

秦皇碑刻石尚在，

越王尝胆千古人。

天下兴亡谁能料？

春秋日月取忘身。

1995 年 3 月 12 日
作于会稽山上

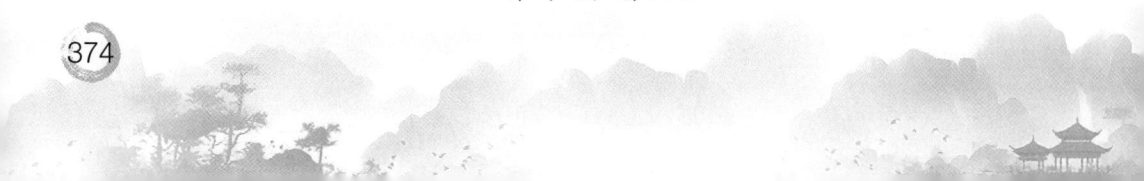

耕云种月

金磊夫诗词集

重阳登蜀山

蜀山，距合肥市中心只有 10 公里，是合肥市近郊唯一一座较高的山。最高处海拔 284 米。

蜀山系大别山的余脉，山势东南高，西北低，呈椭圆形，由火山喷发而成。古火山应有的火山锥、火山岩、火山瀑、火山颈等遗迹，至今都保存得相当完整。

据《庐州府志》记载，蜀山树茂林密，青竹拔翠。历史上很多名人墨客游览这里，留下了许多脍炙人口的诗句和动人的故事。

今日重阳，天气晴朗。约朋友们游览蜀山，登高望远，踏秋赏月……

重阳邀友同登高，
跃上葱茏气自豪。
极目江天万里阔，
纵情山水百愁消。
松梅竹兰知名节，
诗酒琴棋伴逍遥。
菊黄枫丹九月九，
行空天马乐碧霄。

1994 年 10 月 13 日
重阳节於合肥

仰山风韵

对弈棋盘山

（外二首）

耕云钓月

金磊夫诗词集

棋盘山，古时称"龙山"，在沈阳市的东北部。它北接铁岭，南至浑河，属长白山哈达岭余脉。因山顶的斜下方，有一巨石状如棋盘而得名。

传说，八仙中的吕洞宾和铁拐李曾在此对弈。现实中，这里曾成功举办"国际象棋世界杯赛""国际象棋大师赛""国际象棋女子世界冠军赛"等重大象棋赛事。棋盘山，名副其实。

棋盘山上的碧塘风荷、北岭春晓、芳草云天、秀湖烟雨、望云寺、仙人洞等景色，美不胜收。春天的绿，夏天的花，秋天的枫，冬天的雪，四季美景让棋盘山风光无限。

好奇登上棋盘山，
将帅对弈似两仙。
楚河汉界杀声急，
鏖战已有亿万年。

棋趣

神仙早下凡，
邀我上棋盘。
不为争胜负，
惟让心界宽。

对弈

运筹攻守巧用兵，

围魏救赵伏马陵。

输赢不计置一笑，

棋盘消遣乐山翁。

1994 年 9 月 27 日

作于棋盘山上

又记：

　　北京的昌平也有座棋盘山。那是一座释道并荣的名山，也是北京新十六景之一。

　　河北秦皇岛还有一座棋盘山，在卢龙县城东南。这座棋盘山山水相连，气势磅礴，很值得一游。

仰山风韵

访木兰山

（外一首）

木兰山古称"牛头山"，后易名木兰山。北宋时在山北设木兰县，县名取自此山。

"木兰殿"在湖北黄陂区的木兰山上。据《黄陂县志》载：唐贞观年间，有位朱姓名异的千户长，家住山北的双龙镇，年逾半百无后，常登山求嗣，归而生一女，以山取名为木兰。木兰十八岁时，女扮男装，代父从军，英勇征战十二载，屡建战功，晋封为将军。她不愿受禄，乞归故里，终年九十，葬于木兰山。后人为纪念这位巾帼英雄，在木兰山上修建了"木兰殿"。

登临木兰山，云在山腰飞，山在云上耸，甚是壮观。木兰殿在山之巅，曰"金顶"。登上金顶，去追忆那个时代的英雄。

云缠雾绕藏名山，
躬身金顶拜木兰。
女儿从军千秋颂，
英雄红装唱凯旋。

山水木兰

与木兰山相拥，有一泓碧水称"木兰湖"，水清如玉，波平如镜。山美、水美、名字也美。据传，木兰当年曾在此牧马习武。

秀水婀娜碧如蓝，
青山雄伟相依伴。
娇美英武集一身，
缘因将军是木兰。

1994 年 7 月 19 日
作于湖北黄陂

仰山风韵

晨游大崎山

大崎山,又称崎山,素有"鄂东泰山"之誉。位于湖北团风、麻城、罗田三县交界处,南距黄州古城 70 公里,西距武汉道观河风景区 15 公里。主峰龙王顶海拔 1040.8 米。

明代《黄州府志》记载,大崎山:"远自麻城龟峰而来,蜿蜒盘伏,到此突然高举,山势绝悬,甲于一郡。"位于南山腰的能仁寺,历史悠久,唐代时最为鼎盛,有僧众 3000 多人,受皇帝敕封。山上的真武观,历史上曾与武当山的道教齐名,受到四方朝拜。

大崎山,山高林密,苍翠欲滴。"崎山叠翠"在明代就被赞为八景之一。龙王井的古泉,仙人石的奇异,夕照壁的梦幻……都令人惊叹不已。

大崎山还是革命根据地之一,方毅、陈再道、高敬亭等老一辈革命家都曾在此辗转战斗过。

夜雾渐散月朦胧,
山路难辨西与东。
忽然红日喷薄出,
金光倾刻泻峦中。
奇峰峭壁神工造,
松虬柏翠天作成。
林海扬波绿望眼,
崎山青秀醉游翁。

1994 年 6 月 14 日夜
於武钢第二招待所

访须弥山

须弥，梵语音译，是善积、妙高、妙光、明宝的意思。

传说中须弥山是天帝的住所。相传：此山为帝释天，四周山腰为四大天王所，山高 200 多万里，有日月星辰环绕，由金、银、水晶、琉璃构成的宝山，是佛教宇宙观的世界中心。

须弥山，是古"丝绸之路"长安——西域的必经之地。也是兵家必争之地，唐朝时在这里设立"石门关"。须弥山被称作是"关中咽喉"。

须弥山石窟是我国十大石窟之一，始凿于北魏孝文帝太和年间（公元 477—499 年），历经西魏、北周、隋唐历代修造，现存石窟 150 多座，分布在绵延 2 公里的 8 座山上。现有保存完好的石刻雕像 500 余尊、题记碑刻 50 多方以及众多壁画。这些珍贵的文物，记录了须弥山悠久的文明及在佛教中的历史地位。

今访须弥山。有感：

天帝住在须弥山，
下连龙宫上接天。
势吞群峦云泽梦，
更吐日月星光灿。
众神慈祥传妙法，
人行善事佛渡缘。
分明北斗在心上，
我自碧空下长安。

1994 年 5 月 10 日
作于宁夏固原

仰山风韵

有缘龙虎山

　　1992年，在江西鹰潭曾登过那里的龙虎山。今在广西又遇到一座龙虎山，看来与龙虎山有缘。

　　这座龙虎山，坐落隆安县境内，距南宁80多公里。山中古木森森，秀树参天，巨藤缠绕，飞瀑涌泉。雷音古刹、双峰拜月、流金瀑布、虎山观藤、石林迷宫、一线天、风雨桥、鹿回头等奇妙景观，让人过目不忘。它还是中国"四大猴山"（海南南湾、四川峨眉山、广西龙虎山、黑龙江大兴安岭）之一。

　　走进龙虎山，感受清风和煦，体会流水清静，探索生态奇美，聆听山野心声，启悟生命联想，品尝乡间美食，感受人与自然的和谐……

虎踞龙盘定山名，
鹤鸣猿啸八荒行，
踏破铁鞋无寻处，
只是有缘又相逢。

龙虎迎春

龙虎山上又迎春，
朱槿①沐雨气象新。
京客踏云远道至，
选求此地著闲身。

1994年3月3日
写于南宁龙虎山

---

① 朱槿：南宁市市花。

雾灵山组诗

雾灵山，史上称伏凌山、五龙山，明代始称雾灵山。位于河北兴隆县境内，在北京、天津、唐山、承德四座城市之间。主峰海拔 2118 米，为燕山山脉的高峰之一（燕山最高峰东猴顶海拔 2292 米）。雄、奇、秀、美是雾灵山的真实模样。

雾灵山作为国家级自然保护区，以森林景观为主体，苍山奇峰为骨架，清溪碧潭为脉络，文物古迹缀在其中，构成了自然景观与人文景观浑然一体、风格独特的画卷。这里山重水叠，烟雾浩渺，林深谷幽，奇峰怪石，如塑似画。

置身于雾灵山中，会让你深刻感受到大自然的无限美好。

晨望雾灵山

绿树青崖傍水湾，
晨游凝望雾灵山。
群峰躲在云深处，
几只沙鸥去又还。

雾灵山观云

山欲腾云云缠山，
山云相拥壮奇观。
天开云散山独秀，
仙境就在我面前。

仰山风韵

雾灵山瀑布

翠峰峭壁山叠山，
碧水流泉潭上潭。
条条曲径引芳菲，
帘帘飞瀑腾白烟。

雾灵山秋色

谁把雾灵换彩装？
重阳又见菊花黄。
年年岁岁秋色好，
枫自凌霜心自翔。

1993 年 10 月 23 日
重阳节写于北京

乐登泰山

（外二首）

乘风信步到天关[①]，
千岩万壑只等闲。
欲转千盘渡沧海，
红日一跃已三竿。

登岱顶[②]

岱宗缘何高？
相见情未了。
万里迎客来，
独尊仰天笑。

泰山观日出

鲁生岱岳傲苍穹，
岭挂紫烟伴我行。
翠拥峰林传客语，
花妍幽谷飞鸟鸣。

仰山风韵

① "天关"指南天门。
② 泰山有"紧十八，慢十八，不紧不慢又十八"的盘山道可上岱顶。

举头望月只盈尺，
扬手扣天荡回声。
岚翻雾涌云渐淡，
霞拥日升海天明。

1993 年 8 月 15 日
作于山东泰安

补记：

联合国教科文组织 2006 年 9 月 18 日批准泰山为"世界地质公园"。

又记：

这是第四次登泰山。我与泰山情未了，一定还会再来。

耕云种月

金磊夫诗词集

感知大觉山

　　大觉山，位于江西东部资溪县境内，东靠福建武夷山，西接福建泰宁大金湖，北邻江西龙虎山。

　　唐贞观年间，杭州灵隐寺大觉禅师为避世离尘，云游大觉山修行弘法。他与道教、儒教共存一处，从"心、身、理"不同方面弘扬宗教文化，迄今有 1600 余年。这里宗教文化氛围浓郁，道法融通，天人合一，万物和谐。

　　大觉山石奇峰险，湖泊如翠，瀑布高悬，水帘洞、大峡谷、大觉寺、不老松……优雅的山水风光，是大自然和原生态的完美结晶，更是自然生态和神奇、神秘、神圣的佛教文化融为一体的人间仙境。

　　走进大觉山，顿觉胸襟开阔，心智明亮，福慧双增。

山亦有情山相连，
月如无恨月常圆。
人生当从心自定，
拿起放下是神仙。

1993 年 7 月 12 日
写于大觉山上

仰山风韵

浮山摩崖石刻两首

浮山，又名浮渡山，在安徽枞阳县境内。

浮山，虽然海拔只有 165 米，却是沉睡上亿年的古火山。浮山还是一座佛教名山，早在晋梁时期，山上就建有寺庙。浮山更是一座底蕴厚重的文化名山。这里奇妙的山水风光，自古以来，吸引无数游人探胜寻幽，留下了大量的摩崖石刻。上起唐宋，近至新中国成立，时间跨越 1100 多年。现存摩崖石刻有 480 多方。上面少则 2 字，多则千文，文体各异，书法万千，基本包括了唐代以来各种代表性书体，在一定程度上反映了我国书法演变的基本轨迹，是难得的书法宝库和珍贵的文化遗产。

（一）

摩崖石刻竟若何，
浮山名胜古迹多。
字字感天惊落水，
代代文明耀星河。

（二）

苏轼浮休墨迹留，
述怀济窦竟回头。
浮山脉脉无穷蕴，
石刻朝朝永世流。

1993 年 6 月 6 日於铜陵

又记：

山西临汾有座浮山，并以山命名浮山县。可见，这座山在当地人们心目中的分量。

青岛也有一座浮山。原名浮峰山，又称文峰山、文山。它南面黄海，东接崂山，西连青岛，主峰海拔 368 米，是青岛市区最高的山峰。登临山顶，可俯瞰青岛全城。

仰山风韵

龙首山游记

　　龙首山，在铁岭城东。它从东南奔腾而来，蜿蜒十余里，到了柴河边突然昂起，像巨龙的头，故名龙首山。

　　龙首山岗峦相连，峡谷纵横，植被繁茂，花草相间，蝶舞鸟鸣。山上有慈清寺、秀峰塔、魁星楼、四望阁、洗心亭、周总理诗碑等景观。山下柴河奔流，虹桥飞架，车水马龙。可谓山清水秀，风景如画！

云淡天高龙昂首，
山峦逶迤越千秋。
柴河奔腾追日月，
秀塔耸天竞风流。
晨钟暮鼓诉兴替，
东风春雨兴九州。
此情此心谁共领，
龙子龙孙为国酬。

1993 年 4 月 11 日
写于辽宁铁岭

百望山两首

　　百望山，在北京的西北郊，南距颐和园3公里，因山下有两个村子东北望（旺）、西北望（旺）而得名。另据《长安夜话》记载："百望山南阻西湖，北通燕平，百里犹见其峰，故曰'百望'。"民间传说，北宋大将杨六郎在此与辽兵大战，佘太君登山观战，为六郎助威，因此又叫"望儿山"。

　　百望山是太行余脉，也是延伸到华北平原最东端的一座山峰，主峰海拔210米，有"太行前哨第一峰"的美誉。百望山森林茂密，植被覆盖率达95%以上，被称作北京城市氧源，是北京十大名山之一。现已经辟为森林公园。

　　与朋友们春游百望山。感记：

（一）

百望山峦染翠微，
春风漫舞伴霞飞。
云开芳菲千般美，
天悬艳阳万里晖。

（二）

往昔风华百望收，
任凭思绪越千秋。

仰山风韵

太行云涌飞龙啸，
京密^①风轻碧水流。

1993 年 4 月 5 日中午
写于百望山中

---

① 京密引水渠绕百望山而过。

云锁巫山

（外一首）

巫山，位于湖北、重庆、湖南交界处，是一座"东北—西南"走向的连绵山脉。

巫山北与大巴山相连，南深入武陵山地，东至长江中下游平原，西为四川盆地，是中国地势二、三阶梯的分界线。主峰乌云顶在奉节县境内，海拔 2400 米。

巫山耸立任云封，
神女①羞眸曼妙容。
两岸猿声久不闻，
一江波涛朝天涌。

秋染巫山

一派秋晖染巫山，
千岭花树动心弦。
琼楼直上最高峰，
流泉飞向白云间。

1992 年 10 月 9 日
作于宜昌

---

① 神女峰，为巫山十二峰之一。

五云山览胜

  五云山，又称塔山、雾云山，为嵩山余脉。《汜水县志》记载，山上有古清凉观，汜人士或读书其上，每见五彩云霞，灿烂夺目，穿窗入户。因此改名为"五云山"。

  五云山在郑州西部，最高峰海拔 589.4 米。它南眺嵩山，北与黄河相望，西与佛山呼应。传说中的女娲补天、嫦娥奔月等故事都发生在这里。五云山还是嫘祖活动的主要区域。

  五云山的马跑泉、圣母庙、财神殿、老君阁、灵霄宝殿，以及太平天国时候修的古寨城墙等自然景色和人文景观十分丰富。

不浓不淡岚中天，
似有似无雨涵烟。
山高水长凭遐想，
只缘身在五云间。

1992 年 9 月 28 日
记于五云山上

另：

  听说，杭州也有一座五云山。并且是西湖群山中的第三座大山。不知那座五云山有哪些千秋？待有机会一访。

凌空天桥山

天桥山，在湘西古丈县境内。最高峰海拔847米。

古人用"险、奇、美、野"四个字，来形容这座山，足见天桥山盛名已久。天桥山山势陡险，仙门洞开，谷幽峰奇，溶洞密布，天桥高悬。据《古丈坪厅志》记载："天桥山，城南25里，两峰对峙，横石如梁，下临百丈，洞深难测。"

今有幸登临天桥山。天桥凌空，如同神造。被大自然的杰作深深震撼。写此留念：

云端万仞向晴空，

道是飞桥胜彩虹。

云涌激起千重浪，

巨梁天成连两峰。

1992年8月1日

作于湘西古丈

又记：

湘西泸溪县还有一座天桥山（又称羊桥山）。在武水北岸，距老城区5公里，主峰与香炉峰对峙，海拔776米。因忙于赶路，虽近在咫尺却不及登访，留有遗憾。

仰山风韵

记天女山

天女山，距抚顺市区只有65公里，以盛产"天女木兰"而闻名。主峰天女峰海拔780米。

天女山悬崖峭壁环抱四周，古洞奇观分布其中，石门飞瀑、一线天、南天门、通天洞、狐仙洞、聚仙台、转心湖等自然景观美不胜收。

"春采山菜看杜鹃，夏品神茶赏木兰，秋摘野果观红叶，冬尝林蛙话丰年"。是天女山独特的四季风情。

今闲游天女山，留下很深印象。

> 卧虎藏龙青山间，
> 激水扬帆绿水前。
> 心连闲云沐玉辉，
> 梦携天女下江南。
> 穿花百里通天路，
> 飞云千朵落地闲。
> 一樽谈笑吟明月，
> 三生有幸醉桃源。

1992年6月21日夜
作于抚顺

做客苍山

应水城钢铁公司的邀请，第一次来到苍山，参加公司共青团组织的活动。

横亘在云南大理境内的苍山，是云岭山脉南段的主峰，由十九座自南向北排列的山峰组成。这些山峰海拔都在 3500 米以上，山上常年白雪皑皑，人称"苍山雪"。苍山雪景的壮美，堪与阿尔卑斯山媲美。最高的马龙峰海拔 4122 米。

苍山每两峰之间都有一条溪水奔泻而下，流入洱海，这就是著名的十八溪。巍峨的苍山雄姿与秀丽的洱海风光形成强烈的对照，酷似一幅天成的画卷。

云，一直都是用来观望的。而苍山的云，却可以置身其中。于是，看到的一切就有了虚幻的色彩。而我们却是真实地走进了如此虚幻的世界中。

一座苍山云岭南，

万顷洱海天地间。

十九峰顶霞染浪，

十八溪涧波弄澜。

骄阳夏日冰不融，

风花雪月情难断。

厚积薄发龙腾起，

远客酬谢唱凯旋。

1992 年 5 月 4 日
於云南大理

仰山风韵

风雨钟山

（外一首）

　　钟山位于南京城东，自古被誉为"江南四大名山"之一，有"钟山龙蟠"之美誉。钟山因山顶常有紫云萦绕，又得名紫金山。

　　钟山与后湖相依相望，奠定南京先天形胜。其山水与城市浑然一体，可谓南京山水人文之钟萃。故诸葛亮有"钟山龙蟠，石头虎踞，此帝王之宅也"的盛赞。钟山的雄伟气象，优越地势，自古以来，便与帝都的盛衰交融，相辅相成。

　　以"龙蟠"之势屹立于扬子江畔的钟山，饮霞吞雾，历经亿万年而郁郁葱葱，陪伴数朝君王和英雄豪杰而松青柏翠，融多元文化和数种天工而卓然于众山之中，囊六朝文化、明朝文化、民国文化、山水城林文化、生态休闲文化、佛教文化系于一山之中，可谓"中华城中人文第一山"。

　　曾数次前往钟山，拜谒中山陵，参访灵谷寺，游览明孝陵……

不言何意往钟山，
千里寻它非等闲。
虎踞龙蟠行大道，
自有豪情在胸间。

钟山情

莽莽钟山舞绮霞，
浩浩秋水眷春华。

江河不改豪气在，
直挺心旌向天涯。

1992年3月5日夜
作于南京军区宾馆

仰山风韵

秋染板山

（外一首）

"群峰鹤立太行头"的板山，位于山西武乡县境内。平均海拔 1800 米，最高峰花儿垴 2008.5 米。

板山群峰耸立，黄崖雄起，植被茂密。站在山顶，八百里太行尽收眼底。但见千峰竞秀，万壑争奇。"太行雄姿""太行云海""太行日出""太行秋色"……不同的角度和不同的季节，展示了板山的绚丽多姿。

板山不但是游览自然风光和消夏避暑的好地方，也是一处革命传统教育基地。抗战时期，华北最大的军工生产基地——黄崖洞，就在这座山里。

九月秋风染板山，
万木霜天竞斑斓。
云蒸花垴连穹宇，
霞蔚幻境在人间。

板山感记

板山垴顶乱云飞，
远峰遥峙近峦围。
此生无憾入仙境，
天上人间少是非。

1991 年 9 月 29 日
写于山西长治

天子山组诗

　　天子山，位于湖南武陵源腹地。它东起天子阁，西至将军岩，南接张家界，总面积近百平方公里。

　　天子山不但险绝，且给人神秘幽静之感，尤以石林奇观闻名遐迩。无数石峰如剑如戟，森然列于其间，更似千军簇拥，气势雄浑无媲。览胜之间，令人遐思无限，不得不惊叹造物者的鬼斧神工。

　　天子山有云涛、月辉、霞日、冬雪四大奇观。山间云雾变幻无穷，时如江海翻波，涌涛逐浪，时若轻纱掩体，飘缈虚无。日出时晖映长空，日落处霞光无限，将天子山装点成瑰丽明艳的帝王宫阙。夜风下，皓月弄影，峭壁如洗，万籁俱寂，浪漫陶人，大有"起舞弄清影，何似在人间"之感。天子山自古享有"秀色天下绝，山高人未识"之美誉。

　　走进武陵源，登上天子山，顿觉心潮澎湃，神清气爽。

　　有诗为证：

天子峰①

气象巍峨通九霄，

群峰仰首众神朝。

吾待游兴正澎湃，

万岁尊前忘折腰。

---

①　天子山奇特惊险，峰高、峰大、峰多是它的一大特色。
　　天子峰为天子山主峰，海拔 1262 米。天子峰看上去像一位伟人坐在那里，身披铁甲，右手握箭，浓眉隆起，两眼怒视前方，似正在指挥千军万马出征。这个形象就是人们传说的向王天子，所以取名叫"天子峰"。

仰山风韵

御笔峰①

壑谷飞泉探赜欣，

绝壁耸峙荡青云。

层峦叠嶂竞奇秀，

自有御书描秀峻。

仙人桥②

鬼斧神工成此桥，

横跨云山万仞高。

自古只有神仙过，

而今众生涌如潮。

大观台③

一霎晴雨一霎风，

一丛浅绿一丛浓。

---

① 御笔峰是令摄影家与画家们倾倒的最佳景点之一，位于天子山天子阁西侧的山谷中。数十座错落有致的秀峰突起，遥指蓝天，靠右的石峰像倒插的御笔，靠左的石峰似搁笔的"江山"，故名御笔峰。

② 仙人桥又称"天下第一桥"，为自然形成的天桥，高约 70 米，长 26 米，宽 1.5 米，桥面厚仅 1 米多。天桥飞悬在两岸悬崖绝壁之上，鬼斧神工，惟妙惟肖。走上天桥，下视万丈深渊，令人头晕目眩，非常人敢逾越。此乃天下绝景。

③ 大观台。天子山台地错列，石峰嶙峋，云雾缭绕，峰、峡、瀑、林遍布。山顶、山腰台地突兀凌空，多达 60 余处，是天然观景台。站在台上极目远眺，千百座奇峰尽收眼底。雄壮的石林或如刀枪剑戟攒刺青天，或如千军万马奔踏而来，或如蓬莱地境缥缈隐约。站在大观台上四望，天子山如同一位高超的大师模拟宇宙大观雕塑出的作品，无不形态逼真，栩栩如生，呼之欲动。

我来此山赏绝景，

不看奇峰只看松。

别恋

信步深山访碧泉，

轻风白云漫青川。

天子聚才醉远客，

仙女散花①拨爱弦。

松立山巅迎佳宾，

鱼游溪畔送金安。

心中难舍神仙界，

此别谁知几时还？

1991 年 7 月 16 日

作于天子山上

① "仙女散花"坐落于御笔峰斜对面。茫茫云海翻滚，把无数画峰翠崖变成了座座孤岛，石峰俏立云端，风驱白雾，态极妖娆，渐露一少女的情影。她头插鲜花，胸脯隆起，怀抱一只玲珑的花篮，右手抓起鲜花向人间，满月似的脸庞还挂着淡淡的微笑。山脚山腰野花如锦，每到春暮，天风吹，流云飘，恍如仙女将鲜花撒向人间。这奇景就是饱人眼福的仙女散花。

仰山风韵

《一剪梅》再登庐山

依江偎湖秀碧山[1]。
妙自天然，
美在人间。
今日追梦上庐峦，
昨日情牵，
今日情牵。

信步前行路万旋。
几度流连，
几度登攀。
壮心不已跨征鞍，
人也昂然，
山也昂然。

1991 年 7 月 2 日
作于九江市

---

[1] 庐山，又名匡山、匡庐。北依长江，东临鄱阳湖，为我国四大避暑胜地之一。

耕云种月

金磊夫诗词集

黄山松奇

被誉为"天下第一奇山"的黄山，是中华十大名山之一。

松是黄山的"五绝"之首。黄山松形状奇特，姿态傲然，充满神韵，观赏价值极高。其中卧龙松、龙爪松、黑虎松、连理松、探海松、竖琴松、麒麟松、望客松、接引松等，树龄都在400年以上。位于玉屏楼东的迎客松，则是黄山的标志，更是安徽人民热情友好的象征，承载着拥抱世界的东方礼仪文化。

到黄山，看奇峰、看云海、看怪石、看温泉、看冬雪。而我认为，一定要多看、细看的必是松！

> 堪称名山孕奇松，
> 虬枝劲干仰高风。
> 轻摇翠色千峰撼，
> 漫唱涛声百壑鸣。
> 朝起云开红日照，
> 晚来山静彩霞封。
> 凌霜傲雪顶天立，
> 万古长青不改容。

1991 年 6 月 14 日夜
作于安徽黄山

仰山风韵

天下夫子山

　　夫子山，是世界上唯一一座以孔夫子命名的大山。

　　这座山在河南的永城。据传：春秋末年，孔子周游列国传播儒学，途经此山避雨，并在山崖下讲学。当地百姓为纪念孔子，将其避雨讲学的地方称夫子崖，把此山称作夫子山，并建文庙世代祭拜。

　　夫子山，因夫子崖、汉高祖刘邦在此斩蛇起义、陈胜王陵、芒砀山古庙会、观音阁、郭塔等自然和人文景观而天下闻名。

高山不惧骤雨狂，
阴风呼啸云做浪。
崖嶂有情佑远客，
落雨无意送苍凉。
四季烟霞拥红日，
九州风云入讲堂。
儒道千载传华夏，
春秋万代天地长。

1991 年 5 月 22 日
作于河南永城

耕云种月

金磊夫诗词集

后记：

听说，安徽黄山市也有一座称"夫子"的山。

此山原名"父子山"。据民间传说和地方志记载：南宋理学家朱熹大夫子，曾在此兴学授徒，传播"新安理学"，故当地百姓改称此山为"夫子山"。

仰山风韵

九如山感怀

耕云种月

金磊夫诗词集

九如山距济南市区约 40 公里。东临章丘、南接莱芜和泰安。

九如山曾是一座人迹罕至的大山。山中峡谷幽深，山泉争涌，群瀑齐飞，古藤缠绕，栈道险悚，溪流潺涓，峰峦连绵，深潭含翠，碧水涟涟。还有沧桑古道，长城残垣……恍若隔世的原始胜境，又如远离尘嚣的世外桃源，更是一幅山水交融的美丽画卷。

走进九如山，你一定会产生错觉，疑似走进仙境或置身桃源。

> 九龙腾跃白云端，
> 百鸟鸣翠恋碧潭。
> 山高水长传天籁，
> 瀑飞云流竟缠绵。
> 一亭独立天下秀，
> 千廊回转吐紫烟。
> 如登瑶台入仙境，
> 疑在王母蟠桃园。

1991 年 4 月 8 日

记于九如山上

望儿山有感

　　在辽宁营口市熊岳镇东，有座"望儿山"。

　　望儿山山峰陡立，拔地而起。山顶上有一座建于明末清初的藏式青砖塔，名"望儿塔"。远看，状似一位母亲伫立山顶，日夜守望大海，盼望远方的儿子归来。望儿山因此得名。

　　望儿山是辽南名山，以母爱的美丽传说而名扬天下。

　　　　　　千重海浪伴晴晖，
　　　　　　灯火万家是召归。
　　　　　　伫望云天儿记否？
　　　　　　秋风已送雁南飞。

　　　　1990 年 9 月 26 日
　　　　作于望儿山上

又记：

　　在北京颐和园北面，也有一座"望儿山"。当地百姓盛传：在宋辽争战时期，宋将杨六郎带兵与辽军在此交战，佘太君登山观战，擂鼓助阵，人们便把这座山叫作望儿山。现在山上还有佘太君庙，教子台等遗迹。

仰山风韵

仙境尧山

（外一首）

尧山，又叫石人山。因尧孙刘累为祭祖在此山立祠而得名。

尧山位于河南鲁山县西部，地处伏牛山东段。最高峰玉皇顶海拔 2153.1 米，为我国 24 大名山之一。

尧山在中国的历史、地理文献中，可谓不绝于书。上古的《山海经》称"大尧之山，其木多松柏、多梓桑；其草多竹；其兽多豹、虎……"《汉书·地理志》载"鲁阳尧山，滍水所出"。北宋《元丰九域志》及金代《金史·地理志》也都载有"汝州鲁山县有尧山、滍水"。清代的《水道提纲》也明确记载"沙河即滍水，源出鲁山县西境之尧山"。

尧山，山峰奇特，群峦壁立，怪石纷呈，泉瀑众多，森林茂密。是旅游、观光、避暑、疗养、科研、探险的好地方。

> 壑涧泛蓝翻黛影，
> 灵泉涌翠谢青天。
> 如蛟飞瀑诗画里，
> 仙境人间在尧山。

醉美尧山

千嶂峭幽紫气旋，
万崖叠翠荡云烟。
俯身览尽天涯美，
抬手摘来星月还。

1990 年 7 月 6 日夜
写于汝州市

仰山风韵

411

骊山感怀

（外一首）

骊山，唐朝时名昭应山、会昌山。位于西安临潼城南。

骊山是秦岭的支脉，由东、西绣岭组成。最高海拔 1302 米。骊山自然景观秀丽，文物胜迹众多。最著名的有：华清池、烽火台、老母殿、晚照亭、兵谏亭、上善湖、七夕桥、尚德宛、三元洞等等。周、秦、唐、汉以来，骊山一直是皇家园林，离宫别墅。

上古时，女娲在这里炼石补天；西周末年，周幽王在此上演了"烽火戏诸侯"的历史典故；秦始皇在骊山留下了闻名世界的兵马俑军阵；盛唐时，唐玄宗与杨贵妃在这里演绎了凄美的爱情故事；现代史上，著名的"西安事变"，也发生在骊山……骊山，是中华民族历史脉络的见证。

"骊山云树郁苍苍，历尽周秦与汉唐。一脉温汤流日夜，几杯荒冢掩皇王"。郭沫若先生的诗句，恰到好处地诉说着骊山的历史。这里早已成为一处令人神往的地方。

曾经霓羽舞飞虹，
龙隐凤翔楼已空。
只有骊山依旧在，
几多灰鸦咽故宫。

绣岭晚照

锦绣骊山云霞间，
郁郁葱葱胜江南。

月满华清映宫阙，
我乘荷风下长安。

1990 年 5 月 5 日
写于西安华清池

仰山风韵

问道塔云山

塔云山，从秦岭的千万座山峰中脱颖而出，号称秦岭"第一仙山"。

塔云山主峰金顶海拔 1665.8 米，形似宝塔，孤傲于群峰之上，直耸云端，素有"金顶刺青天，松海云雾间"的美誉。

塔云山上有建于明正德年间（1506—1521 年）的道教古建筑群，其中金顶观音殿建于塔云山万仞绝顶之上，三面悬于万丈深渊，令人叹为观止，被称为"秦楚一柱，绝顶道观"。

走进塔云山，放下重重思绪，感受大自然，用悠然自得的心境，饱览险峰无限风光。此时，世俗之气会荡然无存。

遥望金顶耸云天，
登临至此已升仙。
放眼秦川八百里，
胸怀日月九亿丹。
滚滚浮云在脚下，
浩浩清风驻胸间。
问道塔云千年颂，
华夏龙魂万代传。

1990 年 3 月 27 日
作于陕西柴坪镇

玲珑五女山

风光绮丽的五女山，在辽宁桓仁满族自治县境内。相传唐朝时，有五女屯兵其上，故称此山为五女山。

五女山山高千仞，两峰对峙，十分雄险。主峰海拔824米，酷似玲珑翠屏，四周悬崖峭壁，山顶地势平坦。依山势而建的五女山山城，曾是高句丽民族的开国都城，实为易守难攻之地。出土的大量文物佐证，五女山山城在唐、辽、金、元、明等朝代均曾驻兵或有部族聚居。现五女山山城与吉林集安市的高句丽遗址一起，已经被列入《世界遗产名录》。

五女山景色秀美。飞来峰独树一帜，一线天幽壑深远，登上太极亭，可观山下川流迂曲；走进点将台，可观桓龙湖（辽宁省最大的水库，蓄水约34亿立方米）卧踞足下……

闻名遐迩的五女山，早已成为桓仁的美景之冠。

玲珑五女山，
耸立绿水前。
碧空升明月，
龙湖佑丰年。
信步在仙境，
神魂已倒颠。
把酒话美景，
欲诗却忘言。

1989年9月2日
於本溪五女山上

仰山风韵

415

晨登首阳山

（外一首）

首阳山，是秦岭北坡著名高峰，海拔 2719.8 米，在周至县境内，东距西安 60 公里。因"日出之初，光必先得"而名。

首阳山之所以名闻遐迩，当与商朝末年的伯夷、叔齐有关。

清晨，站在首阳山顶，向东眺望，只见霞光如涂，斑斓绚丽，一轮红日，喷薄而出；北望滔滔黄河，汹涌奔腾，直射东海；南眺中岳，群峰逶迤；西瞻古都，伊阙朦胧……

首阳山，是每个清朗的早晨，都可以最先向太阳行注目礼的地方。

谁言高枕可无忧？
脚下黄河日夜流。
云上精灵光先得，
秦川山水亿千秋。

首阳山述怀

晨曦初露首阳山，
飞墨轻描染叠峦。
二贤有志弃周粟，
今辈无虞兴华天。

1989 年 5 月 6 日
作于西安市

416

赏海棠山

（两首）

坐落在阜新市东南部的海棠山，史称沙日彻其格图山，属医巫闾山余脉。这是一座集自然风光、宗教文化和民俗民风为一体的国家级自然保护区和 4A 级旅游景区。主峰海拔 715.5 米。

海棠山上的摩崖造像千姿百态，逼真传神，现保存完好的雕刻佛像有 260 多尊；建于清康熙二十二年（1683 年）的普安寺，是东方藏传佛教中心，素有"小布达拉宫"之称。

在海棠山，春赏樱花，夏听蝉鸣，秋品红叶，冬踏白雪，实在是一件很惬意的活动。

周日，在好友黄之峰副市长的陪同下，赏游海棠山。感赋：

其一

如斯圣地海棠山，
佛国慈悲在人间。
宝刹自尊云上立，
红日普照启韬涵。

其二

漫山葱茏碧连天，
溪水轻唱落日圆。
农家小院炊烟起，
疑是身在桃花源。

2008 年 8 月 17 日夜
於辽宁阜新

仰山风韵

游黔灵山

（三首）

素有"黔南第一山"之称的黔灵山，原名大罗山。

清康熙十一年（公元 1672 年），赤松和尚云游到此，见大罗岭众山间有块平地，便向当地大罗木寨民化缘求捐，结庵建寺，初名"黔灵山寺"。大罗岭因此寺而改名为"黔灵山"，意为"贵州之灵山也"，沿用至今。后来，赤松和尚将黔灵山寺改名为"弘福寺"。

黔灵山，距贵阳市中心只有 1.5 公里，面积约 426 万平方米。集自然风光、文物古迹、民俗风情于一山。有弘福寺、黔灵湖、白象岭、象王山、三岭湾、麒麟洞、古佛洞、七星潭等名胜古迹。

黔灵山"贵在城中，美在自然"，而深受人们的喜爱。

其一

几处江山几处云，
一方水土一方人。
神州胜景各千秋，
黔灵山秀无可寻。

其二

心存广宇眷河山，
佛光普照越千年。
善男信女撞钟响，
因果逢缘自悟禅。

其三

宝刹深藏灵山中，
梵音飘荡若离宫。
依山远眺心难静，
谁解玉树生香风。

1989 年 3 月 5 日夜
写于贵阳宾馆

仰山风韵

大佛乐山

一座山雕成一尊佛，一尊佛就是一座山，可谓人间奇迹。

乐山大佛，又称"凌云大佛"，为弥勒坐像，通高 71 米，是中国最大的一尊摩崖石刻造像。开凿于唐开元元年（公元 713 年），完成于贞元十九年（公元 803 年），历时 90 年。

大佛，使乐山声名远扬。乐山大佛，大佛乐山。正是！

九莲盛放三江边①，

弥勒端坐恋乐山。

大佛巍峨腾紫气，

栈道凌云接青天。

渔帆点点飞白鹭，

江水涛涛衔远山。

此时顿觉雅兴起，

愿效东坡对说禅②。

1988 年 9 月 18 日

作于乐山

---

① 乐山大佛坐落在大渡河、青衣江、岷江三江汇流处。大佛面对大渡河，脚下是岷江。

② 苏东坡认为：禅有三种境界，就是人生的三种形态。一是家常境界：迷而待悟；二是闲适境界：从迷到悟；三是顿悟境界：悟而无言。

雁荡山组诗

文献记载：温州雁荡山[①]，天下奇秀。

雁荡山是坐拥东海的一座名山。素有"海上名山"之誉，史称"东南第一山"。南雁荡山主峰明王峰海拔 1080 米。

雁荡山按地理位置，可分为东雁荡山、西雁荡山、南雁荡山、北雁荡山、中雁荡山五条山脉，徐霞客曾在《鸡山志》中赞叹道"匡庐之瀑，不及雁荡，独得名列四景，以人所共瞻也。"

今小驻雁荡山，被它的大美深深震撼，特记之。

访雁荡山

不辞跋涉路三千，
为访东南第一山。
俯瞰日月海上升，
方知蓬岛在人间。

雁山景

旭日腾紫烟，
晴川飞彩虹。
谁将庐山景，
移在雁荡中？

仰山风韵

---

① 雁荡山分南雁荡山和北雁荡山，分别位于温州市的西南和东北。

指顾雁荡

看取荡中多少雁，
不烦魂梦到仙山。
自笑多情总念此，
云水都在指顾中。

小龙湫①

叠山千丈势接天，
瀑泻万帘六月寒。
高悬雁荡数亿载，
不能收卷只容看。

大龙湫②

龙有灵气潜深渊，
狂泻银河若倒悬。
彩练低舞青峰下，
雪涛高涌白云间。
千年荡水风吹瀑，
百丈清流石抱泉。
感念苍生天不老，
观澜偏爱弄漪涟。

---

① 小龙湫，是北雁荡山的著名瀑布。
② 大龙湫，是北雁荡山的著名瀑布。

耕云种月

金磊夫诗词集

剪刀峰

此山乃雁荡奇景，正面看像一把剪刀，侧面看似一船帆，再转一角度看则是一擎天巨柱，故此峰有三个名字：剪刀峰、一帆峰、天柱峰。

奇山耸势各不同，
此峰变化最无穷。
形体多姿迷人眼，
摇身总有造化功。
才睹神剪裁天衣，
再看独帆满东风。
玉柱雄起乾坤壮，
尚有孤影映碧空。

夜游雁荡

入夜，天幕低垂，明月高挂。导游告诉我们：此时游赏北雁荡山最佳，景致最美。

雁荡神韵天做成，
旗展①卓笔②欲争雄。
绿染霄汉双鸾③翠，
擎起南天一柱④功。

---

① 旗展峰为北雁荡山的奇峰。
② 卓笔峰为北雁荡山的奇峰。
③ 双鸾峰为北雁荡山的奇峰。
④ 天柱峰为北雁荡山的奇峰。

仰山风韵

遥望古刹①云头立，
醉听飞瀑响晴空。
总有异景催移步，
万千气象入心中。

晨别雁荡山

雁荡鸡鸣第一声，
聚来征鸿送远朋。
今日离别带何走？
九成山色一船风。

1988 年 8 月 18 日至 20 日
记于温州瓯江宾馆

---

① 坐落在北雁荡山中的净名寺、灵岩寺、灵峰寺、能仁寺等名刹，
千百年来烟火不断。

耕云种月

金磊夫诗词集

奇妙月亮山

月亮山，有"天下名山""仙山""灵山"等雅称。它坐落在广西桂林，是阳朔境内的一大奇景。在380米高的山顶，有一个贯穿的大洞（直径约有50米），似一轮皓月高挂。所以，人们叫它明月峰，俗称月亮山。

顺着800级登山石阶可达月宫。行进过程中，从不同的角度观看，此洞的形状也不断变化。会从弯弯的上弦月，渐变成半月、圆月，继而又变成下弦月，十分奇妙。

月亮山群峰玉立，清流蜿蜒，翠竹临风，绿野平芜，风光古朴，恬静安逸，是一个含诗孕画的幽雅去处。

月应天上有，
缘何落九州。
蟾宫流寒岁，
阳朔暖春秋。
嫦娥舒琼宇，
吴刚奉桂酒。
人间无限好，
玉轮桂林留。

1987年8月15日
作于阳朔

仰山风韵

天成烟霞山

烟霞山，因常年烟雾缭绕，霞光万丈而得名。

烟霞山距南宁 100 公里，距钦州 80 公里。由红色砂岩构成，经过亿万年的流水冲刷塑造，形成巍峨独特的地形，地理学称之为"丹霞地貌"。

烟霞山拥有老子峰、擎天一柱、花龙岭等众多丹霞奇观，还有银柳瀑布、洞天瀑布、梦蝶瀑布等美景，可谓奇山妙水

走进烟霞山，果然名不虚传！

奈何烟霭随心飞，
孰料晴晖下翠微。
虚谷千般自化成，
凌空万里天公为。

1987 年 6 月 22 日於钦州

又记：

在四川达州的万源市，也有一座烟霞山。其中的古刹、古树很有名气。

426

诗酒论湖山

常言道：诗言志，酒壮胆。

诗情放，剑气豪。李白斗酒诗百篇，小民把酒敢神侃。

有了诗酒，咱就敢走江湖，就敢品江山，就敢纵横八万里，就敢上下五千年……

神仙半日品千年，
敢凭诗酒论湖山。
胸中丘壑乃天下，
心底家国两肩担。

1987 年 6 月 14 日
写于海龙镇

仰山风韵

铁岭天桥山

耕云种月 金磊夫诗词集

　　天桥山，坐落在辽宁昌图县，距县城9公里，是昌图第三高峰。

　　天桥山有南北两峰。南峰因山体怪石嶙峋，状如蜘蛛，亦称蜘蛛峰，海拔457米；北峰山形凹陷，俗称大洼峰，海拔468米。南北两峰对峙，险峻凌空。两峰山腰处有桥形山脊相连，宛若天桥，故称天桥山。桥上最险处的宽度仅容单人通过。站在桥上向下俯视，峭壁悬崖令人目眩魂惊。

　　天桥山的山姿俏美，风光秀丽，流泉飞瀑，密林遮天，天然的水、旱两个溶洞深藏其间。

　　今走进天桥山，了却了一桩心愿。

天桥傲立莽林蓁，
悬河直下水飞堤。
一路心歌随风唱，
情连南北贯东西。

1987年5月23日
作于铁岭市

千华山印象

　　千华山，亦称千山、千顶山，又称积翠山。位于辽宁省西南部，距鞍山市 17 公里，为长白山支脉。主峰 708.3 米。

　　千华山奇峰迭耸，峭壁嵯峨，虽无五岳之雄浑，却有千峰之壮美。它以独特的群体雄姿，展现出一幅无穷无尽的天然画卷。

　　古人云："识得关东千山秀，不去五岳也无悔。"说得极是！

千峰岭峻千峰奇，

百阕诗华百阕题。

飞瀑流泉传天籁，

蝶飞燕舞满香溪。

多娇四季皆入画，

禅林五座堪称奇。

自古名山多轶事，

身在其中情自迷。

1986 年 9 月 2 日
作于鞍山市

仰山风韵

429

十万大山感怀

（两首）

　　小学上地理课时，懵懂地知道，我国南方有十万大山。长大以后才知道，"十万大山"不是形容大山多得数以万计，而是一个山系（脉）的名字。"十万"是壮语"适伐"的汉语音记，意为"顶天"。"十万大山"即"适伐大山"，是"顶天的大山"之意。除此外，广西还有"九万大山"即"九怀大山""九怀"意为"水牛头""九怀大山"就是"水牛头大山"……

　　十万大山是广西最南部的一条山脉，东起钦州，西至中越边境，全长 100 多公里，宽 30 ~ 40 公里。其中有很多海拔 1000 米以上的山峰，最高峰蒔良岭 1462 米。

　　十万大山，无山不绿，无峰不秀，无石不奇绝，无水不飞泉。山高峰险，古木参天，洞府隐没，溪流潺涓，珍禽异兽遍地，奇花名药满山，是一处绝佳的旅游胜地。同时，十万大山还是一个易守难攻的军事要地。

（一）

十万大山十万峰，
一脉崛起十万雄。
顶天气势谁能挡？
男儿有志乘飞龙。

（二）

耸峰峻岭自无穷，
直插九霄云汉中。

葱茏十万边关立，
神造天化真英雄。

1986 年 4 月 29 日
写于广西钦州

仰山风韵

昆明西山

　　西山，位于昆明西郊滇池岸边，故称西山，也称碧鸡山；因山形像卧佛，又叫卧佛山。西山由华亭山、太华山、罗汉山等组成，连绵 40 多公里，平均海拔 1900 ~ 2350 米。

　　西山峰峦起伏，林木苍翠，百鸟争鸣，景色十分秀丽。在古代就有"滇中第一佳境"之誉。元代为"滇南八景"之首，明代居"云南四大名山"之冠。华亭寺、太华寺、三清阁、聂耳墓、玉兰园等古刹、名胜掩映于茂林修竹深处；龙门石窟嵌缀千仞峭壁之上，千亩石林攒列山间……。

　　西山，是昆明"金碧湖山"的象征。雄、险、奇、秀、美尽在其中。

西山有路云中旋，
扶摇直上似登天。
八百滇池别样美，
三千渔歌唱白帆。
稻谷金黄涌新浪，
琼林翠绿染峰峦。
自古昆明多灵秀，
如今处处胜江南！

1985 年 10 月 5 日
作于云南昆明

耕云种月

金磊夫诗词集

香山望远

香山，在北京西北郊小西山山脉的东麓，距城区仅20公里，是一座具有皇家园林特色的名山，也是中外闻名的北京十大景区之一。

香山公园始建于金大定二十六年（公元1186年），距今已有800多年的历史。1956年辟为人民公园，经过半个多世纪的建设，已经成为著名的旅游胜地。这里有燕京八景之一的"西山晴雪"；有集明清两代建筑风格之大成的"碧云寺"；有国内仅存的木质贴金"五百罗汉堂"；有为六世班禅喇嘛修建的行宫"宗镜大昭之庙"；有颇具江南特色的古雅庭院"见心斋"……

香山地势崛峻，峰峦叠翠，泉沛林茂。主峰香炉峰（俗称鬼见愁）海拔575米。香山历来被称作北京的西花园，是人们览胜、休闲的好去处。

直上京西第一峰，
极目皇城驭长风。
缤纷万象皆秀色，
云荡香山向远空。

1985年5月16日
於冶金部香山招待所

仰山风韵

433

耕云种月

金磊夫诗词集

奇险华石山

华石山在青海省湟源县南部，是湟源县与湟中县的界山。最高峰海拔 4289 米。从县城眺望华石山，十二峰一字排开，耸峭挺立，连峰插天。

华石山的山峰，有如被利剑从上至下直劈下来，留下陡峰平滑的剖面，猿猱尚且无法攀援，人们只能望山兴叹。形状奇异的巨石盘踞在山中，有的像雄狮傲立，有的像猴子攀岩，有的像利剑指天……

莫名的山岚，从石罅间渗透出来，从山壑中卷涌出来，从混沌的阳光中流淌出来，若隐若现，忽而像抖开的壮锦，五彩缤纷；忽然又像疾风过峡，翻卷堆雪。呼啸的山风和飞流直下的瀑布撞击声，有如天籁之音……

华石山中的奇妙，让我赞叹。而它的奇险，却让我惊叹！

华石山高云荡胸，

春深染绿岭万重。

笑煞人间疯癫客，

正攀奇险又一峰。

1985 年 4 月 20 日

作于青海湟源

访崂山

（外一首）

崂山，古时称牢山、劳山；亦称鳌山。在山东青岛市郊。它是中国海岸线第一高山，东侧悬崖面海，西侧与市区相连。

崂山滨海，崖深谷幽，风光绮丽，自古便被人们誉为"神仙之宅，灵异之府"。今访崂山，有感：

> 临海座拥万仞峰，
> 如劈似砍鬼神功。
> 欲知崂顶真面目，
> 脚踏轻风去云中。

山水情怀

> 巨石如虎[①]山中卧，
> 九曲[②]似龙天上行。
> 举杯邀月同吟唱，
> 情怀山水颂崂峰。

1984 年 6 月 19 日夜
写于青岛

---

① 山中无数上百吨的巨石横卧在溪谷中，形态多呈狮虎之势。
② 崂山以内九曲、外九曲瀑布和自然景色著称。多条瀑布从峰顶宕下，如龙行云，非常壮观。

《卜算子》咏泰山

"一览众山小"[①],
惟有"岱顶"[②]高。
"五岳独尊"[③]我作证,
"人间天上"[④]好。

"碧霞"[⑤]堪灵验,
"升仙"[⑥]独有道。
精进自有恒心在,
壮志冲九霄。

1984 年 5 月 10 日
作于泰安

耕云种月

金磊夫诗词集

---

① ② ③ ④ 为历代名家在泰山的摩崖题刻。

⑤ 碧霞祠,是泰山上的名刹之一。建在"天街"最东端的石阶上,祠内供奉碧霞天君。千百年来,香火极盛。

⑥ 升仙坊,是登山盘道中最后一座牌坊。由此处北上 150 米,即为南天门。这里的台阶十分陡峭,被称作"紧十八盘",是泰山最难攀登的地方。传说,凡能走到并过得此升仙坊的登山者,皆能成仙。

朱雀山咏志

（外一首）

朱雀山，属于长白山脉。是吉林市"四大名山"（龙潭山、白山、北山、朱雀山）之一，距吉林市南约 10 公里。因东峰有块十多米长的猪形巨石，名"魔猪石"，其后还有五只小石猪尾随，似向山顶行走。因此，朱雀山又称"猪山"。主峰寻梦峰（也叫尖刀峰，民间称猪嘴砬子）海拔 817 米。

站在朱雀山上，小丰满水电站大坝清晰可见。松花湖一碧万顷，烟波浩渺。山相拥，水相连，山情水意隔不断。

朱雀山上有魔猪痴想、石龟探海、群蛙噪春、玉兔奔月、雄狮吼天等 18 处景观，以及很多传说和动人的故事。山角崖壁上还有明代的摩崖石刻。登朱雀山，会陶醉在自然之中。我爱家乡的山！

天将朱雀向世陈，
峰险崖峭势难寻。
山拥水绕总不忘，
思念故乡情最深。

朱雀励志

今日再上朱雀山，
登峰远眺阅江川。
吾辈不忘报国志，
扬鞭快马不下鞍。

1984 年 4 月 4 日
记于吉林市

仰山风韵

青城山两首

　　青城山，在四川都江堰市境内，东距成都68公里。它历史上的名字很多，如汶山、天谷山、丈人山、赤城山、天国山等等。

　　青城山是全球道教全真道圣地，也是著名的世界文化遗产、世界自然遗产，还是中国四大道教名山之一，也是全国重点文物保护单位、国家重点风景名胜区。主峰老君阁海拔1260米。

　　青城山群峰环绕，林木葱茏。山上名胜古迹很多，古今名人诗画词赋随处可见，自古就是文人墨客探幽访胜和隐居修炼之地，被称作"神仙都会""天下第五名山"。

（一）

青秀自天成，
幽蔼积翠浓。
上清宫前望，
仙府白云中。

（二）

青城草木深，
涵养精气神。
山秀浮云霭，
水清照天恩。

1983年11月22日夜
写于青城山上

耕云种月

金磊夫诗词集

诗意横头山

横头山，位于张广才岭西麓、金代的发祥地阿城境内。主峰海拔 826 米，是哈尔滨市第一高峰。

横头山原始森林茂密，野生动、植物繁多。春有山清水秀、草长莺飞；夏有绿荫掩映、姹紫嫣红；秋有色彩斑斓、野果飘香；冬有玉树琼花、素裹银装。

来到横头山，领略它迷人的风采，呼吸它绿色的气息，采撷它丰硕的果实……那种返璞归真，古朴神秘的感觉油然而生，仿佛来到了充满诗意的人间仙境。

仙境缥缈总虚幻，
横头山水在眼前。
红日高悬绿涛上，
松风唱响彩云间。
林海涌浪涵诗意，
峰峦嵯峨荡云烟。
野花漫岭偏留梦，
生生不息千万年。

1983 年 8 月 15 日
作于哈尔滨

仰山风韵

游玄天岭

玄天岭，在吉林市区北部，主峰海拔 282 米。山虽然不高，却给我留下深刻的印象。

玄天岭上，有个直径约 20 米的"避火图"。清乾隆三年（1738年），在玄天岭上建玄帝庙，又名真武庙。吉林市古时天干物燥，尤其秋冬季节，市民生火取暖做饭，稍有不慎，便酿火灾。因当时没有得力的消防设施和消防技术，加上冬季江河封冻，除极少水井外，无水救火。便在玄天岭上建造八卦形"避火图"，取坎卦象（意为水），用这种迷信的方式，以求避免火灾。可谓用心良苦。

游玄天岭，有所感悟。

道法自然玄圣岭，
阴晴圆缺各含情。
九州大地谁能护，
万众同心保太平。

1982 年 11 月 2 日
作于吉林市龙潭

神秘卦山

卦山，在山西交城县城北约 3 公里的地方，素以"山形卦象"闻名于世。其地形地貌与太极八卦图天然吻合，爻峰环拥，卦象天成，蔚为奇观，是亿万年沧海桑田变迁中大自然的造化，也是全国绝无仅有的易学研究实体。

卦山上的松柏千姿百态，有许多神秘的传说。这里被道家视为天然道场，文化积淀非常厚重。山上还有建于唐贞观元年（公元 627 年）的天宁寺、铸铁碑、毗卢阁、唐槐等名胜古迹，融自然风光与人文景观为一体。宋代书画家米芾赞誉卦山为"第一山"。

今专程探访卦山。有感：

古刹悠悠涵唐韵，
松柏森森越千年。
山形似卦藏天机，
道德随心转坤乾。
拾阶只觉群峰近，
回首才知石径远。
移步异景留不住，
蜿蜒曲折入云端。

1982 年 4 月 30 日
写于太原市

仰山风韵

湖映横山

横山，也叫七子山，得名于山上有七个高墩（传说，高墩为春秋末期所筑的烽火墩）。还叫踞湖山、五坞山等。吴越时，山上建荐福寺，当地百姓又称其为荐福山。

横山位于苏州市西南郊，主峰海拔294.8米，为苏州第四高峰。横山与太湖对望。无论是站在山上，还是游在湖里，都会让你深切地感受到：横山青，太湖翠，山水相依，姑苏大美。

云淡天高正值秋，
轻舟放棹水上游。
黄花馥郁拥仙阁，
丹桂清香迎翠楼。
高帆顺风追阵雁，
鼋迎激浪戏群鸥。
斜阳尽染横山美，
波光辉映太湖秀。

1981年10月4日
作于苏州木渎镇

耕云种月

金磊夫诗词集

《西江月》天宝山

　　天宝山，在延边州龙井市西南，位于祖国东北边陲长白山腹地，总面积 2 万平方公里。

　　天宝山峰林高耸，气势拔天，特别是矿产资源十分丰富。新中国成立初期，全国的八大矿山之一——天宝山铅锌矿，就坐落在这个大山里。

大山纵横十万，
峰峘争高竞险。
巅顶极目看世界，
道是天外有天。

心中蕴藏宝藏，
不畏开拓艰难。
笑洒汗水攀高峰，
敢与大山比肩。

1981 年 6 月 28 日
作于天宝山铅锌矿

仰山风韵

443

如愿九嶷山

　　九嶷山，又名苍梧山，位于湖南永州市。它南接罗浮山，北连衡岳，纵横2000余里。九峰耸立，且峰峰相似难以区别，故名。主峰畚箕窝海拔1985米。九嶷山山峦叠嶂，深邃幽奇。斑竹、石枞、香杉被称为"九嶷三宝"。

　　据史载，舜帝巡狩崩于苍梧并葬在此山。秦始皇、汉武帝都曾到九嶷山望祀虞舜。千百年来，屈原、司马迁、李白、李商隐、徐霞客等文人墨客先后登临九嶷山，留下了很多诗词歌赋和动人的故事。

　　一代伟人毛泽东在这里写下了"九嶷山上白云飞，帝子乘风下翠微"的壮丽诗篇。心仪九嶷山已久，今日终如愿。

　　记此游感。

<blockquote>
九嶷盼君翠连环，
我恐山高不可攀。
昨夜有梦顺天意，
今日相拥揖礼还。
苍苍古木岚峰上，
袅袅香烟御座前。
</blockquote>

玉凤迎宾百鸟唱，
盘龙飞天携众仙。
真情若未悲天地，
谁令斑竹泪不干。
奇峰秀水看不尽，
诚留墨客赋诗篇。

1981 年 5 月 22 日
作于九嶷山上

仰山风韵

神奇光雾山

（外一首）

　　光雾山，在四川与陕西交界的巴中市南江县境内，地处我国南北气候分界线上，是冷暖气候的交汇处。所以，光雾山"既是南方的北方，也是北方的南方"。

　　光雾山常年多雾。歌谣"光在山里穿，雾在山中缠"，是对光雾山最逼真的写照。光雾山的雾时而浓厚如墨，时而淡薄似纱。这里，光是山的精灵，雾是山的身影，雾锁大山山穿雾，根本分不清谁是主角。

　　光雾山不但神奇而且有魂。它吐雾似云而非云，它伟岸非神却似神。光雾山就这般奇妙地耸立在我的记忆中。

借问山名意何哉？
风扬岚缠出云海。
若言光雾山之妙，
答案当从景像来。

感悟大山

看山其实不在山，
心中有山自极天。
山有灵犀偏爱我？
还是我更爱大山？

1980 年 9 月 19 日
作于巴中南江

清凉山风月

南京清凉山，古称石头山（又称石首山），位于南京城西的长江边上。因山中建有清凉寺而得名。

滚滚长江直逼清凉山西南麓，江水的冲击拍打形成悬崖峭壁，使清凉山成为江防要塞，自古就是兵家必争之地。

吴帝孙权在此建石头城。至今，在一些古书里仍可看到称南京为"石头城"的记载。

今到清凉山，并未感觉到天气清凉。而是深深感受到了春秋硝烟，历史过往，世态炎凉……

笔峰叠翠接碧空，
旌旗旖旎拂天风。
石头山上饫眼望，
千古兴亡慨叹中。

1980 年 6 月 28 日
作于南京

仰山风韵

447

小兴安岭秋韵

（外一首）

小兴安岭，是亚洲东北部兴安岭山系的山脉之一，它不是一座山的名字，而是松花江以北山地的总称。

小兴安岭，又称"东兴安岭"，也叫"布伦山"。呈西北—东南走向，西北连接大兴安岭，与大兴安岭形成人字形架构，耸立在广阔的东北平原上。小兴安岭南北长约450公里，东西宽约210公里，最高峰平顶山海拔1429米。

小兴安岭是我国重点用材林基地，素有"红松故乡"之称。小兴安岭的矿产资源和野生动植物资源也十分丰富。

秋天到小兴安岭，会让你深刻领略什么才是真正的天高云淡、色彩斑斓；什么才叫叠彩流金、层林尽染。这时不仅能够享受视觉盛宴，而且还可以大饱口福。山梨、山果、山葡萄、野榛子、野核桃，新鲜的蘑菇、木耳……应有尽有。

如果说，五岳归来仍看山，那一定是秋天的小兴安岭！

峰秀岭丹溪水潺，

林涛奔涌醉群山。

千娇百媚舞秋色，

枫叶燃情漫兴安。

岭上秋月

云舞风吹唱自然，
溪流瀑泻奏和旋。
松涛轻吟欢乐颂，
布伦胜似伊甸园①。

1979 年 9 月 20 日午
作于伊春市

---

① 《圣经》记载：伊甸园是上帝为亚当、夏娃创造的生活乐园。

情恋齐云山

（两首）

  齐云山位于安徽黄山市休宁县城西 15 公里处，面积 110 平方公里。古称白岳，因遥观山顶与云平齐而得名。主要由齐云、白岳、岐山、万寿等 9 座山峰组成。

  齐云山与龙虎山、青城山、武当山并称中国道教四大名山，也是著名的五大仙山之一。山上有奇峰 36 座，怪崖 72 处，幽洞 18 个，庵观祠庙 33 处，摩崖碑刻 537 处。山顶每年有 260 多天云雾缭绕。山中有明嘉靖皇帝敕建的"玄天太素宫"。

  齐云山集丹霞地貌、道教文化、摩崖石刻和田园风光于一体，形成一幅壮丽恢宏的山水画卷。难怪徐霞客一生三次来此。乾隆赞誉齐云山为"天下无双胜地，江南第一名山"。

  登临齐云山，有感：

其一

巍然高耸与天齐，
举目苍穹日月低。
大鹏无期飞南北，
清风难以过东西。

其二

山做香炉云似烟，
嵯峨玉观隐千年。
幸临摩崖探胜迹，
人在归途心未还。

1979 年 5 月 23 日
作于安徽休宁

后记：
　　1994 年齐云山被批准为"国家重点风景名胜区"。

仰山风韵

《西江月》重上北山

　　吉林市的北山，被乾隆皇帝称作"天下第一江山"，并御笔题写匾额，至今悬挂在山门的牌楼上。

　　北山是我读书时最爱去的地方。此次公务来吉林，夜雨。次日晨，迎着东方初霞，重上北山。特记之：

> 雨洗松柏滴翠，
> 风摆杨柳轻飞。
> 亭阁殿宇朱似火，
> 更显北山壮美。
>
> 高台云缭雾绕，
> 低湖水碧波辉。
> 锦绣江山迷人醉，
> 风光天下夺魁。

1978 年 6 月 6 日晨
写于吉林北山

通化玉皇山两首

玉皇山，在通化市东北隅的浑江之畔，平均海拔430米。因1887年（清光绪三年）在山上建玉皇阁，而名玉皇山。

1975年我毕业后，被分配到通化钢铁总厂（吉林省最大的钢铁企业）工作。从此，与玉皇山结下了缘分。

玉皇山春翠夏黛，秋叶冬雪，都独具特色。这座山是我和朋友们周末经常游玩的地方，留下了许多美好的记忆！

霞拥玉皇山

江水绕岭自向东，
大山擎天力无穷。
欲问锦绣何处寻，
玉皇峰顶霞正红。

胜似桃源

浑江扬波润桑田，
玉皇耸峰荡飞烟。
通钢就在云深处，
绿水青山胜桃源。

1978年5月22日
作于玉皇山上

仰山风韵

威虎山记忆

（外一首）

　　说起海林市，知道的人不多。可提起威虎山，却无人不晓。威虎山在海林市的北面，距牡丹江市区仅一山之隔，是张广才岭的余脉，最高峰海拔 757 米。

　　我中学时读小说《林海雪原》，知道在天寒地冻的东北有个威虎山。在威虎山的深山老林里，是三代惯匪"座山雕"的老巢。1947 年春，中国人民解放军小分队进山剿匪，智勇双全的英雄侦察员杨子荣，假扮土匪，深入虎穴，与小分队里应外合，智歼全部匪徒。这个故事，至今仍记忆犹新。

　　威虎山，林海茫茫，狼嗥虎啸。虽然春夏季节也风光秀丽，但时间很短。这里冬季漫长，白雪皑皑，冰封千里。

　　今天，登上威虎山顶，顿觉"向前半步山高路险，回首一笑地阔天宽"。南望群山，北眺江川，游目驰怀，遐想万千。

威如泰岳尊飞虎，

动积岚烟藏卧龙。

云拥林涛生别趣，

风倾雪原耸高峰。

打虎上山

茫茫林海雪压松，

拳拳丹心碧血红。

深入虎穴擒顽匪，
孤胆英雄杨子荣。

1977 年 12 月 18 日夜
於黑龙江海林

仰山风韵

玉皇山咏怀

——写给自己的生日

登峰四百旋，
扶摇云海间。
岂是最高处？
还有山外山。

更上一层楼，
快马再加鞭。
胸有凌云志，
无高不可攀！

1977 年 7 月 8 日（农历五月二十二日）
时 25 周岁写于通化市

《耕云种月——金磊夫诗词集》后记

《耕云种月——金磊夫诗词集》出版，我刚好七十周岁。

半个多世纪以来，坚持利用业余时间幽情逸韵地咬文嚼字，挥笔习作，并且乐此不疲。这种对文学、对诗词放不下、舍不得、忘不了的情结，也算得上痴迷。笔耕不辍的动力源于对祖国优秀传统文化的热爱，对神州江山的眷恋，对美好生活的憧憬和对文学的爱好。

五十多年里，经历了三年自然灾害、"文化大革命"、上山下乡、工农兵上大学，特别是改革开放和全面建成小康社会，看到了国家日新月异的变化和致力于中华民族伟大复兴的历史进程，以及在这个过程中涌现的新事物、新气象和可歌可泣的时代英雄，这些为我的诗词创作提供了取之不尽的素材。正是"文章均得江山助，人杰地灵入卷来"。

神州万里，江山锦绣。泱泱华夏五千年，历史

仰山风韵

厚重，人文荟萃，天宝物华。新中国成立以后，尤其是改革开放以来，我国发生了翻天覆地的巨变。出生在这样一个文明灿烂的国度，生活在这样伟大变革的时代，我引以为自豪。传承中华文明，为波澜壮阔的中国文学瀚海增添一朵浪花，是吾辈应尽的责任。

于何本之？于何原之？于何用之？就是要努力创作符合史实、符合社会发展、符合国家利益、符合大众诉求的时代作品。孔子曾说过："质胜文则野，文胜质则史。文质彬彬，然后君子。"这里的质，是人类朴素的本质，也是文学的本体，可以理解为是作品的质量；这里所说的文，是指文化的积累及文化的修养，是文明的具体呈现，可以理解为是作品蕴含的精神文化气息；这里要求的"文质彬彬"，即文化的发展、个人修养要与人类的本质、社会的发展相适应、相协调。作为文学爱好者，努力创作好的作品，热情讴歌伟大时代，积极推动社会进步，不断丰富文学宝库，才无愧于炎黄子孙。

王蒙先生说得好，只有既喜欢文学更热爱生活，并能从生活中直接获得灵感、启悟、经验与刺激，从生活中汲取智慧、情趣、形象与语言的人，才能

创造出优秀的文学作品。生活是诗词创作的唯一源泉，在这方面，我有深刻的体会，"五十余年妄学诗，工夫深处独心知。经岁挥笔寒灯下，始是金丹换骨时。"欲学诗，功夫在诗外！

"天籁自鸣天趣足，好诗不过近人情"，一语天然万古新，豪华落尽见真淳。如果《耕云种月——金磊夫诗词集》能在读者心底引发一点点波澜、一点点思索、一点点共鸣，乃笔者初心，我会因此感到莫大的慰藉。

……

回首过往，感慨万千。非常感谢我的各位老师和各位领导，是你们把我教育、培养、锻炼成一个做人磊落、做事勤奋的国家机关干部；特别感谢周嘉楠、张训毅、董贻正三位先生和赵炜阿姨，你们是我人生的伯乐，终生难忘。

感谢我所有的老同学、老同事、老朋友们，是你们的相扶相助、激励和陪伴，使我能够不断成长、进步，愉快地走到今天。

感谢父母对我的养育之恩和言传身教，感谢妻子和弟弟、妹妹及所有的亲人们，对我无微不至的关心照顾和全力支持。

仰山风韵

459

借此，还要特别感谢中宣部原副部长、中央精神文明委办公室主任、中国文联党组书记、中国文联副主席胡振民先生为本书题写书名；特别感谢中央文史研究馆馆员、《光明日报》原副总编辑、国务院参事室新闻顾问赵德润先生和企业家日报社党委副书记李丙驹先生为本书作序。

由衷感谢《诗刊》杂志社原副总编辑、鲁迅文学院常务副院长雷抒雁先生，华光书画院副院长爱新觉罗·兆瑞先生，军旅书画家于凉将军，中华诗词学会原常务副会长、《中华诗词》杂志社社长、著名诗人、书法家梁东先生，冶金工业出版社原党委书记、社长曹胜利先生，国创书院院长、梁代书法艺术馆馆长梁代博士和著名书画家王岐、路德怀、何涛、张思科、赵人勤、胡瀚林、战国权、孔祥美、康国栋等各位先生为本书题字。

感谢冶金工业出版社对本书出版的大力支持和为此所做的辛勤工作。

亲爱的读者和各位朋友，我们下本书再见！

2022 年 6 月 14 日於北京

耕雲種月 金磊夫诗词集

澄怀雅情

金磊夫 著

北 京
冶金工业出版社
2024

图书在版编目（CIP）数据

耕云种月：金磊夫诗词集 . 澄怀雅情 / 金磊夫著 . —北京：冶金工业
出版社，2024. 7. —ISBN 978-7-5024-9723-1

Ⅰ. I227

中国国家版本馆 CIP 数据核字第 2024R9D927 号

耕云种月——金磊夫诗词集　澄怀雅情

出版发行	冶金工业出版社	**电　话**	（010）64027926
地　　址	北京市东城区嵩祝院北巷 39 号	**邮　编**	100009
网　　址	www.mip1953.com	**电子信箱**	service@mip1953.com

责任编辑　曾　媛　美术编辑　彭子赫　版式设计　彭子赫
责任校对　石　静　责任印制　禹　蕊
三河市双峰印刷装订有限公司印刷
2024 年 7 月第 1 版，2024 年 7 月第 1 次印刷
710mm×1000mm　1/16；32 印张；532 千字；447 页
定价 198.00 元（全三册）

投稿电话　（010）64027932　投稿信箱　tougao@cnmip.com.cn
营销中心电话　（010）64044283
冶金工业出版社天猫旗舰店　yjgycbs.tmall.com
（本书如有印装质量问题，本社营销中心负责退换）

金磊夫，高级经济师。1952年6月出生在吉林省海龙县海龙镇的一个教育世家。

他1968年初中毕业后到农村插队，1971年招工进厂，又四次读大学，学理工、学管理、学经济、学法律。先后在通化钢铁总厂、吉林省冶金厅、武汉钢铁集团公司、冶金工业部、国家安全生产监督管理总局工作。当过知青、做过普通工人、担任过技术员。曾任吉林省冶金厅处长，武汉钢铁集团公司总经理助理，冶金部经济研究中心副主任，冶金部政策研究室主任，国家安监总局监管三司、政策法规司负责人、宣教中心主任、机关党委副书记、纪委书记等职务。离开工作岗位后，

投身公益慈善事业，任中国煤矿尘肺病防治基金会副理事长，现为国务院安委会专家咨询委员会专家，清华大学继续教育学院顾问，中国地质大学、吉林建筑大学教授。

他喜欢文学，少年时就有一个梦想：长大了当个诗人。步入社会以后，无论是务农、当工人、搞技术还是从政，工作之余始终没有放弃对文学的眷恋和对诗词的爱好，坚持习作，笔耕从未停歇。从20世纪60年代至今，创作诗词、诗歌、散文4000多首（篇），其中在报刊、杂志、广播等媒体上发表作品500多首（篇），深受广大读者的喜爱。他是中国冶金作家协会会员、中国煤矿作家协会会员、中华诗词学会会员。

他说："对人生来讲，必要的文学修养、艺术修养与道德修养、理论修养同样重要。中华民族的优秀文化，能够陶冶情操，聪慧心志，修炼人格，高尚行为，使人成为自己精神世界中独立的力量。"

与文学相伴，生活、工作在对真、善、美的追求中，乐观向上、从容自信、磊落豁达，成就了金磊夫先生的诗意人生！

"风雅颂"的传承与创新

——《耕云种月——金磊夫诗词集》序

　　中国是个崇尚诗歌的文明古国，从诗经、楚辞到汉乐府诗集，从唐诗、宋词到元曲，脍炙人口的诗词歌赋家喻户晓；一代又一代的著名诗人，数不胜数、灿若群星。近现代以来，古体诗词与现代诗歌互相映衬，相得益彰。历代诗人不仅为中国文化增添了举世瞩目的光辉，他们的传世之作更是中华文明乃至世界文明的重要组成部分。

　　习近平主席指出："一个国家、一个民族的强盛，总是以文化兴盛为支撑的，中华民族伟大复兴需要以中华文化发展繁荣为条件。"他十分重视已融入我们民族血脉的古诗文经典的传承。1990年担任福州市委书记时，夜读穆青、冯健、周原《人民呼唤焦裕禄》一文，曾含泪写下《念奴娇·追思焦裕禄》。党的十八大以来，他强调弘扬中华优秀传统文化，对古今中外优秀文化资源兼收并蓄，善于引

澄怀雅情

用诗词典故生动诠释执政理念和治国思想，已成为习近平话语体系的重要特色和魅力所在。

中国诗歌有记载的历史可以追溯到 3000 多年前。最早的诗歌总集《诗经》堪称中国古代诗歌的开端。《诗经》收集了西周初年至春秋中叶诗歌 300 余篇，反映了五百多年间色彩斑斓而又纷繁复杂的社会风貌。内容分为《风》《雅》《颂》三部分：《风》即周代各地的歌谣,《雅》是周人的雅乐,《颂》是周王室和贵族宗庙祭祀的乐歌。孔子曾教育弟子读《诗经》以作为立言、立行的标准。《诗经》与《尚书》《礼记》《周易》《春秋》合称五部儒家经典，成为我国封建时代数千年中必读的教科书。

诗人金磊夫是我吉林同乡好友，他出身于教育世家，少年时代就爱好文学，涉足诗歌、散文创作。即使后来调任冶金工业部和国家安全生产监管总局担任领导工作，也没有忘记坚持了数十年的业余爱好：研读和创作诗词。磊夫小我 6 岁，今年刚进入杖国之年。他应朋友之邀，从五十年来创作的 4000 多首诗词作品中精选 1320 首，结集出版《耕云种月——金磊夫诗词集》。这些作品，创作时间从 20 世纪 60 年代末到 21 世纪 20 年代初，跨越了半个多世纪。磊夫诗词集分为三部，第一部《仰山风韵》，第二部《澄怀雅情》，第三部《思逸颂歌》。每部诗词集的名字分别嵌入"风""雅""颂"三字，体现了磊夫对古代经典《诗经》的尊崇和在自己的诗词创作中对古代先贤的传承。

磊夫是个热爱生活和充满激情的人。他从"还不十分清楚诗词歌赋写作要领"的青少年时期就开始走上诗词创作之路，经过对唐诗宋词的背诵和刻苦研读、结合自己的创作实践，虚心地向启功、雷抒雁、爱新觉罗·兆瑞等多位先生学习或当面求教，他的文学素养和诗词创作水平在不断提高。诗词创作是真情实感的抒发和表达。从一定意义上说，没有情感的抒发就没有诗篇。很难想象，一个"看破红尘"、在生活中处处"无所谓"的人，能够写出好的诗词来。正如磊夫所说，这五十多年间，尤其是最近三十年，他的很多作品不是写出来的，而是从心里流淌出来的，是沛然从胸中迸发出来的。

诗词歌赋是从文学和艺术角度记录历史和时代。出版诗词集是否要保留作品的原汁原味？实际上出版摄影集、书画集都有类似的问题。作品集出版前进行必要的订正、润色无可厚非，而对过去的

澄怀雅情

作品推倒重来或"落架大修"则大可不必！磊夫认为，一个时代有一个时代创作的背景和土壤，"原装"地拿出来奉献给大家，可以让读者从中了解中国社会的变革和作者的情思脉络以及个人的成长过程。原汁原味才能真实地反映不同的时代特点和这个社会背景下之真我。包括诗词歌赋在内的文学艺术作品，正如摄影家、书画家出画册，不必用今天的镜头和笔墨重新修改往日的充满真情也许略显稚嫩的作品。

继承和创新是我和磊夫交流最多的话题。创新是诗歌和一切文学样式的生命。然而，这种创新是继承基础上的创新。从历史发展的眼光来看，各个时代都有诗歌领域领异标新的人物，诗歌也应随着时代不断创新发展。清初赵翼的《论诗》，反映了作者贵在创新的主张："李杜诗篇万口传，至今已觉不新鲜。江山代有才人出，各领风骚数百年。"一句"万口传"，评价了李白、杜甫在诗歌创作上无与伦比的成就。陡然笔锋一转，一句"不新鲜"又强调了诗歌创作要不断推陈出新。

这里的创新，并非是对"已觉不新鲜"的简单否定，而是在学习借鉴继承基础上的创新，无论后来的创新是否能够实现对前者的超越。然而，"李杜诗篇"之所以"万口传"，因为当初就是创新的诗篇。创新的诗篇成为优秀的传统得到继承，又在继承的基础上实现新的创新。毋庸置疑，"李杜诗篇"和一切优秀的诗篇都是需要继承的经典，这样的经典是需要"学而时习之，温故而知新"的。

谈到诗词格律的传承和创新问题，我和磊夫都赞成"求正容变"的原则。我们都读过启功先生《诗文声律论稿》，赞赏先生谈到的古典诗文在声律上的特点和优点，同意他提出的"平仄须严守，押韵可放宽"。启功先生说："我认为作古典诗词就应该充分发挥古典诗词的优点和特色，这首先体现在优美的格律上。""特别是律诗和使用律句的词，一定要坚持这些固有的原则。但随着时代的发展，也应做一些技术上的调整。"先生讲的正是求正容变的道理。

提倡诗词歌赋的继承创新和求正容变，必然造就诗坛词坛不断推陈出新和诗人不同风格。同样是描绘和吟诵一千年前宋朝的雨：苏东坡眼里"黑云翻墨未遮山，白雨跳珠乱入船。"黄庭坚笔下"半烟半雨溪桥畔，渔人醉着无人唤。"李清照则是"昨

澄怀雅情

夜雨疏风骤，浓睡不消残酒。"不同的诗人，不同的意境，不同的观察，不同的感受，写下的不同的诗句，却都留下了千古绝唱。

读磊夫的诗词，强烈地感受到一种发自肺腑的家国情怀和人生感悟。他的诗词题材丰富，意境深远。《仰山风韵》是磊夫诗词集的第一部。500首作品中，抒情地描写了他去过的270多座大山。我也喜欢祖国山河，自认为到过的几十座大山已属不少，和磊夫一比简直不可同日而语。他到的大山既有黄山、庐山、雁荡山，东岳泰山、西岳华山、中岳嵩山、南岳衡山、北岳恒山，也有革命圣地井冈山、延安宝塔山、红军走过的夹金山、六盘山，胸中丘壑化作笔底烟霞，化作对祖国大好河山、革命丰功伟业的热情讴歌。在《澄怀雅情》《思逸颂歌》两部作品中，涉猎的内容更为广泛，表现的手法更为灵动。他对生活的观察、体验和思考细致而又深刻，大到国内外大事，小到朋友聚会，总有诗词吟诵。琴、棋、书、画、诗、酒、花、茶，是中国传统文化的雅事。磊夫每逢雅事都有吟咏，且往往有神来之笔。饮酒赋诗，正所谓"一觞一咏，亦足以畅叙幽情"。

耕云种月

金磊夫诗词集

我们生活在中华民族从站起来、富起来到强起来，走向伟大复兴的时代。伟大的时代呼唤诗词的经典和大家。在不同的历史时期，诗人在讴歌，讴歌祖国大好河山，讴歌党和人民丰功伟绩；诗人在呼唤，呼唤人性的真善美，呼唤社会的公平正义；诗人在呐喊，呼吁和提醒人们克服世俗观念，以开阔的胸襟、高尚的情操、美好的追求，为时代也为人生增添色彩。我认为，"弘扬经典、推崇大家"并非作为一个口号和目标束之高阁、可望不可即，而是体现在包括磊夫诗词集在内的文学艺术精品的不懈努力之中。

赵德润

（中央文史研究馆馆员、《光明日报》原副总编辑、国务院参事室新闻顾问）

2022 年 6 月於北京

澄怀雅情

7

诗的史记　史记的诗

读《耕云种月——金磊夫诗词集》有感·代序

　　摆在我面前的这套《耕云种月——金磊夫诗词集》，仅从 1320 首诗词歌赋这个数量看，就让人顿生"面朝大海，春暖花开"的感慨和激动。这种印象绝不是溢美之词，因为一旦走进这些作品，好似走进了深邃的思维空间，如同进入了美轮美奂的艺术殿堂，仿佛置身于雄伟壮阔的锦绣河山……品读这样的文学作品，你很难不与其思维共振、感情共鸣、心心相印。

　　难能可贵的是，磊夫先生在繁忙的工作之余，50 多年坚持业余创作，日积月累的诗词竟有 4000 多首，堪称"著作等身"，令人刮目相看。加之他重德厚义，感情浓烈，才思敏捷，文字清秀，语言明快，作品音节整齐，韵律和谐，且又是经过精心

澄怀雅情

选编的这部《耕云种月——金磊夫诗词集》，更是让人醍醐灌顶，欲罢不能……

说实话，为磊夫先生的这套书作序，心中难免有些班门弄斧的忐忑，若不是关系太"铁"，还真不好动笔。我与磊夫先生因工作相识多年，用他是我的良师益友来概括我俩的关系恰如其分。正因为如此，当我先睹为快地读完这部作品，即便不作序，但谈点"读后感"不仅可以而且十分应该。

让我感慨最深的是，一位年届七旬的长者，用一个"杖国之年"，让我见识了他的学识。人生七十，不用"古稀""悬车"典故，便可见其素养。磊夫先生阅历丰富，学识渊博，才华横溢；他胸怀坦荡，睿智大度，心地善良；他文质彬彬，为人厚道，儒雅俭让。其心清清，其念纯纯，其风翩翩，其神奕奕。与这样的人交友，今生足矣。

《耕云种月——金磊夫诗词集》包括《仰山风韵》《澄怀雅情》《思逸颂歌》三部。景仰高山，品势赏韵；神清心静，雅抒情怀；神思纵逸，礼颂高歌。这是磊夫先生情思和文采的集结，是神州锦绣江山的素描，是共和国流金岁月的记录。风韵、雅情、颂歌，颇有《诗经》风、雅、颂的格调，从

中不难看到磊夫先生对中华民族优秀传统文化基因的传承。

景仰名山大川，激荡家国情怀，以呕心沥血的赤诚，礼赞祖国的流金岁月，讴歌神州的锦绣江山。受磊夫先生诗情画意的感染，总觉得他作品的字里行间跳跃着一种十分清晰又难以言传的神韵；一种坚毅豁达又温婉儒雅的铁血柔情。每读过一首，就有一种荡气回肠的激情和难以忘怀的感动。

记得由著名诗人臧克家任主编的《诗刊》创刊号上，毛主席以"诗言志"题词相赠，几十年来成为现代中国诗歌的纲领性创作圭臬，一代伟人身体力行，把新中国的诗词推向了百花齐放、前程似锦的局面，使当代的诗词歌赋正在重现中华民族优秀文化的辉煌。

作为文化强国的重要力量，习近平总书记在中国作家协会"十大"上指出：文化是民族的精神命脉，文艺是时代的号角。古人说："文者，贯道之器也。"新时代、新征程是当代中国文学艺术的历史方位。广大文艺工作者要深刻把握民族复兴的时代主题，把人生追求、艺术生命同国家前途、民族命运、人民愿望紧密结合起来，以文弘业、以文培

澄怀雅情

元，以文立心、以文铸魂，把文艺创造写到民族复兴的历史上、写在人民奋斗的征程中。这些讲话精神，不管对专业或是业余的文艺工作者，都有着深刻的指导意义。

磊夫先生的诗词作品与时代旋律高度契合，50多年笔耕不辍，半个多世纪的探寻与思索，他以匹夫有责、尽心尽力的责任感、使命感，述说着对国家和民族命运的思考，记录着几代人经历的变迁，撰写了一部自20世纪60年代到今天的时代长卷。《耕云种月——金磊夫诗词集》，是诗的史记，史记的诗。历史把昨天和今天联系起来，历史把今天和明天衔接过去。我们细读磊夫先生的作品，顿感这是一部多么深沉而详实的史记，磊夫用自己独特的文学语言记录、讴歌了他经历的这段历史。

历史是一座丰碑，历史是人类进步用生命书写的人类自身的赞歌。历史给人们提供了奋斗的舞台。当人类揭示出人的奋斗规律，展现出人类的奋斗成果，人便有了战胜一切的勇气和力量，人便有了自豪和骄傲。

我为《耕云种月——金磊夫诗词集》骄傲。史蒂夫·乔布斯说过：你不可能充满预见地将生命的

片段串联起来，只有在回顾的时候才会发现这些点点滴滴的联系。所以你必须坚信你的经历会在未来的某一天连在一起。

磊夫先生成功地将此联系起来了。从 1969 年到 2022 年，共和国波澜壮阔的半个多世纪，在磊夫先生的笔下，真实、客观地记录下来，再现给人们。他思绪凝重，激情澎湃，文采飞扬，作品不断地从他的心中流淌出来。正如磊夫先生所云："《耕云种月——金磊夫诗词集》真实地记录了社会的发展变化，客观地反映了不同的时代特点和这个过程中的人们以及真实的我。"正可谓："但写真情并实境，任他埋没与流传。"

从古至今，中国诗词歌赋大体可按宋代词坛上的分法：豪放派和婉约派。纵观横察，磊夫先生的作品两派风格兼而有之。"豪放"如磊夫先生的气魄：铁路是动脉，石油就是血液；钢铁是升帐的元帅，煤炭就是地下的太阳……所有这些，在他博大的情怀中都变得随语成韵，随韵成趣，有血有肉，有思想，有力量。"婉约"如磊夫先生的情怀：他的心随神舟上天，"尧天舜地响惊雷，龙男凤女壮国威"；他的情伴航母远洋，"追风逐浪云海间，走向深蓝夙梦圆"；他的脚步在乡间、在工厂，他的思念在军营、在课堂，他的情思在华夏的每一个地方。"花韵曼妙，山河争俏。神州四季醉人，喜水长天高。"他信手拈来，口吐莲花。

他爱恋高山大川。"千峰万壑情未了，诗吟难尽此生缘"，这是他的境界；"男儿应伴山河老，铁血忠魂保国安"，这是他的情怀；"跃上葱茏八百旋，漫步凌霄万里天"，这是他的胸臆；"试问苍穹谁主宰，敢凭诗茶论江山"，这是他的豪迈。

在豪放和婉约的珠联璧合中，磊夫先生有山一样的性格，水一样的柔肠。他以宽阔的胸怀《高山飞韵》《两越昆仑》《品赏武夷山》；他以凝重的笔触《解读生命》《断想尊严》《生死守望》；他以真挚的情感《歌唱十月》《吟颂朝阳》《神州放歌》《托起太阳》；他以深邃的情思《品味人生》《咏物寄意》《诉说偶像》；他不忘《感恩》，他《淡泊》名利，他坚守《真诚》；他《礼赞胡杨》，他《给太阳敬酒》，他《和春天有个约会》，他聆听《生命的吟唱》，他轻吟《茶的随想》……

在他的笔下，既感天动地、气壮山河，又含情脉脉、灵魂舒张。"我欲凌云飞千仞，横驾长风越万里""万古人生何所有，把酒酣畅星满天""高山流水诗千首，明月清风酒一船"……磊夫先生厉行盛唐诗风；"天朗朗，爱深深，百花竞放喜煞人。世间琼质无尘染，心中长存一缕魂""花染春山同圆梦，情满人间共芳华"……磊夫先生承传宋词遗韵。这些得心应手的创作，情深义重的作品，都是磊夫先生心中流淌的歌，殊不见刀斧凿痕，足见其文学底蕴的厚重，彰显其驾驭诗词歌赋的能力和水平。

作为50多年的"文学爱好者"，磊夫先生不断有大作问世。作为新时代的"70后"，他至今笔耕不停，还在纵情高歌，其余音绕梁，不绝于耳……

心中的歌，就是永不消逝的天籁之音！磊夫先生的诗词如同一首首美妙的乐曲，就这样潺潺流入我的心田，飞溅出晶莹的水珠，形成了上述文字。

以上感言，权当为序。

企业家日报社党委副书记

2022 年 6 月於成都

澄怀雅情

《耕云种月——金磊夫诗词集》
写在前面

自从几年前，出版诗集《岁月——心中流淌的歌》以后，就有很多读者和朋友给我来信、打电话："期待着尽快看到新的集子问世"。

离开工作岗位以后，我终于有时间做这件事。整理完这套书稿，心里稍稍松了口气，总算是对大家的期许有了个交代。

《耕云种月——金磊夫诗词集》，是从我50多年利用业余时间创作的4000多首作品中选出来的，共1320首，整理编辑为3部，包括《仰山风韵》《澄怀雅情》《思逸颂歌》。创作作品的时间跨度很大，从20世纪60年代末到21世纪20年代初，经历了半个多世纪，我也从一个青少年走到了杖国之年。这些作品的表现形式和体裁，以格律诗（五言律诗、七言律诗）、绝句（五言绝句、七言

澄怀雅情

绝句）为主，也有一些词、赋和现代诗歌、散文，并有极少部分札记、随笔，还有一些应约专门创作的歌词。

我与诗词结缘，与家庭的影响有很大关系。从我爷爷那代算起，奶奶、姑奶奶，父亲、母亲、叔叔、姑姑、婶婶，到我这代的兄弟姐妹，家庭里三代人中有18位老师，被当地称作"教育世家"。父亲文学底蕴厚重，在战争年代投笔从戎，从事革命文学创作和战地宣传。受长辈的影响和家庭的熏陶，我少年时就喜欢文学，尤其对诗词、散文感兴趣，曾经梦想过长大后当个作家、做个诗人。

记得读小学的时候，给《中国少年报》投稿。当《向少先队旗敬礼》《家住柳河边》等小"豆腐块"陆续发表时，对于年少的我，无疑是一个巨大的鼓舞和激励。读初中以后，写作的积极性更高了，经常利用课余时间，给学校黑板报和广播站写稿件；也时常给当地的报社和广播电台投稿，虽然被采用的不多，但热情不减。一个中学生能这样做，确实有股"初生牛犊不怕虎"的劲头。

1968年初中毕业，我作为"知识青年"到农村"接受贫下中农再教育"。在当时的社会背景下，即便是偷偷地写作，也会被认为是"小资产阶级情调在作祟"。虽然那个时期写的东西相对少一些，但始终没有停笔。回想那段经历，真是刻骨铭心。从当时写的《知青岁月》《秋收时节》《赞春苗》《夜战》等一些作品中，可以看出那时的社会环境和自己的状态，也客观地反映了在那种特殊的背景下，我还敢坚持习作，确实有点"不合时宜"。

尽管当时把我们这批"上山下乡"的年轻人称作"知识青年"，实在是徒有虚名，初中刚读完一年级，就"停课闹革命"了，在学校的三年里没学多少知识。但毛主席诗词却能倒背如流，并且有大块的时间读王力先生的《诗词格律》，读中华书局编的《怎样用韵》《诗词鉴赏》等有关的书籍。凭自学的那点墨水，写出的东西用现在的话说纯粹"小儿科"。即便这样还能在那种环境下坚持学、坚持写，对文学的追求也算执着。

当时的我，对诗词的写作要领等并不十分明白。就是因为喜欢，对偶尔心中涌动的一点点灵感和思绪，会不知不觉地冒出几句上口的句子，把它记下来，按照诗词格律的要求，认真琢磨修改，然后大着胆子给媒体投稿。非常幸运的是有些作

澄怀雅情

品竟然能被采用。这对我是一种巨大的鼓励，加上家人的支持和热心人的帮助，极大地增强了我在这条路上前行的动力。大约如此，也就渐渐放胆写起"诗"来。

1971年从农村招工，我进入海龙县八一化工厂当徒工；1973年作为"工农兵学员"被选送到吉林冶金工业学校炼铁专业学习；1975年毕业分配到吉林省通化钢铁总厂当工人、做技术员，后来调到总厂机关从事宣传工作；1978年调入吉林省冶金厅，从事全省冶金行业的计划、规划和技术改造等工作；1982年考入长春光机学院（现长春理工大学），在管理工程专业学习；1986年任吉林省冶金厅计划处负责人。1990年又在中国政法大学在职学习。1993年调入冶金工业部，先后在政策法规司、政策研究室、科技规划司工作，其间还在中央党校在职学习两年，在武汉钢铁集团公司挂职工作了一年半。那些年，虽然岗位、职务变化比较大，但主要精力和业务始终在冶金部政策研究室的工作上。

2000年，中央国家机关机构改革，我被调到国家安全生产监督管理局，先后在监管三司、政

策法规司担任领导职务。国家安监局升格为总局后，任总局宣传教育中心主任，总局机关党委副书记、纪委书记等职务。2013年退休后，当选中国煤矿尘肺病防治基金会副理事长，投身公益慈善事业。2015年又被国务院安委会专家咨询委聘为专家。2004年至今，先后被清华大学、北京大学、中国地质大学、吉林建筑大学等高校聘为教授。现为中国冶金作家协会会员、中国煤矿作家协会会员、中华诗词学会会员。几十年来，不论当学生、做农民、当工人、从政还是离开工作岗位以后，始终没有放弃对文学的追求和对诗歌的爱好，一直坚持利用业余时间学习和创作，从未停笔。

这次选编书稿，看着眼前60多册原创作品的"手写本"，摞起来竟有近1米多高。这是多年习作的"成果"，也是个人成长的印迹，更是社会发展进步的记录。

我认为，提高诗词创作水平，仅仅停留在文学知识的范围内是不够的，它需要多方面的文化素养，包括哲学的、历史学的、社会学的、民族学的、语言学的、修辞学的、美学的、心理学的等等。多年来，我不仅重视从书本上学习，更注重向大

澄怀雅情

师们学习，注重在实际生活中历练。特别有幸的是，在学习过程中得到了启功、雷抒雁、爱新觉罗·兆瑞、赵德润、赵茂峰、王红莉、梁东、吴晓煜等多位先生的悉心指教和多方面的帮助，使我的文学修养和诗词创作水平能够不断提高。

诗词创作已经是我日常生活中很重要的内容，成为我人生的一部分。朋友们评价说："磊夫的诗情就流淌在他的血液里，他的话意就蕴涵在他的生命中。"听到这样的评价，我常常有些心跳，但这种说法还是比较客观的。实实在在地讲，这50多年间，尤其是最近30年，很多作品不是写出来的，而是从心里流淌出来的。

我觉得人的一生有此情趣爱好，可以陶冶情操，激励心志，聪慧思维，高尚行为，使人成为自己精神世界中独立的力量。诗言志，志生情，情动心。人生若没有志向，没有对生活的感悟，没有心灵的触动，对工作没有热情，对生活没有激情，对同事没有真情，对朋友没有感情，对家人没有亲情，不但写不出好的作品，也很难干好工作，生活也不会很愉快。与诗歌相伴，我生活工作在对真、善、美的追求之中，它给我带来一种积极向上、乐观自信和磊落豁达的人生。《耕云种月——金磊夫诗词集》就是最真实的写照。

这里面的作品，有一部分在中央人民广播电台、吉林人民广播电台、北京电视台以及《中国冶金报》《中国安全生产报》《中国煤炭报》《中国应急管理报》《诗刊》《中华诗词》《大众文学》《星星》《绿风》《诗歌月刊》《现代文学》《阳光》《长白山词林》《新天地》《中国老年》《当代矿工》等电台、电视台、报纸杂志以及官网上发表过，受到好评，并在"华夏最美诗词大赛""全国诗词大赛""诗词中国创作大赛"等比赛中获奖。

这个过程中，有一件自己没有料到的事情：连五线谱都不太熟悉的我，作品如何会在《中国乐坛》《中国大众音乐》等刊物上发表，并在《世纪之声大奖赛》等一些音乐比赛中获奖。原来一些作曲家喜欢我的诗词，把我发表在诗刊和其他刊物上的作品作为歌词谱上曲，使之成为歌曲，并且很受欢迎，如《托起太阳》《紫荆盛开庆团圆》等等。以致后来一些作曲家和音乐期刊专门向我约稿。庆祝解放军建军 80 周年应邀创作了《子弟兵颂》，庆祝建国 67 周年应邀创作了《华夏赞歌》等等。

诗歌使我结识了阎肃、徐沛东、谷建芬、沈尊光、陈朝汉等音乐界的老师和朋友们。所以这次选编书稿时，我特意选了一部分集中放在一起，标题就叫《歌词》。

《耕云种月——金磊夫诗词集》中，所有的作品都是原汁原味，"原装"地拿出来奉献给大家的。之所以不做任何改动，意在让读者从中了解中国社会的变革和几代人的情思脉络以及我个人的成长经历。也正因为如此，才能真实地反映不同的时代特点和这个过程中的社会发展以及当时人们的思想感情。

《耕云种月——金磊夫诗词集》分为三部：

第一部《仰山风韵》。我将专门咏颂大山的诗词作品，集中选入这一册。这部分作品共有500首，其中诗488首，词12首。

第二部《澄怀雅情》。共选入自1969年以来的诗、词520首。这部分作品的内容有描写景物的，有抒情写意的，有叙事感怀的等等，其中：律诗、绝句418首，词102首。

第三部《思逸颂歌》。选入作品300首（篇）。与前两部相比，《思逸颂歌》中的作品，创作时间

耕云种月

金磊夫诗词集

跨度最长（自 1969 年至 2022 年），表达的文学形式也比较多，有现代诗歌、歌词、散文、随笔等等。

《耕云种月——金磊夫诗词集》的出版，是我阶段性文学创作的概括，也是我对自己人生的一个小结。用世俗的观点看，担任社会公职的人，似乎应该与文学多少保持一点距离。而我却始终认为，人的一生，必要的文学修养、艺术修养与理论修养、道德修养同样重要，不可或缺。文学能够开阔人们的视野，拓展心胸，坚定信念，激发热忱，陶冶情志，不但可以为人生增添色彩，更能够为建功立业提供精神动力。高尚的情操，美好的追求，对生活、对事业都是有益的，即使对于从政的人也并非可有可无。当然，任何时候形象思维都不可以代替科学态度，想问题、做事情、干工作一定要缜密稳重、扎扎实实，这也是我始终坚持的一条原则。

回首走过的人生道路，非常感谢从小学到大学我的各位老师、同学们，工作中的各位领导、同事们以及朋友和亲人对我的培养和帮助，对我的关爱和支持。感谢伟大的时代，感谢美好的生活，感谢所有关心、爱护、理解我的人们。也感谢文

澄怀雅情

学带给我精神上的愉悦。

　　我将不负期望，站在新时代、新起点上，老骥伏枥，勤奋笔耕，为传承祖国的优秀传统文化，实现中华民族的伟大复兴，做出积极的努力。

2022 年 5 月 22 日於北京

澄怀雅情

闭门即是深山
读书随处净土

丁亥仲夏

磊夫先生 属书

抒雁

《诗刊》杂志社原副总编、鲁迅文学院
常务副院长雷抒雁先生

以時而後發
知光大也

石磊先生雅正

愛新覺羅梅瑞

中国书画艺术委员会终身会员、华光书画院
副院长爱新觉罗·兆瑞先生

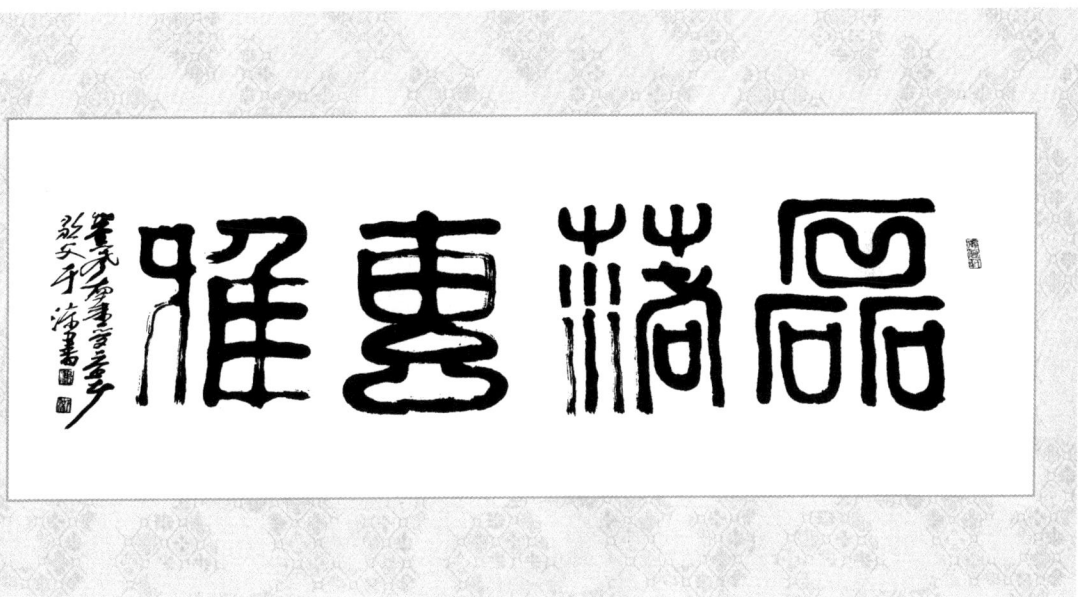

军旅书画家于凉将军

肩挑日月
胸怀天地

磊夫先生雅属

山华

中央党校出版社美编室主任、中国名家画院院长王岐先生

龍騰雲霄

中国当代书画艺术协会副主席、《当代书画》杂志社副主编、
军旅书法家路德怀先生

中原书画研究院高级院士、中国青少年书法协会
常务理事赵人勤先生

胸中丘壑

笔底烟霞

为磊夫诗词集草成

壬寅春月瀚林署京华

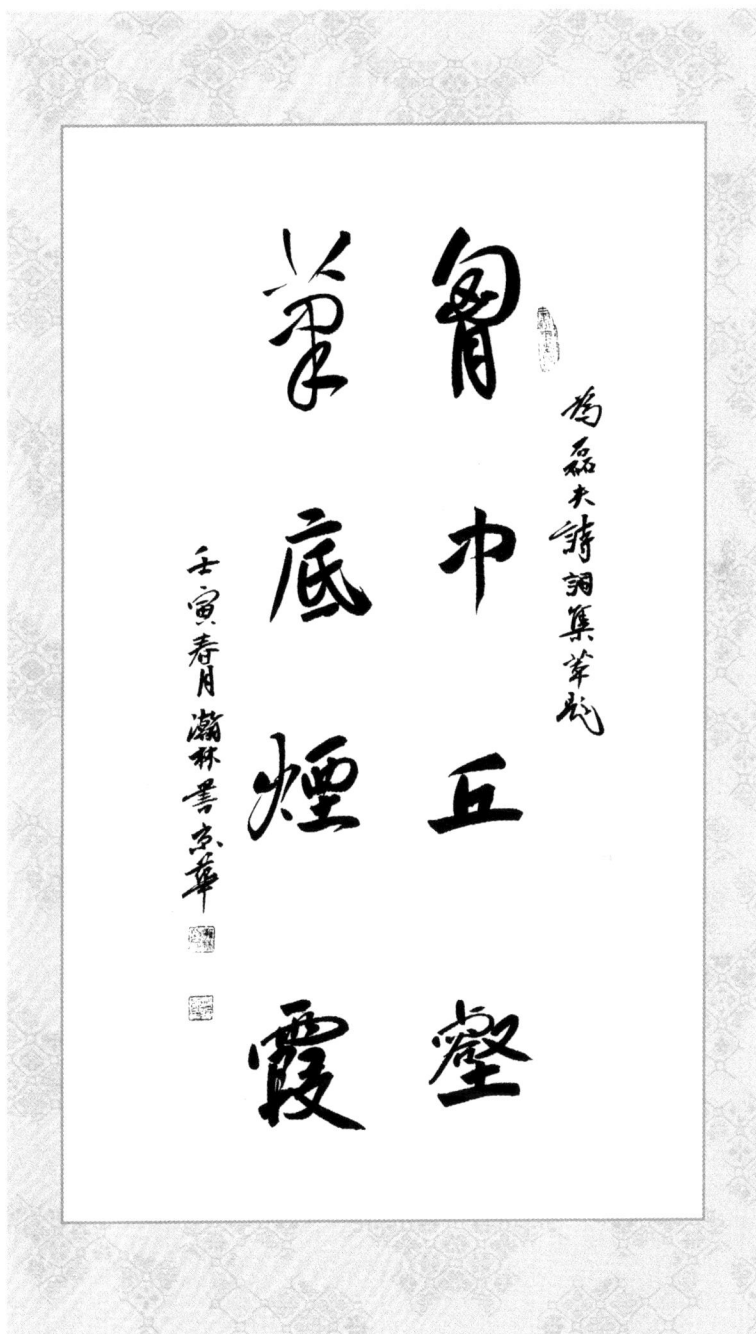

中国书法家协会会员、中国东方艺术研究院
名誉院长胡瀚林先生

《澄怀雅情》前言

　　《耕云种月——金磊夫诗词集》的第二部，名为《澄怀雅情》。共选收520首作品，分律诗和词两部分。

　　《澄怀雅情》。何为澄怀？清心静怀，挖掘心灵中美的源泉，实现"最自由最充沛的身心自我"，胸襟廓然，脱尘净俗。为何要雅情？因为进步的时代、美好的生活、锦绣江山、新生事物、各路精英……生长在这样的国度，处在这样的历史时期，面对这样的景象，有太多的东西，让我们情不自禁地吟颂。

　　诗言志，词抒情。感恩古人在灿烂的中华文明中，给我们留下了诗、词这一优秀传统文化瑰宝。感谢冰心先生用博大的爱心、清丽优雅的文字、纯洁美好的思想感情，让我懂得"有了爱就有了一切"。这些对我的人生，尤其对我的诗词创作影响很大。

　　我认为：一个人不论从事什么职业，都应该亲近文学，亲近诗歌，因为在那些经典的作品和优美

澄怀雅情

的文字中，会得到与世俗不一样的熏陶。如果世界上真有一种叫"灵魂"的东西，那么诗词是会触及所有人的灵魂的。

文化强国的确立，中华民族的复兴，不仅需要经济的繁荣、社会的繁荣，更需要文化的繁荣，需要诗词的滋润，需要音乐的陪伴。

中华民族有着五千年的悠久历史，有着百家争鸣的文化底蕴，有着自强不息的民族精神，又处在英雄辈出的时代，经济建设飞速发展，伟大祖国日新月异。时代为我们的诗歌创作提供了不尽的素材和广阔的空间。

中国古代把不合乐的叫"诗"，合乐的叫"歌"，统称为诗歌。随着社会发展，最终诗与歌、与音乐分离。诗是一种用高度凝练的语言，按照一定的格式、格律要求，能够形象地表达情感，集中反映社会生活并具有一定的节奏和韵律的文学体裁。

词与诗不同，词是在音乐的土壤中产生的，音乐性是词最基本的特征，每一首词都有一个音乐性的曲（词）调，所以词是按照词谱所规定的韵律乐调填写的，故也称填词。诗与词两者之间在表现形式、语言风格、题目方面也有很大的区别。诗的句

耕云种月　金磊夫诗词集

式整齐，词的句式灵活；诗的语言相对庄重，词的风格比较妩媚；诗可以自由选取题目，而词必须有词牌名（词牌名相当于现在歌曲的曲谱）。一些词在表现形式和韵律上与诗也有相同的地方，比如《浣溪沙》《木兰花》《玉楼春》《夜度娘》等等，不但句式整齐，而且平仄全合律句格式。其中《玉楼春》《夜度娘》类似诗中的七律和七言绝句。

诗词作品艺术审美的重要范畴之一就是"趣"，故"情趣、理趣、谐趣"，往往成为诗词创作的自我要求和衡量作品水平的重要标准。每一首作品，力求构思精巧，用典准确，文字流畅，词语生动，尽可能使创作的灵动、艺术构思、表达意图与诗词作品浑然一体。在这方面受辛弃疾和李清照词派的影响都比较大，从我的一些作品中可以反映出来。

我的吟咏，不过是自己情思的表达，是真情实感的流露和抒发。在诗和词两种体裁的运用上，抒情类的题材我喜欢用词来表现，立志类的题材我习惯用诗的形式表达。

业余时间我爱旅游、登山、摄影，也喜欢思考，更喜欢写作。每到一个地方，总愿意抽出时间转一转，然后即景生情地写点东西。年轻的时候，只求

澄怀雅情

表达意境和感受，不太注意平仄，甚至觉得格律框框太多，太注重于形式。后来逐渐认识到：既然写东西，就一定要遵守某种规则，尤其是律诗，起码要讲究平仄、押韵、对仗，它的字数、句数、段数、句式、韵律等都是固定的，绝不能想怎么写就怎么写。律诗的韵律虽然比较严格，但的确很美，它以汉字丰富的内涵，独特的节奏感和可塑性再现抒情言志的文学艺术。诗言志，歌咏言，声依永，律和声。正是它的这种独特魅力，使诗"可以兴，可以观，可以传"，历千年仍熠熠生辉。

古诗词中有很多常见的意象，这些意象极美，表达着灵动的中国式美学，承载着中国人雅致的审美情感，是一种独特而高雅的中国符号。在诗词创作的道路上，应该认真向古人学习，向经典学习，并从中汲取营养。

当然，一味刻板地学习古人也不够，不是唯古是从，既要传承也要创新。传承就是学习经典，体味经典，激活经典，熔古铸今。创新更不是无源之水，要在继承优秀传统的基础上，学古不泥古，创新不悖法，这样才能创作出符合时代要求和大众喜爱的作品。这些年来，通过不断学习和探索，着力在创作实践中提高这方面的文学素质和作品水平。

中华民族历史悠久，诗词作为一种无形的文化遗产，凝聚着中华民族的精神和情感。感受诗词的博大精深，体味它丰富的人文内涵，弘扬优秀传统文化，是建设社会主义文化强国的重要内容，也是一代又一代炎黄子孙的责任。"人生终极非名利，千年流芳惟正气。"能与天地长存的，是真、善、美，是浩然正气，是中华文明。

50多年来与诗词相伴，不但丰富了精神生活，陶冶了情操，也使人生更加绚丽多彩。更重要的是，我用这些文字记录了、表达了、抒发了、歌唱了自己那时那刻那样的心绪和情怀。

如果《澄怀雅情》能引起大家对诗词的兴趣，对传承中华民族优秀文化能够思维共振、感情共鸣，则是我非常高兴的事情。

如此，足矣！

2022年6月於北京

澄怀雅情

目　　录

诗

澄怀雅情

耕云种月

金磊夫诗词集

澄怀雅情

耕云种月

金磊夫诗词集

澄怀雅情

耕云种月

金磊夫诗词集

澄怀雅情

耕云种月

金磊夫诗词集

澄怀雅情

耕云种月

金磊夫诗词集

澄怀雅情

词

耕云种月

金磊夫诗词集

澄怀雅情

耕云种月

金磊夫诗词集

澄怀雅情

诗

神舟十四发射成功有感

2022年6月5日10时44分，搭载神舟十四号载人飞船的长征F遥十四运载火箭在酒泉卫星发射中心点火发射，约577秒后，神舟十四号载人飞船与火箭成功分离，进入预定轨道，飞行乘组状态良好，发射取得圆满成功。

喜讯传来，举国欢庆。作七绝两首，以致贺。

（一）

尧天舜地响惊雷，

揽月追星又奋飞。

试问苍穹谁主宰？

龙男凤女壮神威。

（二）

华夏腾飞星汉间，

英雄追梦向穹天。

太空浩瀚任驰骋，

探索未知续锦篇。

2022年6月5日
作于北京和平里

澄怀雅情

3

七十抒怀

今天,70周岁。步入了传统中的"从心之年""杖国之年"。

回顾走过的人生路程,往事历历在目。昨日无悔,今日无愧,明日无忧。足矣!

感恩70年风雨旅途中,所有关心、理解、爱护和培养、帮助、支持我的老师、领导、同学、同事和亲人们。在此,向你们深深致谢!

风雨激荡古稀身,
曾是知青当农民。
珍惜韶华苦攻读,
工厂锤炼铸忠魂。
总为安康尽心力,
乐将公益为己任。
清风两袖勤做事,
正气一身好为人。
常涉士林觅雅趣,
喜从书海寻奇珍。

是非一笑成过往，
功过淡然入梦魂。
莫道满头飞白雪，
拳拳丹心自殷殷。

2022 年 5 月 22 日
作于北京常营

澄
怀
雅
情

送瘟神

今春以来，新冠疫情反复，先后在香港、深圳、吉林、上海等地肆虐。

党和政府始终把人民的利益放在第一位，采取了一系列强有力的措施，领导全国人民"外防输入，内防反弹"，坚持"动态清零"。

我们响应号召，万众齐心，共克时艰。相信在全国人民的共同努力下，一定能在现有成绩的基础上，夺取抗疫的最后胜利。

春日瘟神又发难，
骤袭南北闹河山。
一声令下同防守，
除害定迎太平还。

2022年5月6日
作于北京万象新天

祝贺神舟十三号凯旋

（外一首）

2022 年 4 月 16 日，神舟十三号三位航天员翟志刚、王亚平、叶光富，圆满完成为期 6 个月的太空任务，乘坐飞船于上午 9 点 56 分顺利回到地球怀抱，在东风着陆场成功返回。

2021 年 10 月 16 日，大漠胡杨用翩飞的金叶为他们饯行。今天，戈壁绿意萌发喜迎他们归来，全国人民为英雄凯旋感到高兴和自豪。

衷心地向三位航天英雄致以最崇高的敬意，感谢你们为中国航天事业做出的巨大贡献！

英雄三杰笑安归，
巡历天穹显国威。
凤子龙孙昂首立，
神州昌盛耀金辉。

赞航天

云庭搏奥勇登攀，
半载耕耘宇宙间。
苍穹信步圆夙梦，
神舟巡天著宏篇。

2022 年 4 月 16 日
作于北京万象新天

澄怀雅情

清明两首

其一

清明时节倍怀亲，
疫疠无常①断客尘。
冠毒阻羁人世事，
梨芳桃艳未忘春。

其二

今日清明恰逢雨，
心灵天地共崇礼。
春风吹送花千重，
杨柳轻摇盛新绿。

2022 年 4 月 5 日
作于北京静心斋

---

① 吉林新冠疫情严重，各地采取了严格的封控措施，防止疫情扩散，因而不能回乡探亲祭祖。
燃心香一柱，遥祭故亲。

七绝·和赵为民先生

阳春三月，京城又下了一场少见的大雪。琼花雪柳，粉妆玉砌，天地苍茫，整个世界变得净朗纯洁。

读赵为民先生为此创作的《绝尘》，有感。依韵，拙笔和之：

飞雪三千恣意来，
苍茫一派地天皑。
银装素裹华都俏，
玉树琼花凌傲开。

2022 年 3 月 19 日
作于北京万象新天

附：赵为民先生诗

绝　尘

琼花雪柳纵情来，
但教春光一色裁。
长发何忧天共白，
人间今日绝尘埃。

壬寅二月十七日

澄怀雅情

惊蛰闻雷

（外一首）

惊蛰，又名"启蛰"。是二十四节气中的第三个节气。

"惊蛰"，是表示生物受节律变化影响而出现萌发生长的现象，它是中国古代农耕文化对于自然节令的反映。

惊蛰时节，春雷乍动，春气萌发，万物复苏，大自然有了新的活力。民间早有"春雷响，万物长"的谚语。

生灵萌动瑞烟飞，
赤道光移日帝辉。
紫气东来滋万物，
惊蛰时节响天雷。

惊蛰畅想

惊蛰时节雪尽消，
顿然草木自新娇。
欲将大地连天碧，
当遣春雷震九霄。

2022 年 3 月 5 日
记于北京地坛

耕云种月

金磊夫诗词集

吟 月

寒凝清冷桂宫①深，
素洁凌霄不染尘。
皓皓银光澄海宇，
淡淡幽思醉吾心。
万方寂静多乡梦，
千载风云独集神。
华景朗晖如可赠，
撷来送与世间人。

2022 年 2 月 15 日夜
作于北京雅韵轩

澄怀雅情

---

① 月亮的美称有：桂宫、银钩、玉兔、玉蟾、玉盘、嫦娥、冰轮、
玉宫、广寒宫等。

小寒闲吟

（两首）

　　小寒，是二十四节气中的第 23 个节气，也是一年中最冷的节气之一。人们把这段时节称作"数九寒天"。

小寒落雪

瑶台明月对金樽，
雪兆丰年瑞满门。
大泽世间多画意，
小寒一夜素乾坤。

梅雪诗韵

搁笔推窗观瑞白①，
忽见庭院腊梅开。
此情此景当吟诵，
恰好清香送韵来。

2022 年 1 月 5 日
记于北京雅韵轩

---

　　① 瑞白：雪的别称。雪亦称玉沙、琼芳、六出、素尘、积素、仙藻、乾雨、冰霰、璇花、青盐、银栗等。

耕云种月

金磊夫诗词集

诗情岁月

（外一首）

诗歌，对于我纯属业余爱好。

从读小学时给《中国少年报》投稿始，学习、工作之余坚持习作不停，至今笔耕已有近60年了。

自认为，人的一生有此情趣，可以陶冶情操，聪慧心灵，敏捷情思，高雅行为，让工作充满快乐，生活充满激情。会使人更加自立、自信、自尊，更会使人成为自己精神世界中独立的力量。

妙韵文章自少求，
魂牵梦绕此中游。
挥毫弄墨染双鬓，
黄卷青灯老未休。

心笔长青

雪赞青松浪咏舟，
烟霞丘壑竞风流。
古稀不懈讴岁月，
诗意人生乐亦悠。

2022年1月2日夜
作于北京雅韵轩

澄怀雅情

遥祝母亲健康长寿

今天是母亲93岁生日，恰逢圣诞节，普天同庆。

因疫情反复，近日多地又发最新变异新冠病毒——奥密克戎，防疫形势十分严峻。北京市为保证冬奥会如期顺利进行，对人群集聚、进返京人员等都采取了更严格的防控措施。

老母亲顾全大局，提前嘱咐我们兄弟姐妹，一定遵守防疫要求，不要专程赶回去为她祝寿。非常时期，我们兄妹几人只能通过微信、视频遥祝老母亲生日快乐，万福金安，健康长寿！

常念母亲最慈祥，
思乡游子断柔肠。
北望春城①深施礼，
祝福老娘寿无疆！

2021年12月25日（农历冬月二十二）
记于北京万象新天

---

① 春城：长春市的别称，亦称北国春城。古称喜都、荼啊冲、黄龙府。是吉林省省会。

和栾力兄

前几天，栾力兄来京看病，被确诊为"空蝶鞍"后，回锦州等待进一步治疗。今接到他寄来诗一首，读后不禁感慨。

人生有很多无奈，一些事情自己根本无法掌控。唯一的办法就是用乐观的态度积极治疗，坦然面对。遥祝老兄身体早日康复！

步仁兄诗韵，和之。

瑞雪欲将今岁除，
难能聪慧亦糊涂。
世事无常任它去，
心宽神安有后福。

2021 年 12 月 12 日夜

附：栾力兄诗

走东湖胡感

一树金花映碧湖，
人来人往几糊涂？
轻抛心底繁杂事，
好混安康一岁除。

2021 年 12 月 10 日

澄怀雅情

小雪飞韵

（外一首）

小雪，是冬季的第二个节气。

小雪节气的到来，意味着天气会越来越冷、降水量将逐渐增加，北方进入雪花纷飞的季节。

夜风呼啸地铺霜，
庭院红梅正盛妆。
细数立冬无几日，
悠然小雪欲飞飏。

吟　雪

昨夜千山飘玉沙，
今晨万树绽梨花。
时令最解世人意，
银粟兴游到我家。

2021 年 11 月 22 日
写于北京万象新天

苏州游记

作为国家历史文化名城的苏州，有近 2500 年的历史，是吴文化的重要发祥地之一，有"人间天堂"的美誉。

游苏州，恍若在画中。

月满姑苏风满楼，

钟声古刹越千秋。

霞光烟树迎尊客，

缘念金龙卧虎丘。

2021 年 10 月 16 日

作于苏州虎丘公园

又记：

苏州集中国古典园林之大成，精巧、细腻、隽秀、通灵，被世人称道。

澄怀雅情

野三坡游记

　　河北涞水县野三坡是中国北方著名旅游胜地。它位于北京房山区与河北省保定市的交界处，是太行山脉与燕山山脉的交汇地。

　　这里是一座天然的地质博物馆，浓缩了华北地区 30 亿年来地质构造演化史。有着世界地质公园、国家地质公园、国家森林公园、国家重点风景名胜区、国家 5A 级旅游区等称誉。其中的百里峡、鱼谷洞、龙门天关、白草畔构成了奇特的自然山水景色。

　　国庆节休假，全家五口人与朋友们来到野三坡，尽情享受青山绿水和烂漫野花。

腾云乘兴跨弦月，
瑶阙迎来天外客。
敢问游仙何处去，
直前涞水野三坡^①。
白草畔上龙蛇^②舞，
鱼谷洞中天地和，
万丈雄关为我立，
百川高峡共狂歌。

2021 年 10 月 4 日
作于涞水野山坡

① 野三坡：被称为"北京的西花园"。
② 我属龙，孙肖蛇。爷孙草地嬉戏，调侃谓之：龙蛇共舞。

耕云种月

金磊夫诗词集

贺神舟十二组诗

6月17日，搭载聂海胜、刘伯明、汤洪波三名宇航员的神舟十二号与天和核心舱成功对接，三名宇航员登上太空。

这次空间站关键技术验证阶段的第四次飞行任务，是中国人第一次登上太空站，也是空间站阶段首次载人飞行。三名宇航员在空间站工作、生活了90天。

今天13时30分神舟十二号返回舱在东风着陆场安全降落。我们的英雄凯旋归来。神十二任务圆满完成。

发射成功

一道指令自酒泉，
神舟如箭贯云天。
中华民族正龙兴，
英杰建成空间站。

畅游苍穹

遨游太空九十天，
科研探秘史无前。
华夏飞舟耀寰宇，
自强赢得世人赞。

澄怀雅情

耕云种月

金磊夫诗词集

英雄凯旋

暂刻分襟离和宫，
伞花绽放驭长风。
英雄载誉凯旋归，
为我神州建钜功。

2021 年 9 月 17 日
作于北京万象新天

时至白露

今日 17 时 53 分迎来"白露"。这是一年中的第十五个节气，表示孟秋的结束和仲秋的开始。

自立秋起，阳气进入收的阶段，阴气开始涨，此后天气渐凉，正乃"天道有序"。时至白露，冷空气转守为攻，加上太阳直射点南移，光照强度渐弱，天气转凉，夜凝白露。据《月令七十二候集解》："水土湿气凝而为露，秋属金，金色白，白者露之色。"故曰白露。

晨起，果真草叶、树叶上结了露水，如同事先约好似的。

白露，不仅美了秋天，也迷了诗人的眼。白露，一身诗意，万古人间……

秋云收夏色，
白露染霜天。
摇落梧桐叶[①]，
恍如转眼间。

2021 年 9 月 7 日
於北京静心斋

[①] 《淮南子·说山训》曰："见一叶落而知岁之将暮"，故早有"梧桐落叶，天下知秋"的说法。

澄怀雅情

咏　怀

花开花落几春秋，
云卷云舒任远游。
曾为春风抛旧恨，
也因秋雨结新愁。
丹青挥洒酬江月，
诗韵传承竞雅优。
世事不期皆如意，
长宜风物一胸收。

2021 年 8 月 11 日
作于北京

附：新华师兄诗

和磊夫同学《咏怀》

宠辱不惊几十秋，
去留无意自然游。
平生曾有一时恨，
晚年笑看解旧愁。

吟诗寄情怀乡月，
抒展胸中热血流。
已明世间非皆意，
求得安康心愿收。

2021 年 8 月 12 日
於梅河口市

澄怀雅情

立 秋

华岁正中今立秋，
白云无语漫相留。
且看碧宇净如洗，
往事若烟花月收。

2021 年 8 月 7 日於北京

附：栾力兄诗

立秋日，读磊夫《立秋》诗有感，步其韵而和之。

岁岁年年有立秋，
青春不再白发留。
忍看行云似流水，
心中窃喜情如旧。

2021 年 8 月 8 日於锦州

耕云种月

金磊夫诗词集

情同与共

　　从 7 月 17 日开始，河南全省出现极端暴雨。郑州小时降雨量达到 201.9 毫米，超过全球大中城市小时雨强的最大纪录。

　　应对严重的洪涝灾害，全国各地、多方力量驰援河南。有感而作：

暴雨肆凶天地惊，
洪灾无义总关情。
驰援河南尽心力，
蹈浪赴汤助豫兴。

2021 年 7 月 18 日夜
於北京和平里

澄怀雅情

闲吟两首

——赠文昌先生

闲　情

一缕馨香三碗酒，
千秋明月半壶茶。
梦连穹宇吟诗句，
心接闲云咏盛花。

逸　致

明月荷风几斛酒，
沧桑人世已忘忧。
金樽高举送流岁，
酣睡醒来秋满楼。

2021 年 7 月 16 日午
作于北京泰利明苑

夏日随感

（外二首）

熏风裁成丽日妆，
漫天幽艳满庭芳。
抒怀诗句谁人写？
华夏尽多读书郎。

情满夏月

静看飞燕舞骄姿，
闲品青莲惹笔痴。
明月双轮秀云水，
清心一片煮茶诗。

诗情伴夏

茶斟半盏沁心香，
诗读万篇精气扬。
蛙鼓蝉鸣唱新韵，
百城①相伴夏生凉。

2021 年 7 月 12 日
作于北京静心斋

澄怀雅情

---

① 百城：书的雅称。古称藏书富者为拥"百城"。《北史·李孝伯传》：
"丈夫拥书万卷，何假南面百城？"

悼念好友承玉

　　我与宋海涛、田承玉相识于通化钢铁公司。二十世纪七十年代起，我们就是志同道合的好朋友，情同手足的好兄弟，至今已有近五十年了。

　　后来，海涛去深圳，承玉回长春，我调北京。虽天各一方，我们的情谊却愈加深厚。一周前，我与承玉还在微信中互发短信。今惊闻噩耗，承玉去世。

　　失去好友，如同断臂，心情难以言表。

痛切悲重寄哀思，
悼念承玉泪难止。
情深似海好兄弟，
相见只能待再世。

2021 年 7 月 6 日深夜
作于北京

同庆生日

（两首）

2021 年 7 月 1 日，是中国共产党建党 100 周年的大喜日子。举国同庆，山呼海笑。

时农历五月二十二日，正是我虚岁 70 生日。这是继 1964 年、1975 年后的第三次与党的诞生日恰巧在同一天，真是万分荣幸。

清晨，"我和我的祖国，像海和浪花一朵。浪是海的赤子，海是浪的依托……"的歌声又在我心中响起。

（一）

党今百岁吾七十，
有幸同天过生日。
四海欢腾九州庆，
国正盛世我逢时。

（二）

感念母恩当报国，
投身伟业壮山河。
神州昌盛心难老，
民族复兴奏凯歌。

2021 年 7 月 1 日晨（农历五月二十二日）
於北京常营

澄怀雅情

为热烈庆祝中国共产党成立 100 周年而作。

七一抒怀

十月惊雷动九州，
锤镰高举领潮流。
燎原星火东风疾，
驱寇战魔血雨稠。
荡覆三山兴伟业，
重生华夏铸金瓯。
百年圆梦又扬帆，
巨龙腾飞耀五洲。

2021 年 7 月 1 日晨
於北京和平里

达巴图古城

　　在横亘内蒙古的阴山山脉上，不仅有战国时武灵王始筑、历经秦汉至西夏，全长 1000 多公里的古长城，还同时修筑了庞大的军事防御体系，并在谷口要地筑城屯兵。

　　位于巴彦淖尔磴口县境内的达巴图古城，就是世界上最早且功能最为完整的古城之一，至今已有 2000 多年的历史。

　　达巴图古城，既是军事要塞，也是交通要道。当年王昭君出塞，就是从这里走向漠北。当时汉元帝为了边疆安宁，与南匈奴呼韩邪单于和亲。王昭君千里出塞，给西汉王朝带来了和平安定的局面。

　　　　古城沧桑卧斜阳，
　　　　战火烽烟变墨香。
　　　　世代琵琶弹不尽，
　　　　今看大漠遍芬芳。

2021 年 4 月 17 日夜
於巴彦淖尔乌后县城

澄怀雅情

神州清明

春风化雨万象生，
道法自然谁与争。
日月星辰观天下，
神州万里正清明。

2021 年 4 月 4 日清晨
於北京万象新天

附：栾力兄诗

读磊夫诗有感

江南春暖日，
正是清明时。
无限春风意，
君成万句诗。

2021 年 4 月 4 日於锦州

乐桃园

龙腾虎跃白云间，
击棹扬帆绿水前。
把酒品茶论秦汉，
老夫自在乐桃园。

2021 年 4 月 2 日
作于北京雅韵轩

又记：

　　赵老德润先生是《光明日报》原副总编辑，现为国务院参事室新闻顾问，同时也是我的恩师和兄长。赵老先生才高八斗，德高望重，为人和善，做学问严谨，令人敬佩！

　　感谢他对这首诗的指教：原名《自题》，改成《乐桃园》；最后一句中的"真如自在乐桃源"，改为"老夫自在乐桃园"。

澄怀雅情

京城春色

（外一首）

山中垂柳换新装，
湖畔青芜争向阳。
古都秀色关不住，
京城春蕊竞芬芳。

春胜江南

日丽风和映水滨，
莺歌燕舞醉游人。
秾桃艳李生芳岁，
媚柳娇花又值春。

2021 年 3 月 28 日
作于北京通州

赠张董秀卓

苏州莱恩精工合金股份有限公司张秀卓董事长，年轻有为，有思路，有魄力，为人谦和，做事认真，是一位非常优秀的企业家。同时，她还担任中国职业安全健康协会副理事长。

今天，她在网上发了一组时下苏州城春意盎然、鲜花竞放的照片。

看后有感。题小诗一首，赠之。

天眷姑苏得春早，
满城新蕊竞娇娆。
芳华秀卓莱恩女，
同与天公舞大潮。

2021 年 3 月 8 日於北京

澄怀雅情

立春感记

立春，亦称打春、报春、咬春，为二十四节气之首。

"立"，为开始；"春"代表温暖、生长。"立春"是为岁首，"乃万物起始，万象更新之意也。"在中华传统文化中，立春还有吉祥的涵义。

今日立春。特作此句，表达对美好春天的期盼。

东风送暖春来到，
周始往还喜上梢。
岸柳临风丝丝绿，
冰花浴日渐渐消。
群凫戏水知时节，
孤鹜翔空辩夕朝。
残雪掠云追旧梦，
初阳摄魄逐心潮。

2021 年 2 月 3 日
作于北京颐和园

耕云种月

金磊夫诗词集

盼团圆

2020 年 1 月中旬以后，由于新冠病毒肆虐，全民响应国家号召：居家防疫。因此，春节、清明……都没有回老家与母亲、弟弟、妹妹及家乡的亲人们团聚。

原本计划中秋节、国庆节回去。无奈山东青岛、新疆喀什、北京、吉林延边、长春又先后出现疫情，且北京和长春都再次处于防疫的风口浪尖。为大局想，也为家人考虑，决定放弃小愿，禁足在家。

我在京城遥祝亲人和全国同胞都平平安安！

欲借中秋玉桂圆，
奈何瘟毒又生乱。
花开叶落雨成雪，
暑去寒来又一年。

2020 年 12 月 8 日
作于北京万象新天

又记：

已近岁末，不知新冠疫情会不会反复？现全国防疫工作仍然抓得很紧。但愿天下太平，今年全国人民能过一个平安、团圆、祥和、欢乐的新春佳节。

澄怀雅情

贺傅伟鸿、曹莉莉新婚之禧

伟业传承耀华邦，
鸿图大展继世长。
曹娇贤淑缘天意，
莉慧双馨伴忠良。

2020 年 12 月 6 日
作于北京雅韵轩

又记：

  其父傅天甫、伯父傅天龙分别为福州春伦集团总裁、董事长，他们是我国茉莉花茶的传承人，业内名人，也是我的好朋友。

  春伦集团出产的茉莉花茶享誉海内外。傅伟鸿学业有成后，就职春伦集团，子承父业，致力于把福州茉莉花茶和中国的茶文化传播得更好更远。

  欣闻伟鸿、曹莉莉大婚，题此遥祝。

追梦丹青

——记老伴勤奋习画

2020年10月，69岁的老伴拜许葆华大师门下习画。

她从学画葡萄、牡丹、花鸟开始，每天勤奋习作，时常从晨起画到深夜。这种学习的劲头，既让人佩服，也让人心疼，而她却乐此不疲。兴趣使然！

做自己喜欢的事，既可愉悦身心，又能陶冶情操，更重要的是多了与艺术家们的交流，增添了乐趣、丰富了生活和对美好的追求。我当全力支持！

特记，留给回忆。

泼彩飞花老未闲，
倾情习画自欣然。
晨曦牡丹满庭艳，
深夜葡萄纸上甜。

2020年12月2日夜
作于常营雅韵轩

澄怀雅情

重阳纪事

　　每年的重阳节，或与朋友登高览胜，或聚知己举杯邀月，或和家人篱下赏菊……

　　今年换一种过法：居家看书，品茶赋诗。清清静静地过重阳，也悠然自得，感觉特别好，尤其适合上了年纪的人，既无舟车之累，也无劳人之扰。正可谓既得闲情，又复逸致。

九九重阳又吟秋，
桂花香溢笑盈楼。
常将学海添雅兴，
每把书山做足投。
黄卷青灯忘日夜，
诗词歌赋纪春秋。
探珠沧渤无穷趣，
揽得苍穹月一钩。

2020 年 10 月 30 日
重阳节於雅韵轩

闲题三首

其一

业成身退把家还，
喜做寓公隐深山。
采菊垂钓自怡乐，
神仙难有此清闲。

其二

天冷酒酣御朔风，
围炉汤沸火犹红。
寻常惯见当空月，
一入诗心便不同。

其三

青山不改旧模样，
尘满征衣鬓如霜。

澄怀雅情

天上嫦娥今尚在，
难寻昔日少儿郎。

2020 年 10 月 29 日
作于一渡龙湾

又记：

    俗话讲"无官一身轻"，可能说的就是我现在的状态。离开了奔忙四十多年的工作岗位，有时间在自己喜欢的地方，用自己喜欢的方式，做自己喜欢的事，自由自在地享受一下悠然自得的日子，算得上晚年幸福了！

耕云种月

金磊夫诗词集

禾木村赞

（外一首）

在新疆美丽的喀纳斯湖边，有个被誉为"中国第一村"的禾木村。它是我国仅存的三个图瓦人村落（禾木村、喀纳斯村、白哈巴村）中最远和最大的一个，面积有 3040 平方公里之大。

原木搭建的房舍，散落在树林中，充满原始的味道。炊烟袅袅，小桥流水，空谷幽静，牧马人在白桦林间扬鞭而过，牧羊犬在草原上欢快地奔跑……禾木村堪称世外桃源。

秋天的禾木村"层林尽染"，绚丽多彩，如同油画一般。

深秋，与朋友们走进梦一般的禾木村。有感：

牧草茫茫荡碧波，
桦林片片拥田舍。
炊烟飘袅浮青嶂，
牛壮羊肥共放歌。

禾木河

大野生香千万木，
长天慨赞一条河。
雪山倒影随波舞，
岁月奔流唱牧歌。

2020 年 10 月 20 日
写于布尔津县禾木村

澄怀雅情

43

处暑寄情

（两首）

今日处暑。"处"含有躲藏、终止的意思。处暑，即"出暑"，表示炎热暑天结束了。

时至处暑，太阳黄经达 150 度。太阳直射点继续南移，辐射强度逐渐减弱，气温逐渐下降，天气开始由炎热向凉爽过渡。处暑，预示很快将迎来金秋。

（一）

乍入处暑热未消，
闲云野鹤自逍遥。
蝉鸣蛙唱唤秋影，
朗月清风向碧霄。

（二）

金风逐暑信天游，
丽日迎秋照案头。
读史品茶生快意，
襟怀坦荡了闲愁。

2020 年 8 月 22 日
作于北京龙泉书院

大暑轻吟

（组诗）

今天大暑。大暑是一年中最热的节气，也是夏季的最后一个节气。"湿热交蒸"在此时达到顶点。

安然处暑

炎气沉沉骤雨倾，
金轮①灼灼炙菁坪。
读书弄韵自消暑，
赏月观云心境清。

陶然度暑

纳凉月下逍遥客，
避暑林中自在仙。
酷日凭它任湿热，
心随节令自安然。

澄
怀
雅
情

---

① 金轮：太阳的别称。亦称赤日、赤轮、朱光、曙雀、白驹、扶光、金虎、火轮、阳鸟、赤鸟等。

心怡消暑

挚友邀茶品律句，
贤朋逢酒侃诗篇。
当空烈日火龙舞，
满眼清风暑气散。

情倾大暑

柳岸赏心闻笛觞，
莲池悦目品荷香。
炎炎大暑如期至，
悠悠诗情正远航。

2020 年 7 月 22 日
作于北京静心斋

乐夕阳

（三首）

荷塘夕照

夕照莲池天染霞，
如烟往事唱芳华。
清流奔泻粼光动，
老塘新荷又绽花。

白头翁

风霜两鬓坐书台，
泼墨扬彩妙笔开。
作画填词多雅趣，
怡神悦目抒情怀。

伴夕阳

清字篇篇无俗风，
寒窗夜夜有孤灯。
苍山最与晚霞近，
愿携夕阳做友朋。

2020 年 6 月 20 日
作于北京静心斋

澄怀雅情

芒种有感

节至芒种麦金黄，
正艳百花蜂蝶忙。
莫学王孙闲煮酒，
且将节令慰农桑。
天飘飞雨心头过，
山染落霞共夕阳。
终日读书求尔雅，
填词作赋诵诗长。

2020 年 6 月 5 日
作于北京东郊

又记：

　　芒种，是二十四节气中的第九个节气，意为"有芒之种可稼种矣"。

　　这时节，大麦、小麦等有芒的作物已经成熟，忙于抢收；晚稻、谷黍等夏播作物也正忙于播种，所以农民朋友也称芒种为"忙种"。

　　我当知青在农村劳动三年，对此有着深刻的印象。

逸居闲题

（两首）

为落实疫情防控政策，响应政府号召，非必要不出门。

也好，能平平静静地在家中看书、习字、创作、品茶、对弈、健身……静中寻幽，逸中找乐，别有一番情趣。

其一

缸养锦鲤鱼，

瓶插百合花。

案旁翻古卷，

壶内泡新茶。

手抚白云秀，

眼望桃杏姤。

窗前喜鹊叫，

笔下藻思华。

其二

静夜无云月似弓，

篱前品茶念陶翁。

习诗悟得名利淡，

学画方知墨彩浓。

澄怀雅情

弄剑操琴自娱乐，
粗茶淡饭味无穷。
修德养身心中事，
青山未老做学童。

2020 年 4 月 16 日
於北京颐心苑

大寒飘雪

（三首）

大寒，是二十四节气中的最后一个节气，也是一年中天气冷到极点的一段时间。民间有"小寒大寒，冷成一团"的谚语，说明天冷的程度。

大寒与立春节气相连。所以，这时人们忙着辞旧迎新，盼着新春的到来。

大寒迎春

岁晚月虚冬已残，
大寒过后换新元。
红梅高唱迎春曲，
撩我情思上碧天。

盼春归

最是极寒冰雪天，
数九腊八结尘缘。
开颜冬日终将去，
只待春风放纸鸢。

澄怀雅情

寒夜题诗

风刀霜剑起寒烟，
雪夜三更人未眠。
天洒银沙白如纸，
新诗挥就慰心田。

2020 年 1 月 20 日
作于北京朝阳

赠明德先生

一把紫砂涵雅韵，
几叶香茗吐芳心。
感铭天府有明德，
志道同合乃真君。

2020 年 1 月 8 日於成都

又记：

　　刘明德先生乃《中国安全生产报》《中国煤炭报》两报驻四川记者站站长，也是我的好友。其才华横溢，文采飞扬，被人称为"西南名记"。他为人仗义，处世豪爽。

　　此次去西昌，返程途经成都，特意看望这位老友。我们都喜欢喝茶，赠送他一把民国时期"金鼎商标"底款的紫砂壶，作为喜聚之念。

澄怀雅情

耕云种月 金磊夫诗词集

看卫星发射

2020年1月7日23时20分，在西昌卫星发射中心，长征三号乙运载火箭，成功将通信技术实验卫星发射升空，顺利进入预定轨道。这是2020年中国航天的首发卫星，真正的"开门红"。

有幸身临西昌发射中心，现场观看这颗卫星的发射，心情十分激动。随着"点火！"指令的发出，只见烈焰升腾，挟风携火，一箭冲天，雷霆震撼，气势磅礴……

目睹这气壮山河的瞬间，亲临这神圣庄严的时刻，民族自豪感油然而生。

把现场的画面和感受真实地记录下来，与朋友和亲人们共同分享。

一声巨吼箭飞天，
刺破穹苍夜正斓。
谁向丹霄送星斗？
中华儿女越雄关。

2020年1月7日深夜
於西昌卫星发射中心

高楼挂月

古老的北京城，红墙碧瓦的古典建筑与现代建筑并存。

现北京市区高楼林立，100～200米以上的摩天楼群，拔地而起，如同擎天抱月的巨臂，伸向苍穹。其中被称作北京新地标的中信大厦（又称中国尊），总高528米，地上108层、地下7层，总建筑面积43.7万平方米，总投资240亿元。可同时容纳12000人办公。大厦顶部设有观光区，游客可以在524米的高空，俯瞰北京全城。

2014年6月8日，北京中信大厦被评为"中国当代十大建筑"。

今登上大厦顶层，似手可抚星，颊欲贴云，如梦如幻，飘飘醉人。

彩霞追月入高楼，
窗挂玉轮照蓟州。
风涌云波似鱼跃，
清辉漫洒任悠游。

2019年11月11日夜
於北京中信大厦

澄怀雅情

秋旱有感

耕云种月

金磊夫诗词集

　　由于全球气候变暖，异常气象增多，雨量渐少。今年秋天，华北地区持续干旱，北京已经连续百天无雨。这种气候史上少见。

　　人与自然如何相处？这个问题已经十分迫切地摆在人类面前。

都言春雨贵如油，
我谓秋水更难求。
云淡天高疾风劲，
只将微露沾田畴。

2019 年 11 月 10 日
作于北京东郊

立冬两首

　　"立"，建始也；"冬，四时尽，万物收藏也"。"立冬"表示冬季自此开始。

　　"立冬之日，水始冰，地始冻"。人们常以凛冽北风、寒冷霜雪作为冬天的象征。但因我国幅员辽阔，南北地区温差很大。所以在气候学上，不固定以"立冬"这天作为各地冬季的开始，而是以气温划分季节，即候（5天）平均气温低于10度为冬季。

　　"立冬"时节，北方地区草木凋零，大地逐渐封冻；而南方则在播种小麦，移栽油菜。

立冬如意

立迎朔风礼海山，
冬时曼妙醉江天。
如今秋去人难老，
意蕴福临四季鲜。

诗茶迎冬

夏月秋花渐次去，
腊梅冬雪迎寒来。
每逢节令总相聚，
老友诗茶共放怀。

2019年11月8日
作于北京紫竹院

澄怀雅情

贺七十周年国庆

今天，北京天安门前举行了隆重的庆祝国庆七十周年盛典。

70年，中国发生了天翻地覆的变化，从积弱积贫到繁荣富强，我为祖国七十年取得的辉煌成就感到骄傲，为祖国的昌盛强大而无比自豪。

祝福你的生日，我的祖国！

实现中华民族伟大复兴，太阳必将再次从东方升起！

（一）

红旗飞舞大明升，

岁稔时丰腾巨龙。

炎黄子孙齐奋进，

九州骏业翥鹏程。

（二）

江山莽莽起苍黄，

天宇煌煌耀八方。

龙子龙孙创伟业，

神州万里赤旗扬。

2019 年 10 月 1 日於北京

耕云种月

金磊夫诗词集

国庆大阅兵组诗

观看中华人民共和国成立七十周年国庆大阅兵,心潮澎湃,热血沸腾。

这次大阅兵,是中华人民共和国武装力量的全面展示。陆军、海军、空军、火箭军、战略支援部队、民兵,以及新型武器装备首次整体受阅。

15 个徒步方队,32 个装备方队,12 个空中梯队的强大阵容,是近几次阅兵中规模最大、装备水平最高、信息化程度最好、作战效能最强的一次。这次大阅兵,彰显了我国建设世界一流军队,维护国家主权、安全、发展利益,以及维护世界和平的坚强决心和强大实力。

雄师无敌

列阵雄师天下惊,
铿锵步伐响都城。
军魂威武谁能敌?
铁血忠魂铸和平!

钢铁洪流

铁甲轰鸣军威壮,
战车奔腾势如虹。

澄怀雅情

"红旗"漫卷朝天啸，
"东风"猎猎震雷霆。
"巨浪"滚滚云水激，
"霹雳"怒吼警恶虫。
"海鹰"凛凛划瀚野，
"红鸟"飞旋佑金龙。

礼赞空中梯队

仰首眺望碧空净，
惟见天兵舞彩虹。
雄鹰展翅追华梦，
引领寰宇唱大风。

2019 年 10 月 1 日於北京

注：

"红旗"：为 HQ 系列防空导弹。

"东风"：为 DF 系列洲际战略导弹。

"巨浪"：为 JL 系列潜射弹道导弹。

"霹雳"：为 PL 系列战术导弹。

"海鹰"：为 HY 系列反舰导弹。

"红鸟"：为 HN 系列巡航导弹。

……皆为国之重器，承载着护佑中华，捍卫世界和平
的神圣使命。

耕云种月

金磊夫诗词集

大美青海湖

　　青海湖位于青藏高原东北部，总面积 4500 平方公里，环湖周长 360 公里，湖面海拔 3200 米。是我国最大的内陆咸水湖。

　　青海湖博大壮丽而不失俊秀，磅礴奔放而不失委婉。一望无际的油菜花，缥缈神秘的海心山，多姿多彩的二郎剑，幽远沧桑的三角城……诸多国家级、世界级的风景名胜，使风情万种的青海湖成为名副其实的旅游天堂。

　　多次到青海，也几次小驻西宁，都没有时间看青海湖。这次感谢王月云厅长的精心安排，使我在去西宁看望他的短暂两天中，能够看到青海湖的真容。金黄色的油菜花簇拥青海湖，湛蓝的湖水把雪山的倒影抱在怀中，群鸟在云水之间自由翱翔……人间仙境，当之无愧！

　　作诗一首，送给月云并留给美好的回忆：

碧水蓝天阅秋色，
白云雪岭共飞舞。
花洲涌浪向天流，
百鸟争鸣青海湖。
二郎剑开海心山，
三角城隐西王母。
玉门雄关遥相望，
月朗西宁迎祝福。

2019 年 9 月 22 日
作于青海湖边

澄怀雅情

再过五彩滩

五彩滩又称"五彩河岸",距布尔津县城北约24公里,是"新疆最美的雅丹地貌"。

五彩滩远离尘嚣,美丽静谧。毗邻我国唯一向北流入北冰洋的额尔齐斯河,与对岸葱郁青翠的河谷风光遥相辉映。夕阳下的五彩滩斑斓而又神奇,在落日余辉的映照下,这里像神灵的天国,迷离而又虚幻。它展现出的柔情与苍劲,更像人生的五彩梦。

五彩滩风情万种,它以流畅的动感起伏着、变幻着,如一幅壮丽的山水画,让人们在充满色彩的变化中感受大自然的神奇。红、绿、紫、黄、棕、赭、黑、白、蓝等颜色,交相映衬,用色彩斑斓形容恰如其分。称其"五彩"滩,着实委屈了这片圣地。

今虽六十又七,因不懈职业安全健康事业,作为专家组组长受命赴新疆阿舍勒铜矿调研,总结经验,推广先进。6月28日、9月17日不到3个月的时间里,两次路过这里。特记:

一山秋色河中艳,
九派神工结此缘。
赤橙黄蓝朝我秀,
彩旒狂舞各超然。
特招心曲追飞浪,
展拓胸襟荡远烟。
莫笑年高犹多事,
纵情快马又扬鞭。

2019年9月19日
写于新疆布尔津

赞紫金矿业集团

紫金矿业集团股份有限公司，原是福建上杭的县属企业，1983年建矿。在陈景河董事长的带领下，经过25年的艰苦创业，锐意进取，不断壮大，至2017年已经发展成为中国第一大上市黄金企业，拥有黄金资源储量1320吨，居全国第1、全球第12位；拥有铜资源储量3500万吨，居全国第2、全球第13位；是全国第1大矿产锌企业，居全球上市锌企业第5位。

其所属企业分布在国内18个省（自治区、直辖市）和巴布亚新几内亚、澳大利亚、加拿大、刚果（金）等11个国家，成为一家业绩卓著的跨国、跨行业大型上市公司和全球重要的黄金、铜、锌生产、营销商。

今到紫金矿业考察调研，感触很深。从内心钦佩紫金矿业自强不息，为国争光的发展历程，以及为我国的经济发展和现代化建设作出的卓越贡献。相信不断拼搏的紫金矿业，明天一定会更美好！

紫气东升势如虹，
金戈铁马壮豪情。
矿蕴瑰宝人精进，
业伟功殊传美名。
为梦不辞征路险，
国盛才能富民生。

澄怀雅情

63

争先扬鞭追卓越，
光耀华邦正飞腾。

2019 年 8 月 16 日於上杭

耕云种月

金磊夫诗词集

高峰森林公园游感

（两首）

　　周末，与老朋友们兴游南宁市高峰林场（现已经发展建设成为南宁的市民休闲游赏森林公园）。

　　走进森林，回归自然，不由得想起了在林中嬉闹的少年时代。这群平均 65 岁的老友们，童心未泯，玩心不变。真是"一群老顽童，嬉戏在山中。"

其一

恍若梦中追，
林间一笑回。
神仙隐于此，
悟道正思为。

其二

谁个历千帆，
归来仍少年。
华岁如流水，
日月总高悬。

2019 年 6 月 22 日
写于南宁荔园山庄

澄怀雅情

小满节气

（两首）

　　今天 9 点 22 分 25 秒小满。小满是一年中的第八个节气，也是立夏后的第二个节气。这时，全国北方地区麦类等夏熟作物籽粒开始饱满，但还没有成熟，所以称小满。

（一）

小满时节话农桑，
遍野风情翻绿浪。
夏荷盛开花正好，
天公作美麦初黄。

（二）

终身学习笔耕忙，
桌上烛明夜未央。
人贵知足知不足，
小满初旭照心窗。

2019 年 5 月 21 日
作于北京万象新天

又记：

　　"花未全开月未圆，最好人生是小满。"这是一种人生境界，也是古人以天道示人道的大智慧。

　　满而不损，满而不盈，满而不溢，满而不骄。小满未满，恰得人生圆满。

澄怀雅情

走进夏日

（外一首）

今天是农历四月初二，3点02分40秒立夏。四季轮回，从此暮春结束，盛夏开始。

走进夏日，每一丝阳光，都明媚和煦；每一缕轻风，都温暖万里；每一个日子，都红红火火。

紫粉黄红化尘埃，
拔云撩雨夏令开。
何烦春色悄然去，
最爱荷风款款来。

立夏感怀

煦色韶光追夏风，
绿杨成荫伴花红。
明知岁月似流水，
只是多情付笔耕。

2019年5月6日中午
写于北京万象新天

采茶节

（外一首）

3月23日，由福州春伦集团主办的"乡村振兴·茶香世界"——2019福州春茶开采节，在鼓岭春伦生态茶园隆重举行。应邀出席活动。有感：

和风莺月抚琼芽，
满目翠微舞轻纱。
天洒馨香润新秀，
地升灵气纳精华。
巧工采下千纤绿，
匠手制成无二茶。
怡畅春山总不老，
甫龙天傅笑天涯。

赞春伦集团①

春满茶园香漫天，
伦回四季始争先。

---

① 为藏头诗。春伦集团前程似锦！

澄怀雅情

集萃物华凝碧色，
团得茗韵法自然。
前梦正圆结硕果，
程期跃马再扬鞭。
似领风骚兴大业，
锦绣前程福愈阗。

2019 年 3 月 23 日
於福州春伦集团

有感潭柘寺

潭柘寺位于北京城西约 30 公里，始建于西晋永嘉元年（公元 307 年）。寺院初名为嘉福寺，清代康熙皇帝赐名"岫云寺"。因寺后有龙潭，山上多柘树，故民间称之为"潭柘寺"。

由于潭柘寺的历史久远，世上一直流传着"先有潭柘寺，后有北京城"的说法。事实如此。

禅房静隐大山中，
柘密潭深幽径通。
古刹升沉千岁月，
山门吐纳八重风。
浮云舒卷群峰秀，
夜雨新晴旭日红。
俗气尘埃难入寺，
鸟啼花落总归空。

2018 年 11 月 20 日
作于北京房山

澄怀雅情

南普陀寺有感

　　南普陀寺是闽南佛教圣地之一，也是全国重点佛教寺院。它位于浙江厦门市东南五老峰下，依山面海，错落有致，气势恢宏，香火极盛。

　　南普陀寺始建于唐朝末年，称泗州寺；宋治平年间改名为普照寺；清朝康熙年间重建，因其供奉观音菩萨，与普陀山观音道场相似，又在普陀山以南，因而得名"南普陀寺"。

　　与老伴参团旅游，今访南普陀寺。有感：

人生如梦似蜉蝣，
转眼青丝变白头。
百岁光阴知几位，
无疆万寿没来由。
当年楚汉今何在？
宋祖唐宗尽已休。
莫问红尘三界事，
品茶读史自无忧。

2018 年 11 月 16 日
写于厦门南普陀寺

悼念金庸

2018 年 10 月 30 日，金庸在北京逝世，享年 94 岁。

如果称"开一代文风的文学巨匠"，我认为：金庸当之无愧！

金庸原名查良镛，1924 年 3 月 10 日生于浙江嘉兴海宁市书香门第。他 1944 年考入重庆中央政治大学外交系，1948 年毕业于上海东吴大学法学院，在《大公报》香港分社任职，1955 年首次以金庸为笔名写首部武侠小说《书剑恩仇记》，1959 年在香港创办《明报》。1985 年起，历任香港特别行政区基本法起草委员会委员、特区筹委会委员等职。1994 年受聘北京大学名誉教授，2007 年被香港中文大学聘为荣誉教授，2009 年被聘为中国作家协会第七届全国委员会名誉副主席，同年荣获 2008 年"影响世界华人终身成就奖"。

金庸先生的逝去，使亿万书迷们无比悲痛。今集先生作品的书名，联诗一首，以寄托哀思。

笑傲江湖大侠风，
射雕英雄敢屠龙。
雪山飞狐恩仇录，
越女剑胆啸西风。
天龙八部鹿鼎记，
鸳鸯刀下侠客行。

澄怀雅情

73

一代文豪乘鹤去，
绝世佳作再难逢。

2018 年 10 月 31 日夜
作于北京雅韵轩

附：金庸十五部武侠小说书名

　　《连城诀》《天龙八部》《飞狐外传》《雪山飞狐》《射雕英雄传》《白马啸西风》《鹿鼎记》《笑傲江湖》《书剑恩仇记》《越女剑》《侠客行》《倚天屠龙记》《碧血剑》《鸳鸯刀》《神雕侠侣》。

　　选用他每部作品名字中的头一个字组成对联，乃成：

连天飞雪射白鹿
笑书越侠倚碧鸳
横批：神雕侠侣

金秋美

　　秋天很美，尤其是北京的秋天更美。无论在颐和园、雁栖湖、天坛，在八达岭、云居寺、紫竹院，还是在故宫、北海、香山……随处都能感受到秋天的美。她美得像诗，美得像画，美得像歌，美得像酒，美得让人陶醉，美得让人魂牵梦绕，秋天把北京美成了紫禁城！

　　我爱北京的秋天，我爱北京的秋语秋韵、我爱北京的秋水秋叶、我爱北京的秋云秋月……

　　我把金秋的美，认真地藏进书房，藏在心里。

彩云轻舞凝诗意，
心语浅吟染墨香。
难得秋天潜入梦，
真如琴韵绕书房。

2018 年 10 月 15 日
作于北京玉泉山

澄怀雅情

诗意盛夏

（三首）

其一

三叠烟霞随处去，
一轮明月到吾家。
茶诗相伴消炎暑，
唐韵元曲咏岁华。

其二

夏山含黛风愈清，
翠浪欢歌月正明。
紫燕双飞迎祝福，
红莲一笑送馨情。

其三

烈日灼风阳气深，
时随节令汗涔涔。
湖边堤下临幽处，
折柄荷盘作伞荫。

2018 年 7 月 18 ~ 20 日
作于北京雅韵轩、河北白洋淀

端午两首

（一）

又逢端午总关情，
志尚流年感慨生。
华夏从来多俊杰，
屈原博得古今名。

（二）

楚辞激越韵千种，
唱响离骚山万重。
紧握驱魔三尺剑，
禹城①永固五洲彤。

2018 年 6 月 18 日
作于北京朝阳

澄怀雅情

---

① 禹城：中国的别称。除此外，还有禹迹、神州、九州、九牧、九域、
赤县、禹甸、中原、中土、函夏、华夏、海内、诸华、震旦等。

赞房山石花洞

  房山石花洞，距京城 55 公里。溶洞共分七层，上下高差达 150 米，一至五层洞长 5000 多米，六、七层为地下暗河及充水洞层。现游览长度达 2500 米。

  石花洞原名"潜真洞"，也叫石佛洞。自发现至今已有 500 多年。

  石花洞是目前国内岩溶洞穴中规模大、洞层多、沉积类型全、次生化学沉淀物数量大的洞穴。其美学价值和科研价值居世界洞穴前列。与闻名中外的桂林芦笛岩、福建玉华洞、杭州瑶琳洞并称中国四大岩溶洞穴。

  石花洞以天然形成的石花而得名。这里石花样式繁多，造型奇美，数量庞大，异彩纷呈，为国内洞穴之最，被誉为北京的"地下明珠"。洞中的石幔、石塔、石灯、石瀑布、双彩石盾、龙宫双柱等奇观，都是中外洞穴景观的精品。"瑶池石莲"，已经生长 32000 多年，由大片月奶石沉积而成，世界稀有；"黄河瀑泻"，由 12 米高、23 米宽的石钟乳形成，气势磅礴，雄伟壮观；"银旗漫卷""洞天三柱""后宫仙帐"等十二大奇观，令人赞叹不已。

  房山石花洞，已被评为国家重点风景名胜区、国家地质公园、国家 4A 级景区。

  周末，与老伴和朋友们游房山、赏溶洞，十分惬意。

耕云种月

金磊夫诗词集

银河九曲万千里，
钟乳石花五亿春。
漫步房山心先醉，
悠游龙界最销魂。
举身细阅玄黄迹，
低首探奇八裔痕。
京邑琦瑰甲天下，
此生有幸得相闻。

2018 年 5 月 6 日夜
作于房山潭木港村

澄怀雅情

赠老同学

同窗情深，没齿难忘。友情、真情、思念之情，常在心中。昔日形影不离，如今各自东西。

写一首小诗，送给小学、中学、大学和在职学习时所有的同学们。

岁月如流情难忘，
每逢相聚喜盈狂。
怎将白发分先后，
谁与青春论短长。
身在江湖常忆念，
胸怀家国有担当。
童心依旧人难老，
自在安康度夕阳。

2018 年 3 月 9 日

又记：

之所以称老同学，因其中最年轻的也已经近 70 岁了。

闲 题

　　退休后，悠闲自在。今冬来到海南岛，尽享南国的蓝天白云、海浪沙滩、椰风阳光……

　　　　此时情思此时天，
　　　　自在胜过做谪仙。
　　　　万事尽随风雨去，
　　　　琼东①留我度余年。

　　　　2018 年 1 月 20 日
　　　　作于琼海伊比亚

---

　　①　琼东：琼海市别称。位于海南省东部，因地处琼州东部沿海而得名。
　　琼海市属热带海洋性季风气候，四季不明显，年平均气温 24 度左右。琼海素有"文化之乡""华侨之乡""文明之乡""温泉之乡""红色娘子军故乡"等美誉。是人们旅游、休闲、度假的好去处。

万泉河边

（两首）

住在万泉河边，如同生活在画里面。

临窗眺望，远看白帆点点，近闻渔歌轻唱，椰风送爽，百花飘香，朝迎碧浪托日，暮送长河霞光……

在阳台上，面临万泉河，与家人、亲朋好友一起品茗、饮酒、看书、下棋、看渔帆竞渡；到河边垂钓，在椰林散步，在草地上放牧阳光，让幸福在悠闲中慢慢地流淌。

这样的好日子，值得珍惜。写下几行字，是为念。

家中望万泉河

浩浩烟波放眼收，

浪花欢跳戏扁舟。

水天共色逍遥唱，

听涛畅饮笑王侯①。

河边小憩

闲云追日拥蓝天，

轻霭直流通碧涟。

---

① 五侯：指公、侯、伯、子、男五等诸侯。也泛指权贵豪门。

知足乃为谙世故，
心中一笑已千年。

2017 年 12 月 30 日
作于琼海万泉河边

澄怀雅情

写在冬至日

（外一首）

春催日月行，
风唱百泉鸣。
谁酿桂花酒，
豪饮逸客情。

冬至迎春

星移斗转晓光飞，
更替阴阳总复回。
天道酬勤心不老，
惠风伴我送春归。

2017 年 12 月 22 日夜
於琼海嘉积镇

醉在白洋淀

（外一首）

今年的国庆、中秋两节相连。假期应孙书江、孟庆尊两位好友的邀请，约赵继烈（八一电影制片厂导演室主任）夫妇、张剑（中国名家书画院院长）夫妇、刘雨才（中国国画研究院副院长）夫妇共赴白洋淀赏秋。

泛舟白洋淀上，蓝天碧水间空气清新，惠风和畅，蒲草摇曳，芦花飘荡，鱼跃船舷，飞鸟竞翔……

晚上，礼花绽放，美酒飘香。庆尊兄自酿于贵州茅台镇的《国宴酒》，书江弟带来76度"酒头酒"，白洋淀中的肥鱼美蟹，自家种的蔬菜瓜果……让大家心胃通开，酒兴大增。正是"酒喝干，再斟满，不醉月难圆"。朋友们的身心在中秋夜彻底放松，在人生的旅途上有一次难得的"归零"。

记下此事，留给回忆。

酒后谙知水中天，
满船清梦载星渊。
谁堪浮世众过客，
几个能勾物外仙？

澄怀雅情

追　梦

夕照白洋共水天，
情通碧浪拥归船。
平生追梦美真善，
俗世难逢心上缘。

2017 年 10 月 2 日
作于白洋淀梦园

赠刘雨才先生

刘雨才先生自幼喜爱书画，1978 年师从著名美术家、书法家钟国全先生；1983 年拜何理康大师，专攻山水花鸟，成为刘海粟先生再传弟子；雨才先生尤善画虎，也是画虎大师胡爽庵的关门弟子。

雨才先生师出名门，博采众长，加之潜心研习，笔耕不辍，其作品思想深邃，构思奇巧，色彩亮丽，生动传神，因而深受人们的喜爱。

雨才先生是国家一级美术师。现任国家国画研究院副院长、世界华人文化艺术研究院副院长等多个职务。

我与雨才先生是老友，经常在瑞虎轩看他作画。与其品茶赏画是我的一大乐趣。

今赋诗一首，赠雨才先生。

挥洒丹青染霄汉，
龙吟虎啸画中闲。
胸怀山海春秋月，
笔底烟霞天地间。

2017 年 8 月 25 日
作于北京瑞虎轩

澄怀雅情

消暑乐

今夏入伏以来，持续高温天气，暑热难耐。

偶将在外边采集的小花，植于厅室玻璃杯、陶瓷瓶中，水培照料。只几日，竟报以盎然。不但使家中增添了活力和生机，而且满庭芳香。有如此清新，心中暑已半消。

家人皆喜。记之：

撷来花草赐清水，
惹得厅堂竞彩菲。
酷热欣逢此雅趣，
心更怡爽家更美。

2017 年 8 月 12 日午（丁酉年三伏天）
写于北京东郊

赏张剑先生画作有感

　　我认识很多军人，也熟悉其中一些军旅作家、画家和书法家。他们精忠爱国，能武能文，挥毫泼墨，激扬情思，把对美好江山的挚爱，对真、善、美的追索，通过画笔淋漓酣畅地奉献给人们，奉献给社会。张剑先生便是其中的一位。

　　他的作品，无论是军事题材还是山水、人物，无论是油画还是国画，都具有独特的艺术张力和心灵感染力。他身为军人，担任八一电影制片厂编导、中央电视台军事频道制片人。同时又是画界名人，兼任中国名家画院理事长、中国部长将军书画院副院长等多个社会职务。人非常随和厚道，乐善好施，因而也很有亲和力，可谓德艺双馨。

　　观其作品，有感：

　　　　　泼彩扬墨激风雷，

　　　　　化雨清风天地醉。

　　　　　剑胆琴心殊张韵，

　　　　　神功得道大修为。

2017 年 8 月 1 日於北京

作于八一电影制片厂

澄怀雅情

从善人生

　　62 岁离开工作岗位后，退而未休，又致力于中国煤矿尘肺病防治公益事业，已有 6 个年头。

　　根据国家有关规定和年龄原因，今辞去基金会副理事长职务。

　　做人，无论什么时候都要存善念、有善心、做善事、结善缘。这是我一生不变的信条。虽然没有公职，也不在基金会任职了，但我会将公益慈善事业坚持做下去。

心中若有桃花源，

处处都是艳阳天。

修佛无需菩提树，

行卧坐立皆参禅。

滚滚红尘谁与共，

茫茫人海皆前缘。

余生愿为公益忙，

美德传承慈善间。

2017 年 7 月 26 日

作于国家安监总局

情 诉

——写给六十五周岁的自己

回顾自己的人生路程，一路风风雨雨。经历过蹉跎岁月，尝受过酸甜苦辣，有得有失，但无怨无悔。

时务世间皆助我，
运通日月共光辉。
艰辛磨砺路多舛，
奋发争强从不悔。
忠义男儿真本色，
忘身家国勇于为。
功过一笑淡然去，
何顾人言是与非。

2017 年 5 月 22 日晨
写于朝阳万象新天

澄怀雅情

贺国产大型客机首飞成功

　　今天 15 时 19 分，国产 C919 大型客机在上海浦东机场圆满首飞。

　　这是我国经济、科技综合实力的重大体现，不仅打破了国外飞机巨头的市场垄断，也有助于国家军事实力的提高，并且可以产生巨大的社会效益。

　　有感而记：

万里碧空翔大鹏，

九州神鸟首飞行。

双翅擎起日和月，

昂然笑迎云与风。

自主研发追卓越，

创新发展耀芳程。

巨龙腾跃惊尘界，

旭日彤彤正东升。

2017 年 5 月 5 日夜
作于北京万象新天

淡泊人生

（两首）

清清白白做人，干干净净做事，坦坦荡荡处世，讲规矩，有底线，善宽容，能做事，淡泊名利，慎独、慎言、慎行。如此，方能安身立命，才能有尊严地活在世上！

（一）

无语蕊飘香，
淡怀人从容。
岁华留不住，
何顾又峥嵘？

（二）

贫富不移安立身，
朗晖皓月是知音。
任凭桃杏争春色。
难为繁花易此心。

2017 年 4 月 28 日
作于北京静心斋

澄怀雅情

过新年

　　春节，俗称过年、过新年、过大年，是中国传统中最重大的节日，也是与最亲的人共度的新春盛典。

　　今年携妻儿、还带着小孙子回长春，与老母亲及弟弟、妹妹等家人团聚，四世同堂，乐享天伦，共度佳节。

　　节日的春城，张灯结彩，霓虹闪烁，红旗高悬，烟花盛放，到处是一派喜气洋洋的景象。

　　此情此景，深深地留在记忆中。

　　　　花灯点缀春城美，
　　　　焰火炫煌不夜天。
　　　　笑语欢歌辞旧岁，
　　　　同堂四世过新年。

　　　2017 年 1 月 28 日夜
　　　於长春维多利亚庄园

自　题

　　每个人的生活情趣不同、爱好不同，追求也不同。有的偏重精神生活，有的偏重物质生活。无所谓好坏对错，只要适合自己，不妨碍他人，过得坦然、舒心，这样的日子就是好日子，这样的生活就是幸福生活。

　　　　　茶亦醉人何必酒，
　　　　　书能怡我不需花。
　　　　　耕云种月豪情在，
　　　　　胸有春秋气自华。

　　　　2016 年 12 月 5 日
　　　　作于万象新天静心斋

澄怀雅情

赠张剑兄

张剑，原名张学俭，生于1951年6月，1970年入伍，在济南军区政治部从事美术创作，1979年调入八一电影制片厂，任美编兼摄影师。其作品多次荣获全军优秀创作奖。

现为中国美术家协会会员、中国电影美术学会会员、北京电影电视艺术家协会理事、将军书画院常务副院长、中国名家画院理事长。作为艺术家，他德艺双馨；作为兄长，他谦和厚道。在与他交往的过程中，总是让人感到非常愉快。

道合志同缘共识，
几多心事两相知。
情胜手足感天地，
身外山河腹中诗。

2016年11月10日
作于将军书画院

吟残荷

　　国庆节期间，与家人和朋友在云居寺及周边游赏，一塘残荷静静地伫立在缀满金黄的柿树下。

　　时已入秋，很少有人光顾莲池，但我对残荷却情有独钟。虽粉黛已谢，但"出污泥而不染"的高贵气质和洁身自好的优雅芳魂未曾改变。

　　我敬重荷花的这种品格。颂之：

深秋残荷更清然，

情愫几名却不迁。

绰约风姿依如故，

芳魂傲骨是吾缘。

2016 年 10 月 2 日夜

作于北京云居寺

澄怀雅情

咏节气

（五首）

雨　水

因逢时节雨频频，
斜打轩窗净世尘。
大地复苏添暖意，
春风可识未闲人。

好雨知时节

春至燕归情意浓，
雨丝飘洒诱桃红。
知时如约苏天地，
节令若刀裁翠葱。

记于 2016 年 2 月 19 日

谷 雨

淳浓晨露凝缠绵，
又是飞花谷雨天。
庭后迎春先竞放，
院前榆树盛新钱。

作于 2016 年 4 月 19 日

秋 分

莫言四季近黄昏，
天地轮回正秋分。
流岁尽随风雨去，
闲将世事酒中论。

写于 2016 年 9 月 22 日

澄怀雅情

霜　降

风吹几片叶，
霜染万山秋。
虽知冬将近，
依然情不休。

记于 2016 年 10 月 23 日

记云居寺

北京最著名的巨刹——云居寺，坐落在房山区，建成至今已有 1400 多年的历史。

古寺坐落有序，殿宇层次分明。大殿内供奉着令世人瞩目的佛祖释迦牟尼肉身舍利。寺内珍藏的自隋、唐、辽、金、元、明六个朝代，逾千年不间断地雕刻的 14278 方石刻佛经，乃绝世珍宝。寺内还藏有世上少见的木板经书、舌血经书，以及建于隋唐的千年佛塔等，均乃国宝级镇寺之宝。

据管理处负责人介绍：日本侵华时，为掠夺石刻佛经，曾在云居寺及周边掘地三尺，仍未找到埋藏的石版经，躲过劫难。20世纪 50 年代，印度总理尼赫鲁访问北京，当他游访云居寺时，深知石版经的历史价值和其在世界佛教中的地位，便向陪同他的周恩来总理提出，希望中国能够同意印度用等重量的黄金换取几片石版经。周总理睿智地婉拒说，黄金有价，国宝无价。石刻佛经，历纷飞战火而不毁，经千秋万代而不残，能够完好地保存下来，乃国家之幸、国人之福！

2016 年秋。房山区文联、云居寺管理处会同中国名家画院、将军书画院、清华美院等单位在云居寺共同举办《法脉云居翰墨禅心——中国名家名画展》。应中国名家画院院长张剑先生的邀请，与妻子、友人参加活动，再访云居寺。

感由心生。特记：

清秋游古寺，
皓月照山林。

澄怀雅情

101

溪壑通河海[①]，
禅堂佛界深。
浮图悦天性，
潭水净身心。
万众瞻古刹，
千年诵善音。

2016 年 10 月 5 日
作于北京云居寺

① 拒马河在云居寺旁。为北京五大水系之一，属大清河支流，发源于河北涞源县西北太行山麓，流经北京房山十渡景区、张坊镇，汇入大清河，注入白洋淀，最后流入渤海。

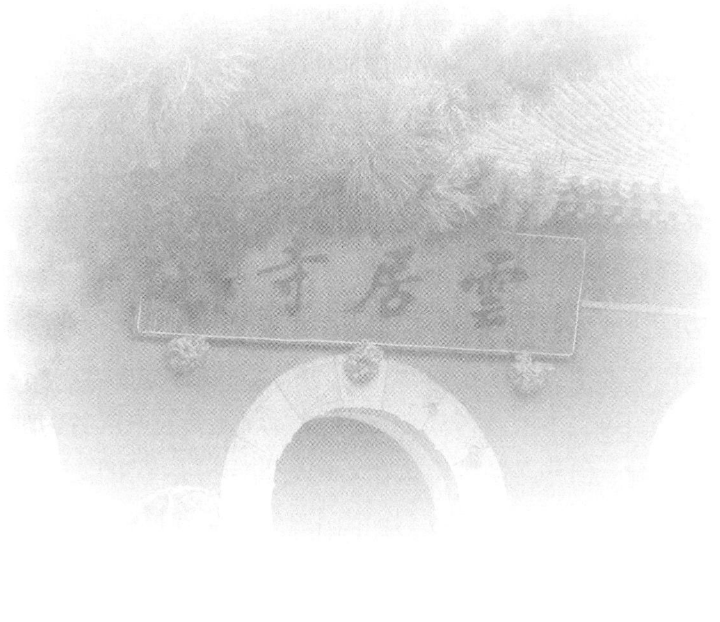

北国纪行

到祖国的最北边去看一看，这个想法由来已久。2016 年 8 月上旬，带着妻子与朋友们一起，终于踏上了畅游北国之路。

从北京飞到哈尔滨，再换乘汽车，先到牡丹江，经黑河，过加格达奇，走漠河，进大兴安岭，穿呼伦贝尔草原，再到齐齐哈尔，历时 14 天，一路登山、观湖、游水、逛草原、浴阳光、牧白云、赏边疆、体验民俗、品尝美食……

这次北国游，真是游哉、悠哉、美哉。万千感受凝练成一个字"爽"！

泛舟镜泊湖

镜泊湖位于黑龙江省安宁县境内的牡丹江干流上，海拔 351 米，湖水平均深度 40 米，蓄水量 16 亿立方米，是中国最大、世界第二大高山堰塞湖。满族先民称其为"忽汗海"，金代称"必尔腾湖"，因湖水照人如镜，清初改叫"镜泊湖"至今。

镜泊湖不仅是我国著名的旅游、避暑、疗养胜地，也是国际生态度假胜地，更是闻名世界的地质公园。

镜泊湖水秀山青，如同仙境。泛舟湖上，远眺群山环绕，有一处叠加的山峦极像伟人毛泽东的巨幅卧像，人尊称其"毛公山"。山下又有两座山相向而峙，其形如同两条鳄鱼拱卫"毛公山"。

大自然的造化让人惊叹不已。

澄怀雅情

湖平若镜碧如蓝，
巧堰丹江在岭间。
天地长存伟人志，
双峰敬守毛公山。

游五大连池

（两首）

五大连池在黑龙江的西北部（黑河市西南 230 公里处），是一个由火山群和堰塞湖群组成的风景名胜区。

由于地球运动，14 个独立的火山锥和一系列盾状火山在这里突兀。最近的一次火山喷发发生在 1719—1721 年，形成了现在看到的"老黑山"和"火烧山"。这次火山喷发溢流的熔岩在四个地方阻塞了石龙江，形成了五个堰塞湖，五大连池由此得名。五池分别称为：莲花湖（一池）、燕山湖（二池）、白龙湖（三池）、鹤鸣湖（四池）、如意湖（五池）。

鬼斧神工，五湖相连，串珠状湖群镶嵌在松嫩平原上，蔚为奇观。

（一）

借得龙涎逾五环，
移来天上几堆山。
凡人不解地心热，
喷吐熔岩奉世间。

耕云种月

金磊夫诗词集

（二）

踏翠驾风梦影悠，

黑山秀水两相投。

不期宾客心澎湃，

似醉如痴画中游。

畅游额尔古纳

额尔古纳河是黑龙江的正源，发源于大兴安岭，全长 1666 公里，是中国与俄罗斯的界河。额尔古纳河是鄂温克语的译音，意为鄂温克江。

逆额尔古纳河沿中俄边境公路行驶，两岸风光秀丽迷人。蓝天下飘着白云，草地上奔跑着牛羊，河湖交错，青山起伏，炊烟袅袅……边境风光竟如同诗画一般，美得让人赏心悦目。

这条路无愧"世界上最美的公路"，非常值得走一走，看一看。

额尔古纳荡碧波，

山河相伴睦中俄。

深情无处不流淌，

一路欢游一路歌。

澄怀雅情

拥抱呼伦贝尔

呼伦贝尔大草原位于大兴安岭以西,由呼伦湖和贝尔湖而得名。

呼伦贝尔草原总面积 10 万平方公里,3000 多条河流纵横交错,500 多个湖泊星罗棋布,水草丰美,牛羊肥壮,是世界著名的天然牧场。这是一片净土,也是成吉思汗的故乡,更是世界闻名的休闲旅游胜地。

到大草原来,感受一下它博大的胸怀,呼吸一下沁人心脾的空气,喝一碗珍藏的马奶酒,吃一块香嫩的手把肉,唱一曲深情的"美丽的草原我的家"……

牛羊满坡花满山,
马头琴声荡心弦。
欲知仙境有多美,
请到内蒙大草原。

2016 年 8 月 9 ～ 22 日
写于黑龙江旅途中

北戴河两首

其一

自主沉浮遂意行，
随波逐影本非能。
搏潮击水千重浪，
笑领海涛万马腾。

其二

海天相接灏飞淙，
跃上潮头几万重。
白帆片片胸中过，
翔鸥声声唱东风。

2016 年 7 月 26 日
於北戴河煤矿工人疗养院

澄
怀
雅
情

情系清明

花树染春山，
轻风弄翠烟。
驱车千里疾，
虔肃往太原。
又饮汾河水，
遥知一寸丹。
酬恩泪如雨，
忠孝驻心间。

2016 年 4 月 4 日
写于太原市

又记：

清明节，与妻离京赴太原为岳父、岳母扫墓。

岳父、岳母都是山西人。岳父 1942 年参加革命，在抗日战争、解放战争和抗美援朝战争中多次立功受奖。1954年转业到中国人民银行吉林分行工作，1989 年因病去世。岳母质朴善良，为人热心，处世开明，于 2008 年去世。

赏菊有感

（两首）

北京北海公园作为皇家园林，早在明代就有皇帝与大臣们"西苑观菊"的记载，之后逐渐由皇家推广到民间。

北京市菊花展作为一项传统活动，从 1980 年开始，至今已经举办 36 届。每到群芳凋零的深秋，北海公园内，200 多个品种的上万株秋菊，傲霜怒放，繁花似锦，品菊赏秋的人络绎不绝，正可谓人如潮、花如海。

每年的这个时候，我喜欢与家人、朋友们到这里踏秋赏菊。

其一

帝苑金英①傲世开，
无蜂无蝶绝尘埃。
柔姿丽影凌风绽，
冷蕊暗香共抒怀。

其二

秋风荡尽满庭芳，
独有九华生异香。

澄怀雅情

---

① 金英：菊花的雅称。菊花还称：九华、黄华、金蕊、金翘、秋华、秋芳、冷香、寒英、贞花、东篱、陶菊、延年、长生、延寿客等。

耕云种月

金磊夫诗词集

高洁何嫌知己少，
清心如故谢时光。

2015 年 10 月 20 日
作于北海公园

寒露吟怀

（外一首）

今天 22 时 42 分 47 秒寒露。

寒露，是一年中的第十七个节气，也是秋季的第五个节气。《月令七十二候集解》对寒露的解释："露气寒冷，将凝结也。"

寒露，是一场从凉爽到萧瑟的过渡，是一次从秋天向冬天的进发。这个时节，我国南岭①及以北地区大部分已进入秋季，东北地区进入深秋，西北地区已经或将进入冬季。

此时的北京，秋意渐浓，正可谓"万木霜天红烂漫"。

雾重霜浓晓风寒，
天送菊香荷叶残。
时至深秋思故里，
枫栌正艳雁南迁。

寒露时节

寒露凝霜入深秋，
疾风萧瑟荡神州。

澄怀雅情

---

① 南岭，是自秦始对楚国以南的（湘桂赣粤）群山区域的总称。后承其名，南岭指湖南、江西、广东、广西四省（区）相连的群山区域。

更阑厅舍生冷意，
晨起庭前落叶稠。

2015 年 10 月 8 日
写于北京雅韵轩

又度重阳

春雨才浇杨柳绿，
秋风又染菊花黄。
荣华好似三更梦，
富贵如同九月霜。
成败斯须成故事，
功名转瞬变过往。
德天福地总难老，
看淡炎凉度重阳。

2015 年 9 月 13 日
（农历戊戌年重阳节）
作于北京万象新天

澄怀雅情

春秋杂咏

（两首）

与孙同乐

风和日丽好时光，
满眼春花扑面香。
祖孙同欢放纸鹞，
直将笑口向天张。

2015 年 4 月 17 日

秋月逐云

春花瞬时谢，
秋月逐云飞。
我欲乘风去，
身披彩锦归。

2015 年 9 月 9 日
於北京奥林匹克公园

小暑感怀

（三首）

今日小暑，开始进入伏天。所谓"热在三伏"，既小暑到大暑这段时间，是一年中气温最高，且又潮湿、闷热的时段。

（一）

炎威盛夏小暑天，
悠逸庭前细听蝉。
浊酒三杯流俗世，
清茶一盏敬余年。

（二）

身无繁务歇双肩，
暑赏荷塘别样天。
水上云烟凝花露，
心中诗韵跃飞笺。

（三）

小暑骄日汗长流，
蛙叫蝉鸣噪不休。

澄怀雅情

老友相邀微信至，
解烦消夏上茶楼。

2015 年 7 月 7 日
作于北京静雅堂

耕云种月

金磊夫诗词集

果花春吟

（四首）

　　春天，各种水果花竞相盛开，其香赏心，其形悦目，其果可待。正可谓"春时无限好，秋果在其中。"

桃　花

娇羞芳蕊谢尘容，
粉面桃花相映红。
仙韵千重似霞染，
婵娟万里笑春风。

梨　花

圣洁如雪最真情，
如絮轻飞花满城。
惆怅世间多浮躁，
人生看得几清明？

杏　花

浅笑嫣然百卉羞，
薄施粉黛醉枝头。

迎春吐蕊道心曲，
花韵入诗解风流。

苹果花

枝间繁花向天涯，
奈子①飘香凝玉华。
待到金秋丰收季，
满山苹果乐农家。

2015 年 3 月 30 日
於北京雅韵轩

---

① 奈子：苹果花的别称。苹果也称超凡子、天然子、平波、滔婆、
林檎、平安果、智慧果等。

自　吟

心为田地笔勤耕，
老骥伏枥为业成。
流水从来皆少意，
落花不必自多情。
莫嗟世态总常变，
守得清明万象平。
春若有情应化雨，
何须忍泣作雷声？

2015 年 3 月 22 日夜
作于北京静心斋

澄怀雅情

颂梅花

　　梅花没有牡丹的雍容华贵，没有杜鹃的俏丽动人，也没有玫瑰的妩媚多姿，但它纯洁质朴，凌雪傲放，高贵坚贞，令人敬佩。

　　我爱梅花！

一缕芳魂总未消，
清风缠染暗香摇。
冰轮皓皓罗浮梦，
傲骨铮铮驿外桥。
热念攒心关不住，
玉壶催蕊待谁浇。
丹霞飞舞丝三弄，
梅韵升腾漫九霄。

2014 年 12 月 19 日
作于北京常营

访秀山边城小镇

秀山土家族苗族自治县（简称秀山县），位于重庆市东南部，处于武陵山脉中段。

秀山县东连湖南花垣县，西南接贵州松桃县，是川东南的重要门户。秀山的洪安也是解放大西南的起点，1949 年 11 月，向大西南进军的第二野战军司令部就设在这里。

秀山名副其实，水秀山清，风光瑰丽，人杰地灵，民族文化独特、厚重。这里的洪安"边城区"与一河之隔的花垣"边城镇"共同构成了"边城古镇"。

今访这座享誉国内外的古朴小镇，感到十分亲切。

酉水从西流，
蜀川至此尽。
飘飘黔地雨，
卷动楚天云。
区镇俩相抱，
鸡鸣三省闻。
边城多趣史，
厚重乃人文。

2014 年 11 月 22 日
作于边城小镇

澄怀雅情

121

夜色边城

（外一首）

读沈从文创作的中篇小说《边城》，知道湖南湘西土家族苗族自治州花垣县的边城小镇。该小说以20世纪30年代川湘交界的小镇为背景，以兼具抒情诗和小品文的优美笔触，描绘了湘西地区特有的风土人情；借船家少女翠翠的纯爱故事，展现出了人性的善良美好。

读过这本小说后，一直想亲眼看看这个小镇，看看那里的人，看看那条河，坐坐那里的船，感受一下小镇的人情世故，寻访岁月留下的痕迹。

今到重庆，恰这里的朋友也早有此意，我们一拍即合。说走就走，下午4点钟踏上了征程，飞奔了450公里后，晚上10点半我们到了心仪已久的边城小镇。小镇静悄悄的，似乎已经睡着了。月光下，河水悠悠地流淌，大山的倒影映在河里，泊在河边的渡船在水中飘荡着……

边城小镇位于重庆、湖南、贵州的交界处，可谓"一脚踏三省"。小镇以前叫"茶峒古镇"。是沈从文先生的《边城》让这个地方大火起来，吸引了无数游人。因此，2005年茶峒古镇正式更名为边城小镇。小镇与重庆秀山县的洪安镇隔河相望。

边城小镇依山傍水，远离都市的喧嚣，给人一种清新、宁静、安详、和顺的感觉。月色笼罩着小镇，好像整个世界都因此安静了下来。

银星点点夜朦胧，
古镇悠悠诗意浓。
月下白河^①呢细语，
小城多感入怀中。

边城随笔

静观酉水涌清波，
手握尖山当墨磨。
提起白塔似为笔，
挥于青野写诗多。

2014 年 11 月 21 日深夜
作于边城小镇

澄怀雅情

---

① 《边城》小说中的那条河，历史上叫酉水；现在的名字叫白河。

乌江画廊

　　西自重庆酉阳县、彭水县与贵州沿河县相连处起，东至阿蓬江与乌江交汇的凤凰山麓，被称为"百里画廊"。此山、此水、此境、此景，确是名副其实，无愧为集自然山水、历史古镇、民俗风情为一体的高品位风景名胜区。

　　这里万仞峭壁，如劈似砍，各显峥嵘；江天远衔，碧波奔流，渔帆竞渡。可谓：舟行碧波上，人在画中游……

　　走进这里，如同走进了长长的、有着生命的山水画卷。

峰秀西南半壁天，
碧波如练拥江帆。
山光诱得红霞近，
水色引来银月圆。
试问何缘成此景？
画廊百里乃天然。
凡人到此已开悟，
动我禅机做隐贤。

2014 年 11 月 20 日
作于龚滩古镇

梦圆酉阳

（外一首）

　　一直苦苦寻觅世外桃源。今天，终于圆了寻桃花源之梦。世上真有桃花源，她就在重庆酉阳！

一直心仪仙境游，
访寻足迹遍神州。
酉阳今日得亲见，
千载桃源韵独幽。

问路桃源

莺歌燕舞云缠岗，
水碧风清垂柳飔。
不识武陵隐没处，
停车借问浣衣娘。

2014 年 11 月 19 日
记于酉阳

澄怀雅情

125

小驻桃花源

　　陶渊明笔下的《桃花源记》，引发了古今多少人对田园生活的遐想和探寻。

　　今天走进酉阳桃花源。这里风光秀丽、溪水潺潺、桃花盛开、古树参天，民风淳朴，生态自然……置身这里，仿若隔世，似又回到了东晋时代。

几片闲云伴竹楼，
群群鸭鹅戏渔舟。
溪边少妇浣衣袂，
田里乡农唤水牛。
孩稚窗前工字画，
叟翁树下对棋酒。
雄鸡山上唱新日，
旺犬村中吠夜斗。
柳绿桃红人和顺，
吾疑恋此不须走。

2014 年 11 月 18 日
记于桃花源

新征程

　　已经超期工作一年半（国家规定 60 周岁退休）。在组织上宣布我退休之前，国家安全生产监督管理总局党组推荐、经中国煤矿尘肺病防治基金会理事会选举，我当选为基金会副理事长。

　　退而不休，换个岗位继续奉献。我将不负重托，尽心竭力地为尘肺病人、为尘肺病防治努力工作，把自己的余生奉献给中国职业安全健康和社会公益慈善事业。

踏浪扬帆携梦行，

公益路上又新征。

青春无悔成过往，

奉献余年酬晚情。

2014 年 9 月 28 日午

作于国家安监总局

澄怀雅情

赏何涛先生书法有感

　　作此诗赠送好友：书法大师、中企艺术研究院院长、国资书画院院长何涛先生。

一杯香茗一壶酒，
半醉春山半醒秋。
妙手依天挥巨笔，
神工扬墨法清道。
五千岁月掌心过，
亿万江河胸中流。
热血丹青咏华夏，
颜筋柳骨向天酬。

2014 年 8 月 8 日夜
於国资书画院

重游镜泊湖

镜泊湖，是中国最大、世界第二大高山堰塞湖。位于牡丹江市西南部的牡丹江干流上，湖面海拔 351 米，湖水平均深度约 40 米。

镜泊湖是著名的旅游、避暑和休闲疗养胜地。拥有"国际生态旅游度假胜地""世界地质公园"等美誉。

我曾于 1985 年首次、2004 年第二次到镜泊湖，这是第三次，故地重游。与前两次的匆匆而过不同，这次是退休后到这里旅游，可以静下心来，观山赏水抒情，静享悠闲。

镜泊湖水碧如烟，
岚雨空蒙景万千。
山接霄元悬倒影，
云浮江面自悠然。

2014 年 8 月 6 日
作于牡丹江市

澄怀雅情

夏至轻吟

（外一首）

"日长之至，日影短至，至者，极也，故曰夏至。"

与冬至相对应，夏至的到来，提醒我们一年中最炎热的时候开始了。这是一个最热情奔放的时节，夏雨潇洒，夏花绚烂，夏夜浪漫……

暑日到来昼最长，
池塘小憩纳馨凉。
碧荷笑露尖尖角，
蜻蜓乐闻朵朵香。
我敬莲花真节操，
君尊清浪洗骄阳。
蜂飞蝶舞唱新韵，
夏至轻吟夜未央。

诗意夏至

烈阳似火天时行，
夜短昼长暑气生。
蛙鼓蝉鸣浑欲醉，
唯应节令懂诗情。

2014 年 6 月 21 日
作于北京东郊

中秋感怀

时值中秋，兴作此句，送给诸亲朋好友，以慰思念之情。

落座三杯豪气生，
起身一笑紫云腾。
心通狂笔作诗画，
手捧金秋送友朋。

2013 年 9 月 19 日

又记：

今收到了诸多朋友的中秋唱和，甚喜。附录如下：

附:《光明日报》原副总编辑、国务院参事室新闻顾问赵德润先生诗句

明月几时有？
中秋乐团圆。
磊夫多才干，
好友并乡贤。

澄怀雅情

131

附：中央国家机关纪工委书记姜永辉先生诗句

凉风起时中秋近，
月盈月亏总关情。
金色满月念挚友，
举杯邀月亲切生。

附：冶金工业出版社社长谭学余先生诗句

举杯相约故人来，
一曲天歌广寒声。
泼墨吟诗两相映，
关山飞渡任驰骋。

附：北京修远教育科学研究院院长杨晴然诗句

杯盏摇曳犹添兴，
虽笑心中万山横。
诗意美景相媲美，
不能释然笑此生。

附:《中国安全生产报》《中国煤炭报》副主编王正民先生诗句

和磊夫先生《七绝》——有感领导为人

磊落政学付平生,
心物虚实任纵横。
江山运持诗亦画,
惠施老友泽新朋。

附：锦州环保局栾力兄诗句

读你的这首诗,想起那年在长春,你送我回临江的雪夜,因步弟诗韵而和之。一笑!

读磊夫弟诗有感

遥想当年感慨生,
长春雪夜白山横。
三十五载随风去,
心中常念弟亦朋。

2013 年 9 月 19 日

澄怀雅情

133

赣州^①四首

赣州是座历史名城，有2200多年建城史。据载，宋代这里便成为全国较大的城市之一，与当时的开封、洛阳、长安等齐名。

这是一片美丽、富饶的土地，养育了质朴、勤奋的人民。站在城内巍峨的"八境台"上，俯视三江奔湍，笑揽四面来风，赣州八大名胜尽收眼底。

此楼建于北宋嘉祐年间（1065—1063年），因郡守孔宗瀚筑台后绘制《虔州八境图》，并以图求诗于苏轼而得名。台高28.5米，朱楼碧瓦，雄伟壮观。

2013年仲夏，与友人登临此楼。有感：

（一）

宾朋相聚共高楼，

坐看三江^②绕郡流，

拜读前贤^③传世作，

再吟新曲咏虔州^④。

---

① 绍兴二十三年（公元1153年）改虔州为赣州。赣州是全国地域面积较大的地级市之一，也是江西省人口最多的城市。它有着悠久的历史和光荣的传统，素有"江南宋城""客家摇篮""共和国摇篮""世界钨都""稀土王国"等美誉。

② 章江与贡江一左一右，在赣州城内逶迤奔流后汇合，始为赣江。所以赣州城独拥三江，此乃天成。

③ 苏轼一生曾两次经过并在赣州停留，他尽览赣州美景佳境，题诗寄慨，留下44首传世佳作，今有幸得以拜读。

苏轼两次到赣州的时间、背景不同，但他却有相同的感悟：官宦沉浮已如昨日黄花，友谊至交才能亘古不变。今天想来，道理依然。

④ 虔州：赣州的古称，亦称虔城、赣南、赣州府等。

（二）

卧波踏浪夜微明，
梦至赣江酒半醒。
渔火月光依野屋。
今时吾辈伴孤亭①。

（三）

当从世外望尘中，
无限情思烟雨蒙。
山水诱人迷南北，
孤亭高耸辨西东。

（四）

涛头奔湍惟向前，
赣州奋蹄再加鞭②。
远客至此情难舍，
紫气升腾颂平安。

2013 年 6 月 26 日於赣州

---

① 郁孤亭位于赣州城区西北贺兰山顶，是城区的制高点。此亭因
坐落山顶、郁然孤峙而得名。是赣州八大名胜之一。

② 改革开放的赣州，以明显的后发优势正在崛起，经济社会已经
进入了全面发展的快车道，犹如万马奔腾的赣江水，势不可挡。

澄怀雅情

家添龙角

　　国运昌盛，乃旺龙子龙孙。癸巳年四月十九日凌晨三时，儿媳在北京大学第三附属医院喜生男婴。

　　家中添宝，大家特别高兴。从此，我正式升格为"正爷级"。家之乐！族之喜！国之运！愿小孙孙在明媚的阳光下，健康、幸福成长。

国盛富天宝，
家兴添龙角[①]。
人丁旺华夏，
鸿运代代高！

2013 年 5 月 28 日晨
记于北医三院

又记：

　　孙属蛇，为小龙。太奶奶为其取乳名：阿龙。

　　出生时体重6.8市斤，身长54公分，高额大眼，白白胖胖，招人喜爱，家人爱称他"壮壮"。祝愿孙孙茁壮成长，成为栋梁！

[①] 龙角：含两意，其一为犹日角；其二为东方苍龙星座。

心　曲

又是一年的生日，已经是第 61 个。

过了耳顺之年，感悟也多了一些，记下心得，以感谢文学对自己的熏陶，感谢走在业余文学创作路上的过往。

　　吾以真诚作逸篇，
　　无心追俗卖狂癫。
　　激水扬墨抒胸臆，
　　情起笔伏舞巨澜。
　　搏浪弄潮驱浊气，
　　耕云种月敢飞天。
　　等闲之辈也风雅，
　　自得其乐做鹤仙。

2013 年 5 月 22 日
作于北京万象新天

澄怀雅情

感谢李智良叔叔

　　大年初一，拜望既是长辈、恩师，也是老邻居的原人民银行长春分行行长李智良大叔一家人，幸得大叔墨宝"天道酬勤"。字如其人，他的书法俊朗、飘逸、刚劲。送我们这幅书法作品，是老人家对我们过去的赞许，也是对我们今后的期盼，更是一种至深大爱。

　　由衷地感谢李大叔长期以来对妻子和我在生活、学习、工作等多方面的关心、爱护和支持，并祝智良叔叔健康长寿，阖家幸福。

智良先生大风范，
胸有乾坤挥毫间。
凌麟飞甲行天道，
笔走龙蛇壮河山。
铭记教诲当精进，
吾将奋蹄再加鞭。
男儿应伴天地老，
铁血忠魂献轩辕。

2013 年 2 月 10 日
作于长春维多利亚

雪中行

春节期间，时值第 29 届哈尔滨国际冰雪节（与日本札幌冰雪节、加拿大魁北克冬季狂欢节、挪威奥斯陆滑雪节并称世界冰雪"四大盛会"）正在举办。

陪文新夫妇等湖北来的朋友，同游北国冰城——哈尔滨，欢度冰雪节。从长春出发，驱车茫茫雪原，一路银装素裹，如同置身童话世界。

仅这段行程，就让南方来的朋友惊叹不已！记此。

银色三千界，

冰姿一万重。

朔风朝日啸，

唤我乘飞龙。

2013 年 2 月 6 日

吟于长春—哈尔滨的路上

澄怀雅情

壶口瀑布游感

　　壶口瀑布，是中国第二大瀑布，也是世界上最大的黄色瀑布。它东依山西吉县壶口镇，西临陕西宜川壶口镇，为两省共有旅游资源。南距西安 350 公里，北距太原 387 公里。

　　黄河奔流至此，两岸石壁峭立，河道收束狭如壶口，故名壶口瀑布。瀑布上游黄河水面宽 300 多米，在不到 500 米长的距离内，陡然收缩到 20 ~ 30 米的宽度，1000 立方米 / 秒的河水，从 20 多米高的陡崖上倾泻而下，形成"千里黄河一壶收"的惊天气概。

　　虽然已经是第二次到这里，当再次看到此情此景，心中仍为之震撼。

滚滚黄河腾巨流，
峰横山挡陷壶口。
冲天一怒昂然去，
直向东海做壮游。

2012 年 7 月 10 日
写于山西省吉县壶口镇

耕云种月

金磊夫诗词集

访瑞金

瑞金是苏区时期党中央驻地，也是中华苏维埃中央政府诞生地，是闻名中外的红色故都，共和国摇篮。

1931 年 11 月 7—20 日，中国共产党在瑞金召开了"中华苏维埃第一次全国代表大会"。会议选举产生了以工农为主体的人民民主政权——中华苏维埃共和国临时中央政府。这是中国五千年历史上，第一个由共产党领导开创的人民当家作主的红色政权。

上海建党，开天辟地；南昌建军，惊天动地；瑞金建政，翻天覆地；北京建国，改天换地。

猎猎旌旗唱雄师，

燎原星火正逢时。

醒狮啸聚向红日，

惟我工农肝胆赤。

2012 年 6 月 21 日

作于江西瑞金

澄怀雅情

花甲醉题

花甲正当五月中，
亲朋聚贺最情浓。
银髯鹤发童心在，
不是南阳竟卧龙。

2012 年 5 月 22 日夜
於北京

又记：

　　今天，正值花甲。非常高兴！

　　虽然，此前一直封锁生日消息，因自己不太愿意过生日。但还是有一些至交、亲朋知道底细，好意前来聚贺。

　　谢谢各位！不醉不归！

　　将自己的人生"归零"一次，让后半生从今天开始。

　　上半场赢了，不算真赢。退休后，要颐养天年，健康长寿，努力赢得下半场。只有全场赢了才是真正的赢家。珍惜过往，活好当下，坚信自己一定能！

访红螺寺

红螺寺位于北京怀柔城北，距北京市区约 55 公里。

它始建于东晋咸康四年（公元 338 年），原名大明寺。明正统年间易名"护国资福禅寺"，俗称红螺寺，自唐、辽、金、元至明、清都在不断扩建。其作为皇家寺庙、皇家园林而闻名于世。

红螺寺背依红螺山，南照红螺湖，布局严谨，气势雄伟，山环水绕，林木丰茂，古树参天，更显"碧波藏古刹"的庄严幽静。

已经记不清去过多少次。大多是陪亲人或友人。这次是专程游访红螺寺，留下了很深的印象。

空山瑞影清，
古刹禅堂静。
潺潺溪流唱，
声声百鸟鸣。

2012 年 4 月 25 日
记于怀柔红螺寺

澄怀雅情

143

赠陈善广先生①

玉兔回眸月含笑，
金龙昂首舞春潮。
迎来盛世神州喜，
航天英雄跃九霄。

2012 年 1 月 23 日

附：陈善广先生诗作两首

恭贺龙年

龙年春色满神州，
龙腾虎跃争上游。
龙马精神续新篇，
龙飞凤舞竞风流。

2012 年 1 月 22 日

---

① 陈善广先生作为中国航天员科研训练中心主任、中国航天医学
工程、人因工程学科带头人，是位既勇武坚强的当代军人，又是位
才华出众的诗人。能文能武，人才难得。

兔年贺岁

玲珑智慧自逍遥，
坎坷只当泥丸跳。
痴心守月耐寂苦，
迎我天军上九霄。

2011 年 2 月 3 日

澄怀雅情

145

庆贺神舟八号与天宫一号对接成功

天宫一号是中国首个目标飞行器,于 2011 年 9 月 29 日发射。按照计划,神八、神九、神十飞船将在两年内,依次与天宫一号完成无人或有人交会对接任务,并建立中国首个空间实验室。

2011 年 11 月 3 日凌晨 1 点 36 分,神舟八号以每小时 2.8 万公里的速度,绕地球飞行 30 圈后,与天宫一号在近地轨道成功对接,形成组合体继续飞行。12 天后,它们将分离并进行第二次交会对接实验。

中国航天技术的快速发展,是科技实力和经济实力的体现,是人类文明的巨大飞跃。极大地增强了我们的民族自尊心、自信心和自豪感。

天宫一号笑声频,
神八飞身紧追寻。
相拥苍穹情眷眷,
芳心缱绻盼伊人。

2011 年 11 月 3 日
写于北京航天城

国殇墓园祭

凄凄秋雨雾涵烟，
草寂林深共潸然。
雄杰献身烽火里，
丰碑树立众心间。
捐躯救国明公义，
抛血为民感祭坛。
岂肯倭奴来犯我，
精忠守护九州安。

2011 年 10 月 29 日
写于腾冲市腾越镇

后记：

　　腾冲远征军抗日国殇墓园（滇西抗战纪念馆），在腾冲市西南叠水河畔小团坡下，为纪念收复腾冲的中国远征军阵亡将士（共 9618 位英灵）而修建，1945 年 7 月 7 日落成。

　　墓园建筑群由墓碑群、忠烈祠、纪念馆、纪念塔、纪念碑、纪念广场、英烈墓冢等构成。松、杉、竹、柏、杜鹃、山茶等映衬其间。墓碑以最上方的纪念塔为中心，呈四面八方放射状排列。中轴线左边安葬的是二十集团军 53 军阵亡

澄怀雅情

将士，右边是 54 军阵亡将士。

　　从 2012 年开始，每年的清明都在国殇墓园举办抗日先烈忠魂祭奠活动和腾冲光复纪念活动。

易县秋游

（外一首）

　　入秋，与家人和朋友到河北易县山区。这里云蒙山、永宁山、狼牙山纵横交错，南湖、易水河、易水湖波光闪闪，燕下都、清西陵庄严浩大……

　　登狼牙山、游易水湖、住农家院、品尝山野风味，浴山风、听溪流、赏山林、看秋色、观星月，好个心旷神怡。

静心赏月自怡然，
身在清秋山水前。
难怪云深逢隐士，
逍遥乡野做神仙。

谒荆轲塔

燕山横列易水河，
战国七雄世事多。
匕见图穷刺嬴政，
咸阳命断乃荆轲。

2011 年 9 月 22 日
写于河北易县

澄怀雅情

149

写给自己

世态炎凉，社会浮躁，人心不古。吾辈更当洁身自好，明志守操，有底线、有格局、有情怀，胸襟坦荡，磊落为人，勤奋做事，无愧于心。

两袖清风行大道，
一身正气做贤人。
真金不怕火中炼，
浮世更需守善心。

2011 年 6 月 27 日
记于北京静心斋

故乡情

（外一首）

梦华故里少年志，
情致家国离校门。
老骥伏枥酬岁月，
归来无愧海龙①人。

家乡美

杏岭花香十里醉，
磨盘湖水戏龙湾。
山城红梅兴华夏，
海龙古镇换新颜。
李炉双兴烟霞美，
康营一座秀千山，
水道新合共吉乐，
五奎叠翠隐龙泉，

---

① 海龙县、海龙镇是我的故乡。清朝时海龙厅、海龙府均设在海龙镇。随着经济社会的发展，1956年10月26日，海龙县城由海龙镇迁至梅河口镇。1985年国务院批准撤销海龙县，设立梅河口市。

澄怀雅情

耕云种月

金磊夫诗词集

喜看小杨曙光照，

梅城①胜似桃花源。

2011 年 5 月 22 日
於海龙古镇

①　梅河口市辖 12 个镇、7 个乡、5 个街道。诗中分别嵌入杏岭乡、湾龙乡、山城镇、红梅镇、兴华乡、海龙镇、李炉乡、双兴乡、康大营乡、一座营乡、水道镇、新合镇、吉乐乡、小杨乡、曙光镇。磨盘湖、五奎山、龙泉寺为梅河口市旅游景区。

雪夜诗笺

（外一首）

　　隆冬腊月，窗外寒风呼啸，瑞雪飘飘。屋内温暖如春，家人已经安睡了。如此雪夜，祥瑞静好。

　　深夜无眠。索性起身，泡杯热茶，翻阅闲书，愈发来了精神，提笔写几行字，又看几段书。不知不觉天已放亮。

　　拉开窗帘，忽见房前的几树梅花在笑我。

窗外朔风正呼啸，
厅中茶暖香漫飘。
琼妃①夜伴写诗篇，
旭日东升梅蕊笑。

飞雪入诗

天女散花岁暮时，
闲看瑞叶恋松树。
山河莽荡皆银色，
玉蝶纷飞乱入诗。

2010 年 12 月 22 日夜
作于常营雅韵轩

---

　　① 琼妃：雪花的雅称。亦称瑞叶、玉蝶、寒酥、璇花、六花、凝雨、琼芳、天花、仙藻、银粟等。

澄怀雅情

遣 怀

人生，不是心情，而是心态。

用一朵花看世界，世界就在花中；用一颗心看世界，世界就在心中。

美丽的风景，不如美丽的心情；美丽的心情，不如拥有一种美丽的心态。

人生逆顺自安然，
长路必多几许弯。
风起不惊任澜浪[①]，
雨狂何惧凭神闲。
常望远水思清野，
总将轻岚入碧山。
只让俗心常淡定，
诗茶相伴赏云烟。

2010 年 9 月 20 日
於北京亚运村

---

① 澜浪：指放浪无拘。

写在承德

承德是首批国家历史文化名城。1703 年,清康熙帝在这里修建避暑山庄,成为清王朝的第二个政治中心。1733 年雍正取"承受先祖德泽"之意,赐字"皇承天德",设承德直隶州,始称"承德"。

承德避暑山庄及周围寺庙为国家重点风景名胜区,被联合国教科文组织批准为世界文化遗产。

夏日,与朋友们到承德避暑山庄及坝上游赏,感叹这里发生的巨大变化。

御道驱车行,
承德觅帝京。
从前封禁地,
到处是新城。

2010 年 7 月 9 日
作于承德避暑山庄

澄怀雅情

玉渊潭春色

　　玉渊潭在京城的公园当中，历史比较久远。金代时便是金中都的风景游览地；辽金时代，这里又有了士大夫们追求隐逸雅趣的"养尊林泉""钓鱼河曲"等名胜；清乾隆三十八年（公元1773年），再将这里浚治成湖，东部还建有行宫。新中国成立后，为配合永定河引水工程，在旧湖南面挖了一个约10公顷的新湖，状如葫芦，称"八一湖"，还在下游建了一座实验电站，使新旧两湖贯通，既能引水，又能蓄水，并且丰富了游赏景色。

　　1960年，北京市政府将其定名为"玉渊潭公园"，正式对公众开放。1990年，北京园林部门对玉渊潭公园进行了大规模的整治建设；2001年，玉渊潭公园被评为3A级景区；2010年被评为4A级景区。

　　进京工作、生活了20多年，今天第一次走进玉渊潭。这里的景色果然如同它的名字一样美。真是相见恨晚！

桃李芬芳艳满园，

樱花绽放掩皇天。

碧潭春色水中秀，

京邑烟波世美传。

2010年3月20日

作于玉渊潭公园

耕云种月

金磊夫诗词集

喜京城今年第一场雪

位于华北平原最北端的北京，多年连续干旱，雨水很少，特别是 2009 年入秋以来，旱情持续。

入冬后的今天，京城终于盼来了今年的第一场雪（先是雨夹雪，后变为中雪）。不但有效地缓解了旱情，而且给了这座城市银装素裹的美。

甚喜。特作此句：

> 忽见冬梅绽满枝，
> 笑迎初雪乐题诗。
> 愿将银粟入怀抱，
> 更喜寒英素玉池。

2010 年 1 月 2 日夜
於北京雅韵轩

澄怀雅情

秋日组诗

秋 韵

雨催草木更葱茏,
风颂百花听雁鸣。
不觉清秋何日起,
赤橙黄绿色愈浓。

秋 语

情丝绵绪秋堂晚,
桌上香消茶已残。
莫道身闲无所事,
灯前奋笔写诗篇。

秋 情

人人解说悲秋事,
不似君家有别识。
玉露金风飘香韵,
敞开心地便相知。

耕云种月

金磊夫诗词集

秋 怀

又见满园秋色浓，
转头已是杖国翁。
欣逢盛世多安乐，
华夏江山代代红。

秋 夜

暮深露凝晚烟升，
烹茗吟诗趣正浓。
已是窗前沉晓月，
书香伴我共青灯。

秋 云

晴霭①悠悠任去留，
舒卷浓淡竞心舟。
随风飘舞流江月，
腾气凝霜天正秋。

秋 月

玉镜高悬照客窗，
清辉满地送天香。
嫦娥宫阙翩翩舞，
吴刚厨前为我忙。

---

① 晴霭：白云的雅称。亦称碧烟、浮岚、昌光、飘霏、天波等。

澄怀雅情

秋水

盈盈秋水念秋情，
不负四时百媚生。
一派空灵邀桂月，
波光辉映共清明。

秋叶

伴舞百花映世娇，
亦教夏日酷炎消。
献身总为来春计，
不惜青叶作雪飘。

2009 年 10 月 8 ～ 15 日
作于北京雅韵轩

农家秋韵

（外二首）

周末天朗，全家到京郊休闲游。

只见漫山粟黍金黄，到处瓜果飘香。住农家院，吃农家饭，体验乡村风俗，感受丰收喜悦，满足田园情怀，是我最喜欢的一件事。

小院清幽似我家，
牛羊鸡犬又鹅鸭。
云迎炊火袅烟起，
农夫荷镰唱晚霞。

情满农家

野味鲜蔬佐果茶，
今天小酌在农家。
悠然体会田园乐，
返璞归真共烛花。

澄怀雅情

采 摘

翡翠珠玑垂满枝，
金秋正是采收时。
滴滴汗水点点墨，
串串葡萄首首诗。

2009 年 9 月 26 日
写于密云燕落村

生日自勉

"自信人生二百年，会当水击三千里。"这是伟人的话；

"思想有多远，我们就能走多远。"这是哲人的话；

"我劝天公重抖擞，不拘一格降人才。"这是古人的话；

"国家兴亡，匹夫有责。"这是贤人的话。

……

这些话，激励着人们奋发图强，投身伟业。有志男儿当立潮头，有所作为。

驰骋江山八万里，

激扬文字五千年。

双肩日月勇担当，

奋跃尚需再举鞭。

2009 年 6 月 14 日

写于哈尔滨

又记：

作为由中宣部、公安部、国家广电总局、国家安监总局、全国总工会、共青团中央、全国妇联共同组织的"安全生产万里行"活动总指挥，这是我第 11 次带队出行。今年在广西和黑龙江两省、区开展活动。

时逢 57 周岁生日，以此自勉。

澄怀雅情

杏花正放

（外一首）

　　庭院中有一片杏林，每当这个季节，还没有长出新叶的杏树，就开出满树的杏花，让盎然的春意平添了几分娇媚。

　　盛放的杏花，让人情不自禁地为它写上几句：

杏花蓓蕾一丛丛，
轻吻暖阳色欲浓。
春不醉人人自醉，
喧风原本也须红。

杏花入韵

浅笑嫣然百花羞，
薄施粉黛醉枝头。
迎春吐蕊道心语，
花韵入诗解风流。

2009 年 4 月 19 日
於北京万象新天

云南游记

（外二首）

云南第一洞——阿卢古洞

奇山奇水奇景观，
如画如诗如梦幻。
阿卢古洞世无双，
凡人到此即成仙。

生命根源

从前未曾信此言，
自然造化根和源。
阴阳如同月伴日，
天地神交在世间。

弥勒温泉

未曾入浴情腾沸，
早闻此泉诱人醉。

澄怀雅情

今以琼浆沐客心，
俗身尽享尊与贵。

2009 年 4 月 6 日
作于云南弥勒市

又记：

　　此云南之行，由衷感谢好友宰总文新老弟的精心安排和一路陪伴！

耕云种月

金磊夫诗词集

欢度元宵节

红梅映雪贺元宵，
灯满街间人如潮。
不觉寒辰三更过，
烟花正艳报春晓。

2009 年 2 月 11 日夜
（丁酉年正月十五日）
写于北京前门大街

澄怀雅情

元旦有感

（两首）

　　中国度过了极不寻常的 2008 年。这一年的大事、难事、喜事太多太多，南方冰冻灾害、汶川地震、成功举办奥运、神七遨游太空……，都让人难以忘记。

　　2009 年是全球金融危机对我们提出重大挑战的一年。对此，致力于伟大复兴的中国人民，已做好充分准备，志在必赢。

其一

银鼠欢跳伴冬去，
金牛昂首送春来。
惠风和畅红瞳日，
唤得新年共放怀。

其二

审度时势新局开，
力挽狂澜大气概。
放眼全球哪最好，
东方旭日升起来。

2009 年 1 月 1 日
作于北京

心　韵

　　雁栖湖位于北京怀柔城北 8 公里处的燕山脚下，是以湖面为中心的水陆区域。湖水清澈、风光迷人。每年春秋两季常有成群的大雁来湖中栖息，故而得名。

　　望着夕阳西下的雁栖湖，心中无限感慨。特记：

春华秋实溢情思，
最是夕阳惹意驰。
雁荡天高心境远，
风花淡月尽成诗。

2008 年 10 月 7 日
作于北京雁栖湖

澄怀雅情

观钱塘江大潮

感谢李总永江先生的热心安排，我和妻子有幸目睹钱塘江大潮万马奔腾、势不可挡的盛状。身临其境，与在电视里看到的感觉完全不一样。

惊喜、惊悚、震撼之余，让我感受到了什么叫排山倒海，什么是汹涌澎湃，什么是巨浪滔天⋯⋯

壮哉，钱塘潮。真正的天地之大观也！

巨浪奔腾百丈高，
一江狂卷问天潮。
如斯奇观世无匹，
只在钱塘能看到。

2008 年 9 月 19 日
写于海盐钱塘江边

吟 雪

（外一首）

谁说雪花无情？那是不了解她。你若有情，她便情深似海。不信？你看！

朵朵琼花迎面飞，
翩翩曼舞醉心扉。
片片含笑唱冬韵，
阵阵相思盼春归。

雪 情

天地苍茫飞雪花，
飘飘洒洒进吾家。
相逢不待深情处，
化作晶莹吻脸颊。

2007 年 12 月 25 日
作于长春南岭

澄怀雅情

后记：

今年冬天较往年气温低，寒冷天气持续时间长，雪下得比较频繁，且每次都很大。这次回东北老家，又逢下大雪，天空地上茫然一体，城里郊外白雪皑皑。好一派北国风光！

叙事两首

其一

奔波忙碌寻常事，
苦辣甜酸不算啥。
拼得今生血和汗，
为了强国为富家。

其二

难得劳生半日闲，
邀来好友聚堂前。
酒茶诗画溢清气，
谈笑已过二更天。

2007 年 12 月 20 日
记于北京雅韵轩

大雪时节

（外一首）

今天，北京时间 20 点 15 分迎来大雪节气。

大雪，"时雪转甚，故以大雪名节"。大雪是一年二十四节气中的第二十一个节气，也是冬季的第三个节气，标志着仲冬时节正式开始。《月令七十二候集解》："大雪，十一月节，至此而雪盛也。"从此，我国大部分地区的气温都会明显下降。

瑞雪兆丰年。下吧，大雪！

节气使然瑞雪飘，
素装玉砌尽妖娆。
漫飞株叶红梅赞，
遍地洒银华夏娇。

雪夜茶香

银装素裹天地间，
茶香氤郁入朱颜。
琼花蔽日迎君舞，
腊雪沁心梦里还。

2007 年 12 月 7 日
写于北京胜古庄

澄怀雅情

秋风两首

云淡天高，秋风送爽。时百花凋谢，正枫红菊黄。

入夜，天气渐凉。秋风摇动树叶哗哗作响。伏案挥笔，写下这几行字：

（一）

萧瑟秋风送雨凉，
带飞南去雁成行。
吹来云絮轻盈舞，
横扫霜天落叶黄。

（二）

习习秋风摇月影，
片片枫叶染霞飞。
白云淡淡胸中过，
清涧潺潺情自醉。

2007 年 10 月 8 日夜
作于北京西郊宾馆

耕云种月

金磊夫诗词集

再访敦煌

敦煌，位于河西走廊的最西端，地处甘肃、青海、新疆三省、区交汇处。

敦煌是丝绸之路的节点城市，以"敦煌石窟""敦煌壁画"闻名天下。敦煌也是世界遗产莫高窟和汉长城边陲玉门关、阳关的所在地，为甘肃省四大绿洲之一。敦煌更是国家历史文化名城，东亚文化之都。

2000年曾来过这里，留下了美好的印象。今再访敦煌，对它厚重的历史和深沉的文化积淀，有了更深刻的认识和理解。

敦煌，一个让人欣赏不够、追忆不够的地方。只要有机会，我一定会再来这里。

驼铃声杳年悠远，
遥望孤烟入昊天。
迭尽兴衰多少事，
春吟敦煌好河山。

2007年3月12日
记于敦煌莫高窟

澄怀雅情

秋游三峡

长江三峡，西起重庆奉节白帝城，东至湖北宜昌南津关，全长 193 公里，沿途两岸奇峰陡立，峭壁对峙，自西向东依次为瞿塘峡、巫峡、西陵峡。

"长江三峡"是重庆的文化符号，包括：大宁河小三峡、马渡河小小三峡、"水下碑林"白鹤梁、"东方神曲之乡"丰都鬼城、建筑风格奇特的石宝寨、"巴蜀胜境"张飞庙、蜀汉皇帝刘备的托孤堂等名胜景观。

秋天的三峡，宛如一条迂回曲折的画廊，充满诗情画意。乘游轮自白帝城顺流而下，深深地感受母亲河赐给我们的美好。

高峡平湖荡客舟，
倒悬两岸叶知秋。
美人①洗亮水中月，
影入碧波天上流。

2006 年 10 月 25 日深夜
写于"总统 1 号"游轮上

---

① 美人峰：又名望霞峰、神女峰、仙女峰等，为巫山十二峰之最。

耕云种月

金磊夫诗词集

雅　颂

　　琴、棋、书、画、诗、酒、茶、花，被称作中国传统八雅。

　　善琴者，通达从容；善棋者，筹谋睿智；善书者，至情至性；善画者，尽善尽美；善诗者，韵自心声；善酒者，天地豪情；善茶者，陶冶情操；善花者，怡然品性。

　　今作小诗，颂国之大雅。

琴

知音一曲慰心灵，
激荡红尘万种情。
旋律轻弹三日醉，
琴弦揉断四维惊。

棋

黑白分明暗运旋，
楚河汉界起狼烟。
攻城守地巧谋略，
对手相逢两豁然。

澄怀雅情

书

激波扬墨字流芳，
铁画银钩尽国香。
笔走龙蛇盘九曲，
鸾翔凤翥舞三江。

画

晓月云山飞瀑唱，
大千世界任张扬。
谁能留得春常在，
惟有丹青著华章。

诗

平平仄仄作佳篇，
离合悲欢皆入联。
秋月春花凝成韵，
如歌如泣颂河山。

酒

玉液琼浆融月光，
醇浓甘洌浸心香。
人逢知己情深处，
唯对金樽诉衷肠。

花

姹紫嫣红谢艳阳，
金枝玉叶盛兴昌。
靓妆娇色漫天秀，
笑吐清馨遍地香。

茶

日月精华碧叶藏，
乐同沸水共芬芳。
风情四季千般味，
雅秀五湖万代香。

2006 年 6 月 14 至 16 日
作于北京静心斋

澄怀雅情

赞黄河壶口瀑布

　　继吉林长白山瀑布、贵州黄果树瀑布、广西德天瀑布、江西庐山瀑布之后，朝观黄河壶口瀑布，心仪已久。今天终于能够来到她的身边，了却此愿。

　　黄河瀑布，虽然没有"飞流直下三千尺"的豪迈，却有惊天动地的气势，它犹如脱缰野马，好似巨龙奔腾，山呼海啸，一泻千里。

　　面对它，"黄河在咆哮"的雄壮歌声犹在耳边响起，那激越的旋律和这气壮山河的景象迎面扑来，你一定会热血澎湃，豪情满怀。

雷震万钧山欲倾，
惊涛怒啸鬼神惊。
飞浪狂摆龙门阵，
壶口敢教烟雨腾。
伏地曲伸群鹤舞，
穿云吐纳日华行。
上河跃出九霄外，
直射天庭入东瀛。

2006 年 3 月 28 日
作于陕西宜川壶口镇

今日雨水

雨水，是二十四节气中的第二个节气。雨水与谷雨、小雪、大雪等节气一样，都是反映降水现象的节气，是我国古代农耕文化对节令的标注。

雨水节气后，万物开始萌动，春天就要来了！

雨恋诗梦诗恋雨，
风载书声书载风。
喜报春晖春报喜，
同乐福运福乐同。

2006 年 2 月 19 日
作于北京天坛

注：

这首回文诗是"就句回文"，一句内完成回复，即每句的前半句与后半句互为回文。

澄怀雅情

青城访道①

（外二首）

　　初冬，携妻子游青羊宫。有幸与蒋信平道长及几位师傅深入广泛交流。道长虽年逾百岁，仍鹤发童颜，精神矍铄，思维敏捷，十分健谈，满身飘逸着仙风道骨的神采，令人敬佩。今得他墨宝"知足知不足"。同时得诗三首，实为大幸。

　　录此，作为纪念并自勉。

磊落胸襟君子风，

夫以睿智创业隆。

春光和煦耀万物，

香洁情愫百年红。

和　　顺

磊基人海运宏韬，

夫因有德领群骄。

春意浩然洽心曲，

香苑频抒佳音报。

---

　　① 青羊宫几位师傅赠藏头诗。磊夫、春香夫妇和谐、和顺、和美。

耕云种月

金磊夫诗词集

君 子

金光璀璨升华堂，
磊落襟怀蛟龙翔。
夫志高远雄风起，
兴运今世当辉煌。

2005 年 11 月 6 日
记于成都青城山

澄怀雅情

秋　怨

（两首）

（一）

菊黄向晚怨孤眠，
诗意几多荷已残。
但恨春情付流水，
夜风轻唱月须圆。

（二）

寂寥寒雨逐烟霞，
堪怨秋霜伴落花。
空望流云寻夏梦，
愁肠一夜到天涯。

2005 年 10 月 3 日夜
作于碟泉花园

黄龙溪感记

2005 年夏，由《中国安全生产报》四川站刘兄明德站长、《经理日报》李书记丙驹先生两位陪同，到成都南约 50 公里的眉山市"黄龙溪"游览。一位是"口书①大师"，一位是"西南名记②"，文人雅兴，各有绝活。我等四人泛舟水上，吟诗作画，对酒畅饮，谈笑风生，好个痛快。

此时，不由得诗兴大发。记下此时此事：

> 龙溪泛酒行，
> 豪气与樽升。
> 知己千杯少，
> 天缘共此生。

2005 年 6 月 27 日
作于眉山黄龙溪

---

① 明德兄善"口书"，能口衔斗笔，潇洒挥墨，书写出漂亮的好字，实乃奇才。
② 丙驹书记不但为人热情好客，而且文章妙绝，在西南地区新闻界很有影响。

澄怀雅情

感悟少林功夫

少林寺名扬天下，少林功夫博大精深。

少林功夫源于少林寺，少林寺扬名于禅宗祖庭和少林功夫。

禅武合一，魅力无穷，实为国之瑰宝。少林功夫拓宽了中国哲学思想的思维空间，丰富了中国文化的审美理念，影响着中华民族的心理性格和行为方式，光大了中华民族的精神气质和英雄气概。

这是第三次访问少林寺，再次领略少林功夫。身感心悟，永志不忘：

少林神功世无双，
禅武相承柔亦刚。
古寺缘何千载盛？
人文佛法理长扬。

2004 年 12 月 29 日
作于嵩山少林寺

又记：

"少林功夫表演团"至今已出访 60 多个国家和地区，并成为第一个走进英国皇家剧院的外国表演团体。其精湛的武功赢得了国际社会的广泛赞誉。中华武术扬民魂、壮国威，乃我之真爱。

雄立天下

仅以此献给中华人民共和国五十五周年国庆。

四海翻腾云水惊，
九州图强又新征。
中华圆梦济经世，
雄卓昂然向复兴。
炎黄子孙齐奋力，
一轮旭日正飞升。
当先天下行心道，
拭目东方看巨龙。

2004 年 10 月 1 日
作于北京和平里

澄怀雅情

近赏九寨

　　九寨沟，是世界自然遗产、世界地质公园，也是国家重点风景名胜区、国家级自然保护区、国家 5A 级旅游景区，又是中国第一个以保护自然风景为主要目的的自然保护区。

　　九寨沟地处四川北部岷山南段的阿坝州境内，距成都 400 多公里，是嘉陵江上游白水江源头的一条支系。九寨沟得名于景区内九个藏族寨子。九寨沟自然保护区内有 108 个高山湖泊，它们大小不同，五颜六色，成群分布，如同翡翠镶嵌在群山之中。一条沟内有如此多的高山湖泊，在全世界也找不到第二条。千百年来，九寨沟隐藏在川西北的崇山峻岭中，由于山高路远，九寨沟一向鲜为人知。1984 年国务院将九寨沟划为国家第一批重点风景名胜区，并正式对外开放。

　　感谢好友李丙驹先生的邀请，今来到九寨，近览她的秀色。

瑶海本来在九寨，
天堂才有这神彩。
王母恋此总呵诹，
幻作轻风时复来。

2004 年 9 月 28 日
作于九寨沟县漳扎镇

赞小浪底水利枢纽工程

在华夏五千年的历史上，黄河多水患。从商汤到秦晋，从唐宋到明清，多少英雄豪杰志在治理黄河水患，终未能如愿。

新中国成立之后，"一定要把黄河的事情办好"这一夙愿，才真正得以实现。三门峡、青铜峡、刘家峡、龙羊峡……一座座大型水利枢纽工程相继在黄河上建成。从此大河安澜，福泽人民。小浪底是其中最著名的水利枢纽工程，它集防洪、调水、发电、减少下游河床淤积等功能于一体，其工程之大，投资之巨，成效之好，为世人所称道。

巍巍高坝锁狂波，
敢缚黄龙驭大河。
龙子凤孙能治水，
改地换天从今说。
小浪淘沙清如许，
黄河安澜润福泽。
锦绣江山重描绘，
人间奇迹赞共和。

2004 年 6 月 20 日夜
於洛阳孟津县小浪底村

澄怀雅情

清秋吟

耕云种月

金磊夫诗词集

清秋，净朗独阔，云淡天高，古人多有诗咏。

晋·殷仲文："独有清秋日，能使高兴尽。"

唐·李白："乐游原上清秋节，咸阳古道音尘绝。"

宋·柳永："多情自古伤离别，更那堪冷落清秋节。"

清·吴谦牧："借问清秋月，先悬第几峰。"

今清秋浅吟，以发思古之幽情，并抒老骥伏枥之志。

秋江一道天高远，
霜叶千山月色寒。
红粉自随流水去，
清华长善我心丹。

2003 年 10 月 12 日
作于北京胜古庄

190

牡丹颂

蕙心兰质最情真，
魏紫姚黄正缤纷。
恋曲激扬唱艳兴，
颂歌传咏牡丹春。
诗家赋笔花千秀，
墨客题词意万新。
神韵天香光世美，
倾城倾国醉游人。

2003 年 4 月 28 日
写于山东菏泽市

后记：

　　中国牡丹有几千年的种植史，世界牡丹的故乡在中国。那么，中国牡丹的故乡在哪里？河南洛阳称其为"牡丹之乡"。山东菏泽则认为：古曹州城（今菏泽）才是牡丹真正的故乡。经考证，2012 年中国花卉协会正式命名菏泽为"中国牡丹之都"；2018 年中央电视台发声："洛阳牡丹甲天下，菏泽牡丹甲洛阳"。但是，洛阳与菏泽的牡丹之争至今也没有停下来。

2019 年 5 月於北京

澄怀雅情

故乡金秋

2002年国庆节,回到故乡梅河口,这里素有"东北粮仓"美誉。金秋时节,五魁山①下高粱火红,柳河②两岸稻浪金黄,到处是一派丰收景象。

我深深地爱恋着我的故乡。

柳河两岸是我家,
喜庆丰收好年华。
稻浪翻滚荡东风,
高粱火红映彩霞。
瓜果飘香沁心腑,
鱼肥蟹美遍山花。
穰穰漫野人欢笑,
故里金秋美如画。

2002年10月2日
记于海龙镇

---

① "五魁顶"为海龙县境内的最高山峰,位于海龙镇与梅河口镇之间的莲河旁。

② 大柳河是家乡自西向东横贯境内的一条大河,注入辉发河,为松花江支流。

中、小学读书时,经常与伙伴们到这些地方游玩。

耕云种月

金磊夫诗词集

记首次安全生产万里行

为提高全民的安全意识，在全社会营造"关爱生命、关注安全"的舆论氛围和良好风尚，推动全国安全生产各项工作，2002年6月，国家安全生产监督管理局会同中央宣传部、国家广播电影电视总局、共青团中央、中华全国总工会共同组织开展的"安全生产万里行"活动，正式启动。

6月9日，全国首次"安全生产万里行"活动从北京世纪坛出发，中宣部、国家广电总局、国家安监局等五部门的领导、北京市政府负责同志和首都各界群众3000多人冒雨为我们送行。由新华社、人民日报社、中央电视台、中央人民广播电台、经济日报、工人日报、法制日报、中国安全生产报、中国煤炭报等近20家新闻单位记者组成的采访团，遂行对北京、天津、山东、安徽、江苏、上海六省、市安全生产工作进行检查、采访和深度报道，6月30日活动在上海告一段落，历时22天，行程6000多公里。

第一次全国安全生产万里行活动，行出了声势，行出了影响、行出了效果，在社会上引起了很大反响。作为总指挥，参加并领导了这次出行，从参与筹划到第一次"万里行"活动圆满结束，局领导和政法司的同事以及媒体的记者们可谓用心良苦，也非常辛苦，但是很值得！

安全为天鸣警钟，
性命相托责任重。

澄怀雅情

日夜兼程送安康，
风雨无阻万里行。
关注安全兴国运，
珍爱生命唤春风。
心系要务苦亦乐，
惟愿百姓永太平。

2002 年 6 月 26 日
写于南京钟山宾馆

后记：

　　这项活动在各方面的共同努力下，得到了社会的广泛支持和职工群众的普遍认可。党和政府高度重视安全生产工作和这项活动，2004 年在《国务院关于进一步加强安全生产工作的决定》中明确要求："安全生产万里行活动，要坚持常年行、四处行，不断丰富活动内容，行出实效。"这既是对这项活动的充分肯定，也是对我们的巨大鼓舞和鞭策，同时更是对我们提出的新要求、新任务。

　　我们一定不辱使命，在"万里行"组委会的领导下，认真落实《决定》精神，把这项活动深入持久地开展下去，为实现全国安全生产形势的根本好转，做出更积极的努力！

2004 年 4 月 9 日於北京

花水湾

　　花水湾，在位于距成都市 90 公里的西岭山下，温泉密布，蒸腾的泉水日夜奔流。

　　这里，每天都四季同在。清晨，可以看到山上、山下盛开的红杜鹃；中午，可以欣赏漫山枝繁叶茂的万重青翠；傍晚，可以遥望西岭山顶终年不化的"千秋雪"；夜间，还可以伴随长江永不停息的歌声入眠。

　　小驻这里，夜听溪流，晨闻鸟唱，远望西岭，近看长江，感受世上仙境，体验人间瑶池。此时，不由想起了诗仙李白"窗含西岭千秋雪，门泊东吴万里船"的千古绝唱。

　　学吟一首，送友人亦自乐。

　　　　映日花溪向天秀，
　　　　衔云黄雀唱枝头。
　　　　仰望西岭千叠雪，
　　　　俯听长江万里流。

　　2002 年 3 月 10 日
　　作于西岭雪山脚下

澄怀雅情

195

耕云种月

金磊夫诗词集

重阳节赏菊

（外一首）

秋风送爽又重阳，
喜看菊花九月黄。
高洁不争桃李色，
清神雅韵冠群芳。

重九芳华

百花谢去盛寒花①，
乐向霜天绽玉葩。
不与春妍争俏色，
甘于重九献芳华。

2001 年 9 月 27 日
写于北京植物园

---

① 寒花：菊花的别称。菊花又称：九华、贞花、节华、寒英、金英、寿客、黄蕊、傲霜、延年、东篱、长生、更生、日精、延寿客、花中隐士等。

赞三门峡水电工程

"三门①峡"，滩险浪急，水患不断，自古以来这里让神惊鬼叹。

新中国成立后，中国共产党领导勤劳智慧的人民，在被称为"鬼门关"的三门峡，修筑了"神州第一坝"，建成了令世人惊赞的三门峡水电站，使水害变为水利。黄河安澜，国泰民安。董必武副主席欣然题写"功迈大禹"，赞扬建设者们。

三门峡水电站的建成，展现了中国人民改地换天的英雄气概和人定胜天的聪明才智。

> 黄河之水天上来，
> 人、神、鬼门都不开。
> 愁煞龙王和玉帝，
> 无奈怎叫山河改？
> 英雄儿女多奇志，
> 筑坝建厂巧安排。
> 大河安澜万民乐，
> 福运浩荡向东海。

2001 年 7 月 11 日
记于河南三门峡市

澄怀雅情

---

① "三门"：即三门峡中的"人门""神门""鬼门"。

感于开封古城

八朝古都——开封,古称汴梁、汴京、东京、浚仪、祥符等。位于河南的中北部,在中原大地的黄河边上。

千百年来,因黄河河床不断升高,成为地上"悬河"。由于黄河多次决口淤埋,在开封城廓地面13米以下的地方,还深埋着历史上的战国魏大梁城、唐汴州城、宋东京城、金汴京城、明开封城和清开封城六座古城。现屹立着的龙亭和铁塔,都可以为此作证。

汴梁自古帝王城,
跃虎腾龙天马行。
八朝故都何处觅?
今人难见盛京容。
亭塔巍峨今尚在,
宋雨唐风典制从。
历数风流五千载,
河山永固万年红。

2001年6月19日
写于开封古城

龙门石窟游记

龙门石窟位于洛阳城南 13 公里处的伊阙峡谷间。1961 年被国务院确定为全国第一批重点文物保护单位；1982 年被国务院公布为全国第一批国家级风景名胜区；2000 年 11 月联合国教科文组织将龙门石窟列入《世界文化遗产名录》。

龙门石窟开凿于北魏孝文帝迁都洛阳前后（约公元 493 年），历经东魏、西魏、北齐、北周、隋、唐和北宋诸朝 500 多年的营造，形成南北长达 1 公里，具有两千余座窟龛和十万余尊造像的石窟遗存，距今已有 1500 多年。现存佛像约 11 万尊，窟龛 2300 多个，佛塔 70 余座，碑刻近 3000 块。龙门石窟与莫高窟、云冈石窟并称为中国古代佛教艺术的三大宝库。

龙门石窟富含信仰情感的文化遗存，其极具异域格调的外在形态和充斥着人文意识的内在涵养，是古代社会广大人民对现实世界充满诉求意愿的物质折射。中华民族向往美好生活的精神追求和感天动地的创造力，透过这一人文景观可以得到深刻的解读。

这是我第三次到龙门石窟参观。特记：

再跃龙门朝魏阙，
十万佛尊世奇绝。
天公赞叹神工施，
世代福延华夏杰。

2000 年 11 月 22 日
於洛阳龙门镇

澄怀雅情

赞天河潭

（外一首）

　　天河潭，距贵阳市区 24 公里。它兼具黄果树瀑布之雄、龙宫之奇、花溪之秀，集飞瀑、清泉、深潭、溶洞、天生石桥于一身，浑然天成，野趣盎然。

银瀑飞泉越万山，
涛声动地震黔川。
抛珠洒玉天河美，
此景胜于桃花源。

天河溶洞

高深险阔二重天[①]，
精英贤达会神仙。
鬼斧神工巧雕琢，
钟乳石秀天河潭。

2000 年 6 月 25 日
於贵阳石板镇

---

　　① 天河潭有水、旱两个溶洞群，景致非常奇特。"水洞"以水为路，需划船才能进去游赏；旱洞则以步代车，顺势拾阶上下观看。

西行札记

当传说和民谣已经缄默的时候，被称为人类年鉴的古代还在述说。

在中国西部，历史就这么静静地存在着。征战、建都、称王、杀戮、废墟……有一天，废墟上再出现些许村庄，再升起袅袅炊烟，再崛起一些城市……

追忆花雨丝路令人神往的厚重故事，观赏西域奇特秀丽的大漠风光，寻觅精神世界的五方净土，汲取山光水色的灵秀之气，在送走 1999 年后，我踏上了丝路古道，走向茫茫戈壁，走进莫高窟，探访神奇的世界，写下了这份真实的感受。

嘉峪关

闻名于世的中国古长城，东起山海关，西至嘉峪关，似一条巨龙，横卧华夏。同为"天下第一关"的嘉峪关，是万里长城最西端的重要关隘，在防御外患、安邦兴国方面曾发挥过极其重要的作用。

铁壁铜墙佑河山，
雄耸西陲伴月圆。
群岭横天鸟飞绝，
幽崖卧地雪中闲。
遥望千载烽与火，
追忆万里雨和烟。

澄怀雅情

大漠凌风吹峪谷，
长河落日照嘉关。

礼敦煌

辞海解释："敦，大也；煌，盛也。"盛大恢宏的敦煌，彰显出中华民族悠久的历史和灿烂文化。

敦煌位于青海、甘肃、新疆的交汇处，南枕气势雄伟的祁连山，西接浩瀚无垠的塔克拉玛干大沙漠，北靠嶙峋蛇曲的北塞山，东峙峰突崖兀的三危山。

雪山峻岭，大漠孤烟，古道驼铃，塞障边关，石窟塔影……势冲霄汉的王气之尊，久远厚重的文化内涵，都凝聚在这神奇的世界里。

敦煌，这座举世闻名的艺术宝库，把人们的目光引向这里，引向了中国的西部。

砺岭千秋赞，
丝路连碧空。
万佛聚敦煌，
飞天恋流虹。
华盖擎乾宇，
天竺五学通。
磊娟拓梅行，
圣境舞金龙。

2000 年 1 月 15 日
作于敦煌

耕云种月

金磊夫诗词集

感　悟

　　岁月流逝，年龄增长，经历过了，懂得多了，看得透了。不得不承认，时间改变了很多，不仅改变了世界，也改变了自己。

　　我疯过、傻过、执着过、坚持过、打拼过、失败过、成功过。到最后我还是我！

　　有些事，别看清，看清，心痛；有些人，别看懂，看懂，伤情。难得糊涂，真好！

阴晴只有天能主，
炎凉何消愁白头。
但使此生几十载，
不必常念万年忧。
渺渺星汉随明暗，
忽忽山河自适周。
无尽成为一声笑，
快哉还是这杯酒。

2000 年 1 月 2 日
作于北京胜古庄

澄怀雅情

梅之韵三首

（一）

莫嫌岁末瘦千林，
且喜梅苞已裂痕。
总度幽香送秋日，
偏抽新蕊笑冬云。

（二）

琼玉缠枝梅傲霜，
情思翻涌漫书房。
非言古刹禅中曲，
灯下吟诗情未央。

（三）

静看清溪水畅流，
红茶煮泉悦心头。
疏枝冷蕊馨香溢，
可念冬梅向吾秀？

1999 年 11 月 22 日
作于北京梅园

赠好友

四十素如璞，
淡然便是福。
率真好自为，
超脱名和禄。
无欲宽天威，
有容知不足。
释怀荣与枯，
信步走通途。

1999 年 10 月 18 日
作于成都青城山

澄怀雅情

赞东方明珠塔

　　上海广播电视塔"东方明珠"位于黄浦江畔陆家嘴，高 468 米，是目前亚洲第一、世界第三高塔（第一为加拿大多伦多电视塔，高 553.3 米；第二为俄罗斯莫斯科电视塔，高 533.3 米；第四为天津电视塔，高 412 米；第五为北京电视塔，高 405 米）。此为上海的新地标。

　　东方明珠由 3 根直径为 9 米的擎天立柱、太空舱、上球体、下球体、5 个小球、塔座和广场组成，大小 11 个球体错落有致倒垂天幕。远望去，"大珠小珠落玉盘"的感慨油然而生。乘载 50 人的双层电梯和每秒 7 米的高速电梯为目前国内所仅有，可将游人快速送至离地面 350 米处的太空舱。在太空舱观光游览，可俯瞰上海全城；入夜，立体照明系统使"东方明珠"光彩夺目，美轮美奂。

　　登临高耸入云的太空舱，举目远望，佘山、崇明岛、长江隐约可见，大上海尽收眼底。

高塔巍峨柱云间，
群星恋世坠玉盘。
东方明珠昭天下，
上海今朝正好看。

1999 年 9 月 16 日夜
作于上海浦东

咏杜甫草堂

（四首）

　　杜甫（公元712—770年），是我国历史上伟大的现实主义诗人，为后世留下了许多脍炙人口、真实生动地反映当时社会现实的不朽诗作，被后人尊为诗圣。他的作品在中国古典诗歌中的影响非常深远。

　　杜甫寓居蜀地成都的草堂，亦被誉为中国文学史上的圣地。每有机会到成都，总要挤时间到草堂看看，追念诗圣。

（一）

参寻杜甫到茅堂，
拜读圣诗心自狂。
陋室胜过金玉殿，
流传千古永吟唱。

（二）

直言敢丢乌纱帽，
为君为民敢担当。
抑恶扬善平生事，
艰难漂泊蜀荆湘。

澄怀雅情

（三）

生死何处少人访，
只记诗圣在草堂。
浣花溪畔名青史，
留下佳句万古扬。

（四）

神童七岁咏凤凰，
妙手书就诗千章。
人生易老诗不老，
辉耀华夏万世长。

1999 年 9 月 9 日
於成都杜甫草堂

呼伦贝尔大草原

呼伦贝尔大草原位于内蒙古东北部，大兴安岭以西，因草原上镶嵌着美丽的呼伦湖和贝尔湖而得名。

呼伦贝尔大草原，是世界著名的四大草原之一。被称为"世界上最好的天然牧场"，总面积约 10 万平方公里，海拔在 650 ~ 700 米。呼伦贝尔草原上，有 3000 多条河流纵横交错，500 多个湖泊星罗棋布。一望无际的绿色，绵延起伏的松涛，湛蓝的天空，丰美的水草……风光优美，景色宜人，被人们盛誉为"北国碧玉，人间天堂"。

今重访满洲里，再次畅游呼伦贝尔大草原，心中充满眷恋之情。

艳阳眷恋照呼伦，

骏马烈然驰绿茵。

醉卧敖包圆夙梦，

畅游贝尔赏氤氲。

兴安岭上抒心曲，

古纳河边洗客尘。

难掩诗情随雁舞，

痴心欲做牧羊人。

1999 年 7 月 19 日
写于内蒙古海拉尔

澄怀雅情

夏游北海公园

（两首）

雨后荷塘

白塔倒影映琼塘，
细柳摇光伴红墙。
昨夜一场风雨过，
今朝又闻荷幽香。

荷　花

碧叶叠肩水接天，
波光潋滟托青莲。
惠风有意伴莺唱，
水华[①]盛情满阆苑。

1999 年 6 月 16 日
於北京北海公园

---

① 水华：荷花的别称。亦称芙蓉、水芙蓉、芙蕖、水芝、六月花、玉环、六月春、中国莲等，共有 70 多种称呼。再没有哪一种花拥有这么多名字。

咏富乐楼

在四川江油市郊有一名山，称"富乐山"。其景致同山的名字一样美。今富乐山上修建了一座"富乐楼"，其形制极像武汉的"黄鹤楼"，所不同的是比"黄鹤楼"修得晚、造得高、建得巧，因而更加巍峨富丽。

富乐楼为富乐山增色不少。

黄鹤苦寻姊妹楼，
人随天意富乐游。
蜀主恋此理如是，
世人到此谁愿走？
"黄鹤""富乐"相呼应，
川鄂紧连同携手。
开发西部创大业，
重新描绘我神州。

1999 年 2 月 4 日夜
作于富乐楼上

澄怀雅情

耕云种月

金磊夫诗词集

敬贺母亲七十寿诞

金^①耀门庭福迎春，
常念慈母养育恩。
含辛茹苦费操劳，
大爱无疆乐天伦。
桃李芬芳^②满天下，
代代幼苗已成林。
儿女立志建功业，
母亲功高有殊勋。

1999 年 1 月 9 日
（农历十一月二十二日）

---

① "金"为双关语。其一为家姓；其二意为生活富庶。
② 母亲从事教育工作 30 多年，培养的学生已遍布海内外。

又记：

　　母亲作为一名优秀的人民教师，以她的无私大爱，不但教育培养了众多学子，使他（她）们成为国家栋梁。而且，在极其艰难的情况下，把我们兄妹抚养成人。每当忆起往事，无论是学子们还是孩子们，对她老人家都充满了感激和敬意。

　　在母亲七十岁生日的喜庆日子，我们衷心地敬祝老人家健康长寿，晚年幸福！

澄怀雅情

参观航空航天展两首

1998 年 11 月 19 日，观看"第二届珠海国际航空航天展"。在现场，被先进的飞行器和高超的飞行技术所吸引、所震撼。

俄罗斯"勇士飞行表演队"

雷破万钧磨利剑①，
驰腾霹雳抖威风。
笑看银箭追惊电，
智勇双全有异功。

英国"金梦表演队"飞行表演②

扶摇撼云海，
振翅跃苍穹。
狂吼惊大地，
呼啸超流星。

1998 年 11 月 19 日
作于珠海国际航空航天展

---

① 俄"苏-33"是世界最先进的战机之一。其速度快、荷载大、作战半径宽。驾驶它的勇士飞行表演队，是实力很强的空中骄子。

② 英国皇家空军的"皇蜂"飞机，小巧可爱，机型十分漂亮。它的飞行表演比它的外形还漂亮。

岫玉王

1996 年 9 月，鞍山市玉佛苑落成。

这是一座因玉而佛，因佛而苑，专门修建的一座宏大建筑群，其主殿玉佛阁比北京故宫里最高的太和殿还高 3 米。内有一尊由产自辽宁岫岩的七彩碧玉雕成的佛主释迦牟尼和观音菩萨巨像。整块玉石重 260.7 吨，被称作"玉石之王"，实为"世界之最"。1998 年获吉尼斯证书。

> 七彩斑斓玉中王，
> 堪称瑰宝世无双。
> 福昌盛世九州秀，
> 天地人和兴华邦。

1998 年 10 月 6 日
记于鞍山玉佛苑

澄怀雅情

215

云湖度假村

　　冶金工业部在京郊燕山深处、密云水库旁，建有"云湖度假村"，为全国钢铁战线的劳动模范和干部职工提供休假疗养。

　　度假村山拥水抱，地绿天蓝，十分幽静清雅。这里看着赏心，住着舒服，让人十分留恋。

喜得瑶池①水一环，

巧排燕赵九堆山。

长城为伍云湖秀，

从此桃源只等闲。

1998 年 9 月 18 日

作于云湖度假村

---

　　① 密云水库为北京市生活用水的重要水源地，周边环境保护得很好，水质清澈甘洌。

名胜黄龙

黄龙风景名胜区，又名"东方白螺圣山黄龙"，是雍仲本波佛教的圣地。位于四川阿坝州松潘县境内，距九寨沟 100 公里，海拔在 1700 ~ 5588 米之间，面积约 700 平方公里，是中国唯一保护完好的高原湿地。

黄龙以彩池、雪山、峡谷、森林、流滩、古寺"六绝"著称于世。"天下最美黄龙水，人间最奇五彩池"，被广为传颂。黄龙景区内的黄龙沟、丹云峡、牟尼沟、雪宝鼎、红星岩、西沟等异彩纷呈，争奇斗艳，彰显着黄龙的神韵，使其享有"世界奇观""人间瑶池"等美誉。

我爱黄龙！发自肺腑。

叠浪奔腾似巨龙，
人间仙境向晴空。
金沙铺地流泉响，
玉树参天飞瀑鸣。
九曲八湾幽谷秀，
五颜六色彩池浓。
松苍竹翠皆禅意，
燕舞莺歌颂惠风。

1998 年 8 月 19 日
作于四川松潘

澄怀雅情

咏金海湖

（三首）

金海湖，在北京平谷区城东，距平谷城区约 15 公里。它三面环山，一湖碧波镶嵌在峰峦叠翠的群山之中。

金海湖既有千岛湖的湖光山色，又有兔耳岭的怪石嶙峋。湖光塔、望海亭、锯齿崖、通天洞、金花公主墓等自然和人文景观分布其中，景色十分迷人。

冶金部机关工会组织活动来到金海湖。走进湖光山色，既赏心又悦目。

（一）

谁遗宝鉴在燕山，
碧玉函封素链环。
更有神龙藏渊底，
行云布雨到人间。

（二）

云海岚烟出帝台，
一泓碧水际濞来。
神工琢饰翠鸾镜，
浮玉流金山色开。

（三）

秀水如翠拥群山，
风轻波闲伴月眠。
白鹭静翔忘歇息，
金花公主恋人间。

1998 年 8 月 2 日夜
作于冶金部宿舍

澄怀雅情

洞庭湖感怀

（外二首）

洞庭千里涌江流，
烟波万顷伴客舟。
俯仰湖湘灵秀地，
多方豪杰铸金瓯。

美人窝①

青山如黛拥长河，
沅水浩荡流金波。
日照秋潭垂玉钓，
时逢春汛泛兰舸。
鱼翔浅底争芳絮，
鹤舞平沙恋紫螺。
岸芷汀椒染竹翠，
桃花绽放美人窝。

---

① 美人窝是洞庭湖边桃江县的别称。因其山水秀美而得名。

一览洞庭

健步登楼赏洞庭，
巴陵胜状汇胸中。
君山似壁嵌明镜，
水天共色飞彩虹。
衡岳千仞涌碧浪，
星辰万颗缀朱峰。
吕仙三醉传佳话，
忧乐无忘求大同。

1998 年 6 月 14 日
作于洞庭湖上

澄怀雅情

赞滕王阁

（两首）

　　王勃的序以艳压群芳的笔势使滕王阁①名昭天下，誉满四海。它层台耸翠，上出重霄；飞阁流丹，下临无地；背靠南昌，面临赣江；坐拥西山，地接衡庐……

　　登滕王阁览胜，将这壮美的画卷收入心中。

其一

登阁依窗瞰沧浪，
一派江山画卷长。
岁月不凋惟史记，
三王②两贤③孰能忘？

其二

滕王阁上览神州，
今世最珍此处游。
半醒半醉天不老，
如梦如幻水长流。

1998 年 5 月 22 日夜
於南昌宾馆

---

①　滕王阁位于江西南昌，始建成于唐永徽四年（公元 653 年）。是我国江南三大名楼之一。

②　王勃、王绪、王仲舒合称"三王"。他们所作《滕王阁序》《滕王阁赋》《滕王阁记》皆为传世佳作。

③　"两贤"指欧阳修、苏轼。

耕云种月

金磊夫诗词集

记南京国际梅花节

似乎天下所有的梅花都齐聚这里。红的、绿的、粉的……从未见过这么多颜色、这么多品种的梅花，同时开放。

原只晓红梅傲雪，腊梅娇娆。今方知春天的梅花更美、更香、也更俏。

从 1996 年开始，南京市政府每年都在梅花山举办"南京国际梅花节"。在全国八大赏梅胜地中，无论按植梅的历史、规模、数量还是品种，这里堪称魁首，被誉为"天下第一梅山"。

铜枝铁骨沐春光，
精气凝脂漫自香。
梅树千山花如海，
清风万里纵情唱。
绿红粉黛染金陵，
心醉古都梦亦祥。
欲赏国花何处觅，
随风信步过长江。

1998 年 3 月 6 日
作于南京梅花山

澄怀雅情

223

喜庆元夕

（外一首）

元宵节，是我国的传统节日。又称上元节、小正月、元夕或灯节。

它的形成有一个很长的历史过程。西汉时，就有在正月十五这一天祭祀天神的活动。元宵节真正作为民俗节日是在汉魏，官民都在正月十五这一天燃灯供佛。从唐代起，元宵张灯便成为法定之事。这一传统节日延续至今。

虎跃人间添吉祥，
朗星皓月照华堂。
烟花璀璨龙腾舞，
灯笼高悬凤翥翔。
旧岁玉壶甘露美，
新春华盖彩旗扬。
九州欢庆上元节，
四海扬波日月长。

酒奉上元

我携瑞雪飞上天，
快意高声问神仙：

人间寅虎已来到，
宫阙今夕是何年？
玉帝含笑不作语，
取将桂酒奉上元。

1998 年 2 月 11 日
记于北京亚运村

澄怀雅情

访大庆

大庆，是我国工业战线一面鲜艳的红旗，以"铁人"为代表的石油工人是中国人民的骄傲。

六十年代初，大庆人为摘掉我国"贫油"的帽子，在北国荒原顶风冒雪，艰苦创业，在极其困难的条件下，"拼命拿下大油田"，建成了我国最大的原油生产基地，为社会主义建设做出了重大贡献。

今天的大庆，又将占全国石油年总产量近半的 5500 万吨水平维持了近三十年，创造了世界采油史上的又一个奇迹。

大庆群英真好汉，
拼命建成大油田。
战天斗地当年勇，
再创辉煌续新篇。

1997 年 11 月 10 日
作于大庆油田

谒李白纪念馆

一个月前在四川江油拜访李白故里，今又公出来到他谢世的安徽马鞍山市当涂县采石矶。

李白生前极爱采石矶山水，多次登临并写有《夜泊牛渚怀古》《望天门山》《牛渚矶》《横江词六首》《临路歌》等诗作。李白在这里去世后，北宋时建李白祠，明正统五年建太白楼、清风亭，1986 年马鞍山市政府在此改建李白纪念馆。纪念馆主体建筑包括太白楼、李白祠、清风亭、太白堂、仙侣斋、同风阁、骑鲸轩、松云居、叠翠楼、碑廊和沉香园等。

在李白出生和去世一西一东两个地方，追忆和缅怀这位诗仙，是巧合还是真诚？似二者兼而有之。

千里追访拜诗仙，

万卷华章入心田。

吾辈躬身求圣教，

挥毫扬墨抒情缘。

1997 年 10 月 22 日

於安徽马鞍山青莲书院

澄怀雅情

天府杂记

（外二首）

1997 年 9 月，冶金部派工作组赴四川长城特殊钢厂，帮助企业扭亏解困。作为工作组成员，深感责任重大。

时逢中秋节，有感：

情深任重驻四川，
何顾月圆家不圆。
国事厂事行业事，
匹夫有责双肩担。

参加工作以来，经常公出在外，多年的中秋节常不能与家人在一起，可谓"忠孝不能两全"。男儿者虽忘身于外，但也有亲情在心。

思 乡

遥指星斗笑问天，
月亮为何有缺圆？
四海为家男儿志，
为国担当心里甜。

中秋节之夜出现月全食，算是"奇遇"。为赏其景，午夜站在钢厂招待所的阳台上眺望。2时5分月蚀始，半食已过3时。

月　蚀

有道十五月最圆，
今见玉宫却难全。
嫦娥才寻吴刚去，
"天狗"偷吃月半边。

1997年9月23日夜
写于四川长城特钢厂

澄怀雅情

登岳阳楼

（外一首）

　　长江，涌万里波涛，穿山越谷，一路放歌，与浩瀚的洞庭湖擦肩而过；资、湘、沅、澧四水如四条叱咤风云的蛟龙，前呼后拥，汇入浩如烟海的洞庭湖。

　　在八百里长天一览的洞庭湖边，巍峨地耸立着一座千年古楼（始建成于东汉建安二十年，即公元215年），这就是名闻遐迩的岳阳楼，它与武昌的黄鹤楼、南昌的滕王阁并称为"江南三大楼阁"，誉满天下。1994年第一次来到这里，今天第二次登临此楼。

日落霞飞江浪迟，
常怀洞庭月圆时。
昔来为赏山湖美，
今访拜读楼中诗。

楼上吟诗

洞庭天下水，
岳阳天下楼。
谁为天下士？
吟诗楼上头。

1997年8月11日
作于岳阳楼上

赞黄果树瀑布

　　世界五大瀑布之一的黄果树瀑布，位于贵阳市西 150 公里的安顺市镇宁县境内。古时称白水河瀑布，亦名黄葛墅瀑布。常时瀑布通高 77.8 米，宽 101 米，丰水期时则更加壮阔。远望天河飞泻，彩练当空；近闻涛声如雷，气势磅礴。

　　黄果树瀑布的出名，始于明代旅行家徐霞客。经过历代名人的游历和传播，使黄果树瀑布闻名海内外。

银河跌落白云边，

日月星河坠玉盘。

彩练狂飙山水秀，

飞浪堆雪天地间。

遥闻雷吼震虚幻，

近看盘江①闯险关。

到此方知贵州好，

安顺坤美人若仙。

1997 年 6 月 25 日

於安顺市镇宁

澄怀雅情

---

　　① 黄果树瀑布的顶端源头来自珠江水系的北盘江支流。

231

游昆明湖

时值国庆假日，与家人游昆明湖。

秋高气爽的北京，把颐和园美成了仙境。颐和园中的昆明湖更是美得让人流连忘返。

万里晴空正值秋，
轻舟慢棹水中游。
枫林如火掩朱阁，
丹桂飘香迎翠楼。
帆顺高风追雁阵，
桥横细浪戏群鸥。
天开山色拥烟树，
辉映波光舞彩绸。

1996 年 10 月 1 日午
於颐和园昆明湖上

丙子中秋夜

中秋夜，与众友和家人欢聚，其乐融融。记之：

祥泰恋寒舍，
韶光耀词门。
倚窗堪摘月，
举手可开云。
心静宽天地，
笑语道经纶。
清风怀菊意，
伴我会诸君。

1996 年 9 月 27 日
写于北京亚运村

澄怀雅情

咏花组诗（二）

桃　花

不忘春风梦未穷，
胜于潭水寄情衷。
时人难解爱滋味，
莫负桃花别样红。

梨　花

枝条舞雪树披银，
一夜东风造化深。
春雨醉人浓似酒，
此身已入梨花村。

桂　花

千层绿叶奉金黄，
百里秋风荡桂香。
不与春花争俏色，
只用丹心阅时光。

槐 花

院前岭后一应白，
疑似琼华天外来。
闻得幽香滋肺腑，
方知槐蕊此时开。

1996 年 8 月 30 日至 9 月 24 日
作于北京亚运村

澄怀雅情

235

滕王阁游记

　　滕王阁，是江西南昌地标性建筑，为豫章古文明之象征。它立于赣江东岸，始建于唐永徽四年（公元 653 年），为唐太宗李世民之弟滕王李元婴任江南洪州都督时所建，因"初唐四杰"之首的王勃所作《滕王阁序》而名扬四海。

　　滕王阁与湖南岳阳楼、湖北黄鹤楼并称"江南三大名楼"，是中国古代四大名楼之一，世称"西江第一楼"。滕王阁主体建筑高 57.5 米，建筑面积 13000 平方米，下部台座高 12 米分为两级；台座以上主阁取"明三暗七"格式，为三层带回廊建筑，内部有七层。名楼名序，流传千秋。

　　滕王阁自建成以来，乱世则废，盛世则兴，迭废迭兴多达 28 次。今阁为 1985 年第 29 次重建。滕王阁作为中华文化地标，建筑大师的力作，赣文化的重要载体，乃自然景观与人文景观合璧的胜地。

　　今与好友游滕王阁。有感：

天苍地茫兴洪州，
放眼大江万古流。
西山落霞伴飞鹜，
南浦清风荡心舟。

自古名楼多佳话，
王勃①绝序传千秋。
登临揽胜怅寥廓，
喜有知音共赏游。

1996 年 7 月 26 日
作于南昌滕王阁上

澄怀雅情

---

① 王勃，六岁时便能作诗，且诗文构思巧妙，词情英迈，被赞为神童。

吟 月

寒凝清冷桂宫①深，
碧汉凌霄不染尘。
皓皓银光澄海宇，
淡淡幽思醉人心。
万般寂静多乡梦，
千载风云独集神。
华耀朗晖如可赠，
撷来送与众知音。

1995年8月15日夜
作于武钢集团宾馆

---

① 桂宫：月亮的雅称。其名称还有：银钩、玉兔、玉蟾、玉盘、金轮、
婵娟、嫦娥、冰轮、玉宫、广寒宫等。

喜春雨

今天，京城落下了今年的第一场春雨。这是一场喜雨！

绵绵细雨中，小草醒了，垂柳绿了，桃花吐红，梨花争白，杏花竞放……

经春雨的洗礼，新的一年换上了崭新的容妆。

> 细雨连宵润如酥，
>
> 春天如画神工涂。
>
> 最是一年好时光，
>
> 柳绿桃红靓国都。

1995 年 3 月 31 日夜
写于北京陶然亭

澄怀雅情

状元楼前有感

　　南京状元楼，位于秦淮河边，毗邻夫子庙，是我国清朝以前与北京并列的两大考场之一。古人所说"进京赶考"，大多是指到这里应试。历代无数状元、榜眼、探花，就在这个状元楼里产生。

秦淮烟雨尚贤风，
状元楼前忆峥嵘。
有志当如大江水，
势不可挡闯天京①。
金科及第从前事，
今为国家立世名。
肩负重任行天下，
争强夺冠为中兴。

1996 年 3 月 5 日夜
作于南京夫子庙

----

①　天京：南京的古称，也称金陵、建康、建业、应天、上元、石头城、丹阳、江宁等。

黄鹤楼感怀

　　黄鹤楼，被誉为我国古代四大名楼之一。坐落在武昌蛇山之上。

　　这座巍峨的建筑造型恢宏，气势骄人，楼顶直指天穹，让古今中外的游人赞叹不已。

　　登上黄鹤楼，古城武汉尽收眼底，一派崭新气象。

龟①蛇②携江同起舞，
古楼③新塔④竞天骄。
收进眼底皆诗画，
华夏儿女弄大潮。

1994 年 8 月 18 日
作于湖北武昌

---

①　龟山。
②　蛇山。龟、蛇两山对峙，雄踞长江两岸，毛泽东主席诗曰："龟蛇锁大江。"
③　黄鹤楼是与岳阳楼、鹳雀楼、滕王阁齐名的我国古代四大名楼之一，也是古往今来武汉的标志性建筑。
④　湖北电视塔是武汉的又一新景，建成时为全国最高。乘电梯抵塔中部旋转参观厅，可俯视武汉三镇。

澄怀雅情

周末游

参加工作 20 多年来，极少有这样轻松的休息。

周日，与同在武钢工作的幼恒、同兴、文新、善桃、喜佬等七位好友到武汉东湖。白天登山、划船、钓鱼，晚上在湖边聚餐，大家在露天的草地上，边吃边聊、边唱边跳，至九时尽兴而归。

戏水垂钓划扁舟，
舞风弄浪爬山头。
"八大金刚"显其绝，
半生难得此闲游。

1994 年 8 月 14 日
写于武汉东湖

又记：

因恰好是八个"和尚"，故戏称"八大金刚"。

洪湖美

（外一首）

小的时候跟着大人学唱："洪湖水浪打浪，洪湖岸边是家乡，到处野鸭和菱藕，秋收满畈稻谷香……"

今天，与文新、善桃、喜佬等好友来到洪湖，感受到了鱼米之乡的大美。

（一）

烈日炎炎如火炙，
初学摇橹洪湖游。
赤膊上阵怕人笑，
一片荷盘遮满头。

（二）

无际芦蒲任张扬，
歌甜水美心追浪。
菱莼鱼蟹收不尽，
满眼荷花漫自香。

1994 年 7 月 15 日午
作于洪湖渔船上

澄怀雅情

耕云种月

金磊夫诗词集

赞黄河三峡

一提起三峡，人们会很自然地想到长江三峡，而黄河三峡却鲜为人知。

"黄河之水天上来"，一泻千里，势不可挡。黄河穿越三门峡后直奔洛阳，在100多公里的河道两边，耸立着可与长江三峡比美的黄河三峡。龙凤峡之险，八里峡之幽，始祖峡之雄，皆令人惊叹称奇。

今幸游黄河三峡，大有相见恨晚的感慨。

原知长江三峡美，
今识黄河三峡秀。
龙凤翘望迎远客，
八里高峡赋清幽。
浴佛坐念山海经，
始祖深居翠岭后。
神仙洞藏诗万卷，
大河放浪向天流。

1994年6月10日
於河南济源市

登慕田峪长城有感

　　在北京市东北约 70 公里燕山山脉中，横卧着比八达岭长城更雄伟壮观的慕田峪长城。它宛如一条巨龙，日夜守卫着华夏，守卫着中原，守卫着京城。

蜿蜒逶迤衔远山，
磅礴雄立势连天。
龙蟠万里旌旗猎，
虎踞千障守汉关。
冲霄浩气今尚劲，
凌云壮志世相传。
男儿应伴山河老，
铁血忠魂保国安。

1993 年 10 月 1 日
作于北京怀柔

澄怀雅情

六月雪

京城每年初夏，都要有一段时间"鹅毛大雪漫天飞"。因过去城市绿化以杨柳树为主，五、六月份杨柳絮漫天飞，不但给人们的生活造成很多不便，而且严重污染环境。

近些年来，北京市政采取了很多措施，包括大量栽种银杏、梧桐、松树、柏树、槐树，同时对现有杨、柳树进行改良，并部分淘汰，使六月飘"雪"的情况有了一些改变，但"六月雪"还在下。

我们有理由相信，只要重视这项工作，不断加大各方面的投入力度，彻底改变这种现象为期不会太远。

草木皆知夏已归，
乐于六月正芳菲。
杨花柳絮无才气，
此际作雪到处飞。

1993 年 6 月 3 日
写于北京元大都遗址

咏物寄意

（三首）

镜 子

皎如霁月绝风尘，
素面无私鉴古今。
色相纷纭皆可见，
最难照到是人心。

笔

瘦小玲珑刚正身，
世间谁可比经纶？
胸藏锦绣通今古，
千载文章赖此君。

蚕

吐尽银丝岂断魂，
尤怀初愿转乾坤。
谁言作茧身自缚？
蜕作新娥育后昆。

1993 年 3 月 2 日
作于长春台儿庄

澄怀雅情

感 伤

（外两首）

　　大千世界，难免有小人；耿直的人，难免遇上小人，世事如是。1990—1992 年因小人当道，自己又不肯与之同流，进不能，退不得，上不去，下不来，精神上倍受磨难。

　　江山易改，秉性难移。经历磨难也是好事，它会使人更理智、更坚强、更成熟。时间再一次证明："人间正道是沧桑。"此乃天理！

阴风袭来恶浪狂，
小丑无忌跳梁忙。
自信正气主乾坤，
天理难容中山狼。
磊落为人从不悔，
坦荡做事头高昂。
迎霜斗雪苦中乐，
青天有眼识忠良。

心 语

小人得势犬鸡乐，
泣血君心暗自伤。

耕云神月

金磊夫诗词集

遥对苍天终不悔，
明月伴我醉几场。

自　信

虎伏峦壑听风啸，
龙卧浅滩等海潮。
自信东山能再起，
大鹏展翅上云霄。

1992 年 11 月 30 日夜
於长春市台儿庄

澄怀雅情

醉秋夜

（外一首）

枫栌尽染露凝红，
秋夜无云月似弓。
蟹熟酒香催客醉，
直将众人送梦中。

月夜独酌

自酌一樽醇，
对月两知音。
梅花三弄曲，
独酌四时春。

1992 年 10 月 6 日夜
作于长春台儿庄

咏 菊

（两首）

其一

白如堆雪粉胜胭，
姹紫嫣红冰封前。
巧乘秋风绽香蕊，
枫栌共秀染霜天。

其二

霜华陌野菊花黄，
醉月清香夜入堂。
梦里愚翁东麓下，
惠吾芳馥满诗囊。

1992 年 10 月 2 日夜
作于吉林省冶金厅宿舍

澄怀雅情

251

苏州游记

（外一首）

　　作为国家历史文化名城的苏州，有近 2500 年的历史，是吴文化的重要发祥地之一，素有"人间天堂"的美誉。

　　游苏州，恍若在画中。

　　　　月满姑苏风满楼，
　　　　钟声古刹越千秋。
　　　　江南烟雨迎新客，
　　　　缘遇金龙卧虎丘。

赞苏州园林

　　　　园林惟美乃苏州，
　　　　山水相宜阁榭楼。
　　　　曲径通幽清亦巧，
　　　　一步一景一春秋。

又记：

　　苏州集中国古典园林之大成，精巧、细腻、隽秀、灵通、高雅，历来被世人称道。

赞吉林雾凇

（外两首）

"吉林雾凇"与云南石林、四川九寨沟、湖北武陵源齐名，并列为我国四大自然奇观。

雾凇俗称"树挂"，是水汽在树枝上结成的冰花。冬季的松花江，千里冰封，唯有吉林市这段江面，因上游江水流经小丰满电站而不冻结。由于水温和天气温度相差较大，使得江面雾气蒸腾，弥漫市区。而零下 26 ~ 30 摄氏度的寒冷天气又恰好是雾凇形成的最佳条件，吉林市得天独厚，雾凇成为独具特色的自然景观。银装素裹，玉树峥嵘、琼花劲放，使北国江城更加娇娆，被中外游人赞誉。吉林省政府在每年的十二月至第二年的一月举办"吉林雾凇冰雪节"，让更多的人大饱眼福，领略神奇的冰雪世界。

吉林是我的故乡，在那里生活了近 20 年，每年都有一段时间与雾凇相伴，此景常在心中。

寒江雪柳映日新，
玉树琼花满目春。
历尽天华成此景，
人间万事尽艰辛。

澄怀雅情

吟雾凇

绽放琼花非地力，
盛开玉树乃天成。
谁于严冬唤红日，
唯有雾凇唱大风。

俏满枝

百花连四季，
玉蝶笑寒时。
江柳爱冬月，
雾凇开满枝。

1991 年 12 月 28 日
写于吉林江城宾馆

寒山寺两首

位于苏州的寒山寺，唐代贞观年间，由寒山、希迁两位高僧创建。1000多年内，先后5次遭到火毁（另一说7次），最后一次重建是在清光绪年间。

寒山寺曾是中国历史上十大名寺之一，古迹甚多。唐代著名诗人张继的一首《枫桥夜泊》，使寒山寺名传千古。

（一）

钟声回荡月明时，
过往游人入夜迟。
阅尽繁华秋静好，
寒山古刹即成诗。

（二）

枫桥夜泊江风过，
水映霜天荡碧波。
月照客船无限意，
涛声依旧念嫦娥。

1991年10月25日
於苏州寒山寺

澄怀雅情

255

访岳麓书院

坐落在长沙市岳麓山脚下的岳麓书院，是中国历史上赫赫有名的四大书院之一。北宋开宝九年（公元976年），潭州太守朱洞在僧人办学的基础上，由官府捐资，正式创立岳麓书院。至今已有1100多年的历史。

作为世界上最古老的学府之一，这座闪烁着时光淬炼的人文精神、恢弘的古代传统书院建筑，被完整的保存下来。1988年国务院批准其为"全国重点文物保护单位"。

岳麓书院历经千年而弦歌不绝，学脉延绵，经历宋、元、明、清各代。至清光绪二十九年（公元1903年），岳麓书院与湖南省城大学堂合并，改制为湖南高等学堂。中华民国十五年（公元1926年），湖南高等学堂定名湖南大学，并在岳麓书院基础上扩建，沿用至今。

我曾多次游访这里。岳麓书院大门两旁的对联，彰显它的历史地位和大器，格外引人注目。

惟楚有材独砥流，
于斯为盛冠神州。
庭连山海浮苍翠，
堂接衡湘阅春秋。
云拥石碑铭青史，
月临书院蔚朱楼。

耕云种月 金磊夫诗词集

千年学府传佳话,
万载岳麓领潮流。

1991 年 7 月 19 日
於湖南大学

澄怀雅情

答谢友人

（外一首）

为了感谢朋友们过去的相互理解，相互支持，在新的一年同心协力，共力前行，在家中设便宴表达情意。

昨天携手壮社稷，
今朝同道再拼搏。
好友相聚当欢饮，
再弄大潮兴家园。

风雨歌

铺天盖地云堆雪，
情满乾坤风化歌。
不问前程有多远，
心中惟念壮山河。

1991 年 1 月 26 日
写于长春台儿庄

耕云种月

金磊夫诗词集

纪念屈原

屈原，战国时期（公元前 340—公元前 278 年）楚国诗人、政治家，是一位怀才不遇的悲惨爱国人士。他爱楚国，却不被君主看好，还被小人弹劾；他初创《楚辞》，与《诗经》合称骚体，被誉为"楚辞之祖"，对后世诗歌产生了深远影响。

"路漫漫其修远兮，吾将上下而求索"。屈原的"求索"精神，成为后世仁人志士所信奉和追求的一种高尚精神。

为纪念屈原，人们将端午节（又称端阳节、龙舟节、重午节、正阳节、中天节、粽子节、龙日……竟有 20 多种叫法）作为纪念屈原的节日，延续至今。成为中国四大传统节日之一。

1953 年，在屈原逝世 2230 周年之际，世界和平理事会通过决议：确定屈原为当年纪念的世界四大文化名人之一。

今天是端午节，作此纪念屈原：

千秋汨水吊屈翁，
万舸棹江唱大风。
荆楚烟波荡天问，
离骚何日付鸿功？

1990 年 6 月 20 日
作于长春南湖

澄怀雅情

259

春日三首

（一）

山上植松浇嫩芽，
乡田斜日逐飞霞。
雨醒诗梦绿杨柳，
风载书声唤百花。

（二）

静心听雨赏春花，
举目观云话桑麻。
欲折一枝香在手，
盼来九月盛年华。

（三）

红尘万丈三杯酒，
大业千秋一盏茶。
花染春山同圆梦，
情怀天地共芳华。

1990 年 4 月 9 日
作于长春市南岭

访杜甫草堂

杜甫，唐代大诗人。字子美，自号少陵野老。别称：杜少陵、杜工部、杜拾遗、杜草堂、老杜。被誉为诗圣。

杜甫草堂，是杜甫流寓成都时的故居，位于成都青羊区青华路38号。杜甫在此居住近四年，创作诗歌240余首。唐末诗人韦庄寻得草堂遗址，重结茅屋，使之得以保存。宋、元、明、清历代都对此进行修茸扩建。

杜甫草堂占地近300亩，珍藏各类资料3万余册。1955年成立杜甫纪念馆，1961年被国务院确定为"第一批全国重点文物保护单位"，1985年更名为"成都杜甫草堂博物馆"。

源自内心对诗圣的崇敬，加之喜欢那里的幽静，我每次到成都，总是要挤出点时间到草堂看看。

诗圣草堂最好寻，
锦官城外浣溪滨。
蜀都茅屋秋风破，
湘水孤舟冷雨频。
忧国恤民抒战乱，
吟山咏史赞贤臣。
胸中多少情和爱，
笔下感天惊鬼神。

1989年9月26日
写于成都西郊

澄怀雅情

谷雨节气

（外一首）

　　谷雨，是二十四节气中的第 6 个节气，也是春季的最后一个节气。斗指辰，太阳黄经为 30 度；于每年的 4 月 19 日—21 日交节。

　　谷雨，是"雨生百谷"的意思，此时天气降水明显增加。谷雨与雨水、小雪、大雪等节气一样，都是反映降水现象的节气，是古代农耕文化对节令的反映，更是古人聪明智慧的结晶和传承。

春风拂面尚微寒，
正是飞花谷雨天。
万物识时知节令，
老榆庭院结金钱。

谷雨芒种

半城云水半城山，
日丽风和柳似烟。
谷雨人勤春日好，
朝霞深处正耕田。

1989 年 4 月 20 日
於长春台儿庄

后记：

　　1968—1971 年在农村插队，学会了二十四节气歌，弄懂了二十四节气的要义。因为掌握时令，对农事十分重要。

　　这是东北农村流传的二十四节气歌：

　　打春阳气转，雨水沿河边；惊蛰乌鸦叫，春分地皮干；清明忙种麦，谷雨种大田。

　　立夏鹅毛住，小满鸟来全；芒种五月节，夏至不穿棉；小暑不算热，大暑三伏天。

　　立秋忙打甸，处暑动刀镰；白露烟上架，秋分不生田，寒露不算冷，霜降变了天。

　　立冬交十月，小雪地封严；大雪河冻上，冬至不行船，小寒、大寒又一年。

澄怀雅情

咏花组诗（一）

牡　丹

姹紫嫣红倾煞人，
天香国色隐龙魂。
情深欲向碧空诉，
一片芳心涤世尘。

白玉兰

饱受风霜历苦寒，
清香飘逸迎婵娟。
春来悄然先开放，
引领群芳竞娇妍。

水　仙

岁寒三友尤当夸，
香草四雅秀风华。
金盏银台①最重义，
一掬清水就开花。

---

① 金盏银台：水仙花的雅称。世称云葱、姚女、俪兰、雅容、黄玉花、凌波仙子等。

紫玉兰

侠骨似丹带醉妍，
携云拖雨过窗前。
飘零堕尘娇堪忆，
半做春泥半化烟。

茉　莉

琼花碧叶性清白，
盛夏庭前应季开。
玉蕊总将世人醉，
幽香常伴锦霞来。

金银花

蕾染春晖闪荧光，
花开异彩簇姚黄。
从来不羡金银贵，
只为红尘送暗香。

丁香花

不染浓华不惹春，
田园陌野自清新。
天香骀荡万花意，
浅笑嫣然怡世人。

1988年6月18日
作于长春新华十号

澄怀雅情

伪满皇宫

　　长春伪皇宫（现为伪皇宫博物院），是清代末代皇帝爱新觉罗·溥仪充当伪满洲国傀儡皇帝时的宫廷。

　　进入皇宫，首先看到的就是"勿忘九一八"的标志。这里的每一个场景，每一件文物，都记载和揭露着日本军国主义武装侵占东北，推行法西斯殖民统治的罪恶，以及伪满傀儡政权卖国求荣、效忠日本、奴役残害东北人民的罪行。

　　伪皇宫以中和门为界，分为内廷和外廷。内廷是溥仪及家眷的生活区，外廷是溥仪的政务活动区。伪皇宫建筑群主要包括：缉熙楼、勤民楼、同德殿，此外还有建国神庙、植秀轩、畅春轩、中和门、中膳房、洋膳房、跑马场、花窖、禁卫军营房等。

　　伪满皇宫已成为全国重点文物保护单位、全国爱国主义教育示范基地。

雨后花池映殿楼，
葳蕤草木亦含羞。
山河破碎九州泪，
倭鬼犯华四海仇。
傀儡崩坍天数尽，
膏丸旗倒梦魇休。
国难虽去痛仍在，
炎黄子孙勿忘忧！

1987 年 7 月 7 日
写于长春光复路

266

贺新春

今天，丁卯年正月初一，兔年春节。

新的一年开始了，愿新春胜意，纳福迎祥，家人幸福，祖国昌盛，天下太平！

信手掀开新岁月，
随心点亮大红灯。
迎来瑞雪兆丰稔，
送走隆冬接惠风。

1987 年 1 月 29 日
於长春西安大路

澄怀雅情

为纪念照题

　　自 1980 年 5 月 1 日结婚至今已 6 年余。爱人从军在吉林，我从政在长春，长期两地分离。

　　今爱人调回空军长春医院，继续留在她喜欢的部队工作，我们可以相扶相助，"安居乐业"了，于国于家实在是大好事。

　　我们两个单位仅一路之隔，毗邻风景秀丽的南湖。

　　中秋节携游南湖公园并拍下纪念照。为此题记：

花好月圆情更稠，

心心相印志同求。

昨天遥望星对月，

今日并肩争上游。

时不我待齐奋力，

共创新业酬春秋。

1986 年 9 月 18 日中午

记于长春南湖公园

登黄鹤楼

（外一首）

黄鹤楼，为我国古代"江南三大名楼"之一。

当我们置身巍巍黄鹤楼前，顿生对古人匠心独具和五千年中华文明厚重的敬佩和喟叹。那拔地而起、高耸入云的巍楼，似在与天比胜；那对对翘楚的飞檐，一如高扬的翅膀凌空欲去。

泱泱汉江水，壮美黄鹤楼，把我带入至深至浓的文化氛围之中，进入一种欲仙之境。与朋友再登黄鹤楼，此情此景感受更深。

晚风送我上高楼，
黄鹤飞来聚旧友。
心月明净情万里，
武昌好客将咱留。

举杯邀月

黄鹤楼上泻瑶光，
君子登临总畅想。
自古诗仙多爱酒，
挥毫泼墨伴飞觞。

1986 年 9 月 10 日
吟于武昌黄鹤楼上

澄怀雅情

又记：

　　据《元和郡县志》记载：黄鹤楼始建于三国时代吴黄武二年（公元223年）。历代文人墨客在这里留下许多千古绝唱，使黄鹤楼从古至今闻名遐迩。

新春札记

（外两首）

除夕夜

焰火绚丽射兴飞，
吴刚独守月中桂。
天堂哪有人间好，
牛郎织女携手归。

1986 年 2 月 8 日夜

对酒迎春

亲人团聚尽开怀，
不觉东方已发白。
夜送残冬余韵消，
晨迎新岁着意来。

1986 年 2 月 9 日晨

澄怀雅情

闹元宵

火树银花映碧霄，
张灯结彩闹元宵。
龙腾狮舞送祥瑞，
笑语满街情如潮。

1986 年 2 月 23 日
作于海龙镇

咏泉两首

　　济南是闻名中外的泉城，仅城区范围内就有名泉 136 处，其中尤以趵突泉、珍珠泉、黑虎泉、五龙潭四大泉最负盛名。

　　众泉汇成的大明湖与千佛山遥相辉映，形成了济南市"四面荷花三面柳，一城山色半城湖"的美丽风光。

趵突泉

泺河发兴玉渊殊，

竟有蓬壶通海珠。

云接太行分岱岳，

水从王屋到明湖。

五龙泉

七十二泉天下无，

此泉尤足胜方壶。

惊湍怒涌喷幽窦，

月洒流光射玉湖。

1985 年 8 月 9 日
作于泉城济南

澄怀雅情

镜泊湖游记

　　处于群山环抱之中的镜泊湖，时而水平如镜，时而微波荡漾。它是距今约四千八百年前的一次火山爆发的熔岩堵塞了牡丹江河道，而形成的世界上最大的火山熔岩堰塞湖。在它周边还形成了小北湖、钻心湖等一系列大小湖泊。

　　远在 1000 年前的唐代，居住在这里的满族先民称镜泊湖为"忽汗海"，辽时称其为"扑鷰水"，金时称"必尔腾湖"，清朝初年，以湖水照人如镜而命名为镜泊湖，沿用至今。

　　镜泊湖南北长 45 公里，东西最宽处约 6000 米，最窄处约 300 米，最深处 70 米，水面面积约 79.3 平方公里，是我国著名的旅游、避暑和疗养胜地。

　　这是第三次来镜泊湖。每次到这里，都有一种亲切感。

风波不动影沉沉，

流彩微摇碧水深。

疑是王母欣浴处，

仙姬藏在镜中心。

1985 年 7 月 15 日

写于宁安市

青松赞

读陈毅元帅的诗《青松》，有感。

我敬佩青松的性格和品质，更敬佩具有青松性格和品质的老一辈无产阶级革命家！

任凭苦寒欺，
万难志不移。
只须红日出，
昂首与天齐。

1985 年 7 月 6 日

附：陈毅元帅诗

青 松

大雪压青松，
青松挺且直。
要知松高洁，
待到雪化时。

澄怀雅情

咏物三题

仙人掌

不是神仙号作仙，
虽居瘠壤亦欣然。
风吹日晒何曾惧？
为遣锋芒直向天。

炮仗花

谁燃炮仗舞晴空？
蔓壁藤篱向天红。
惊世何须真霹雳，
有花火热暖苍穹。

油菜花

漫山遍野菜花香，
膏田润雨着淡黄，
亦菜亦花知何妙，
意将人间变天堂。

1985 年 5 月 5 日
作于长春净月潭

枫树赞

群芳已凋零，
惟见枫林红。
凌风神飞扬，
傲霜情愈浓。
韵雅兰菊赞，
品格竹梅同。
天地如垂问，
丹心玉宇中。

1984 年 10 月 3 日
於吉林市北山公园

又记：

　因为枫叶中的花青素天冷后会增多，而叶绿素会减少并消失。花青素呈红色，所以秋霜后枫叶会变红。

李白故里访记

诗仙李白生于何处？有诸多说法，并无正史可考。

《唐故翰林学士李君碣记》中说，李白是广汉（今绵阳）人；《唐左拾遗翰林学士李公新墓碑并序》中讲，李白祖先在隋末被贬到碎叶城，神龙初年（公元705年）回到四川广汉后，生李白；《草堂集序》中称，李白为陇西成纪（今甘肃天水）人，祖上获罪被贬条支（今吉尔吉斯斯坦和哈萨克斯坦一带，唐设条支都督），神龙元年移居四川剑南道绵州昌隆青莲乡，生李白……

前些年湖北安陆与四川江油的李白故乡之争记忆犹新；后来，吉尔吉斯斯坦的托克马克也加入了这场争论；甘肃天水、山东济宁也纷纷加入李白故居之争。这么多地方，究竟哪里才是李白真正的故乡？

经多方考证，比较权威的意见是，李白生于今四川省江油市。今专访此地，特记：

人杰地灵天府郎，
奇才绝代世无双。
诗仙文章传千古，
辉耀九州荣华邦。

1984年9月21日中午
写于江油李白纪念馆

耕云种月

金磊夫诗词集

278

西湖美

很小的时候，就听大人讲杭州的西湖很美。

"若把西湖比西子，淡妆浓抹总相宜""上有天堂，下有苏杭"的赞誉，也是因西湖为杭州增色。今小驻杭州，游览西湖，对美似天堂的杭州感受更直接、更深刻。

山色湖光韵万重，
苏堤①沐雨复新晴。
三坛映月②水中笑，
花港观鱼③云里行。
晨雾寻源宝俶塔，
东风拂柳喜闻莺④。
移步异景杭城美，
如梦如痴西子情。

1984 年 6 月 6 日夜
於杭州西湖茶楼

① 苏堤断雪。
② 三坛映月。
③ 花港观鱼。
④ 柳岸闻莺。
以上均为西湖名胜。

澄怀雅情

贺良缘

为庆贺胞弟金拓夫新婚大典而作!

金①玉满堂蕴芬②芳,
喜贺贤淑配忠良。
白头偕老人丁旺,
福慧双盛家业长。

1983 年 4 月 24 日
於海龙县海龙镇

① "金"字在此有两意:一为金氏家族,二为富贵荣华。诚祝胞弟、弟妹一对新人传承家风,兴国旺家,白头偕老,生活和工作幸福美满。
② 弟妹姓付,名蕴芬。

秦皇岛感怀

（外一首）

飞临碣石作神桥，
不见秦皇升仙道。
玉宇琼楼何处觅，
清明天地是今朝。

山海关

秦皇汉武梦蹉跎，
山海无恙世若何。
万里长城今尚在，
烟霞丘壑向天歌。

1982 年 8 月 11 日
作于北戴河海滨

澄怀雅情

月夜遥望

　　爱人从军，部队在吉林市；我在长春工作。为了事业，两人聚少离多，心却从未分开。

　　今读杜甫诗，有感。人非草木，孰能无情？君同此道，天同此理。若不信，有诗为证：

今宵朗朗月，
举目细细看。
望见兔[①]儿娇，
高处不胜寒。
血撞心头热，
情送玉宫暖。
待君乘风去，
天街觅团圆。
明日桂树下，
欢聚理当然。

1981 年 5 月 22 日
作于长春西安大路

---

① 爱妻属兔。深夜时常对月遥望，好像能够看见她。

感念春娇①

（外一首）

欣喜娇妻懂我心，
自强攻读②再发奋。
若后有问今日事，
撷此小语赠诸君。

思　念

遥知两地常相忆，
共此星光入梦中。
清辉洒遍同心路，
爱妻情怀与君同。

1981 年 4 月 28 日夜
於长春西安大路

澄怀雅情

---

① 妻春香，近日连来两信，支持我学习。赠此，谢深情厚爱。
② 为能继续读书深造，我正积极备考大学。

为妹妹照片题

（两首）

　　小娟、小梅两胞妹 8 月 24 日来长春，带她们去照相馆拍了一张合影。她们 15 岁、9 岁就随父母走了"五七道路"。多年农村艰苦环境的磨练，使她们变得更懂事、更成熟、更坚强。

　　相信她们一定会拥有幸福美好的未来！

（一）

似海燕比翼，
如新星争启。
奋发同上进，
鹏程千万里。

（二）

不畏霜雪欺，
何惧风雨狂。
心中春常在，
娟梅皆芬芳。

1980 年 8 月 28 日
作于长春

写在图们江

（外一首）

驱车沿图们江[①]上行，一路浏览中、朝两国边境风光，劳动的歌声在两岸飞扬。有感：

一衣带水

群岭相依傍，
一江连两乡[②]。
边陲虽有界，
友谊却无疆。

建设边疆

乐得再次到延边，
连天杜鹃红满山。
各族兄弟齐奋力，
建功报国在今天。

1980 年 5 月 30 日夜
作于图们市

---

① 图们江为中国、朝鲜两国的界江。
② 吉林省图们市与朝鲜的南阳市隔江相望，两国人民有着传统的友谊和密切交往。

澄怀雅情

问　花

　　家南窗下的花圃，时花开得正艳。经夜间一阵细雨沐浴，使得新叶更娇，花香更浓。

晨风又送郁香来，
惹得憨人动怨怀。
漫步窗前发问语，
半含娇蕊为谁开？

1979 年 8 月 12 日晨
写于长春西安大路

读书札记

（两首）

其一

深夜读华章，
德才同修养。
华夏腾飞日，
建功有儿郎。

其二

潜心做学问，
慧眼洞红尘。
天街任来去，
机运也由人。

1979 年 5 月 22 日
作于长春山东屯

澄怀雅情

春 风

久盼春风到，
冰心寒意消。
装进一团火，
热血腾腾烧。

1979 年 4 月 16 日
深夜记于长春

又记：

　　刚从老家得到消息：爸爸的"右派"冤案，终于在蒙冤 22 年后的今天得以平反。

　　国家拨乱反正，历史还他以清白。苍天有眼！

工作调动

今天，正式到吉林省冶金工业厅报到。从此开始了新岗位上的新工作。

特记：

> 经济建设兴国运，
> 金秋送爽传佳音。
> 一纸调令赴新岗，
> 百业待兴担重任。
> 实现四化需钢铁，
> 精忠报国干冶金。
> 雄关漫道从头越，
> 甘洒热血献终身。

1978 年 9 月 22 日夜
记于吉林省冶金厅

澄怀雅情

又记：

钢铁，被世界公认为是一个国家综合实力的标志。

加快发展冶金工业，努力为实现"四个现代化"提供强有力的物质保证，既是钢铁工人的责任，也是我们为党尽责、为国出力的使命。

追思叔叔

（四首）

叔叔金岩，是新中国成立后最早从事国防科学研究的专家。他做人刚正，做事磊落，做学问争强。

1968 年 7 月 19 日，被造反派以"反动技术权威"非法关押，残酷迫害致死，至今整整十年了。我失亲人，国失栋梁。悲哉！今天其冤案得以昭雪。

特做此句，深切悼念叔叔。

慰忠魂

十年沉冤今昭雪，
九泉之下可知得？
春回大地天有情，
话对人间尽可说。

怀念叔叔

德高有公论，
清气贯乾坤。
正直做学问，
世人皆颂君。

灵　歌

耳畔尤闻惊雷鸣，
北海①南②天共悲情。
长空万里芳魂唱，
大地无语恸哭声。

朝天颂

胸襟磊落昭天地，
正气浩然壮河山。
铮铮硬骨千秋颂，
耿耿丹心日月赞。

1978 年 7 月至 10 月
作于长春、海龙

---

① 海：指吉林省海龙县海龙镇，是叔叔出生的地方。

② 南：指南杂木小镇，位于海龙南部。建设"三线"时，叔叔生前所在军工单位从丹东搬迁至此。为叔叔平反、昭雪的大会在这里召开。

澄怀雅情

再寄栾力兄

天若有情也落泪，
忧伤鲲鹏两处飞。
唤来长风做轻车，
千里拜君盼相会。

1978 年 7 月 2 日於长春

附：栾力兄诗二首

访磊夫未见有感

（一）

迎头百尺高山时，
断路浑江不尽流。
岂料君床换新主，
余晖落日照楼头。

（二）

君归不见空凝视，
怨绪悠悠绕自心。
野外微风似曾见，
谁来为我落拂尘。

别 友

奉调：到吉林省冶金厅工作。

这是件好事。但突然离开熟悉的通化钢铁总厂、离开这么多年在一起朝夕相处的同学和同事们，真有些恋恋不舍。

与众好友酒别，作此留念：

谁分南北天地？
谁断东西两截？
都道月有圆缺，
我愿人无离别。
从此天各一方，
惟有真情不舍。
有缘还会相聚，
金樽美酒诚谢。

1978 年 6 月 8 日夜
记于通化钢铁总厂

澄怀雅情

在松花江上

毕业离校三年后，又回到吉林市参加同学聚会，大家乘船在松花江上游览。

湖光粼粼，山影倒映，同学真情融入景中。松花湖美不胜收，不但饱了眼福，也醉了心境。有云：

翠柳堤下垂，
轻舟江上飞。
疑是梦中画，
复看醒又醉。

1978 年 6 月 4 日中午
记于吉林市小丰满

后记：

"我的家在东北松花江上，那里有森林煤矿，还有那漫山遍野的大豆高粱……"松花江真的比歌中还要美！

差旅夜雨

今日公出到延边。

半夜，暴雨狂泻，电闪雷鸣，将我从沉睡中惊醒。霹雳闪电中，无法入睡。索性走到桌前，点亮台灯，凝视窗外夜雨，挥笔写下这几个字：

白日大风起，
夜雨拍窗急。
翻辗难成眠，
闪电扯睡衣。

1978 年 5 月 15 日深夜
於老头沟铁矿招待所

澄怀雅情

家国逢春

（外一首）

风风雨雨整十年①，
神州巨变人未变。
沧桑正道昂首走，
笑迎春阳唱凯旋。

阖家欢

喜讯②频频来，
乐把家宴摆。
亲朋重相聚，
谈笑皆风采。

1978 年 3 月 20 日
於海龙县海龙镇

---

① 爸爸、妈妈在"五七"道路上走了十个年头（1969—1978 年），作为最后一批"五七战士"，今天终于"高唱凯歌还"了。

② "文化大革命"宣告结束。爸爸、妈妈被"落实政策"，恢复工作，举家返城；大妹妹升学；弟弟接班；我由通化钢铁公司借调吉林省冶金厅工作，喜事连续而至。同事、同学、亲朋好友们纷纷来贺。
　　春天来了。愿从此天下祥和！

寄栾力兄

钢城雪夜，捧读栾力兄给我的手抄本《泰戈尔诗选》《稼轩冠短句》和新词《西江月》，感慨良多。栾兄不但文学功底深厚，硬笔书法也非常漂亮，为人处世更让人佩服。

人生有如此知己，足矣！

灯下捧读《西江月》，
一曲高歌兄唱和。
遥向临林①问君好，
天公代我送瑞雪②。
俯首窗前思离去，
举目夜空盼圆月。
喜待他日重逢时，
把酒再将心语说。

1978 年 1 月 30 日深夜
於通钢职工宿舍

澄怀雅情

---

① "临林"是吉林省临江林业局的简称，国家红松木材的主要产区。
② 此时窗外鹅毛大雪飘舞，地上的雪已经积得很厚，长白山上林场的雪一定下得更大。瑞雪是个好兆头。

附：栾力兄诗

七绝·寄磊夫

闹夜无歌却有诗，
此情惟有弟能知。
茱萸作雪天西北，
只怨风寒月上迟。

作于戊午年岁尾夜

耕云种月

金磊夫诗词集

向刘庄兄贺喜

同事刘庄，在炼铁厂工会工作，很有才华，做事公道，性情率真。其 30 岁结婚、31 岁喜得贵子。其妻王善慈，在炼钢厂宣传部工作，文笔也非常好。

他们是真正的晚婚晚育，真为他们有了接班人而高兴。欣赋：

得道天送子，
德厚地善慈①。
后继有新人，
喜看小刘思②。

1977 年 6 月 6 日
作于通钢职工宿舍

澄怀雅情

---

① 庄之妻，天津人，名王善慈。人如其名，善良大方，稳重贤达，人缘很好。我们都称她为大姐。

② 刘庄之子，取名刘思。

与栾力兄

　　栾力，是我非常敬佩的兄长。他心胸豁达，知识渊博，才思敏捷，文采飞扬，而且为人厚道，性格直爽，不但有度量，也有酒量。

　　每次与他相聚都是一件很快乐的事。与之为伍，我受益匪浅。

推心论同道，
置腹叙家常。
频杯情难尽，
深知君有量。

1977 年 5 月 7 日夜
於通化钢铁总厂

沉痛悼念毛主席

（组诗）

敬导师

国际悲歌恸九天，
缅怀导师在心间。
亲手点燃星星火，
已在五洲劲燎原。

悼领袖

哀声惊天群星抖，
泪雨动地河倒流。
神州与我同哭泣，
悲痛欲绝悼领袖。

寄哀思

无限悲痛泪不止，
继续革命寄哀思。
忠诚化作千钧力，
大同世界天地赤。

澄怀雅情

诉衷情

暮雨秋风阵阵寒，
盖世沉咽越关山。
丰功伟绩诉不尽，
日月星辰化杜鹃。
奋笔疾书凌云志，
悲声雷恸化誓言。
愿做劲松迎风雨，
化育全球花满园。

1976年9月9日夜
作于通化钢铁总厂

赞英雄的唐山人民

　　1976年7月28日3点42分，唐山市发生里氏7.8级强烈地震。瞬间，百年唐山被夷为一片废墟，24万条生命逝去了。

　　在大灾面前，英雄的唐山人民没有倒下，在全国人民的支援下，积极抗震救灾，重建家园，显示了大无畏的民族精神和战天斗地的英雄气概。

唐山人民钢铁汉，
泰山压顶腰不弯。
任你山崩大地裂，
多难兴邦志更坚。
灾难面前骨头硬，
重整河山建家园。
万众一心创奇迹，
英雄儿女定胜天！

1976 年 8 月 12 日
於通化钢铁总厂

澄怀雅情

303

自 勉

阿杰①廿四②载，
春催快成材。
锤炼铁筋骨，
锻造大胸怀。
征程不停步，
勤奋向未来。
不负青春志，
建功在当代。

1976 年 5 月 22 日
记于通钢总厂

---

① 阿杰，本人的乳名。
② 时值 24 周岁生日。以此自勉、自励、自警。好男儿，当自强！

深切悼念周总理

深悲巨痛寄哀思，
切忍妖祸泪不止。
悼忆忠良肝肠断，
念来追往奠导师。
敬民丹心昭日月，
爱国热血书青史。
地厚天高英魂在，
周公遗下宏图志。
总有后人继伟业，
理看九州天地赤。

1976年1月9日夜
作于通钢总厂

澄怀雅情

305

诗言志

东西南北党调动，
报效祖国心赤诚。
四海为家男儿志，
乐在天涯迎东风。
钢铁强国终生愿，
甘洒热血映天红。
风华正茂当创业，
昂首再攀新高峰。

1975 年 9 月 20 日夜
写于吉林冶金工业学校

又记：

　　已经完成了在吉林冶金工业学校的全部学业，时值毕业前夕，等待分配。毕业典礼上，自己已经表态："愿做一块砖，东西南北任党搬。"虽然还不知道具体去向，但工作的渴望与日俱增。不论分配去哪，只要干钢铁就高兴。

最爱江南

暑假期间，与同学们在松花江边、在江南公园游玩，尽情感受青春的美好、江城的美好、生活的美好。

> 如歌八月暑假闲，
> 丽日惠风伴身边。
> 杨柳婀娜频起舞，
> 荷花轻摇韵连天。
> 扁舟吟唱晨光曲，
> 渔网撒向晚霞间。
> 北国吉林山水秀，
> 平生最爱是江南①。

1975 年 8 月 5 日

后记：

吉林市是吉林省最漂亮的城市。因松花江在市区宛然流过，所以吉林市也称"江城"。这里是我离开家乡后，来到的第一个城市，也是我后来继续读书的地方。巧的是，毕业离开吉林市五年后，这儿又是我恋爱的地方（爱人所

澄怀雅情

---

① 江南：指吉林市"江南公园"，这里是我印象中最美的公园。

在部队的驻地就在江南公园对面）。故又多了一重对江城、对江南公园深深的眷恋。

2010 年 10 月 6 日夜记于北京

耕云种月

金磊夫诗词集

心歌飞扬

谨以此献给第四届全国人民代表大会，并庆祝胜利召开！

（一）

鞭炮齐鸣彩旗飘，
歌声震天人欢笑，
为啥大家这样喜？
"四届人大"召开了！

（二）

锻锤高兴得直跳，
指标激动得窜高。
钢铁工人学宪法，
咱用汗水写喜报。

（三）

团团围着收音机，
侧耳聆听好消息。
公报字字记心头，
永远紧跟毛主席。

澄怀雅情

（四）

先画东方红日升，
再绘大旗耀眼红。
七亿人民同携手，
绣幅壮锦献北京。

1975 年 1 月 18 日夜
写于通化钢铁总厂

耕云种月

金磊夫诗词集

读《红楼梦》有感

（两首）

（一）

似梦非梦看《红楼》，
有情无情难自由。
我恨贾府①拆"双玉"②，
今邀宝黛回神州。

（二）

贾府薛史运相同，
离合悲欢几善终。
辜负男儿痴女泪，
红楼一梦葬花中。

1974年6月16日
作于吉林冶金工业学校

① 贾府：指封建社会的封建制度和封建思想。
② 双玉：指宝玉、黛玉。

打 靶

在校的大学生参加军训，到靶场进行射击演习，这是我们的必修课。

今天，去靶场实弹射击。有感：

五尺钢枪光闪亮，
射击场上演兵忙。
七亿雄勇谁能敌？
胆敢犯我必灭亡。

1974 年 3 月 17 日
於吉林军分区靶场

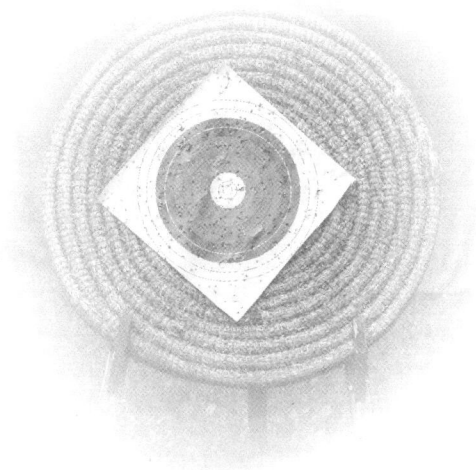

颂雪莲花

雪莲花，生长在海拔 2400～4000 米高山雪线附近的岩缝、石壁、冰砾石滩中，因形似莲花，得名"雪莲"。

雪莲分布在我国多地高寒山区，俄罗斯及哈萨克斯坦也有分布。天山雪莲品质最佳，不但有观赏价值，亦可作药用。

乐伴严寒年复年，
冰心一片志愈坚。
任它地冻三千尺，
犹自花开映雪妍。

1973 年 11 月 30 日夜
於江城吉林市

又记：

看电影《冰山上的来客》，对雪莲有了更深刻的认识。

雪莲，不仅仅是一种花，更是一种气质，一种精神，一种无所畏惧、充满生机的力量。

澄怀雅情

自砺三首

自勉

巍峨擎天树，
方为栋梁材。
燕雀望莫及，
只待雄鹰来。

阔步人生

面临百事头不昏，
认准目标向前进。
自信人生当阔步，
理性豁达方为君。

上进

人无大志是偷生，
苟安与世有何用？
我学松竹向上长，
日日进步劲不松。

1973 年 3 月 6—8 日
於海龙县八一化工厂

读《西游记》有感

　　《西游记》是中国神魔小说的经典之作，达到了古代长篇浪漫主义小说的巅峰，与《三国演义》《水浒传》《红楼梦》并称为中国古典四大名著。

　　慢慢品读《西游记》，会从中悟出很多道理。我认为："老不看三国，少不看西游"，讲得不全对。读《西游记》，老少皆宜。

　　　　师徒矢志取真经，
　　　　历尽磨难万古惊。
　　　　莫道荒唐寓真理，
　　　　分明善恶有回声。

　　1972 年 3 月 10 日夜
　　作于海龙县八一化工厂

澄怀雅情

315

山乡纪事

（两首）

（一）

上山下乡又一年，
春夏秋冬从不闲。
晨闻鸡鸣出工去，
夜伴蛙声入梦甜。

（二）

新春播种千顷田，
金秋收获万座山。
学习大寨能吃苦，
敢教日月换新天。

1970 年 5 月 22 日
写于海龙县李炉公社
东泉大队第一生产队

知青岁月

河水映蓝天，
柳岸雾幻烟。
下田披星出，
收工伴月还。
农忙无昼夜，
劳动乐无边。
青春红似火，
苦累心也甜。

1969 年 10 月 9 日
写于海龙县河洼公社
保安三队知青集体户

澄怀雅情

317

词

《临江仙》随感

身处桃源如梦里，
心闲半亩花田。
寒来暑往可知年？
醉迷仙境中，
醒在俗尘间。

渔樵人家清静处，
寓公何必壶天。
今吟唐宋拥诗眠。
树亭难邂逅，
客梦路逾千。

2022 年 6 月 12 日
作于怀柔雁栖湖

澄怀雅情

《长相思》共勉

　　中国职业安全健康协会十分重视对新入职员工的培训工作，经常从思想、作风、文化以及业务建设等多方面进行素质培养。邀我为其讲授协会文化、安全文化。

　　以此词赠全体新员工，与大家共勉。

创新业，
志未休。
共进同心争上游，
更上一层楼。

显身手，
为国酬。
躬献光热耀九州，
龙鸢皆优秀。

2022 年 4 月 13 日
作于北京安科大厦

《临江仙》赞北京冬奥会

　　冰雪华光，同向未来。举世瞩目的第二十四届冬季奥林匹克运动会开幕式，在世界上首座举办夏奥会和冬奥会的"双奥"之城——北京隆重举行。

　　中华文明与奥林匹克运动再度携手，奏响全人类团结、和平、友谊的华美乐章。

> 双奥之城迎四海，
> 燕赵①五环旗扬。
> 群雄云集争翱翔，
> 冰上舞炫姿，
> 雪道飞情觞②。
>
> 龙腾虎跃竞辉煌，
> 续写冬奥华章。
> 共向未来追梦想，
> 盛会感天地，
> 华夏爱无疆！

2022 年 2 月 4 日夜
作于北京万象新天

澄怀雅情

---

① 第二十四届冬奥会的赛场，分别在北京市和河北的张家口市。
② 情觞：情怀，表示豪情壮志与优美柔情；也有浪漫之源的含意。

《卜算子》春节

丑牛追冬去，
寅虎迎春到。
梅绽云飞传祝语，
恭贺新年好！

国强社稷安，
德政江山牢。
人和年丰华夏福，
万户千家笑。

2022年2月1日（寅虎年正月初一）
作于北京雅韵轩

附：中国职业安全健康协会专家黄习兵先生和诗一首

赞好词

磊落乾坤天下奇，
夫众合欢共除夕。
好把音书传鸿雁，
词翁驭虎著新犁。

2022年2月2日

《卜算子》咏雪

今天是大寒节气，恰北京迎来 2022 年首场降雪。落雪倾城，洋溢着浪漫的味道。

据气象分析师介绍，由于气温比较低，雪花凝结得比较大。所以下起来纷纷扬扬，非常好看。北京下雪并不罕见，但是看到下这样大的雪花，人们还是比较兴奋，纷纷在长城、颐和园、景山等地共赏雪花飞舞，拍雪景，发朋友圈。我觉得，这场雪也为即将举办的 2022 北京冬季奥运会，增添了悦目赏心的色彩。

庭前凌花开，
窗上霜花俏。
无际琼花入梦时，
似见春花笑。

玉蝶随风舞，
红梅朝天娇。
素裹银装人间美，
雅韵飞碧霄。

2022 年 1 月 20 日晨
作于北京万象新天

澄怀雅情

《醉太平》乐小康

在中国共产党的英明领导下，勤劳善良的中国人民，以改天换地的英雄气魄，经过艰苦卓绝的不懈奋斗，用生命、鲜血、智慧和汗水谱写了站起来、富起来、强起来的精彩华章，2021年全面建成小康社会。

这是实现中华民族伟大复兴最具历史意义的里程碑，是建设富强民主，文明和谐的社会主义现代化强国最恢宏的奠基礼！

梅香曼妙，
花魂独标。
神州芬馥宜人，
喜水长天高。

乾坤自转，
龙腾虎跃。
独秀世界之林，
正引领大潮！

2021年10月1日
作于北京泰丽明苑

《西江月》喜晚舟归来

三年前，美国悍然发动贸易战，恶意制裁华为等中国高科技企业，把"长臂管辖"的黑手，伸向了华为高管孟晚舟女士。

在中国政府的不懈努力下，被加拿大无理拘押了 1028 天的孟晚舟女士，于今日晚乘坐中国政府包机，从温哥华飞抵深圳，回到了祖国的怀抱。

举国上下一片欢腾。人民日报、新华社、央视等各大媒体全程全平台直播：晚舟，欢迎回家！

喜快挑灯问剑，
晚来雨骤霜寒。
舟行激流跨险滩，
归来万福金安。

举目坦荡苍天，
国强赢得尊严。
欢歌唱响新时代，
腾飞凤女龙男！

2021 年 9 月 25 日深夜
写于北京常营

澄怀雅情

《西江月》冀州览胜

南访赵都邯郸①，
北登塞上渝关②。
东临碣石③观沧海，
西眺太行群峦。

承德山庄④消夏，
秦皇岛⑤上休闲。
白洋淀里荡游船，
再逛新城雄安⑥。

2021年9月10日夜
於保定涞水

---

① 邯郸：为春秋战国时赵国的都城。
② 山海关：又称榆关、渝关、临间关，位于明长城东端。
③ 碣石山：在昌黎城北，耸峙在渤海近岸。
④ 承德避暑山庄：又称"承德离宫"或"热河行宫"，是清代皇帝夏天避暑和处理政务的地方。
⑤ 秦皇岛：因秦始皇东巡至此派人入海求仙而得名，是中国唯一因皇帝帝号而得名的城市。
⑥ 2017年4月1日，中共中央、国务院决定：设立国家级河北雄安新区。起步区面积100平方公里，中期发展区面积200平方公里，远期控制区面积约2000平方公里。京雄城铁、津雄城铁、京石城铁、京雄高速、大广高速、京保高速等贯穿全区，基础设施建设、自由贸易试验区建设如火如荼。

耕云种月

金磊夫诗词集

《南歌子》建党百年颂

铁肩担道义，
红船破浪行。
霹雳一声东方红，
炎黄子孙，
从此见光明。

风雨百年整，
丰碑已铸成。
雄踞世界立潮头，
华夏崛起，
民族正复兴！

2021 年 7 月 1 日晨於北京

澄怀雅情

329

《高阳台》深切悼念袁公

"杂交水稻之父""共和国勋章"获得者、中国工程院院士袁隆平先生，今天 13 时 7 分在长沙仙逝。

人们怀着巨大的悲痛，深深怀念这位拯救了世上无数人生命的"稻圣"。惊闻噩耗，填词一首，遥寄哀思。

巨星陨落，

江河泣血，

万山烟霭低垂。

浪咽潇湘，

华夏儿女同悲。

念怎能养活世人？

稻杂交、如同春晖。

自君始，

荒年饿岁，

一去不回。

长怀禾下乘凉梦，

苦志伴桑畴，

践行谦卑。

心系苍生，

岂待朝夕相催。
只愿天下皆富庶，
惟忘我、舍其能谁？
看世间，
日月共祭，
泪雨纷飞。

2021 年 5 月 22 日午
於北京和平里

澄怀雅情

《浪淘沙》情满春分

　　今日春分。春分在天文学上有重要意义,南北半球昼夜平分,自这天以后太阳直射位置继续由赤道向北半球推移,北半球白天逐渐长于黑夜。这时节, 天气渐暖, 雨水充沛, 阳光明媚。

　　填词一首, 记之。

玉镜照庭轩,
春意阑珊。
举杯畅饮乐正欢。
夜雨催开花万树,
天上人间。

日月在双肩,
沧海桑田。
壮心伏枥又征鞍。
切莫轻言人已老,
无限江山。

2021 年 3 月 20 日於北京

《点绛唇》腊八

腊月逢八，
银装素裹三千界。
琼粥玉液，
华夏皆宫阙。

香溢春怀，
福寿盈堂舍。
长欲借，
闰它三月，
吾允天应可！

2021 年 1 月 20 日午
作于北京雅韵轩

澄怀雅情

《山花子》庚子感怀

似水光阴泻流年，

人生如梦何须圆。

聚散离合难自主，

皆由缘。

夏花冬雪各弄芳，

春华秋实自慨然。

我将丹心伴日月，

奉河山。

2020 年 11 月 26 日

作于北京天通苑

后记：

　　庚子年转瞬将逝。

　　这一年，无论自己、国家、世界上都发生了太多的事情。

唯有坦荡胸襟，从容面对，理性处置，才是沧桑正道！

《双调忆江南》吴中记忆

　　有生以来，到过很多地方，但始终浮现在眼前的是江南吴中。因为她集中体现了江南水乡的模样。浩瀚的湖面，蒸腾的云雾，迢迢青山，幽幽古村，深深街巷，弯弯石桥……给人宁静的慰藉。

　　走进吴中，你的心境会豁然开朗。看一处风光，寻一处特色，解一种乡情，悟一片心得。

　　带不走江南的山光水色，那就带走吴中的专属记忆。

　　　　篷船摇，
　　　　飞桥叠纵横。
　　　　眉峰攒秀虎丘美，
　　　　秋波长涌渔火明，
　　　　姑苏在心中。

　　　　烟雨俏，
　　　　脉脉远山青。
　　　　江南水乡几度梦，
　　　　粉墙黛瓦自多情，
　　　　常忆吴中行。

　　　　2020 年 11 月 12 日
　　　　作于苏州吴中

澄怀雅情

又记：

　　吴中区位于苏州市南部，东连昆山，南接吴江，西衔太湖，与无锡、宜兴、湖州隔湖相望，是吴文化的发源地，也是江南古文明的源头。五千年前的新石器时代，先民在这里创造了先进的"良渚文化"，积淀了厚重的文韵，造就了江南的神奇。小桥流水，园林大观，天水相亲，壮阔湖山……江南吴中可谓人间天堂！

　　这里物华天宝，地灵人杰。孙武在这里著成彪炳千古的《孙子兵法》；一代帝王乾隆六下江南，在这里留下无数轶事；范仲淹、伍子胥、冯梦龙、叶圣陶等在这里留下了传奇的故事和传世经典。这里，洗礼过无数文人墨客，白居易、欧阳修、沈德潜……他们踏歌而来。

　　望尽江南皆秀色，最美还是在吴中！

耕云种月

金磊夫诗词集

《减字木兰花》晚秋

菊黄枫丹，
一派风情身自闲。
溪水潺涓，
流出秋颜漫碧川。

怡然田园，
水长山高诗万卷。
深念芝兰，
明月清风酒一船。

2020 年 10 月 10 日夜
写于北京雅韵轩

澄怀雅情

《相思令》双节同庆

2020 年 10 月 1 日，国庆节与中秋节同在一天。

新中国成立以来，双节同日只出现过两次（分别是 1982 年、2001 年），今年是第三次。下一次将在 2031 年，第五次要漫长地等到 2077 年。

双节同日这么少见，值得珍惜。填词《相思令》，以留念。

迎金秋，
庆金秋。
华诞中秋同日秀，
欢饮桂花酒。

人依旧，
情依旧。
千里婵娟共九州，
乾坤也风流。

2020 年 10 月 1 日於北京

《西江月》赞福州茉莉花茶

春光①茉莉清香，
鼓岭②绿茶雅色。
茶花相拥绝世美，
色香巧融妙和。

花蕾绽放幽芳，
新芽吐纳水火。
福建春伦奉佳茗，
馥郁倾城倾国。

2020 年 9 月 25 日
写于福州鼓岭茶场

补记：

福州是世界茉莉花茶发源地，始于汉朝，清朝时被列
为贡品。

福建春伦集团集茉莉花茶传统制作工艺之大成，匠心
独运，精益求精，将明前绿茶与茉莉鲜花进行拼和、窨制，

澄怀雅情

---

① 春光村：是春伦集团的茉莉花生产基地。
② 鼓岭：春伦集团的茶场和茶叶生产基地。

其出产的茉莉花茶香气浓郁，味醇厚爽，鲜灵持久，汤色明亮，名扬海内外。

正是：窨得世上无双味，堪为人间第一香！

《玉楼春》居家防疫

2020年1月下旬始，一场突如其来的新冠疫情在全国乃至全世界肆虐，致使工厂不能正常开工，商场不能正常营业，学校不能正常上课……全国人民积极响应国家号召，协力同心，居家防疫，与病毒进行了一场特殊的抗争。

小孙子读小学一年级，从1月中旬放寒假至今，整整8个月无法去学校上课。他的爸爸、妈妈都是医生，始终奋战在防疫第一线。寒来暑往，小孙子与我们日夜相守，共同度过了这段极其难忘的日子。

每天陪他上网课、玩游戏、讲故事、做运动、练习手工、学做家务等等，不但他的学习和各方面的能力都得到了锻炼，我和老伴也增加了许多乐趣。虽处非常时期，我们依然生活得很祥和。感谢社会的温暖，感谢国家的强大！

预防冠毒宅在家，
乐度时光细品茶。
含饴弄孙天赐福，
稚声笑语绕膝下。

三代相拥享天伦，
和谐小家睦大家。
夏去秋来怡然过，
国泰民安乃中华。

2020年9月6日夜
写于北京万象新天

澄怀雅情

《夜度娘》天道

　　与相识 20 多年的老朋友在都江堰小聚。游山观水，访古寺、问茶道、泡温泉、品小吃……真正的优哉游哉。

　　特记：

金山远在皇城立，
蓝水柔从蜀锦流。
世事总由天注定，
欢然品茗笑王侯。

2020 年 4 月 30 日
作于成都二王庙

《好事近》乐逍遥

三千年读史，
九万里悟道。
舍去功名利禄，
余生当逍遥。

往事如烟心无悔，
教江山多娇。
终归诗酒田园，
恰夕阳正好。

2020 年 4 月 20 日
记于北京雅韵轩

感悟：退休后，能力、水平、贡献、职位、荣耀等等都成为过往，人生的上半场已经结束，无需留恋。

人生下半场很重要。用健康的身体，愉悦的心绪，豁达的情怀，开启新征程，品味新生活，享受悠然时光。

打好全场，才算人生真正的赢家。

澄怀雅情

《长相思》武汉重启

　　武汉经历了史上绝无仅有的防疫"封城"后，今日零时终于解除了离鄂离汉通道管控。

　　封闭了77天的武汉，今日重启。喜极而泣。

山重重，
水重重，
万众挥泪洗碧空。
楚天飞彩虹！

风一程，
雨一程，
浴火凤凰今重生。
神州永太平。

2020年4月8日
作于北京万象新天

《过龙门》妙手丹青

众友聚雅厅，
各展才情。
浪淘沙里绘丹青。
书画诗词玄笔墨，
凤翥龙腾。

泼彩慧心凝，
笑语频盈。
豪情挥洒展殊荣。
天地大观留纸上，
携手同行。

2020 年 3 月 25 日
记于北京雅韵轩

澄
怀
雅
情

《木兰花》遥望楚天

　　武汉钢铁集团公司是我曾经工作过的地方，武汉是朋友们的家园。

　　这座英雄的城市，现冠毒肆虐，生灵蒙难。全国人民同心抗疫，驰援湖北、助力武汉。坚信战胜疫情定为期不远！

　　时值元宵节，遥寄深情。

庚子望舒悬远思，

楚天疫虐伤春迟。

华夏同心战恶魔，

南山鼎立书青史。

历历晴川弘大义，

拳拳丹心忘生死。

成城众志感世界，

邀杯相庆花开时。

2020 年 2 月 8 日

（庚子年正月十五）

作于琼海

《西江月》赠俞述西先生

俞述西先生，现为广州市政府参事。广州市首任安全生产监督管理局局长、广州市安全生产协会创始人。退休后，他情系安全，仍在尽心竭力地为安全生产和职业健康事业奔忙。

其父俞作柏，早年追随孙中山先生，1910 年加入同盟会，后参加辛亥革命。1929 年任广西省府主席。抗日战争时期任第三战区忠义救国军中将司令。1956 年任广东省政府参事。

其叔父俞作豫，1927 年在香港加入中国共产党，是百色起义和龙州起义的领导人之一，任红八军军长。1930 年在广州黄花岗英勇就义。

其表叔李明瑞 1921 年毕业于广东韶关讲武堂。第一次国内革命战争时期参加北伐。1930 年 2 月与邓小平、俞作豫等领导龙州起义，任红七军、红八军总指挥（邓小平为总政委）。1931 年转战到达中央苏区。同年在江西零都肃反中被错杀。

一门忠烈，两代人杰。生者安民，逝者佑国。

有感于此，特作此词赠好友俞述西先生。

神勇不减当年，
依然虎虎生风。
名门将后共大义，
忠烈一脉相承。

虽已年近古稀，
拼得夕阳更红。

澄怀雅情

鞠躬尽瘁为苍生，
惟愿世界大同。

2019 年 10 月 18 日
作于成都青城山

耕云种月

金磊夫诗词集

《浣溪沙》闲趣

香茗清醇沁入心，
放飞情思看红尘，
沸汤流美与君斟。

天上明霞漫岭深，
俗风浮世莫当真，
栖身十渡乐闲吟。

2019 年 7 月 6 日夜
作于北京房山十渡

又记：

　　十渡是国家 4A 级风景区，也是中国北方唯一一处大规模喀斯特岩溶地貌。它位于北京市房山区西南部，紧邻河北易县野山坡，被称为"北京的后花园"。

　　2006 年 9 月 17 日，房山被联合国教科文组织正式批准为"世界地质公园"。北京由此成为世界上第一个拥有"世界地质公园"的首都城市。

　　房山世界地质公园共有八个园区，其中十渡为核心园区。

　　小住这里，看山看水，观松赏月，饮酒品茶，真是神仙般的日子。

澄怀雅情

《西江月》南湖初夏

长春南湖公园，始建于 1933 年。总面积 222 万平方米，其中湖水面积约 92 公顷。公园内杨柳垂青，松柏参天，湖水荡漾，曲径通幽，亭榭林立，百花盛开……

每次回长春，最喜欢陪九十多岁的老母亲在这里转一转（她老人家对南湖公园情有独钟，尤爱这里的荷花）。弟弟和家人春、夏、秋三季，几乎每天都陪母亲来这里休闲赏游。

正值初夏，又回长春。陪母亲欣赏南湖美景。特记：

夏荷才萌尖角，
青蛙唱响池塘。
北国春光已然去，
又是鸟语花香。

徜徉碧波柳浪，
陪伴慈祥老娘。
乡愁亲情复入梦，
心醉何须琼浆？

2019 年 6 月 1 日於长春

耕云种月

金磊夫诗词集

《夜度娘》春晓

　　今年的春天似乎比往年来得更早。虽然鸾月未过，京城已经绿柳轻摇，新草鹅黄，樱花争艳，玉兰竞放……
　　大地洋溢着勃勃生机，空气中满是春的芬芳。
　　记下此时的感受。

四季轮回正值姝，
柳绿桃红染皇都。
地承春雨舞新梦，
天洒金辉暖复苏。

2019 年 3 月 19 日
写于京城槐园

澄怀雅情

《少年游》冬南飞

北国岁初正隆冬，
萧瑟雨作冰。
南飞琼岛，
追寻艳阳，
细浪伴椰风。

心念桃源度余生，
颐情志，
享太平。
拥抱天涯，
悠居仙境，
总是未了情。

2019 年 1 月 12 日
作于北京至海口的飞机上

《一剪梅》知秋

今世能言几度秋。
人亦无愁，
天又何愁。
与君月下爽心游。
风也悠悠，
云也悠悠。

似水流年乐同舟。
去岁荆州，
今夕通州。
爱妻与我共白头。
归来休休，
隐去休休。

2018 年 9 月 27 日
中秋夜写于北京

澄怀雅情

《燕归来》大暑

蝉声急，
夏阳浓，
天地如蒸笼。
炎炎烈日灼万物，
何处觅清风？

意平和，
情从容，
淡月凉，
开爽明。
神怡气正暑自消，
心静在闲庭。

2018 年 7 月 23 日
作于北京静心斋

今日大暑节气。友人问：暑热难耐，心烦气躁，何解？

自然规律，不可抗拒。惟有心态平和，多喝水，轻摇扇，注意休息，方能安然度过这桑拿般的大暑。

天燥心不燥，暑气自然消！

《满庭芳》甲子又六

怜惜汉武，
可叹秦皇，
算来枉为人忙。
烽烟四起，
到底问谁强？
只道功名利禄，
终归是，
一枕黄粱。
寒宫内，
寂寥清影，
醉眼数星光。

流年。
逾花甲，
勤奋本色，
间有彷徨。
俗身无奢求，
粗茶清汤。

澄怀雅情

曾梦泛舟江湖，
奈不舍，
家国情长。
今无悔，
江山秀，
伴我满庭芳。

2018 年 7 月 5 日
作于北京静心斋

又记：

2018 年 7 月 5 日，是农历戊戌年五月二十二日，时 66
周岁生日。感谢家人、朋友聚贺。

《论语·为政》："吾十有五而志于学，三十而立，四十
而不惑，五十而知天命，六十而耳顺。"这些都经历过了，
现正走向"七十而从心所欲"。人到了这个年龄，会看透一
些事情，想开一些事情，放下一些事情，已不恋"桃李春
风千杯酒"，也无悔"江湖寒雨一柄剑"。高高兴兴、结结
实实地活在儿孙中间，伴随祖国富强，颐养天年，这才是
王道。

写这首《满庭芳》送给家人和朋友，算是对自己大半
生的一点感悟和小结，也是自己对晚年的一份期许。

《浣溪沙》赏牡丹有感

姹紫嫣红正盛开，
冲天香气总徘徊，
彩云翩眇化仙来。

风霜雨雪魂不改，
牡丹自古重情怀，
凌春绽放展神采。

2018 年 4 月 18 日深夜
写于洛阳

又记：

洛阳牡丹，中国国家地理标志产品。洛阳是十三朝古都，有"千年帝都，牡丹花城"的美誉。

"洛阳地脉最宜花，牡丹尤为天下奇。"其栽培始于隋，盛于唐，宋时甲于天下。它雍容华贵，国色天香。寓意繁荣昌盛、富贵吉祥，是华夏民族兴旺发达、美满幸福的象征。

澄怀雅情

《天净沙》秋恋

不问花笑何年，
情系秋水长天。
顾恋清新浩然。
心期悠远，
壮怀秀丽河山。

2017 年 10 月 16 日
作于北京槐园

《唐多令》莫悲秋

霜重染金秋，
青山换彩头。
色更炫，
夕照情悠。
时光匆匆送过客，
天地转，
岁难留。

云卷自轻柔，
花凋根尚遒。
何须愁，
任水东流。
喜看桃李芳天下，
夕阳美，
运正周。

2017 年 10 月 5 日
作于北京八大处

澄怀雅情

《望江南》清明

春愈盛，
杨柳正英发。
更上层楼抬望眼，
倾城新绿半城花。
烟雨洗万家。

芦叶翠，
太液映飞霞。
毋将时光付水流，
敢把河山重描画。
奉献好年华！

2017 年 4 月 4 日
写于北京天通苑

《夜度娘》醉题

　　春节前，回老家与朋友们聚会。许多人很久未见面了，虽然都已年过花甲，一脸沧桑，满头白发，有的当了爷爷，有的当了姥爷，但个个精神矍铄，声高气壮，童心未泯。谈笑间，往事历历在目，如同发生在昨天。

　　但愿下次再聚，这些人还是这般健朗。

　　席间有感，写下这段字，留作纪念。

一壶老酒润雄魂，
尘世醒醉几度闻。
对友邀杯诗入梦，
且看新蕊落空樽。

2017 年 1 月 26 日午
作于长春南湖宾馆

澄怀雅情

《西江月》悼念余旭

　　惊悉我国首位歼 10 战斗机女飞行员、中国八一飞行表演队中队长——余旭，在飞行训练中不幸牺牲。

　　金孔雀用无悔的青春谱写了壮丽的生命华章。祖国不会忘记妳，人们永远怀念妳！

试问蓝天大海，
何谓以身许国？
雷霆玫瑰舞苍穹，
尽付无言高歌。

青春化作白云，
依然铁马金戈。
飞天之神迎旭日
霞染万里山河。

2016 年 11 月 12 日夜
写于国家安监总局

362

《浣溪沙》 中秋有感

每遇秋风渐入凉，
萧然黄叶落疏窗，
回眸过往乐红阳。

似水流年心月长，
琴棋书画伴茶香，
俗情雅趣乃寻常。

2016 年 9 月 15 日
中秋夜作于北京

澄怀雅情

363

《苏幕遮》醉月飞觞

柳拨弦，
花弄影。
天籁和鸣，
巧把春催醒。
杏笑桃歌梨唱咏。
万物争荣，
如梦逢仙境。

酒倾觞，
浆醉顶。
可在人间？
却是天堂景！
四月京城瑶彩横。
大美乾坤，
华夏山河颖。

2016 年 4 月 10 日夜
作于北京雅韵轩

《忆多娇》贺新春

人依旧，
情如酒。
未羊开泰总昂首，
峥嵘岁月稠。

写春秋，
竞风流。
申猴嘉福壮九州，
更上一层楼。

2016年2月8日（春节）
　作于北京雅韵轩

《浪淘沙》中秋夜

　　乙未年中秋夜，气象预报我国大部分地区能观赏到近年来最大、最亮月亮。恰逢北京地区阴雨，未能一饱眼福。既然八月十五云遮月，肯定可以看到正月十五雪打灯了，也是一件让人高兴的事。

望月眼穿东，
云障千重。
难瞧玉兔盼东风。
恰似天庭犹未窦，
得凭玲珑。

幸在塔楼居，
一半天中。
嫦娥倩影伴金龙。
盼到明年今日夜，
再入蟾宫。

2015 年 9 月 27 日
中秋夜作于北京

《桃花鱼》写意春天

漫游香山溪涧路，
春光荡漾挥洒，
人间装点任由它。
愿乘心愿去，
随意到天涯。

描就美景无著处，
何须垂意身家。
试将飞雨洗红花，
前程似锦绣，
惠风唱中华。

2015 年 4 月 1 日
写于北京香山

澄怀雅情

《偷生木兰花》春雨

谁将细雨交春半，
但见枝头花影乱。
极目山川，
紫粉红黄已烂漫。

东风不负光阴转，
若不奋荣何以堪？
真如魁然，
青出于蓝更胜蓝。

2015 年 3 月 21 日
（农历二月初二、春分）
作于北京万象新天

《夜度娘》逍遥翁

乐饮琼浆闲品茶，
自信此生重花甲。
寒来暑往悠然过，
未泯童心笑晚霞。

2014 年 11 月 30 日
作于北京雅韵轩

澄怀雅情

《天净沙》桃花源

（两首）

（一）

苍松翠鸟飞鸦，
曲溪幽洞山花，
犬吠鸡鸣竹下。
粉墙黛瓦，
小桥横卧流霞。

（二）

亭台犁叟烟霞，
锦鸡黄狗农家，
鹊唱泉飞日斜。
河边树下，
浣娘涵涤轻纱。

2014 年 11 月 5 日
写于重庆酉阳

《十六字令》三首

秋，
满眼斑斓一望收。
丹青笔，
竟把雁声留。

秋，
把酒吟诗楼上楼①。
新风月，
情思正奔流。

秋，
花甲人生志未酬。
斜阳俏，
恰逢好年头。

2014 年 9 月 30 日

又记：

　　16 岁参加工作，至今整整 45 年。今日光荣退休，开始
投身于尘肺病防治公益慈善事业。

澄怀雅情

---

① 楼外楼——老字号饭庄。

《高阳台》心语轻吟

——赠蒋喜旺先生

阳景①高悬，
龙吟凤舞，
九州处处盛景。
千载京都，
生机勃发欣荣。
长城万里拥华夏，
放眼望，
顿增豪情。
惠风唱，
和乐成金，
无任说评。

龙男凤女争精进，
恰生正逢缘，
顺势乘风。
重铸河山，
致力民族振兴。

---

① 阳景：太阳的雅称。太阳又称白驹、金虎、金乌、赤乌、赤轮、
金曦、大明、九阳、丹灵、日头、红日等。

浩荡心潮八万里，
赤旗扬，
众志成城。
中国梦，
旭日东升，
寰宇归同。

2014 年 4 月 22 日於北京

附：蒋喜旺先生词

《高阳台》春宵

燕舞莺啼，
星繁月淡，
夜来几度春风。
十里笙歌，
瑶筝曲送谁听。
蓟门烟树旖旎景，
尽眼收，
不尽娉婷。
画中游，
碧波徜徉，
杨柳青青。

澄怀雅情

人生多少坎坷路，
叹风华正茂，
意气曾经。
畅饮开怀，
放飞几许豪情。
阑珊灯火三更里，
幽静无声。
是今宵，
梦萦魂牵，
醉与君同。

2014 年 4 月 21 日

《渔歌子》西山秋日

枫栌染霜飞叶红，
海棠浸露着御风。
云淡淡，
空朦朦，
晚秋闲情醉碧丛。

窗前西岭落斜阳，
晚霞乘风任驰骋。
天彤彤，
山重重，
金色乾坤在心中。

2013 年 10 月 19 日
作于北京西山

澄怀雅情

《调笑令》乡夜

郊畴，
郊畴，
京西青山依楼。
炊烟难留夕阳，
别梦蛙声夜长。
长夜，
长夜，
捧起月光如泻。

2013 年 8 月 11 日
於十渡龙河山庄

《采桑子》咏牡丹

　　菏泽是目前世界上牡丹栽培历史最长、种植面积最大、品种最多的地方。可谓中国的"牡丹之乡"。

　　菏泽牡丹的花期从 4 月 1 日开始，至 5 月 31 日结束。经国务院批准，从 1992 年开始举办"菏泽国际牡丹文化旅游节"，至今已有 21 年。每年的 4 月 16 日为牡丹节开幕时间。

天香怒放山河醉，
花亦疯狂。
人亦疯狂，
国色倾城竞吐芳。

姚黄魏紫娇春色，
风也成章。
雨也成章，
华贵雍荣世莫双。

2013 年 4 月 16 日
於山东菏泽

澄怀雅情

377

《鹧鸪天》盼金瓯重圆

　　钓鱼岛，亦称钓鱼台、钓鱼屿、钓鱼山，是中国自古以来的固有领土。

　　钓鱼岛盛产山茶、棕榈、仙人掌、海芙蓉等珍贵中药材，栖息着大批海鸟，有"花鸟岛"的美称。

　　2012 年 9 月 10 日起，中国政府对钓鱼岛及其附属岛屿开展常态化监视、监测。中国海监执法船在钓鱼岛海域坚持巡航执法；渔政执法船在钓鱼岛海域进行常态化执法和护渔；中国还通过发布天气和海洋观测预报等，对钓鱼岛及其附近海域实施管理。

钓岛近在赤县东，
骨筋难割母怀中。
倭奴窃宝云遮月，
海域汹惶雨挟风。

雄狮醒，
九州红。
大江醇罢撞黄钟。
金瓯应有重圆日，
笑傲瀛寰今世功！

2013 年 3 月 5 日夜
作于北京和平里

378

《鹧鸪天》和蒋喜旺先生

清风直上慰瑶台，
长空如昼万花开。
紫光瑞气漫天际，
福寿祯祥盈世来。

喜悠悠，
海内外。
炎黄子孙共情怀。
星光焰火相辉映，
不尽春潮正澎湃。

2013 年 2 月 24 日夜

附：蒋喜旺先生词

《鹧鸪天》元宵

悠悠长风碧瑶台，
月上西岭银花开。
宝车游人声满路，
静幽芳香入我怀。

澄怀雅情

耕云种月

金磊夫诗词集

云天外，
意悠然，
一段情韵寄尘埃。
清辉淡水遥相映，
几重春色逐灯来。

2013 年 2 月 24 日

380

《卜算子》和陈善广先生

陈善广先生是中国载人航天工程副总设计师、中国航天员科研训练中心主任、航天员系统总指挥兼总设计师、国际宇航科学院院士。陈善广先生为中国载人航天工程的实施与发展作出了重大贡献。

他不但是一位非常出色的航天人，也是一位功底深厚的诗人。每年都有幸收到他相赠的诗词作品。

春节，在老家收到陈善广先生的新词《卜算子》贺新春，十分高兴，与之唱和。

我欲乘风去，
嫦娥含笑来。
神舟遨游苍穹间，
天军真气派！

金龙腾空啸，
银蛇舞风采。
炎黄子孙壮国威，
风流传万代。

2013 年 2 月 10 日於长春

澄怀雅情

《卜算子》贺新春

祥龙腾空去，
瑞蛇卷福来。
漫天飞雪送寒冬，
待春百花开。

太空迎新舟，
神鹰展风采。
军威国威扬四海，
功名传万代。

2013 年 2 月 9 日於北京

《春光好》迎新岁

风儿轻，
月儿明，
酒正浓。
霄汉熣灿照轩庭，
满堂星。

碧宇烟花竞艳，
街头笑语欢声。
万户千家迎新春，
乐融融。

2013 年 2 月 9 日
（壬辰年除夕夜）
写于长春维多利亚

澄
怀
雅
情

《一落索》重阳

秋水秋月秋花，
神州清华。
梅兰竹菊伴重九，
朝阳里，
红旗下。

万里江山如画，
生机勃发。
龙男凤女逐国梦，
正崛起，
大中华！

2012 年 10 月 23 日
作于北京雅韵轩

《钗头凤》捍卫钓鱼岛

钓鱼岛是中国固有领土，位于中国东海，距温州 356 公里，距福州 385 公里，距基隆 190 公里，面积为 4.3838 平方公里，周围海域面积为 17.4 万平方公里。

1972 年美国撤离琉球时，非法私相授受，将钓鱼岛"行政管辖权"交给日本，钓鱼岛争议由此产生。

2012 年 9 月 11 日，日本政府不顾历史事实，不顾中国政府和中国人民的坚决反对，竟将其"国有化"。这是对中国领土主权的公然侵犯，是对二战后国际秩序的严重挑战。

今天的中国，已不再积贫积弱。中国的神圣领土，绝不允许任何人随意宰割。

阴风吹，
霾云过，
搅动逆流浊浪恶。
蹈覆辙，
又作恶，
小鬼闹岛，
缚茧自作。
魔，魔，魔！

澄怀雅情

耕云神月

金磊夫诗词集

匡正义，
斩妖孽，
庄严国土岂容夺？
看神州，
志如火，
睡狮已醒，
谁敢犯我？
灭，灭，灭！

2012 年 9 月 11 日
作于北京和平里

《朝中措》庆贺南海三沙设市

2012年6月21日，民政部发布国务院批准三沙设市的公告。

三沙市是中国位置最南、陆地面积最小、海域面积最大和人口最少的地级行政区。

三沙市的成立，对于维护我国国家主权和安全，加强南海资源开发保护，促进海南现代渔业和旅游业的快速发展，特别是对于南海三沙群岛的有效治理，都具有十分重大的现实意义和深远的历史意义。

浩茫南海浪飞花，
水阔荡天涯。
礁岛星罗棋布，
版图自古中华！

固疆创业，
重新规划，
设市南沙。
喜看千帆竞渡，
旗染万里朝霞。

2012年6月12日
於北京胜古庄

澄怀雅情

《少年游》学雷锋

　　雷锋同志离开我们已经50年了。但雷锋精神一直在引领一代又一代人前行。

春光劲洒，
万象更生，
脚步催东风。
歌如潮涌，
骏马奔腾，
人人是雷锋。

龙子凤孙竞风流，
红旗总高擎。
英雄辈出，
共举国兴，
岁月正火红。

2012年3月5日
作于北京和平里

《清平乐》元宵节

今宵无眠，
花市灯如昼。
烟火璀璨辉映透，
正是月圆时候。

匆匆又是一年，
无论天上人间。
惟有青山不老，
春风再绿江南。

2012 年 2 月 6 日（壬辰龙年正月十五）
写于北京常营

附：杨晴然君诗

上元节唱和

一元又始市哗喧，
春风虽至空晴然。
磊磊君子诚可敬，
尘嚣散尽心更虔。

澄怀雅情

《江城子》延安情深

今天，来到向往已久的革命圣地——延安。

手捧延河水，仰望宝塔山，进抗大，访枣园，深入杨家岭，寻访南泥湾……追忆激情燃烧的岁月，感恩延安和这片热土上的父老乡亲为中国革命作出的巨大贡献。

霹雷闪电伴硝烟，
夜深寒，
战旗卷。
工农奋起，
星火已燎原。
镰刀铁锤开天地，
东方亮，
乾坤转。

人生易老天难援，
丰碑镌，
史明宣。
仰望宝塔，
延河润心田。
纵使今生八百岁，
情未了，
爱延安。

2011 年 7 月 6 日
作于延安宝塔山下

耕云种月

金磊夫诗词集

《山渐青》醉在春天

草愈青，
日渐浓。
丹粉蓝黄还又红，
身缘锦绣中。

燕追风，
人驭龙。
高放飞鸢向碧空，
醉了老顽童。

2011 年 4 月 12 日
写于北京元大都公园

澄怀雅情

《清平乐》中国龙

耕云种月

金磊夫诗词集

春光又度，
洒满康庄路。
神州华胄同奋起，
敢教天翻地覆。

一轮红日东升，
云螭①腾跃苍冥。
天下何处最美？
笑看华夏复兴！

2011 年 2 月 23 日作于北京

---

① 云螭：传说中龙的别称。

《诉衷情》思乡

岁除之夜笑盈楼，
弦月挂窗头。
轻云爽逸天际，
焰火璀璨如昼。

夫难寝，
意寥惆，
爱悠幽。
烛光深处，
思念家乡，
欲语还休。

2011 年 2 月 2 日
除夕夜记于北京

后记：

　　因故不能回老家过年。作此，以释怀。

澄怀雅情

《临江仙》秋意

飞霞染红通天路，
正逢清气高飏。
一弯秋月伴斜阳。
绚丽迷望眼，
珍爱好时光。

且上琼楼舒心曲，
挥毫承续新章。
不须诗酒论短长。
有缘相见欢①，
看我满庭芳②。

2010 年 10 月 18 日
於北京

---

① 《相见欢》词牌名。借用来表达心情。
② 《满庭芳》词牌名。借用来形容环境。

《诉衷情》辛卯年清明节

芳茵萋茜碧岑稠，
金阳照九州。
又逢清明时节，
遥望故乡久。

山叠耸，
水长流，
霭空悠。
春光遍洒，
杨柳枝上，
你我心头。

2010 年 4 月 5 日
於北京和平里

澄怀雅情

《齐天乐》十渡游

周末，与众友京郊游赏十渡①景区。

这里风景优美，巨石嶙峋，山高峰险，河流激湍，溪水跌宕，瀑布接天，竹筏竞渡……。

白天，登山戏水，品茶饮酒；晚上，室外焰火升腾，屋内坐打"双升②"；摄友们交流技艺，侃客们点评春秋。真是游哉、悠哉。

作《齐天乐》记之，并送诸好友。

拒马河水迎风唱，
崖顶乱云飞渡。
奇山丽水，
如同仙境，
风景名胜无数。
辉朝霞暮，
乐携友赏游，
情似手足。
清朗金秋，
尽兴龙河③小驻。

---

① 十渡：北京西南郊著名4A级旅游景区，共有十八个渡口，此为其中之一。

② 双升：扑克牌的一种玩法，深受大家喜爱。

③ 龙河山庄：是好友张国力先生为接待客人、朋友投资建设的宾馆。此行感谢国力夫妇热情周到的接待。

巍峨燕山横亘，
有高树叠耸，
浓荫消暑。
庄前垂钓，
河上撑篙，
松下听涛观瀑。
融入自然，
人生豁达，
功名又何如？
星空月下，
烟花正飞舞。

2009 年 8 月 11 日
作于北京房山十渡

澄怀雅情

《采桑子》赞中国跳水梦之队

在 2008 年北京奥运会上，中国跳水队赢得 7 金 1 银 3 铜，成为中国奥运代表团夺取金牌总数最多的一支运动队。郭晶晶更是以 4 金 2 银的好成绩，成为中国跳水队历史上获得奥运奖牌最多的选手。

"梦之队"，为梦想而战！

青春无悔争荣光，
百炼成钢。
天下无双，
踏上跳台即战场。

金牌灿灿国旗扬，
鹰燕轻飏。
龙凤飞翔，
水立方中谱华章。

2008 年 8 月 24 日夜
於北京国家体育场（水立方）

《玉簟秋》奥运火炬传递

2008 年 8 月 6—8 日，奥运圣火传递中国境内第 98 站在北京进行。

6 日上午 11 点 06 分，首棒火炬手、航天英雄杨利伟从北京市委书记刘淇手中接过火炬，从故宫午门广场起跑。奥运火炬先后在西城、东城、朝阳、石景山、丰台、崇文门等 7 个城区传递。总距离 16.442 公里。火炬手 443 名，其中外籍火炬手 29 名，中国香港 2 名、中国台湾 1 名。

最后一天的最后一棒，由中科院自然科学一等奖获得者、北京大学校长许智宏先生完成。8 日中午，北京奥运火炬传递到 2008 奥林匹克青年营地，来自世界各地的青年朋友们欢呼跳跃，共同高喊"北京加油""中国加油"！

朵朵祥云华夏飘。
煌煌大器，
跨洋越涛。
熊熊圣火照天烧。
万马奔腾，
喜上眉梢。

心手传情涌血潮。
山呼龙啸，
志壮人豪。

澄怀雅情

五洲今为奥运笑。
高举金樽，
一醉今宵！

2008 年 8 月 8 日夜
作于北京奥运村

耕云种月

金磊夫诗词集

《清平乐》戊子感怀

辞旧岁，迎新年。在 2008 年春节这个举国喜庆的日子，记下所感所想所愿。

祝福鼠年五谷丰登，六畜兴旺，天下太平。

金猪歇了，
红梅迎春早。
国强民富家事兴，
太平盛世真好！

子神[①]带来鸿运，
酬勤乃是天道。
同心同创同进，
赤县[②]雨顺风调。

2008 年 2 月 7 日
（鼠年正月初一）
作于长春维多利亚

澄怀雅情

---

① 子神：鼠的雅称。亦称社君、家鹿、老鼠、夜磨子等。
② 赤县：中国的别称。还有海内、华夏、九州、中原、诸华、中华、禹迹、汉地、中土、神州、中夏等。

《清江曲》武汉美

独有千湖①荡碧水，
江城无处不繁华。
千湖捧出千轮月，
四季纷呈四季花。

龟蛇②守望两江③美，
桃樱相拥钟珞珈④。
楚汉芙蓉惹人醉，
心念黄鹤可回家？

2007 年 4 月 9 日
写于武汉红钢城

---

① 千湖：武汉以城内多湖而著称，被誉为"千湖之城"；古时称"江城"。
② 龟蛇：指龟山、蛇山。
③ 两江：指长江、汉江。
④ 珞珈山：武汉大学坐落在这里，这是世界上最美的校园之一。每年春天樱花盛开，吸引无数游人，成为武汉一张靓丽的名片。

耕云种月

金磊夫诗词集

《诉衷情》深秋信步

秋枫霜染满山丹，
犹有菊竞妍。
雁群阵阵南飞，
知世间寒暖。

溪水唱，
月高悬，
映湖山。
夜蛩①如诉，
撩拨心弦，
遥对江天。

2004 年 10 月 12 日
作于京西八大处

---

① 蛩：指音调低沉的鸣虫，如蟋蟀、蝗虫等。

《念奴娇》记2003年安全万里行活动

（外一首）

　　"2003年安全生产万里行"（第二次全国安全生产万里行）活动，由中宣部、国家广电总局、国家安全监管局等五部门共同组织，率15家中央主流媒体的新闻采访团和部分行业的专家，分乘10辆同一颜色、统一标识的商务车，于8月15日从北京出发，西出河北，纵贯山西，横穿陕西，入甘肃，走宁夏，出内蒙古，9月10日返回北京。历时26天，行程7300多公里。这次活动涉及14个城市40多个单位，包括冶金、机械、军工、有色、航天、电子、石化、交通、商贸、教育、旅游等行业的企业和社区、学校等。

　　"安全生产万里行"活动，充分发挥既是采访团，又是宣传队，也是督导组"三位一体"的作用，为推动安全生产工作，发挥了积极的作用。

飞轮携风，

西部行，

历尽千般辛苦。

万里洒下多少汗，

皆系真情付出。

晋北矿难，

陕西事故，

牵动骨肉手足。

天下百姓，
实乃同宗同母。

责重如负泰山，
性命攸关，
怎敢稍有疏忽。
宣传督查促整改，
消除隐患无数。
日夜兼程，
明察暗访，
发挥舆论监督。
"安全第一"，
此乃治国要务。

送平安

车轮跨过黄河水，
铁骑飞越贺兰山。
一路心歌同声唱，
安康送向晋陕甘。

2003 年 9 月 8 日夜
写于万里行路上

澄怀雅情

补记：

　　自 2002 年组织开展"全国安全生产万里行"活动至 2010 年，已从开始的五部门发起，扩大到由国家安监总局、中宣部、公安部、国家广电总局、全国总工会、共青团中央和全国妇联 7 个部门共同主办。每年至少出行一次，9 年共出行 12 次，走遍了 26 个省、自治区、直辖市（其中对 5 个事故多发的省、区出行了两次）的 130 多个城市，在 1100 多个工厂、矿山、工地、社区、学校、乡村等基层单位开展宣传教育、新闻采访和检查督导活动，及时发现典型，总结经验，推广先进，同时鞭策和推动落后，有力地促进了安全生产各项工作，在全社会营造了浓厚的"关爱生命、关注安全"舆论氛围和良好风尚，为推动全国安全生产形势持续、稳定好转发挥了积极的作用。

　　作为"万里行"组委会办公室主任和连续 12 次出行的总指挥，我由衷感谢有关部委和各级党委、政府领导对这项活动的关心支持，感谢社会各界对安全事业的广泛关注和积极参与，感谢同仁和新闻界的朋友们的共同努力。

　　因工作变动离开了这个岗位，我仍然真诚地希望安全生产万里行活动，能持续不断的开展下去，为实现全国安全生产形势的根本好转，构建生产安全、生活安康、人民安乐的和谐社会，发挥出更大、更好的作用。

2010 年 7 月 6 日
记于国家安监总局机关党委

《念奴娇》南丹特大透水事故有感

2001年7月17日，广西河池地区南丹县拉甲坡锡矿发生特大透水事故，造成81人死亡。事故发生后，矿主和地方一些领导干部无视党纪国法，密谋隐瞒达半月之久。事故被媒体披露后，党中央、国务院领导高度重视，先后派出中央调查组、国务院调查组赴南丹进行严肃查处。经过大量艰苦、细致、深入的调查取证工作，查清了事故真相和与之有关的腐败问题，现已结案。

南丹县委原书记被判处死刑；南丹县原县长被判处有期徒刑29年；南丹县原县委副书记被判处有期徒刑11年；河池地委原书记、行署专员分别被撤职，并由纪检监察机关审查；负有分管责任的自治区一名副主席行政记过处分……另有120多名涉案人员分别被追究了刑事责任或党纪、政纪处理。

大江东去，
未淘尽，
千古沉渣朽物。
而今河池，
有道是：
又有虾蟹沉浮。
南丹矿区，
官黑勾结，
竟草菅无辜。

澄怀雅情

拉甲坡矿，
奇闻怪事频出。

细看阿明^①当年，
营黑白两道，
肆无忌惮。
"英模""老大"，
谈笑间，
坐收钱权桂冠。
冤魂泣血，
众生盼整治，
性命攸关。
法网恢恢，
护佑万民平安。

2002 年 6 月 6 日
写于国家安监总局

又记：

事故本身非常复杂，而事故背后所隐藏的疯狂盗采国
家矿产资源，以矿养黑，以黑护矿，官商勾结，权钱交易
等腐败和犯罪行为，更令人发指。孽债累累的事故矿主黎
东明，多年来披着"县人大代表"的外衣，戴着"全国劳

---

① 黎东明：事故矿主。对此次特别重大事故负有直接责任。

动劳模""优秀乡镇企业家"等桂冠，横行乡里，涂炭生灵，现已被追究刑事责任，受到法律的严惩。

事故虽然结案了，但给人们留下的反思是沉重的。假如当地的领导干部能够认真依法行政；假如黑恶势力能够被铲除在萌芽状态；假如人们的法律意识稍微强一些；假如人们对安全生产重视一点……这起事故就不会发生。然而，这一切都是假如，原本不该发生的事已经变成了血淋淋的事实。

警钟长鸣，警示高悬，但愿这样的悲剧不再重演！

澄怀雅情

《沁园春》庆贺北京申奥成功

与家人坐在电视机前，盯着荧屏，注视着远在莫斯科的国际奥委会会议对 2008 年奥运会主办城市的表决。

凝神静盼。表决结果终于出来了，国际奥委会主席萨马兰奇先生向全世界庄严宣布："中国—北京！"

我们胜利了！我们终于赢得了胜利。伴着窗外炸响的爆竹、升腾的烟花，心情无比激动。特填词一首，贺之。

谁是赢家？
世人瞩目，
凝视荧屏。
听萨翁报喜，
神州沸腾。
海呼山啸，
日月共明。
百年梦圆，
拥抱五环，
炎黄子孙壮豪情。
必当然，
看凤子龙孙，
志强必胜。

华夏处处欢歌，

五星旗下汇聚群雄。

世上无难事，

八年苦功。

丹心热血，

万众赤诚。

奋增国力，

办好奥运，

为中华青史锦铭。

再加油，

用文明昌盛，

礼迎宾朋！

2001 年 7 月 13 日夜
　作于北京亚运村

澄怀雅情

《醉梅花》迎新春

璇花寻梅气象新，
摇开娇蕊吐红云。
漫天诗韵辞旧岁，
满野松筠贺早春。

三尺剑，
五弦琴。
清词一首赠知音。
流年似水情难老，
只是微身慰夙根。

2001 年 1 月 1 日中午
作于北京雅韵轩

《西江月》参观遵义会议会址

1935 年 1 月 15—17 日，中共中央和工农红军在极其危急的情况下，于长征途中在遵义召开了政治局扩大会议。

这次会议确立了毛泽东同志在党中央和红军中的领导地位，这是中国共产党历史上一个生死攸关的转折点，遵义和"遵义会议"因此而扬名天下。

来到这里参观，接受传统教育，感受极深。倍感中国革命的艰辛，胜利来之不易。

世事艰难坎坷，
历史到此转折。
伟人双肩担日月，
挥师重整山河。

跃马前程锦绣，
乘胜一路高歌。
革命成就千秋业，
天时地利人和。

2000 年 6 月 23 日
作于遵义会议纪念馆

又记：

离开这里时，当地的老百姓认真地告诉我们：凡是到这里的人都会交好运的！听毕大家皆笑。

澄怀雅情

413

《卜算子》访隆中

　　诸葛亮，字孔明，号卧龙。琅琊阳都（今山东沂南县）人。诸葛亮早年随叔父诸葛玄到荆州，诸葛玄死后，诸葛亮就在隆中隐居。

　　后刘备三顾茅庐请出诸葛亮，联合东吴孙权于赤壁大败曹军，形成三国鼎足之势。章武元年，刘备在成都建立蜀汉政权，诸葛亮被任命为丞相。他前后五次北伐中原，终因积劳成疾，于建兴十二年逝于五丈原，享年 54 岁。后主刘禅追谥为忠武侯，后世常以武侯尊称。

　　今到隆中，追忆历史。有感：

千里访隆中，
虔敬拜卧龙。
一代名臣世人颂，
忠义心相通。

纵横论天下，
挥师帷幄中。
沥血呕心打江山，
生死为一统。

2000 年 2 月 27 日
写于湖北襄阳

《剪朝霞》红梅迎春

冰清玉洁情意真，
飞花飘起漫天云。
寒英疏影幽香远，
逸韵高标报早春。

天朗朗，
爱深深，
红梅怒放喜煞人。
世间琼质无尘染，
心中长存一缕魂。

1999 年 1 月 1 日夜
作于北京胜古庄

澄怀雅情

415

《西江月》赞中国八一女子跳伞队①

蓝天白云深处,
七色伞花娇娆。
空中芭蕾技艺高,
仙女尽显风骚。

乐在空中竞舞,
须眉不让分毫。
乾坤就是大舞台,
跳得天低人高。

1998 年 11 月 19 日
作于珠海航展现场

① 我国八一女子跳伞队在世界跳伞大赛中,技压群芳,多次获得
好成绩,为祖国赢得了荣耀。

《西江月》加拿大
"北极光"飞行表演

相拥一起上路，
调皮戏嬉空中。
滚爬腾翻对冲飞^①，
惊叹如此灵动。

独往独来天马，
何缘集群出征？
皆因神州好时日，
乐得纵横驰骋。

1998 年 11 月 18 日
作于珠海国际航空航天展

澄怀雅情

---

① "北极光"飞行表演中，一个个高难度的空中惊险动作，刺激得
令人毛发直立，浑身冷汗。真可谓"艺高人胆大"。

《鹧鸪天》问雪

在一年中最冷的日子，陪南方来的朋友，到被称作"雪乡"的黑龙江大海林林业局双峰林场，感受北国寒冬，感受皑皑白雪。特记。

未负素洁飘逸身，
花开六瓣自纯真。
缘何兴起蔽天日？
可是凌空傲世人？

凭玉质，
睨凡尘，
红梅怒放未曾春。
双峰幸御青光剑，
始见林峦有泪痕。

1996 年 1 月 12 日中午
作于牡丹江双峰林场

《卜算子》赞三峡工程

三峡工程,乃人类迄今为止单项投资最大、建设工期最长、受益地域最广的水电工程。动态总投资逾 1700 亿元,工期 17 年,移民 60 万人。三期工程完成后,总装机容量为 2240 万千瓦时,堪称世界第一。

从孙中山、毛泽东到邓小平,几代伟人都曾设想建设三峡。在综合国力不断增强的今天,这个宏愿得以实现。

这是第二次到三峡工地,看热火朝天的动人景象,民族自豪感和爱国之情油然而生,龙的传人正再创奇迹。三峡工程,为神州增韵,福泽后人。

不闻猿声啼,
只见人歌舞。
凤子龙孙建伟业,
三峡升平湖。

高坝锁大江,
神女朝天姝。
九州河山巧安排,
修得万代福。

1995 年 7 月 20 日
写于三峡工地

澄怀雅情

《喜团圆》黄鹤楼述怀

汉阳树绿，
鹦洲草芳①，
万物怡然。
飞桥如虹跨天堑，
龟蛇②共赪肩。

遥观九派③，
俯聆三镇，
扬明华年。
黄鹤雄立，
风流千古，
举世仰瞻。

1995 年 2 月 19 日夜
於武钢第一招待所

---

① 出自唐代诗人崔颢作品《黄鹤楼》："晴川历历汉阳树，芳草萋萋
鹦鹉洲。"
② 武汉长江大桥横架于汉阳龟山与武昌蛇山之间。
③ 出自毛泽东诗词《菩萨蛮·黄鹤楼》："茫茫九派流中国"。

《临江仙》赤壁怀想

　　赤壁，在湖北赤壁市的西北部，位于长江中游南岸，北依武汉，南临岳阳。

　　赤壁是一个知名度很高的古战场，三国时著名的"赤壁之战"就发生在这里。在赤壁矶头临江的悬崖上，有石刻"赤壁"二字，相传为周瑜所书。故也称此为"周郎赤壁"。

　　今游此地，不胜感慨。

乱世烽火已消散，
哪堪赤壁犹红。
风云岁月自匆匆。
雄才成过往，
何处是江东？

千古成今今又古，
烟霞云岭清风。
兴亡更替总相同。
此情常戚戚，
花好月圆中！

1994 年 5 月 21 日
作于湖北赤壁市

澄怀雅情

421

《卜算子》中秋夜

云淡天风清，
星稀月如霜。
中秋信步逛天堂，
玉兔伴身旁。

仙女共邀舞，
王母忙茶汤。
遥距万里如亲邻，
缘深情意长。

1990 年 10 月 3 日夜
（庚午年八月十五）
作于长春

耕云种月

金磊夫诗词集

《苏幕遮》抒怀

晓明曦，
通律理，
和顺五行，
和顺五行利。
苍莽宇穹为大计，
坦荡胸怀，
坦荡胸怀里。

性温和，
行天理，
知音难期，
知音难期寄。
何等雄才识全局，
壮志豪情，
壮志豪情系。

1989 年 11 月 22 日
写于长春台儿庄

澄怀雅情

《卖花声》雨后观浔阳楼

浔阳楼，是江南十大名楼之一，因九江古称浔阳而得名。

浔阳楼是一座具有典型宋代建筑风格的楼宇，至今已有1200多年的历史。它雄居长江南岸，历来是名人云集之地，白居易、韦应物、苏东坡等都曾登楼题咏。它更因施耐庵的《水浒传》中宋江在浔阳楼醉题反诗，使这座名楼随着名人、名著、名酒而流芳百世。

雨过天晴，被大雨洗礼后的浔阳楼，更显得别有韵味。

风雨过江州[①]，
新霁名楼。
云缠雾绕如罗帏。
群鹜声声鸣不住，
浪里飞舟。

古今共风流，
书伴银钩。
白司马[②]与韦江州[③]。

耕云种月
金磊夫诗词集

---

① 江州：九江市的古称。天宝元年（公元742年）改江州为浔阳郡；乾元元年（公元758年）又改浔阳郡为江州。

② 白居易被贬任江州司马，被世人称为白司马。

③ 韦应物因任江州刺史，世人称其韦江州。

不见诗篇人先醉，
换了春秋。

1989 年 8 月 9 日午
於九江市宾馆

澄怀雅情

《武陵春》夜读

书房佳茗溢清香，
月已上东窗。
吟诗咏词读名篇，
珍惜好时光。

总有新韵上心头，
难耐情飞扬。
奋笔勤耕诉衷曲，
春秋心中装。

1988 年 11 月 22 日
作于长春台儿庄

耕云种月

金磊夫诗词集

《江神子》春夜

岁寒花落复又红，
道真情，
却匆匆。
风咏云舞，
枝头唱新莺。
满苑春色留不住，
芳草碧，
小庭空。

一钩新月上帘栊，
照无眠，
天人同。
孤鹤素心，
寻醉向苍穹。
无尽思绪几千重，
灯影下，
梦魂中。

1987 年 5 月 6 日夜
　作于吉林春城

澄怀雅情

《采桑子》中秋

菊香枫锦云轻悠，
岁岁中秋。
今又中秋，
高举金樽对玉楼。

相思遥寄情长久，
圆月难留。
岁月难留，
离合悲欢几时休。

1985 年 9 月 29 日夜
作于长春台儿庄

《踏莎行》春满南湖

水似云柔，
花如人笑。
亭台阁榭精而妙。
踏歌心在画中游，
醉美当属春城好。

湖上飞舟，
林间翔鸟。
时尚野趣共新潮。
百姓乐享好年华，
春光洒满康庄道。

1983 年 5 月 1 日
作于长春南湖公园

澄
怀
雅
情

《西江月》赴会

　　14 日从长春急赴淄博，作为受奖者参加 15 日冶金部召开的"全国冶金系统技术改造优秀论文颁奖大会"。

　　1270 多公里的路程要当天赶到。路上日夜兼程，途经许多心仪已久地方，因急于赶路，无暇停留。虽有遗憾，只能如此。好在来日方长，今后一定有机会游访。

　　　　沈阳、京津、济南，
　　　　一路向我招唤。
　　　　路远情急恨不飞，
　　　　奔波心中无闲。

　　　　久盼观光首都，
　　　　酷爱泉城济南。
　　　　待到他日休假时，
　　　　携妻带子游玩。

　　　　1980 年 6 月 14 日
　　　　作于长春——青岛列车上

又记：

　　忽然想起，今天是我 28 周岁生日。路上过生日，真正的"路过"。

《西江月》天之骄

　　同胞兄妹四人，1964 年弟弟拓夫入学时有一张合影。十五年后的今天，第二次合影。从前的孩童现在都已经长大成人了。

　　这些年，历经坎坷和磨难，很多事情都发生了极大的变化。唯一不变的是家风对我们的影响和共同的理想追求。

　　这张照片，就是最真实的记录。

脸上朝霞在笑，

豪情挑向眉梢。

理想之歌同心唱，

一代风华正茂。

青春神采飞扬，

壮志豪迈九霄。

并肩努力齐向上，

试与天公比高！

1979 年 7 月 15 日

题于海龙县海龙镇

澄怀雅情

《浣溪沙》火红年代

　　三十年前，延边歌舞团赴京在怀仁堂演出，受到毛主席、周总理等中央领导同志的亲切接见。毛主席观看演出后，高兴地写下了《浣溪沙·和柳亚子先生》。

　　今天，延边歌舞团进京为建国三十周年献礼演出后，回到延吉市为自治州劳模大会表演充满生活气息和民族特点的精彩节目。美妙的舞姿、悦耳的歌声、欢快的旋律，醉人心田，催人向上。这是真正的艺术享受，美的享受。

　　时随吉林省革命委员会副主任宋希云，陪同煤炭部、水电部两位副部长一同观看演出。特记：

> 赤县龙凤舞春天，
> 猛进高歌有余阑，
> 民富国强月更圆。

> 华夏儿女齐破立，
> 火红年代捷报传，
> 群雄创业史无前。

1979 年 6 月 2 日夜
作于吉林省延吉市

《木兰花慢》答于硕君

于硕是海涛的同学、好友。其才思敏捷，文笔流畅，气质不凡，非常钦佩她的人品和文采。

读惠作，作词答之。

笙笛耳边绕，
清风吹，
唤春潮。
聆听凤凰调，
胜似天籁，
喜得同道。
幸心通有海涛[1]，
悬空壶愧受君注浩。
敬荷出泥不染，
更爱松竹清娇。

一朝聚首谋远事，
同心冶情操。
不恋红黄世，
双肩日月，
共行天道。

---

① 宋海涛，在通钢认识的好朋友，亲如兄弟。

澄怀雅情

诉玄机，
谁知晓？
玉皇山①春秋总相告。
风物放眼长宜，
只信地厚天高！

1979 年 4 月 26 日於长春

附：于硕词

凤凰台上忆吹箫

褚墨流风，
昭灼真率，
三石名盛斯夫②。
为问诗中事？
广市悬壶③。
言本相赠琴琶，
贫家女有幸研读。
思真谛，
喃喃小语，
神赐得无？

---

① 玉皇山：位于通化市区，是吉林省南部一座幽静的森林公园。
② 三石为"磊"也。
③ 《后汉书·费长房传》："市中有翁卖药，悬一壶于肆头。"

松竹。

缘生寒岁，

秉性冰玉质，

鄙弃尘俗。

笑嗤折腰骨，

行尸肉徒。

国困吾侪责重，

安能够蛾眉常涂？

不夺冶，

粗冷横眉^①，

崖顶飞瀑。

1979 年 4 月 25 日

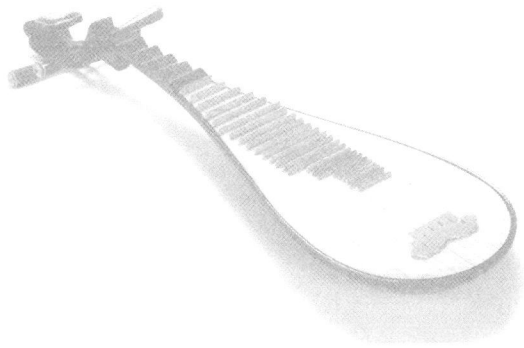

於通化

----

① 鲁迅有"横眉岂夺蛾眉冶"之句。

《卜算子》喜聚①

欢歌闹天楼②,
笑语漫街流。
好友情深喜团聚,
频杯话对酒。

婵娟共千里,
真情感春秋。
甜酸苦辣同经历,
和风咏长久。

1978 年 12 月 5 日夜
记于长春天楼酒家

---

① 近日,海涛、海峰先后来长春;承玉亦从通化归来,又邀来石颖。
五日晚众好友在一起欢聚,好久没有这样痛快了。
② "天楼酒家"乃长春市最繁华的商业街——长江路上一家老字号
饭店。

《西江月》回母校

思念母校已久，
如愿回来重游。
屈指细数千日整，
时间快如飞舟。

面对尊师学长，
自问何成何就？
愧羞之余暗立誓：
明日带功来酬！

1978 年 5 月 24 日夜
作于吉林冶金工业学校

后记：

　　1975 年 8 月 24 日毕业离校，今因公务再回到母校，整整千日矣。此间工作、学习、生活等虽然都有一些收获和提高，但与老师和学校的期盼相比，还有不小的差距，当加倍努力才是。

澄怀雅情

《西江月》赠栾力兄

缘识钢城结友[①],
欣心道合情投。
书生意气论天下,
高韵共唱神州。

前路风光无限,
与君奋力同求。
指点江山八万里,
携手描绘春秋。

1977 年 11 月 9 日夜
於通钢职工宿舍

附:栾力词

《西江月》和磊夫

昨夜刚刚相遇,
今晨匆匆离别。

[①] 栾力,是我们炼铁厂团委书记栾丽敏同志的哥哥,在临江林业局工作,经常到我厂来看望妹妹。栾兄不但硬笔书法极好,而且才思敏捷,诗情豪放,为人坦诚。我们一见如故。

忍将峰谷又重叠，
满目凄清落雪。

伤感更激壮志，
步云敢上天街。
与君同道共习学，
颂我神州大业。

1977 年 11 月 10 日

澄怀雅情

《卜算子》赞梅

傲霜独自开，
瑞气飘天外。
寒冬腊月百花谢，
惟妳多风采。

古今赞红梅，
天地蕴情怀。
万里冰封关不住，
喜得新春来。

1975 年 11 月 22 日
於江城吉林市

《西江月》赠英蒲兄①

喜聚江城重游，
心心相印对酒。
情胜手足好兄长，
苦乐风雨同舟。

并肩立下壮志，
放怀万里神州。
相互激励同精进，
热血绘就春秋。

1974 年 7 月 15 日
於吉林市松花江畔

澄怀雅情

---

① 刘英蒲是舅家四表兄，我们之间的感情很深。小时候一起玩耍；小学、中学我们同校（高我一年级）读书；1968 年同时初中毕业到农村插队，虽属两个生产大队，但相距很近。在比较艰难的那段日子里，四表兄在精神和生活上给了我很多帮助。1971 年又先后被招工回城。我到吉林上学后，他时常从老家来看望我。我们相互鞭策，共同砺志，希望将来能为国家做点事情，成就一番事业。

为庆祝中华人民共和国成立二十三周年而作。

《十六字令》三首

看，
万里山河红烂漫。
展新姿，
处处是春天。

看，
稻浪滚滚钢花艳。
齐奋进，
凯歌震长天。

看，
巨龙腾飞宏图展。
向未来，
谱写新诗篇。

1972 年 10 月 1 日
写于古城海龙镇

《青玉案》纪念七一

数难尽伟功丰绩。
庆生日、神州喜,
龙舞盛世开玉宇。
江山锦绣,
富民强国,
华夏雄寰宇。

镰刀斧头铸红旗,
浴血荣光丰碑立。
龙子龙孙新征急。
摘星揽月,
擒蛟伏虎,
正所向披靡。

1971 年 7 月 1 日
於海龙县八一化工厂

澄怀雅情

443

《耕云种月——金磊夫诗词集》
后记

　　《耕云种月——金磊夫诗词集》出版，我刚好七十周岁。

　　半个多世纪以来，坚持利用业余时间幽情逸韵地咬文嚼字，挥笔习作，并且乐此不疲。这种对文学、对诗词放不下、舍不得、忘不了的情结，也算得上痴迷。笔耕不辍的动力源于对祖国优秀传统文化的热爱，对神州江山的眷恋，对美好生活的憧憬和对文学的爱好。

　　五十多年里，经历了三年自然灾害、"文化大革命"、上山下乡、工农兵上大学，特别是改革开放和全面建成小康社会，看到了国家日新月异的变化和致力于中华民族伟大复兴的历史进程，以及在这个过程中涌现的新事物、新气象和可歌可泣的时代英雄，这些为我的诗词创作提供了取之不尽的素材。正是"文章均得江山助，人杰地灵入卷来"。

　　神州万里，江山锦绣。泱泱华夏五千年，历史

厚重，人文荟萃，天宝物华。新中国成立以后，尤其是改革开放以来，我国发生了翻天覆地的巨变。出生在这样一个文明灿烂的国度，生活在这样伟大变革的时代，我引以为自豪。传承中华文明，为波澜壮阔的中国文学瀚海增添一朵浪花，是吾辈应尽的责任。

于何本之？于何原之？于何用之？就是要努力创作符合史实、符合社会发展、符合国家利益、符合大众诉求的时代作品。孔子曾说过："质胜文则野，文胜质则史。文质彬彬，然后君子。"这里的质，是人类朴素的本质，也是文学的本体，可以理解为是作品的质量；这里所说的文，是指文化的积累及文化的修养，是文明的具体呈现，可以理解为是作品蕴含的精神文化气息；这里要求的"文质彬彬"，即文化的发展、个人修养要与人类的本质、社会的发展相适应、相协调。作为文学爱好者，努力创作好的作品，热情讴歌伟大时代，积极推动社会进步，不断丰富文学宝库，才无愧于炎黄子孙。

王蒙先生说得好，只有既喜欢文学更热爱生活，并能从生活中直接获得灵感、启悟、经验与刺激，从生活中汲取智慧、情趣、形象与语言的人，才能

澄怀雅情

创造出优秀的文学作品。生活是诗词创作的唯一源泉，在这方面，我有深刻的体会，"五十余年妄学诗，工夫深处独心知。经岁挥笔寒灯下，始是金丹换骨时。"欲学诗，功夫在诗外！

"天籁自鸣天趣足，好诗不过近人情"，一语天然万古新，豪华落尽见真淳。如果《耕云种月——金磊夫诗词集》能在读者心底引发一点点波澜、一点点思索、一点点共鸣，乃笔者初心，我会因此感到莫大的慰藉。

……

回首过往，感慨万千。非常感谢我的各位老师和各位领导，是你们把我教育、培养、锻炼成一个做人磊落、做事勤奋的国家机关干部；特别感谢周嘉楠、张训毅、董贻正三位先生和赵炜阿姨，你们是我人生的伯乐，终生难忘。

感谢我所有的老同学、老同事、老朋友们，是你们的相扶相助、激励和陪伴，使我能够不断成长、进步，愉快地走到今天。

感谢父母对我的养育之恩和言传身教，感谢妻子和弟弟、妹妹及所有的亲人们，对我无微不至的关心照顾和全力支持。

借此，还要特别感谢中宣部原副部长、中央精神文明委办公室主任、中国文联党组书记、中国文联副主席胡振民先生为本书题写书名；特别感谢中央文史研究馆馆员、《光明日报》原副总编辑、国务院参事室新闻顾问赵德润先生和企业家日报社党委副书记李丙驹先生为本书作序。

由衷感谢《诗刊》杂志社原副总编辑、鲁迅文学院常务副院长雷抒雁先生，华光书画院副院长爱新觉罗·兆瑞先生，军旅书画家于凉将军，中华诗词学会原常务副会长、《中华诗词》杂志社社长、著名诗人、书法家梁东先生，冶金工业出版社原党委书记、社长曹胜利先生，国创书院院长、梁代书法艺术馆馆长梁代博士和著名书画家王岐、路德怀、何涛、张思科、赵人勤、胡瀚林、战国权、孔祥美、康国栋等各位先生为本书题字。

感谢冶金工业出版社对本书出版的大力支持和为此所做的辛勤工作。

亲爱的读者和各位朋友，我们下本书再见！

2022 年 6 月 14 日於北京

澄怀雅情

耕云种月 金磊夫诗词集

思逸颂歌

金磊夫 著

北京
冶金工业出版社
2024

图书在版编目（CIP）数据

耕云种月：金磊夫诗词集．思逸颂歌 / 金磊夫著．—北京：冶金工业出版社，2024.7. —ISBN 978-7-5024-9723-1

Ⅰ．I227

中国国家版本馆 CIP 数据核字第 20245UB097 号

耕云种月——金磊夫诗词集　思逸颂歌

出版发行	冶金工业出版社	电　话	（010）64027926
地　　址	北京市东城区嵩祝院北巷 39 号	邮　编	100009
网　　址	www.mip1953.com	电子信箱	service@mip1953.com

责任编辑　曾　媛　赵缘园　美术编辑　彭子赫　版式设计　彭子赫　吕欣童
责任校对　郑　娟　责任印制　禹　蕊
三河市双峰印刷装订有限公司印刷
2024 年 7 月第 1 版，2024 年 7 月第 1 次印刷
710mm×1000mm　1/16；37 印张；612 千字；531 页
定价 198.00 元（全三册）

投稿电话　（010）64027932　投稿信箱　tougao@cnmip.com.cn
营销中心电话　（010）64044283
冶金工业出版社天猫旗舰店　yjgycbs.tmall.com
（本书如有印装质量问题，本社营销中心负责退换）

　　金磊夫，高级经济师。1952年6月出生在吉林省海龙县海龙镇的一个教育世家。

　　他1968年初中毕业后到农村插队，1971年招工进厂，又四次读大学，学理工、学管理、学经济、学法律。先后在通化钢铁总厂、吉林省冶金厅、武汉钢铁集团公司、冶金工业部、国家安全生产监督管理总局工作。当过知青、做过普通工人、担任过技术员。曾任吉林省冶金厅处长，武汉钢铁集团公司总经理助理，冶金部经济研究中心副主任，冶金部政策研究室主任，国家安监总局监管三司、政策法规司负责人、宣教中心主任、机关党委副书记、纪委书记等职务。离开工作岗位后，

投身公益慈善事业，任中国煤矿尘肺病防治基金会副理事长，现为国务院安委会专家咨询委员会专家，清华大学继续教育学院顾问，中国地质大学、吉林建筑大学教授。

他喜欢文学，少年时就有一个梦想：长大了当个诗人。步入社会以后，无论是务农、当工人、搞技术还是从政，工作之余始终没有放弃对文学的眷恋和对诗词的爱好，坚持习作，笔耕从未停歇。从20世纪60年代至今，创作诗词、诗歌、散文4000多首（篇），其中在报刊、杂志、广播等媒体上发表作品500多首（篇），深受广大读者的喜爱。他是中国冶金作家协会会员、中国煤矿作家协会会员、中华诗词学会会员。

他说："对人生来讲，必要的文学修养、艺术修养与道德修养、理论修养同样重要。中华民族的优秀文化，能够陶冶情操，聪慧心志，修炼人格，高尚行为，使人成为自己精神世界中独立的力量。"

与文学相伴，生活、工作在对真、善、美的追求中，乐观向上、从容自信、磊落豁达，成就了金磊夫先生的诗意人生！

"风雅颂"的传承与创新

——《耕云种月——金磊夫诗词集》序

　　中国是个崇尚诗歌的文明古国，从诗经、楚辞到汉乐府诗集，从唐诗、宋词到元曲，脍炙人口的诗词歌赋家喻户晓；一代又一代的著名诗人，数不胜数、灿若群星。近现代以来，古体诗词与现代诗歌互相映衬，相得益彰。历代诗人不仅为中国文化增添了举世瞩目的光辉，他们的传世之作更是中华文明乃至世界文明的重要组成部分。

　　习近平主席指出："一个国家、一个民族的强盛，总是以文化兴盛为支撑的，中华民族伟大复兴需要以中华文化发展繁荣为条件。"他十分重视已融入我们民族血脉的古诗文经典的传承。1990年担任福州市委书记时，夜读穆青、冯健、周原《人民呼唤焦裕禄》一文，曾含泪写下《念奴娇·追思焦裕禄》。党的十八大以来，他强调弘扬中华优秀传统文化，对古今中外优秀文化资源兼收并蓄，善于引

用诗词典故生动诠释执政理念和治国思想，已成为习近平话语体系的重要特色和魅力所在。

中国诗歌有记载的历史可以追溯到3000多年前。最早的诗歌总集《诗经》堪称中国古代诗歌的开端。《诗经》收集了西周初年至春秋中叶诗歌300余篇，反映了五百多年间色彩斑斓而又纷繁复杂的社会风貌。内容分为《风》《雅》《颂》三部分：《风》即周代各地的歌谣，《雅》是周人的雅乐，《颂》是周王室和贵族宗庙祭祀的乐歌。孔子曾教育弟子读《诗经》以作为立言、立行的标准。《诗经》与《尚书》《礼记》《周易》《春秋》合称五部儒家经典，成为我国封建时代数千年中必读的教科书。

诗人金磊夫是我吉林同乡好友，他出身于教育世家，少年时代就爱好文学，涉足诗歌、散文创作。即使后来调任冶金工业部和国家安全生产监管总局担任领导工作，也没有忘记坚持了数十年的业余爱好：研读和创作诗词。磊夫小我6岁，今年刚进入杖国之年。他应朋友之邀，从五十年来创作的4000多首诗词作品中精选1320首，结集出版《耕云种月——金磊夫诗词集》。这些作品，创作时间从20世纪60年代末到21世纪20年代初，跨越了

半个多世纪。磊夫诗词集分为三部，第一部《仰山风韵》，第二部《澄怀雅情》，第三部《思逸颂歌》。每部诗词集的名字分别嵌入"风""雅""颂"三字，体现了磊夫对古代经典《诗经》的尊崇和在自己的诗词创作中对古代先贤的传承。

　　磊夫是个热爱生活和充满激情的人。他从"还不十分清楚诗词歌赋写作要领"的青少年时期就开始走上诗词创作之路，经过对唐诗宋词的背诵和刻苦研读、结合自己的创作实践，虚心地向启功、雷抒雁、爱新觉罗·兆瑞等多位先生学习或当面求教，他的文学素养和诗词创作水平在不断提高。诗词创作是真情实感的抒发和表达。从一定意义上说，没有情感的抒发就没有诗篇。很难想象，一个"看破红尘"、在生活中处处"无所谓"的人，能够写出好的诗词来。正如磊夫所说，这五十多年间，尤其是最近三十年，他的很多作品不是写出来的，而是从心里流淌出来的，是沛然从胸中迸发出来的。

　　诗词歌赋是从文学和艺术角度记录历史和时代。出版诗词集是否要保留作品的原汁原味？实际上出版摄影集、书画集都有类似的问题。作品集出版前进行必要的订正、润色无可厚非，而对过去的

思逸颂歌

3

作品推倒重来或"落架大修"则大可不必！磊夫认为，一个时代有一个时代创作的背景和土壤，"原装"地拿出来奉献给大家，可以让读者从中了解中国社会的变革和作者的情思脉络以及个人的成长过程。原汁原味才能真实地反映不同的时代特点和这个社会背景下之真我。包括诗词歌赋在内的文学艺术作品，正如摄影家、书画家出画册，不必用今天的镜头和笔墨重新修改往日的充满真情也许略显稚嫩的作品。

继承和创新是我和磊夫交流最多的话题。创新是诗歌和一切文学样式的生命。然而，这种创新是继承基础上的创新。从历史发展的眼光来看，各个时代都有诗歌领域领异标新的人物，诗歌也应随着时代不断创新发展。清初赵翼的《论诗》，反映了作者贵在创新的主张："李杜诗篇万口传，至今已觉不新鲜。江山代有才人出，各领风骚数百年。"一句"万口传"，评价了李白、杜甫在诗歌创作上无与伦比的成就。陡然笔锋一转，一句"不新鲜"又强调了诗歌创作要不断推陈出新。

这里的创新，并非是对"已觉不新鲜"的简单否定，而是在学习借鉴继承基础上的创新，无论后

来的创新是否能够实现对前者的超越。然而，"李杜诗篇"之所以"万口传"，因为当初就是创新的诗篇。创新的诗篇成为优秀的传统得到继承，又在继承的基础上实现新的创新。毋庸置疑，"李杜诗篇"和一切优秀的诗篇都是需要继承的经典，这样的经典是需要"学而时习之，温故而知新"的。

　　谈到诗词格律的传承和创新问题，我和磊夫都赞成"求正容变"的原则。我们都读过启功先生《诗文声律论稿》，赞赏先生谈到的古典诗文在声律上的特点和优点，同意他提出的"平仄须严守，押韵可放宽"。启功先生说："我认为作古典诗词就应该充分发挥古典诗词的优点和特色，这首先体现在优美的格律上。""特别是律诗和使用律句的词，一定要坚持这些固有的原则。但随着时代的发展，也应做一些技术上的调整。"先生讲的正是求正容变的道理。

　　提倡诗词歌赋的继承创新和求正容变，必然造就诗坛词坛不断推陈出新和诗人不同风格。同样是描绘和吟诵一千年前宋朝的雨：苏东坡眼里"黑云翻墨未遮山，白雨跳珠乱入船。"黄庭坚笔下"半烟半雨溪桥畔，渔人醉着无人唤。"李清照则是"昨

夜雨疏风骤，浓睡不消残酒。"不同的诗人，不同的意境，不同的观察，不同的感受，写下的不同的诗句，却都留下了千古绝唱。

读磊夫的诗词，强烈地感受到一种发自肺腑的家国情怀和人生感悟。他的诗词题材丰富，意境深远。《仰山风韵》是磊夫诗词集的第一部。500首作品中，抒情地描写了他去过的270多座大山。我也喜欢祖国山河，自认为到过的几十座大山已属不少，和磊夫一比简直不可同日而语。他到的大山既有黄山、庐山、雁荡山，东岳泰山、西岳华山、中岳嵩山、南岳衡山、北岳恒山，也有革命圣地井冈山、延安宝塔山、红军走过的夹金山、六盘山，胸中丘壑化作笔底烟霞，化作对祖国大好河山、革命丰功伟业的热情讴歌。在《澄怀雅情》《思逸颂歌》两部作品中，涉猎的内容更为广泛，表现的手法更为灵动。他对生活的观察、体验和思考细致而又深刻，大到国内外大事，小到朋友聚会，总有诗词吟诵。琴、棋、书、画、诗、酒、花、茶，是中国传统文化的雅事。磊夫每逢雅事都有吟咏，且往往有神来之笔。饮酒赋诗，正所谓"一觞一咏，亦足以畅叙幽情"。

我们生活在中华民族从站起来、富起来到强起来，走向伟大复兴的时代。伟大的时代呼唤诗词的经典和大家。在不同的历史时期，诗人在讴歌，讴歌祖国大好河山，讴歌党和人民丰功伟绩；诗人在呼唤，呼唤人性的真善美，呼唤社会的公平正义；诗人在呐喊，呼吁和提醒人们克服世俗观念，以开阔的胸襟、高尚的情操、美好的追求，为时代也为人生增添色彩。我认为，"弘扬经典、推崇大家"并非作为一个口号和目标束之高阁、可望不可即，而是体现在包括磊夫诗词集在内的文学艺术精品的不懈努力之中。

赵德润

（中央文史研究馆馆员、《光明日报》原副总编辑、国务院参事室新闻顾问）

2022 年 6 月於北京

思逸颂歌

诗的史记　史记的诗

读《耕云种月——金磊夫诗词集》有感·代序

　　摆在我面前的这套《耕云种月——金磊夫诗词集》，仅从 1320 首诗词歌赋这个数量看，就让人顿生"面朝大海，春暖花开"的感慨和激动。这种印象绝不是溢美之词，因为一旦走进这些作品，好似走进了深邃的思维空间，如同进入了美轮美奂的艺术殿堂，仿佛置身于雄伟壮阔的锦绣河山……品读这样的文学作品，你很难不与其思维共振、感情共鸣、心心相印。

　　难能可贵的是，磊夫先生在繁忙的工作之余，50 多年坚持业余创作，日积月累的诗词竟有 4000 多首，堪称"著作等身"，令人刮目相看。加之他重德厚义，感情浓烈，才思敏捷，文字清秀，语言明快，作品音节整齐，韵律和谐，且又是经过精心

思逸颂歌

选编的这部《耕云种月——金磊夫诗词集》，更是让人醍醐灌顶，欲罢不能……

说实话，为磊夫先生的这套书作序，心中难免有些班门弄斧的忐忑，若不是关系太"铁"，还真不好动笔。我与磊夫先生因工作相识多年，用他是我的良师益友来概括我俩的关系恰如其分。正因为如此，当我先睹为快地读完这部作品，即便不作序，但谈点"读后感"不仅可以而且十分应该。

让我感慨最深的是，一位年届七旬的长者，用一个"杖国之年"，让我见识了他的学识。人生七十，不用"古稀""悬车"典故，便可见其素养。磊夫先生阅历丰富，学识渊博，才华横溢；他胸怀坦荡，睿智大度，心地善良；他文质彬彬，为人厚道，儒雅俭让。其心清清，其念纯纯，其风翩翩，其神奕奕。与这样的人交友，今生足矣。

《耕云种月——金磊夫诗词集》包括《仰山风韵》《澄怀雅情》《思逸颂歌》三部。景仰高山，品势赏韵；神清心静，雅抒情怀；神思纵逸，礼颂高歌。这是磊夫先生情思和文采的集结，是神州锦绣江山的素描，是共和国流金岁月的记录。风韵、雅情、颂歌，颇有《诗经》风、雅、颂的格调，从

中不难看到磊夫先生对中华民族优秀传统文化基因的传承。

景仰名山大川，激荡家国情怀，以呕心沥血的赤诚，礼赞祖国的流金岁月，讴歌神州的锦绣江山。受磊夫先生诗情画意的感染，总觉得他作品的字里行间跳跃着一种十分清晰又难以言传的神韵；一种坚毅豁达又温婉儒雅的铁血柔情。每读过一首，就有一种荡气回肠的激情和难以忘怀的感动。

记得由著名诗人臧克家任主编的《诗刊》创刊号上，毛主席以"诗言志"题词相赠，几十年来成为现代中国诗歌的纲领性创作圭臬，一代伟人身体力行，把新中国的诗词推向了百花齐放、前程似锦的局面，使当代的诗词歌赋正在重现中华民族优秀文化的辉煌。

作为文化强国的重要力量，习近平总书记在中国作家协会"十大"上指出：文化是民族的精神命脉，文艺是时代的号角。古人说："文者，贯道之器也。"新时代、新征程是当代中国文学艺术的历史方位。广大文艺工作者要深刻把握民族复兴的时代主题，把人生追求、艺术生命同国家前途、民族命运、人民愿望紧密结合起来，以文弘业、以文培

思逸颂歌

元，以文立心、以文铸魂，把文艺创造写到民族复兴的历史上、写在人民奋斗的征程中。这些讲话精神，不管对专业或是业余的文艺工作者，都有着深刻的指导意义。

磊夫先生的诗词作品与时代旋律高度契合，50多年笔耕不辍，半个多世纪的探寻与思索，他以匹夫有责、尽心尽力的责任感、使命感，述说着对国家和民族命运的思考，记录着几代人经历的变迁，撰写了一部自20世纪60年代到今天的时代长卷。《耕云种月——金磊夫诗词集》，是诗的史记，史记的诗。历史把昨天和今天联系起来，历史把今天和明天衔接过去。我们细读磊夫先生的作品，顿感这是一部多么深沉而详实的史记，磊夫用自己独特的文学语言记录、讴歌了他经历的这段历史。

历史是一座丰碑，历史是人类进步用生命书写的人类自身的赞歌。历史给人们提供了奋斗的舞台。当人类揭示出人的奋斗规律，展现出人类的奋斗成果，人便有了战胜一切的勇气和力量，人便有了自豪和骄傲。

我为《耕云种月——金磊夫诗词集》骄傲。史蒂夫·乔布斯说过：你不可能充满预见地将生命的

片段串联起来，只有在回顾的时候才会发现这些点点滴滴的联系。所以你必须坚信你的经历会在未来的某一天连在一起。

磊夫先生成功地将此联系起来了。从1969年到2022年，共和国波澜壮阔的半个多世纪，在磊夫先生的笔下，真实、客观地记录下来，再现给人们。他思绪凝重，激情澎湃，文采飞扬，作品不断地从他的心中流淌出来。正如磊夫先生所云："《耕云种月——金磊夫诗词集》真实地记录了社会的发展变化，客观地反映了不同的时代特点和这个过程中的人们以及真实的我。"正可谓："但写真情并实境，任他埋没与流传。"

从古至今，中国诗词歌赋大体可按宋代词坛上的分法：豪放派和婉约派。纵观横察，磊夫先生的作品两派风格兼而有之。"豪放"如磊夫先生的气魄：铁路是动脉，石油就是血液；钢铁是升帐的元帅，煤炭就是地下的太阳……所有这些，在他博大的情怀中都变得随语成韵，随韵成趣，有血有肉，有思想，有力量。"婉约"如磊夫先生的情怀：他的心随神舟上天，"尧天舜地响惊雷，龙男凤女壮国威"；他的情伴航母远洋，"追风逐浪云海间，走

向深蓝夙梦圆"；他的脚步在乡间、在工厂，他的思念在军营、在课堂，他的情思在华夏的每一个地方。"花韵曼妙，山河争俏。神州四季醉人，喜水长天高。"他信手拈来，口吐莲花。

他爱恋高山大川。"千峰万壑情未了，诗吟难尽此生缘"，这是他的境界；"男儿应伴山河老，铁血忠魂保国安"，这是他的情怀；"跃上葱茏八百旋，漫步凌霄万里天"，这是他的胸臆；"试问苍穹谁主宰，敢凭诗茶论江山"，这是他的豪迈。

在豪放和婉约的珠联璧合中，磊夫先生有山一样的性格，水一样的柔肠。他以宽阔的胸怀《高山飞韵》《两越昆仑》《品赏武夷山》；他以凝重的笔触《解读生命》《断想尊严》《生死守望》；他以真挚的情感《歌唱十月》《吟颂朝阳》《神州放歌》《托起太阳》；他以深邃的情思《品味人生》《咏物寄意》《诉说偶像》；他不忘《感恩》，他《淡泊》名利，他坚守《真诚》；他《礼赞胡杨》，他《给太阳敬酒》，他《和春天有个约会》，他聆听《生命的吟唱》，他轻吟《茶的随想》……

在他的笔下，既感天动地、气壮山河，又含情脉脉、灵魂舒张。"我欲凌云飞千仞，横驾长风越万

里""万古人生何所有，把酒酣畅星满天""高山流水诗千首，明月清风酒一船"……磊夫先生厉行盛唐诗风；"天朗朗，爱深深，百花竞放喜煞人。世间琼质无尘染，心中长存一缕魂""花染春山同圆梦，情满人间共芳华"……磊夫先生承传宋词遗韵。这些得心应手的创作，情深义重的作品，都是磊夫先生心中流淌的歌，殊不见刀斧凿痕，足见其文学底蕴的厚重，彰显其驾驭诗词歌赋的能力和水平。

作为50多年的"文学爱好者"，磊夫先生不断有大作问世。作为新时代的"70后"，他至今笔耕不停，还在纵情高歌，其余音绕梁，不绝于耳……

心中的歌，就是永不消逝的天籁之音！磊夫先生的诗词如同一首首美妙的乐曲，就这样潺潺流入我的心田，飞溅出晶莹的水珠，形成了上述文字。

以上感言，权当为序。

企业家日报社党委副书记

2022年6月於成都

《耕云种月——金磊夫诗词集》
写在前面

　　自从几年前，出版诗集《岁月——心中流淌的歌》以后，就有很多读者和朋友给我来信、打电话："期待着尽快看到新的集子问世"。

　　离开工作岗位以后，我终于有时间做这件事。整理完这套书稿，心里稍稍松了口气，总算是对大家的期许有了个交代。

　　《耕云种月——金磊夫诗词集》，是从我50多年利用业余时间创作的4000多首作品中选出来的，共1320首，整理编辑为3部，包括《仰山风韵》《澄怀雅情》《思逸颂歌》。创作作品的时间跨度很大，从20世纪60年代末到21世纪20年代初，经历了半个多世纪，我也从一个青少年走到了杖国之年。这些作品的表现形式和体裁，以格律诗（五言律诗、七言律诗）、绝句（五言绝句、七言

思逸颂歌

绝句）为主，也有一些词、赋和现代诗歌、散文，并有极少部分札记、随笔，还有一些应约专门创作的歌词。

我与诗词结缘，与家庭的影响有很大关系。从我爷爷那代算起，奶奶、姑奶奶，父亲、母亲、叔叔、姑姑、婶婶，到我这代的兄弟姐妹，家庭里三代人中有18位老师，被当地称作"教育世家"。父亲文学底蕴厚重，在战争年代投笔从戎，从事革命文学创作和战地宣传。受长辈的影响和家庭的熏陶，我少年时就喜欢文学，尤其对诗词、散文感兴趣，曾经梦想过长大后当个作家、做个诗人。

记得读小学的时候，给《中国少年报》投稿。当《向少先队旗敬礼》《家住柳河边》等小"豆腐块"陆续发表时，对于年少的我，无疑是一个巨大的鼓舞和激励。读初中以后，写作的积极性更高了，经常利用课余时间，给学校黑板报和广播站写稿件；也时常给当地的报社和广播电台投稿，虽然被采用的不多，但热情不减。一个中学生能这样做，确实有股"初生牛犊不怕虎"的劲头。

1968年初中毕业，我作为"知识青年"到农村"接受贫下中农再教育"。在当时的社会背景下，

即便是偷偷地写作，也会被认为是"小资产阶级情调在作祟"。虽然那个时期写的东西相对少一些，但始终没有停笔。回想那段经历，真是刻骨铭心。从当时写的《知青岁月》《秋收时节》《赞春苗》《夜战》等一些作品中，可以看出那时的社会环境和自己的状态，也客观地反映了在那种特殊的背景下，我还敢坚持习作，确实有点"不合时宜"。

尽管当时把我们这批"上山下乡"的年轻人称作"知识青年"，实在是徒有虚名，初中刚读完一年级，就"停课闹革命"了，在学校的三年里没学多少知识。但毛主席诗词却能倒背如流，并且有大块的时间读王力先生的《诗词格律》，读中华书局编的《怎样用韵》《诗词鉴赏》等有关的书籍。凭自学的那点墨水，写出的东西用现在的话说纯粹"小儿科"。即便这样还能在那种环境下坚持学、坚持写，对文学的追求也算执着。

当时的我，对诗词的写作要领等并不十分明白。就是因为喜欢，对偶尔心中涌动的一点点灵感和思绪，会不知不觉地冒出几句上口的句子，把它记下来，按照诗词格律的要求，认真琢磨修改，然后大着胆子给媒体投稿。非常幸运的是有些作

思逸颂歌

品竟然能被采用。这对我是一种巨大的鼓励，加上家人的支持和热心人的帮助，极大地增强了我在这条路上前行的动力。大约如此，也就渐渐放胆写起"诗"来。

1971年从农村招工，我进入海龙县八一化工厂当徒工；1973年作为"工农兵学员"被选送到吉林冶金工业学校炼铁专业学习；1975年毕业分配到吉林省通化钢铁总厂当工人、做技术员，后来调到总厂机关从事宣传工作；1978年调入吉林省冶金厅，从事全省冶金行业的计划、规划和技术改造等工作；1982年考入长春光机学院（现长春理工大学），在管理工程专业学习；1986年任吉林省冶金厅计划处负责人。1990年又在中国政法大学在职学习。1993年调入冶金工业部，先后在政策法规司、政策研究室、科技规划司工作，其间还在中央党校在职学习两年，在武汉钢铁集团公司挂职工作了一年半。那些年，虽然岗位、职务变化比较大，但主要精力和业务始终在冶金部政策研究室的工作上。

2000年，中央国家机关机构改革，我被调到国家安全生产监督管理局，先后在监管三司、政

耕云种月

金磊夫诗词集

策法规司担任领导职务。国家安监局升格为总局后，任总局宣传教育中心主任，总局机关党委副书记、纪委书记等职务。2013 年退休后，当选中国煤矿尘肺病防治基金会副理事长，投身公益慈善事业。2015 年又被国务院安委会专家咨询委聘为专家。2004 年至今，先后被清华大学、北京大学、中国地质大学、吉林建筑大学等高校聘为教授。现为中国冶金作家协会会员、中国煤矿作家协会会员、中华诗词学会会员。几十年来，不论当学生、做农民、当工人、从政还是离开工作岗位以后，始终没有放弃对文学的追求和对诗歌的爱好，一直坚持利用业余时间学习和创作，从未停笔。

这次选编书稿，看着眼前 60 多册原创作品的"手写本"，摆起来竟有近 1 米多高。这是多年习作的"成果"，也是个人成长的印迹，更是社会发展进步的记录。

我认为，提高诗词创作水平，仅仅停留在文学知识的范围内是不够的，它需要多方面的文化素养，包括哲学的、历史学的、社会学的、民族学的、语言学的、修辞学的、美学的、心理学的等等。多年来，我不仅重视从书本上学习，更注重向大

师们学习,注重在实际生活中历练。特别有幸的是,在学习过程中得到了启功、雷抒雁、爱新觉罗·兆瑞、赵德润、赵茂峰、王红莉、梁东、吴晓煜等多位先生的悉心指教和多方面的帮助,使我的文学修养和诗词创作水平能够不断提高。

诗词创作已经是我日常生活中很重要的内容,成为我人生的一部分。朋友们评价说:"磊夫的诗情就流淌在他的血液里,他的话意就蕴涵在他的生命中。"听到这样的评价,我常常有些心跳,但这种说法还是比较客观的。实实在在地讲,这50多年间,尤其是最近30年,很多作品不是写出来的,而是从心里流淌出来的。

我觉得人的一生有此情趣爱好,可以陶冶情操,激励心志,聪慧思维,高尚行为,使人成为自己精神世界中独立的力量。诗言志,志生情,情动心。人生若没有志向,没有对生活的感悟,没有心灵的触动,对工作没有热情,对生活没有激情,对同事没有真情,对朋友没有感情,对家人没有亲情,不但写不出好的作品,也很难干好工作,生活也不会很愉快。与诗歌相伴,我生活工作在对真、善、美的追求之中,它给我带来一

种积极向上、乐观自信和磊落豁达的人生。《耕云种月——金磊夫诗词集》就是最真实的写照。

这里面的作品，有一部分在中央人民广播电台、吉林人民广播电台、北京电视台以及《中国冶金报》《中国安全生产报》《中国煤炭报》《中国应急管理报》《诗刊》《中华诗词》《大众文学》《星星》《绿风》《诗歌月刊》《现代文学》《阳光》《长白山词林》《新天地》《中国老年》《当代矿工》等电台、电视台、报纸杂志以及官网上发表过，受到好评，并在"华夏最美诗词大赛""全国诗词大赛""诗词中国创作大赛"等比赛中获奖。

这个过程中，有一件自己没有料到的事情：连五线谱都不太熟悉的我，作品如何会在《中国乐坛》《中国大众音乐》等刊物上发表，并在《世纪之声大奖赛》等一些音乐比赛中获奖。原来一些作曲家喜欢我的诗词，把我发表在诗刊和其他刊物上的作品作为歌词谱上曲，使之成为歌曲，并且很受欢迎，如《托起太阳》《紫荆盛开庆团圆》等等。以致后来一些作曲家和音乐期刊专门向我约稿。庆祝解放军建军80周年应邀创作了《子弟兵颂》，庆祝建国67周年应邀创作了《华夏赞歌》等等。

诗歌使我结识了阎肃、徐沛东、谷建芬、沈尊光、陈朝汉等音乐界的老师和朋友们。所以这次选编书稿时，我特意选了一部分集中放在一起，标题就叫《歌词》。

《耕云种月——金磊夫诗词集》中，所有的作品都是原汁原味，"原装"地拿出来奉献给大家的。之所以不做任何改动，意在让读者从中了解中国社会的变革和几代人的情思脉络以及我个人的成长经历。也正因为如此，才能真实地反映不同的时代特点和这个过程中的社会发展以及当时人们的思想感情。

《耕云种月——金磊夫诗词集》分为三部：

第一部《仰山风韵》。我将专门咏颂大山的诗词作品，集中选入这一册。这部分作品共有500首，其中诗488首，词12首。

第二部《澄怀雅情》。共选入自1969年以来的诗、词520首。这部分作品的内容有描写景物的，有抒情写意的，有叙事感怀的等等，其中：律诗、绝句418首，词102首。

第三部《思逸颂歌》。选入作品300首（篇）。与前两部相比，《思逸颂歌》中的作品，创作时间

跨度最长（自 1969 年至 2022 年），表达的文学形式也比较多，有现代诗歌、歌词、散文、随笔等等。

《耕云种月——金磊夫诗词集》的出版，是我阶段性文学创作的概括，也是我对自己人生的一个小结。用世俗的观点看，担任社会公职的人，似乎应该与文学多少保持一点距离。而我却始终认为，人的一生，必要的文学修养、艺术修养与理论修养、道德修养同样重要，不可或缺。文学能够开阔人们的视野，拓展心胸，坚定信念，激发热忱，陶冶情志，不但可以为人生增添色彩，更能够为建功立业提供精神动力。高尚的情操，美好的追求，对生活、对事业都是有益的，即使对于从政的人也并非可有可无。当然，任何时候形象思维都不可以代替科学态度，想问题、做事情、干工作一定要缜密稳重、扎扎实实，这也是我始终坚持的一条原则。

回首走过的人生道路，非常感谢从小学到大学我的各位老师、同学们，工作中的各位领导、同事们以及朋友和亲人对我的培养和帮助，对我的关爱和支持。感谢伟大的时代，感谢美好的生活，感谢所有关心、爱护、理解我的人们。也感谢文

思逸颂歌

学带给我精神上的愉悦。

　　我将不负期望，站在新时代、新起点上，老骥伏枥，勤奋笔耕，为传承祖国的优秀传统文化，实现中华民族的伟大复兴，做出积极的努力。

2022 年 5 月 22 日於北京

思逸颂歌

闲门即是深山
读书随处净土

磊夫先生 属书

丁亥仲夏

抒雁

《诗刊》杂志社原副总编、鲁迅文学院
常务副院长雷抒雁先生

以時而後知光大也

石磊先生雅正

愛新覺羅裕瑞

中国书画艺术委员会终身会员、华光书画院
副院长爱新觉罗·兆瑞先生

龍翔凤舞

中企艺术研究院院长、国资书画院院长何涛先生

北京名家世华书画院副院长、中国国际经济文化艺术协会
高级顾问张思科先生

意氣奔放

心歌流满

为金磊夫诗集题

壬寅夏 国权

大运河之家书画院副院长、中企艺联书画院副院长战国权先生

情思激荡
心歌飞扬

为金葫芦诗歌选集题

壬寅夏 孔祥美

著名书法家孔祥美先生

诗茶品江山

磊亥先生惠存

壬寅春月原国栋书於兵山

著名书画家康国栋先生

《思逸颂歌》前言

  《思逸颂歌》是《耕云种月——金磊夫诗词集》的第三部，收录了自 1969 年至 2022 年的作品 300 首（篇）。

  《思逸颂歌》与《仰山风韵》《澄怀雅情》两部书相比，文学体裁更丰富、表现形式更多样，可谓是"百花齐放""色彩缤纷"，读来会有一种新的感觉。

  之所以名为《思逸颂歌》，因为这些作品都是根据自己的所见、所闻、所思、所想、所悟、所感，从心底流淌出来的。有的昂扬激越，有的低沉委婉，有的可歌可泣……这些神思纵逸的文字和心声，最终汇成了一首脉动着时代旋律的歌。

  这些作品以现代诗歌为主，还有应音乐杂志社和曲作者之约创作的歌词，另有一些随笔以及在国外创作的有关作品。这些作品，是长达半个多世纪的社会经历和心路历程的真实记录。

  随着时代进步，经济社会等各方面都发生了很

大变化。为了真实地反映这个过程和这个过程中的人们，这次编辑整理作品时，对原作品没有任何改动。

诗，是一门语言的艺术。评价一首诗好不好，首先看它的"艺术化"程度有多高。诗歌是为思想和美感而写，两者融为一体才是好作品，古今概莫能外。按照这两条标准，多年来我孜孜不倦地追求和探索，从选取创作题材，到确定表现手法，甚至用词、用字等方面进行认真的研习和实践。

现代诗歌之所以为先锋，就是因为其具有一定的实验性。正是这种实验性，扩大了人们想象的空间，可以更灵活、更生动地表达心声。比如用拟人、借代、夸张的手法，用白描、渲染、虚实结合的方法，用直抒胸臆、借景抒情、寓情于景等多种表现形式，来表达心声，表现意境。我始终认为：每个人都可以试着写写诗歌，因为现代诗歌不必严于古人的五言七律、平平仄仄，可以"独抒性灵，不拘格套"。只要跟随自己情思的起落，记录刹那的灵感和思考便好。

对于我来说，诗歌既是一种含蓄、委婉的表达，又是一种率真、自我的袒露。人生总要写首像样的

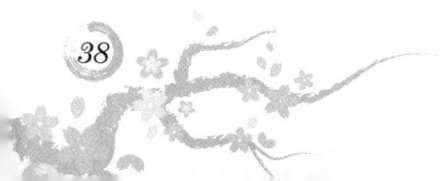

诗，不是为了向世人炫耀，而是记录真实存在的美好和值得记忆的瞬间。

诗是升华了的生活，生活是沉淀了的诗。诗歌的力量在于洞察，洞察是一种深刻的发现。在生活中发现创作灵感，发现身边一个个司空见惯的场景、一个个平平淡淡的事物，然后透过表象，重新定义，借助于诗歌这种形式，抒发你对生活的体验、对人生的感悟、对生命的观察和对世事的态度，用自己的声音，把它表达出来。《思逸颂歌》就是这样一首首、一篇篇地从心中流淌出来。其中有赞颂祖国的:《我的名字叫中国》《祖国颂》《炎黄子孙的骄傲》；有歌唱大好河山的:《挚爱家乡这片土地》《呼伦贝尔大草原》《亲近哈密》《只带眼睛去拉萨》等；有记叙我们国家发生的重大事件的，如:《祝贺"天问"成功着陆火星》《庆贺"辽宁舰"入列》《生死守望》《三星堆遥想》等；还有反映重大活动、重大事件的:《点燃圣火》《参观秦山核电站有感》《写在井冈山》《我家在太空有幢房》；也有抑恶扬善、歌颂美好的:《说另类》《礼赞胡杨》《小蜜蜂与花蝴蝶》《春天来了》《夜色美》《荷塘秋吟》等；又有享受生活、感悟人生的:《生命之美》《生

命的吟唱》《笑度人生》《浮世清欢》等；更有抒发情感，铭心励志的：《我们永远向太阳》《怀念父亲》《寄情》等；还有记述作者的所见所闻、心灵感受的：《钢魂曲》《与星星对话》《礼赞无名小树》《感谢这杯茶》《赞春苗》等；也有随笔，说茶道水、围炉漫话的：《赏雪品茗》《茶香与书香》《茶寄心语》《紫砂的风雅》《关于茶的随想》等；又有在国外考察时的异域感思：《我心中的世界之最》《相见欢·赞黄金海岸》《富士山随感》等；更有歌词：《托起太阳》《紫荆盛开庆团圆》《子弟兵颂》《我和春天有个约会》……

用诗歌记录时代，书写时代，讴歌时代的使命，回答时代的课题，反映时代的变迁，描绘时代的精神图谱，为时代画像，为时代立传，为时代明德。

当你打开这本诗集，我邀请你一起领略如朝阳在海平面初升般跳跃的诗心，共同在诗歌徜徉中，奔放情思，欢唱心曲，尽情体会美好的诗意人生。

2022 年 6 月於北京

目　　录

现代诗歌

思逸颂歌

41

耕云种月

金磊夫诗词集

思逸颂歌

耕云种月

金磊夫诗词集

思逸颂歌

歌 词

浏览世界

思逸颂歌

围炉漫话

耕云种月

金磊夫诗词集

随　笔

思逸颂歌

耕云种月

金磊夫诗词集

思逸颂歌

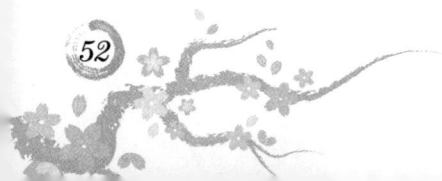

耕云种月

金磊夫诗词集

现代诗歌

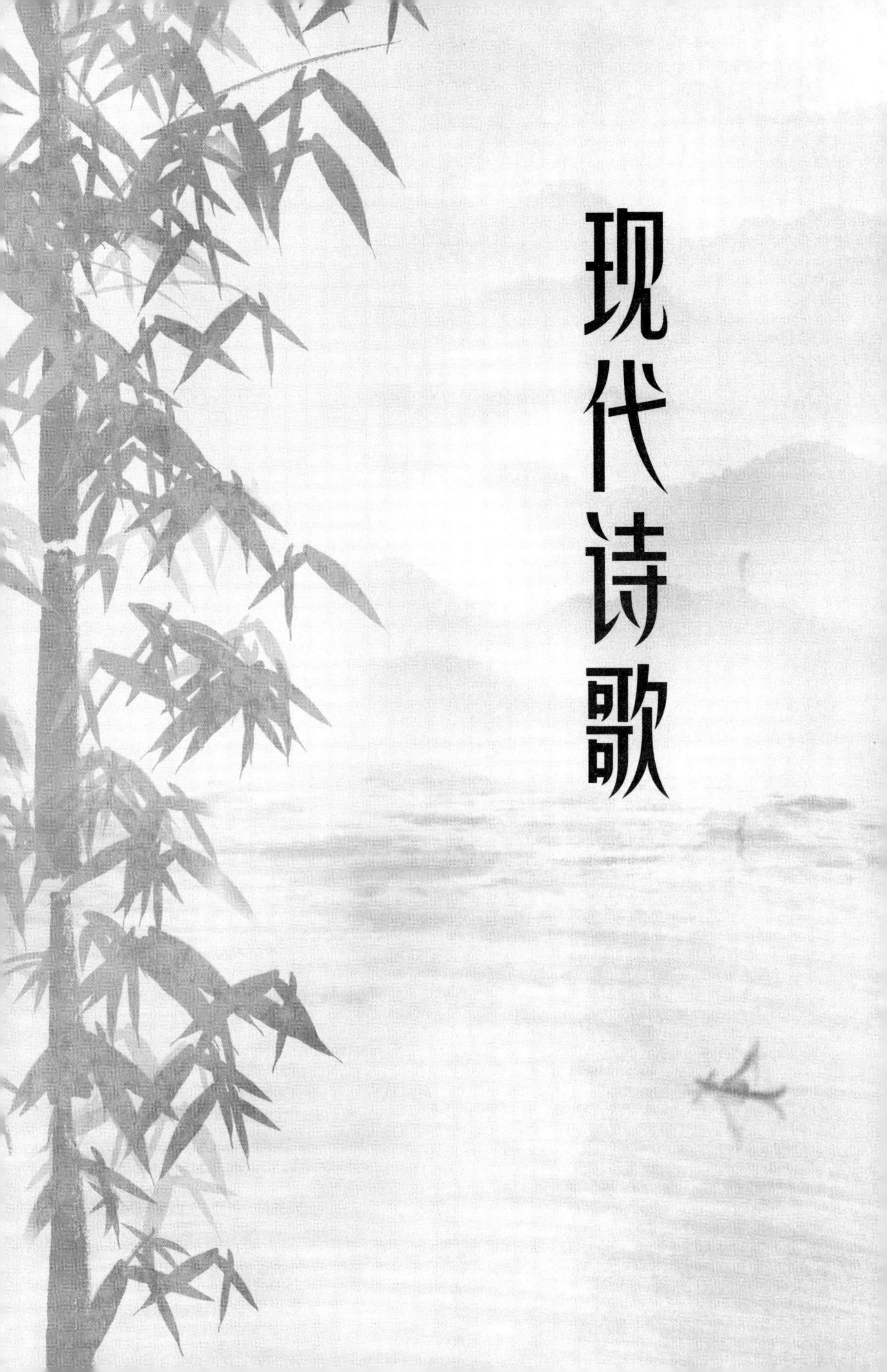

三星堆，是由三颗星星融铸成的金色记忆。

——访三星堆手记

三星堆遥想

这里有一个悲壮的故事
这里是一座燃烧着虔诚的圣殿

奔放狂歌，野性呐喊
圣火烛天，闪烁着神光的璀灿
王者手握玉制的酒器
子民手捧巨大的陶罐
身披兽皮
手舞足蹈
踏火祭天
巫师将柳枝蘸水洒向人们
烈火熊熊烟雾弥漫
祭坛盛大，祭礼庄严
响木击节，歌舞狂欢……

这是一个悲壮的夙愿
这是一座燃烧着企盼的祭坛

龙蛇虎豹、水牛凤凰

心中的图腾

人神共处同一个家园

青铜利剑金杖玉戈

愿平安吉祥充盈天上人间

祈祷血腥的祸乱离子民越来越远

高大的神树

栖息着九只金色的飞鸟

衔春而来挟爱而返

从太阳那里携来天赐的禾黍

撒播在神州的地北天南

……

2022 年 4 月 15 日夜
写于成都金沙宾馆

又记：

　　三星堆遗址位于四川广汉市西北。据考，至今已有3000~5000 年的历史，被称为 20 世纪人类最伟大的考古发现之一。昭示了长江流域与黄河流域一样，同属中华文明的母体，被誉为"长江文明之源"。

祝贺"天问"成功着陆火星

2021年5月15日上午8点20分，我国"天问一号"火星探测器，成功着陆火星乌托邦平原南部预选区域。

这是中国人首次在火星上留下痕迹，也是中国航天事业发展史上的重要里程碑，更是中国向太空进发的豪迈壮举。

> "祝融"探火，
> "天问"问天。
> 千年企盼，
> 今朝梦圆。
>
> 浩瀚宇宙，
> 欢迎来客，
> 炎黄子孙正在跨越非凡。
> 星辰大海，
> 任我遨游，
> 那里将成为我们新的家园。
>
> 抒豪情，
> 创伟业，
> 人类文明的圣火已经点燃。
> 中国，加油！

思逸颂歌

金磊夫诗词集

美好的未来向我们招手，
惊世的目标一定会圆满实现！

2021 年 5 月 15 日中午
作于新疆喀什

春天来了

盼来光阴奏响春天的旋律
盼来春风吹送季节的芬芳
采一束春光明媚
携一缕春暖花香

放飞情思
悠然畅想
让春雨欢快地飘洒
让春风尽情地激荡

看　春阳升腾生机勃发
瞧　春意盎然神采飞扬
今日立春
开启新征程的战鼓越擂越响

走进又一个芳华岁月
谱写又一页历史篇章
扬起竞发的心帆
让我们为美好的春天纵情歌唱

2021 年 2 月 3 日
（农历庚子年腊月二十二立春）

思逸颂歌

7

情 缘
——写给最爱的人

耕云种月

金磊夫诗词集

在我爱恋的港湾

三生石上刻下了心中的诺言

一世与君相伴

任凭斗转星移轮回无数

不问红尘

只因你一身戎装的侠肝与情愫

成为我魂牵梦绕的痴缠

大千世界里相逢

在烟雨江南深播你我的缘

一生守候天赐的女神

共度秋水长天

青阶扫月粗茶淡饭

心印志同形影相随诗书相伴

携手走遍天下不管此去经年

一万次对望

你点燃心中的篝火在松花江边

今生相爱无怨无悔

花前月下田中堂前
芳华如流情不褪色相依相暖
如梦的时光里滋养着柴米油盐
相通的心灵中浸透了苦辣酸甜

书香醇厚清茶氤氲花开无言
一抹霞光照轩窗
相濡以沫平添多少挂牵
落花拂过衣襟
收获装满心田
夕阳中依然岁月静好
与你闲敲棋子悠然诗画共享清欢

红尘摆渡过客万千
如果真有地老天荒
你便是我心中的永远
读懂南国的雨又下了几场
不必再去万水千山
追忆北疆的雪再飘洒几许
却是挥之不去的心心念念

流年深处
发黄的记忆中充满怡然
人生的故事里

思逸颂歌

青山巍巍溪水潺潺星光闪闪
成败荣辱只是过眼云烟
装满春香的世界早已化做一世爱缘
洇渡着我的灵魂和情感

2020 年 5 月 1 日
作于北京万象新天

又记：

  今天，与春香结婚 40 周年，作此献给我的爱人。天永
远，地永远，真情永远！

今夜无眠

捧一盏灯
照亮久恋的情愫
摘一颗星
守护不熄的时光

沏上一壶香茗
让沸泉在胸中激荡
打开一瓶岁月
将月色倒进琼浆

上苍将绝色的美
送给这个璀璨的晚上
此时欢声笑语
诗在流淌、心正飞扬

2019 年 11 月 10 日於通化

又记：

　　这里是我 45 年前工作过的地方。故地重游，往事历历在目。与老同学、老朋友相聚，非常高兴。特别是看到山城的巨大变化，无限感慨。夜不能寐，乘兴挥笔，记下无眠的今夜。

思逸颂歌

感谢朋友们

2018 年金秋，应好友盛情邀请，携妻西北之行留下了深刻的印象和难忘的记忆。特将这首小诗送给叶伟、晓瑜、海菲、维君、张瑾和同行的各位好朋友。

今宵畅饮美酒，
点点滴滴暖在心头。
塞上古城的十月，
汇聚着一群心心相印的朋友。

沙湖秋色美，
大漠风光秀。
西夏王讲述着久远的故事，
贺兰山向我们频频招手。
不朽的岩画镌刻着凤凰城过往的辉煌，
奔腾的黄河富庶着这塞北陇头。

驱车八百里，
乘风追日头。
去居延湖拥抱朝霞，
到额济纳热恋金秋。

啊，

三千年的胡杨与天地相守，

它坚忍不屈的品格，

给了我们新的觉知、新的感受，

启迪着我们重新整理情思，

设计更美好的人生追求！

捧起美酒，

敬——给我们带来欢乐的兄弟姐妹，

敬——魂牵梦绕的西北风情之游。

一饮而尽，

祝：

朋友们吉祥顺意，

愿：

友谊天长地久！

2018 年 10 月 12 日夜吟于银川

11 月 1 日整理於北京

思逸颂歌

人生畅想

——写在 66 周岁生日

剪一段春光，
可抵岁月漫长。

当经年往事，
结了厚厚的茧。
那些枯藤老树，
那些曲水流觞，
那些阳关故人，
那些荡气回肠……
都被晕染进，
春江花月夜，
滋润着岁月最柔最柔的地方。

走过平湖烟雨，
经历山高水长，
品尝酸甜苦辣，
放牧雨雪冰霜，
古稀之年，
只要内心有旖旎阳光，

就会
花开成景，
花落成诗，
福泰金安伴随你地老天荒。

沐一场春雨，
让岁月深情地成长。

2018年5月22日夜
作于北京雅韵轩

思逸颂歌

荷塘秋吟

耕云种月

金磊夫诗词集

假如生命可以轮回
假如这个秋天可以重演
我会用心中的线
细细缝补残缺的缘

我相信缘
摘取了一片深秋的莲叶
将它久久地留在身边
陪我听风唱雨吟
陪我看月缺日圆
原来这个世界如此美妙
没有你一定是人间最大的缺憾

秋雨飘过眼前
大雁南飞
叶枯花残
荷月不再
何处还有无穷碧
哪里寻觅别样鲜
只有一抹秋色涂蓝了整个天

无数莲蓬的眼
似乎早已看透我千百年

这不是对错
漂泊的人生
早已被风雨漫卷
传说中宁静的港湾
至今谁也没有发现
莫非是我走错了红尘客栈
注定今生黄沙漫天

我相信缘
多看了一眼飘着白云的天
秋风轻轻吹拂脸颊
陪我去游大千世界
陪我去看沧海桑田
曾经的亭亭玉立
至今仍一尘不染

捧起一朵笑脸
仍能清澈地看见我的思念
是什么感动了上苍
让你再次走到我的面前
栉风沐雨

思逸颂歌

耕云种月

金磊夫诗词集

水枯石烂

浩瀚心海中

那只风筝早已越飞越远

用深情的眷恋

托起了月色下曾经的红莲

2017 年 10 月 8 日
作于保定白洋淀边

杏花村随想

　　公元 830 年春，唐代大诗人杜牧路过汾州杏花村时，写下了脍炙人口的《清明》诗。

　　1915 年，汾酒在巴拿马万国博览会上，荣获"甲等金质大奖章"，成为酒品至尊。此后，汾酒以其独特的清香品质、清香品格、清香品味，连续多年蝉联国家名酒并被世人称道。

　　2017 年秋，随朋友来到山西汾阳汾酒集团参观学习。

　　置身酒乡，不由得深深感叹汾阳的历史，感慨汾酒的品质，感动杏花村的酒和诗……

　　　　空气中弥漫着醉人的醇香
　　　　猎猎酒旗悬挂了许久许久
　　　　我驱车在村前走过
　　　　惊喜了古槐树下那头老牛
　　　　从前的杜牧是否回来了
　　　　哼着那断魂的诗句
　　　　躬身探问：曾经的酒家如今可有
　　　　哦
　　　　千年岁月早已逝去
　　　　此地却依然激荡着风流

　　　　看惯了起落聚散圆缺
　　　　却挥不去尘世落花般忧愁

思逸颂歌

我不想用啼血的小诗
挽回你久别的理由
指路的牧童去了哪里
为何不来这迷失的村口
今天举杯无需再邀明月
哦
琼浆早已消魂
酣梦中想把杏花带走

2017 年 9 月 6 日夜
作于山西汾酒集团

又记：

在汾酒博物馆里，看到我国著名词作家、剧作家，曾任中国歌剧舞剧院院长、中国音乐文学学会主席的乔羽先生 1962 年到杏花村时，为汾酒厂的题诗：

劝君莫到杏花村，
此地有酒能醉人。
我今到此偶夸量，
入口三杯已消魂。

礼赞无名小树

　　在一望无际的内蒙古大草原上，偶尔看到零星的、不知名的小树孤独而立。虽然经风历雨，电闪雷劈，天寒地冻，雪压霜欺……在异常艰苦的环境中，它极其顽强地活着。

　　我由衷赞佩这样的生命。

你会不会笑
你会不会哭
在岁月悠悠的乐曲中
你是一个明亮而铿锵的音符
迎着凄风苦雨
你用根紧紧抓住泥土
即便无法站直
踉踉跄跄的你
也偃蹇地展现着弯曲的艺术

没有人赞美
没有人回顾
不屈的你
自己为自己祝福
一片绿叶也是快意
一根枝条也要欢呼

21

独守茫茫天地

习惯了无法逃避的孤苦

任沧桑变化

不悲不喜

不笑不哭

只是顽强地活着

因为你坚信

活着就有希望

活着就是出路

2016 年 8 月 29 日

写于呼伦贝尔大草原

挚爱家乡这片土地

因为冬雪浸润了白杨
这个季节就有了粗犷的味道
这味道用一片片洁白
连接起一片片同样洁白的美丽
洁白在人们的企盼中弥散着清香
清香在春日中复制着同样的回忆

因为春雨浸润了树林
这个季节就有了生动的味道
这味道用一片片嫩绿
连接起一片片同样嫩绿的山脊
嫩绿在人们的视野中弥散着清香
清香在惠风中流淌着同样的记忆

谁不挚爱这片土地
不管是北方的雪还是南方的雨
点点滴滴都饱含着眷恋的情意
我们会让水更美、天更蓝、山更绿
祝美丽家乡
永驻着迷人的魅力

2016 年 6 月 14 日
作于梅河口市海龙镇

思逸颂歌

心路上有你

朝霞起了

我在海边等你

夕阳落了

我在山上等你

月儿圆了

我在树下等你

杏花开了

我在春天等你

瑞雪飘了

我在新年等你

岁月老了

我在人生的路上等你

青春和鲜花都会凋零

只有开在心里的这一朵永远灿烂

天地情缘

任什么力量都无法改变

共同经历的一切都是财富

只要心情盛开

就会春色满园

用清朗的心去看待人生
得与失、荣与辱、成与败
都是风景和风情
不必意冷心灰
明白了过往
看透了世俗
一切都会释然

无所谓失去
只是放过
亦无所谓失败
只是经历
成功已变为历史
得到会增加负担
仅此而已
世事如过眼云烟
心静如水
功利奈何
你若不伤
岁月无恙

在时光里陪你
不计春秋
不惹悲凉

思逸颂歌

金磊夫诗词集

微笑前行

沐浴春风

尽享阳光

让我们放飞心情

共同追逐诗和远方

在长白山陪你

在都江堰陪你

在喀纳斯陪你

在海南岛陪你……

在人生的路上一直陪你

时光不老

我们不散

2015 年 9 月 25 日

作于北京万象新天

不倒的城墙

——致襄阳古城

传说中你是座古城
我便痴想
你曾是怎样俊美的儿男
英武将军
还是玉面书生
想你的金戈铁马
想你的大义凛然

传说中你是座名城
我便遥想
你曾是谁家婀娜的少女
金枝玉叶
抑或小家娇媛
想你的回眸一笑
想你的裙纱轻挽

传说中你是座小城
我便猜想

思逸颂歌

你掩藏着何等尊贵的矜持
悄悄离去
或者静待默然
想你的从容淡定
想你的风舒云卷

可我看你
分明是座义城
那烈烈旌旗
滚滚硝烟
集聚了多少豪杰的侠肝义胆
舍生忘死守家国
栉风沐雨为久安

桃园三结义
或者梁山好汉
不
他们都比不过你的刚韧和忠坚
这弹痕累累的青石
这伤而不倒的城墙
都是明鉴

2015 年 1 月 26 日夜
作于湖北襄阳

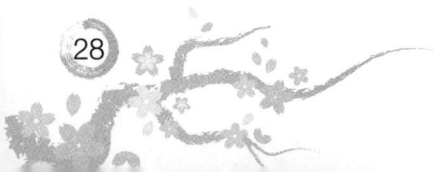

诗意边城

  古镇边城（古称茶洞）位于湖南省花垣县，与重庆市秀山县洪安镇以河相隔，是湘、渝、黔三省市的交界处，更是"一脚踏三省""鸡鸣闻三疆"的地方。著名作家沈从文笔下的《边城》写的正是这里。书中描写的白塔依旧耸立在山腰，拉拉渡木船还在清水河上摆渡，只是不见了当年的翠翠和她的爷爷。

  边城非常值得一看，虽然它不是著名的"观光胜地"，但足以让每位来到这里的人放下浮躁的心态，放松疲惫的身体，品味小镇的清静，感受安逸的生活。

> 边城如诗
> 绿水青山拥翠岛
> 青山如笔
> 狂草大地英气豪
> 翠岭似墨
> 挥洒蓝天万卷书
> 蓝天如纸
> 绘出小城处处娇
> 清河放歌
> 传唱三省姐妹情
> 人杰地灵
> 华夏儿女皆舜尧

思逸颂歌

随感

滚滚酉水涌清波，
手握尖山当墨磨。
倒提白塔似为笔，
敢向青天写诗多。

2014 年 11 月 20 日
作于边城小镇

又记：

　　朱镕基总理年少时，曾就读于坐落在这里的花垣县第
三中学。我们在这里有幸看到他当年学习的成绩单，各科
成绩都非常优秀。

寄 情

世间万物皆可弃，
惟有真情难忘记。
岁月流淌，
险路崎岖，
幸有朋友为伴，
同我共历风雨。

四季当有交替之时，
为职总有退隐之期。
岁月不老，
功过天记。
毕生倾情付出，
留下踏石痕迹。

不论近在咫尺，
还是远在天际，
心心相印，
因有灵犀。

思逸颂歌

人生若有再世，
重谢今生知己。

2013 年 9 月 2 日
於国家安监总局

注：

　　自 1968 年参加工作至今已有 46 年，今天正式退休离
开工作岗位。在此，真诚地感谢这么多年来所有关心、爱护、
帮助和支持过我的各位领导、同事、朋友和亲人们！

　　职场生涯虽已谢幕，但崭新的生活即将开始。自信今
后的日子也会更精彩。

耕云种月

金磊夫诗词集

朝着心中的目标走

沿着长城走
聆听先辈的嘱托

跟着长江走
感受时代的脉搏

朝着昆仑走
矗起心头的巍峨

随着黄河走
荡起胸中的激越

追着太阳走
笑迎七彩的收获

向着月亮走
闯过迷惘的困惑

沿着光辉的大道走
展开一片壮丽的春色

跟着时代的脚步走
高唱一首嘹亮的颂歌

朝着心中的目标走
建设繁荣昌盛的人民共和国

2013 年 8 月 28 日
作于北京和平里

耕云种月

金磊夫诗词集

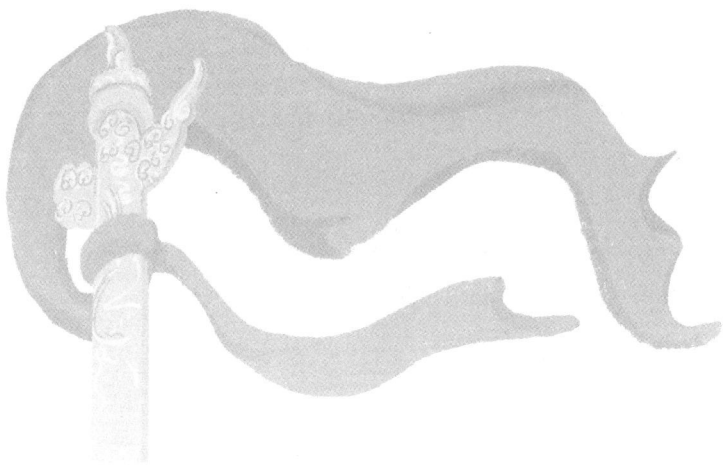

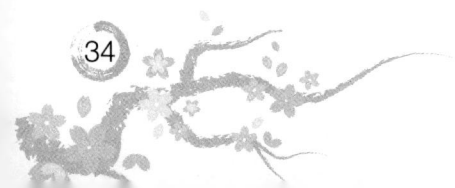

人生感悟

人生，是一次长跑。
在跋涉的征途中，
既有情趣也充满艰险。

人生，是一场盛宴。
只要出席，
就不可避免地要遍尝苦辣酸甜。

人生，是一次探险。
不管你是否愿意，
都必定经历各种各样的挑战。

人生，是一次攀登。
每个人都会以不同的方式，
达到自己生命的顶点。

人生，是一场梦幻。
得失成败功名利禄，
就是记忆中的过眼云烟。

人生，更是一场修炼。
风雨洗礼浴火重生，
寡欲清心好施乐善缘中求圆。

2013 年 7 月 7 日夜
写于北京养心斋

耕云种月

金磊夫诗词集

园汇天下客

第九届中国国际园林博览会^①，于5月18日在北京隆重开幕。园博园占地513公顷，约为颐和园的两倍，其中水面为246公顷。

这届园博会是促进生态保护，传播园林文化，倡导环保理念，推动城市建设的一次盛会，也是美丽北京建设中的一次集中展示。

所有的美丽都盛装出席
每张笑脸早已灿烂无比
一切都这样惟妙惟肖
春风将美好的时空尽情写意

所有的爱恋汇集在这里
每个笑容彼此这样熟悉
带着共同的祝愿
手牵手在花的海洋激荡情意

无论肤色语言有何差异
来到这里就有共同的话题
万紫千红拥抱远道而来的朋友
芳香为你拂面春光为你洗礼

---

① 园博会：每两年一届，从1997年开始举办。前八届举办城市分别是大连、南京、上海、广州、深圳、厦门、济南、重庆。

思逸颂歌

千年古都风华正盛
再次体现厚德传承和包容大气
斟满美酒为时代干杯
经典和时尚有着永恒的魅力

微笑着走进新北京的怀抱
精彩的世界有我有你
来吧，亲爱的朋友
在欢乐的节日共同步入盛典的宴席

2013 年 5 月 18 日
作于北京园博会

耕云种月

金磊夫诗词集

我的道白

不要把文学遗忘

它已融入你的血脉

逝去的是不能复制的时间

留下的是做为纪念的精彩

继续的是魂牵梦绕的情怀

用一生的真情去和诗词相伴

让灵感和文字恋爱

你的生活会充满阳光

你的人生将流光溢彩

只要心中有爱

春天会永远向你走来

今天播种的希望

明天定会成为一个时代

请允许我把真情的祝福送进你的心田

敞开坦荡的胸襟

去拥抱高山大海

放飞自由的思想

审视过去现在未来

纵横山海青春豪迈
老骥伏枥壮心不改
用精忠
挥写五千年激扬文字
用赤诚
抒发八万里天地情怀

2013 年 1 月 1 日
作于北京静心斋

后记：

　　黄毅先生在我的《岁月——心中流淌的歌》一书序中
写道："磊夫将写作融入了生活，是他人生的一部分。他的
诗情就流淌在他的血液里，他的话意就蕴涵在他的生命中。"
这既是兄长对我过去的肯定，也是对我今后的鞭策。

　　生命不息，笔耕不辍，当自勉。

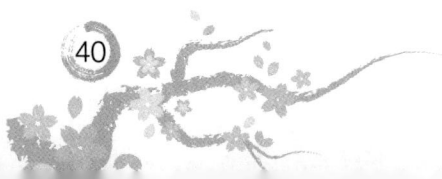

庆贺"辽宁舰"入列

2012 年 9 月 25 日，我国第一艘航空母舰"辽宁舰"，正式交接入列,这一天值得铭记。炎黄子孙的"航母梦"终于梦想成真。

从此，中国海军将乘风破浪，驶向深蓝，驶向远洋！

母亲——是嘉兴南湖的一只游船

儿子——是"辽宁"号航空母舰

一南一北虽相距千里

一老一少时隔不过百年

这一小一大却承载了亿万人心中久久的期盼

今天

公开他们的血缘关系

让世人悉心解读尽情阅览

游船是一位历尽风雨不屈不挠的伟大母亲

航母是一个盛世晚育钢铸铁打的英武儿男

母亲是源母亲是风

儿子是流儿子是帆

母亲早为儿子绘出宏图划定航线

儿子适时而出满旗高悬破浪扬帆

母亲开天辟地的魂魄赋予儿子无往不胜的肝胆

思逸颂歌

母亲只有一个
儿子却不孤单
有"蛟龙""北斗"相陪
还有"东风""神舟"为伴……
儿孙们济济一堂让母亲从此扬眉吐气挺直了腰杆

看吧
"辽宁舰"正带领他的弟兄们
抛洒母亲心中的彩练
把蓝的，铺向五洋
将红的，挂上九天

2012 年 9 月 26 日写于北京

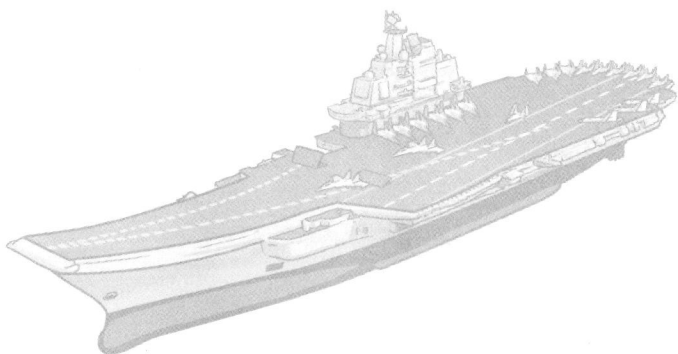

写意秋天

（外一首）

树叶在空中飘然落下。
是大树的抛弃？
还是风的摇曳？
都不是。
回到母亲的怀抱，
这是秋天
对大地最深情的致意。

秋色

桔子熟了，
秋天是橙色的；
葡萄甜了，
秋天是紫色的：
稻谷笑了，
秋天是金色的；
枫叶如火，
秋天是红色的；
松柏青翠，
秋天是绿色的；

思逸颂歌

43

晴空无云，
秋天是蓝色的；
溪水晶莹，
秋天是清亮的……

秋天如同多情的画笔，
把世间描画得色彩斑斓。

2012年9月5日
作于北京香山

亲近哈密

瓜以地名,地以瓜扬名的哈密,闻名中外。

地处新疆东部的哈密市,据说早在 7000 年前就有人类居住,古称"伊州"。这里文化积淀厚重,是古丝绸之路的东大门,自古就有"西域襟喉,中华拱卫"之称。

哈密是中原文明与西域文化的交融处,古老的丝绸之路文化和传统的伊斯兰文化汇集于此,使哈密成为一个集人文资源和自然资源于一体的旅游胜地。无数的奇珍异宝、文物古迹与绚丽迷人的自然风光,组成了一幅幅优美壮丽的画卷,令人惊叹不已。

一个扣人心弦的故事
讲述了充满喜悦的美丽
走进这个甜蜜的夏天
去寻找悠扬怡人的神奇

多元文化与多彩的风光
造就了哈密风情无限的经历
多个民族与多种民风的交响
在这里被演绎得如此酣畅淋漓

天山把乳汁融注大地
养育了英雄的各族儿女
呼吸着哈密清新的空气
和睦的真谛在心底透析

思逸颂歌

金磊夫诗词集

古老文明与现代文化聚合裂变
构成东疆别具一格的绚丽
哈密瓜甜美了整个时代
勤劳的汗水流淌着世世代代奋进不息

风姿绰约是你多情的倩影
亲近后才真正感受到你内涵的实际
自然纯朴是你深藏的感情
我会把你美丽的容颜深深隽刻在心里

你敞开胸怀迎接远方的宾客
奔放的热情把感动再次诠释
今天我们已收获了震撼的心灵
明天在这里一定会看到更多的奇迹

走进哈密
亲吻哈密
不管山高水长
不论千里万里
我心中永远拥有甜蜜的你

2012 年 7 月 28 日夜
作于哈密市

呼伦贝尔大草原

2012 年夏，由刘勇弟陪同，与延岐、春雷等好友走进呼伦贝尔大草原。从边城满洲里到草原深处额尔古纳，从奔腾的海拉尔河到宁静的呼伦湖畔，一路走一路看，享受着清新的空气，享受着碧草蓝天，感受着民俗民风的醇厚，体验着草原儿女真挚的情感……

碧草绿千里
白云拥蓝天
骏马原上飞
苍鹰空中旋
雉兔遍地跑
乱花迷草间
湖深鲤鱼肥
草嫩牛羊鲜
远山藏黛色
近林傲莽然
长河追落日
静湖卧月圆
琴引百鸟唱
星迷雉鸡欢
长调诵惠风

思逸颂歌

倩影舞丰年
奶茶香四溢
手抓肉满盘
羊羹伴美酒
痛饮长夜短
心语述不尽
不醉不归还

2012 年 7 月 18 日夜
作于呼伦贝尔草原

耕云种月
金磊夫诗词集

情系婺源

　　婺源位于江西的西北部,素有"书乡""茶乡"之称,被誉为"中国最美的乡村"。它是一颗镶嵌在赣、浙、皖三省交界处的绿色明珠。

　　在油菜花盛开的季节来到这里,你也一定会有特别的感受。

婺源
中国最美的地方
像一张立体的水粉画
娇美而温情
既多彩又清雅

粉砖黛瓦骑着马头墙
小桥流水吟唱百姓人家
钩住了
过客迷离的眼神
神秘着
江南世代的情话

在这里你会相信
婺源
理所当然地属于春天
更准确地说

思逸颂歌

49

是春天心甘情愿地属于她

在心情盛开的季节
到这里来吧
雾霭里寻找脑海中遍地金黄的油菜花
任凭车窗外景色不停变换
心中流淌的只是一片金灿灿的光华

难道
现实就这样吝啬
只为人们实现一点点小小的奢华
莫非
奢华总是这样多情
喜欢在春天的阳光里和你我悄悄对话

2012 年 5 月 30 日
作于江西婺源

点燃圣火

第三十届伦敦奥林匹克运动会圣火，于今天 12 时 11 分在位于希腊西南部的古奥林匹亚运动场正式点燃。

仿佛又听到，
那来自远古的呐喊，
阿波罗神又将圣火点燃。
跋涉者加快了追赶的脚步，
仰望着那个奔跑的少年。

少年头戴达芙妮的桂冠，
眸眄着，
一步步登上神坛。
他用汗水、刚毅和友善，
在人们心中刻下了永恒的誓言。

这个星球太多求索、太多执念，
得到的终将逝去，
逝去的渺如云烟。
相信在征途的某个夜晚，
梦会悄悄地在情思中漫延。

每个你都企盼到达成功的彼岸，
即使是棵小树，
也会将枝叶努力伸向蓝天。
明天的枝头上，
果实能够听到春天的呢喃。

奔跑吧，
英雄的少年，
这个世界正在改变。
在崇尚更高、更快、更强的时代，
我用目光为你加冕！

2012 年 5 月 10 日夜
作于北京奥运村

炎黄子孙的骄傲

咱的父母叫龙凤
咱的祖先是炎黄

你问我家在哪里
就在太阳升起的地方
这里有一只雄鸡放声歌唱
唱得春风万里风雷激荡
这里有嫦娥飞天常值月
带着神舟在太空自由翱翔
这就是我的摇篮我的家乡

你问我长得什么模样
看喜马拉雅高昂的头颅
听长江黄河澎湃的胸膛
长城运河是我扎束的腰带
泰山昆仑是我耸起的肩膀
五千年文明光耀世界
这就是我的品德我的形象

你问我有多大胆量

愚公移山大禹治水女娲补天

敢上九天伴日照寰宇

能下五洋捉鳖战风浪

珠峰是我问天的佩剑

太空是我遨游的天堂

这就是我的气魄我的理想……

骄傲——咱的父母是龙凤

自豪——咱的祖先是炎黄

2011 年 10 月 1 日
作于北京雅韵轩

我的计算机语言

我"打开"珍藏的记忆，
"搜索"每一张笑脸；

我"点击"走过的路程，
把苦乐酸甜认真"查看"；

我"移动"成功的喜悦，
让大家"共享"收获的甘甜；

我"复制"高尚的品德，
把它牢牢"粘贴"在心间；

我"收藏"无私的关爱，
把真善美"最大化"到"桌面"；

我"删除"一切烦恼，
紧紧"关闭"丑陋的空间；

我"全选"精彩的世界，
把动人的故事认真"浏览"；

我"新建"精进的"路径",
把理想"内置"在"硬盘";

我"下载"所有真诚的祝福,
把它"保存"到永远!

2011 年 7 月 18 日夜
作于北戴河干部学院

常言道：人活一口气。我理解，就是要争一口气、吐一口气，活得气宇轩昂，活得精彩奔放。

所以，对于每一个人来说，休养生息，首先当以养气为要。悠悠万事，惟此为大！

养 气

多读书养才气
勤思考养精气
慎言行养清气
重情义养人气
能忍辱养志气
善处事养和气
讲责任养贤气
系苍生养底气
淡名利养正气
能宽容养大气
不媚俗养骨气
善作为养锐气
敢担当养浩气

2010 年 11 月 16 日
记于北京养心斋

思逸颂歌

捧起井冈山的米酒

捧起井冈山的米酒
点点滴滴都在心头
青山碧水绿着天地
镰刀斧头红了春秋
弯弯弦月
照着朦胧的身影泪别亲人
漫山杜鹃
迎着朝霞映红竹楼
打江山洒尽满腔热血
求解放任凭风狂雨骤
高举战旗
赴汤蹈火敌忾同仇
......
今天
我们收获先烈的播种
仰望井冈忠魂
——热泪洒满胸口

捧起井冈山的米酒
点点滴滴牢记心头

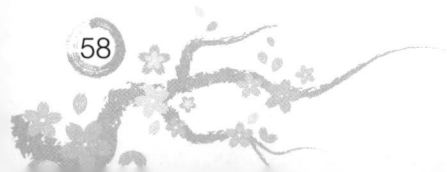

黄洋界的炮声为新中国奠基
八角楼的灯光照亮满天星斗
信念铸就众志成城
星星之火燃遍万里神州
紧握枪杆子就有天下
只要红色别无他求
今天
我们来到井冈接受洗礼
跨上新征程在这里加油
珍藏起挑粮小道上的枫叶
让心灵与南瓜汤世代相守
……
捧起美酒
献给英雄的井冈
一饮而尽
祝——红旗高扬精神永久

2010 年 10 月 25 日
写于井冈山茨坪

思逸颂歌

写在井冈山

　　金秋 10 月，中央国家机关工委组织各部、委的机关党委书记在井冈山进行培训。

　　在这里，心灵又一次受到洗礼，理想信念再一次得到锤炼，进一步增强了建设社会主义现代化强国的责任感和使命感。

　　对我们是感悟，
　　于红军是觉悟。
　　对我们是感受，
　　于红军是经受。
　　对我们是体验，
　　于红军是考验。
　　对我们是在学习井冈山精神中解读生死，
　　于红军是用生死铸就井冈山精神。
　　对我们是在继续光荣中发扬革命传统，
　　于红军是用流血牺牲的革命使传统光荣。

　　红军——我们
　　不同的时代信念不变
　　共同的理想一脉相承
　　五星红旗下十三亿英雄儿女
　　在困境中拼搏

在奋进中创新
在井冈山精神引领下共举国兴

精神的力量战无不胜
井冈山
把精神注入我身、融入我心
十月的井冈山
让我永存记忆
践行终身

2010 年 10 月 15 日夜
写于井冈山干部学院

思逸颂歌

我的名字叫中国

耕云种月

金磊夫诗词集

我是宣纸上那遒劲飘逸的汉字，
在水墨的流线之间，
延续着一个民族五千年的风范。

我是马头琴上流淌的音符，
在雄鹰的翼展之上，
飞扬着对于幸福家园深深的眷恋。

我是东北平原上那饱满的谷穗，
在肥沃的黑土地上，
永不放弃对于丰收的诺言。

我是珠穆朗玛峰上洁白的冰雪，
在距离太阳最近的地方，
把生命融化成滋养大地的甘泉。

我是地平线上那一片辉煌，
我是锦绣山川那一片新绿，
我是浩瀚太空那一片蔚蓝……

温良恭俭是我的性格，
兼容天下是我的情怀，
初升的朝阳便是我永不改变的容颜。

我的名字叫中国！
昨天在人类历史的长河中曾创造了辉煌，
今天在引领世界的潮流中风采依然。

2009 年 10 月 6 日夜
写于北京万象新天

思逸颂歌

富强、民主、文明、和谐的中国，是 56 个民族共同拥有的美丽家园。

九百六十万平方公里的神州大地上，五千年的文明积淀厚重博大。这里到处都有感天动地的故事，到处都会看到绚丽迷人的风光，到处都能感受到催人奋进的力量。

谨以此献给中华人民共和国成立六十周年国庆！

神州放歌

第一章　江山多娇

当太阳再一次从东方升起

看五岳迎旭日

听三江唱和弦

鱼跃东海

浪拍西沙

金披陇上

雨洗雁塔

安顺横空飞巨瀑

平湖惊世出高峡

衡山奇峰竞秀

洱海渔歌悠扬

和煦的春风吹遍了玉门关内外

明媚的阳光洒满了心中的香格里拉

冬傲塞北银装素裹

夏美九寨碧水如蓝
秋染香山枫栌似火
春绿岭南如诗如画
黄山因你松奇
白山为你雪皎
锦绣中华才有这
"阳朔甲桂林"
"苏杭名天下"
登泰山迎日出
览黄河看惊涛
宿天山伴晚霞
赏蜀南竹海看江城雾凇
听庐山恋歌览雄奇三峡
探访武陵源
夜游雁荡山
揭秘神农架
胸有昆仑我们肩挑日月
拥抱大漠我们点化金沙
用天池碧水洗礼身心
任海角椰风亲吻脸颊
丝绸之路再次洒满欢快的驼铃
玉龙雪山真情献出洁白的哈达
……
啊
江山如此多娇
叫我怎能不爱她

思逸颂歌

65

第二章　地灵人杰

山海关舞动长城万里逶迤

大运河连通京杭千帆竞发

峨嵋金顶照亮了满天星斗

五台钟声缭绕着千年古刹

珠峰昂首聆听着阿里山的对唱

洪湖扬波思念着日月潭的浪花

极目楚天舒

黄鹤归来觅高楼

"落霞与孤鹜齐飞，秋水共长天一色"

滕王阁流传着绝世佳话

岳阳楼坐视洞庭一碧万顷

沙鸥翔集、跃金浮光

"欲穷千里目"的吟唱

使今天的鹳雀楼更加雄姿勃发

都江堰、坎儿井流淌着大智大慧

祈年殿、颐和园辉煌着秦砖汉瓦

天、地、日、月四坛祈福

故宫里浓缩了文明古国厚重的年华

月照长安、卞梁，

古都显得神圣庄严

风唱深圳、浦东

新城犹如锦上添花

看祥云簇拥着昨天的茶马古道

今天我们又将天路通向雪域拉萨

在西昌送走卫星

在酒泉迎来飞船

炎黄子孙登天的宏愿

从此不再是梦中的神话

"蛟龙"潜海

"嫦娥"追月

英雄儿女继往开来

用智慧和勤劳

构建着繁荣富强的共和国巨厦

第三章　天宝物华

金秋十月

信步泉城听水吟

清明时节

团坐西湖品新茶

走进周庄小驻西塘

倾心体验古镇的清幽静雅

漫步绩溪梦回丽江

尽情享受小城的质朴无华

葡萄熟了吐鲁番

耕云种月

金磊夫诗词集

醉了茅台笑了牡丹甜了哈密瓜

北国红松江南稻米

武夷香茶长白人参雪山莲花……

五谷丰登富裕着凤子龙孙

雨顺风调滋润着万户千家

侗族大歌唱着天籁之音

纳西古乐述说着大唐的盛世繁华

少林功夫武当拳脚

抒发着侠肝义胆的民族豪情

乐山大佛敦煌壁画

灿烂着真、善、美的东方文化

五千年文明写下了三星堆不朽的史实

七千年历史留下了河姆渡惊世的佳话

龙门石窟应县木塔巧夺天工

钱江大潮潞南石林天造地化

边关风情草原牧歌水上人家

多像一首首田园诗

儒宗曲阜道源三清莲开白马

就是一幅幅绚丽的画

……

看不够啊，爱不够

华夏的每一寸土地都充满生机

神州的每一天都英姿勃发

我爱你，美丽的中国

我爱你，世界的中华

2009 年 10 月 1 日
作于首都北京

思逸颂歌

淡　泊

阅尽浮华，
世俗被看得很透很透。
守心砺志，
磊落坦荡着春秋。
蓦然回首，
发现这条路已经走了很久很久。

当回忆唤起美好的憧憬，
才感慨得失之间原本互相拥有。
宁静的心灵中，
世界给了我们一个理由：
经历沧桑，
淡泊更胜一筹。

浮华如过眼云烟，
没有根基，
言何持久？
平实心态才真如自在，
历览经纶，
把天地一胸收。

2008 年 8 月 6 日於北京

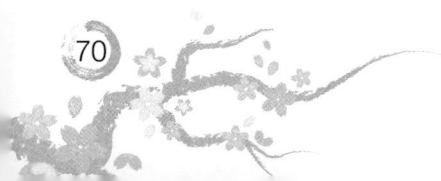

只带眼睛去拉萨

背起行囊
轻装出发

让耳朵休息
给嘴巴放假

探访净土
只带着眼睛去拉萨

这次进藏
就是要多跑细看"下马赏花"

把所有的圣境都纳入行程
让视觉和心情享受一次难得的奢华

将看到的一切摄入灵魂
让记忆的负荷尽可能加大

眼睛富有了
精神也一定会更加焕发

2008 年 7 月 16 日夜
写于北京（西）至拉萨的 Z21 次列车上

又记：

盛夏，携妻和朋友们一道，乘坐北京开往拉萨的列车，在开通不久的"天路"上飞奔。列车经石家庄北、太原、兰州，驶出西宁后，过青海湖、过柴达木盆地、穿昆仑山口、穿不冻泉、跃通天河、跃唐古拉山口、跃纳木错湖……在离开北京43个小时之后，来到了被称作"世界屋脊"的西藏拉萨。

这里是"世界第三极"，是"离太阳最近的地方"。在这里，亲身感受到了雪域高原特有的美，特有的民俗民情和特有的高原文化。真正体会到了什么是灵魂，什么是信仰，什么叫"一片净土"，什么叫"人间天堂"。

神奇的西藏、神奇的高原、神奇的雪山、神奇的寺院……真的让人看不够。

生死守望

——记汶川大地震

大地只抖了一会儿
却让我们的心一直在震颤
八万多条鲜活的生命
连同几十万个健康的身体
一瞬间便坠入了可怕的深渊

风将无情的噩耗传送
雨让悲痛的泪水难干
生命不该这样脆弱啊
天不能这般无情
地不该如此狂癫

倒下了我们的父母兄妹
倒下了村庄、城市
倒下了高山、大川
"5·12"这个黑色的日子
记下了这场天塌地陷的灾难

思逸颂歌

73

面对大灾

四川没有倒下

汶川没有倒下……

没有倒下的还有坚强

没有倒下的还有信念

坚忍书写着生命不屈

意志丈量着生死底线

痛苦但绝不流泪

灾难中的人们啊

依然从容依旧昂然

残墙断壁中

在亿万吨坍塌的

钢筋混凝土的缝隙里

顽强的呼吸和不息的脉动

绽放着生命永不凋谢的灿烂

在房倒楼塌的一瞬间

年轻的母亲跪着用双膝和双臂

拼死撑住垮落的楼板

身下的婴儿活下来了

她用柔弱之躯诠释了母爱至高无上的尊严

在教学楼倒塌的那一刻
老师不顾一切把学生拉进讲桌下
学生们得救了
他用身体紧紧地护着讲桌
死得如同雕塑一般

压在废墟下的孩子们
唱着国歌相互鼓励
他们坚信
一定会有亲人来解救
一定能活着一定会平安

现场指挥的总理熬红了眼睛
"只要还有一线希望，绝不放弃救援"
舍生忘死的将军和士兵们
累倒下了
就是倒下头也朝着汶川

多救一个
多救一些

金磊夫诗词集

责任在血液里奔流
跟时间赛跑与死神决战的壮举
惊世界、泣鬼神、动地感天

瓦砾下刚刚被救出的三岁娃娃
把小手高举过还在流血的头顶向恩人敬礼
稚嫩的倔强中
我们看到了这个不屈的民族
充满希望的明天

世间真情
在灾难中升华
人性本善大爱无边
生者创造了生命的奇迹
逝者座座丰碑重于泰山

心连心多难兴邦
十三亿双臂膀拥抱着灾区
手挽手众志成城
不屈不挠的民族
有能力战胜天灾重整河山

用爱书写重生的奇迹
用坚强重建更美好的家园
无悔今生无愧明天
这是我们——大灾面前的炎黄子孙
对生命的最高礼赞

2008年5月15日深夜
写于国家安监总局

思逸颂歌

耕云种月

金磊夫诗词集

歌唱十月

——庆祝中国共产党"十七大"胜利召开

十月的太阳

放射着金色的光辉

十月的天空

闪耀着碧蓝的颜色

十月的大地

在欢庆收获的季节

十月的江河

在礼赞繁荣昌盛的岁月

"科学发展"

凝聚了全党的智慧

太平盛世

是十三亿人民力量的集结

"全面建设小康社会"

实现中华民族伟大复兴的宏愿

激励着华夏儿女

能上九天揽月

敢下五洋捉鳖

在鲜红的旗帜下
龙的传人意气风发
正推动着世界
走向和平和睦和谐

2007 年 10 月 15 日
作于国家安监总局宣教中心

思逸颂歌

79

我心中的世界之最

世界上最恬静的图书馆，

在剑桥的小河旁^①，

我在那里阅读心绪；

世界上最优雅的画廊，

在澳大利亚黄金海岸，

我在那里素描时光；

世界上最美妙的音乐，

在维也纳金色大厅^②，

我在那里享受畅想；

世界上最动人的盛典，

在奥斯陆市政大厅^③，

我在那里见证了人类的辉煌；

世界上最动听的神话，

在南非的太阳城，

我在那里演绎回忆；

世界上最闲逸的书房，

在阿姆斯特丹的风车旁，

---

① 英国剑桥大学，就坐落在剑河边。这所著名的学府，不仅造就了众多世界科学巨匠，而且还培养出许多国家元首。

② "金色大厅"不仅属于奥地利的荣耀、更是世界的音乐殿堂。

③ 世界"诺贝尔和平奖"在这里颁发。

我在那里雕刻思想；

世界上最迷人的风采，

在阿尔卑斯山的"卡伦堡"^①，

我在那里放牧太阳；

世界上最浪漫的春风，

在巴黎的塞纳河^②边，

我在那里领略潮流感受时尚；

世界上最神圣的殿堂，

在圣多里尼的海蓝屋顶，

我在那里续写生命乐章；

世界上最流畅的曲线，

在意大利热那亚湾，

我在那里把心路丈量；

世界上最豪华的航道，

在非洲赞比西河^③，

我在那里驰骋霞光；

世界上最优美的旋律，

在两洋交会的"好望角"^④，

---

① 卡伦堡是阿尔卑斯山脉东端的一座山峰。站在山顶，维也纳全城尽收眼底。若天气晴朗，向东可以看到匈牙利。

② 逶迤流经市区的塞纳河，为巴黎增添了更多的灵气和魅力。

③ 赞比西河全长 2700 多公里，是非洲大陆向东流入太平洋的最大河流，也是赞比亚与津巴布韦两国的界河。乘船看"长河落日"，是来到这两个国家的客人们的"必修课"。在船上目送太阳"下班"，是一种特殊的享受。

④ 太平洋与大西洋在这里相拥，两种不同颜色的海水在这里交汇交融。

思逸颂歌

我在那里聆听海天同唱；

世界上最动人的情怀，

在哥本哈根朗厄里尼①，

我在那里读懂了美人鱼的忧伤；

世界上最动听的语言，

在维多利亚②的飞瀑中，

我在那里心灵交响；

世界上最博大的胸襟，

在勃朗峰之巅，

我在那里感受自然的力量；

世界上最明媚的春天，

在北京天安门广场，

我在那里高高地放飞理想；

世界上最宏大的体育场，

在中国的奥运村，

我在那里将跑道划向了

五大洲的每一个地方……

2007 年 9 月 18 日

作于北京地坛

---

① 世界著名童话里的"美人鱼"，静静地坐在这个海湾的礁石上，忧伤地凝视着大海。

② "维多利亚瀑布"是世界上最大的瀑布，位于津巴布韦与赞比亚交界的赞比西河中段（1885 年英国传教士探险时发现并以当时女皇名字命名），总宽 1688 米，最大落差 108 米（分别约为北美洲尼亚加拉瀑布的 1.5 倍和 2 倍）。瀑布气势磅礴，其轰鸣声及高达 500 多米的水雾，在数十公里内可闻可见。

神笔飞龙

　　华夏是龙的国度。数千年来，龙已成为中华民族的象征和凝聚民魂的精神力量。

　　王易生先生以弘扬龙文化为己任，深情于龙的精神和灵气，在继承传统书法的基础上，不断创新，以气驭笔，一笔书龙，气势磅礴，大器天成，堪称中华书苑一朵奇葩。今应邀出席在钓鱼台国宾馆举办的"王易生驭气飞龙展示会"，有感：

　　　　因为是龙的传人龙的故乡
　　　　才有这腾飞的思想和惊世华章

　　　　沧海桑田星移斗转
　　　　图腾中铸就华夏仁德礼智诚信和坚强……

　　　　飞彩扬墨上下求索五千年
　　　　思辨明志厚积薄发养晦韬光

　　　　蓦回首啸傲蓝天
　　　　驾风云唤日月扶摇直上

　　　　龙子龙孙风发意气
　　　　今天的世界才如此辉煌

　　　　　　2006 年 11 月 25 日
　　　　作于北京钓鱼台国宾馆

思逸颂歌

太阳与月亮

幸福的男人和幸福的女人
相约会面
七色光
为他们架起了绚丽的彩虹

男人从太阳里走来
带着火热
他敞开臂膀
把月亮拥入怀中

女人从月亮中走来
带着温柔
她吻他的前额
送给太阳一片真诚

月亮
用清纯感化着生灵
太阳
用热烈灿烂着苍生

男人和女人
共同创造了这个世界
太阳和月亮
让人间充满了温馨洒满了光明

日月结合
这个辉煌的"明"字
使宇宙间
拥有了永远的恢宏

幸福的太阳和幸福的月亮
让生命不息
幸福的男人和幸福的女人
使天地永恒

2006 年 11 月 22 日深夜
作于北京和平里

思逸颂歌

颂五粮液

　　今访问五粮液集团有限公司，不仅被其精湛的传统工艺所倾倒，而且再次受到华夏 3000 多年酒文化的熏陶。

荟五谷之灵秀
融大地之菁华
琼浆玉液源自天府

窑里乾坤
杯中日月
瑞气升腾中迎祥纳福

国运昌酒运
名酿致民富
承传国粹大师不负高天厚土

举杯相约
民族复兴
龙子龙孙大展盛世宏图

2006 年 6 月 18 日
作于五粮液集团有限公司

又记：

　　五粮液集团有限公司，位于"万里长江第一城"——宜宾市。现存明代地穴曲酒发酵窖池，已有600多年的历史。由此奠定了五粮液辉煌史的基础。

　　五粮液人用智慧、勤劳酿出的美酒，香得山高水远，香得地久天长，醉美了人间600多年的时光。由衷地希望：五粮琼浆不但源远，更要流长！

思逸颂歌

建筑与生命

每年的 4 月 28 日，是国际劳工组织确定的"世界安全与健康日"。

2006 年世界安全与健康日的主题是"关注建筑安全"。国家安监总局宣教中心会同国际劳工组织北京局，在奥运水立方建设工地，共同组织开展了以"关注建筑安全，关爱建筑工人"为主题的大型宣传活动，在社会上产生了很好的影响，也得到了国际社会的积极评价。

我作为这项活动的总指挥，有感而发，作此题记：

建筑
源于本能的生机与造化；

建筑的生命
源于人类的智慧与升华；

建筑工人的生命
源于对创造新世界的追索与奋发；

当建筑与生命紧紧地结合在一起，
给人们留下的便是丰碑和神话。

2006 年 4 月 28 日上午
作于奥运水立方建设工地

孔府礼记

今到山东曲阜，参观孔府、孔庙、孔林，深入感受儒家文化。

这里曾经诞生了中国古代最伟大的思想家、政治家、教育家——孔子（公元前551年9月28日—公元前479年4月11日）。以他为代表的儒家思想，对后人、后世产生了极大的影响。

松柏参天
显圣人不凡身影
广厦飞檐
耀哲儒慧光门庭
一代宗贤令世人敬仰
万世师表集天下大成

东方这片圣地
积淀了五千年华夏文明
"中庸之道"以和为贵
忠孝礼义世代传承
教育为先富国兴邦
以人为本重在民生

2005年9月28日
写于山东曲阜

思逸颂歌

真　诚

塑像
用花岗岩雕刻
洪钟
用青铜铸成
造就我的
则是真诚
从上到下从里到外
每一个细胞都饱含着无限的真诚
事事处处时时刻刻
公道做事磊落为人
人生征途上的每一个脚印
刻下的都是真诚

相敬如宾相濡以沫偕老白头
是我对爱情的真诚
知恩图报尊老爱幼热恋故土
是我对亲人的真诚
肝胆相照推心置腹风雨同舟
是我对朋友的真诚
勤奋敬业直面挑战执着进取

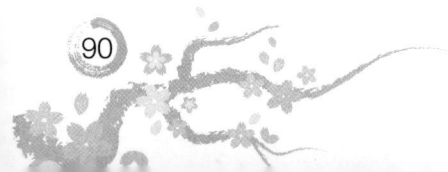

是我对事业的真诚
乐于奉献义无反顾生死不忘
是我对祖国的真诚
……

坦诚是我的习惯
沉静是我的特征
好学是我的品格
宽容是我的天性
真诚是我生命的全部
真诚使我成为情感的富翁
假如有一天
我幻化为白云
我的真诚会为你送来轻风
如果有一天
我像一颗种子埋入地下
仍会为你带来耕耘的喜悦收获的成功

2004 年 6 月 14 日
於国家安监总局宣教中心

思逸颂歌

鄂尔多斯草原

鄂尔多斯，蒙语意为"众多的宫殿"。它地处鄂尔多斯高原腹地，平均海拔 1000~1500 米，草原面积 1200 平方公里。

鄂尔多斯有着悠久的历史和灿烂的文化，3 万年前，这里是"河套人"繁衍生息的地方。一代天骄成吉思汗在这里留下了千古绝唱。

鄂尔多斯为什么庄重？
她曾牵动圣主的眼睛。
你可听到远古奔腾的蹄声，
久久回荡在蓝色的苍穹。

为什么这里如此安静？
它在默默祝福草原的繁荣。
你可看见成陵巍峨的宫殿，
静静安息着天骄的魂灵。

神奇的苏鲁定为什么威猛？
它是我们崇尚和平的象征。
你可听懂百灵的歌唱，
日夜赞美着祖国的安宁。

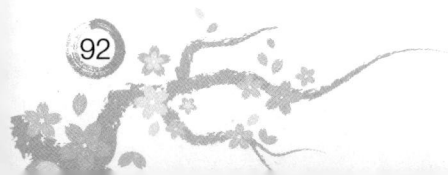

从来没有哪片草原，
让人感到这般神圣。
吉祥的鄂尔多斯，
我要把你时刻铭记心中。

从来没有哪个地方，
让人能够如此动情。
美丽的鄂尔多斯，
我要把你永远永远传颂。

2004 年 5 月 18 日夜
记于鄂尔多斯草原

思逸颂歌

感谢这杯茶

拿得起
放得下
笑对这杯茶
权重能严以自律
位卑亦坦荡潇洒
进得高堂出得家
才算有造化
得志不忘乎所以
失意不神乱情麻
多啥
少啥
什么高低贵贱
统统不在话下

看透世态炎凉
心里什么都能装下
明天还没到
昨天已过啦
活的是今天做的是当下

无欲天自高

有容地博大

放得下自己

拿得起天下

何牵

何挂

笑对世事百态

感谢这杯茶

2003 年 9 月 6 日

於北京天坛公园茶楼

思逸颂歌

携手同行

我知道
你在尽责
我在躬行
我们肩负着共同的使命
都在不懈奋斗
努力践行着精进的历程

我知道
我不属于你
你不属于我
但我们是连在同一根轴上的两个车轮
都属于这个前进的时代
不可或缺相辅相成

我知道
事业成就你
事业成就我
事业使我们情志和融
我们是伙伴是战友
是亲如手足的姐妹弟兄

我们心手相牵风雨同舟
我们同喜同忧苦甜与共
共振的思维使我们目标共识
共鸣的感情让我们心心相通
同行——携手迎接美好的未来
同行——创造更加自豪的人生

2003 年 6 月 20 日深夜
作于国家安监总局宣教中心

思逸颂歌

有感于麦积山石窟

耕云种月

金磊夫诗词集

　　麦积山石窟为中国四大名窟之一。位于甘肃天水市东南约90华里，在僧帽山、罗汉岩、独角峰等奇峰的环抱中，拔地而起，北跨清渭，南近两当，五百里岗峦，麦积山处在其中，如同一整块巨石鹤立。麦积山因之山势团团，形如农家麦积之状，故有此名。石窟就开凿在这座奇山之上。

　　麦积山石窟始建于十六国的后秦（公元384—417年，几乎与敦煌莫高窟开凿于同一时期），兴于北魏，延建于唐、五代、宋、元、明、清诸朝。在这座高约142米的麦垛形山崖上，现存洞窟194个，雕像7200余件，壁画1300多平方米。麦积山的雕塑含蓄传神，秀丽生动，熠熠如生，是印度装饰性雕塑与中国写意性雕塑的巧妙融合，被世界誉为"东方雕塑馆"。

　　这里的雕像千姿百态，美得生动，美得神奇，美的让人难以忘怀。

　　智慧给美以文秀，
　　力量给美以畅想，
　　麦积山石窟留下了美的传承和礼的长扬。
　　当古老的文明和坚硬的砾石结合在一起，
　　便有了它超过一千六百年的生动，
　　有了人类遗产亘古至今的辉煌。

　　美于形，能够悦目，
　　美于神，方能赏心。

惟有这形神大美,
才使东方文明源远流长。
麦积山的美,
让我们由眼前的触动
变为心灵的感动。
瞬间成为恒久,
精神变成力量。

这种魅力,
源自天灵地毓的造化,
这种美,
来自民族精神的长扬和东方文化的华光。

2003 年 3 月 15 日於天水

思逸颂歌

玉龙雪山感怀

今天，我陪爱妻来到向往已久的云南丽江，实现了我对她的承诺。

这里不仅是古代"南方丝绸之路"和"茶马古道"的重要通道，也是一座国际知名的旅游城市。

走进丽江古城，走进三江并流，走进东巴文化，也走进了神圣的玉龙雪山。当我们站在海拔4680米的冰川之上，冰雪蓝天，红日朗朗，宛如来到仙境。

看雪山起舞，似乘玉龙飞腾。放眼天下，苍山如海，江天如画，此生足矣。命笔记之：

诗情放

剑气豪

欲与天公比高

看神州英雄辈出

山中伏虎

浪里斩蛟

席上挥墨

云间射雕

任花落花开

凭雪落雪消

手牵玉龙弄大潮

十三亿儿女共创伟业

显身手竞风流世代天骄

2002 年 11 月 22 日

於丽江客舍

思逸颂歌

修炼吾身

怀一颗孔子心，
染一身庄子气，
行一世济贫扶弱品善德良。
飞天似苍鹰，
在世好儿郎。
出山狮虎威，
入海蛟龙翔。
图强发愤，
何恋红黄？

有容乃博大，
无欲敢担当。
既下得田垅又上得高堂。
隐士般逍遥，
君子般坦荡。
收放能自如，
起伏无抵挡。
男儿责重，
志在兴邦！

2002 年 4 月 17 日
写于北京玉泉山

在海南岛过春节

这是第三次到海南。与前两次因公来去匆匆不同，这次是休闲、过春节，并且是与爱人、朋友一起来的。此行非常轻松、愉快。

大东海，
沙滩迷人太阳暖；
亚龙湾，
海浪轻唱月儿圆；
漫步椰林，
倾耳聆听渔光曲；
小驻兴隆，
如琼如脂浴温泉；
走进黎村，
喜看阿妹迎宾舞；
住进苗寨，
畅饮新酿米酒甜；
站在海角，
挥动双手迎旭日；
含笑天涯，
百年好合度良缘；
高登南山，
如诗如仙人增寿；

思逸颂歌

103

深潜东海，
似龙似蛟福禄添；
万泉河边，
南国风情惹人醉；
五指山上，
热带雨林碧遮天。
……

啊！海南，
这里有
世界上最美的海浪、沙滩、椰林，
还有
更加迷人的白云、碧水、蓝天。

2002 年 2 月 16 日於海南
（壬午马年正月初五）

参观秦山核电站有感

历时 68 个月，总投资 148 亿元人民币的我国第一座国产商业化核电站（1 号 60 万千瓦机组），於 2002 年 2 月 6 日 10 时 18 分在核电秦山联营公司首次并网发电成功！我有幸见证了这一激动人心的时刻。

这是我国和平利用原子能的重大成果，也是中国核技术、核力量发展的重要里程碑。这一世人瞩目的成就，不仅载入我国核工业发展的光辉史册，并将深深的铭刻在每一个中国人的心中。

非常感谢中国核建设集团王寿君总经理、核电秦山联营公司李永江董事长的邀请，使我有这难得的学习、考察机会。

国人骄傲
世界惊赞，
秦山核电站耸立在杭州湾。
自主设计自行建造，
龙子龙孙扬眉吐气，
科技兴国群英争先。

开发核能打破垄断，
造福人类科学发展。
和平利用，
反对霸权。

思逸颂歌

奋增国力走向复兴，
巨龙腾飞的目标定会早日实现。

2002 年 2 月 6 日
记于浙江秦山核电站

祝贺 30 万吨油轮下水

今天，我国为伊朗建造的第一艘 30 万吨油轮，在大连船舶重工集团公司下水。

这是一个十分值得纪念的日子，是我国造船史上的一件大事，也是全国人民的一件喜事。

有幸参加这次庆典活动，亲眼看着这条大船下水，不禁浮想联翩，彻夜不眠。

好大一条船，

吨位 30 万。

近看像一座城，

远望似一座山。

中国造，

在大连。

抚摸这条船，

思绪难平，

感慨万端。

想当年，

西洋鬼子撞开大清国门，

东洋鬼子挑起甲午海战。

列强依仗船坚炮利，

瓜分我领土，

践踏我河山。

思逸颂歌

炮舰下，
割地、租让、赔款……
一个个不平等条约，
辱国丧权。

回首不堪，
炎黄子孙气难咽。
要挺直腰杆，
必须奋增国力，
中国拥有万里海疆，
不能没有自己的大船。
五星红旗下，
炎黄子孙
发愤图强，
同心攻关。
六十年代造出了万吨轮，
曾几时，
五万吨、十万吨、
十五万吨巨轮相继扬帆远洋，
中国人打破封锁，
用智慧和实力赢得了尊严。
今天 30 万吨巨轮下水，
标志着我国的造船水平和综合国力，
进入了一个崭新的发展阶段。

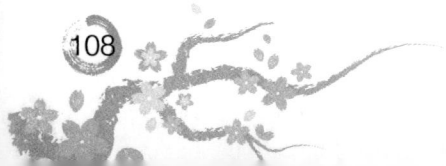

这是一个辉煌的里程碑，
这是民族振兴的新起点。

科技强国，
是中华民族兴旺的不竭动力；
改革开放，
社会必将更好更快发展。
我们已步入造船大国行列，
实现造船强国的目标，
为期一定不会很远。
愿中华人民共和国这条巨轮，
在新世纪的征途上，
乘风破浪，
为世界和平高扬征帆！

2001 年 11 月 1 日深夜
作于大连船舶重工集团

思逸颂歌

青春是什么

耕云种月

金磊夫诗词集

　　今天是新千年、新世纪的第一个"五四"青年节，谨以此献给亲爱的青年朋友们！

　　你们是民族的希望，你们是祖国的未来，你们是世界的明天。

青春是什么
青春是光
青春是火
青春是奋发向上的拼搏

青春是什么
青春是自强自立
青春是精进开拓
青春是报效祖国不变的执着

青春是什么
青春是初升的旭日
青春是盛开的花朵
青春是充满生机永远永远的蓬勃

2001 年 5 月 4 日晨
写于北京和平里

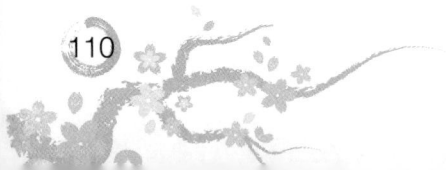

海南寄语

在祖国的大陆南边，隔海有个宝岛叫海南岛。2001 年春节，来到这里休假，身临其境地感受了她真实的美，享受了她真正的美。

海南、海南
珍珠般晶莹
宝石般灿烂
如一颗翡翠镶嵌在陆海之间

醉人肺腑的椰汁
回味无穷的橄榄
向美好的生活奉献着甘甜
清澈见底的海水
柔若锦缎的沙滩
留下人们的倩影和眷恋

木棉迎来旭日
椰林送走航帆
温泉洗净皓月

金磊夫诗词集

晚霞染红蓝天

雨打芭蕉

香飘苗寨

何处仙境如这般

四季繁花似锦

处处春意盎然

八方宾客共举国是

喜聚亚太博鳌论坛

你是中国最具潜力的旅游旺地

更是世人心仪的热带花园

啊，海南

天蓝蓝、海蓝蓝

"娘子军"的故乡又留下动人的故事

"珊瑚颂"的摇篮又诞生新的诗篇

在这里你会化为一股激流融入万泉河

在这里你会变成一棵青松永驻五指山

我爱你椰风海韵

我爱你阳光沙滩

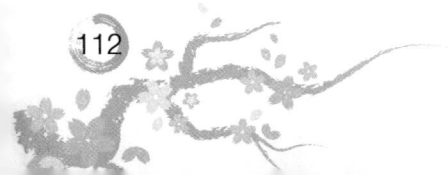

你用热烈拥抱每一位客人
你以温馨迎接着每个新的一天

2001 年 1 月 25 日於三亚
（辛巳蛇年正月初二）

思逸颂歌

113

只求半称心

耕云种月

金磊夫诗词集

　　人的一生，一半是现实，一半是梦想。幸福，一半是财物，一半是满足；友谊，一半是牵挂，一半是互助。

　　"半"字不单纯是个量词，不是表示中庸，不是不知进取，也不是一知半解、更不是半途而废。满遭损，盈则溢。半称心，这是一种思想，一种情怀，一种境界，一种睿智，是一种刚刚好的处世态度，一种豁达的人生状态，一种生命的大智慧。

　　"人生哪能多如意，万事只求半称心"。拥有半称心的人生，便是幸福的人生。

　　先贤们充满哲理的人生态度，教人心胸开朗，受益终身。今集此，献给众友。

半山半水半机遇，
半天半命半梦幻。

半俗半雅半空寂，
半取半舍半行善。

半亲半爱半自在，
半茶半酒半随缘。

半聋半哑半糊涂，
半智半愚半圣贤。

半贫半富半苦乐，
半晴半雨半心欢。

半喜半悲半率性，
半得半失半坦然。

半痴半迷半天真，
半醉半醒半神仙。

半师半友半知己，
半慕半尊半自勉。

人生一半靠自己，
另外一半凭机缘！

2000年12月20日夜
写于北京养心斋

思逸颂歌

生命的吟唱

记下所有美好的遇见
莫辜负过往的时光
情思徜徉在蓝天
白云带着美好的向往
曾经仰望高山
一次次激励着不懈登攀的理想
曾经走向大海
让奔腾的浪花激荡着勇往直前的衷肠
也曾漫步田野
勃勃生机在心灵的每一处茁壮成长
走在生命的光影里
岁月中总有一抹信念从未走远
在目之所及处盎然开放

经历了聚散春秋
看透了世态炎凉
一杯清茶一缕深情一段文字
迎来心中一片暖阳
把酒问天
修身齐家报国闯天下

这岂是孤芳自赏
从一朵花变成一颗果实
这是一场修行
是一种栉风沐雨的历练
是一次奋发图强的生长
这个过程是对生命完美的诠释
是人生有始有终的高尚

2000 年 6 月 15 日
作于北京雅韵轩

思逸颂歌

耕云种月

金磊夫诗词集

朝阳颂

——献给青年朋友们

红日东升，
彩霞飞扬。
新的一天，
因朝阳而充满激情和力量。

我们热爱升腾的朝阳，
因为
她生机勃勃，
蕴藏着无限希望。

我们热爱蓬勃的朝阳，
因为
她不懈追求，
引导我们天天向上。

我们热爱辉煌的朝阳，
因为

崇高的理想，
给我们成功的力量。

我们热爱朝阳，
因为
我们就是
——早晨八、九点钟的太阳……

2000 年 5 月 4 日
作于北京世纪坛

思逸颂歌

随想札记

（一）

心志高远，
立地顶天，
敢让日月肩上过；

历尽沧桑，
驰骋经纬，
常将江山掌中看。

（二）

种下一种善念，
收获一种良知；
种下一种良知，
收获一种道德；
种下一种道德，
收获一种性格；
种下一种性格，
收获一种人生。

如果非要问人生到底是什么？悄悄告诉你：这只能靠自己去觉知、去感悟、去琢磨，而非别人教化。

（三）

　　古往今来，凡以忠沽名者讦，以信沽名者诈，以廉沽名者贪，以洁沽名者污。忠信廉洁，乃立身之本，人之正道，绝非钓名之具也。

（四）

乐山乐水乐自在，
亦文亦武亦从容。
行得自如，
活得潇洒，
此乃人生之大幸也！

1998年5月6日夜
　　写于北京

思逸颂歌

笑度人生

人的一生很短暂，要学会让有限的生命在笑声中轻松度过。

被误解的时候微微一笑，

是修养；

受委屈的时候坦然一笑，

是大度；

被轻蔑的时候淡然一笑，

是自信；

吃亏的时候开心一笑，

是豁达；

无奈的时候达观一笑，

是境界；

危难的时候昂然一笑，

是豪爽；

失意的时候轻轻一笑，

是洒脱；

开心的时候平静一笑，

是情怀；

成功的时候会心一笑，

是能力；

为别人的成就放声大笑，

是胸襟……

1997 年 2 月 25 日

记于北京胜古庄

思逸颂歌

分享都市

都市是美丽的
公园清幽雅逸
高楼鳞次栉比
霓虹灯色彩斑斓
立交桥纵横交错
……
所有这一切
展示着都市的魅力
让人们对她产生一种依念，一种情结

都市的美丽
是相对于人而言的
没有生活在都市里灵性万种的人
没有使她充满活力和生机的缔造者
都市连同她的美丽
都将不复存在
人们在创造都市的同时
也在享受都市生活

都市
绚丽而又平实

多元而又和谐
你们、我们、他们
品味着人与人的亲近
塑造着街与楼的性格
聆听着精与华的韵律
吟唱着甜与乐的心歌

人们
沉浸于相互依赖的
友善交流与合作
大家
致力于充满希望的
自由竞争与选择
没有失败
只有尚未成功和成功的欢乐
依公众的利益和自己的愿望
创造着
都市日新月异的繁荣和崭新的生活

都市是一首诗
都市是一幅画
都市是一首歌
都市充满了生机和活力
都市展现着水准和风格

思逸颂歌

我们用智慧和汗水塑造了都市
回报给你、给我、给他的
是繁华、是浪漫、是爱恋、是祥和

1996 年 6 月 6 日夜
於北京亚运村

耕云种月

金磊夫诗词集

感　恩

今天是感恩节。以此献给天下所有的父亲、母亲和像父母一样可亲可敬的老师们！

　　收获的季节
　　已经淡忘了
　　成长岁月的风风雨雨
　　惟念记着
　　父母
　　对生命的呵护和艰辛的养育

　　成熟了
　　沉甸甸的谷穗
　　怀着终生的感激
　　深深地弯下腰
　　向大地母亲
　　真情致意

　　1995 年 11 月 28 日
　　写于冶金工业部

思逸颂歌

耕云种月

金磊夫诗词集

钢魂曲

——献给钢铁工人

脸上朝霞在笑

胸中炉火闪光

追求涌动着铁流滚滚

理想鸣奏着铿锵乐章

这里

钢有人的性格

这里

人有钢的坚强

这里的一切都富有灵性

金色瀑布正按照共和国的意志流淌

甩串汗珠叮当响

抓把空气都发烫

情在燃烧

志在精炼

赤诚使生活火热

奉献让神州兴旺

钢铁的情怀

创造着奇迹创造着未来创造着富强

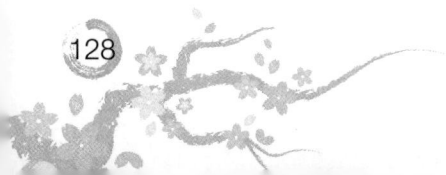

钢铁的臂膀
托起了神州托起了世界托起了太阳

一滴汗
一曲动人的旋律
每个音符都跳动着爱的力量
一炉钢
一首奋进的诗篇
每行字都闪烁着事业的辉煌
钢铁
这两个写向苍天的大字
向人类昭示了一个民族的希望

1994 年 7 月 19 日
作于武汉钢铁集团公司

后记:

　　这首诗歌在《中国冶金报》发表后,被作为歌词《托
起太阳》,湖北著名作曲家陈朝汉先生为其谱曲。

　　歌曲《托起太阳》1995 年选送"世纪之声大奖赛",
获文化部颁发的一等奖。

思逸颂歌

随 想

风吹柳动，
未见柳折。
忍得一番横逆，
便增一份生机。

溪流水淌，
未见水腐。
乐得一番奔腾，
便增一份活力。

斗转星移，
世事难料。
活得一番潇洒，
便增一份福气。

1993 年 4 月 5 日
记于北京青年湖公园

皇家的山庄①

好一座雄伟壮丽的山庄，
敬诚殿诉说着皇家过往的辉煌。
马背上得来的天下，
康乾曾把大清的盛世开创。
亭阁轩榭点缀着江山锦绣，
行宫庙宇闪耀着吉祥佛光。
和谐和睦，
国泰民安，
文治武功写下了多少耀世的荣光。

好一座高深莫测的山庄，
烟雨楼隐藏着难言的痛伤，
珠帘里夺印的殊死争斗，
盖上了国运必定衰败的耻辱印章。
纨绔子弟怎能守住血染的江山，
腐朽王朝怎能抵挡住东西列强。
其兴也勃，
其亡也忽，
铁血教训令人痛断肝肠……

思逸颂歌

---

① 为承德避暑山庄。

一座山庄，
它更像一部史书，
见证了一个王朝的兴亡。
一座山庄，
它更是一架警钟，
提醒后人千万不能把历史遗忘。

1991 年 7 月 2 日
写于承德避暑山庄

冰雪吟

　　冰雪，是个贞洁的姑娘。她不但有鲜明的个性，也有着丰富的感情。今作小诗吟诵：

我爱冰雪
因为她晶莹素洁
透明
她有表里如一的品质
坚硬
她有棱角分明的性格
她遵循着冷胀热缩特殊的定律
她恪守着清清白白无欲无求的原则
冷静是她的习惯
沉寂是她的品德

冰雪有着特殊的情感
她需要同情需要理解
君可知
当你把她搂入怀抱
温暖使她感动得泪涌如河
阳光灿烂的时候
她是弱者

思逸颂歌

在寒天冻地世界里
她却是强者
啊，冰雪
你给冬天带来了不一样的色彩
你给人们带来了很多很多欢乐

1987 年 1 月 25 日
作于长春地质宫

忌"过大"

世间凡事皆有"度"，不是什么事情都越大越好，喜怒哀乐也是如此。

人生把握不好这个"度"，就是悲剧。

大喜易失言，
大怒易失礼，
大惊易失态，
大哀易失颜，
大乐易失察，
大惧易失节，
大思易失爱，
大醉易失德，
大话易失信，
大意易失手，
大胆易失威，
大欲易失命……

1986年6月6日夜
记于长春台儿庄

思逸颂歌

送给同学们

1982年，在职考入五机部（兵器工业部）直属的长春光机学院，脱产在"厂长（经理）班"学习管理工程。同学们都是来自大型军工企业和国家机关的领导干部。有这样好的机会，有这样好的同学，学的又是工作中特别需要的专业，感到十分幸运。

两年的校园生活，不但学到了知识，修炼了品德，锻炼了意志，增长了才干，也结交了这些好朋友。

毕业离别之前，将心里话送给同学们，以作纪念。

我做了一个梦，
梦见我们都是星星。
在浩瀚宇宙
肩并肩地向前运行。

也许这不是梦，
也许就是今后的事情。
看，我们这个群体不正是一个星团，
每个人都是其中的一颗星星。

不断进取是我们共同的动力，
追索光明是我们突出的个性，
天外有天是我们坚守的信念，
自强不息是我们特有的本能。

我们有着不可更改的理性坐标，
我们有着永不停歇的巨大动能。
在大学校园伴着太阳公转两周之后，
我们将在各自的轨道上继续运行。

请相信，
在无垠的苍穹，
只要有太阳，我们都会发光；
只要有天地，我们就是璀璨的群星。

我们不负光阴。
今后的岁月，
时间空间，
都会对此做出最好的证明！

1984 年 12 月 26 日
於长春光机学院

又记：

　　写在毕业联欢会上，并朗诵给全班同学和参会的老师
们。虽然不舍，终将分开。相信我们一定会再见。

思逸颂歌

说另类

本来就缺德、无才、寡貌，
却偏又自命清高。
一脑袋浆糊愣要装聪明，
一肚子秕糠总想要精巧。
分不清真假，
弄不懂多少。
小事干不成，
大事不知晓。
满嘴的"能耐"是说胡话，
满腹的"韬略"是想损招。
能闭着眼睛对自己撒娇，
常瞪着眼睛将别人嘲笑。
真不知道，
是啥东西让它忘乎所以？
是哪根神经搞得它神颠魂倒？
有啥资本值得疯狂？
有啥本事如此霸道？
是生错了星球？
还是吃错了药？

高级动物中确有另外一类，
因为我们时常看到，
现实中有一种怪象：
市场上有些最次的"商品"，
往往喜欢贴上高价的商标。

1984 年 7 月 19 日於长春

特别声明：

为净化环境，看到世间怪象，不能不说。请君千万不
要对号入座。如果情形相似，甭往心里去，纯系不幸巧合。

思逸颂歌

外滩之夜

　　我爱外滩,更爱外滩的夜晚。大街上,华灯璀璨,万家灯火;浦江中,轮船如梭,灯光串串。天在闪光,水在闪光,夜在闪光。外滩是一个闪光的世界。

晚风
把星星吹落在江边
水里的
五彩缤纷
岸上的
斑斓耀眼……

这里灯火辉煌
这里星光灿烂
璀灿银河何处觅
不在天上在人间
仙境哪有上海美
难怪人人爱外滩

东方文明在这里升华
世间奇迹①在这里展现

---

① 上海作为我国经济、金融、贸易中心,创造了很多个"世界第一",令世人瞩目。

耕云种月

金磊夫诗词集

十亿^①颗星星齐发光
辉煌华夏亿万年

1984 年 6 月 1 日夜
写于上海外滩

思逸颂歌

---

① 我国人口已有十亿之众。

丝 语

小草

不怕雨骤风狂，不惧火烧霜欺……

是什么力量，使你有如此坚强的信念和不屈的生命？

啊，

是大地！

因为你时时刻刻都在母亲的怀抱里。

松树

刚刚出土，就有着坚贞（针）的个性。

挺拔屹立，枝如铁，干似铜，笑迎寒暑往复，喜送春月秋风。

任斗转星移，执着向上，依然如我。

历风雷雨雪，本色不变，四季常青。

甘蔗

向人们索取的很少、很少，给人类奉献的却很多、很多。世世代代你始终坚守这从不更改的生命准则。

你默默地准备着，当人们需要的时候，宁愿粉身碎骨，也要为这个世界献上最甜美的生活。

1983 年 9 月 26 日
於长春西安大路

思逸颂歌

咏雪花

（一）

你用自己特有的洁白
给人间增添了
无限的、自然的美
一夜间
天地被你妆扮成银色的世界

（二）

你是欢快的天使
你是飘逸的仙女
当你热烈地亲吻着人们的脸
春天都会被你感动

（三）

飘飘洒洒漫天飞舞
轻轻快快无言高歌
你纯洁的抚爱
给田野带来暖意
你从未改变的形象
成为迎春的使者

1983 年 2 月 13 日（癸亥年春节）

写在天上

早有凌云壮志
今日气冲霄汉
在一万公尺高空
飞翔着我和银燕

俯视千里河山
背擎万顷蓝天
脚下风起云涌
头上阳光烂灿

不是神仙
胜似神仙
敢与天公比高
当是吾辈青年

1982 年 9 月 24 日
写于长春—北京航班上

思逸颂歌

祝福小天使

小天使① 来身边，
盼了多少年。
一朝得子全家喜，
心血同浇灌。

孩儿不要娇，
孩儿不会懒，
传承美德长真知，
健康又勇敢。

愿你总上进，
祝你岁岁安。
好运伴你行天下，
家国两肩担。

1982 年 7 月 21 日（农历六月初一）
写于爽儿满月时

---

① "小天使"——金爽，乳名"毛毛"。

生命之歌

　　1982 年 6 月 21 日（农历五月初一）晨 7 时 30 分，夫人在空军长春医院生下重 7.5 斤的男婴。他高鼻大眼、白白胖胖、哭声响亮、十分讨人喜爱。

　　因其胎毛浓重，奶奶为孙子取乳名——"毛毛"。也因属狗，亦叫"毛毛狗"，意在好养。

　　从此，我从为人子到为人父，又多了一份从未有过的责任。我一定努力，争取做个好爸爸。

今天这个世界真好
今天所有的感觉都新……

当太阳升起的时候
一声动人的啼哭
使这个世界变得更加可亲
多少企盼
多少心愿
多少祝福
这时都已成真

一个生命降临了
这份激动让所有的亲人
笑脸灿烂

思逸颂歌

147

我做了爸爸这种幸福和责任感
更加刻骨铭心
难忘的早上
我们的地球村又迎来了一个新的生命
我们的民族又多了一个接班的人

胖小子能吃能睡
手舞足蹈不知累
高鼻梁大眼睛笑脸动人
醒来看周围的世界什么都新奇
闭上眼睛酣然大睡不饿不醒

祝福你
我们的好孩子
祝你健康成长
祝你幸福快乐
祝你天天向上时时长进
因为：
你不仅仅属于家庭
你是祖国的未来
是龙子龙孙龙的传人。

1982年6月21日（农历壬戌年五月初一）
记于空军四六一医院

春秋联想

（外一首）

春天是迷人的
但我更爱秋天
春天带来的是希望
秋天带来的是硕果

是的
没有春天就不会有秋天
正因为这样
秋天的收获
一定会给春天
带来更多的畅想和希望

春阳

春风唤醒了大地
暖意感动了江河
而大山深深的沟壑里
还冻着坚硬的冰
还积着厚厚的雪

思逸颂歌

请相信
不会因大地已经萌绿
春光会忘了这些角落
不会太久
暖暖的春阳一定会照到这里的

1982 年 4 月 29 日
作于山城通化市

又记：

在长白山区，很多背阴山坡的沟壑里，每年到 6 月份还有没融化的冰和雪。而此时，同一座山的南坡早已经是山花烂漫了。一座山竟然两重天！

写在赛汗塔拉

赛汗塔拉，蒙语意为"美丽的草原"，是内蒙古锡林郭勒盟苏尼特右旗政府所在地。小镇不大，不到 10 分钟就出了城，眼前便是一望无际的天然牧场。

这里民风淳朴，水清草美，牛羊满山，天高气爽。对城市里长大的人来说，这里的一切都让我感到新奇和惊喜。如果有一天，你也来到这片美丽的大草原，相信你一定会爱上她。

毡房点点，
羊群片片，
笑语声声，
歌儿串串……
乌兰察布
——富饶的牧区
赛汗塔拉
——美丽的草原
这里有
蓝蓝的天空
清清的湖水
这里有
奔驰的骏马
纯洁的笑脸

思逸颂歌

151

啊
新美如画的赛汗塔拉
你用优美的马头琴声
和博大浩瀚的胸怀
吸引了多少人
跑到你身边

1981 年 8 月 22 日
作于锡林郭勒

漫步拾零

（外二首）

它们时常被人被遗忘。但无论何时，它们总是在坚守，总是在默默无闻地尽着各自的职责，却从不表白自己。我敬佩它们！

广场

不如闹市繁华，

也比不上公园幽雅。

却有广阔的胸怀，

容得下千军万马。

马路

既不雄伟也不高大，

只有坦坦荡荡的形象。

每天都在用自己坚实的身躯，

承托起无法计算的重量！

路灯

不像礼花那样炫耀，

也不像霓虹灯那样辉煌。

在凄凄长夜中，
全身都在发光。

红绿灯

令行禁止好标兵，
守护九州座座城。
迎风冒雪从不悔，
日日年年保畅通。

1981 年 7 月 10 日夜
记于长春人民广场、西安大路

登揽月亭有感

时值结婚一周年，与妻游北山公园，同登"揽月亭"。感记：

民族崛起，
吾辈风流。
振兴中华，
魂追梦求。
看十亿龙男凤女擎天手，
同绘山锦江秀。

1981 年 4 月 12 日
写于吉林市北山公园

思逸颂歌

155

金磊夫诗词集

咏路灯

夜雾吞噬了星月
黑暗淹没了大地
狂风收起了疲倦的身体
一切都已睡去

漫漫长夜
唯有你啊
在夜幕中依然挺立
任风吹雨打冰冻雪欺
你无私地奉献着光和热
勇敢地撕破围困的铁幕
高唱着黑暗的送葬曲

你是我前进的路标
你是人们心中的火炬
你不仅感动了我们

也感动了上帝

不然怎会这样多地赢得每一个晨曦

1980 年 12 月 30 日

夜校放学回家途中

补记：

　　时在吉林省直机关业余大学中文专业学习。每周一、三、五晚上 19—21 点、周日全天上课。

思逸颂歌

耕云种月

金磊夫诗词集

夜色美

傍晚
是幸福的时刻
夜色
是甜蜜的使者
皎月照着你
夜风吹着我
因为
两个年轻人
互相恋爱的心
它们最懂得

1979 年 11 月 22 日夜
作于长春新华园

我对小树说

今天，工厂团委组织义务劳动，到山上植树造林。

看着一棵棵我们亲手栽下的小树苗（西伯利亚快杨），边培土边浇水，边在心里对它们说：

小白杨，
快长大，
在这肥沃的土地上，
在这灿烂的阳光下。

小白杨，
快长大，
不弯不折总向上，
要把根子深深扎。

小白杨，
快长大，
立志明天做栋梁，
不怕风吹和雨打。

小白杨，
快长大，

思逸颂歌

咱俩互相赛一赛，
看谁先去建大厦？
……

小白杨，
快长大！
这就是今天栽树的人，
对你说的心里话。

1978 年 10 月 1 日中午
於通化市二龙山上

与时间赛跑

谁说时间走得快？
钢铁工人乐与时间比赛。
地球刚刚转一圈，
咱已经把三个班都干下来①。

祖国一声"大干快上"的号令，
激发出咱奋勇当先的豪迈。
多炼铁炼好钢快轧材，
指标一破再破我们不断创造新的纪录，
为国争光
火一样的青春大放异彩。
大干快上只争朝夕，
钢铁的脚步势如排山倒海。

请问时间，
到底谁走得快？
嘿，别不服气。

---

① 钢铁生产的特殊工艺决定了工厂实行昼夜"三班倒"工作制。
一年 365 天，不论星期天还是节假日，生产都不能间断。

瞧，就这一瞬间，

千万吨钢水又滚滚来！

1978 年 8 月 25 日

写于通化钢铁总厂

动　力

　　十五年前，毛泽东主席向全国发出"向雷锋同志学习"的伟大号召。

　　十五年来，雷锋精神始终鞭策着自己前行。

　　　　做一只全自动的钟表
　　　　不需要别人给上劲的发条
　　　　自我加力
　　　　认真地走好每一分
　　　　自觉地走准每一秒
　　　　只会前进
　　　　不会倒退
　　　　更不会动摇

　　　　学习雷锋精神
　　　　就要在平凡的岗位上
　　　　全身心地把工作干好
　　　　时间就是生命
　　　　要让人生的每一刻
　　　　都像指针对于计时那样
　　　　精准有效

　　　　1978 年 3 月 5 日夜
　　　　於通钢宣传部

钢厂春早

朝阳在冬日的天边微笑，
离上班的时间还早。
可你瞧：
这通往厂区的大路上，
从四面八方涌来的人流，
就像大海在涨潮。

北京吹来了大干的东风，
咱钢铁工人点响了快上的号炮。
置身在这个洪流中，
你会看到：
钢铁大军奔腾的脚步，
已经唤来了一九七八年滚滚春潮。

1978 年 1 月 12 日晨
作于通化钢铁公司

写在敬爱的周恩来总理逝世二周年的日子里。以此怀念这位伟大的无产阶级革命家、杰出的共产主义战士、人民爱戴的好总理。

戴在心头的白花

——献给敬爱的周总理

捧起这朵珍藏着的白花
就止不住止不住啊
哀思如潮热泪横洒
两年前
敬爱的周总理
恋恋不舍地离开了大家
那时候
风正狂霜正浓雪正大

我怀着欲绝的悲痛
用颤抖的双手
伴着泪水
精心地扎好了这朵白花
它贞素得像珠峰冰雪
它纯洁得如白玉无瑕

这上面
寄托着我们对周总理
不尽的哀思和深深的怀念
准备开追悼会时将它敬献在
周总理的遗像下
可是那帮祸心弥天的家伙践踏民意
不许我们怀念敬爱的周总理
不让我们说颂扬周总理的话
也不允许我们戴着这样的花
怒火胸中烧
热泪花上洒
肚子里吞下了咬碎的悲愤
心头戴上了这朵永不凋谢的白花
对周总理深深的爱
使这朵花盛开着、怒放着
盛开在我全身的每一个细胞
怒放在我神经的每一个枝丫

每当怀念敬爱的周总理
我便久久地久久地
凝望着这朵白花
周总理的音容笑貌
始终装在人民的心里

您老人家一刻也不曾离开过大家
在实现"四个现代化"的征程中
我们队伍的最前面
始终有您坚定豪迈的步伐
在继续革命的征程上
您正带领我们满怀信心治天下

敬爱的周总理
今天我又捧起这朵白花
向您报告：
您十亿忠诚儿女继承伟业
已使万里神州遍地鲜花满天朝霞
啊
敬爱的周总理放声的笑啦
好久都没有见您这样开心
好久都没有见您
笑得这样爽朗笑得这样潇洒
我爱这朵白花
这里有不息的生命
这里有耀眼的光华
看！
山花烂漫时
丛中笑着他
——人民爱戴的好总理
　　伟大的马克思主义者

思逸颂歌

杰出的共产主义战士
卓越的无产阶级革命家

1978 年 1 月 8 日
作于通化钢铁总厂

耕云种月

金磊夫诗词集

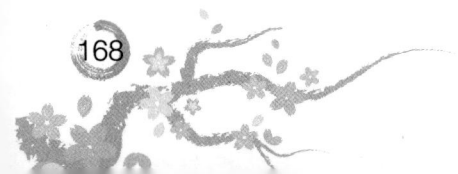

飞吧"周恩来号"

今天，"周恩来号"机车命名大会，在上海市政府礼堂举行。大会一结束，上海站隆重举行了"周恩来号"机车首次出乘剪彩仪式。在万众欢呼声中。"周恩来号"徐徐启动……

新的时代，新的引领，"周恩来号"机车组秉承历史使命，向着更新更远的天地驰骋。

啊，

"周恩来号"

这亲切而响亮的名字，

饱含着崇高的敬意和无上的荣耀。

前进

我们的"周恩来号"

拽起历史的巨轮，

载着神圣的使命，

向着宏伟的目标迅跑。

前进

我们的"周恩来号"

今天带着捷报迎接新的挑战，
明天载着硕果向 2000 年报到。

1978 年 1 月 5 日夜
於通化钢铁总厂

耕云种月

金磊夫诗词集

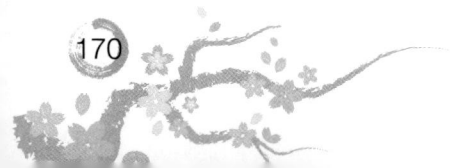

我们的江姐回来啦

　　因为极左路线的干扰，"文化大革命"中，话剧《江姐》一直被禁锢。但历史是割不断的，人民对革命先烈的崇敬之情是禁不住的。1976年《江姐》又重新走上舞台。

　　观看演出的过程中，台下观众热泪滚滚，思绪难平……

　　　　渣滓洞的牢笼曾使我们不能见面，
　　　　"四人帮"又将您长期扣押。
　　　　老虎凳、竹签子都无法让您屈服，
　　　　几片乌云又算得了什么？
　　　　在风狂雨骤的日子里，
　　　　我们有多少心歌向您唱，
　　　　有多少热泪为您洒……

　　　　今天，
　　　　今天啊，
　　　　您终于又一次获得"解放"。
　　　　灿烂的阳光下，
　　　　迎着万里东风，
　　　　我们的江姐回来啦！

　　　　　　1977年12月20日夜
　　　　　　於通化市二道江

思逸颂歌

祝福参加高考的朋友们

在高考制度中断了十年之后，今年全国恢复高考。

这不仅将改变青年人的命运，更重要的是将为我国培养更多的优秀人才，为今后经济社会发展提供强大的科技和智力支持。同时，对于在全社会重新树立尊重知识、尊重人才的良好风尚，对于加快中国现代化建设事业，都具有重大的意义。

一九七七年高考临近了，以此送给所有报考的朋友们。祝福你们心想事成，榜上有名！

在向现代化进军的火红年代，
事业需要人才，
国家需要栋梁。
有志青年理当继续学习，
用知识的力量
使人生无悔
让祖国富强。

朋友：
请相信自己的才智，
坚守远大的志向。
把报效国家的追求，
化做考场上的一份份优秀答卷，
交给期盼我们的人民和培养我们的党！

1977 年 11 月 19 日夜
作于通化钢铁总厂

看《雷锋》

"文革"刚刚结束,沈阳军区话剧团演出话剧《雷锋》。观后,心情久久不能平静。

多么想你啊
雷锋
若不是拨乱反正
哪有咱们今天的重逢

艰难的日子终于过去
希望的田野荡起了和煦的春风
"向雷锋同志学习"
时代精神又回到了我们生活当中

一定紧跟你的脚步
在奔向共产主义的征途上
把"有限的生命
投入到无限的为人民服务之中"

1977 年 10 月 30 日夜
写于通化钢铁总厂

思逸颂歌

军旗颂

每当我放歌
伟大祖国春光无限
每当我颂扬
英雄人民顶天立地
鲜红的"八一"军旗
便在我心中高高地、高高地升起

今天
在热烈庆祝中国人民解放军
建军五十周年大喜日子里
我怎能不激情满怀
为我们的"八一"军旗高歌一曲

一九二七年
妳在枪炮声中诞生
从那天起就显示出扭转乾坤的伟力
曾记得
还是刚刚带上红领巾的时候
红军伯伯给我们讲：
为了把水深火热的人民救出苦海

共产党领导了震惊中外的南昌起义

从此

工农有了自己的武装

人民有了自己的军旗

星星之火

燃遍长城内外

照亮了中国的每一寸土地

妳给民族带来了希望

妳给人民增添了勇气

多少"红小鬼"

也追随父兄离开家

穿上草鞋找红旗……

听着红军伯伯讲故事

仿佛我也在那行列中

和伙伴们一起分享找到队伍的欣喜

还记得

野营训练的路上

解放军叔叔给我们讲：

中国革命，

走过了比巴黎公社更艰苦的道路

武装斗争

经历了比十月革命更复杂的问题

思逸颂歌

金磊夫诗词集

红旗能够不倒
是因为
那上面奔流着战士的鲜血
每丝每缕都紧紧连着
民族的希望，人民的期冀

啊，军旗
高扬的"八一"军旗
是妳呼唤着人民
去实践"枪杆子里面出政权"
这颠覆不破的真理
是妳庄严宣告
用武装的革命对付反革命的武装
"对反动派造反有理"
三湾改编
建立井冈山红色根据地
二万五千里长征
抗击入侵的日本军国主义
炮火硝烟中
枪林弹雨里
妳鼓舞着每个战士
为了新中国
冲锋陷阵前仆后继

从南昌到遵义

从延安到西柏坡

我们的军旗啊

插遍了祖国的每一寸土地

当五星红旗

在天安门广场高高飘扬

亿万人民

已把子弟兵的丰功伟绩

永远地镌刻在的心里

在这面凝聚

军魂、民魂、国魂的旗帜上

有老一辈革命家

如日月同辉的丰功

有无数英烈

与天地长存的伟绩

从一九四九年开国大典

到一九七七年的"八一"

我们的军旗

又经历了无数次暴风骤雨的洗礼

在社会主义革命和建设的伟大事业中

军旗又走过了光辉灿烂的历程

创下了举世无双的业绩

思逸颂歌

巩固政权捍卫主权
在与敌对势力的殊死搏斗中
人民军队
是钢铁长城使敌人丧胆
是雷霆霹雳所向披靡
在抗灾抢险应急救援的每一个关键时刻
人民子弟兵高举着这杆大旗
"一不怕苦、二不怕死"
再立新功让人民欣喜
一页页历史
昭示着我们的军旗不可战胜
一次次胜利
宣告了我们的军队天下无敌

啊,"八一"军旗
妳是人民的骄傲
不论在过去五十年的风雨中
还是在未来崭新的世纪里……
此刻
我把心紧紧地贴在军旗上
让神经与妳连在一起
让热血与妳流在一起
此刻
我——一个不穿军装的战士

向妳致以最崇高的敬礼
把所有的情感
凝炼成发自肺腑声音：
向解放军学习

啊，"八一"军旗
我的心永远和妳在一起
朝着新的目标
夺取更加辉煌的胜利

1977 年 8 月 1 日
写于通化玉皇山

思逸颂歌

正视现实

人们每天都生活在现实中。所以，我们必须正视现实，读懂现实，才能活得真实，活得自如。

现实中，
不总是阳光灿烂波澜壮阔；
现实中，
不都是激情如火欢乐如歌；
现实中，
不可能凡事都一帆风顺称心如意；
现实中，
不会没有逆风逆水坎坎坷坷。
……

"万事如意"
只是美好的祝愿，
"心想事成"
不过是一首迷人的儿歌。
希望工作顺达愉快，
渴望生活幸福祥和，
这只是心中的企盼，
但千万不要对此过于天真梦幻太多。

世事变幻莫测，
只能坦然面对力求善果。
勤奋做事磊落做人坦荡胸怀，
不但要坚守真诚、友爱和热忱，
还要提防欺骗、狡诈与邪恶。
懂得了生活中的酸甜苦辣，
现实中的你，
就一定能活得快快乐乐。

1977 年 7 月 8 日夜
写于通化市二道江

思逸颂歌

周总理永远和我们在一起

翻过三百六十五张浸满泪水的日历，
又看到这难忘的一月八日。
望着这张日历，
我肝肠欲断，
满面泪洗，
此时此刻，
心中更加怀念敬爱的周总理。

谁说周总理离开了大家？
看今天：
庆胜利、神州喜，
总理，又和我们在一起。
他回到人民大会堂，
来到我们的队伍里。
你看他，
坚定从容谈笑诙谐神采奕奕。
领着我们齐唱《大海航行靠舵手》，
又给我们讲《三大纪律八项注意》，
和我们一起声讨"四人帮"啊，
共同欢庆亿万人民的伟大胜利！

耕云种月

金磊夫诗词集

是您在南昌领导了武装起义，
高举红旗南征北战，
一腔热血为人民，
舍生忘死求真理。
是您奔走世界，
扬国威反霸权和天下，
心中装着五大洲，
唯独没有您自己。
敬爱的周总理，
您一心为了老百姓，
从来不知苦和累，
日夜操劳理万机。
敬爱的周总理啊，
您和我们心贴心，
我们永远和您在一起。

看我们浩荡的阵容，
看我们高举的红旗，
在通向未来的金光大道上，
咱队伍的最前面，
走着我们敬爱的周总理。

1977 年 1 月 9 日夜
记于通化钢铁总厂

思逸颂歌

我们永远向太阳

站在拔地擎天的高炉顶上
我向着东方
久久地、久久地遥望
望满天的朝霞
望冉冉升起的太阳
啊，太阳
太阳看着我们在笑
笑得满面红光
啊，东风
东风向着我们歌唱
唱得意气奔放
我们多么自豪
因为我们是共和国的长子
我们属于这火红火红的太阳

太阳给我们智慧
太阳给我们勇气
太阳给我们力量
多少个日夜
心中的太阳

耕云种月

金磊夫诗词集

184

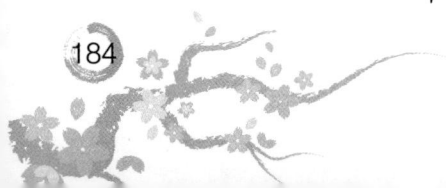

引导我们手中的铁锤、钢钎

唤来千顷铁流万朵钢花

多少张捷报

我们用热血、汗水

写在工厂写在大地写在蓝天上

白云似巾

帮我擦去脸上的汗水

日月如灯

为我指引着前进的方向

站在这耸入云天的高炉顶上

我望着太阳

亲爱的祖国

奋发图强欣欣向荣

高歌猛进蒸蒸日上

就在这个金色的早晨哟

多少铁牛在丰收的大地尽情欢歌

多少马达在沸腾的车间放声高唱

大桥飞架、高楼崛起、巨轮远航……

伟大祖国昂首阔步的主旋律

每一个节拍、每一个音符

都跳动着时代的声音：

"我们要铁！我们要钢！"

思逸颂歌

耕云种月

金磊夫诗词集

声声呼唤

紧紧地牵动着我的神经

要为共和国腾飞插上钢铁的翅膀

多少个清晨

哨声、锤声、汽笛声

伴着"东方红"的乐曲

歌唱我心中的太阳

多少个傍晚

火花、焊花、钢花

燃烧着为国争光的激情

抒发我们大干社会主义的青春理想

"抓革命、促生产"

咱们就是要多炼钢、炼好钢

啊，太阳

每当想起您

就有说不完的话一起涌到嘴边

每当想起您

就有使不完的劲一齐聚到身上

您的钢铁工人

正以十倍、百倍的努力

奋斗在走向胜利的大道上

为了祖国繁荣昌盛

为了人民幸福安康
咱钢铁工人永远、永远向着太阳

1976 年 11 月 26 日清晨
作于通化钢铁总厂

思逸颂歌

我驾天车云里走

（外一首）

　　毕业进入通化钢铁总厂后，被分配在炼铁厂烧结车间当天车司机，负责铁矿石、焦粉、铁精粉等大宗炼铁原料的装卸。15吨的天车抓斗每动作一次，10000多公斤的东西就被搬运走了。每个班要装卸几十节火车皮，工作虽然很累，也很枯燥，但干得很来劲。

　　　　轰隆隆……
　　　　嗖嗖嗖……
　　　　我驾天车云里走。

　　　　天车和我有一样的性格，
　　　　我和天车有同样的劲头。
　　　　它那粗壮的钢梁就是我的肩膀，
　　　　它那浑雄的铁斗就是我的大手。

　　　　铆足劲，
　　　　天车和我同心干；
　　　　争上游，
　　　　天车与我并肩走。

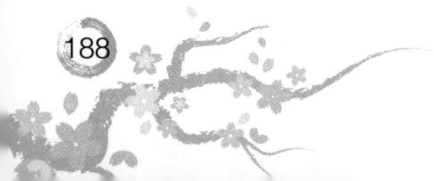

它的行动听我指挥，
我的神经通着它的电流。
它把我做为亲密的伙伴同甘共苦，
我把它当做忠实的战友风雨同舟……。

轰隆隆……
嗖嗖嗖……
我和天车飞在云头！

开天车

我驾天车飞如燕，
汗水洒在白云间。
移山搬海轻松事，
手指动动就干完。

1976 年 11 月 22 日夜
写于通钢炼铁分厂天车上

思逸颂歌

赛诗会 ①

诗歌，源于火热的生活；
诗歌，来自崇高的理想。
如果你的工作生活非常充实，
你的诗句一定闪光！

诗歌
对于我们——它是动听的乐曲，
对于敌人——它是呼啸的刀枪。
热爱诗歌，
用它陶冶情志；
学写诗歌，
就是在化铁炼钢；
参加赛诗会，
抒发咱钢铁工人的豪情和力量。

胸怀未来，
激情奔放。

---

① 为纪念"五四"青年节，总厂举办赛诗会，号召大家踊跃参加。每个钢铁工人都是"诗人"，赛场上人人诗情澎湃，有很多名句佳作问世。受现场感染，即席写下这首诗歌参赛并获奖。

耕云种月
金磊夫诗词集

年轻的朋友们，

让我们挥起时代的巨笔，

用智慧和汗水

书写火样的年华，

书写肩负的使命，

书写胜利的战歌，

书写无愧于共和国长子①崭新的篇章。

1976 年 5 月 4 日

作于通钢赛诗会现场

① 钢铁在国民经济建设中具有很重要的作用。建国初期，百废待兴，国家提出"钢铁元帅要升帐"，毛主席强调"农业以粮为纲，工业以钢为纲"。由此奠定了钢铁工业在国民经济中的重要地位。

思逸颂歌

参加吉林省冶金企业学大庆会议有感:

春潮曲

战鼓咚咚擂得春潮澎湃,
东风浩荡吹得百花盛开。
工业学大庆的战歌,
唱响了整个时代。

来自八方的代表是最好的歌手,
矿山、炉前是最好的舞台。
歌词由三百八十万钢铁工人写就,
歌曲就是大干社会主义
都来、都来、都来来(|1.2|1.2|12 2|)。
"鼓干劲争上游创办大庆式企业"
是这首歌的主旋律,
百分之百(100/100)是这首歌欢快的节拍,
要求: 情绪高昂、坚定有力、奔放豪迈,
速度: 要快! 再加快!

这首歌是激情燃烧岁月嘹亮的序曲,
这首歌是建设"四化"奋进的彩排。

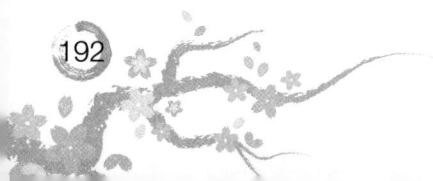

听，
采矿炮响和着轧机轰鸣在热情伴奏，
汽笛高叫锤声叮当在大声喝彩。
看，
钢铁工人你追我赶争先进，
全国工业学大庆的浪潮正排山倒海。

1976年2月1日夜
写于通化钢铁总厂

思逸颂歌

赞火柴

火柴
又瘦又小
看起来平凡又一般
既不高大也不光鲜
人们对它从不多看一眼
然而我却喜欢火柴
因为它把自己全部能量都凝聚在一起
时刻听从人们的召唤

平时它冷静、沉着、坦然
一旦需要
它毫不迟疑把自己点燃
将全部身心变成光和热
从不含糊半点
星星之火
燃起了比自己
大十倍、百倍、千万倍的熊熊火焰
却从不炫耀、从不张扬
更不像爆竹把自己捧上了天

火柴的这种性格

让我们明白了

什么叫蓄势待发

什么是全力以赴

什么叫不计报酬

什么叫毅然决然

让我们懂得了

做人要低调

做事要果断

高光时要淡定

冷落时要坦然

火柴的品质值得学习

火柴的美德应该颂赞

1976 年 1 月 1 日夜

作于通化钢铁总厂

思逸颂歌

金水桥上的照片

1966 年 10 月，随着同学们来到北京。

10 月 17 日，幸福地接受毛主席、周总理等党和国家领导人的亲切接见（第五次检阅红卫兵）。在长安街两侧，大家席地而坐，毛主席乘车检阅我们。

接见结束后，我站在天安门前的金水桥上久久不愿离去。摄影师为我拍下了这张珍贵的照片。

抑制不住幸福的泪花，
心里流淌着无限激情，
两眼久久地凝视当年的照片，
回想在天安门前的情景：
臂上佩戴着红色袖标，
毛主席语录在手中高擎，
笑迎太阳站在金水桥上，
心中装着对伟大领袖的无比忠诚……

这张珍贵的照片，
记下了令我终身难忘的情景。
从第一次学写"毛主席万岁"，
到纵情高唱《东方红》，
多少次在梦中笑醒啊，
这次真的来到了日思夜想的北京！

望着这张在天安门前的照片，
只觉得周身热血沸腾，
在照片上端端正正写下心中的誓言：
"接好革命的班，
永远做毛主席的红小兵！"

　　记于 1975 年 12 月 26 日
　　（毛主席八十二岁寿辰）

思逸颂歌

与星星对话

天上的星星，
睁着亮晶晶的眼睛。

它问我：
你在看什么？
看得这样专注。
你在想什么？
想得这样深情。

我在看，
白日里讲得冠冕堂皇的人，
晚上都在做些什么事情。
我在想，
花好月圆的时候，
会不会有人神魂颠倒得意忘形。
因为乔装的君子在深夜才剥去面纱，
因为有人曾沉沦在灯红酒绿迷魂阵中，
因为岔路口有人需要指路
因为黑暗中有人需要北斗星……

啊，星星

让我和你一道站岗吧，

为美好的明天和天地间的清明，

我们共同值守一千个、一万个春夏秋冬。

1975 年 11 月 22 日夜

作于通化钢铁公司

思逸颂歌

参观一汽有感

　　学习生活就要结束了，学冶金、搞钢铁的人，都应该到长春第一汽车制造厂看看。因为，平均每一辆中型汽车需要3100多公斤金属材料，其中钢铁约占90%。从一定意义上说，钢铁产品的质量直接影响汽车的质量。

　　今天，参观一汽总装车间。这里大约每三分钟便有一辆汽车下线。看着从生产线上源源"流淌"出来的汽车，兴奋的同时，也感到了一种沉甸甸的责任。

　　　　马达飞转，
　　　　喇叭声声，
　　　　我们——未来的钢铁工人，
　　　　参观汽车城。

　　　　放眼望：
　　　　"解放"撒欢跑，
　　　　"越野"乘东风，
　　　　"红旗"列成阵啊，
　　　　"奥迪"真威风。
　　　　摸着崭新的车体，
　　　　看着闪亮的车灯，
　　　　真给咱中国人长志气，
　　　　甭提心里多高兴。

车轮滚滚，

热血沸腾。

质量就是效益，

时间孕育生命，

每分每秒都有新车诞生。

腾飞吧，

中国的汽车工业！

为了你的振兴，

冶金战线上的新兵向你庄严保证：

多炼钢，

轧好材，

让你有更强壮的筋骨，

让你有更多飞奔的弟兄。

1975 年 8 月 14 日中午
写于长春第一汽车制造厂

思逸颂歌

我爱高炉

（外一首）

巍巍高炉，
耸立云端。
你有与我同样广阔的胸怀，
我有同你一样炽热的肝胆。
千万吨矿石在你胸中熔化，
滔滔铁水在你脚下滚翻。
我爱你
爱你浑雄壮伟顶天立地，
像战士那样威武庄严；
我爱你
爱你每一次张口[①]都倾吐着
咱钢铁工人为国争光的心愿。

炼铁厂随笔

汗水伴着铁水淌，
心花铁花齐开放。

[①] 高炉是炼铁生产的主体设备。在生产过程中将铁矿石、焦炭、石灰石等炉料装入高炉，在1600摄氏度左右的高温下，高炉内的铁矿石熔化发生还原反应，液态的铁水从高炉铁口放出。一般情况下，每1～2小时打开出铁口出一次铁。

百万大军^①战炉前，

引来铁水赛长江。

1975 年 5 月 18 日深夜

於本溪钢铁公司炼铁厂值班室

思逸颂歌

《列宁在十月》观后感

耕云种月

金磊夫诗词集

"阿芙乐尔"的炮口是那样庄严，
向全世界阐述了布尔什维克坚定的信念：
要建立人民做主的国家，
"无产阶级必须用暴力夺取全部政权"！

战胜了布哈林之流的干扰破坏，
揭穿了机会主义的诡诈和欺骗。
"不能让资产阶级绞杀革命"，
实行人民民主专政"一定要有铁的手腕"。

波罗的海托起英雄的战舰，
伟大舵手力挽狂澜。
斯摩尔纳是列宁领导的革命中枢，
彼得堡集结了无产阶级雄师百万。

奴隶从来就是创造世界历史的真正主人
马克思主义是放之四海而皆准的指南。
"十月革命"一声炮响，
开启了人类社会崭新的纪元。

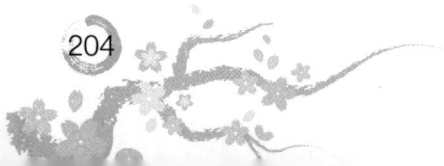

革命道路艰难曲折，
世界风云瞬息万变。
坚信共产主义事业一定胜利！
我们将铭记苏联的一九一七年。

1975 年 4 月 6 日深夜
於吉林市龙潭影院

思逸颂歌

学习《哥达纲领批判》

满怀探索的激情，
带着共同的信念，
我和同学们又聚在灯下，
再次学习马克思的《哥达纲领批判》。
认真地读啊，
我们越发心明眼亮；
深入的讨论，
我们更感重任在肩。
真理的光辉照亮了继续前进的道路，
思想的武器让我们明辨了是非恶善。

在书中，
我们看到了，
看到了骗子是怎样企图用无产阶级的鲜血，
去换取普鲁士的桂冠；
我们听到了，
听到了野心家是怎样拨动着
拉萨尔妄图复辟的得意算盘；
我们清楚了，
清楚了政治娼妓是怎样背叛马列原则

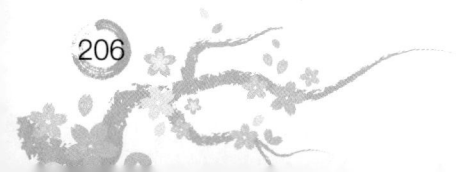

为他们无耻的勾当诡辩；
我们明白了，
明白了"阿芙乐尔"的水手们
为什么又惨遭蒂耶尔血腥的枪弹。

巴黎公社的经验和教训告诉我们：
夺取和巩固政权，
必须有一条正确的政治路线。
在殊死的阶级搏斗中，
要时刻紧握战斗的枪杆。
向刽子手乞讨，
不会有无产阶级的半寸江山！
历史的经验再次证明：
调合—机会—修正
这些杂七杂八的主义
都是走向死亡的路线。
新的历史条件下继续革命，
胸中装着马列主义罗盘。
反对修正主义是一个重要原则，
坚持进步向传统观念宣战！

刻苦攻读，
始终保持清醒的头脑。
努力实践，

思逸颂歌

马列主义光辉为我们指南。
为创造一个崭新的世界，
我们要敢破敢立，
勇敢地向真理的高峰登攀！

1974 年 7 月 4 日深夜
写于吉林冶金工业学校

耕云种月

金磊夫诗词集

生日铭志

风风雨雨，
怎能模糊前进的方向。
志在顶峰的人，
怎会让崎岖的路挡住。
只要有执着的信念，
就会有坚定扎实的脚步。
学会明辨真假，
看清乱云飞渡，
不做弱草随风摇摆，
不学伪君子人生虚度。
磊磊落落做人，
兢兢业业干事，
敢挑重担多吃苦。
当一个无愧时代的青年，
做一棵茁壮成长的大树！

记于 1974 年 5 月 22 日

又记：

今天，22 周岁，这是人生最好的年华。要无愧家国，奋发向上，努力做一个对社会有用的人。

思逸颂歌

赠小梅妹妹 ①

（一）

海燕不怕风雨雷电，
梅花喜欢冰雪严寒。
坎坷只能吓倒胆小的懦夫，
岂能阻挡有为青年？

（二）

人遇万难须放胆，
事逢两可要坦然。
千年岁月多沉浮，
茶酒谈笑星满天。

（三）

有事当断然
无事要悠然
得意须淡然
失意能豁然

1974 年 3 月 27 日
写于海龙镇

---

① 丽珠(乳名小梅)是家中最小的妹妹，她 9 岁时便随父母走"五七"道路到了农村，我们一起在蹉跎岁月中成长。在她 11 岁时我被招工进城，从此兄妹们离多聚少。柔弱的她始终是我最挂念、最关心的人。

元旦抒怀

彩云托着捷报
洒满长天
东风伴着颂歌
飞遍塞北江南
从长白林海
到五指群山
从东海之滨
到青藏高原
艳阳高照红旗漫卷
胜利的歌声响彻九天
一九七三年
载着捷报疾驶而过
一九七四年
带着新的使命飞奔向前
我们的祖国更加壮丽
七亿张笑脸更加灿烂

亲爱的同志
你可曾想过
——二十四年前

那寒风呼啸的黎明

那阴云弥漫的夜晚

黑暗的旧中国

魑魅横行魍魉翩跹……

灾难深重的人民

是怎样盼哪

盼望着曙光出现

路漫漫啊夜漫漫

难明长夜赤县天

一九二一年

伟大的中国共产党诞生了

在黑暗中

点燃了希望的火种

拨迷雾举红旗

唤起工农同心干

建立红色根据地

"枪杆子里面出政权"

赶走了万恶的日本法西斯强盗

推翻了压在人民头上的三座大山

无数先烈英勇奋斗

用鲜血染红了战旗

英雄的人民前赴后继

用生命赢来了今天

忆往昔岁月峥嵘

看今朝地覆天翻

伟大的人民共和国

像钢铁巨人

威严屹立在太平洋的西岸

江山如此多娇

欣欣向荣气象万千

看

五谷香飘万里

梯田盘上云天

原油奔腾似海

钢花怒放争艳

卫星遨游太空

大桥飞架天堑……

啊

突飞猛进的新中国

一日千里势如快马加鞭

从 1949 到 1973

祖国母亲

又经历了多少

风风雨雨的洗礼

又战胜了多少

耕云种月

金磊夫诗词集

天灾人祸的考验

斗争接着斗争

路线对着路线

戳穿了

克里姆林宫骗人的伎俩

粉碎了

华尔街梦寐以求的"和平演变"

七亿人民的汪洋大海

淹没了多少

政治娼妓招摇撞骗的贼船

几经风雨红旗更艳

渡过了二十四个寒来暑往

伟大祖国又迎来了

第二十五个明媚的春天

回顾新中国走过的光辉历程

纵观东风压倒西风的战斗诗篇

我们豪情满怀信心无限

中国要发展

世界要进步

我们一定能够

对人类作出更大的贡献

坚信马列

让鲜红的太阳照遍全球

用新的胜利

去迎接共产主义更加壮丽的明天

1974 年 1 月 1 日
作于江城吉林市

思逸颂歌

215

课堂就是战场

　　到农村插队 3 年，又进工厂工作 2 年，与书本已经很生疏了。因"文革"停课闹革命，初中只读了一年，学到的东西很少，基础知识很差。现跨越式直接接受高深的专业教育，难度确实很大。

　　面对困难，决不能退下阵来。因为，这样的学习机会对我和我们这代人来讲，实在难得。毛主席说："中国人死都不怕，还怕困难吗？"这是激励我奋发学习的巨大精神动力。

　　随着上课的铃响，
　　我快步走进课堂。
　　谁说这是课堂？
　　分明是特殊的战场！

　　这里虽然没有激战的硝烟，
　　平静中却常有特别复杂的"情况"。
　　谁说课堂上无需战斗的武器？
　　解决难题老师和我们同磨"刀枪"。

　　面对一个个知识堡垒，
　　我们总是志在必得从不退让。
　　一堂课，
　　攻下一个"山头"；

24 小时，
近战夜战又打了一场漂亮的歼灭仗。

1973 年 11 月 16 日夜
写于冶校晚自习教室

思逸颂歌

217

工农兵学员

带着工农兵的嘱托，
肩负着上、管、改的重担，
我们又跨进学校的大门，
开始教育革命新的实践。
昨天，
还是工人、农民、士兵，
今天
共同汇聚在久违的校园，
用沾满泥土、油污和握枪的大手，
重新捧起书本，
紧紧握住笔杆。

"大学还是要办的"，
毛主席的"七二一"指示，
指引着教育革命的航船。
在社会实践中选拔学生，
才有这一批批"工农兵学员"。
时代对我们寄予无限希望，
我们一定刻苦学习奋发图强，
在知识的殿堂里立志成材，
在时代的风雨中经受锻炼。

请相信，
新的征程上，
工农兵学员一定能够：
不辱使命不负重托，
勇攀高峰又红又专！

1973 年 11 月 2 日
记于刚刚恢复招生的
吉林冶金工业学校

思逸颂歌

在罹难矿工墓前宣誓

今天，参观"日伪时期辽源煤矿死难矿工纪念馆"。

累累白骨、声声血泪，向我们诉说着过去，诉说着日军铁蹄蹂躏下中国人民灾难深重的昨天。

一位伟人说："忘记过去，就意味着背叛。"

在罹难矿工墓前，我们握紧拳头发誓：决不允许这样的历史重演！

阳光洒满了大地，
东风飘舞着红旗。
今天的人民多么幸福，
祖国山河多么秀丽。

可是，
我们怎能忘记，
怎能忘记过去的苦难，
怎能忘记黑心把头罪恶的皮鞭，
怎能忘记日本鬼子血腥的奴役！
滴滴血泪有海一样的深仇，
纵横白骨把大恨铭记。
水深火热的矿工啊，
我们的父老兄弟，
三座大山压断了他们的筋骨，

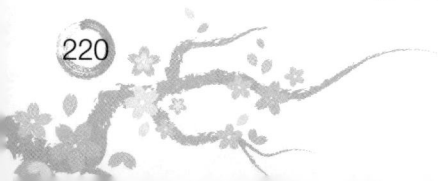

220

日本法西斯的残暴统治，
剥夺了他们生存的权利。
饥寒交迫，生死流离……

压迫深，
反抗重，
中国人从来就宁死不屈。
不愿做奴隶的人们，
举起镰刀锤头，
要翻身、求解放，
万众一心举红旗，
英勇战斗，流血牺牲，
同仇敌忾，前赴后继……
终于赶走了万恶的日本强盗，
中华民族赢得了正义的胜利！

鲜艳的五星红旗下，
站立起来的中国人民，
自力更生奋发图强，
多快好省地建设社会主义。
可是，
日本军国主义野心不死，
妄图卷土重来，再踏上这块土地。
我们铭记着皮鞭和镣铐滋味，

思逸颂歌

221

决不能再受压迫、再被奴役。
睁亮双眼，紧握钢枪，
不许豺狼进犯，
我们时刻保持高度警惕。

常想过去：
阶级苦、民族恨，
牢记心头。
展望未来：
重任在肩，事业壮丽。
坚持反侵略、反殖民、反霸权，
"只有解放全人类，
无产阶级才能最后解放自己。"
天空还有乌云翻滚，
世上还有魍魉魅魑。
站在矿工墓前，
我们庄严宣誓：
用生命捍卫锦绣江山，
定将革命进行到底！

1973 年 7 月 19 日
写于辽源煤矿

为纪念毛主席"向雷锋同志学习"题词发表十周年而作。

雷锋颂

雷锋
每当我想起
这个亲切的姓名
一个高大的形象
立刻出现在我的面前
时时震撼着我的心灵

你那高尚的品德
你那朴素的作风
你那强烈的爱憎
你那火热的激情
你那公而忘私的胸怀啊
多么真切感人
多么可亲可敬

虽然没赶上
硝烟弥漫的岁月
在社会主义革命和建设的火红年代
你是一个顶天立地的英雄

耕云种月

金磊夫诗词集

对工作、对同志

你像夏天一样火热

对敌人、对私心

你像严冬一样无情

你是一颗红色的种子

在亿万人心中生根、发芽

你是一场喜人的春雨

为弘扬五千年文明

在华夏荡起了万里东风

是什么精神

给你这无穷的力量

是什么思想

引导你这不平凡的一生

打开一本本红色日记

读起来让人肃然起敬

想起来令人热血沸腾

十万言

记录了你对人民的赤子情怀

十万言

记录了你对祖国的无限忠诚

每一行

都是你对人生意义的深刻解读

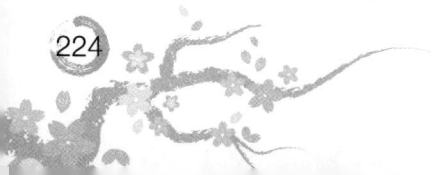

每一页
都记载着你走过的平凡而伟大的历程

雷锋啊
我亲爱的雷锋
你的形象
已经深深地镌刻在人们心里
你的精神
已经融化在亿万人沸腾的血液中
"向雷锋同志学习"
时代的最强音在神州大地
已变成七亿人源自内心自觉的行动

看
到处是雷锋的身影
听
处处是雷锋的歌声
灿烂的阳光下
走来了多少雷锋
成长起多少英雄
"当雷锋那样的战士"
"做一颗永不生锈的螺丝钉"
"像雷锋那样工作和生活，
创造更有意义的人生"

思逸颂歌

在毛泽东思想的旗帜下
浩浩荡荡的队伍
正大步奔向共产主义征程

我们这一代是何等幸福
我们这一代是何等骄傲
我们这一代是何等光荣
因为
我们是雷锋的队伍
因为
我们是雷锋的弟兄
我们是共和国初升的太阳
正值早晨八、九点钟……

1973 年 3 月 5 日
作于梅河口八一化工厂

耕云种月

金磊夫诗词集

谨以此，献给辛勤工作在广大农村那些可敬可爱的"赤脚医生"们！

赞春苗

崎岖的乡间小道上，

急匆匆走过一双赤脚。

露水打湿了她的裤子，

晨风掀动着她的衣角。

啥事这样急？

大步快似跑！

又是去看修渠摔伤的李大伯？

还是去瞧刚做绝育手术的张二嫂？

只见她汗水顺着脸颊流，

转眼间身影隐没在山腰。

……

悬崖上

她一手抓着藤条一手挥着铁镐，

鼓满东风的背篓里，

装进了一棵棵带着深情的中草药。

危难中

是她伸出温暖的双手；

寒风里

是她送来滚热的汤药；

用银针

她为多少聋哑人带来了欢乐；

用偏方

她治好了多少伤痛的腿和腰。

田埂上

她送来防病治病的"红心茶"，

诊所里

她聚精会神紧握着救死扶伤的手术刀，

啊，

可敬的"赤脚医生"，

你是咱贫下中农的骄傲。

"6·26"的金色阳光，

给缺医少药的山村，

育出这喜人的"春苗"。

看，

风雨中，阳光下

赤脚医生这一新生事物，

深深扎根在咱庄稼人的心窝里，

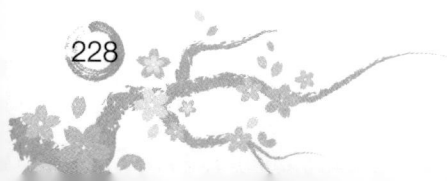

生机勃勃枝繁叶茂，
在农村这个广阔天地，
"春苗"越长越高！

1971年6月26日夜
作于海龙县河洼公社
保安大队第三生产队

思逸颂歌

秋收时节

山前山后处处金黄。
村里村外五谷飘香。
学习大寨夺丰收啊,
换来这漫山遍野的好景象。
咱庄稼人报答国家,
就用这汗水换来的新粮。

抢收、快运,
晾晒、打场。
筛出瘪籽扬净秕糠,
精选出最好的粮食,
装上马车尽快交给国库,
送上咱农民一片炙热的心肠。

1970 年 11 月 26 日
写于海龙县城南公社第八生产队

夜　战

俗话说："三春不如一秋忙"。

秋收，是农村一年中最忙累的季节。为了保证颗粒归仓，这时要经常披星戴月地抢时间挑灯夜战。

星星困得眨眼，
月亮倦得西沉。
时间老公公忙去叫它们：
"公社的愚公学大寨，
不分啥时辰，
黑夜当做白天干，
一年四季付艰辛，
现在到了节骨眼，
分分秒秒都有是金，
需要大家多出力呀，
可是，可是你们……"
月亮羞得脸发胀，
星星睁圆了大眼睛，
急急钻出云彩外，
忙向大地多洒银……

1969 年 10 月 10 日夜
於河洼公社保安第三生产队

思逸颂歌

歌
词

华夏赞歌

你从远古走来
走出了贞观之治无比的精彩
你用秦砖汉瓦
筑起了万里长城雄伟的气概
你让昭君出塞
彰显了华夏博大的胸襟
你用唐诗宋词
抒发着炎黄子孙高雅的情怀
沉睡中你曾倍受凌辱横遭侵害
醒来后你浴血奋战同仇敌忾
龙魂壮
民气昂
高扬的红旗
飞出了中华民族威武不屈的风采

你阔步奔向未来
高唱着东方红一路豪迈
你讲着春天的故事
改革开放的巨轮跃进了崭新的时代
你让神舟遨游太空
飞天的壮举何等气派

思逸颂歌

耕云种月

金磊夫诗词集

你让航母破浪远洋

磅礴的气势排山倒海

你奋发图强复兴伟业

龙子龙孙承前启后豪情满怀

奋进中华

民命国脉

自秀于世界之林

和平的人类定将为神州大声喝彩

2016 年 10 月 1 日

作于北京和平里

我和春天有个约会

和煦的春风吹开了我的心扉
眼前一片春光明媚
枝头的小鸟在放声歌唱
歌声催开了枝头的蓓蕾
我和春天有个约会
我们为生命共同举杯
用每一份情每一份爱
染绿阳光路上的千山万水

和畅的春风驱走了我的疲惫
心底又在深深陶醉
漫野的小草在尽情摇曳
绿色丰富了大地的壮美
我和春天有个约会
我们让梦想共同起飞
用每一颗心每一双手
筑起人生路上的座座丰碑

2013 年 7 月 28 日
作于北京万象新天

思逸颂歌

中国共产党第十八次代表大会今天在北京隆重召开，这是全国各族人民政治生活中的一件大喜事。谨以此献给这次大会。

给太阳敬酒

时代走进了又一个春天
五千年悠久文明的国度
巨龙升腾霞光灿烂
倾听神州欢快的歌声
酿造了世代的美酒今天启坛
把酒高高地举向太阳
我们向太阳敬礼
我们为太阳祝愿
年年三百六十五天
您把光辉和温暖洒向我们心间
啊
给太阳敬酒
为太阳祝愿
天永远
地永远
太阳永远

母亲带领我们走进又一个春天
美丽中国如同画卷
炎黄子孙风发意气
捉鳖下五洋揽月上九天
民族复兴的梦想就要实现
把酒高高地举向太阳
我们向太阳敬礼
我们为太阳祝愿
多少个三百六十五天
您把安康和幸福送到我们身边
啊
给太阳敬酒
为太阳祝愿
情永远
心永远
中国永远

2012年11月8日夜
作于北京天坛

思逸颂歌

心正年青

岁月像激情的风
唤醒不老的梦
一次又一次
展翅的鹰放纵了无忌的眼睛
给天空留下了翻飞的魅影
无畏的心
属于永远年青

岁月像迅跑的风
带走悠远的梦
一重又一重
容颜记下了时空流转的从容
给人生留下难以忘却的曾经
执著的心
与我风雨兼程

岁月像四季的风
把憧憬封冻又唤醒
春天的朝霞总是微笑

幸福装满过往的征程
人生易老天不老
壮士怡然
心正年青

2011 年 5 月 4 日
作于北京青年湖公园

思逸颂歌

心中的太阳

你升起在世界的东方
我深情地把你凝望
你把华夏文明光耀五洲四海
每一寸土地都镌刻着梦想与荣光
你用不息的奋斗挺起脊梁
让腾飞的壮志托起民族的形象
五十六束鲜花为你祝福
五千年历史为你长扬
啊，心中的太阳

你升起在亿万人的心上
我用忠诚为你护航
你把友爱祥和带给天南地北
所有的日子都洒满了幸福的阳光
你用圣洁的笑容面对世界
让鲜艳的旗帜引领明天的辉煌
五十六条彩练为你劲舞
十三亿儿女为你歌唱
啊，心中的太阳

2010 年 10 月 1 日
作于北京

为纪念中国人民解放军建军八十周年而作。

子弟兵颂

你有和平鸽的心，
你有橄榄枝的手。
头顶红星情无限，
一身戎装最风流。
钢铁臂膀托山河，
卫国重任担肩头。

你有阳光般的心，
你有开天地的手。
生命之花最灿烂，
威武之师最风流。
青春热血筑长城，
伟大祖国披锦绣。

2007 年 8 月 1 日
作于北京和平里

思逸颂歌

243

耕云种月

金磊夫诗词集

祖国颂

中国像一条船
长江、黄河是两根纤绳
喜马拉雅是高高扬起的帆
载着民族复兴伟业
劈波斩浪乘风向前

中国是一条龙
扶摇直上能呼风唤雨
降吉祥护佑万民平安
逶迤腾跃关山万里
振兴华夏啸傲苍天

2004 年 10 月 1 日
作于北京天坛

君在何方

醉卧闺房已无心梳妆
娇艳的模样谁在惜玉怜香
鸳梦惊飞好景不长
任凭一缕忧伤爬满心窗
夜色太凄凉
寂寞已泛黄
红帐内烛影摇碎了泪千行
知己难觅相思无望
有谁来倾听我寸寸柔肠
美人如花经不住千般风雨
你能不能在芳菲凋零之前
来到我的身旁

柔情似水禁不起地老天荒
有没有真情值得我朝思暮想
窗前的倩影早已洒满月光
疲惫的心仍在门口张望
芳华似水东流
已失去往日的情愫
有谁能让我追回逝去的时光

可以依恋的你现究竟何处
会不会在天涯海角启程了归航
恨此梦太过飘渺
爱得痴狂能否如愿以偿
愿苍天不辜负这梦牵魂想

1998 年 6 月 29 日夜
作于北京胜古庄

耕云种月

金磊夫诗词集

紫荆盛开庆团圆

百年思念，
百年离愁。
啊！
华夏的明珠，
母亲的骨肉。
爱你爱得太深，
想你想得太久。
盼回归，
盼团圆，
魂牵梦绕情难忘，
斗转星移催春秋。

百年夙愿，
百年奋斗。
啊！
祖国的瑰宝，
神州的金瓯。
香江扬波高唱，
九龙挺胸昂首。

思逸颂歌

庆回归，
庆团圆，
相拥走向新世纪，
巨龙腾飞耀五洲。

1997 年 7 月 1 日
作于北京

又记：

　　1997 年 6 月，应著名青年作曲家陈朝汉之约，为迎接香港回归而作。

　　这首歌在文化部举办的《世纪之声》大奖赛中获奖。

耕云种月

金磊夫诗词集

托起太阳

吊车载着理想，
风机诉说着渴望。
高炉抒发豪情，
钢花吐着馨香，
吐着馨香。

脸上红霞尽情笑，
胸中炉火闪金光，
追求涌动着洪流滚滚，
赤诚鸣奏着铿锵的乐章。
钢铁的情怀，
创造奇迹，
创造未来，
钢铁的情怀，
创造富强，
创造富强。

甩串汗珠叮当响，
抓把空气都发烫，

249

拼搏让中华雄踞世界，
奉献使神州充满着希望。
钢铁的臂膀，
托起世界，
托起希望，
钢铁的臂膀，
托起太阳，
托起太阳。

啊母亲，
我为您熔铸钢铁的脊梁。
啊祖国，
您将走向灿烂辉煌，
走向辉煌。

1994年10月1日深夜
作于武汉钢铁集团公司

耕云种月

金磊夫诗词集

浏览世界

列支敦士登^①游感

贵国虽小游客多，
邮票竟能富山河。
世外桃源此最妙，
处处悠闲可放歌。

2007 年 9 月 18 日
作于瓦杜兹

思逸颂歌

---

① 列支敦士登公国，西邻瑞士，东接奥地利，国土面积 160 平方公里，人口不足 4 万。邮票是该国经济的主要产业并蜚声国际。首都瓦杜兹，人口约 5000 人。国家没有军队，关税、对外关系等均委托瑞士代管。

列支敦士登国家虽小，却是联合国的创始会员国之一。

挪威轻吟

（两首）

写在奥斯陆[①]

海浪夜风月影沉，
城光曙色林翠深。
一望碧蓝水天透，
万物萌秀自由身。

2007 年 9 月 11 日
作于奥斯陆

观弗洛姆瀑布

银河倒悬泻狂澜，
飞瀑轰鸣震九天。
诗情激荡随波起，
浪花从不计流年。

2007 年 9 月 12 日夜
作于松恩—菲尤拉讷郡

---

① 奥斯陆：挪威王国的首都。是全国第一大城市，也是世界上最富有、幸福指数最高的城市之一，还是诺贝尔和平奖的颁奖地。

丹麦寻幽

访安徒生故居

著名的丹麦童话作家汉斯·克里斯蒂安·安徒生（1805—1875年），被誉为"世界儿童文学的太阳"。他将毕生精力都用在童话创作上，把天才和生命献给了"未来的一代"，作品被译成80多种语言和文字。代表作有:《海的女儿》《豌豆上的公主》《卖火柴的小女孩》《皇上的新衣》等等。

孩提最爱读童话，
至今难忘《丑小鸭》。
不朽作品世上传，
我敬大师才与华。

2007年9月7日
作于欧登塞

美人鱼的忧伤

美人鱼雕像是丹麦的标志。她静静地坐在哥本哈根长堤公园附近的大海礁石上，终日忧伤地望着海岸……
美人鱼所蕴含的精神财富，早已成为哥本哈根和丹麦生存发展不可或缺的精神力量。

思逸颂歌

耕云种月

金磊夫诗词集

我凝望着美人鱼低垂的目光
看得出
她一直都在苦思冥想
啊 大海的女儿
妳无比善良
为何又如此忧伤

现在我明白了
为什么大海总是在叹息
为什么浪花永远向着海岸飞扬
从今以后
我不再相信
纯洁的爱情不会受伤

2007 年 9 月 10 日
作于哥本哈根

新西兰觅韵

（三首）

飞赴新西兰

乘云驾雾直向南，
足迹又至新西兰。
太平洋中藏翠岛，
景物宜人胜桃源。

2006 年 10 月 29 日
记于新西兰密拉马半岛

参观明圣酒庄

明圣酒庄，创建于 1851 年，是新西兰最古老的酒庄，其高品质的葡萄酒一直享有盛名。

今有幸到此做客，特记：

千亩碧绿掩荒丘，
葡园酒坊一望收。
日照宝珠悬晶莹，
窖纳琼浆藏清秋。

思逸颂歌

巧匠酿出百种春①，
玉液可消万古愁。
高举金樽齐天乐，
正好乘兴放诗舟。

2006 年 10 月 30 日
作于霍克斯湾葡萄酒产区

新西兰有感

风光旖旎迷望眼，
水清草碧乃天然。
上苍眷顾留净土，
世间才有新西兰。

2006 年 11 月 2 日
作于惠灵顿

---

① 春：酒的雅称。酒亦称金波、玉液、壶觞、曲生、酌、酤、醑、香蚁、琼浆玉露等等。

南非抒怀

中国南非万里遥，
异域风光堪称道。
人间无双企鹅滩①，
世上奇绝海豹岛②。
物产丰饶上苍赐，
山海独特天公造。
如梦如幻太阳城③，
两洋交汇好望角④。
身在他乡观天下，
豪情万丈挽惊涛。

2006年10月25日
作于约翰内斯堡

---

① 企鹅滩：距开普敦约20公里，好像全世界的企鹅都聚集在这里
一般，多得数不清。

② 海豹岛：位于开普敦大西洋一侧豪特湾上，原名德克岛，因岛
上常年栖息众多海豹而被称为海豹岛。有生以来第一次见到这一眼
望不到边的海豹们，你拥我挤的在大洋里、在岛石上戏闹。

③ 太阳城：在约翰内斯堡西北187公里处（与博茨瓦纳共和国毗
邻），是南非规模最大、最豪华的度假村，以奢华、奇特、浪漫和迷
幻著称于世。

④ 好望角：非洲西南端最著名的岬角，位于大西洋与印度洋两洋
交会地带。此处多暴风雨，巨浪汹涌，故称其为"风暴角"。后来，
这里被西方探险家喻为"通往富庶的东方航道"，改称好望角。

思逸颂歌

芬兰随吟

（两首）

芬兰，位于欧洲北部，国土面积 33.8 万平方公里，有岛屿 17.9 万个、湖泊 18.8 万个，以"千湖之国""森林王国"著称。

芬兰是连接北欧和东欧的桥梁，是圣诞老人的故乡，是一个像梦一样的地方。

游赫尔辛基

赫尔辛基是芬兰的首都。即使只是在这里短暂驻足，也会让你留下深刻印象。

半城森林半城海，
千湖之国名天外。
争取独立①舍生死，
奋求自由向未来。

---

① 芬兰从 12 世纪到 19 世纪中叶，在瑞典和俄罗斯的统治下经历了 7 次战争。1812 年俄国—瑞典战争后，俄国取得了芬兰主权，将其列为俄国的自治大公国。1917 年芬兰宣布独立。

耕云种月

金磊夫诗词集

岩石教堂①

神秘庄严堪称奇，
构造巧妙世唯一。
岩石凿出新圣境，
三无教堂盎生机。

2005 年 10 月 24 日
作于赫尔辛基

---

① 岩石教堂，又称"坦佩利奥基奥教堂"。这座教堂就建在赫尔辛基市中心的巨大岩石中，它古朴简单又不失前卫。与想象中的教堂不同，它没有高耸的尖塔，也没有古老的钟楼，甚至连圣像雕塑也没有。

教堂的岩壁上，呈现着花岗岩的色彩，透着一种自然的神秘；岩石缝隙的细流，为整座教堂带来了流动的生机；在穹顶的光明里，面朝圣坛，有说不出的庄严肃穆。

如果来到赫尔辛基，一定要到这座建在石头里的教堂看一看，体会一下它与所有教堂的不同。

思逸颂歌

德国纪行

在德国期间，先后游览了法兰克福、柏林、科隆、汉堡和杜塞尔多夫等城市，对德国的历史、社会、经济等有了进一步的了解，并留下较深刻的印象。

法兰克福[①]

崇拜歌德访诗庐，
世界名城地位殊。
最让吾辈情难忘，
满城秀色满城书。

2005 年 10 月 16 日
写于法兰克福

参观柏林墙[②]遗址

轰然一声墙坍塌，
残垣断壁留涂鸦。

---

① 法兰克福，是德国伟大诗人歌德的故乡，被称为德国最大的"书柜"。法兰克福也是德国乃至欧洲重要的工商业、金融和交通中心。

② 柏林墙，是二战后德国分裂的象征。始建于 1961 年 8 月 13 日。墙体高 3.6 米，长 167.8 公里，将柏林城分为东西两部分，分属于东德和西德。1990 年 6 月，民主德国政府决定拆除柏林墙；1990 年 10 月 3 日，民主德国与联邦德国实现和平统一。

洪流浩荡谁能挡，

一统东西国与家。

2005 年 10 月 18 日

记于柏林墙下

《西江月》科隆大教堂

科隆大教堂，是德国历史和文化的象征。它位于科隆市，始建于 1248 年，历时 632 年才完工。它以世界第三高的尖塔和巍峨的圆顶为特色，向人们展示着对上帝的敬畏之心。

高塔耸入云端，

庇佑天地人间。

精美建筑惊世界，

藏纳众生祈盼。

庄严教堂参观，

内心深处震撼。

和平钟声应长鸣，

地球再无战乱。

2005 年 10 月 21 日

作于科隆

思逸颂歌

回味瑞士

瑞士，被称作"上帝的后花园"，是一个静谧清秀、很美很美的地方。

站在阿尔卑斯山的脊背上，面对着圣洁的马特宏峰，你会感受到它浑雄伟岸，充满活力，充满动感，充满希望。重重雪峰在阳光的照耀下，闪烁着金色的光。

坐在瑞士首都伯尔尼的街头，面对着这座如同艺术精品般美丽的城市，我看到它激情奔放，亲切而温柔，大方而典雅，整个城市流淌着优美的旋律，迷醉了爱因斯坦，迷醉了卓别林，迷醉了千万来客的情肠……

躺在日内瓦湖边，看蓝天、看白云、看碧绿如画的湖水，看雪山在湖中的倒影，我听到了它的心跳。缠绵悱恻，自古留情，如一江春水暗起波澜，明送秋波，留住了卢梭、留住了达尔文……留住了一个个奇闻轶事，留下了一首首动人的乐章。

徜徉在卢塞恩的花桥上，春风拂过水面，吻上我的脸，拥抱我的全身。在这儿能听到小镇的心跳。它和谐顺畅，清新怡然，宁静大方。和风中带着花的芬芳，带着鸟的歌唱，带着纯真的质朴，带着巧

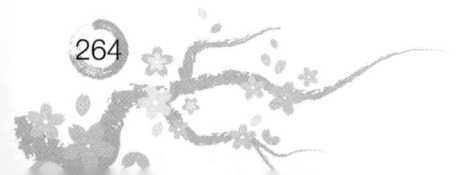

克力的甜香。

　　我醉了，醉在比尔，醉在洛桑，醉在阿尔卑斯山下，醉在莱茵河旁……听雪山在甜蜜地笑，听小溪在静静的唱。

　　瑞士真美，美得让人怦然心动，美得叫人情怡神旷。

　　　　　2004 年 8 月 16 日
　　　　　於瑞士伯尔尼

思逸颂歌

英格兰游记

访剑桥大学有感

成立于 1209 年的剑桥大学，是一所世界顶级学校，由 31 个学院、6 所学校和 150 多个院系组成，涵盖广泛的学科和专业研究领域。

剑桥大学已经培养了近百名诺贝尔奖得主、十多位英国首相，许多国家的总统、元首也毕业于这所学校。

世界名校薰奥堂，
莘莘学子赢诺奖。
黉集栋梁铸师魂，
化冥弘教通灵光。

2004 年 7 月 9 日
记于剑桥大学

康桥追忆

剑桥大学的国王学院，在校园内临康河的草坪上，立一块白色大理石诗碑，上面刻着中国现代诗人、作家、散文家徐志摩的诗句。

1920 年 10 月至 1922 年 8 月，徐志摩游学于剑桥大学。1928 年他故地重游，写下了著名诗作《再别康桥》。

再别康桥成遗作，
今游康河叹志摩。
诗人猝然谢世去，
石碑无言诉蹉跎。

2004 年 7 月 9 日
作于剑桥国王学院

参观格林威治天文台

英国格林威治皇家天文台，位于伦敦东南 20 多公里的泰晤士河畔。1884 年，经过这个天文台的子午线被确定为全球的时间和经度计量的标准参考子午线，也称"本初子午线"，即零度经线。

儿时读认子午零，
到此方懂是初经。
格林威治天文台，
定位计时有奇功。

2004 年 7 月 12 日
记于格林威治小镇

思逸颂歌

游访温莎城堡

温莎城堡,位于伦敦西 40 公里的温莎小镇。始建于 1070 年,经过历代君王的扩建改造,已成为拥有近千个房间的奢华王堡。自 1917 年英国王室以温莎命名,称"温莎王室"。

每当女王住在温莎城堡时,圆塔顶上便会升起英国国旗。

温莎城堡惹人迷,
颐养权贵奢华极。
乔治英皇空寂寞,
女王莅居看米旗。

2004 年 7 月 13 日
记于英格兰伯克郡

再访奥地利

（外一首）

1999 年曾经访问过这里。今旧地重游，深度了解奥地利，留下了更多、更深的印象。

它的首都维也纳，坐落在多瑙河边，是全国最大的城市，也是欧洲的文化中心，被誉为"世界音乐之都"。维也纳还是联合国的四个官方驻地之一，也是石油输出组织、欧洲安全与合作组织、国际原子能机构的总部和其他机构的所在地。

维也纳览胜

林立辉煌歌剧院，
美景①美泉②宫连宫。
卡伦山幽着春色，
多瑙河水润都城。
如潮如涌群贤汇，
名人名曲全球颂。

---

① 美景宫：维也纳最著名的巴洛克宫殿之一。现在为奥地利国家美术馆。

② 美泉宫：巴洛克艺术建筑，曾是神圣罗马帝国、奥地利帝国、奥匈帝国和哈布斯堡王朝的皇宫。被联合国教科文组织列入《世界文化遗产名录》。

思逸颂歌

教堂月影引鸥鹭，
和乐天下愿永恒。

2003 年 8 月 24 日
作于维也纳

《相见欢》萨尔茨堡

萨尔茨堡，是欧洲最伟大的古典音乐作曲家和演奏家莫扎特的出生地，也是著名指挥家卡拉扬的故乡。

优美的自然环境、浓厚的人文色彩和卓越的艺术天才，使萨尔茨堡这座古城既厚重又美妙。

萨堡忘返流连，
自悠闲。
广场商街宫殿胜公园。

风情美，
游人醉，
乐陶然。
天籁之音缭绕在心间。

2003 年 8 月 26 日
写于萨尔茨堡

耕云种月

金磊夫诗词集

亲吻巴黎

巴黎是世界上最美丽的城市之一，也是我最喜欢的地方，它在我心中占有重要的位置。2003年8月访问欧洲时，我再次来到这里看望它，并写下手记。

（一）

当蓝、白、红三色旗不断向我舞动，当埃菲尔铁塔向我频频招手，当香榭丽舍大街拥簇着春天，当爱丽舍宫向我敞开胸襟的时候，我再次来到她的身边——亲爱的巴黎。

（二）

白天，卢浮宫热情地向我倾诉衷情；晚上，塞纳河静静地向我讲述过去；协和广场紧紧地拥抱来自五大洲的朋友；圣母院虔诚地为四海的嘉宾洗礼；红磨坊送来欧洲的热情；凯旋门给我法兰西的最高礼遇……我又一次被巴黎深深地感动了。

（三）

带着东方的真诚，我握着巴黎的手，轻轻告诉

思逸颂歌

她：我爱你，法兰西！古老文明的神州正在复兴，太阳将会再次从东方升起。中华民族酷爱和平，增进交流、珍惜友谊，定能创造更多的奇迹。面向未来，相互支持，让我们共同拥有崭新的世纪！

（四）

巴黎被感动了。葡萄酒芬芳着迷人的醇香，玫瑰花洋溢着时尚的气息，浪漫向人类展现着生活的美好，友善传递着理性的爱意。让文明主宰世界，和平、和谐、和睦昭示着一个国家的民魂民气。

（五）

巴黎是座迷人的城市，巴黎是个怡人的天地。我爱巴黎潇洒的气度，我爱巴黎梦幻般的魅力。拥抱巴黎，我热恋这座孕育了灿烂文化的城市；亲吻巴黎，祝你永远年轻，永远美丽！

2003 年 8 月 18 日
写于法国巴黎

速游卢森堡

何为"速游"？因去回只用大半天时间。

卢森堡大公国，是位于西欧的内陆国家，也是世界上仅有的大公国。国土面积 2586.3 平方公里（相当于我国一个市的行政区域），人口约 60 万。卢森堡的金融、钢铁、化工和运输业支撑其经济快速发展，人均 GDP 位居世界前列，是欧洲最富有、最繁荣的袖珍型国家。

卢森堡大峡谷

地壳变迁成深渊，
万丈悬桥接地天。
古城新韵多佳话，
满眼诗意涌彩笺。

兴游卢森堡[①]

双虹[②]飞跨峡壑通，
恍若蜃市隐王宫。
教堂巍峨凌浩宇，

---

① 卢森堡市，是卢森堡大公国的首都。这是一座名称与国名完全一样的城市，也是一座拥有 1000 多年历史、以城堡闻名的古老城市。

② 双虹：指阿道夫桥和夏洛特桥，两座大桥连通了卢森堡新旧两个城区。

街巷幽深染霞红。
翠绕珠围林茂密，
水秀山青天碧澄。
古城新区共欧韵，
好似游走画廊中。

2002 年 4 月 26 日
记于卢森堡

耕云种月

金磊夫诗词集

比利时随笔

（两首）

有感布鲁塞尔

布鲁塞尔是欧盟主要行政机构所在地，有"欧洲之都""国际城市"之称。是名副其实的"欧洲心脏"。

今访问这座城市，有感：

欧洲风韵此领新，

历经磨难多福音。

国际城市诉心曲，

祈愿天下一家亲。

2004 年 4 月 24 日

作于布鲁塞尔

赞第一公民

《撒尿的小男孩》雕像，是比利时首都布鲁塞尔的市标。

当年，西班牙入侵者在战败撤离布鲁塞尔时，要炸掉这座城市。夜晚出来撒尿的小于廉发现后，用尿浇灭了已经被点燃的导火索，使这座城市和城里的人们幸免于难。

为了表彰和纪念小于廉的功勋，1619 年当地政府铸造并矗立这尊铜像，同时授予只有 5 岁的他为"布鲁塞尔第一公民"称号。

思逸颂歌

巧救都城不惧凶，
稚童临危胜蛟龙。
飞尿直射硝烟灭，
天下敬重小英雄。

2002 年 4 月 25 日
记于布鲁塞尔

耕云种月

金磊夫诗词集

走马观花看荷兰

（三首）

库肯霍夫公园

郁金香，是荷兰王国的国花。

被称作"人间仙境"的库肯霍夫公园，是世界上规模最大、品种最多、品位最高的郁金香花园。所有能够代表荷兰的东西：郁金香、风车、木鞋、奶酪等，都浓缩在这里。

郁金香园艳四海，
占尽韶华羞粉黛。
荷兰风情多诗意，
五洲游人慕名来。

2002 年 4 月 21 日
作于荷兰丽兹市

夜游阿姆斯特丹[①]

古都盛名耀西东，
连通五洲敞襟胸。

[①] 阿姆斯特丹：荷兰首都，也是荷兰第一大城市、欧洲第三大城市（仅次于伦敦和巴黎）。

満目金香绽笑脸，
连天风车忆峥嵘。
梵高星月①总遥望，
企盼人间早大同。

2002 年 4 月 22 日夜
作于阿姆斯特丹

风车赞

与风共舞
你奉献着力量
四季轮回
你不停地歌唱
静下来
你像少女矜持稳重
动起来
你如小伙热情奔放
你是诗、是画、是名片
更是荷兰生机盎然的形象。

2002 年 4 月 23 日
作于阿姆斯特丹

---

① 梵高大师最有名的画作《星月夜》。

瑞士印象

　　几次到欧洲，除了工作以外，还有一大收获，就是通过深入的考察和切身感受，对瑞士留下了深刻印象 。

有人说
瑞士极不真实
这话是对的
因为它就是一个童话

有人说
瑞士过于浪漫
这话并不过分
因为它把真实的世界变得梦幻一样

也有人说
瑞士是个超级公园
这话不错
因为这里的任何地方都移步异景让你恍入画中

还有人说
瑞士代表了希望

这也是不争的事实
崇尚和平社会才如此文明经济才如此辉煌

更有人说
瑞士积淀了太多的幸福
这是真真切切的
因为这里地绿天蓝山雄水美人们最为眷顾

我说
瑞士就是瑞士
因为这里是爱恋的家园
是友好文明发达的国度

　　　　　2002 年 4 月 20 日
　　　　　记于伯尔尼

再游梵蒂冈

上一个千年
我曾经来过这里
短暂的游览
留下了很深、很深的印象

新的世纪
我再一次来到这个袖珍国度
圣彼得教堂还是那样庄严
圣彼得广场还是那样漂亮

一个世纪过去了
两次世界大战给这里留下累累创伤
一个千年过去了
时光老人又给人类带来了新的希望

人们需要理解民族企盼繁荣世界应当兴旺
幸福没有国界友谊地久天长
这是人类共同的愿景
历史的进程闪烁着博爱之光

思逸颂歌

不分肤色
美好是人类共同的向往
不论种族
自由是世间共同的信仰

让我们祈祷吧
为了和平
祝世界早日大同
让爱的钟声在地球上永远永远鸣响

2002 年 4 月 18 日
写于梵蒂冈圣彼得广场

耕云种月

金磊夫诗词集

我爱米兰

这是我第二次访问意大利。再游米兰，对这座"世界时尚艺术中心""世界设计之都""世界历史文化名城"、欧洲四大经济中心之一的城市，有了更多、更深刻的认识。

米兰
名字像花一样美丽
米兰
城市像姑娘一样漂亮
巍峨的大教堂张开手臂欢迎远方来客
舒展的中央大街敞开胸怀拥抱金色的阳光

清晨东升的旭日
为米兰注入勃勃生机
晚上七彩霞光
给米兰换上绚丽霓裳
婆娑的绿树是你身下的裙摆轻摇
飘浮的白云是你头上的纱巾飞扬
晚风拂在脸颊是你甜蜜的吻
月光洒满水面你婀娜多姿情深意长

歌剧是你难以忘怀的爱恋
优美的男高音唱着动人的悠扬

耕云种月

金磊夫诗词集

足球是你心中的骄傲
AC 米兰和国际米兰
为你创造了举世的辉煌
水晶是你不朽的杰作
它让那么多人
爱你爱得如痴如狂
……

因为有太多的激情涌入米兰广场
广场每天都是奔腾的海洋
因为有太多的人喜欢米兰的太阳
太阳把游人带进梦幻般的天堂
啊！米兰我爱你
你和你的故事永远在我心里珍藏

2002 年 4 月 16 日夜
作于意大利米兰市

富士山随感

（外一首）

　　海拔 3776 米的富士山,是日本国民心中的圣山,也是"国山"。富士山经常云雾缠在半腰,有时山顶被云雾遮盖,因此很多人到此都有"不识此山真面目"之感。我们还算有幸,在山下透过云隙,几次见到了"害羞"的山顶(火山口),看到了巍峨的富士山全貌。

云雾将山分两段,
天上一半地一半。
天上那段炼红日,
地上这段富家园。

富士美

巍巍富士入云端,
不见峰顶只见天。
欲知此山壮与美,
须到天宫做神仙。

2001 年 10 月 28 日
写于日本东京

参观韩国民俗村有感

（外一首）

中国文化与韩国文化之间的历史联系无法割裂，尤其是儒家、道家思想，更是一脉相承，源远流长。

一衣带水两情亲，
同生何须问同根。
协力共进同强富，
原本都用汉字人。

郊游

秋天，汉城郊外天高气爽，洁白的芦花、火红的枫叶，金黄的稻穗……丰收的季节，她像一幅有生命的画。

漫山秋叶醉白云，
高天碧水万象新。
色彩斑斓大写意，
天公才是真画神。

2001 年 10 月 26 日
於韩国汉城

游赏巴黎

巴黎游感

圣母教堂凯旋门，
凡尔赛宫访帝阁。
登临铁塔欲穷目，
望断天涯是昆仑。

2000 年 4 月 27 日
记于巴黎

巴黎圣母院

金碧辉煌圣母家，
名扬四海尽慈华。
人间博爱乃天堂，
心灵澄净你我他。

2000 年 4 月 28 日
作于圣母院

思逸颂歌

卢浮宫① 见闻

世间造化聚卢宫,
包罗万象气势宏。
断臂女神多遐想,
裸身男爵万人崇。
历代雕画追美善,
惊世珍品炳艺功。
高山仰止比岱岳,
神州国宝在其中。

2000 年 4 月 29 日
记于卢浮宫

舟游塞纳河②

名河塞纳穿城过,
两岸景物故事多。

---

① 卢浮宫:举世瞩目的艺术殿堂,位列世界四大博物馆之首。它是法国最珍贵的古典建筑之一,始建于 1204 年,原为法国王宫,曾居住过 50 位法国国王和王后。

② 塞纳河:欧洲四大河流之一。它不但孕育了两岸人民,也孕育了太多的城镇和太多的故事。它流经巴黎,埃菲尔铁塔、亚历山大三世桥、卢浮宫、奥赛码头、法国美术学院、杜乐丽花园、圣路易岛(宫殿之岛)、巴黎圣母院、青铜飞马座……都享受着它的滋润。

花都① 浪漫总流淌，

斜阳伴我醉兰舸。

2000 年 4 月 30 日
吟于塞纳河上

---

① 　花都：巴黎的别称。巴黎还被称为：艺术之都、文化之都、时尚之都、浪漫之都等。

袖珍圣马力诺

　　圣马力诺共和国，建立在蒂塔诺山长约 3 公里的山坡上。因此，人们喜欢称圣马力诺为"山顶上的国家"。圣马力诺是欧洲第三小国，仅次于梵蒂冈和摩纳哥，国土面积不足 61 平方公里，人口只有 3.2 万。整个国家被意大利包围，是欧洲的另一个"国中之国"。

　　圣马力诺是欧洲最古老的共和国，国家元首是政府和议会的首脑，由两名执政官共同担任；议会称大议会，实行一院制。这是一个经济社会高度发达的国家。1992 年成为联合国的成员国。

悬崖之上耸石城，
古老教堂浴清风。
蓝天白雪拥王冠，
微型山国接碧空。
人丁三万不言少，
疆域千畴城堡通。
故垒萧萧胜桃源，
云华昭昭铸新梦。

2000 年 4 月 25 日
记于圣马力诺市 ①

---

①　圣马力诺市：圣马力诺共和国首都，人口近 5000 人。

游梵蒂冈

在欧洲，有一个建于中世纪，国土面积仅为 0.44 平方公里，人口只有 2000 多人的国家，这就是位于意大利首都罗马城里的梵蒂冈教皇国。访问意大利罗马时，顺访了这个袖珍国度。

一个国家
凸显一座教堂
一片国土
只有一个广场

古老而神秘的国度
崇尚着世代不变的信仰
任凭世道变幻
这里依然平风静浪

圣母玛利亚
爱怜着他们的一切
受难的耶合华
是他们心中永远的悲伤

国人追随着"圣父""圣母"
宗教引导子民步入心中的"天堂"

思逸颂歌

政教合一
教义也是政令
治理国家
元首就是教皇
梵蒂冈
——城中之国
一个超级的袖珍国度
一个令游人驻足的地方

2000 年 4 月 21 日
作于梵蒂冈圣彼得广场

品读意大利

古罗马斗兽场

建于公元 72—79 年的罗马斗兽场，是古罗马的象征，由 8 万名劳工费时 8 年建成。整个建筑占地 20000 平方米，可容纳 9 万名观众。

这座建筑，深刻影响着全世界历代大型体育场馆的建设。

百孔千疮竞技场，
辉煌早已成过往。
生灵厮杀惊心魄，
人类文明路漫长。

2000 年 4 月 18 日
作于罗马

比萨斜塔

比萨斜塔，位于意大利托斯卡纳省比萨城，建造于 1173 年，为乳白色大理石钟楼，塔基至塔顶高 58.36 米。

由于地基不稳定，在建造期间便发现塔身逐渐向东南倾斜，塔顶偏离垂直线 3.5 米。至今已有 800 多年，倾而不倒，也是个奇迹。

伽利略著名的自由落体实验，就是在这座斜塔上做的。

293

斜塔躬身总未倾，
绝非此地有精灵。
从来奇迹人创造，
天地有容动平衡。

2000 年 4 月 19 日
记于托斯卡纳

庞贝古城遗址

庞贝古城，位于风光绮丽的那不勒斯湾附近，始建于公元前六世纪。是一座背山临海的避暑胜地和地中海著名的港口城市，经济十分发达。

公元 79 年 8 月 24 日，距庞贝古城仅 10 公里的维苏威火山喷发，炽烈的岩浆和火山灰将庞贝古城掩埋在 6 米多深的地下。整整 1900 年后，庞贝古城被挖掘清理出来，重见天日。今有幸目睹这座古城遗迹。

庞贝古城今相见，
火山埋没逾千年。
曾经繁华犹可寻，
天灾惨烈绝人寰。

2000 年 4 月 20 日
记于那不勒斯

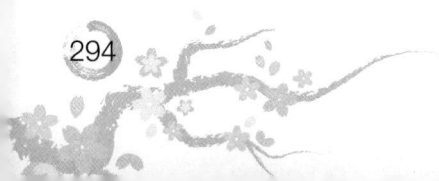

威尼斯水城

威尼斯是意大利东北部的重要港口城市，由 118 个小岛组成，并以 177 条水道、401 座桥梁连成一体，以水为路，以舟代步，有"水上都市""百岛城""桥城"之称，是世界上唯——座没有汽车的城市。

潮起潮落涤岛城，
宫殿民舍皆木撑。
漫步街市船代步，
以水为路独风情。

2000 年 4 月 22 日
记于亚得里亚海滨

新加坡游记

新加坡共和国，旧时称新嘉坡、星洲、星岛，别称狮城，是东南亚的一个岛国，由新加坡岛及附近 63 个小岛组成，国土面积 733.1 平方公里、人口 360 万。

今天，带着一种特殊的感情游访了这个华人占 70% 的国家。

新加坡市

新国精巧凸一城，
辉煌正如天上星。
牛车水巷①民风善，
鱼尾狮身铸图腾。
灿灿星岛情意重，
浩浩南洋血脉浓。
相逢皆为炎黄后，
诚祝荣昌享太平。

游圣淘沙有感

碧海蓝天处处花，
人间仙境圣淘沙②。

---

① 牛车水巷：新加坡的唐人街。早期没有城市自来水，因以牛车运水而得名"牛车水"。

② 圣淘沙：新加坡著名的旅游胜地。位于亚洲大陆最南端。

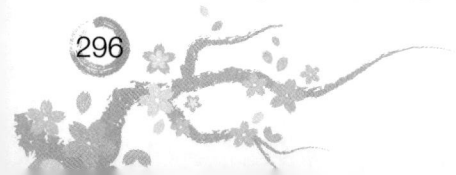

和风丽日云水俏，
霞客①到此亦忘家。

赞胡姬花

多姿多彩国花昌，
卓锦万代②竞芬芳。
兰心蕙质凝大爱，
眼迷情醉在异邦。

1999 年 6 月 30 日—7 月 3 日
作于新加坡城

思逸颂歌

---

① 徐霞客：我国明代著名的旅行家、地理学家、探险家、文学家。
② 卓锦万代兰：新加坡国花，亦称胡姬花。

《渔家傲》访澳大利亚有感

过去不曾到悉尼，
心中早唱澳洲曲。
春秋冬夏都绮丽。
轻风里，
绿岛蓝天碧如洗。

东澳喜迎黑天鹅，
西澳袋鼠着人迷。
日出大洋霞如霓。
告知己，
一生不可少澳旅。

1999 年 6 月 28 日

后记：

"澳大利亚就像一个大花园"，朋友很早就这样对我说。
身临其境，此话当真。

黑天鹅和袋鼠为澳洲所独有，作为国宝，它们的形象
已成为澳大利亚国徽的一部分。

耕云种月

金磊夫诗词集

《相见欢》赞黄金海岸

澳大利亚的"黄金海岸",这座城市与它的名字一样美丽。乌克兰的敖德萨、意大利的那布勒斯、美国的大西洋城、法国的马赛、中国的大连……在她的面前都显得逊色。

风轻浪柔沙平,
听涛声。
碧岛神韵迷人,
乐盈盈。

拾浪花,
弄潮流,
抒豪情。
心绪如海澎湃,
正此景。

1999 年 6 月 26 日
作于澳大利亚黄金海岸

思逸颂歌

白俄罗斯游感

明斯克^①

欧洲的心脏

斯维斯洛奇河^② 静静地流淌

奔腾的浪花里

有明斯克人幸福的欢笑和辛酸的过往

它告诉人们：

为了母亲的安宁

为了孩子们不再受伤

珍惜和平

不要打仗

1992 年 6 月 24 日

作于明斯克

---

① 明斯克：白俄罗斯首都。这是一座伤痕累累的城市，在第二次世界大战中几乎被夷为平地。除了战争之外，最严重的伤害还有1986 年的切尔诺贝利核电站的核泄漏事故。

② 斯维斯洛奇河：第聂伯河支流。明斯克就坐落在这条河畔。

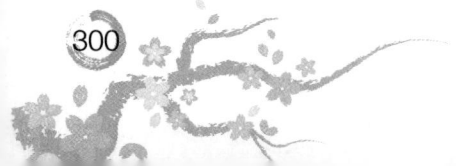

走进乌克兰

基辅，位于第聂伯河中游，是乌克兰最大的城市，也是一座千年古城。1934 年成为乌克兰首都。

基辅荣光

基辅山岿然屹立，
第聂河蜿蜒流淌。
山河是承载历史的纪念碑，
彰显着古老城市的无上荣光。
心仪来到这里，
种下了一颗美好的愿望：
追梦从"花园都市"① 开始
让理想在这里幸福成长！

1992 年 6 月 20 日
写于基辅

---

① 花园都市：基辅市的别名。

思逸颂歌

记敖德萨

古老而美丽的敖德萨，是乌克兰第三大城市，也是黑海沿岸的重要港口城市，更是一个充满故事的地方。

黑海明珠敖德萨
万舸竞发向朝霞。
得天独厚物产丰，
古城秀美连欧亚。

1992 年 6 月 22 日
写于敖德萨

俄罗斯散吟

访伊尔库茨克

伊尔库茨山若烟，
贝加尔湖水连天。
白桦傲立凭空秀，
苏武牧羊悲史传。
大汗弯弓驰欧亚，
金戈铁马卷狂澜。
今到此处访祖迹，
五味杂陈无以言。

1991 年 6 月 15 日
记于伊尔库茨克

圣彼得堡游感

涅瓦河边皆绿茵，
芬兰湾里舰穿巡。

皇家古堡今犹在，
富丽宫殿①迷游人。

1992 年 6 月 18 日
作于圣彼得堡

莫斯科记忆

梦中俄国今见真，
克里姆林殿堂深。
希金②家园忆往事，
列宁故国情最纯。
东正教塔耸天立，
彼得大帝敬若神。
红场风云啸空远，
莫城记忆直入心。

1992 年 6 月 19 日夜
记于莫斯科太平洋饭店

---

①　彼得大帝时建造的夏宫、冬宫富丽堂皇，藏品琳琅满目。这些宫殿已向世人开放。

②　普希金：俄国著名诗人、作家。代表作有：《自由颂》《黑桃皇后》《上尉的女儿》等。

美国札记

旧金山金门大桥

金门大桥是旧金山市的主要标志，位于金门海峡之上，连通旧金山市区和马林县。

大桥全长 2780 米，其中主桥长 1967.3 米。这座 55 年前建造的大桥是悬索桥的典范，其工艺技术和运营管理至今仍具有标杆意义。

参观金门大桥有感：

> 金门桥上快意生，
> 奇绝工物动客情。
> 万顷碧波脚下过，
> 千帆竞渡追鸥行。

1988 年 2 月 11 日
记于旧金山市

思逸颂歌

自由女神像 ①

自由女神法国造，
耸立纽约自由岛。
远来和尚会念经，
但愿世界能更好。

1988 年 2 月 14 日
记于纽约

时报广场

时报广场，是纽约市曼哈顿一处繁荣街区，被称为"世界的十字路口"。因《纽约时报》总部大楼坐落在这里而名"时报广场"。

来到广场只见人，
十字路口乱纷纷。
大屏广告真人秀，
酒绿灯红西洋魂。

1988 年 2 月 16 日
记于纽约时报广场

---

① 自由女神像，全称"自由女神铜像国家纪念碑"，又名"自由照耀世界"。

这座纪念碑，是美国建国 100 周年时，法国设计、建造并赠送给美国的。它全高 93 米，其中女神像高 46 米、基座高 47 米。现已成为纽约著名的地标建筑。

田纳西州① 游感

寻飞万里眼界开,
田纳西州入情怀。
风光宜人醉游客,
民乐伴着轻风来。

1988 年 2 月 18 日
记于田纳西州

思逸颂歌

---

① 田纳西州位于美国东南部,以乡村音乐、美食和优美风情而闻名。

围炉漫话

浮世清欢

清欢，乃清雅恬适之乐。就是远离世俗的喧嚣，淡泊名利欲望，置身自然，返璞归真，粗饭淡汤，清茶一杯，温馨欢愉的生活。

北宋理学家邵雍写道："稍近美誉无多取，清欢虽腆且无忧。"北宋大文学家苏轼诗曰："雪沫乳花浮午盏，人间有味是清欢。"大书法家黄庭坚曾有"身健在，且加餐。舞裙歌板尽清欢"的愉悦；清代著名文人黄鷟来有"今夕亦何幸，重复接清欢"的感慨……可见，人们对清雅的赞美，对清欢的向往和追求由来已久。

清欢，是不以物喜，不以己悲；是宁静致远，淡泊名利；是采菊东篱下的逍遥，是读书品茶的快意。

几片茶叶，一壶春秋。炉火彤红，心不落尘。泉水在壶中沸腾，茶叶随之上下飞舞，释放着暖暖的馨香。流水洗肌骨，听涛如松下。刹那间，仿佛看见茶的今世前缘。

茶为茶，是盛唐气象；茶非茶，乃两宋禅意；茶乃茶，为明清印记。我等俗人，一口入喉，是柴米油盐酱醋茶；一杯入心，是琴棋书画诗酒花。茶

无雅俗，天下共饮。故世人将茶做为国饮，当无出其右者。

茶室，为开怀之所，半梦清趣半幽居；茶室，也是忘尘之处，于茶话中品甘露微香；茶室，更是清欢之地，在茶席间与友畅谈。

轩窗清朗，素席朴真。案上一兰，赏一世嫣然；席间一琴，听一季秋风；幽帘一抹，观一缕碧色。香气氤氲，净几落落，茶器如玉，茶香如醉。悠悠古韵伴茶香，一啜润心喉，二品解孤寂，三饮清枯意，四杯净心目，五盏明世理。恬淡之趣，莫过于此。

一方茶席一天地。身在家中，心怀四野。只缘茶中生快意，更喜窗外正换季。

院中迎春正盛，折枝插瓶，自成一画。品茶赏花，如在竹下。如此诗情画意，实为百姓日常。斜阳落西窗，迎徐徐清风，看袅袅炊烟，望溪流伴霞飞，听鸟鸣看蝶舞……真是神怡心旷。

茶，从来不是论道的工具。渴了即饮，是口腹之欲；品茗静思，是为真谛。尘世任何繁复的形式都是多余，明朗澄澈的心境才是人间道场。

"茶能怡人何必酒"，洗净尘虑，让清欢成为心灵中美好的追求。

2022 年 2 月 15 日
作于北京雅韵轩

大红袍

——中国味道

大红袍，许多人提起它都津津乐道。要么称赞它的浓郁茶香，要么称赞它的回甘醇和，要么称赞它叶底软亮柔嫩，要么称赞它冷香馥郁持久……

武夷山独特的地理地貌、山水灵气，赋予了大红袍坚韧、醇厚、自然、包容的品质，它茶性温和，茶汤柔顺，茶香芳馨，香气持久，与中国传统文化所蕴含的思想不谋而合。可以说，大红袍是独特的中国茶，是经典的中国味道。

大红袍属武夷山岩茶系列，是武夷岩茶四大名枞（大红袍、铁罗汉、白鸡冠、水金龟）之首。武夷山独特的水土和气候，给予了大红袍别样的风韵。

武夷山的丹霞地貌，砂砾岩风化形成的土壤，湿润的气候条件，是生长好茶不可多得的风水宝地。它造就了生长在这里的茶叶厚重的口感与独特的韵味，大自然的恩赐，使它天生拥有岩石的骨感与花香的气息。离开这个环境，难觅这缕醇香。

《本草纲目拾遗》对武夷岩茶的评价："诸茶皆性寒，胃弱食之多停饮，惟武夷岩茶性温不伤胃，凡茶癖停饮者宜之。"

思逸颂歌

313

在武夷岩茶的传统工艺中，炭焙是最关键的环节。经过炭焙的大红袍，表现的是浴火重生的凛然。独到的工艺，使大红袍的曼妙在杯中尽情绽放。

大红袍的冲泡，也蛮有讲究。前两道高冲快出，激发茶香；三、四道则细水慢斟，使它在恬静中释放清香；五道之后可适当闷泡，让有益的组分得到最大限度的萃取。大红袍条索坚实，色泽乌褐油润，茶汤橙黄明亮，茶香清正幽远。

大红袍，总是这般。既没有铁观音的霸道张扬，也没有普洱茶的众人皆醉，更没有绿茶的匆匆而过。它独有的幽幽岩韵、醇滑口感和弥久回甘，让人回味，让人留恋，让人感受什么才是国饮，什么是真正的中国味道。

"午枕不成春草梦，落花风静煮茶香"。泡一壶大红袍，使得满堂芬芳。缕缕茶香若隐若现，氤氲飘荡，是那样的丝丝萦绕，又是那样的淋漓尽致，让人欲罢不能。

2021 年 10 月 19 日
写于武夷山下

残茶最懂人心

在茶馆或茶室里，哪些器物最解人的风情？是茶具？是桌椅？是沸腾的水？是幽静的灯？还是室内的气氛？都不是。最解人的风情的，是茶，并且是残茶！

尚有水温的残茶，茶香已经散发将尽，茶客的脚步还未走远，茶榻上的余温尚未退去。此刻的残茶浸满了茶客们的交情，装满了刚刚听到的故事。或苦或甜，或冷或暖、或平或崎、或直或弯、或空或实、或明或暗、或春风得意或怨气冲天、或喜上心头或伤感无限……

茶，本是高山上、云雾中生长的灵性之物。水是它的知己，因为是水给了它第二次表现的机遇。在沸水的激荡下，它曼妙地起舞，释放着韵味，抒发着情感。

经三五巡水烹，茶味渐淡，茶香贻尽，客人们留下了最后一杯淡然如水的茶。残茶是最知趣的旁听者，默默收藏着每一个人的过往，每一个片段的温馨，每一个心动的愉悦。

当下的人，喝茶的不少，而真正懂茶的不多，懂得茶性的更少，至于懂得茶心的人则少之又少。

三两杯过后，喝茶的人越发精神，却看不到萎落的茶叶里凝结了他们想不到的故事。

谁最懂茶？嗜茶如命的高僧？《红楼梦》里的妙玉？还是茶圣陆羽？……他们，能撬开残茶的嘴？从残茶里听到一般人不易了然的菩提？或许可以。

人们总是在诉说，说到苦恼处，无计可施，无地自容，无人可助。怎么办？其实这时候，茶有解围妙计，茶最懂得把复杂问题简单化。

残茶多像一位欲言又止的智者，用尽了大半生耳提面命。临老了，它仍在关注地看着我们如何在如茧的尘世里抽丝脱困。

残茶又像是尽了全力辅佐我们味蕾的老仆人，鞠躬尽瘁，到最后也不忘献出自己的一切，以助我们在紧要关头保持清醒和豁达。

茶心可表，表在水里。水尽了，不要以为茶就哑了。其实，茶哪里会哑，残茶还在诉说。不信，你可以凝心问茶，细细地静听……

2021 年 5 月 28 日夜
写于北京听雨轩

左侧竖排：耕云种月 金磊夫诗词集

有感茉莉花茶

茉莉花，花香浓郁。它原产于印度，西汉时最先在福州落户。自古被评为香花之首。

茶，清淡优雅，源于神农氏，兴于唐，被誉为国饮。

将茉莉花入茶，将茶香与茉莉花香完美融合，制成"窨得茉莉无上味，列作人间第一香"的茉莉花茶，至今已经有1000多年的历史。勤劳智慧的茶农将新鲜的茉莉花与新茶拼合，经过反复窨制，使茶叶吸收花香，创造出这种广受欢迎的再加工茶——茉莉花茶。

在《中国名茶录》里，福州茉莉花茶被列为花茶类唯一的中国历史名茶。2011年，国际茶叶委员会授予福州"世界茉莉花茶发源地"称号；2012年国际茶叶委员会又授予福州茉莉花茶"世界名茶"称号。2014年，福州茉莉花与茶文化系统入选《全球重要农业文化遗产》。

茉莉花茶的主要产地为福建福州、广西横县、四川犍为、云南元江等地。主要品种有：茉莉针王、茉莉金针、碧潭飘雪、茉莉白龙珠、茉莉玉蝴蝶、茉莉玉环、茉莉福螺、茉莉银毫等。

茉莉花茶在清朝时就被列为贡品，慈禧太后经

思逸颂歌

常将茉莉花茶做为礼品，送给外国使节和他们的夫人。它不仅受到皇室的宠爱，也是文人墨客的宠儿，不少名流才子都喜欢茉莉花茶，而且也深受大众的喜爱。自古就有"露华洗出通身白，沉水熏成换骨香"的无尽赞美。张爱玲写过一部中篇小说《茉莉香片》，这个茉莉香片就是茉莉花茶。

在各种花茶中，茉莉花茶的香气含蓄清幽，香而不浮，爽而不浊，令人心悦神怡。有人说："茉莉花茶能喝出春天的味道。"也有人说："喝上一口茉莉花茶，似乎口中绽放出了整个夏日的芬芳气息，忍不住想多喝几口，让美好入心，让花香入骨。"大作家冰心在《我家的茶事》一文中写道："茉莉花茶不但具有茶特有的清香，还带有馥郁的茉莉花香。我们的家传喜欢饮茉莉花茶。"

喝花茶可以养颜，可以健脾化湿。茉莉花茶更具花与茶的双重功效，能驱寒助阳，疏肝解郁，止痛抗氧，美容消食等。对于女性、中老年人、上班族来说，喝茉莉花茶是安定情绪，舒养心志，提振精神的好方法。

品茉莉花茶，我们可以在芬芳中喝到美，留住美，可以在品味的过程中，尽情享受生活的美好！

2019 年 7 月 18 日夜
记于北京静心斋

蓉城①品茶

中国人喜欢喝茶。因我国幅员辽阔，人口众多，各地喝茶的习惯、形式有所不同。

南方人喜用小杯沏茶，用小盅慢饮细酌，称品茶；北方人喜欢用大杯大碗直接冲泡，豪爽痛快，叫喝茶。

晚上三两好友聚在一起，或在家里、或在茶馆，泡上一壶茶，摆起"龙门阵"，壶中天地，杯中日月，边喝边侃，这才是饮茶。

每来一次成都，这种感觉就多了一分，就越发觉这里很休闲、特宜居，是个喝茶的好地方。

炉火烧红满天霞，
壶中沸水唤春花。
好友相聚叙陶缘，
悠然畅饮心中茶。

2019 年 3 月 25 日
於成都宽窄巷子

---

① 成都，简称"蓉"，别称蓉城、锦城。四川省省会，副省级城市，国务院批准的中国西部地区重要的中心城市。

成都也是一座古城。三国时代，蜀国的都城就在成都。这是一座历史悠久，文化底蕴厚重的城市。

思逸颂歌

关于茶的随想

人与绿草和树木在一起，或者说：在草木之中生活着的人，这便是茶字了。

茶字的构造如此之美，看着这个字就让人生发想象。看茶字的中国书法，更像是一位衣袂飘然的少女。

茶，当你叫着、听着的时候，就已经有一种感情了。

茶生长在云雾飘渺的山间，当嫩芽初放的时候，玉手把她轻轻地采摘下来，经过茶人细心、繁复的制作，她以不同的形态，不同的颜色，不同的芳香，走进了人们的生活，终日陪伴在厅堂、在书房、在宾朋好友的身旁……

品茶，是极其美妙的事情。首先是泡茶，沸水如瀑倾泻，茶在杯中随性曼舞，知音一般的和谐与激荡。茶只有在这时才一展真容，将裹藏多时的自己慢慢点点地打开。茶在水中翔舞，云卷雨舒，披风腾雾，在热情的环境下，它将自己变成了真正的茶。这个过程中，水受它的感染，也随着茶一起变化，一道释放，一同升华，因美妙而改变了自身，使原本的白水，成为一杯清雅而又醇香的甘露。茶水中

升腾着精气神，茶壶里盛满了日月星。

当您邀上三两好友，或聚于堂前，或坐在月下，人人手捧茶杯，轻啜点周易，豪饮评春秋，真是神仙般快乐。那种安逸、清幽的气息，豪放友善的氛围，弥漫在天地之间。饮得入兴时，大家便谈古论今，说天道地，大有"啜茶论湖山，上下五千年"的豪情和"乘风八万里，悠然胜神仙"的惬意。

细品襟灵爽，微吟齿鼻香。喝茶也会醉人的，真的会醉人。但茶的醉与酒的醉完全不同，茶醉的是清醒、是愉悦、是雅兴。

淡中有味茶偏好，清茗一杯情更真。茶没有酒之烈，没有糖之甘，没有药之苦，没有肴之膳，有的只是平和、是安详、是清爽、是淡然。

茶同陶瓷一样，早已成了中国的名片。只不过陶瓷凭的是硬功夫，茶凭的则是软功夫。这两种功夫都是用各自的实力，征服了整个世界。

有谁能这么将几许青叶、一杯淡水弄成一种优雅、一种境界、一种文化、一种国粹？是茶。这种神奇堪称了得。

国人爱茶，世人爱茶，这道理便在其中了。

与茶相伴，实在是中国人的清福。

2018 年 2 月 10 日夜
作于北京雅韵轩

思逸颂歌

耕云种月

金磊夫诗词集

茶文化杂谈

茶，是国饮。发于神农，闻于鲁周公，兴于唐朝，盛于宋代，流传至今，形成了独特的中国茶文化。

中国茶文化糅合了儒、道、佛诸派思想和学说，独成一体，是中国民族文化中的一朵奇葩，芬芳而甘醇。以茶雅心，陶冶个人情操；以茶敬客，和睦人际关系；以茶行道，美化社会风情。

当今这世上，交往应酬越来越离不开酒了，似乎不喝个你死我活，烂醉如泥，就不够意思，不够朋友。"酒本娱情物，奈何被酒玩！"人作为万物之灵，应该善用万物，而又不被万物所约束，何不以茶代酒，多喝点茶？

茶饮史话

茶可纯情，亦可平心静气。所以，在史话中茶一直是娴静淡雅的象征。

两晋时，吴兴太守陆纳，承继父风，以茶修身养廉。有一天，将军谢安去拜访陆纳，其侄陆俶见没什么准备，便偷偷通知厨工备下一桌酒席。等到谢安来府，陆纳仅以茶水和果品招待，不准备留谢安用餐。其侄陆俶担心得罪将军，急忙命家人抬出

美味佳肴，款待谢安。用完餐，谢安走后，陆俶本想得到叔叔的夸奖，没想到反被打了四十大板。陆纳说："你这样做，不仅不能光耀门庭，反而玷污了我多年清廉的操行。"在陆纳为官期间，他坚持以茶待客，以表自己清操绝俗的志向。

中国是世界上最早发现和利用茶树的国家。早在远古时期，神农《本草经》就有记载："神农尝百草，日遇七十二毒，得茶而解之。"公元前1122—1116年，我国巴蜀有以茶叶为"贡品"的记载。到了清末，中国大陆茶叶生产已经相当发达，茶种植面积居世界产茶国首位，并大量出口。

随着茶叶的生产发展，茶以物质形式出现并渗透至其他人文科学。魏晋时期的上流社会，对于茶的崇尚到了不可或缺的地步。随着文人饮茶的兴起，有关茶的诗词歌赋日渐问世，茶已经脱离作为一般形态的饮食走入文化圈，登上大雅之堂。780年陆羽著《茶经》，是唐代茶文化形成的标志。其概括了茶的自然属性和人文科学双重内容，探讨了饮茶艺术，把儒、道、佛三教融入饮茶中，首创中国茶道精神。进而形成了以茶道精神为核心的茶文化：包括茶产业、茶精神、茶德、茶联、茶书、茶具、茶画、茶艺等主要内容，赋予了"清、静、理、美、和、敬、融"等人文历史哲学的内涵。

后来，茶文化经过宋代、元代、明代、清代的

发展和传播，在我国慢慢形成了茶文化的精髓，并且每个地方都有自己独特的茶文化。与此同时，也把茶叶带向了世界。

茶艺百观

茶艺是茶与艺术的结合，通过茶表现精神。中国茶艺的具体表现主要有三种形式。

煎茶：把茶投入壶中和水一同煎煮。唐代的煎茶，是茶的最早品尝形式；

斗茶：古代文人雅士各携带茶与水，通过比茶面汤花和品尝鉴赏茶汤以定优劣的一种品茶艺术。斗茶又称为茗战，兴于唐代末，盛于宋代。最先流行于福建建州一带。斗茶是古代品茶艺术的最高表现形式；

功夫茶：自清代至今，在某些地区流行的功夫茶，是唐、宋以来品茶艺术的流风余韵。清代功夫茶主要流行于福建的汀州、漳州、泉州和广东的潮州一带。功夫茶讲究品饮功夫。

冲茶品茗不乏日常情趣，冲泡品饮的基本常识包括：

1、备具备水。冲茶用水对于泡出的茶汤是比较关键的，天然的活水是泡茶的最好选择。泉水泡茶最佳，其次是江河湖水，而后是井水。对于我们普通百姓来说，用自来水来泡茶是最常见的了。自

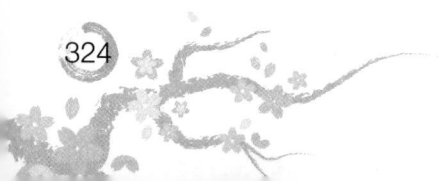

来水泡茶最好先将其放于容器当中存储一天后再煮沸泡茶。

冲泡茶叶的茶具，紫砂壶最佳。当然，用玻璃杯或瓷杯也可以。紫砂茶具的好处在于透气性比较强，茶叶不容易变味，保温效果也好。

2、选茶冲泡。不同的茶叶冲泡出不同的茶香、功效，甚至熏陶出别样心情。比如说，绿茶能排毒，红茶能调理虚弱的身体，而乌龙茶有助减肥，花茶能理气疏肝，普洱茶能降脂降糖等等。

泡茶之前，先将茶具清洗温热一番，达到温杯的效果。对第一泡的茶汤来说，时间控制在 3 秒以内，然后倒掉茶水，这样是为了洗茶，涤出茶叶中的杂质，然后就可以进行茶汤的冲泡了。茶汤的冲泡时间、次数，则根据茶叶的不同，视情况而定。

3、出茶品饮。茶汤冲泡好后，就可以倒入杯中进行品饮了。如果有客人的话，可以将茶汤倒入品茗杯中共同分享。

茶道人生

国不可一日无君，君不可一日无茶。在中国传统的茶文化里，饮茶即是修行。

茶道是以修行悟道为宗旨的饮茶艺术，是饮茶之道和饮茶修道的统一。中国茶道既是饮茶的艺术，也是生活的艺术，更是人生的艺术。

在中国茶道中，饮茶之道是基础，饮茶修道是目的，饮茶即道是根本。饮茶之道，重在审美艺术；饮茶修道，重在道德实践；饮茶即道，重在宗教哲理。

茶有千面，人有万象。茶可分几种，人也是如此。真正的好茶经得起沸水的考验，真正有品质的人同样能经得起世俗的检验。茶在杯中，上下沉浮，香气四溢，乍看上去平淡无奇，若想分辨其优劣，还得用心去品。正如三毛说茶的一句话，"第一道苦若生命，第二道甜似爱情，第三道淡如微风"。若以此标准来衡量人，滋味又岂止三道？

选择一个飘逸闲适，清幽淡雅的环境，沏上一壶好茶，轻轻啜上一口，在舌尖打转，再慢慢地吞下去，你会体会到一种淡淡的苦味。再呷一口，含在齿端，感受起润滑。当你如此慢慢地品下去，你会感觉到苦中带甜。

品茶亦如品人。当你端起茶轻啜入口，芳香馥郁，清新透体之时，你是否觉得也在品味人生、品味自己呢？

2017 年 11 月 22 日夜
於长春维多利亚

耕云种月

金磊夫诗词集

紫砂札记

（一）

世上没有比紫砂更真诚的东西。它饱含深情，长生不老，千年不朽；它水火兼容，不惧腐蚀；它冷暖两宜，不嫌贫富。它以不变应万变，在绵长的光阴里，日久生灵，与岁增辉。越久远越显得沉稳与古朴、苍劲而雅致。

紫玉风骚，端庄无限；玲珑百态，清秀魔幻。一壶一世界，一笑一尘缘。一方一净土，一念一重天。珍惜缘分的相遇，将珍爱的紫砂壶细心守护，精心收藏。

（二）

茶从离开茶树那一刻起，就期待着与紫砂的相逢。

茶唤醒壶，壶成就茶；壶包容茶，茶滋养壶；壶因茶而弥久醇香，茶因壶曼妙尽显。

冲一壶春色，泡一段秋梦，倾一壶诗意，品一壶清香。

茶与壶邂逅后，滋润了生命，美好了岁月，激荡了人生。

（三）

流岁染了春秋，北风添了薄凉，时光匆匆又一年。在宁静的日子，让茶香浮动；在平淡的岁月，寻雅兴喜欢。

欣赏一壶日月，携来一份温暖；留存一份美好，祝愿人生安然。

2017 年 11 月 11 日夜
作于北京紫玉山庄

围炉随笔

寒冬腊月，银装素裹，天地飞花。除了喜欢冬日里这些美好的东西，还喜欢炉子上沸腾的热茶。

温暖来自人间烟火，有茶的冬天，是暖暖的。窗外白雪皑皑，室内炉火正红。捧起一杯香茗，温热的茶汤下肚，整个人的身心顿时明亮起来。

一对老夫妻，一壶两盏，茶香四溢。啜一口留香唇齿，听一阵落雪敲窗，看一场天地融合，吟一首瑞雪丰年。手中端一盏温热，眼中揽一片幽静，联想起"六出飞花入户时，坐看青竹变琼枝"的诗句，岁寒中的清趣便拥你而来。

空闲时，请三五知己，围炉煮茶，品茗聊天。这个季节，虽然不能如竹林七贤那般"提壶相呼，松风竹炉"或"茶炉依绿笋，棋局就红桃"，在野外游乐，却可以在家里边喝茶，边挥毫泼墨，写诗作画。或绘就喜欢的物象，吟咏即席的诗篇；或"手捧诗茶论湖山，评点上下五千年"……

"寒夜客来茶当酒""一壶清茗酬知音"。暮雪纷飞，好友来聚，摆起杯碟，烧开泉水，冲泡香茶，再佐以茶点或干果，团坐夜话。天南地北，国事家事，古今中外，谈天说地，论道讲礼……浓情淡茶，皆大欢喜。

对于喜欢茶的人来说，席上、树下、书案、茶楼等，随处都可以品茶。我爱在书房品茶，俗人雅物，凑在一起俨然一幅清居图，让陋室妙添幽致，足可以愉心怡情。

客至心常热，人走茶不凉。

茶能够暖心，何惧世态炎凉。

将一首小诗，送给朋友、送给这个有热茶相伴的冬夜。

寒夜捧杯笑北风，
壶水沸腾炉火红。
寻常惯见晴空月，
茶入诗心便不同。

2016 年 12 月 12 日夜
记于北京雅韵轩

咏茶四首

我喜欢茶。茶是中国的国饮，位列世界三大饮料之首。

中国盛产茶叶。世界上共有茶科植物23属、380余种，我国就有15属、260余种。根据《中国茶经》，茶分为：绿茶、红茶、乌龙茶、白茶、黄茶、黑茶六大类。

中国人饮茶的习俗，源远流长。据陆羽《茶经》记载："茶之为饮，发乎神农氏。"算来，至今已有5500多年的历史。

茶之用，《尔雅·释木》载道："非单功于药食，亦为款客之上需。"茶在中国传统"八雅"中，占有很重要的地位。

茉莉花茶

明前君子茶，

芬芳淑女花。

和融付清流，

馨香飘万家。

铁观音茶

观音何以名茶？

世间缺少佛法。

品茗似结善缘，

笑看如来指花。

普洱茶

古树蕴香久，
普洱喜珍藏。
试问千秋后，
何人品芬芳？

苦丁茶

都说苦丁苦，
苦丁只黯然。
君知苦丁妙，
细品苦后甜。

2016 年 8 月 9 日
於北京胜古庄

赠茶友

（外一首）

听雨润花理旧作，
看风摇竹烹新茶。
知音难觅需珍爱，
挥笔如剑做游侠。

以茶会友

神仙半日胜百年，
但凭清茶论河山。
岁月沉浮一品香，
绿水青山两肩担。

2015 年 5 月 6 日
作于成都宽窄巷子

思逸颂歌

333

附：友人蓝先生诗

烟雨青城苍翠浓，
无际碧浪舞惠风。
道家茶园隐幽山，
缘聚竹楼品新茗。
杯中日月鉴天地，
掌上乾坤览西东。
晴雨变幻由它去，
茶韵曼妙总关情。

2015 年 5 月 7 日
记于锦城郊区

赏雪品茗

冬天里，望着窗外的落雪，在屋内清闲品茶，是我最惬意的事情。

在不刺眼的阳光下，靠窗的茶几上，泡一壶热气腾腾的茶。敞开冰雪襟怀，望着琉璃世界，与老友们边饮边聊。

风潇潇，雪飘飘，琼玉片片落梅梢。虽然是冬季，但太阳从不会对任何一个人吝啬它的温暖。在这个季节，生灵万物都在努力地储藏着足够多的能量和精力，来更好地迎接下一个春天。

比起皑皑千里，冻得出不了门的大雪天，小雪天气是最浪漫的。几位老友，围炉而坐，来一盘干果，也可以再来点佐茶的零食，大家开怀畅饮，说说笑笑，共诉衷情，边喝茶，边聊点关心的事，说点贴心的话。

窗外清寒，屋里却是温暖人间。这或许就是冬日最幸福的事了。日子虽然平常，内心却非常惬意和满足。用返璞归真的心态，体会茶中蕴藏的内敛深沉的滋味。一杯清茶，细细品味，能从中品出大道至简的味道来。

一颗静心观世界，半盏清茶悟人生。茶让我们

思逸颂歌

用心感受简单的生活，重新审视人与人、人与自然、人与社会的关系。以清醒的目光看世界，以简单的方式过日子，以平常的心态度人生。

一缕缕茶香，沁入的不只是肌肤，还有我们的灵魂。不仅仅使我们身体健康，还让我们的精神富足。

在接下来的岁月里，我愿意与老朋友、老同事、老同学们一起品茶、谈心、聊岁月、侃湖山，在雪夜里、在春风中、在月光下，岂不快哉？

感恩大自然的馈赠，珍惜当下。即便是在寒冷的季节，茶也会给我们带来很多快乐。

看着雪，喝着茶，怡然自得。吟诗一首：

> 飞雪漫天掩河山，
> 茶香氤氲入怀间。
> 琼花蔽日迎面来，
> 梅香沁心梦里还。

2014 年 11 月 29 日
作于北京雅韵轩

吟紫砂

从明代开始，宜兴紫砂壶已经被公认为是最理想的茶具了。

一把好的紫砂壶是有精气神的。工艺大师潜心制作的紫砂壶，凝聚着他们的聪明才智和精湛的技艺，正如当代紫砂巨匠顾景舟先生所言："看着舒服，用着舒服。"既精美适用，又聚香含淑，让人爱不释手。所以，古往今来，喜欢和收藏紫砂者众。

紫砂壶观赏性与适用性的完美统一，使得紫砂壶不仅成为茶文化的重要载体，更有了观赏和收藏价值。"寸柄之壶，贵如金玉"。这样的评价，恰如其分。

喜将紫瓯妙手造，
聚神凝情历火烧。
博得一身水共碧，
壶中日月照凌霄。

写于 2014 年 9 月 8 日
（时值甲午年中秋节）

思逸颂歌

337

茶香与书香

茶与书，是我生活中的两大喜爱。

茶，禀天地至清，不但可以品味闻香，更能涤荡心性，使心境中保持清纯净朗之气。茶是一泓清泉，一缕清风。

书，是智慧的结晶。读书不仅可以获取知识，陶冶情操，更能平和心态，豁达胸襟，修养情性，舒张视野。

面前一杯茶，手捧一本书，这种静逸悠闲，会让你进入"庭有山林趣，胸无尘俗思"的境界。

我最喜欢靠在椅中，手握书卷，旁边燃着一枝香，桌子上放上一杯热茶。氤氲茶香，拂面而来，一面感受着茶水的滋润，一面悠闲自得地品读着喜欢的书。读那些经历流年沉淀下来、底蕴十足的经典时，需要用一种最为纯净的心态来品味解读。而培养心态，最好的办法就是用茶。

轻翻书卷，书香与茶香相得益彰。捧着茶，用心慢慢去体会，静静地感受个中的韵味。书看累了，可以养目小憩。不时地端起茶呷上一口，香茶沁入心脾，一阵清爽，将尘世的喧嚣轻轻地抛在茶之外，心中悠然滋生一袭诗情画意。

茶能让人静心凝神，消除杂念，平和气度。这与"清净恬淡"的东方哲学十分相近，也符合儒、释、道三教"内省修行"的思想。

阳光午后，或庭前或树下，让茶与书相伴，让茶香与书香融合。这样的闲情逸致，这样的清净素雅，连翻书的声音，都觉得特别动听。平日里板结了的内心，这时会慢慢地增加宽厚、包容、善待的情思，暖暖地滋润着淡泊宁静的人生态度。

心情浮躁的时候，泡上一壶香茶，放在书案上，一种安然恬淡的感觉又回来了。品着茶，读着心仪的文章，那感觉，像一阵来自山野清泉的惠风，夹着几许安和、静美，吹到身边，融入心田。于是心灵中，便是一片从未有过的澄澈。这时，你会感到自己似乎也幻化成了唐诗宋词，任人品味，任由鉴赏……

2012 年 6 有 4 日
作于常营静心斋

思逸颂歌

紫砂的风雅

紫砂，这个世界上独一无二的尤物，来自陶都宜兴。在国家非物质文化遗产名录中，有她的地位；在中华民间传统工艺里，有她的光彩。紫砂做为一种特殊的物象代表，彰显了国人的自豪和骄傲。

受人宠爱的紫砂壶，从发端于北宋的羊角山古窑中一路走来，走过了风风雨雨，走过了坎坎坷坷，走过了艳阳高照，走过了沉寂，走过了喧闹。无论岁月怎样流逝，不管世态如何炎凉，紫砂壶始终以它特有的形式，自如自然的态度，存在于人们的物质生活和精神生活当中。它表现出一种诗意的空间，展现着智慧的灵动，她所承载的是东方古老文明和当代艺术的曼妙和弦，因而美轮美奂。

紫砂壶艺，注重神情的寄托和心境的抒扬，她依恋宜兴适宜的文化氛围和温润的艺术土壤。明代制壶名家时大彬、惠孟臣，清朝"砂艺第一名手"陈鸣远，近代"紫砂大师"邵大亨、范大生，当代紫砂名家顾景舟，中国工艺美术大师蒋蓉、吴云根、裴石民、王寅春、朱可心、徐汉棠等等，他们用巧妙的构思和精湛的技艺，在对紫泥锻打捏制的过程中，注入了思想，注入了情感，注入了气度，注入

耕云种月

金磊夫诗词集

了心智。正是丁蜀陶人聪慧的双手，化作心灵的舞蹈，才使这千姿百态的紫砂壶，有了鲜活的生命，有了生动的灵气，有了亮丽的色彩，有了高雅的形象。在她们多姿多彩的形、神、气、态中，既有"阳春白雪"的高雅，也有"下里巴人"的亲近。供春壶也好，石瓢壶也好，曼生壶也罢，每一把紫砂壶里，都装满了无数动人的故事。

紫砂，在茶叶的国度里，释放着自己的热情；在陶艺的天地中，拥有动人的浪漫。紫砂壶，早已与人们的生活结下了不解之缘，成为修身正行的载体，陶冶情志的器件，处世待人的使者。紫砂的魅力，使很多名人墨客动了真情，他们倾情参与，并用各自独特的语言，记载着历史的声音，传承着紫砂的荣耀。苏东坡"小石冷泉留早味，紫泥新品泛春华"的吟唱；范仲淹"黄金碾畔绿尘飞，碧玉瓯中翠涛起"的诵颂；欧阳修"喜共紫瓯吟且酌，羡君潇洒有余情"的褒誉；更有那"铜腥铁涩不宜泉，爱此苍然深且宽"的赞扬，不绝于耳。

紫砂，让世人增添了"掌上乾坤小，壶中日月长"的情怀和风骨。这是宜兴紫砂史上的一个文化驿站，是中国陶艺发展过程中的一座丰碑，更是紫砂壶走向民族艺术的一个灿烂阳关。

历史的长风，助燃着紫砂窑火的经久不息；艺术的长河，推动着紫砂壶艺发展的方兴未艾。千百

年来，制壶名家与文化名人的珠联璧合，"文"与"器"的巧妙联姻，使精神与物质融为一体，让紫砂壶这颗璀璨的艺术明珠，愈发经久亮丽。她风流如词客，娴雅似佳人，潇洒同少年，飘逸胜仙子，可谓巧夺天工，美轮美奂。

从此，紫砂便与茶一起，在国人的心里深深地扎下了根。她化作了幽韵，化作了美妙，化作了情思，化作了风雅，成为人们美好生活的一部分。

透过紫砂，我们所看到的远远近近，所经历的深深浅浅，所感悟的苦辣酸甜，都得益于中华文化厚重的底蕴和民族艺术传承的渊源脉动。

紫砂，带着东方的畅想和迷人的韵味，以其独特的气质和风雅，点缀着这灿如云锦的世界。她展现的，不仅仅是一种物质文明，也不仅仅是一种社会文化，更是一种纵横天下的优雅和豪放。

2011 年 10 月 2 日
作于北京广安门客舍

紫砂壶与人

紫砂壶像一位儒者。

不论是朱泥、绿泥、还是红泥做的，也不管是本山绿泥还是黄金破泥做的，它或圆或方，或扁或长，或大或小，或如传统器形，或如自然物状，不论如何变化，紫砂壶都是茶具中最富灵性的。

常见有人在书房里，或柳荫下，或棋盘旁，一手托着一把小小的紫砂壶，另一只手细摩轻挲，或是两手把壶托在掌中，精心呵护。那样子，如同对待热恋中的情人。

懂紫砂壶的人都说，紫砂壶是有灵性、有生命、有气度的。其实，一把壶如同一个人，一个人好像一把壶。

人有胸怀，心中装着天地；壶有肚量，腹中藏有日月。

人讲尊严，要义是自强自立；紫砂壶讲质地，重在表里如一。

人存正气，壶含茶香。君子清风出两袖，好壶热情注满流。

人有口讲话，壶有嘴吐水。好壶吐水，直来直去，吐琼浆之水；好人讲话，真诚友善，说肺腑之言。

人讲面子，坚守诚信礼义；紫砂壶讲品相，决

不抱残守缺。人讲形象，要有精、气、神；紫砂壶讲造型，要神形兼备。不论是人还是紫砂壶，形美只能悦目，神美方能赏心！

人活一口气，讲的是志气；壶涵一股气，说的是清气。每一把好的紫砂壶，都有一股清气在骨子里边。有人这样评价紫砂壶：上品乃含虚静之气，如空谷幽兰，德馨怡人；中品乃是平庸之气，虽八面玲珑，却了无个性；下品则是浑浊之气，只能苟且敷衍，正人君子断不会与之为伍。

无论做人还是做壶，都要用心。人存善心，必得善果；人修善德，必结善缘。对于一把紫砂壶来讲，若泡的是好茶，则通体溢香；如泡的是糟粕，定会坏了自己名声，弄得一身腐气。

做壶的大师都知道这个道理：做壶就是做人。一个没有耐心的人，他的壶是经不起品味的；一个没有婉约之心的人，他的壶是没有内涵的；一个没有思想的人，他的壶是没有灵魂的；一个没有善念的人，他做的壶只会糟蹋一块好泥，浪费无辜的好茶。

做壶讲究求变。在继承传统壶艺的基础上，求同存异，"方非一式，圆不一相"，使得紫砂壶有了千变万化的形态。

做事讲究创新，不墨守成规，敢于探索，勇于突破，不断超越升华。做壶也是同理。因为，创新是一切事物发展进步的不竭动力。

做紫砂壶用料十分重要。不同款式的壶，不同用途的壶、不同大小的壶，要选用不同颜色、不同颗粒的泥料来做，但一定是纯净的紫砂。紫砂原矿在大山中曾被长时间埋没，但只要见到天日，它本色不变，依然如我。经过千辛万苦的开采，长年风吹日晒的陈化，又经历了水的洗礼和火的历炼，在匠人的手中，紫砂俗气散尽，神韵倍增，既保持了它特有的透气性和良好的可塑性，又细腻温润，真可与金玉媲美。当一注沸水迎头洒下，紫砂壶宛若一位刚刚出浴的佳人，妙不可言。

做人也是本分最好。越是厚道，越受人敬重。经历是一种财富，磨难是一种积淀。出身寒微，征途坎坷，不全是坏事，任何人都不会一帆风顺。饱经风霜过后，便会更成熟，更懂得珍惜，更懂得感恩，更懂得奋发图强。浴火重生的人，能够冲破一切羁绊，努力作为，成就自豪的人生。

做壶不必太具象，如同做人一样，不可太较真。什么事一旦到了顶、过了头，必然会走向反面。世事皆如此。

我觉得，很多时候，做壶与做人的道理是一样的。

2010 年 2 月 22 日
於北京爱家收藏大厦

思逸颂歌

紫砂情缘

　　我喜欢紫砂壶，不仅用它能泡出好茶的味道，还因为它的造型让人赏心悦目。

　　采下紫砂原矿，经过风化、磨碎、陈腐、炼泥，然后再经过手工拍打成型，入窑烧炼等工序，才能成就一把紫砂壶。

　　一把好壶，或中规中矩，古朴典雅；或惟妙惟肖，形神兼具；有的还雕刻着文人墨客的诗画，为紫砂壶增加了许多风雅。

　　　　一搁紫砂邀春茗，
　　　　同品光阴沐清风。
　　　　乾坤大小壶中问，
　　　　禅心有无茶道同。

　　　　2008 年 11 月 6 日

又记：

　　在北京爱家收藏大厦里，有一位自 20 世纪七十年代就在宜兴紫砂工艺厂工作的大姐。她老伴和两个儿媳都是做紫砂壶的艺人。他们不但手艺好，作品精湛，而且为人谦和、厚道。尤其是大姐，虔敬佛教，做人做事充满禅心善意。

　　得闲时，喜欢到她们的店里坐坐，品品茶、聊聊天、鉴赏点评她们最新的壶艺作品……感受紫砂世家的情结和禅缘、壶趣。

小众的黄茶

在六大茶类中，黄茶是个小兄弟。一些人只是听说，还有很多人闻所未闻。

这么小众的黄茶，却能成为一个类别，其独特的工艺及营养价值非其他茶类所能及。它是通过闷黄的方法，使茶叶和茶汤发黄。这个特殊的加工工艺，使茶叶的香气更有韵味，茶汤更加艳丽，茶性更加温和，口感更加润滑。

比较有名的黄茶有：君山银针、蒙顶黄芽、霍山贡芽。有人说安徽有"三黄"：黄山、黄芽、黄梅戏。可见霍山黄芽无论是在茶界还是在产地，名声都是响当当的。

早在盛唐时的《同治六安州志》中记载："寿春之山有黄芽焉，可煮而饮，久服得仙。"说的就是霍山黄芽。自明朝开始，霍山黄芽就已经成为贡品。明代文士陈霆在《雨山墨谈》中称霍山黄芽为"天下第一"。可想当时黄芽的清香，已誉满华夏。

霍山黄芽外形似雀舌，色泽润绿泛黄，细嫩多毫，茶汤淡黄明亮，香气清幽高雅，口感鲜醇回甜。

霍山黄芽主要产自安徽境内的大别山区。那里峰峦绵延，重岩叠嶂，山高林密，泉多水长，特别

适宜黄芽的生长，好山好水孕育好茶。由于海拔高、气温低，霍山黄芽一般在四月上旬才开始采制。清明到谷雨时节，是茶农最为忙碌的时候，《黄芽焙茗诗》中写道："露蕊纤纤才吐碧，即防叶老采须忙。家家篝火山窗下，每到春来一县香。"他们常在天色微明的清晨就到茶园里采摘嫩嫩的芽尖，为制作好茶开始每天的劳作。

霍山黄芽属于黄小叶，只能采下一芽一叶或微展的一芽二叶，且无芽不采。采茶人倾心茶尖，心灵手巧者半天采茶不过二三斤。由于用料考究，工艺繁复，所以黄芽产量一直很低。在清末民初这段时间，其制作工艺一度绝迹。直到二十世纪七十年代，经过大师们不断探索、总结、攻关，霍山黄芽才获得新生。

霍山黄芽在制作过程中，由于干热与湿热两种工艺交替进行，特殊的热化作用，使茶叶内的成分发生了一系列氧化、水解、聚合变化，产生了大量的消化酶和茶多酚，对人的脾胃很有好处，能够促进脂肪细胞的新陈代谢，同时还具有抗氧化、调血脂、抗肿瘤的作用。

所以，无论对喜欢饮茶的人，还是肥胖的人，以及广大百姓来说，黄茶都是很好的选择。

2007 年 5 月 24 日
记于北京和平里

祁门红茶

祁门红茶，是中国十大名茶中唯一的红茶。

祁门红茶神秘缥缈的香气，醇厚甘甜的滋味，令很多人向往和喜爱。"祁红特绝群芳醉，清誉高香不二门。"祁门红茶是红茶中的极品，美称"群芳醉""红茶皇后"，香名远播。

1915年，"巴拿马太平洋万国博览会"上，祁门红茶一举获得当年的大奖——"甲项大奖章"和两枚"金质奖章"。后来，便与印度的大吉岭红茶、锡兰红茶并称为世界三大高香红茶。

祁门红茶主要产于安徽祁门县一带的黄山、九华山海拔800米以上的高山茶区。山间复杂的地质地貌，构成众多相对封闭的小生态圈，一年中有250多天都有雨水，山上常年云雾环绕。茶树吸吮着山间的琼浆灵气，雨雾甘露滋润着柔嫩的茶叶，使其富含水溶性物质。祁门红茶的迷人香气就源于此。

从环境到品种，祁门红茶以其独特的出身在一众红茶中大放异彩。除了传统的祁红功夫外，还有各具特色的祁红毛峰、祁红香螺、祁红金眉，被赞为"祁红三剑客"。

说到祁门红茶，不得不提"祁门香"，有人说它是苹果香，也有人说是蜜糖香，还有人说是花香、果香、蜜香。世人对于祁门香有着各种各样的评述。

祁红香气浓郁，日本茶学家山西贞曾说，祁红香是玫瑰香与木香的混合香，仿佛就是森林里优雅的岁月味道，抑或是百年茶仓的味道。

祁门红茶可以清饮，滋味香醇；可以冷泡，清爽可口；还可以调制成各种茶饮，比如：奶茶、果茶、花草茶等等，它能最大限度地满足不同口味和品味。

爱生活，就从这杯祁红开始。让我们每日芬芳，元气满满。

2006 年 12 月 10 日
记于安徽九华山

说茶道水

"戏作小诗君莫笑，从来佳茗似佳人"，这是对茶的赞美。

"小石冷泉留早味，紫泥新品泛春华"，是对茶具的褒誉。

"石鼎火红诗咏后，竹炉汤沸客来时"说的是沏茶。

"为爱清香频入座，欣同知己共谈心"讲的是饮茶。

在中国，饮茶已经有几千年的历史，形成了独具中国传统的"茶文化"。饮茶，既是国粹，也是大众文化。范仲淹曾有"黄金碾畔绿尘飞，碧玉瓯中翠涛起"的名句，苏东坡留下了"潞公煎茶学西蜀，定州花瓷琢红玉"的佳话，讲的都是饮茶，借茶具之美、佳茗之精来烘托品茶之胜。

热肠如沸，茶不胜酒；幽韵如云，酒不如茶。酒类侠，茶类隐。"酒道固广，茶亦素德"，讲的是茶德、茶性。

茶有六大类：绿茶、红茶、乌龙茶（青茶）、黄茶、白茶、黑茶（花茶和紧压茶属于再制茶，在这六类之外）。茶亦有新陈之分：当年春季头几批鲜叶制成的茶，称为"新茶"，人们最喜欢尝新的茶有：

西湖龙井、碧螺春、莫干黄芽等，以清明节前采摘的最好（俗称"明前茶"）。其存放过年，则品质大变。但并非所有的茶都是新的好，福建的武夷岩茶隔年反而香气馥郁，口感细滑。湖南的黑茶、广西的六堡茶，都是陈茶好，香陈益清，味陈益醇。云南的普洱茶最特别，它是后发酵茶，乃越陈越好。

泡茶用的水，以山上泉水最佳，清冽甘甜与茶相宜；江水次之，关键是要洁净的活水。如用井水，井贵汲多，汲多则味清新；汲久贮陈，则味减冽。

沏茶时，茶与水的比例要恰到好处。茶少则水气不尽，茶多则涩味尽出。沏茶的水温也要掌握好，绿茶80摄氏度左右的水便可，大多数茶用90摄氏度左右的水为好，普洱则需用100摄氏度的滚水冲泡，老白茶煮着喝味道更香醇。茶具，以紫砂为上品。大文学家欧阳修对此有"喜共紫瓯吟且酌，羡君潇洒有余清"的赞誉。明代大文人李渔曾说："茗注莫妙于砂，壶之精者，莫过于阳羡。"可见，在明代宜兴紫砂壶已被公认是最理想的茶具了。好的紫砂壶，可以泡出"聚香含淑""清气盈门"的效果。因此，使得紫砂有了"寸柄之壶，贵如金玉"的身价。

赏壶品茶，壶趣茶味，尽在其中，其乐无穷。《茶疏》中说："茶滋于水，水籍于器，汤成于火，四者相济，缺一则废。"

好朋友、好心情，再加上好茶、好水、好茶具、好茶艺，那一定就是所说的"茶文化"了。

因为喝茶大有讲究，所以自古以来就有"茶道"，并广泛流传，至今海内外仍十分盛行。喝茶，独饮得幽，两人得趣，三人得味，众人乃施茶尔。

闲时，邀上两三好友，或聚于堂前，或邀在月下，细品慢饮神聊，谈古论今，说天道地，真是神仙般快乐。

茶水中升腾着精气神，茶壶里盛满了日月星。茶香缭绕，沁人心脾，可以明目，可以怡神。正是：细啜襟灵爽，微吟齿鬓香。

聊得兴起，得小诗两首：

其一

手中一本书，
身边半壶茶。
悠然度时日，
心中盛莲花。

其二

走过芳华岁月，
惯看似水流年。
品啜一杯清茗，
以慰苦辣酸甜。

2005 年 12 月 25 日夜
写于北京雅韵轩

思逸颂歌

353

浅说凤凰单枞

　　乌龙茶中的潮州凤凰单枞茶，因其馥郁持久的花果香，独特的山韵味，以及80多个不同香型的品系，被称作"茶中香水"。

　　凤凰单枞茶最突出的特点就是香气丰富高扬，所以极具辨识度。其中有浓密优雅的蜜兰香、有清新淡雅的芝兰香、有叶型独特又嫩又甜的杏仁香，还有花香袭人的水仙，以及只在冬季采摘冷香悠长的雪片……凤凰单枞茶，自古就倍受瞩目，南宋皇帝赵昺就为凤凰单枞赐名为"宋茶"。

　　在潮州凤凰山的万亩茶园里，茶树在时令节气的更迭中自由地生长，充分吸收养分，茶香年年岁岁从未中断。当地茶农千百年来种茶制茶，对凤凰单枞有深厚的感情。《中国凤凰茶》中有这样一句话，"乌岽茶，值万金"，乌岽村历来是凤凰单枞的金字招牌。

　　这里的茶树生长在海拔1000多米的高山上。茶园中巨石林立，在石峰之间有大量的矿物质土壤养育着茶树生长。同时，这里的茶树受天池水的福泽，这些水渗透到矿物质土壤中，释放出大量的微量元素，十分有利于茶树的吸收和茶叶的合成。常

言道："高山云雾出好茶。"这些茶树在云雾缭绕、秀水青山的护佑下生长，使凤凰单枞具有先天的优异品质。

在当地有句谚语：采茶不过日。凤凰单枞的采摘时间有严格的规定：清晨不采，雨天不采，暴日下不采。这样才能保证每一片鲜叶的质量。凤凰单枞的制作工艺也非常讲究，有采青、晒青、浪青、杀青、揉捻、烘干、拣茶、炭焙等多道工序。为了保证茶叶的香气与口感，焙火就细分为初烘、摊凉、复烘三个阶段。每个阶段时间不同，所用温度也不一样。初烘火温要高，复烘则火温一定要低。在制茶的全过程中，每一道工序都有十分的严格控制，从而保证了茶叶的高品质。否则，做不出凤凰单枞独特的"山韵味"。

2002 年 11 月 21 日
记于北京静心斋

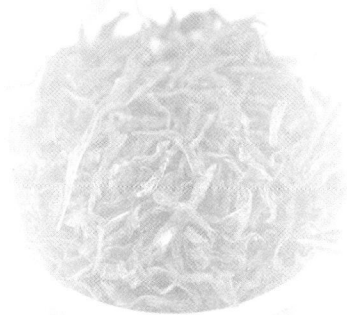

思逸颂歌

咏紫砂壶三首

　　家中有几把造型各异的紫砂小壶。泥料纯正，壶型美观，做工精细。看着舒服，用着舒服，心里非常喜欢。

　　它们常常陪着我读书、写作、休息，陪着我会友，陪着我远行。

静心壶

一壶冲惬意，
千秋有同心。
常论是非者，
不是饮茶人。

知足壶

闲时把玩知足壶，
绿茗香菡和胃舒。
激水三千非自饮，
与君慢品如啜露。

归隐壶

倦鸟归山中，
沸水将茶冲。

品茗有仙趣，

胜似南山翁。

2001 年 9 月 29 日
作于北京胜古庄

思逸颂歌

诗意茶名

谈起最美的茶名，你首先想到的会是什么茶？

有一些茶，因其背后的故事及其出色的品质，使其有了很美的名字。这几款茶，光说说名字就会让人心动不已。

不知春。

不知春茶，是武夷岩茶中的优良品种之一，为乌龙茶类。这种茶，因到了夏日才迟迟发芽，"慵懒"得不知春天的到来而得名。

不知春茶，入口醇厚甘滑。其栗香、花果香味绵长细腻，越喝越显枞味和甘甜。喝不知春茶，享受清闲的夏日时光，会忘记纷乱的世俗。

群芳醉。

群芳醉茶，是祁门红茶的别称，为世界三大高香红茶之一。有"高香、味醇、形美、色艳"四绝。

群芳醉茶香气特殊，似兰花香、果香，又似蜜香，口感醇厚，回味持久，外形细密，汤色红艳，制作过程极其复杂，耗费心力和功夫，所以也称"祁门功夫"。

耕云种月

金磊夫诗词集

碧螺春。

碧螺春茶，又名"吓煞人香"（当地民间最早叫洞庭茶）。中国十大名茶之一，产于苏州洞庭山。碧螺春卷曲如螺，白毫满披，色泽银绿，是久负盛名的绿茶。

碧螺春染太湖烟雨清风，深得江南恬淡雅韵。冲泡时，讲究先注水再投茶。茶在水中自然舒展，静静下沉。茶汤碧绿，清香怡人。

月光白。

月光白茶，也叫"月光美人"。属于新兴的茶类，以云南古景大白茶树为原料，由白茶相近工艺制成。

月光白茶条索灰白，银毫闪烁，如皎洁月光，倾泻于茶芽之上。茶芽的另一面，则呈黑色。茶如其名，冲泡时月色入盏，天然清淡。

还有传说，此茶一定要在皎洁的月光下制作。

碧潭飘雪。

碧潭飘雪茶，是一种花茶，产自四川峨眉山。冲泡时，白色的茉莉花浮于水面，似碧湖上雪花飘落而得名。青年画家邓岱昆曾为其做藏头诗："碧岭拾毛尖，潭底汲清泉。飘飘何所以，雪梅散人间。"把这款茶表达得恰如其分。

仅这几款茶的名字，听起来就充满诗意，让人着迷。

"不知春"早去，
"群芳醉"煞人。
"月光白"天下，
"碧潭飘雪"魂。

品味着这诗一般的茶，氤氲的清香，涤荡着尘心，恍然变成了神仙，身心得到了久违的滋润。

2000 年 7 月 19 日
写于北京玉渊潭

诗茶吟

（三首）

（一）

深夜朋来茶当酒，
沸水蒸腾信天游。
一轮皓月窗外挂，
诗兴大发不可收。

（二）

红烛伴梦笑人痴，
清茶入魂化新诗。
房前霜凝谁晓得？
相知亦做不相识。

（三）

一束清灯照墨魂，
匆匆华岁别芳尊。
香茶未凉秋风起，
弦月入窗偏探春。

1998 年 11 月 16 日夜
於北京雅韵轩

思逸颂歌

茶寄心语

　　喜欢坐在午后的阳光下，沏一杯清茶，一边品读经典，一边听着音乐。在这种意境里，一个人，一杯茶，闭上双眼，任思绪的羽翼随着书中的故事游走，于是一幅幅温馨美丽的画面就会出现在眼前，心是那么的惬意。

　　常常幻想自己仿佛置身于一处闲居雅室，眼前是一位温婉含蓄的古典女子，晶莹如玉的指尖在典雅的古筝上轻轻拨动，一曲《高山流水》缓缓流入心间，一缕淡淡的茶香犹如琴弦流淌的音符，轻轻地抚平了浮躁与不安。品一口温热的茶，那淡淡的茶香一丝丝、一缕缕地生出，缓缓地缭绕着齿间，轻轻地缱绻在舌尖，再一点儿、一点儿慢慢地从鼻腔呼出。

　　茶的香在于清，伴随着那缕清香，整个人都感觉到了一种舒爽；茶的香在于淡，若有若无的清香从心田中淡淡地滋生，整个灵魂在淡香中澄澈了许多；茶的香在于闲适，一口清香入肚，世俗的喧嚣似乎被春雨滋润洗涤，一种别致的安逸轻轻地按摩着劳累的神经，让整个人彻底放松。

　　也曾幻想来生做一株茉莉花，默立于有缘人的

案头，用我淡淡的清香氤氲在他的身旁，静静地看着他、欣赏他，就像在看一个前世的旧梦。夜深人静的晚上，陪伴他写出一部部作品。在他倦了的时候，用我的花身沏上一杯淡淡的清茶，然后捧在手中，慢慢品味着我的滋味，再轻轻咽下，用我的清香浸润他的心田，或许会让他生出一丝感慨：半壁江山待明月，一盏清茗酬知音。用只有我们能听懂的心语来交流，去感受。

就这样在书香中、在茶香中、在花香中、在琴声中陪伴一生，不离不弃，任沧海桑田，任时光流逝，然后慢慢老去……

1994 年 10 月 6 日夜
作于北京胜古庄

思逸颂歌

随笔

思念父亲

又是清明时节，身在北京。心雨潇潇，漫天烟云，满城风絮。

下透这场春雨吧！被华夏养育的龙子龙孙，缱绻谁的愁城，湿了谁的江山，断了谁的魂，伤了谁的神，困了谁的念，我仰首问天。

爸爸，我很想您。昨夜风狂，罗幕透轻寒，人不寐，晓庭前，细数落红无数，一树桃花不见，只剩枝头鸟在喧。泪眼看花花不语，春已无多时间。

潮湿的心情，如四月的小草复又生，漫遍紫陌红尘。花香里氤氲而来的季节，换作清明的白云，挽成一段追忆，满腹神伤。

每年清明，最是噬骨断魂。在山野鹃啼声中，一年又一年，挣扎着谁的不思量，徘徊着谁的自难忘。无奈何，思亲不能穷碧落；蹈黄泉，年年岁岁今朝，只有清明祭扫到墓前。纸灰飞做白蝴蝶，哽咽凝成血杜鹃。

我若是唐宋的诗人，定当从诗词里走来。沿着岁月的脊梁缓缓而行，寻找灵魂的故乡，去祭奠我的祖先。"父爱如山"，这四个字常在我脑海里萦绕。10873个日日夜夜，始终不敢下笔，我怕一回头，

思逸颂歌

就会陷入进去，让太多太多的记忆把我包围，把我的情感伤口再赤裸裸的剥开舔舐。

我经常走在回忆的路上，路边林林总总都是父亲的印记。战火硝烟中，您舍生忘死换来朝霞满天。卸下征衣，几十年耕耘在教书育人的讲坛。而今桃李天下，家国情怀代代相传。我以为又和从前一样了，我又能依在您的身旁，听您给我讲故事，灯下指导我们复习功课，节日里为家人做可口的美餐，带领我们劳动，为我们操办婚事，甚至为孙辈们起早睡晚……我看到您始终儒雅地笑，看到您常年地为学子奔忙，为工作操劳……看到您无论顺境还是逆境，总是心胸坦荡，宽厚待人，慎独慎言慎行……

时间不能倒流，我只不过是依靠回忆温暖了片刻。我知道，我终究还是要从阴影里走出来的，带着只可悲不可怨的心回来了，父亲却永远地留在了天堂。子欲孝而亲已不待。30 年前，父亲节的第二天，您老人家……

仰望着浩瀚星空，我相信坦荡正直、充满爱心、热爱生活的父亲，在天堂也能把生活经营得有声有色，会有很多人陪着您，会养花，会垂钓，会在淘宝上寻觅喜爱的各种宝贝；会有茅台酒，有香烟，有茶，还有红烧肉、清蒸鱼，更会有音乐和诗歌……

亲爱的爸爸，您是中国无数父亲的缩影，是天

耕云种月

金磊夫诗词集

下最优秀的父亲！您一辈子恪守做人的良善和从业的尽忠职守。亲爱的爸爸，来世我们还做您懂事、听话、勤奋的孩子。

　　人生无常，唯爱永恒，父亲永远在我们的心中。

2022 年 4 月 5 日

清明写于北京

思逸颂歌

感恩朋友

人的一生，相逢的人数不胜数，相守的人屈指可数。

有些人，一朝相识，便不离不弃；有些人，再多挽留，也是各奔东西。不论是陌生的过客，还是熟悉的人们，少了真心，走进不了内心；没有真诚，培养不了真情；失去信任，守护不到永恒。

不管何种感情，都需要一份赤诚相待的真，都需要一颗有情有义的心。真正的朋友，不会因联系少而疏远，一直都会在心里面。真正的感情，不会因不见面而变淡，每天都会思念。真正的缘分，不会因利害而走散，经得起世俗的检验。朋友，能够思维共振，感情共鸣，风雨共担；朋友，会心心相印，息息相连，同喜同忧，共苦共甘。

人生，不是得意时有多少人吹捧你，而是失意时有多少人心疼你；不是成功时有多少人恭喜你，而是落魄时有多少人帮助你。

真正关心你的人，关心的不是你的财富、你的成败、你的名声，而是关心你的心情、你的健康、你的幸福。

在这个物欲横流、多变的时代，能为你留到最后的人，一定是对你最好的人，一定是你最真挚的

耕云种月

金磊夫诗词集

朋友。真朋友不论多，一个顶百个；真感情不论久，来了就不走！

在无数个时空转换中，有好友相伴，有知音同行，此乃人生大幸。是朋友们充实着你的生活，也快乐着流淌的岁月。

年末，远了一程落叶纷飞的日子，却又近了一程春暖花开的时节。非常感谢陪我走过往昔的朋友；也倍加珍惜伴我走向未来的知音。

2021 年 12 月 31 日夜
写于北京静心斋

思逸颂歌

珍惜相遇

相遇，是一个很美的词，是人与人之间的不期而遇。它是时空给人们最好的赠与。相遇，让那些心动的字眼，那些震撼的瞬间，墨染了岁月的扉页，留下了心灵深处久久的思念。

或许是偶然的一次碰面，或许是一种事物的必然。人的一生有各种相遇，虽然时间、地点、原因、方式、内容等有所不同，却都是化不掉、躲不开的机缘。

我们都在茫茫人海中奔波，就这么自然而然地遇见了你，就像三月的春风遇上了桃树上的花蕾，从此风的笛韵悠扬，眷恋着花的呼吸；就像月光浸染着湖水的清澈，从此静静的水面泛着温柔，换上了云的模样。生命中，总有些相遇，让时光惊艳，让人留恋。

世界这么大，人与人需要多么深的缘分才能相遇？亲人、老师、同学、同事、朋友，还有那么多认识和不曾认识的人在一起，能够心与心相守，灵与魂相依，志同道合，互相尊重，同心向前，需要多么厚重的缘分才能亦然……

生命中总有些相遇，注定是人生旅途中的一抹

春色，葱茏你的四季。但没有谁能留住岁月，也没有谁能掌控遇见。人生太多的相逢，心未止，依旧念；也有很多相遇，曲未尽，人已散。那些曾经的许诺，早已碎落在沧海桑田，如同花落去，无可奈流年。

人生本就是一场又一场的相遇，一次又一次的再见或再也不见。有些人，能够相遇，还能再见，已然是一种圆满。有些相遇，有些挂念，无关风月，只是一种情愫，一种前缘。不求得，也没有失，只是在岁月流淌中放牧心灵，享受记忆，回味偶然。

有的相遇只是遇见，擦肩而过，如同露水遇到太阳，瞬间蒸发得无影无踪。相遇，未必都能相守，也无须都要相守。走远的人，还有那些淡远的事情，早已消融在岁月的褶皱里，无须再刻意记起。

生命中最美的相遇不是在路上，是在心上。这种相遇，是心灵的隔世重逢，是相知相敬相容，是真正的相见恨晚。最美的相遇，一定会印在心上，时常想起，永生难忘。

珍惜生命中的每一次遇见，珍惜生命中遇到的每一个人，更要珍惜生命中那些最美的相遇！

2021 年 9 月 4 日夜
写于北京缘园

思逸颂歌

心语随笔

（一）

心情的质量，等同于生活的质量。这个质量，与物质的多少贵贱无关，它是一种时常懂得取悦于自己的能量。

（二）

人性的高贵来自于优雅，不骄不躁，纯粹善良，朴素的灵魂处处散发着人性的温馨和幽香。

人性的魅力和气场，来自于内心的修为和素养，淡泊名利，躬身自谦，润泽生命而充满阳光的能量，亦美丽、亦芬芳……

（三）

"情"字，在中国文化中是最动人心魄的。君不见，多少可歌可泣的故事，多少婉转流淌的心歌，多少气壮山河的诗篇……都生于情。

什么是情？是心的温度！

有情人，便是有温度的人。世态炎凉，唯情可化。

（四）

远方有诗，近处有生活。诗是升华了的生活，生活是沉淀了的诗。

我们向往生活能够像诗一样美好，但现实中有太多的人生境遇需要我们理性的打理……

（五）

通透，就是隔着前尘，把后世看到岑渺；就是隔着喧嚣，把自我沉到阒寂。

通透，就是自己把自己打通了，就是自己把自己说透了。

一念放下，万般自在。烟火红尘中，可以静赏落花美丽，闲看白云飘逸……

（六）

让文字慰藉苍白的灵魂，盈一抹心香，不娇也不媚，温婉了那一纸的距离，香薰了花间煮字的默契。

一些往事，像似陌上细草碎花，不经意间在心底蔓延盛开。

（七）

人生天地间，一帘风月，半阕清词，终究难敌

烟熏火燎。

　　所谓伊人，在水一方；所谓心境，此岸彼岸；所谓好时光，只不过是千疮百孔的生活中淬炼出的一颗舍利⋯⋯

2021 年 6 月 15 日
记于北京常营

耕云种月

金磊夫诗词集

休闲雅趣

休闲，这个词不同于"闲暇""空闲""休假"，颇具哲学意味，喻示物质生活与精神生活融为一体，是一种具有美感的生活方式。

休闲有很多种方式，有许多风韵雅事可做，自古就有琴棋书画，诗酒茶花，吹拉弹唱，垂钓登山，旅游度假等。在生活节奏较快、物质生活比较丰富的当下，人们有条件休闲，享受慢生活，静下心来做一些事情，来提高生活的品味和质量。

我爱品茗。

茶，喝的是一种心境，品的是一种情调。喝茶能静心、养神，有助于陶冶情操，修身养性。在沉沉浮浮中，选择清淡和超然，这是一种简单而优雅的生活态度。这与"清静、恬淡"的东方哲学思想比较合拍，也符合"内省自修"的传统理念。

在温馨的家中，泡上一壶茶，自斟自饮，或家人、朋友团坐，慢慢品啜。喝茶还可以消除疲劳、涤烦益思、清爽神情，在恬静中感受生活的美好。

休闲时，手捧一杯茶，茶香沉淀了思绪，飘走了浮云，悠静会走进你的心里。

我爱听雨、看雪。

我们除了可以尽情地享受晴天朗日，接受阳光的沐浴和惠风的抚摸外，雨天、雪天也会给生活带来很多惬意。

下雨的时候，隔窗听雨，别有趣味。在淅淅沥沥的雨声中，看看书、写写字，被光阴晕染开了的字里行间，会有新的领悟。"风声雨声读书声，声声入耳"，恰如其分地表达了这种愉悦的心情。雨声悦耳，听雨时的光阴是极慢的，慢到好像这个世界都静止不动了。

大雪天里，望着漫天飞舞、冰清玉洁的雪花，看红梅映雪、飞雪迎春，会让人联想到潇洒、飘逸、纯洁、完美……如果多一些超凡脱俗、多一些清新高雅，这人世间一定会更美好。

雨雪洗礼身心，胸怀会更敞亮，情愫会更高雅，心境会更广阔。也能增添创造和谐祥瑞世界的情怀和动力。

我爱赏月、观日出。

赏月，会让我们生发很多联想，带给我们许多美好的回忆。月下漫步、月下对酒、月下轻舞、月下细语……

中国人对月亮情有独钟，在传统文化中，月亮常常成为人们思想情感的载体，它的意蕴十分丰富。在很多诗歌中，诗人将月亮融于内心情感之中，使月亮与自己的思想情感互相对应，创造了许多奇妙

的审美意境，将人们的文学品位、思想内涵、艺术修养提升到一个更高的水平。

观日出。面对跃出地平线、喷薄而出的朝阳，你会触摸到世界的脉动。

观日出，不但能扩展胸襟，陶冶情志，也会使性情开朗，精神向上，心里明亮。这不只是一种生存姿态，更代表一种热爱生活、敬重自然的理念。这不仅是感官的愉悦，更是精神的体验；不仅是人对自然的阅读与欣赏，更是大自然以其神奇的力量，作用于生命的撞击和锤炼。

看日出，这是被照耀和接受洗礼的盛典，是在给自己举行的升旗仪式。生命因此被赋予了新的感知、新的思索、新的启示、新的发现。

我爱养花。

花草，是表现自然界的生命、展示自然的魅力以及人们内心世界对自然、对人生、对艺术和社会生活感悟的媒介，是人们借助于自然界的花草作为怡情养性、美化生活的一种方法。花草，给人们带来五彩缤纷，带来清香四溢，带来精神欢愉。人从小到老，对花草的情感无法割舍，不仅仅喜欢花形、花香，更源于花文化的精髓：花韵。

如果有条件，在庭院中，在阳台、窗台或茶几上、书案旁，莳养几盆花草，伴随着它们的生长，你的心情也一定会绽放。

思逸颂歌

有兴趣的，休闲时还可以吟诗作画，可以抚琴操剑，也可以寻幽览胜、踏青赏秋……总之，只要是有利于调节放松身心，恢复体能，保健生命的任何休闲方式，都值得体验。

2020 年 7 月 12 日
写于北京雅韵轩

打油诗五首

（一）

人生只有一次，
大事惟有生死。
其他统统浮云，
男女都是如此。

（二）

世事纷纷扰扰，
何必为它烦恼。
不如放在脑后，
一觉把它忘了。

（三）

山中两杯酒，
泉边一壶茶。
悠然做神仙，
还想要干啥？

思逸颂歌

（四）

回忆芳华岁月，
笑看锦绣流年。
痛饮一壶老酒，
以慰半生心愿。

（五）

都说父爱如山，
多少苦辣酸甜。
可怜天下爹娘，
惟愿儿女平安。

2020 年 7 月 12 日
（时 68 周岁生日）

读书札记

我觉得，读书是一件很幸福也非常有趣的事情。

读古典文学，读世界名著，读好书、多读书，不但会聪慧心智，高尚情操，美善修为，更会使人成为自己精神世界中独立的力量。

最近读了几本书，感受很深，受益匪浅。

马尔克斯在《百年孤独》中告诉我们："生命中，真正重要的不是你遭遇了什么，而是你记住了哪些事，又是如何铭记的。"

大仲马在《基督山伯爵》中告诉我们："当你拼命，想完成一件事的时候，你就不再是别人的对手，或者说得更确切一些，别人就不再是你的对手了。不管是谁，只要下了这个决心，他就会立刻觉得增添了无穷的力量，而他的视野也随之开阔了。"

玛格丽特·米切尔在《飘》中告诉我们："不要为那些不愿在你身上花费时间的人，而浪费你的时间。"

奥斯特洛夫斯基在《钢铁是怎样炼成的》书中告诉我们："人最宝贵的是生命，生命对每个人来说只有一次。人的一生应该这样度过：当他回首往事时，不会因为碌碌无为，虚度年华而悔恨，也不

会因为为人卑劣，生活庸俗而愧疚。"

夏洛蒂·勃朗特在《简·爱》中告诉我们："在你未来的人生道路上，你常常会发现不由自主地被当作知己，去倾听你熟人的隐秘。你的高明之处不在于谈论你自己，而在于倾听别人谈论自己。"

维克多·雨果的《悲惨世界》，让我们懂得了："世界上最宽阔的是海洋，比海洋更宽阔的是天空，比天空更宽阔的是人的心灵。"

托尔斯泰的《安娜·卡列尼娜》，让我们明白了："'水满则溢，月盈则亏'。这个世界从来只有更美，而没有最美。而最靠近完美的一刻，就是最容易走向相反的时刻。"

巴尔扎克的《高老头》，让人们清楚了："我们的心是一座宝库，一下子倒空了，就会破产。一个人把感情统统拿出来，就像把钱统统花光了一样得不到人家原谅。"

罗曼·罗兰的《约翰·克利斯朵夫》，让人们理解了："真正的光明绝不是永没有黑暗的时间，只是永不被黑暗所掩蔽罢了。真正的英雄绝不是永没有卑下的情操，只是永不被卑下的情操所屈服罢了。"

海明威在《老人与海》书中告诉人们："走运当然是好的，不过我情愿做到分毫不差。这样，运气来的时候，你就有所准备了。"

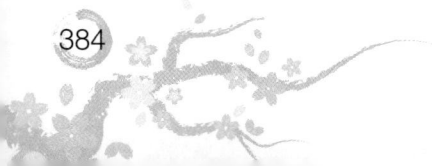

耕云种月 金磊夫诗词集

……

这些经典，洗礼我们的灵魂，启迪我们的思想，指引着我们的人生方向，犹如光芒四射的灯塔，照亮了人们的心，照亮了整个世界。

2020 年 6 月 14 日
记于北京雅韵轩

思逸颂歌

静度岁月

古往今来，红尘滚滚，风风雨雨，世间纷繁复杂，充满着是非恩怨，悲欢聚散。

面对纷纷扰扰，多一点洒脱，多一点坦然，闲时静泊吟诗墨，忙时常乐韵心田。岁月从不负有心人，用一份闲适、达观的心态，悠然过自己的生活。

何谓岁月静好？不都是春赏百花夏听雨，秋邀明月冬观雪；也不光是一屋俩人，三餐四季；更不仅仅是亲朋团聚，灯火可亲。每个人心中的岁月静好虽不尽相同，却都是向往着安然宁静、顺意祥瑞的生活。

笑看岁月风尘，细品世间烟火，在生活中养性，于时光中修心，在流年中掬一束美好，收藏着每天的快乐和温馨。人生苦短，生活不易，来日并不方长。人老了才渐渐明白：一双脚走不完世间的路，我们能做的就是走好自己的路。让人生、尤其是退休后的生活，过得惬意，过得舒心，过得安然，这就足够了。

少时快乐很简单，老时简单很快乐。打理好心情，时光便安逸静爽，岁月会怡然清新。经常记着生活中的美好，生命会充满感动，人会活得洒脱，

能够不以物喜不以己悲，可以人淡如菊心素如莲。

当我们不再为生活所忙碌，不再被工作所束缚的时候，最开心的事情，莫过于做自己喜欢做的事。或与老同学、老朋友们在一起，爱动的打打球、练练拳，舞舞剑，强身健体；爱聊的谈天说地，古今中外，上下五千年。或去老年大学唱歌练琴，吟诗作画，秧歌舞蹈；或鉴赏品味花艺、茶道的情趣，或提高一下摄影、电脑的技巧。再或经常拉上三、五老友，秋天观菊，冬天品茶，春天踏青，夏天垂钓……生活会趣味盎然。放下过往，忘掉得失，生活便只剩下坦然。内心清静，淡泊身外之物，就不会有烦恼。

无愧过去，无忧将来，用最积极的态度，过好"当下"，将当下变为我们人生中最美丽的时光，做个"活神仙"。心态乐观，情怀坦荡，才算真正活得明白。知足者常乐，没有不好的日子，只有不佳的心情。心若安，时时都是春天。生活中的阳光有一部分来自太阳，还有一部分来自我们的内心。用阳光的心态平和地面对一切，生活就会变得从容，日子就会更加甜美。你若安好，岁月无恙！

养一朵心花于世间，珍惜所有。无论今天是喜是悲，是得是失，明天必定会来。这样的春风，这样的秋月，一直都在我们的生命中，无论我们在不在乎。人的一生正如太阳的一天，早晨带来曙光，

思逸颂歌

晚上带来黑暗，有起有落，有深有浅。生活也是这样变化的，不同的时期，有着不同的色彩，晴天、雨天每个人都要经历。"心中若有桃花源，何处不是云水涧"，只要有豁达的情怀，就会看破红尘，穿越春秋。

我们都可以从容地变老。老得如茶香，静谧而红霞满杯；老得似花开，缓慢而枝上生香；老的似一杯酒，醇冽而回味绵长；老得像一本书，厚重而文采飞扬。

2019 年 11 月 22 日夜
作于北京万象新天

燕园赋

北京大学是我国最早的高等学府之一，始于清光绪二十四年（1898 年）创办的京师大学堂。1912 年中华民国成立，京师大学堂改名北京大学，至今已经有百余年历史。1952 年北京大学与美国教会 1926 年创办的燕京大学合并，校名仍为北京大学，校址则由沙滩红楼迁到燕园。后来，人们称北京大学校园为"北大燕园"或直称"燕园"。

北京大学的规模、质量、校园环境堪称国内一流。

深秋，再次来到这里。回望它的人文历史，观赏它的秀丽景色，不胜感慨。即赋：

日月逾迈，春秋代序。百年沧桑，斗转星移。京师发兴，江河焕绮。情怀天下，大师云集。未名扬波，博雅秀起。亭榭临风，山水相依。燕园殊伦，风物长宜。飞霞排空，龙吻恋脊。蓼浦兰皋，情境共意。初春凭栏，遐思迭起。金秋望远，壮怀天地。

四海师生，传承践习。诲人不倦，无与伦比。慧济青春，学贯东西。桃李芬芳，精道致理。莘莘学子，砺志健体。探索未知，自强不息。学术争鸣，只求真谛。思想自由，畅游寰宇。勇于登攀，齐飞比翼。载物厚德，有我有你。风骚独领，国之精器。

人杰辈出，标新立异。高标横跨，经天纬地。更高更强，遨游星际。坚卓惠磊，创道明义。立命

为民，立心天地。胸怀家国，坦荡正气。追寻前路，鹏程万里。不忘初心，复兴可期。致力国是，中华雄起。

2019 年 10 月 9 日於北大燕园

又记：

燕园，位于北京西郊，与圆明园、颐和园毗邻。燕园外有西山可借，内有泉水可引，山水相依，湖岛相伴。早在金代就成为著名的风景区，同时又是明清两代帝王的"赐园"。它经历了畅春园、春熙园、淑春园、鸣鹤园、镜春园、春和园、朗润园、承泽园、蔚秀园等多次易主、改建的变迁。虽饱经沧桑，已非原貌，但神韵依然，仍充满着迷人的魅力。

2001 年，燕园被确定为全国重点文物保护单位。

雨

雨，是上天的甘露，自然的精灵。

雨，总是用神奇演绎着岁月的起伏跌宕，用清澈诠释着时光的缱绻缠绵。逢雨的时候，那种万物清新的味道，那种世界清醒的样子，那种生命愉悦的感觉，总能让人把喜悦浸入心扉。

雨，是一种呢喃的细语，一种轻柔的倾诉。雨用柔情诉说着生命的韵味，用温婉咏颂着生活的情趣。听一声雨的娇滴，就有一份清醒又模糊、遥远又亲近的激情；看一眼雨的缠绵，就有一种清晰又朦胧、酥痒又舒适的冲动；撷一滴水的柔软，就有一种清新又沉醉、清凉又爽快的依恋。

雨，是一个有感情的文字，一种有色彩的音符。雨总是用情愫传诵抑扬顿挫，用幽梦晕染诗情画意。

雨中漫步，忽然觉得雨无论洒落到哪里，都能滴落成诗句，飞溅成韵律。一首首妙语连珠，一篇篇绘声绘色。无论"好雨知时节"的春雨，"山色空蒙雨亦奇"的夏雨，"空山新雨后"的秋雨，"寒雨连江夜入吴"的冬雨，抑或"渭城朝雨浥轻尘"的晨雨，"潇潇暮雨洒江天"暮雨，"巴山夜雨涨秋池"的夜雨，还是"润物细无声"的微雨，"白雨

跳珠乱入船"的大雨""春潮带雨晚来急"的暴雨，都一样美妙，一样韵味无穷，一样荡气回肠。不由得让人有一种做一回诗人的憧憬。

雨，是一种舒缓的音乐，一种润滑的心情。雨总能打开尘掩锈封的心锁，解开寂关窦闭的情门。无论是"枕上轻寒窗外雨"的相思雨，"清明时节雨纷纷"的凄雨，还是"丁香空结雨中愁"的愁雨，更有"大雨落幽燕，白浪滔天"的感叹雨，"梧桐叶上三更雨，叶叶声声是别离"的惆怅雨，抒发的都是一种情怀，一种流淌的心曲。

喜欢雨的人，大都有如雨般优雅的情怀；沐浴雨的人，大都有如雨样清净的心地；感恩雨的人，大都有像雨一样善良的胸怀。平淡中情趣满满，寻常处韵味长长，皆因雨的洗礼，雨的晕染，雨的禅化。

岁月，迷乱了雨的轻盈；时光，饮醉了雨的浓酽。人被那些湿润的情感染，被那些滴落的诗诱惑，被那些恬静的时空裹挟，不觉已进入仙境，心曲如雨飞扬。

此时，没有比卧床听雨更惬意的了，枕着雨的柔情，梦着雨的诗意，放松身心听雨眠。

雨因此更加情深意长，日子更加诗意唯美……

2019 年 8 月 18 日
作于北京玉渊潭

学会忘记

人生在世，的确有很多事情需要记住。但是，也有一些事情最好忘记。能够做到忘记很不容易，需要学习。

如果退休后学会了对一些事情的忘记，你一定会生活得很轻松，人生更洒脱。

首先学会"忘争"。到了这个年龄，已经看淡了名利，看清了世俗，看破了红尘，明白了生命短暂，没有什么是值得争的。人生一世，草木一春，来如风雨，去似浮云。与命争，平添烦恼；与人争，少了宁静；与友争，伤了感情。与世无争，日子才从容。

第二学会"忘年"。渐老是自然规律，谁都无法违背。所以不要老琢磨自己的年龄，纠结夕阳西下。往事不会重来，光阴不会倒退，来日不一定可期，活好每一天才是王道。保持一颗"不老心"，年轻的心态能使自己的免疫功能也"年轻化"，有利于健康长寿。

第三学会"忘形"。人生，其实是一场长跑，它不属于哪一个年龄段，而是整个人生。离开工作岗位以后，有人活得疲惫，老气横秋；有人活得轻松潇洒，气质不凡。关键是要守住灵魂深处的那份

思逸颂歌

美好。即便是白发苍苍，也要让自己清清爽爽，漂漂亮亮。"少要沉稳老要狂，老来不狂病殃殃"是很有道理的。灿烂夕阳，日子才会惬意，身心才算健康。

第四学会"忘愁"。人生不如意十之八九，每个人的生活中都有许多烦恼，其实大多都是自己带给自己的。不要为一点点琐事苦恼，不要遇到不开心就忧愁。赵朴初老先生说得好"愁也一天，喜也一天，遇事不钻牛角尖，身也舒坦，心也舒坦"。人生不易，要珍惜当下，活得开朗达观才好。这是大智慧。

第五学会"忘气"。人生风风雨雨，坎坎坷坷。如果你对一些事情耿耿于怀，总生闷气，甚至"怒发冲冠"，哪还有时间去享受美好。遇上烂人破事，大可不必往心里装，不要较劲，更不要跟自己过不去。这一辈子属于自己的时间本就没多少，干嘛非要生那么多的闲气呢。不高兴的事忘得越快越好。

学会了忘记这些，快乐就会多一点，生活也会轻松很多。

2018 年 10 月 16 日
写于北京养心斋

耕云种月

金磊夫诗词集

献给老同学们

——写在相识 45 周年的同学聚会上

捧起这杯老酒，点点滴滴热在心头。曾经风华正茂的我们，青丝已经变成银发，岁月的年轮刻满了额头。

难忘 1973 年，一群年轻人带着梦想，从工厂车间，从乡间地头，从祖国的四面八方汇集在吉林冶金工业学校，转眼已经四十五个春秋。

曾记得：上课的铃声与我们的心智对话，教室的灯光照亮满天星斗，久违的课本考验着我们进取的意志，艰难的登攀显示着我们不凡的身手。37 位同学肩并着肩、心贴着心、手挽着手，奋力追寻逝去的年华，在知识的海洋中探索遨游。同学习、同实践、同苦同乐、风雨同舟。为了给共和国腾飞安上钢铁的翅膀，我们披星戴月，刻苦钻研，孜孜以求。难忘校园里 700 多个克难攻坚的日日夜夜，留下了多少美好的故事，酿出了足够品味一生的甘甜美酒。

特殊的经历，铸就了工农兵学员宽容、向上、精进的情怀；时代的锤炼，锻造了这群人坚忍不屈的性格和敢于担当的骨头。峥嵘岁月，铁班人个个

思逸颂歌

395

显身手、竞风流、群英并秀。每个人的足迹，都饱含着艰辛的汗水，每个人的经历，都铭记着报效祖国的追求……

今天我们团聚了，这一张张如同孩子般真挚的笑脸，就是久别的同学间最美好的祝福、是世界上最真诚的问候！

我们是时代的弄潮儿，昨天无悔，今天无愧，明天无忧。因为今生有你——情同手足的老同学、亲密无间的好朋友。你们是我心中最明丽春光，是我梦中那片无比圣洁的绿洲。

四十五年后的今天，我们又汇聚在一起，这是今生有缘的情思集结，也是为我们友谊的征程再次加油。珍藏起每一次相聚，让美好的回忆与同学情永远相守。

捧起美酒，献给各位老同学。

一饮而尽——祝健康幸福，真情长久！

2018 年 8 月 8 日
写于通化钢铁公司

后记：

2018 年 8 月 7—9 日，离校 45 年后的老同学在吉林省通化钢铁公司重聚。流年似水，风华正茂的同窗们已到古稀之年，同学情依然真挚。

炼铁专业37名同学中已经有10位不在世了；另有8位因身体等多种原因未能相聚。

往事历历在目，感慨良多。写了上面几行字，送给老同学们，做为纪念。

思逸颂歌

我爱兰花

兰花，是我国传统名花之一。

兰花的品种很多，如春兰、惠兰、建兰、墨兰、寒兰、君子兰、蝴蝶兰等，通常被称作"中国兰"。中国兰与其他兰花有很大不同，它没有醒目的艳态，没有硕大的花、叶，没有伟岸的雄姿，却有质朴文静的气质，淡雅高洁的性格，坚韧顽强的生命力和飘洒天际的馨香。被誉为"花中君子"，名副其实。

我爱兰花，不仅是它的气质高雅脱俗，更因为它"幽兰香风远，蕙草流芳根"，却从不刻意炫耀自己。兰花真的是一种神奇的植物，生长在山沟里、石缝中、瘠土上，却能在芜荒中以圣洁的风姿立于世间，傲然盛开。自古以来，人们就把兰花视为圣洁典雅、坚贞不渝的象征。

兰花，生于幽谷，虽众草芜没，却能不卑不亢，安然生长；隐于幽谷，虽无人问津，却照样应期芬芳；盛于幽谷，虽孤寂无傍，却仍能"兰为王者香，芳馥清风里"。兰花身为草本而不甘平庸，虽无骨干却绝不靡弱，生于窘境但从不自弃，因为蕙质兰心的它，大度、平和、隐忍、坚强。

兰花之美，美得落落大方、仪态万千；兰花之

香，香得沁人心脾、高飘远逸；兰花之秀，秀得妩媚清雅、摄人心魄；兰花之纯，纯得皎洁无瑕、惊世骇俗。而兰花更让人钟情的，则是它被古今盛誉的君子风范。

兰花，没有牡丹的雍华，却平添了一丝高贵；没有荷花的清纯，却有雅韵值得细细品味；没有茉莉的馨香，却有深情让你感到唯美。兰花，不以惊艳娆人，不以花香诱人，只以朴实的姿态，在平淡中给世间增添绚丽的色彩，给人们的生活多些恬静和温馨。

国人喜欢兰花，并且习惯将美好的事物用兰花形容,比喻：美好的因缘称"兰因",知心朋友称"兰友"，佳妙的文章称"兰章"，品性高洁称"兰心"，居室典雅称"兰室"，举止优雅称"芳兰竟体"，品德高尚称"麟凤芝兰"，华丽的宫殿称"桂宫兰殿"，优秀的子弟称"玉树芝兰"，甚至赞美高贵的气质、表达忠贞的爱情也非兰花莫属："气如兰兮长不改，心若兰兮终不移"等。足见兰花在人们心中的位置和分量。

兰花于诱惑丛生中，能够保持真我，不被世间纷扰；于心灵躁动中坚守澄静，不眷凡尘浮华。事无所祈，情不旁顾，让心情淡泊，让生活平静，这就是兰的极致。

无论当下如何，不管未来怎样，要有兰花一样

的心境，在平和中度人生。你乐观，生活才美好；你大度，世界才明亮。人就一辈子，别指望来生。心态当若兰，凡事就都能想得开，看得透。古人曰："千古幽贞是兰花，不求腾达只烟霞。"世人当效兰花，快乐生活，悄然绽放，默默散发着清香，做好真正的自己。

兰花，在我心中不只是花，更是一种精神、一种情怀、一种境界、一种艺术，是植根中华民族源远流长的历史中的一种文化。

我爱兰花！赋诗一首，赞之：

婀娜风姿碧叶长，
悠幽清香兰送爽。
高山流水伴君笑，
纵使无人也芬芳。

2018 年 7 月 29 日
作于北京雅韵轩

幽说人生

　　人生，乃人之生态也。即人从出生到死亡经历悲欢离合、喜怒哀乐的全过程。人生是在得失成败之间的起落沉浮，是在风雨兼程中的生命轮回。

　　人的一生，像一本书、一首歌、一盘棋、一棵草，如一枝花、一条船、一弯月、一场梦。向阳而生，逐光而行，既真实又浪漫。

　　人生如书。粗茶淡饭度生涯，腹有诗书气自华。少年是一本花花绿绿的连环画，青年是一本色彩靓丽的流行杂志，中年是一本内容丰富的学术刊物，老年则是一本经典线装书。越老越有内涵，越老越有故事。

　　人生如歌。天下有我须放歌，青春作伴好还乡。人的一生或长或短，或豪放或婉约，或起伏跌宕或曲折幽深，我们无法把握人生的长短，也不能确保人生精彩动人，但不妨碍我们是一个奋力的歌者，曾给这个世界留下欢乐。

　　人生如棋。或一黑一白，或楚河汉界。局里棋外，风云变幻。手里的棋子越下越少，人生越来越短，不要过分在意输赢。下棋如做人，棋品如人品。只要尽力了，赢也快乐，输也无悔。这样的人生才

是智慧人生、快乐人生。

人生如草。野火烧不尽，春风吹又生。小草，不如秋叶绚丽，不似春花浪漫，不和大树比高，不与玫瑰争艳。守得住寂寞，受得起繁华，坦坦荡荡，无惧无忧。只要有雨露阳光，便能在四季倔强地生长。

人生如花。缘来缘去终将散，花开花落总归尘。花有千万种，一花一世界，一笑一尘缘。人生如同一枝花，按照生长规律，发叶生枝，孕蕾开花，绚丽芬芳。"花无百日红"，灿烂之后，凋零成泥化为尘。曾经为这个世界盛开过，足矣。

人生如舟。人生就像一只小船，航行在浩渺的海洋里，生活在漫漫的时间长河中。航行中会有风平浪静，也会遇上狂风恶浪，不要奢望总是一帆风顺。经过急流险滩的考验和风浪的洗礼，你的人生经历更加丰富多彩。

人生如月。月有阴晴圆缺，人有悲欢离合。人生如同月圆月缺一样，荣辱得失不可避免。任斗转星移，按照自己的轨迹运行。不停滞、不错位，把清辉洒向大地。无论圆缺，都如月亮一样坦然，同月亮一样自信，用清静明朗的心态面对人生。

人生如梦。今天转瞬成为明天的昨天，昨天又成为过去，成为记忆。当回望从前时，会发觉：人生就像一场梦，蓦然回首万事空。一些事，一笑就

好，不必认真；一些人，深藏浅爱，无需执着。

　　人生苦短，没有来日方长。我们何不在现实生活中，带着愉快的心情，优雅地过好每一天呢？

2017 年 4 月 16 日

写于北京静心斋

思逸颂歌

畅想晚年生活

我希望自己晚年的生活是这样的：

"囊有钱、家有米，胸有诗书。身无病、心无忧，外无烦恼。"

住全部用木头建造的房子，光脚踩在不上漆的实木地板上。睡硬板大床，坐古典式的红木太师椅。

吃山西的热汤面、河南烩面、扬州炒饭和南北方的粗食杂粮。也吃山药、南瓜、红薯。偶尔吃点冷食，如中国的凉糕、日本的寿司、朝鲜的冷面等。

经常在浴缸内泡热水澡，且不必急着起来赶时间。在空气新鲜和太阳能照到的地方睡觉，天天睡到自然醒。

经常打打太极拳、练练太极剑，做做八段锦。清晨，在河边钓钓鱼、看看日出、练练拳脚；午休后，在树下或阳台上与朋友喝喝茶、聊聊天，侃侃天下；晚饭后，在广场或幽静的草地上散散步，在湖边看看星星月亮；或在书房里写写诗、作作画、看看书。

时常与老伴、老友们下下棋、打打扑克、斗斗地主或结伴出去游山玩水。与小孙子在家中玩耍，在公园里嬉闹、在海边逐浪。与家人共享天伦之乐，多在一起去剧场看节目，去影院看大片、去体育场

耕云种月

金磊夫诗词集

看比赛；一起出游，一起品美食，一起谈天说地。

自己开着越野车，带着家人旅游。尽赏名山大川、风景名胜。偶在僻静的乡村小住，能够不起早、不贪晚地在田地里活动活动。种点白菜、萝卜、小葱、大蒜，亲手采摘新鲜的黄瓜、茄子、豆角、辣椒，捡捡鸡蛋、采采野菜、寻寻蘑菇。

经常听听中国二十世纪六、七十年代的老歌，也听意大利歌剧和流行的摇滚音乐。高兴时随之吼两嗓子或跟着手舞足蹈。

喝中国茶。经常与三、五好友在一起，用好茶具、好水冲泡好茶，边饮边侃。指点江山五千年，纵横神州八万里。

经常与喜欢文学和爱好运动的朋友在一起交流，一起活动。爬爬山，下下海。不时用诗歌、散文、游记等形式，随笔记下所见、所闻和所思、所想。

经常读好的文章或听喜欢的音乐，并因而掩卷遐想。经常会读到好的书或看到好的电影，且与朋友聚会讨论，共同分享。

经常见到好的风景，比如大雪纷飞，夕阳瑰丽，野花满山，杨柳摇曳，怪石嶙峋，风逐浪高、牛羊戏草……

能够再登黄山、华山、雁荡山、天姥山、武夷山、天柱山、云台山这类山形奇特的名山。也能再去朝访峨嵋山、九华山、五台山、普陀山、三清山、

思逸颂歌

青城山等宗教名山。健康的身体允许随心所欲地到处走走看看。

能够再去英格兰、丹麦、澳大利亚、南非的海边远足，感受空远，感受碧蓝，感受水天一色，感受纯美与冷清。去挪威的大森林，去蒙古的大草原，去新西兰的牧场，去日内瓦的湖边……聆听惠风和畅，丈量心路、放牧阳光。

在吉林的长白山、四川的海螺沟、贵州的乌当、云南的腾冲泡泡室外温泉。如果有条件，就去瑞典、去挪威、去芬兰享受桑那浴、芬兰浴。然后由中国技师做纯正的中医推拿，在轻松中入睡。

与好朋友继续做这辈子愿意做的事情，尤其是公益慈善活动和义举。

2017 年 3 月 19 日
於北京老干部活动中心

心底丝语

日子

本想把日子过成诗，简洁、精致、并多少有一点浪漫。不料，却把日子过成了歌。每天高亢与低沉交响，激越与轻松和弦。无奈的是，它时而靠谱，时而不着调。

美与丑

老天是公平的，虽然长得丑，但是心里想得美啊！

尽管这些都是有意或无意的，却很真实。

成长的声音

所谓成长，就是将出生时清朗嘹亮的哭声或笑声，逐渐变成中低音的过程；

所谓成熟，就是在上述过程中多了一点老道和油滑，少了一些羞涩和笨拙，最后自然渐变成静音。

老年的婚姻生活

现实中，很多老年人的爱情（抑或婚姻）生活，

思逸颂歌

大多是这个样子：

枯藤老树昏鸦，相依相伴牵挂，信马游缰同乐，影视琴棋诗画，时有亲朋来聚，儿孙常在膝下，东篱采菊品果，西厢饮酒问茶，闻鸡起舞健身，夕阳西下赏霞……你做主，我当家！

角色

人世间这个舞台上，天天都在上演真人秀。

每个人都是演员，有的演正角，有的演反角；也有的人一会儿是正角，一会儿又被变成了反角；还有个别的人做正角总是不太像，做反角却蛮在行。

损人一定不利己

苍蝇也好，老虎也罢，"多行不义必自毙"，终归是"恶有恶报"，损人一定不利己。不论是谁，无一例外。

不信，你试试！

2016 年 12 月 1 日
记于北京万象新天

耕云种月

金磊夫诗词集

生命之美

何为生命之美？

生命之美，就是安恬如花，各自缤纷；就是华月芳年，丰富多彩；就是守心自暖，岁月静好。生命的色彩，靓丽动人；生命的旋律，婉转悠扬。

生命如花，根子深吻大地，灵魂仰望星空，枝叶随性伸展，任凭风吹雨打，任何力量都无法阻挡生命之花的盛开。

生命的美丽，不仅是它的绚烂，更是它的充实，充实的生命才更丰满；生命的动人，也不在它的激情，而是它的平和。平和的生命更有魅力。

生命中有很多美。崇德之美、尚学之美、哲思之美、诚信之美、忠义之美、创造之美、奋进之美、相遇之美、思念之美、重逢之美、扬善之美、坦荡之美等。每一个人都是上帝，创造着生命的美好。

生命是有弹性的。它的长度、高度、厚度、深度、亮度，都是由我们按照自己的意愿塑造的。因此，它可以更美。

人生如旅。我们的每一天，都行走在路上，行走在变幻的时空里。生命便因执着而精彩，因平和而聪慧，因坚韧而永恒。

人的一生，要得到的不是呼风唤雨的能力，而是淡看风云变幻的胸襟。把淡然装在心里，人生便会云淡、天高、快活、潇洒。生命中所有的快乐，后面都有一些伤感；所有的过往，都藏有一种怀念；所有的幸福，都有一点落寂；所有的圆满，都有一丝缺憾。

人的追求，不外乎物质生活的富裕和精神生活的富有。人的一生，对物质的消费是非常有限的，而对精神财富的追求则是无限的。我认为世上的东西，一半不值得争，一半不需要争。我们真正想要的，并不是拥有更多的物质财富，也不是一定要比别人更优秀，而是要不断地超越从前的自己。

不管何时、何地、何境，都要有平和宁静的心态。平静，是一种品格，可以沉淀浮躁；平静，是一种智慧，能操控生命的脉动；平静，是一种能量，能左右人生的进退。平静的心，会让所思所想所见所闻，更加清晰明朗；平静的心，能真切地聆听到花开花落的声音；平静的心，能体察到天地间的千变万化。

生命中有阳光灿烂，也有阴雨霏霏。人生没有过不去的坎，路没有转不过的弯。要有一种豁达的心态，不让自己活得太累，更不让自己的心太累。学会释怀，对那些得不到的东西，要放下；对已经失去的东西，要舍得。给自己一份坦然的空间，还

自己一份悠然的心境。

怡然面对现实，微笑着生活。在悠悠岁月中，我们诠释着生命的精彩；在静静的日子里，我们享受着生命的美好。

人间，很值得！

2016 年 6 月 26 日
作于北京陶然亭

思逸颂歌

再访西塘

时隔15年后的这个春天，我突然生出一个念头——再去看看西塘，看看她变成了什么模样？

当我再次进入西塘，印象中的西塘早已变得模模糊糊、隐隐约约，只依稀记得，青瓦灰墙之下，石板路上的小镇，日子被过得悠悠然然、安安静静。

这是一个还没有多少游客的清晨。眼前围墙与围墙、院落与院落之间有一条极其狭窄而修长的巷子，一色灰黑斑驳的墙面，间隔出现着古旧的小木窗。我异常兴奋地在这帧江南黑白的旧照片里穿梭，突然惊醒我半生俗梦的是一片青黛中高高挂起的大红灯笼。我的视觉神经被刺激了，定睛看清小巷尽头那钉在墙上小小的指路牌——石皮弄。

邻水的西塘总是习惯晚息早起。刚刚升起的暖阳，把人和物的影子全留在了小巷里凉凉的青石板路上。巷子两边一排排商业小店的木栅板门还没有卸下，这时少了店主的吆喝声和游客的讨价还价声。我在这样静静的西塘自由自在地逛着，没有接踵而过匆忙的脚步，更没有车水马龙的熙熙攘攘，只有大大小小的桥、潺潺环绕的流水以及倒映在水里的水乡人家。

我与西塘又相聚在"风雨长廊"下，赴陈年老宅，访参天古树，拜文人雅士，与好友相聚吟诗作画。恍惚之间，早已难辨曾经的前世今生，曾经的逝水年华。

我择一处临水人家，要了壶清茶、早点和几盘农家果蔬，就着惠风边吃边欣赏。临近中午，空气里已经混杂了芡实糕、肉粽、稻草扎肉、臭豆腐、陈年老酒……的味道，这是江南小镇特有的味道。美食之间，不由得开始细数起西塘这座千年古镇的历史和独特的建筑文化。

自古西塘出名人，因此多名宅。烧香港南的倪宅，祖上书香门第，倪宅前后共五进厅房，前有廊棚，后有花园，建于明末清初，整体布局简洁含蓄，没有半点张扬之气，实为儒家思想的典型建筑。"护国随粮王庙"也确有其人其事。当年有一金姓的朝廷押运粮食的官员，专门负责在运河上押送粮船。一天，他运皇粮经西塘，见百姓挨饿，于是动了恻隐之心，将皇粮给了百姓，但他知道犯了欺君之罪，逃不过惩罚，便投河自尽了。当地百姓为了纪念这位好官，集资建造了这座"金老爷庙"。西园是明代朱氏私宅，园内有亭台楼阁、假山鱼池，柳亚子曾来过西塘，与镇上的文友雅士在这西园内品茶叙旧。

西塘弄多桥多。弄堂按不同用途大致分有三类：街弄、陪弄和水弄。连通两条平行街道的是街弄；

思逸颂歌

前通街后通河的称为水弄，水弄连着河埠；凡是大宅内设在厅堂侧面的为陪弄，陪弄完全在室内，有墙和邻居相隔，古镇大户人家的大门平常是关闭着的，一般只在贵客临门或逢喜庆节日时大门才敞开。妇女与佣人们走的是陪弄。西塘的弄名一般都是以弄中居住的大姓家族命名的，如王家弄、叶家弄、苏家弄等。全镇共有122条弄堂。最有名的如：石皮弄全长68米，是王家尊闻堂与种福堂之间的过道，由216块厚度仅3厘米的石板铺就，故称石皮弄；它最宽处1.1米，最窄处只有0.8米，如果有两个略胖的人在此相遇，不一定能轻易通过。最长的弄是位于北栅街的四贤祠弄，全长236米。最窄的弄是位于环秀桥边的野猫弄，只有30公分，是两幢房子中间的一条缝。最宽的弄是位于烧香港北高阶沿李宅的大弄。最短的弄是位于明清木雕馆所在的余庆堂内的宅弄，全长不过3米。

西塘全镇共有小桥104座。宋朝建有安仁桥、安境桥、五福桥、永宁桥等11座；清代又建有卧龙桥、渡禅桥、来凤桥等。这些古桥大都为单孔石柱木梁桥，桥梁工艺精湛，至今保护完整。

喧闹的人声逐渐消散已是傍晚，乌篷小船开始三三两两停靠在廊外小河边，两岸民居渐渐华灯初上。因小镇之美而留下的游人也慢慢沉入小镇的宁静。但这样的安详也只是片刻，天黑之后，小镇被

彩灯装饰得晶莹通透，开始了它的另一种生活。街上，酒吧、客栈、店铺……流光溢彩，辉煌烁目，这厢里节奏明快奔放的打击乐激情昂扬，那厢里突然一首年代久远的忧伤老歌，会让你情不自禁驻步，默想起什么……

　　白墙灰瓦雨如烟，古意石桥月半弯。碧柳丝丝挽白云，为谁轻摇为谁眠？西塘就这样在闹腾、安闲、平和、静寂之中转换着一天表情。日复一日，年复一年，生生不息。

　　我想，三十年后、五十年后再来看它，西塘会不会还保持这个样子。

2015 年 5 月 10 日夜
作于嘉兴西塘古镇

思逸颂歌

婚姻与名著

　　读了一百多年前甚至更久远的这些名著，不由得联想到当下社会的婚姻现象。因而，由衷地感叹这两件原本不相干的事，竟然如此的吻合，被文学大师们"预见"得这样精确无误，描写得这样淋漓尽致，提炼得这样出神入化，不由得想写点东西。

　　下面的文字，只是笑谈，或称"戏说"。

　　某些婚姻，就像《三国演义》。"合久必分，分久必合"，这种"天下大势"，亘古未变。百年好合、天长地久已成追念。这样分分合合的婚姻状况，已经被近些年的社会现象反复证明。眼下流行闪婚、闪离。

　　某些婚姻，也像《西游记》。一路坎坎坷坷，风风雨雨。不管有多虔诚，也不论有多大本事，更不分男女，要取得真经，都得经历九九八十一难。否则，很难修成正果。

　　某些婚姻，很像《红楼梦》。都道"有情终成眷属"，可为何心事总虚化？阆苑仙芭也好，白玉无瑕也罢，有人用毕生的精力去寻找它、追求它。到头来，看到的不过是"水中月""镜中花"，得到的也只是红楼一梦。

某些婚姻，更像《水浒传》。不管你有多气壮山河，不论你曾如何轰轰烈烈，无论梁山好汉，还是巾帼英雄，最后都统统被现实生活"招安"了。

某些婚姻，特像《聊斋志异》，人与鬼都活灵活现。人说鬼话，鬼干人事。梦境的现实，现实的虚幻，一些事真假难辨，一些人神魂颠倒。难怪，不断有新版的"人鬼情未了"爆棚。

某些婚姻，如同《战争与和平》。这种"局部战争"且愈加频繁。讲讲和和，打打谈谈，花样翻新，事端不断。与百年前欧洲战场唯一不同的是，每次"战争"结束之后，交战双方还会继续同枕共餐。

某些婚姻，也很像《呼啸山庄》。理性在这里冻结，灵魂在这里复苏，人性在这里绽放。现实婚姻既是内心世界的展示，也是真实的客观世界的呈现。近些年，婚姻中"呼啸"现象时常发生，但已经绝不仅仅是在"山庄"了。

某些婚姻，也更像《悲惨世界》。使男人潦倒的不只是因为贫穷，但让女人堕落的肯定是金钱。罪恶的魔鬼，会将美好的婚姻变成交易，甚至变成昏暗的炼狱。这种状态下的婚姻，比悲惨世界还要悲惨！

某些婚姻，也特别像《百年孤独》。生活中的"似是而非，似非而是"，使得夫妻间似曾相识，又如同陌路。如果都不能很好地理解对方，并最大限

度的包容，到头来都一定会深深的绝望和极度的孤独，且不会到百年。

某些婚姻，也非常像《红与黑》。尽管世人对这两种颜色有过无数种解释，但那只不过都是根据自己意愿的猜测。红与黑，在现实生活中已经变得若隐若现，"更像面纱后面美丽的双眼"，让你看到追求"幸福"的"热情"和"毅力"，早已"丧失殆尽"，红与黑已经褪色到只剩下苍白。

某些婚姻，还更像《简·爱》。"习俗不等于道德，伪善难得到真爱"。这个世界上确实有"一见钟情"，但不要过于迷信它。因为，你不一定会碰上这样的运气。爱情需用真情呵护和悉心经营，相濡以沫。如此婚姻才能天长地久，白头到老。这样的爱，其实并不简单！

……

随意翻书，随性联想。既是调侃，也算读后感。

现实婚姻中的饮食男女，一定要学会慢熬风花，细炖雪月。这一碗人间烟火，才是婚姻中不可多得的幸福！

2015 年 8 月 22 日夜
记于北京慧心书房

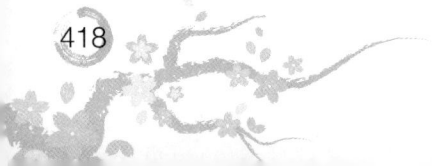

写在与爱妻——春香结婚35周年纪念日！

真情依然

真情依然，大约烟雨江南①。翠绿拂过羞涩的心窗，旷野深处，一缕惠风吹过，唤来了一个春天。

真情依然，仿佛塞北更远。江城的雾凇②装点童话，瑞雪飘洒，玉树琼花。一个灿烂的微笑，温暖了整个冬天。

如果有一天，妳背起行装远行，清爽的澳洲、矜持的英伦、浪漫的巴黎……都会狂喜地来到妳的面前。众神弹起悠扬的琴瑟，英俊的斗牛士一定会吻上妳的香肩。难忘那些远方和诗，还有无数鲜花和少年。妳尽情的欢笑与激动的泪水，会不会打湿内心深处每一个美好的瞬间？

如果有一天，妳穿越时空隧道，无边的寂寥、蹉跎的岁月、漫漫的长路……会不会挡住妳的聪慧和明艳？妳是倾倒吉晋③的才女，至情至性的君子兰④！连世人都惊赞这份尊贵，端庄大气，展现

---

① 空军465医院驻地在吉林市松花江南岸，惯称"江南"。
② 著名的吉林雾凇，为我国"四大自然奇观"之一。
③ 妻山西出生，吉林长大，正可谓是"吉林山西人"。
④ 君子兰为长春市花，叶片翠绿，花红似火，深受国人喜爱。

出东方的神韵与美感。是怎样的情与爱，让妳隐去红装，铁血柔情的军旅①生涯，更是做为女人无比艰辛又无比骄傲的慨叹！

真情依然，在每一个三百六十五天。妳的每次喜怒哀乐，牵动的不只是妳我的神经，还有天下男人以及儿孙们对良知的追索，更有理性对本真的坚守和呼唤。

真情依然，在洒满阳光的每一个角落。月亮自有阴晴圆缺，人也难免离合悲欢，不变的是对过往的追忆和对亲情的眷恋。

珍重拥有的每一分每一秒，真挚的爱就在里边。

2015 年 5 月 1 日於北京

① 妻十八岁参军入伍，至今已经从军 46 年。

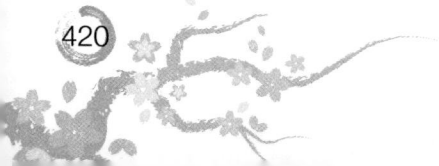

420

身入桃花源

中国，叫桃花源的地方很多。今天走进的桃花源，正是陶渊明笔下的桃花源。

古往今来，人们一直追寻心灵归隐的桃源。它藏在古书里，藏在武陵大山深处，藏在人们的心底。

在神秘的北纬30度线上，中国横亘着一条绵延起伏的武陵山脉。在大山深处有一个神奇的地方，这就是重庆酉阳境内的桃花源，更确切地说，就是东晋著名文学家陶渊明笔下的"世外桃源"。之所以如此肯定，是因为毋庸置疑的物质实证和文脉原型就在这里。

据《酉阳直隶州总志》记载："核其形，与渊明所记桃花源者，毫厘不爽。"另据《四川省通志》记："酉阳汉属武陵郡之迁陵地，渔郎所问之津，安之不在于此？"

国内外的著名专家学者对此进行了全面考察，从地理、历史、路线、景物、距离、环境六个方面，反复比对和科学论证，一致认为：这里就是陶渊明所写的《桃花源记》的原型。它集秦晋农耕文化、岩溶地质奇观、自然生态文化于一体，浓缩了武陵山区最美的原生态田园风光。

酉阳的桃花源，正是我苦苦寻觅的地方。这里，如梦如幻、如诗如画，奇丽壮阔的洞天，岚雾缭绕的山水，若隐若现的田园，若断若续的村庄，似有似无的歌声……一派空漾，返璞归真。

桃花源里炊烟轻摇，鸡犬合鸣，无处不是阡陌纵横，青山秀水，良田美池，垂柳修竹。艳丽的桃花随风摇曳，清澈的小溪欢快奔流，急湍的泉水抛洒欢声，鱼儿成群结队地向你游来……这一切好似都在热情地欢迎远方的来客。

桃花源的周边，是雄伟高峻的峰峦，郁郁葱葱的山林，幽深奇妙的溶洞，多彩多姿的瀑布。置身这里，"山水知人意，天地美不言"的感觉会油然而生。这是一幅凝固千年的动人画卷，一部梦幻般浪漫的抒情长诗，一片栖息疲惫身心的精神家园。

人文与自然浑然天成的良好生态环境，美丽的景致，惟妙的线形，温润的气候，祥和的氛围，欢愉的节奏，纯朴的民风……都会让人迷醉其中。置身这里，如入仙境。

"陶令不知何处去，桃花源里可耕田"。酉阳桃花源之美，美在山水；山水之美，美在风情；风情之美，美在纯真；纯真之美，美在自然。生活在这里，你会真切地感受"极乐在深山，清幽梦里还"，确是一个无忧无虑无烦恼，有吃有穿有休闲，不是

神仙胜似神仙的桃源仙境。

其实，大美桃花源有两个：一个在你心里，另一个就在酉阳。

心中的桃花源一直在催促着你，酉阳的桃花源则是在久久地静候着你。朋友，来酉阳吧！

身心同入桃园，感受这里诗意生活的恬静闲适，感悟天人合一的曼妙怡美，这里才是真实的人间天堂。

2014 年 12 月 16 日夜
作于重庆酉阳桃花源

思逸颂歌

记龚滩古镇

被誉为"重庆第一历史文化名镇"的龚滩古镇，位于重庆酉阳县西南，与贵州沿河县隔江相望，在阿蓬江与乌江交汇的凤凰山麓之中。它集山、水、古建筑为一体，既大气壮观，又有丰富的文化内涵和厚重的历史积淀。

这是一座有1700多年历史的名镇，也是国内保存完好且颇具规模的明清建筑群，可与"世界文化遗产——丽江"媲美。由于龚滩位居乌江天险中段，又恰是"乌江百里画廊"的核心，所以自古以来倍受人们的青睐。

据史料记载：明万历年间（公元1573年）山洪暴发，垮塌的岩石堰塞乌江，而使这里成滩，上下过往船只不能通行，需人工搬运倒船，人们在这里滞留下来。因龚姓者居多，故名龚滩，龚滩逐渐形成镇。小镇兴于唐，盛于明。当年，龚滩两边终日舟楫列岸，商贾云集，物资集散，一派繁荣。

万仞峭壁下，拥江而立的小镇中，只有一条弯弯曲曲的石板小街。小街青石幽亮如玉，把街两边古色古香、临崖高挑的吊脚楼连接起来，把小镇串通。

鳞次栉比的吊脚楼临江而立，亲山近水，尽享八面来风，独送春来秋往。

龚滩多沟，小桥是这里一道独特的风景线。在一条顺岩壁而下的溪流上，竟架了18座各式各样的桥，其中最有名的便是"桥重桥"了，它是由两座桥重叠成的一座小拱桥，从下面的桥走到上面的桥只几步石阶。两桥错落有致，造型优美，气韵流动而不呆滞，桥体并置而不单调，实乃天成。这种桥叠桥，惟龚滩独有。

一块鱼形石头突兀地横在路边，犹如一条正侧身飞跃龙门的鲤鱼。世代靠江吃饭的龚滩人坚信：这条石鱼就是龙的化身，能够护佑平安。所以每当船只出行前，人们都会来这里祭拜神鱼，祈求一路顺风。

在古镇的北门附近，有一座阿弥陀佛桥，因桥旁崖壁上有佛像而得名。桥体雄伟，弧形单拱，桥面与石板街浑然一体，如不从侧面看，竟不知是桥。锦楼、织女楼、鸳鸯楼……每幢楼里都装满了动人的故事。由六万多块岩石垒砌而成的通天梯；方便存取藏物的半边仓；用于消防的太平缸……每处历史遗存都闪烁着智慧的光芒。

离开龚滩，那云雾缭绕的青山碧水和临江而立的小镇，始终在脑海里回放。在感叹古城精致、秀美、厚重的同时，自愧语言词汇的贫乏。

思逸颂歌

在龚滩，那种涤荡心灵，弃俗绝尘的舒畅，让我感到从未有过的清新豁亮。

龚滩，我一定还会来看你！

2014 年 11 月 23 日
记于重庆酉阳

耕云种月

金磊夫诗词集

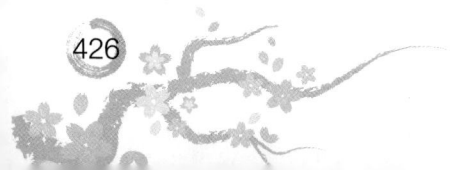

看人如赏画

观察一个人如同品读一幅画。欣赏一幅画，也正像解读一个人。

当我们观察一个人，远看注意姿态是否优雅，举止是否从容；近看注意衣着是否得体，相貌是否端正；面对面时，则注意言辞是否讲究，才学是否充实。远近结合，由表及里，看气质、看修养，对人形成一个整体印象。

当我们欣赏一幅画，远看注重构图是否严谨，气势是否浑雄；近看注重着色是否雅致，用笔是否流畅；仔细欣赏时，则注重境意是否高远，韵味是否深长。虚实兼顾，由景及情，看内涵、看厚重，对画做出一个明晰判断。

欣赏一幅画如同品读一个人，难道不是吗？

正因为如此，很多时候手中的笔就是在为自己画像。当你奋发时，它正劲挺；当你潇洒时，它也飘逸；当你缜密时，它更精微；当你拙朴时，它定沧桑。"见字如面""画如其人"之说，大概源于此意。

思逸颂歌

我认为，无论书法、绘画、写诗、作文，也不论做人、做事，这个道理都是一样的。

2014 年 3 月 2 日於北京
（农历二月初二）

耕云种月

金磊夫诗词集

关于点赞

关于点赞，我不认为它是一种潮流或者时尚，更不认同"从众心理"使然这种说法。因为它是一种能量。

这个世界从来不是完美的。就如人生，如果真有完美，就不用去祝福"万事如意""纳福迎祥""心想事成"了。如果真有完美，能够要风得风，要雨得雨，要鲜花有鲜花，要腾达有腾达，那人生一定如蒸馏水一般没有滋味。

人性从来都是有残缺的，人生更是浮沉坎坷，无论是谁，正如这个世界。如果你认同这世界有残缺，那我们就先从赞美开始吧。学会客观，学会公正，学会关爱，学会包容，学会尝试赞美着残缺的世界。

你被点赞，你是社会人了。我赞，我同样是社会的一分子。我们的社会地位如此平等。

我们用点赞找到存在感和责任感，找到态度与价值观。我赞，故我在。这或许就是当下自我主宰的状态。

我是相对于你而存在的，也许你会成为一面镜子，映照着这一切，包括你身边的喜怒哀乐，还有你所知道和不知道的所谓政经、专家、精英、弱势、

骗子、失联者……

这个世界，因为有你，才能写出我字。

我和你可能有许多不同，而点赞，则告诉你，我和这个世界，你和我其实有很多共同点：审美、趣味、观点、态度、原则、愿景、行动等。每个赞的意涵和觉知也许不尽相同，但一定有以下的一种或多种：我关注、我理解、我同意、我信从、我欣赏、我愿意、我支持、我在。

一个勇于点赞的人，一定是一个热心的人，一个充满希望的人，一个内心洒满阳光的人。

一个勇于点赞的世界，一定是积极的世界，一定是主动的世界，一定是可以改变的世界，一定是一个更美好的世界。

我们有时为泪水点赞，哀而不伤是一种力量；我们有时为善美点赞，爱而不俗是一种风尚；我们有时为异见点赞，和而不同是一种智慧。

求同存异，去伪存真，追求进步。为改变点赞，为进取点赞，为社会繁荣点赞，为人类和谐点赞……这个世界需要和我们一起成长。

2013 年 12 月 22 日
写于北京静心斋

耕云种月

金磊夫诗词集

如戏人生

人生，就是一部戏，一部属于自己的戏。

我们自己是编剧，常常喜欢浓墨重彩地描绘着对美好未来的憧憬；我们又是导演，总是刻意地表述和表现着自己内心深处的想法；我们也是演员，经常自觉不自觉地在演绎时增加或是删减剧情。

人生这出戏，也可能是一部只有开始没结局的戏，一部演到死也许结尾还凌乱的戏。

每个人都很喜欢回顾过去，总是翻出记忆中曾经的美好，哪怕是瞬间的美好。修饰后的回忆，如同挂在蔚蓝天空中的彩虹，虽短暂却绚烂无比，足以让你每每回想起来都会感到十分自豪。即使是伤痛，也常带着一丝遗憾的回味。无论是甜蜜的还是痛苦的经历，在我们心里都刻下了一道道深深的痕迹。很多的人，很多的事，都定格在记忆的画框里。

过去的人，过去的事，自然地都留在了过去。时光不会倒流，我们也没有时空飞船，无法穿越。所以不管你是谁，都不能回到过去。与其花费时间叹息过去的不可挽回，还不如认真思索未来如何继续。如果你有一个追求的目标，并且坚信不疑；如果你有足够的勇气，能够一直向前走，在未来的路

上你一定还会遇到那个人，还会经历相似的事，即使自己不再是从前的模样。

在这个世界上，每一个人都是独一无二的，每一个时期的自己都是不可复制的，如同你无法追回逝去的时光，所以也无法追回过去的自己。

用你的理想来要求自己的生活，需要的是额外不止十倍的勇气和毅力，或许方能坚持。如果是两个人的生活，或是一个团队，需要的勇气和毅力将何止百倍、千倍呢？既如此，每个人都应该好好地思索一番：你是否有决心，你能否会坚持？对自己的未来，你想怎样导演自己？

当然，还要明白一个最简单的道理：这个世界上不仅有你的人生，还有他和她的人生，还有他（她）们的人生。正所谓：芸芸众生。

在现实中，生活永远是戏剧的源头，你永远是戏剧的主角。人生处处都是戏，戏中处处看人生。关键是一定要演好自己！

2013 年 5 月 30 日夜
写于北京万象新天

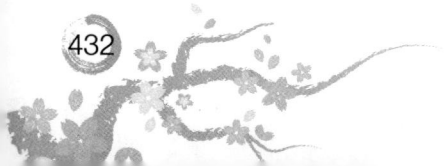

蛇年说蛇

对于蛇，人们有着颇为复杂的情结：蛇的形态给人的印象是丑陋、狰狞、可怕，因而蛇便成了阴险、凶恶、狠毒的代名词，于是便有了"蛇眉鼠眼""蛇蝎心肠"等说法。

然而，在中国古老的民俗文化中，蛇曾经是美好的象征，是受人崇拜景仰的形象，是中华民族较早的图腾之一。传说中的龙，就是由蛇演化而来的。"龙腾蛇舞""笔走龙蛇""岁在龙蛇"等成语就是把蛇与龙紧紧地联系在一起的

蛇寓意

千百年来，因为人们敬蛇、崇蛇或畏蛇的心理而衍生出蛇的各种寓意。比如：

阴险、冷漠。这大约与蛇是所谓的"冷血动物"有关，因此阴冷也被认为是蛇的特性。再加上蛇没有声带，不能发出声，这更加深了它阴冷的印象。一些外表美丽、内心阴险狠毒的女人被称为"美女蛇"，在某些有关侦破、间谍内容的文学作品中常有"美女蛇"的形象。

莫测。蛇没有脚却可以爬行，又往往来无影去无踪，显得很神秘，神秘又导致人们对蛇的崇拜。

狡猾。这个意义是"舶来品",源于《圣经》。《圣经》中,蛇是上帝耶和华所造的万物之中最狡猾的一种,由于它的引诱才使伊甸园中的夏娃和亚当偷食了智慧之果,被赶出了伊甸园,从此人类有了"原罪"。为了赎罪,人类必须敬仰上帝,经受各种苦难。蛇也受到了惩罚只能用肚子行走,终身吃土,并与人类为仇。

幸运、吉祥和神圣。人们把蛇分为家蛇和野蛇,有些地方认为家里有了家蛇是吉兆。把两条蛇的形象雕刻在拐杖上,代表使节权,是国际交往中使节专用的权杖,蛇又成为国家和权威的象征。

长寿、财富。在中国文化中,蛇和龟是长寿的象征。人体内有一种像蛇一样盘绕着的力,称为"蛇力",只要修炼得法,就可以把这种力释放出来。蛇还是财富的象征,蛇有自己的地下王国,里面有无数宝藏,所以想发财致富的人都到蛇庙中去虔诚祈祷。

蛇崇拜

世界上很多国家和地区,都有崇拜蛇的习俗。

在中国民间,常把蛇称为小龙。它春天萌动,夏天活跃,秋天收敛,冬天安眠。这一切使蛇具有某种神秘性,人们对其既敬畏又好奇,因而被神化和崇拜。

印度文化中有蛇庙、蛇村、蛇舞,每年还有传统的节日——蛇节。在虔诚的印度教教徒眼中,蛇

并非动物，而是通人性的灵物。眼镜蛇被认为是印度教三大主神之一湿婆的化身。

意大利每年5月的第一个星期四，居住在意大利的科库尔罗人，会进行传统的游蛇节宗教活动，他们采用这种非比寻常的方式来纪念圣多明我，认为是圣多明我保护他们免受蛇咬和牙痛，保佑他们平安多福。

尼泊尔民众将蛇当作保护神，认为蛇可以驱除妖魔鬼怪。

泰国人不仅崇拜大象，而且对蛇也有着不同寻常的崇拜，甚至与毒蛇接吻也毫无惧色。

在柬埔寨，很多神殿的入口处都有蛇神那迦的塑像，人们希望借由它的力量得到守护。柬埔寨人历来将蟒蛇视为吉祥物，为雌雄蟒举行婚礼据说可以保护民众平安吉祥。

埃及人认为，蛇是梵天派遣下来的使者，它能传达凡人的心愿。古埃及王室就视蛇为至高无上的权力的象征，当年伊丽莎白·泰勒在《埃及艳后》中佩戴蛇形黄金头冠和腰带，不但尽显雍容华贵，更重现了埃及王室的权力与威严。

2013 年 2 月 19 日
（癸巳年正月初一）於北京

思逸颂歌

婚姻关系中的爱与人性

（一）

所谓婚姻关系，并不仅仅是从情感本身得到的愉悦，更为重要的是从彼此的思维深度里和行为方式上，获得了相互的欣赏、认同和赞许。只有这样的关系，才有可能获得途径，真正走进对方的生命当中。

恩爱。首先是恩，其次才是爱。照顾、悯惜、责任、承担、牺牲、给予……这一切超越了单纯的欲望和爱慕。恩爱是相互的，是自觉、自愿的。因此，恩爱有着更持久、更生动的力量。

一位大师说："真正的爱与个人得益无关，而是指人与人之间交流的质量。当我们只是想到自己，并算计如何得到想要的东西时，从爱的角度来说就将一无所获。无条件的爱绝不建立在索求的基础上。相反它是一种给予的体验，一种每一位参与者力争更为慷慨地与人分享的快乐的行为。爱不是生意或交易，也不是一种需要双方的行为互相平衡的计算系统。相反，爱的核心是对于别人福祉的真正关怀。"婚姻关系中，更需要这样的爱。

耕云种月

金磊夫诗词集

舍得是另样的多得，甘愿是一种自觉的承担。不向对方索取，不支配，不追究，没有相互之间争强夺胜的心。出于责任，有些话不能说，有些事不能做。爱究其深邃，实难用语言表述。

当我们爱慕一个人的时候，不应该想着去控制和支配对方，也未必一定要在时间的限度里始终彼此占有。

（二）

不要轻易去挑战或考验人性。人性很嫩弱，禁不起这些。它需要的是保全、推挡、遮盖、留有余地。若你利刀戳入，必然破绽百出。生活中，不要轻易尝试去击溃任何人，尤其对爱人。只有足够强大的心胸，才经受得起真实和杀戮。若你有怜悯，应善待和接纳对方心灵的软弱和隐私。

不要用恨。因为恨是坚硬的、凶险的，太过用力，且伤害太重。而爱是流动的、渗透的、随形的、充盈的。恢复对人性的宽宏，感觉如同得到泉水的洗涤和浇灌，这既是对别人的友好，也是自我恢复、调整、完善、升华的一种历练。

阴暗会让相互关系成为污泥沼泽，使人深陷其中，身心疲惫。试图爬上岸需要付出加倍的力气。这种关系必然反复刺激人的创口。对方与自己的污脏要由各自清理，不能互相撕扯掏挖，尸体横陈。

思逸颂歌

这是禁忌。恶一旦被挑明，必然肆无忌惮，如同出笼的野兽，后果不堪。

"无所贪爱，每一刻却贯注深情"。真正的爱，一定联通着喜悦、笃实、明朗、善意。真正的爱不可能使对方痛苦，也不会让自己痛苦。那些使我们痛苦并因此想让对方也同样痛苦的关系，与爱无关。其实质不过是一种心理疾病。

必须远离对待彼此的问题和困难寻找各种借口逃避的人。这意味着在他（她）的生命里，懦弱和不担当是其处理一切事情的模式。若无勇敢和真心实意，无论男人或女人，都不配有美满的婚姻，也不可能成就任何事情。

从姿势上来看，一旦伸手向人索要，就已无法优雅自如。世间大多所谓男女之情，不过是需索和寻求自我满足。人不经过自觉的修为，就没有办法去爱别人及长久地被爱。

（三）

人与人之间极容易发生对立和损伤。但对立和损伤又总是与依赖、沉溺、恩惠、愉悦、幻觉同时进行。人性之恶常隐匿在深处，同时具备一触即发的敏感和能量。人的关系在自私、偏见、惯性中产生各种摩擦，互相激发。需保持对这关系的察觉，避免刺激它的恶性发作。占有之心多起于需要、不

安全感及对欲望的渴求。恶则来自对这种占有的不择手段。

有时，我们爱他人，是取悦自己渴望被爱的欲求；对他人的付出，是试图填补自己内在匮乏的需求。憎恶或攻击他人，可能是被对方掀开了不愿意被揭示的遮蔽的暗处；愤恨或者狂躁，则因联接着内心长期积累的软弱和无力。自我纠结，是一种慢性自残，它来自沉重的感觉和幻觉，是牢笼之中的自我战争。

骄傲地自处，胜于在相互关系中卑微而委屈地碎裂。如果婚姻中没有深切的爱恋，不如独自生活。人的一生，能够得到身心统一、有始有终、和美圆满的感情，机会很少，因而需要倍加珍惜。大部分人未曾得到过这样的姻缘，而是面对无奈的现实，采用茫然的态度，毫无质量地、机械地维持所谓的婚姻关系。两个人在一起却无法沟通、无法相容的孤独，有时远远大于独自一人的孤寂。

两个人的特质会互相激发或者互相压抑，这意味着，在一些人面前，我们心中的火焰会陷入沉睡，而在另一些人面前，它会被激醒。有些人使我们感觉自己变得很差，无法接受。有些人使我们成为更好的自己，甚至产生一种超越。所以，爱是不熄灭的火焰，应交付给负责任的并能担当的人。

　　我们努力让自己变得更好，但谁都没有把握一定能遇见一个也在试图变得更好的他人。喜悦的感觉来自互相，不是单向，如同两手相击才能发生声响和能量的移动，对方至为重要。人未必都能得到彼此击掌而合鸣的对方。让生命变得更好是自己的事情，对此不要有过多的幻想和对别人的过分依赖。它不能奢求，也不能交换。

　　任何心灵的改造，到最后必然是回复到自身的强大。以马内利修女说："每个人都期待按自己的方式被爱，每个人都希望另一半能够对自己的期待作出积极的反应。因此，许多爱情关系不过是一些从自身出发并且回到自身的行为。"

　　对他人的需索，成为恐慌；对他人的期许，成为失望；对他人的依赖，成为伤痛；对他人的侵占，成为禁锢。与之相反的是，对他人的宽容，成为安宁；对他人的放手，成为自由；对他人的付出，成为获得；对他人的怜悯，成为宽恕。我们在这种以爱为名却以人性冲突来获得成长的挑战中获得了真知。

　　没有任何一种关系可以被理所当然地索取和伤害，其中包括认为错误全在对方，对都在自己。一些人自认拥有蛮不讲理及胡作非为的权力，以为手中所有永不枯竭，直到对方的耐心和信任被消耗殆

耕云种月·金磊夫诗词集

尽。在我们以爱为名肆行无忌的时候，总觉得可以再次得到原谅，直到原谅成为不再可能。

关系需要适当控制，适时调整，避免图穷匕首见。除非对方能够抵挡和消融你的刀子，并会把它转化成热能。否则不要轻易亮出本性中的刀子。它不但会损毁对方，也一定会割伤自己。

2012 年 11 月 16 日
写于北京静心斋

思逸颂歌

礼赞胡杨

我爱胡杨！感谢上苍的眷顾，给了自然界、也给了我们胡杨。

每当我想起胡杨，便会感到一种无名的悲壮，一种内心油然而生的敬仰。

每当我看到胡杨，心灵都会受到强烈的震撼。它那特殊的品质、坚韧的性格、不屈的精神、浩然的骨气……都会深深地感动着我。

胡杨是一亿三千万年前遗留下的古老树种，它只生长在沙漠。全世界百分之九十的胡杨在中国，中国百分之九十的胡杨在新疆，新疆百分之九十的胡杨在塔里木，这里生长着世界第一大（约3800平方公里）的胡杨林。

胡杨，是世上最美丽的树！金黄之美属于胡杨。朝霞中它披一身灿烂，昂然站在白沙与蓝天之间，如一幅幅醉人心魄的立体画，令人震撼。

苍劲之美属于胡杨。它指天画地刚毅的躯干，迎来春秋，送走冬夏，撑起朗朗乾坤。

铿锵之美属于胡杨。它用不屈的身体仰天高歌，与险恶抗争，与生死较量，用感天动地的悲壮，展示了奋斗的坚强。

耕云种月

金磊夫诗词集

生命之美属于胡杨。她孤独地承受大漠的风剑霜刀，用无悔的坚守，执着地延续着生命的渴望，她用坚忍的态度，坚定地追寻着繁衍的梦想。它活得英雄气概，它死得荡气回肠。胡杨生也精彩，死也豪放。

胡杨，是世上最坚强的树！它能不顾一切地把根系扎向30米深处，紧紧拥抱大地。所以才能在零上40度的烈日中娇艳，能在零下40度的严寒中挺拔。胡杨不怕侵入骨髓的斑斑盐碱，不怕铺天盖地的层层风沙。它遇强则强逆境奋起，一息尚存绝不放弃的精神，使所有真正的男人血脉偾张。霜雪击倒挣扎爬起，沙砾掩埋奋力撑出。它们为精神而从容赴义，她们为理念而慷慨就死。虽断臂折腰，仍坚挺着一副铁铮铮不屈的风骨；虽伤痕累累，仍保持着硬朗朗英雄的本色。它为人类的生存环境忧伤，它为地球的生态状况惆怅。凄凉中它饱含着悲壮，孤寂中它凝结着坚强。它的坚忍，它的顽强，给人们的不仅仅是视觉冲击，更是一种心灵洗礼，让人感动，让人激情跌宕。

胡杨，是世上最无私的树！它毅然地挡在风沙前面，身后是村庄、是城市、是青山绿水，是喧闹的红尘俗世，是根本不了解它们的芸芸众生。庇护这些生灵，则是胡杨生下来、活下去、拼争到底的唯一理由。它们从不要任何回报，甚至不

期望人们知道，它们早已将一切虚名俗利让给了青松，让给了翠柏，让给了红梅、让给了牡丹，让给了所有争辉斗艳的花草树木，却将这无边的孤寂和摧肝裂胆的荒凉留给自己。有谁能如此长久地任霜欺雪打，凭雨骤风狂，饱经亿万年沧桑岁月，仍无欲无求，奋发昂扬？有谁能如此奉献，没有青山绿水相伴，只有对责任的渴望，只要几滴雨露，一缕阳光，便甘与人类共勉共济，同生同长？是可敬的胡杨！

胡杨，是世上最悲壮的树！她生下来千年不死，死后千年不倒，倒下千年不朽。这不是神话。在新疆塔里木、在内蒙额济纳，我亲眼看见这壮阔无边的胡杨，在漫漫荒原上，在浩浩朔风中，以无所畏惧的姿态傲然站立着。它们生为挚爱的热土，死为挚爱的家乡。在寸草不生的茫茫沙漠，风雪肆虐，烈日似火，寒风如割，胡杨却能挺直脊梁，努力诠释生命的价值和力量。就是倒下了，也不屈不挠，浩气长扬。

我企望上苍把每一滴怜悯的泪，都洒在胡杨的身上；我希望人类能多一点关爱给胡杨。那样便能化出漫天的甘露，便能化出沸腾的热血，便能化出清白的正气，就能让胡杨前赴后继，就能让胡杨生生不息，就能让胡杨永远永远屹立在地球上。

我敬仰胡杨，我为胡杨礼赞，我为胡杨祈祷。

胡杨不能倒。因为人类不能倒！因为人类文明不能倒！因为人类生态文明不能倒！

2012 年 10 月 8 日夜

写于内蒙古额济纳

天　宫

——神九交会的关键词

"神舟九号"飞船搭载航天员景海鹏、刘旺、刘洋，2012年6月16日18时37分21秒在中国酒泉卫星发射中心点火升空，与在轨运行的"天宫一号"交会对接。

在太空遨游13天，神舟九号航天员在完成各项既定任务后，于6月29日10时03分，飞船返回舱在内蒙古四子王旗顺利着陆。

这是中国进军太空的又一次伟大旅程。

"天宫"一号

"两室一厅"小户型，天庭街巷010。龙子龙孙新家园，来去随心任我行。

对接

理性与激情的太空之吻。从莫高窟的穹顶起飞，深情地盼了千年的这一刻，今天真个圆梦消魂。

入住天宫

没有上下之分，当然不用找"北"。在这里，可以自由自在的游走，尽享随心所欲之美。

抓手

在漂浮的时空里，要经常的"露一手"。这是生活工作的必须，绝对不是作秀。

时差

天宫里的时间，不能用"日"计算。地球上的24 小时，在天宫里的人已经历了几轮月缺月圆。

骑单车

脚踏飞轮八百转，巡天遥看一千河。如此骁骑谁为冠，非我刘洋不可得！

口琴

吹给爱人听的天籁之音，在茫茫寰宇缭绕。绵绵情思诉不尽，铁汉柔肠，天地皆晓。

手控对接

屏瞄稳，靶心准。刘旺在茫茫宇宙中，成功地导演了绝妙的"神宫之吻"。

天地视频对话

一句短短的悄悄话，竟说了有大半天。不是因为天地间的距离太远，而是人类传统的时间概念被彻底改变。

返回舱着陆

离开天庭，飘然返回，再次拥入大地的怀抱。英雄们回来了，天之骄子向伟大的祖国母亲报到！

2012 年 6 月 30 日
记于北京航天城

思逸颂歌

我家在太空有幢房

　　我们家在太空有幢房子，人称"天宫一号"。

　　月亮与它为邻，众星和它相伴，广袤的宇宙是我们家宽敞的庭院。

　　这幢中国别墅，漂亮极了。它是一个会飞的房子，每一处设计都演绎童话，每一个零部件都能穿越时间。

　　这个家非常舒适，室内22摄氏度的常温，如初春的苏杭，像金秋的大连。房子上舒展的太阳能板，像鸟翅、如云帆，为我家提供无限的清洁能源。

　　听说神州来人，乘坐自己家的火箭飞船。天宫笑迎亲人，充满了痴痴的期盼。"神九"载来喜悦，炎黄子孙正乔迁。刘旺手持钥匙，轻轻打开天宫大门，太空表演穿针术，毫厘不差绝技惊艳。景海鹏第一个进入家门，像从敦煌壁画上飞来，悠悠哉、飘飘然，不是神仙胜似神仙。嫦娥刘洋气定神闲，骑着单车追星赶月，眨眼间便跨越了万水千山……

　　天宫里的一张"全家福"，聚焦了英雄的航天员。神采奕奕的中华儿女，把一页崭新的史诗，把一幅动人的画卷，高高悬挂在天外天。

　　莫道天路遥远，视频直通北京，天宫里的音容

笑貌，就在我们眼前。一切心智皆有程序，所有的仪器都与我们的神经相连。天宫的灯光与中南海的灯火辉映，照亮了华夏儿女每一张自豪的笑脸。

看到这所房子，我想起了牛郎织女，想起了后羿嫦娥，想起了女娲补天……心有灵犀，万物互联，科学与神话竟如此有缘。我感谢每一位航天人，这惊天动地的伟业，值得世人浓墨重彩大笔圈点。

十五平方米，虽然还不够大，但那是属于咱自己的家园。相信在不久的未来，我们会在这里大兴土木，建学校、建商场、建公园……还要兴建好多中式的宫殿。圆千百年的幽梦，了炎黄子孙的宏愿。

在太空的家里，火红的中国结诉说着"福"字的期盼。这里还应该多一些绿色，应该再种一片牡丹、再植一片海棠，还有台湾的蝴蝶兰……还要多来一些人，包括五十六个民族的兄弟姐妹，使天上人间更加其乐融融，无限温暖。对，门前再多修一些泊位，拓宽天地间往返的港湾。进出自主，任由龙男凤女挥篙系缆。

努力吧！华夏儿女，我们在太空的家园定会尽美尽善。自豪吧！人民共和国，我们走向宇宙的脚步更加坚实稳健。"人定胜天"已不再是神话，中国自立于宇宙之林，为期不会很远！

2012 年 6 月 29 日
於北京万象新天

思逸颂歌

又记：

2012 年 6 月 24 日 12 时 38 分，天宫一号与在轨运行 8 天的神舟九号分离一个多小时后，首次实施手控交会对接。12 时 42 分对接环接触；12 时 50 分对接机构成功捕获，随着对接锁锁紧，天宫一号与神舟九号再次形成一个组合体，三位航天员又一次进入天宫一号驻留。

此次对接成功，意味着中国已成为世界上第三个完全独立掌握太空交会对接技术的国家，具备了建设空间站的基本能力。

此乃扬国魂，壮民威，实在可喜可贺。

龙年话龙

中国是龙的故乡。

龙，威武神奇，气势轩昂，腾跃沧海，扶摇九天，智慧超群，刚柔奔放。

在源远流长的中国文化中，从文学到艺术，从哲学到民俗，到处可以听到龙的传说，到处都有龙的形象。《说文》里这样说龙："能幽能明，能细能巨，能短能长，春分而登天，秋分而潜渊。"

龙，是中华民族五千年来引以为傲的图腾，是远古记录着天人合一思想与生活的文化图腾。做为一种文化，它无疑是人民创造的。但因为它的高贵与威严，在中国几千年的历史进程中，却始终为最高统治者所占有，龙成为皇权的象征。所以历朝历代的皇帝把自己所有的一切，都要冠上"龙"字，称自己为"真龙天子"，住的是"龙殿"，睡的是"龙床"，穿的是"龙袍"，坐的是"龙椅"，连皇帝的身体和面孔也被称做为"龙体""龙颜"之类。仕途上把做官叫做"登龙门"，晋升高就叫"跃龙门"等。

尽管龙得到了统治者的恩宠，但老百姓却世世代代把它挽留于民间，随处可闻，你听："龙飞凤舞""龙腾虎跃""藏龙卧虎""龙马精神"等，不

绝于口。你看：龙旗、龙幡、龙车、龙船、龙溪、龙湾、龙镇、龙山……处处可见。

望子成龙，寄寓着期待；龙威虎震，体现着力量；画龙点睛，表现着精湛的技巧和能力；龙凤呈祥，传递着幸福美满与期盼……在百姓心中，龙早已成为尊贵、吉祥、慷慨、大方、神威、力量、欢乐、奔放的同义语，充满了正能量。于是在民间就有了众多关于龙王爷、龙王庙、龙王治水、龙行有雨、叶公好龙等广泛流传的故事，有了许多龙碑、龙柱、龙桥、龙亭、龙宫、龙洞等随处可见的龙的影子，有了许多与龙有关的"跑龙套""跳龙门""舞龙灯""赛龙舟"等民间娱乐活动。在中国的历史进程中，龙一直伴随着炎黄子孙，不离左右。

龙的灵动、龙的气势、龙的威严、龙的神圣，龙所蕴藏的巨大能量，在中华民族传统节庆的舞龙中可见一斑。你看：龙头翻覆，龙身狂舞，龙尾蛟动，时而腾云驾雾，时而倒海翻江，时而经天纬地，或浑雄豪迈，或苍茫高远，蔚为壮观。那是从远古里、从神话里、从梦幻里、从人们的心底里飞出来的龙，那是令世界瞩目、为之震惊、为之赞叹的中国龙！

中国龙是实实在在的，在实现中华民族伟大复兴的征程中，龙图腾从帝王宫殿的金檐上飞下来，从虚无飘渺的神坛里飞出来，在这片古老的土地上，扶摇直上，笑傲苍穹，翻腾四海、震荡五洲，引领

着世界潮流。

2012 年是壬辰龙年，中国龙雄风大振。

看，龙子龙孙笑迎九天风云；听，英雄儿女追赶动地雷火。龙的国度将以更加磅礴的力量，创造出更多的奇迹，继续书写着无愧于历史的辉煌！

古老的东方，是人类文明的发祥地，是世界政治、经济、文化中心，是太阳升起的地方。中国巨龙正在新的起点上腾飞，随着中华民族的伟大复兴，太阳将会再次从这里升起！

2012 年 1 月 20 日
作于北京故宫

思逸颂歌

婺源春色

　　去看一看婺源，尤其是春天的婺源，心仪已久。

　　婺源是江西省一个具有悠久历史的古县，原属徽州，是古徽州一府六县之一。婺源自古文风鼎盛，人杰地灵，是鸿儒朱熹的故里，也是我国最早的铁路工程师詹天佑的桑梓，还是武侠文学大师金庸的祖籍地。

　　自从香港著名摄影家陈复礼在婺源拍摄的一幅《天上人间》获得国际摄影金奖后，这里便成了无数摄影爱好者"朝拜"的胜地，婺源是"中国最美的乡村"，就此闻名遐迩。

　　婺源的春天，用分外娇娆来形容是最恰如其分的。这个季节，最令人赏心悦目的就是漫山遍野的油菜花。每年春天，婺源的山山岭岭全都"黄袍"加身，一眼望去，金灿烂的油菜花开在层层梯田上，金波荡漾，宛如明黄色的海洋；薄纱般的晨雾与农舍上空的袅袅炊烟相绕，在粉墙黛瓦的徽派建筑的映衬中，清新妩媚，尽显春姿。她既不像青海湖边的油菜花在广袤的天地间显得那样单调，也不像四川盆地的油菜花在城市的簇拥

下表现得那样张扬。所谓和谐和美的意境，我想应该就是这个样子，"浓妆淡抹总相宜"说的是杭州西湖，大概也说的是婺源吧。每年春天，热爱生活、崇尚自然、喜欢旅游、爱好摄影、情迷绘画的朋友们，便会蜂拥而来，云集在婺源，到这里赏春采风，畅游花海，快意人生。

在太阳还没有跳出地平线的时候，大家实在按捺不住心中那份期盼，就从住地出发了。我们要在朝阳升起的时候，完成一次与婺源神韵的对视，感受一次生命与自然的对接，沐浴一次晨光中春风的洗礼。不管是专业的还是业余的，也不论是真爱摄影还是凑热闹，有的是长枪短炮"正规装备"，有的是"傻瓜相机"甚至手机，虽然家私五花八门，但眼神却都闪闪发光，一个个跃跃欲试，无不志在必得的模样。

晨光熹微，我们登上了海拔千米的江岭一号观景台，但还是来晚了，这里早已人山人海，群情鼎沸，想找个好位置着实很困难，因为谁都知道到了婺源必上江岭，上了江岭没有找到好角度拍上自觉得意的景色——就等于没来。想象一下，当万亩梯田上黄灿灿的油菜花生机勃勃、金浪翻滚的时候，那气势该何等波澜壮阔，那场面是怎样的惊天动地。此时此刻，谁不想狂拍一通，过足"色影"，把这美

思逸颂歌

好记录并留存下来？

婺源的春季就像热恋中的少女，百花盛开得毫无顾忌，真叫个"满园春色关不住"。置身这里，雾在你身边缭绕，风在你脸颊轻抚，移步异景，心旷神怡。仿佛在温柔的梦境中飘飘欲仙。若隐若现的美是婺源含蓄的常态，优雅温婉是婺源不变的情怀。

今天的天气非常好，不一会儿春光就引领着我们的眼神"目欲"了一切。漫山遍野的黄花，层层叠叠，高低错落，既浪漫又壮丽。从山上向下看，公路盘旋，像一条丝带缠绕着群山，连接着花田。山谷盆地中，金黄的油菜花丛中点缀着些许村庄，远山近景、白墙黛瓦，构成了一幅极美的婺源农村风光画卷。春风微拂，人海、车海、花海，在这里构成一番天上人间的绝妙景致。不禁让人感叹：三月的婺源，风光无限。真的让人看不够，让人爱不够！

在半山腰赏景又是一番味道。山上山下人流如潮，人们徜徉在油菜花丛中，流连忘返，乐不可支。我们一路走一路看，贪婪地享受着空气的清新，肆意地呼吸着山野的浓香，任由心绪在花海中放飞，放纵情愫在春风里荡漾。

当我们来到山脚下，转身回望，山岭一片金黄，

耕云种月　金磊夫诗词集

别有一番意境，在山上转悠一个上午的疲劳顿时消弭。"半亩方塘一鉴开，天光云影共徘徊，问渠哪得清如许，为有源头活水来"。这是南宋著名理学家朱熹赞美家乡的诗句。

　　朋友，来吧。此景就在婺源！

2011 年 4 月 15 日
作于江西婺源

思逸颂歌

457

断想尊严

　　国家有尊严,民族有尊严。人,也一定要有尊严。

　　国家的尊严、民族的尊严是建立在人的尊严基础上的。没有人的尊严,就没有民族的尊严,就没有国家的尊严。

　　尊严,是人性的共同要求。任何一个人都有自己的尊严,而且每一个人的尊严是平等的。

　　人之所以为人,就要既尊重自己的尊严,也尊重他人的尊严。

　　尊严不是别人给的,尊严来自自己。

　　一个人要有尊严地活在这个世界上,就必须是自己的主人。人贵在于能够主宰自己的命运。一个无法自我决断的人,不可能有尊严。丧失尊严,只能猥琐卑微地活着。

　　对于人来说,尊严比骨头还硬。骨头只能支撑人的身体,而尊严却支撑着人的灵魂。尊严,能使人心灵挺拔;尊严,能让人品质高尚;尊严,能使人活得潇洒;尊严,能将人生升华。

　　尊严无价。金钱买不到尊严,财富堆不出尊严,权势换不来尊严。

　　一些大款、新贵、明星等炙手可热的人物,之

所以在人们心目中敬重不起来，是因为这些人缺少的是骨气、是品行、是人格，是失去了做人最起码的东西——尊严！

人，可以失去金钱、失去权位、失去荣誉，甚至失去生命，但绝不能失去尊严。失去尊严等于失去人格，失去尊严就是失去自我。

想要别人看重自己，首先必须自己看重自己；想要得到别人的尊重，就必须自己值得尊重。

尊严，是自信自重的人格站立；尊严是不与庸俗为伍，不受污秽熏染，不被浊流淹没的道德操守；尊严是顶天立地的做人。

人，要固守尊严！敬重尊严！捍卫尊严！

2011 年 4 月 8 日
写于北京静心斋

思逸颂歌

治病之道

大海"病"了，
骇浪惊涛；

大地"病"了，
地崩山摇；

老天"病"了，
四季混淆；

人"病"了，
是非颠倒；

社会"病"了，
世态浮躁；
……

治好这些病，
惟和谐之道！

2011 年 2 月 23 日
写于北京和平里北街

捧读杂志，一篇《要学会生存》的文章，引起我的共鸣和深思。我认为：学会生存的要义首先是要学会适应。

学会适应

世间万物，适者生存。这是亘古不变的道理。

一年四季，大地随着节气的变化，演示着不同季节的各种风情。春天满载绿草鲜花，冬天披上晶莹冰雪。因为大地学会了对自然规律的适应。

应该承认，迄今为止人类认识客观世界、改造客观世界的能力是极其有限的，人们在向自然界获取生活资料和生产资料的同时，更多地是在改造自己的主观世界，使之与客观世界相适应。人类之所以能够在茫茫宇宙间生存并繁衍下来，就是因为通过不断地改变自己，不断地进化自己，适应了地球的环境。

适应，就是放弃固有的习惯。适应，就是争取新的生存机会。适应，就是赢得新的发展空间。

适应是一种接受。这是对客观规律的接受，是有辨别，有选择地接受，这种适应并不意味着麻木地跟随与违心地屈从。

适应是一种学习。现实中的事物是千变万化的，在不断变化的环境中，只有适应，才能生存进步。

这就需要不断学习，不断地更新自我，完善自我，提升自我。

适应是一种痛。适应的过程又是一个放弃的过程，是对原有的割舍和修正，一定会伴随着阵痛。但舍掉的是过去，得到的是现在，赢得的却是未来。

适应，既是社会发展的必然要求，也是一个人成功的必然选择。人生一世，草木一秋。时不我待，短暂的人生岁月，等不得我们去抱怨世态炎凉，更等不得我们牢骚满腹，消极观望。我们需要尽可能快地适应新环境、新事物、新挑战，并在适应的过程中乘风破浪，坚定地前行。

人类是在适应了地球的变化，适应了自然界的变化而生存的。在适应的过程中，人类自身得到了长足的发展。正如：猿人之所以能站立行走，是因为要适应劳作的需要；勇敢的水手，能够在高高的浪尖上放歌，是因为适应了水性；勤劳的牧民，能够自由地在高海拔的草原上生活，是因为他们适应了高原缺氧的环境……

人类每一时、每一刻都在适应。只有适应，生存才会充满活力；只有适应，潜能才能充分发挥；只有适应，生命才会无限延续。

动物也是这样。适者生存，而非强者生存。恐龙那么高大，却早早地绝迹了，因为它没能与地球的变化相适应。相于强者来说，弱者有更多的选择

和妥协，因为他们懂得适应，所以就有更多的生存机会。

蜥蜴太弱小了，比它大的任何动物几乎都是它的天敌，但它却在地球上生存了上万年。蜥蜴的生存之道无非是两个字：适应。它可以随环境变化而不断地变换自己的肤色，在黄土地上，它的颜色是黄褐色的：在草丛中，它的颜色则是绿色的……能够与所在环境融为一体，使它逃过了一次又一次的生命劫难。

植物更是这样。黑龙江五大连池火山群中，有一种爬行的松树。火山喷发时熔浆温度高达1200多度，其流经之处岩石融化，草木成灰。经过上百年，甚至上千、上万年后，才有鸟儿衔来、风儿吹来的种子散落在石头缝隙的灰土中，渐渐长出来一些根基浅薄的草木来。爬行的地松就是适应这种环境而生的常绿灌木。其枝干贴近地面伸展，生命顽强，耐瘠薄，抗干旱，遇灰土则长，遇石头则爬，匍匐而行，艰难而执着地给历经沧桑岁月、焦黑如炭的熔岩增添一抹绿色，一点生机。

在烈日炎炎的热带雨林里，看不到苍松翠柏的踪影，而棕榈树、橡胶树却在此郁郁葱葱，因为后者适应了潮湿炎热的环境。而这种湿热环境，绝不会因松柏的不适应会有丝毫改变，自然规律不怜悯所有的不适应者。

在白雪皑皑的长白山顶，一年四季很多时候气温都在零下30～40摄氏度左右，所有生物近乎绝迹。如此严酷环境下，却顽强地生长着岳桦树和高山地苔。适应了高寒的生命，才能在这里绽放异彩。

宇宙间，不论是人类、动物还是植物，所有的生命都是这样，只有适者，方能生存。

自然的力量是无法抗拒的，你要学会适应它，切不要与它为敌。任何时候都不要指望它会适应你，好比天冷了只能加衣保暖，天热了要防暑降温的道理一样，人要适应气候的变化，气候不会、也不可能随人的意愿去改变其自然规律。正如我们不需要地震，我们不需要台风，我们不需要洪涝旱灾……但它们依然会我行我素。人的力量在大自然面前，是极其渺小的。我们无力事前阻止它们。"人定胜天"不过是超现实的英雄主义一种"豪迈气概"和诗人的浪漫情怀而已！

物竞天择，适者生存。剩者乃胜者，适者也。

自觉地顺应时代的变迁、自如地适应环境的变化，与自然和谐，与时俱进，才会取得成功。

2010 年 12 月 20 日夜
写于北京静心斋

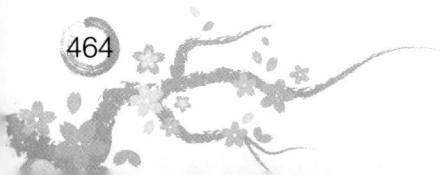

如此浅悟

有什么样的高度，
就会有什么样的视野；
有什么样的视野，
就会有什么样的观念；
有什么样的观念，
就会有什么样的行为；
有什么样的行为，
就会有什么样的习惯；
有什么样的习惯，
就会有什么样的性格；
有什么样的性格，
就会有什么样的命运；
有什么样的命运，
就会有什么样的人生。
……
决定人生的关键，是自己！

2010 年 5 月 2 日
写于北京香山

思逸颂歌

述说偶像

（一）

从不追星，但也有偶像。

你——

就是我心路历程中，那杆高扬的大旗。

（二）

即使只看到背影，也能看出你的不凡和伟力；

即使只看到背影，也能看出你的风采和经历；

即使只看到背影，也能看到你的沉稳与刚毅；

即使只看到背影，也能看到你的气质与魅力；

即使只看到背影，也能看到你的睿智与大器。

……

（三）

天下自古"人以群分"，吾辈更能"见贤思齐"。

在人生的坐标中，我找寻到了你；

在生命的旅途上，我会始终追随着你。

2010 年 1 月 8 日

记于北京常营

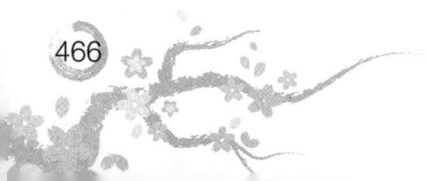

耕云种月

金磊夫诗词集

看日出

我喜欢浴着朝霞，看东方冉冉升起的红日。

这不仅是感官的愉悦，更是精神的体验；不仅是对自然的阅读与欣赏，更是大自然以其神奇的力量，作用于生命的撞击和锤炼；这是一次相遇，让我们的生命与太阳完成了一次对视。

看日出，这是被照耀和接受洗礼的盛典。阳光照在心里，灿烂洒满胸前。生命因此被赋予了新的感知、新的思索、新的启示、新的发现。

日出，是大自然的杰作，是与天地同辉的艺术。

看日出，不但能扩展胸襟，陶冶情志，也会使思维健康，性情开朗，精神向上，心里明亮。这不仅仅是一种生存姿态，更代表一种热爱生活、崇尚真实、敬重自然的感念。同时，也是一种可贵的生命哲学和精神美学。

面对跃出地平线、喷薄而出的朝阳，会触摸到世界的脉动，感受到阳光下的幸福，领悟到生命带来的希望。这是每一个人都在给自己举行的升旗仪式。

思逸颂歌

随着太阳的升起，心境也在升华，一起升腾的
还有信心和力量……

2009 年 4 月 16 日晨
作于北京日坛

耕云种月

金磊夫诗词集

升起心中的太阳

阳光不只是来自太阳，也来自我们的心里。

在我们心里幽暗的时候，再多的阳光也不能把我们拉出阴影。

只要我们心里有阳光，就不会将自己陷在阴影里，就会更多地看到世间的奇妙和精彩；只要我们心里有阳光，就能与他人和睦相处、相互照亮。

只要我们心里有阳光，人会更豁达，胸怀会更宽阔，道路会更顺畅。

只要我们心里有阳光，就会有超脱、超俗、超然的情感和超越自我、超越时空的力量。

只要我们心里有阳光，即便是最阴暗的日子，内心也会足够温暖，情绪也会足够豁亮……

只要我们心里有阳光，生活一定会更幸福，人生一定会更愉快，前程一定会辉煌。

朋友，让我们升起自己心中的太阳，伴随着斗转星移，把内心的阳光尽情挥洒，无限释放！

2008 年 8 月 8 日
作于北京和平里北街

思逸颂歌

零的告白

有意见没主见等于零，
有想法没办法等于零，
有计划没实施等于零，
有目标没行动等于零，
有知识没应用等于零，
有能力没发挥等于零，
有价值没体现等于零，
有机会没抓住等于零，
有原则没坚持等于零，
有信仰没信心等于零，
有意志没操守等于零，
有勇气没底气等于零，
有气力没毅力等于零，
有愿景没路径等于零，
……
零的内涵不仅仅如此。

2008 年 6 月 18 日
写于安监总局宣教中心

享受快乐

（一）

快乐，就在我们身边。只要我们留心，时时处处都能享受到快乐。

快乐与贫穷、富贵、声誉、地位、财富、权力、学历……没有关系。

快乐在自己的心里。快乐跟关系没有关系。

（二）

快乐是一种觉知，一种心境，一种生存态度。

笑，只是个表情。它并不完全等同于快乐。

（三）

快乐，是可以感染、可以传递的。

因此，每一个热爱生活的人，要善于传递"快乐信息"，把快乐感染给大家，使自己的快乐变成更多人共同的快乐。

快乐是可以遗传的。

所以，即将为人父母的朋友，要学会制造"快乐基因"，将快乐遗传给下一代，使儿孙们拥有比我们更多、更多的快乐。

思逸颂歌

脚踏实地的人，往往比那些好高骛远的人快乐得多。

要使自己生活的快乐，就一定要学会根据自身实际情况，调整自己的奋斗目标，适当控制心底的欲望。

快乐希望人们：以诚实的态度直面真实的生活。

（五）

有信仰的人比没有信仰的人容易快乐。因为，信仰会使人们更容易找到人生的坐标和生活的乐趣；更容易感觉到生命的意义和体现自身的价值。

（六）

人生最大的快乐，就是被人接受、赞同、欣赏并得到人与人之间的真情和友谊。

快乐是一个共享的天地，需要大家共同营造。

（七）

一个人的快乐，不在于他拥有的多，而是因为他计较得少。多，有时是负担，是另一种失去；少，并非不足，而是另一种有余。

不必太在意那些物质生活中的所谓得失多少，

尽量地让自己在精神上开朗豁达些，在自己的心灵中保留一片清静的天地，这样就会更多地感觉到生活的轻松和快乐。因为，快乐的生活不只是物质的，更是精神的。

2007 年 5 月 22 日夜
写于北京赏月轩

思逸颂歌

关于视觉的联想

（一）

视觉是一个生理学词汇。

光作用于视觉器官，使其感受器官兴奋，信息经视觉神经系统加工后便产生视觉。

通过视觉，感知外界物体的大小、明暗、颜色、动静，获得对机体生存具有重要意义的各种信息。所以视觉是人最重要的感觉。

对于人类而言，视觉、视野、眼界等对思维和行为影响很大。

（二）

看到，不等于看见；

看见，不等于看清；

看清，不等于看懂；

看懂，不等于看透；

看透，不等于看开……

（三）

眼界，决定境界；

胸怀，决定情怀；

格局，决定结局；

思路，决定出路……

（四）

真正的耳聪，是能够听到心声；

真正的目明，是能够透视心灵。

2006 年 10 月 23 日夜

记于北京静心斋

思逸颂歌

再说人生

　　曾经写过《品味人生》《如戏人生》《笑度人生》……今天再说人生。

　　人的一生，风风雨雨。所谓人生，其实就是一场不断觉悟，不断成熟的过程。

　　十岁无忧。人在童年的时候，天真浪漫，无忧无虑，对这个世界充满了好奇，充满了热爱，渴望去探究这个世界，如同人生初航的小舟。

　　二十无畏。正值青春，朝气蓬勃，气血方刚，敢想敢说敢干，是指点江山，激扬文字，意气风发的年龄。青春年少，人人都是勇敢的追梦者，为理想奋斗拼搏，想活成自己喜欢的样子。

　　三十而立。是立心、立命、立业的年龄，肩上扛起了做人的责任。多了沉稳，少了张狂，在岁月的磨炼中，心境被慢慢打磨，阅历在积攒中不断成长。

　　四十不惑。人生至此，更成熟、更清醒、更豁达。酸甜苦辣、喜怒哀乐都尝过了。凡事渐渐看透了，释然了，开朗了，不会被身外之物所迷惑。

　　五十知天命。人生已经过去一半，明白了天道运行的规律，懂得了道法自然的因果，不执着功名

利禄，不纠结恩恩怨怨，不计较得到失去，会以平和的心态面对人生种种境遇。

六十耳顺。人到了六十岁，已经宠辱不惊，去留无意。走进了"任花开花落，凭云卷云舒"的境界。这个岁数的人，心胸宽广，容人容事，即便是听到逆耳之言，也不会怒火中烧了。

七十从心。到了七十岁，早已看透了世事。凡事顺其自然，随遇而安。什么事该做不该做，什么话该说不该说，明了于心。会用自己喜欢的方式悠然享受人生。

八十耄耋。这个年纪谓之杖朝之年，不但大大超过了世界的平均年龄，也高于全国的平均年龄，这就是福气。一生为事业奔波，为家庭忙碌，仰不愧天，俯不怍地。无悔昨天，无忧明天，健康愉悦地过好当下的每一天，就是最开心的事。

人的一生，其实就是一次登山运动，就是一场醒悟的过程。走得越远，经历越多，精神越富有；站得越高，看得越广，心灵越透彻。

从初生牛犊不怕虎，到终于明白退让，能够放下和舍得，这不是变得颓废，变得不思进取，而是懂得了责任和担当，学会了进退取舍。走得太快，容易摔跤；争抢太盛，容易受伤；凡事太满，必然损溢。

而立之年，在摸索中找到了生活的方向，明确

了人生的道路，懂得了处人处事，清楚了如何对人对己；人到不惑，不惑于人、不惑于事、不惑于情。我认为：四十岁之前是生活，四十岁之后才是人生。青春虽然值得羡慕和追忆，但成熟才是深刻、优雅的。不惑之后，变得慎言、慎行、慎独，这是于人于己于世的修行。不辩，是一种无畏的智慧；独行，是看透社交本质的淡然；自爱，是自信自重的人格站立；尊严，是不被浊流淹没的道德操守。人到了这个年岁，会清醒地面对生活，理智地对待世事。

"知天命"是一种对待生活的态度和为人处世的道理，孔子所说的天命，指的是客观现实，是人力无可奈何的。不惑之前的境界都是自我精神意志的培养，知天命则转向对客观世界的认知。一个人内心的完善，自我的解读，合乎大道的追求，是成熟的重要标志。只有尽人事，才能知天命。只有顺大势，才能绽放生命。

进入花甲之后，少了些忧虑，多了些沉稳。不再炫耀，在从容中更有魅力；不再慌乱，在成熟中更加淡定；不再纠结，在清醒中更有气度。不但能够看清大千世界，也能够看清自己的内心。

灵魂在一次次提升中得到丰盈；生命在一年年改变中得到充实；生活在一天天忙碌中得到美好；人生在一场场醒悟中得到完善。

我们日复一日地升华着自己，年复一年地感动

着自己，似水年华把我们的身心洗练得晶莹剔透。幸福，是一直掌握在自己手里的，岁月只是推波助澜，让你活在了激荡的梦里。

人生苦短，这是真理。来日方长，则是未必。我们应当且行且珍惜。谁也看不透命运，谁也赢不了时间。只有脚踏实地，才能找到真实的自我，回归最好的状态。

人的一生，不论到什么年龄，都别忘记经常回头看看来时的路。不论生活如何变故，都要清楚自己要去往何处。人生不要奢求多么辉煌，只求不负：每一份责任，每一个期许，每一次欢笑，每一场相遇。

2005 年 6 月 14 日
作于北京静心斋

思逸颂歌

感悟生活

（一）

当情趣、意境、品位、格调……成为人生不可或缺的组成部分、成为生命旋律的交响曲的时候，生活便不再是生存的代名词，人们发现"生活"已经被演绎成为"生动的活着"。这时，生活也就丰富、优雅、浪漫起来。

人们在创造世界，在创造美好的人生，在创造幸福的生活。生活因此更有质量，生命更有意义，人生更加多姿多彩。

（二）

生动的活着是一种享受。时尚和经典是拥抱现代生活的两朵并蒂的花。时尚是缤纷的，没有国界；经典是高雅的，不论古今。当时尚和经典完美结合，生活便会更加温馨，更加生机勃勃。

承传经典，创造时尚，享受生活，人生会变得更精彩。生活是生命中的歌，经典是生命乐章中跳动的音符；生活是生命中的诗，时尚就是生命诗篇中闪光的华章。

（三）

有时，生活会给人电光火石般的启示，让你在刹那间感悟到生命的至诚至善，领悟到爱情的至纯至美。

（四）

今天的点滴，将汇成明天的江河；今天的幼苗，可以长成明天的参天大树。

从今天做起，把今天过好。只要无愧今天，就会无忧明天，因为明天肯定会很好地回报你。

（五）

昨天的荣耀已经成为过去。

要格外珍惜今天，因为今天转瞬将成为明天的昨天。

只有让今天更充实、更生动、更富有成效，明天才会为我们的今天而自豪、而骄傲。

（六）

博爱不是每一个人都能做到的，但是每一个人都能表达爱意。

最能表达爱意的方式，莫过于在自己内心深处，

思逸颂歌

481

对他人的独特性能够宽容。这种宽容，就是主动而友善地去理解别人的信仰、行为和习惯。但这并不等于必须同意或接受它们。

（七）

习俗注视着过去，时尚注视着当前，理想注视着未来。

朋友，你注视着什么？

如果能够把握自己的现在，努力把着眼点自觉地从过去转向当前，把着力点不断地从当前向远方延伸，那么你将是一个成功者，你一定会拥有美好的明天。

2005 年 5 月 20 日
写于北京胜古庄

十月·香山

十月，香山有霓裳羽衣。

蓝天白云下，秋日的香山穿上了大自然赐予的漂亮衣裳，使它更加风采迷人。鲜红的枫栌，金黄的银杏，碧绿的松柏、洁白的秋菊……赤橙黄绿，姹紫嫣红。这时的香山真的是层林尽染，满眼亮丽。

有人说：十月的香山，是穿上了神女送给的霓裳。

我说：那定是用世界上最华丽的锦缎做成，只有最聪慧的心灵和最秀美的巧手，才能设计和编织出这样在天堂里才能看得见的羽衣。

有人说：十月的香山，是天上飘落下的云霞。

我说：那定是女娲落下的，香山生生世世守在这京城的身边，只有最圣洁的女神才能来到这里，才会在人间舞出这般绚丽的色彩。

有人说：十月的香山，是油画的长廊。

我说：那定是上天醉后的狂笔，只有洞察世情的慧眼，才能绘出香山这冰雪来临之前，万紫千红的世界和充满活力、蓬勃灿烂的生机。

有人说：十月的香山，是律动的乐曲。

我说：那定是天堂的歌声与大地和弦，香山才会拥着嫦娥起舞，领着四海高歌。这里的一切都是跳动的音符，每个瞬间都充满了令人痴迷的韵律。

我爱十月的香山。

我爱香山十月的霓裳羽衣。

2004 年 10 月 1 日
写于北京香山

审视自己

有人爱品山，有人喜品水，有人好品酒，有人乐品茶，品风情、品世俗、品时尚、品潮流、品春来秋往，品酸甜苦辣，品人间百态……

而我，却爱品人，犹爱审视自己。

品人，重在听其言、观其行、看其德、明其心。

庄周、支道林、弘一、陈继儒，品味之而慧心；

颜真卿、朱熹、王阳明、俞樾，研读之而习文心；

老子、慧能、齐白石，揣摩之而得平常心；

孟子、屈原、李贽、文天祥、鲁迅，研学之而得赤子心；

诸葛亮、夏侯淳、柳如是、曾国藩，赏叹之而生剑胆琴心；

岳飞、林则徐、谭嗣同、秋瑾，仰慕之而壮报国雄心。

品魏晋名士，可以洗心；品吴门雅士，可以清心；品禅林高士，可以静心；品儒家学士，可以醒心；品仁人志士，可以忠心。

品汉武帝，知雄才大略；品陆游，懂爱情如歌；品唐寅，晓世事无常；品郑和，笑海天之阔；品李白，览文人气质；品徐悲鸿，知人生坎坷……

品陶渊明、王维、文徵明、曹雪芹、徐霞客，乐寻的是几片闲淡云心；品蔡文姬、李清照、林徽因、徐志摩，妙享的是几缕清逸香心……

品大器之人，语气不惊不惧，性格不骄不躁，气势不张不扬，举止不猥不琐，静得优雅，动得从容，行得洒脱，益于修身。

与智者交流，与善者交心，与勇者交友。品文韬武略，品多彩人生，能够励志。

品人，意在陶情、冶性、修身、养心。

品人，其实就是在审视自己。

2004 年 6 月 6 日夜
作于北京十渡

香烟的爱恋

香烟相亲回来，经过反复认真的思考，终于下定决心嫁给火柴。

这时，与它热恋多年的打火机很不服气。

它问香烟："我时尚新潮，对你热心追求；你亭亭玉立，高贵不凡，我们才是绝配。你为什么偏要选择出身平常，长相难看，瘦弱纤细、土得掉渣的火柴呢？"

香烟说："虽然你爱我爱得也很热烈，却只是很短一段时间，一旦我香消玉殒，你就移情别恋。而火柴一辈子燃烧一次，只是为我，你做得到吗？"

打火机无语……

2004 年 1 月 27 日夜
写于北京胜古庄

思逸颂歌

过 年

在季节与季节之间，有一个时空的交点，春天从这时开始，纪元在这里更换。

春节，东方情结写下这祖祖辈辈厚重的故事；过年，特有民俗铸成了几千年不可更改的理念；回家，缕缕情丝传承着世代的热望；团圆，拳拳游子带着不眠的企盼。

带着对故土的深情，怀着对父老乡亲的思念，辞岁的列车开进了久别的故里，迎春之舟驶进这温馨的港湾。

过年！过年！

过年，将兄弟姐妹聚拢在爹娘的身旁，亲情浓浓，厚爱绵绵，炎黄子孙辉煌着华夏感情挚诚的宫殿。

唢呐唱着祝福，锣鼓跳着平安，秧歌扭着火热，美酒溢着甘甜。神州处处瑞气盈门，笑满街市，福泽坤乾……

大年三十，火红的灯笼点燃了年年有余的生活，七彩烟花唤来民富国泰的春天。爆竹声声，诉说着天伦之乐；钟声阵阵，祝福着神州岁岁平安。

正月初一，当新春的太阳第一次升起，中华儿

耕云种月 金磊夫诗词集

女迎接着祝福，互送着祝愿。明媚的春光中，我们种下了进取、种下了智慧、种下了良缘。金秋时节，我们将收获成熟、收获吉祥、收获甘甜。

美德教会我们爱国爱家，勤奋赋予我们有志竟成，理想激励我们不懈登攀。龙的传人风发意气，闯海敢平风浪，揽月能上九天。

过年，新春给晚辈送来精进的年华，时光给长者带来晚霞的灿烂。岁月如歌，天地审视着生活的韵律，光阴在书写着人生最美的寓言，时空拓宽了迈步小康坦荡的大道，亲情叮咛着平安幸福永远的夙愿。

辞旧迎新，时间和空间在这里辉煌、延伸；承前启后，我们无愧于昨天、今天和明天。

过年，新的起点。

起点，走进又一个华年！

写于 2003 年 2 月 1 日
（正月初一）作于长春

思逸颂歌

男人的灵魂

品德，是男人的灵魂，是男人特性的集中表现。

男人应有的一些霸气，应有的一些执着，应有的一些个性，应有的一些坚毅果断、雷厉风行，应有的一种勇敢，应有的自我处事原则的种种表现，都充分说明男人的血应该是火热的、沸腾的、激情的，甚至是燃烧的。

男人的血性是这个社会的一种原动力，并推动着人类社会迅猛地向前发展。没血性的男人，绝不能称其为是一个优秀的男人或真正的男人。

沉稳冷静，充满爱心，是一个男人应有的品质。这和男人的血性并不相悖，而这更是一种表象矛盾之后的高度结合，是对自我的一种把握，是对社会的一种责任和考量。在血性男人的背后则是一种更高境界的表现：真正优秀的男人，会用思考来决定他的判断，用理智来决定他的行动，并拥有把握自身的超强能力。这就是一个真正男人所应该具备的血性与理智相融合的优秀品德。

男人的肩要宽，让人靠着安稳。男人的胸怀要宽阔，能容天下难容之事。旨为原则行事，不与小

事拘泥。对他人宽容，对社会宽容，唯独对自己严格。以宽怀仁德之心于世，服人服己。以天地、山海、世界为胸襟，海纳百川、有容乃大，壁立千仞、无欲则刚，则是男人中之极品。

对社会有责任感，对家庭有责任心，能够时刻对自己的言行负责。男人要有大事之心，能为社会责任而驱。男人要关爱家庭，对长者尊，对晚辈、对亲人真诚，能为道德责任而驱。男人要有追求，要具备勇立于世的人格和操守，能为个人责任而驱。

有事业心，这是对男人最起码的要求，是一个男人在社会上生存的基础，也是男人安身立命、人生建树的根基。要勇于担当，献身事业，为此孜孜不倦，奋发有为。不求衣锦还乡，但求一生无愧。

男人要坚守忠诚。忠诚的品质，维系着社会的基本规则。对爱人忠诚，对朋友忠诚，对事业忠诚。或许在人世间没有什么真正的对与错，许多事物，更多的则是要用一种忠诚的态度来对待和处理。要有对社会、对亲人、对家庭、对自己负责的态度，去光大这些思想品德。

男人要善于学习。能把握并灵活应用别人的经典思想，然后去遵循、坚持、继承和传播这些积极的东西，树立起人格魅力和影响力。

思逸颂歌

一个优秀的男人，一定要同时具备这些基本的素养。这些品质相互影响，相互支持，各式线条，直则刚强有力，曲则彰显韧性。一个真正的男人，随意勾画几笔，简约自然，就是一幅有灵魂的、最美的形象。

2002 年 9 月 30 日於北京

耕云种月

金磊夫诗词集

解读生命

（一）

崇尚生命，敬畏自然。

大自然是万物之母、生灵之源，它孕育了一切生命。

大自然不但使美妙的世界充满了勃勃生机和动感，也给人类带来了不尽的机遇和进化的活力。

大自然给人类以生命，给人类以智慧，大自然使人类在发展中不断升华。

（二）

在生命的旅途上，应该自强不息，拼力向前，坚决奋进。一个希望有光明前程的人，应该有勇往直前的信心和不屈不挠的毅力。

生命给予我们的时间和空间都极其有限。在人生过程中，任何彷徨和犹豫，都是对生命的浪费。每个人都应该有战胜自我的信心和勇气。

（三）

生命充满生机，充满希望。

虚度年华是非常可惜的，有限的生命因碌碌无

为而打了折扣。

只有颓废的懦夫才安于现状，接受"命运"的摆布。一个理智健全、充满活力的生命，定会满怀希望，奋力打拼，积极向上。

（四）

生命是痛苦的，因为收获的日子过于漫长；

生命是坚强的，因为它的步履异常艰难；

生命是自豪的，因为它的过程并不平凡；

生命是伟大的，因为奋发图强的人生能改天换地；

生命是宝贵的，因为它让这个世界无比的灿烂。

珍惜生命吧，人类的希望使它生生不息；赞颂生命吧，灵与肉谱写了天地间最伟大的诗篇；爱护生命吧，让它乘风破浪扬起人生之舟竞渡的风帆；祝福生命吧，我们用人类最美好的语言为它齐声礼赞！

（五）

人贵在于能够主宰自己。

生命的意义在于创造，人生的意义在于奋斗！志在顶峰的生命，绝不会在半坡上停留。

上帝不是别人，就是自己！

耕云种月

金磊夫诗词集

（六）

生命之旅是需要成本的。

人生的意义或许就在于它与之俱来的难度和战胜自我的过程及奋斗目标的实现。这个过程需要成本，包括对人生预期的付出和创造生命价值所应对的各种挑战。这种成本，既是生命经济学的必需，更是生命哲学的必然。思索、追求、奉献、荣誉、快乐、尊严……都包含在成本里面。

真正懂得人生的人，不会主观去降低这些成本，更不会为成本的意外取消而暗自惊喜。相反，会竭尽全力增大投入，并尽可能接近极限。因为成功，在一般情况下投入与产出呈正相关。

2001 年 6 月 14 日
记于北京胜古庄

思逸颂歌

辛巳蛇年赋

辛巳喜至，龙腾蛇环，五行八卦，大思如渊。
蛇化为龙，势在云端。其形如初，其道不变。

青蛇潜行，白蛇盘旋，银蛇狂舞，金蛇飞天。
屈伸自如，不畏艰难。逶迤天地，运皆如愿。

天资聪颖，沉静少言；洞察先机，随势善变；
敏而顺行，处惊不乱；能文能武，多愁善感。

日清月明，朗朗坤乾。民富国强，太平祥轩。
得道天助，喜乐无边。时值盛世，赢得旺年。

2001 年 1 月 24 日
（辛巳年正月初一）於北京

又记：

龙去蛇来，周而复始的生肖年大戏，宛若文化的连续剧，
是源远流长、精深博大的文化集结，也是人们精神生活中
非常特别的情感内容。

辛巳肖蛇。生肖，做为民俗文化的重要元素，已经渗
透到亿万人的生命时间确定和记忆的习惯中。

品味人生

（一）

人的一生，很多时候是靠精神活着的。

精神是什么？精神是思维的蓝天，精神是意识的长河。

精神是信念、是寄托、是欲望、是追索，是空间的梦幻，是创造的执着，是经历的富积，是生命的依托……

（二）

人生的跌宕起伏没有预先的规划。

任何人都无法确定自己生命的长度，但是我们可以提升它的高度，拓展它的宽度，锻造它的强度，锤炼它的韧度。

（三）

人的情感是在交流中培养起来的。

聪颖的智力，理性的思维，丰富的生活，友善的沟通，是美好细腻情感的源泉。

情感来自思想，思想滋润情感。思想能够让情

思逸颂歌

感更加亮丽，情感可以使精神更加饱满。

要珍惜和培养自己的情感。因为，优雅的情感和美好的思想，会使人成为自己精神世界中独立的力量，使心灵聪慧，使行为高尚，使人生更多姿多彩，使情思更激跃奔放。

（四）

往事成为故事，经历才是人生。

流年似水，记忆永恒。

岁月的长河能够冲淡一切，却无法冲淡我们的经历。过去的真实虽然平凡，却会在记忆中永恒。

（五）

人生，是每个人生命旅程中自始至终都在建设的项目。它是唯一可以自主设计、自主决策、自主建设、自主经营的。创造幸福是它的动力，赢得荣誉是它的附加值。

生命的旅途，就是创造、经营自己人生的过程。要把握好前进的每一步，慎重地对待每一次选择，以理性的态度和健康的心理，潇洒应对始料不及的变故。

定好人生的"准星"，不用一时一事的盈亏计算生命的价值，而是以"战略经营的心态核算人生"。不挥霍生命，但也决不吝惜投入。

（六）

人生就像一杯茶，不会苦一辈子，但总会苦一阵子。

在最苦的时候，一定要相信：这样的日子不会太长，越苦这种日子过去的越快！

（七）

每个人都有个性。

个性的成功在于能够吸引，而不是排斥。如果你的个性使很多人对你敬而远之，那么这种个性是失败的，需要自我改善。

个性，不能让它成为人际间不和谐的理由，更不能让它成为与众人不能互相兼容的借口。

（八）

唯有尊重别人，别人才会尊重你。对谦逊的人千万不要骄傲，对骄傲的人不用谦逊。

任何人都不可能压倒一切。但是做人，也决不能被一切所压倒，更不能被自己压倒。

（九）

所谓人生的大智慧，就是忍受我们必须忍受的，改变我们应当改变的，创造我们能够创造的。

思逸颂歌

当我们面向阳光时，就不会将自己深陷在阴影里；当我们努力作为时，就会体现自己的聪明才智和价值。

（十）

爱情是一种甜蜜的依恋。

人类生活这一永恒的主题，任历史演进，岁月如歌，亘古不变。

深情是一种美丽的情感。

精神世界这一真挚的感情，凭世态炎凉，流年似水，万代不已。

2000 年 9 月 20 日
作于北京冶金工业部宿舍

如是说

哲理是一种必然
必然是一种因果
因果是一种规律
规律是一种自然
自然是一种自如
自如是一种自觉
自觉是一种修为
修为是一种感悟
感悟是一种体验
体验是一种过程
过程是一种历练
历练是一种自信
自信是一种状态
状态是一种精神
精神是一种境界
境界是一种超然
超然是一种从容
从容是一种淡定
淡定是一种人生

1999 年 11 月 11 日夜
於北京 "八大处"

思逸颂歌

互动的爱情

感人的爱情，往往是优雅真诚的互动。

它是荷香漫起时的一题一绘，是月近中秋时的一思一咏，是草堂幽舍中的一茶一座，是兰香琴馆中一吟一弄。是同经风雨同受历练的长春藤，是相敬互助一起变老的马拉松。

东汉太学生梁鸿与妻子孟光隐居山中，举案齐眉，耕读自适，弹琴自娱，坚守着宁静与快乐的人生；

隋朝著名诗人杨素割舍自己的幸福，却让乐昌公主与徐德言破镜重圆；

唐朝有为爱妃谱写舞曲的皇帝李隆基；

宋代有为妻子李清照勘校金石的贤臣赵明诚；

元代的管道升每次画完竹子，便等下朝回家的丈夫赵子昂补绘坡石花丛；

清代的沈秉成与严咏华共筑耦园，在恬静的生活中琴瑟和鸣；

为整理、保护中国的古典建筑，林徽因用她的聪颖智慧和毕生心血，支持着到处奔波的建筑历史学家、建筑教育家和建筑大师梁思成；

当代的王世襄与袁荃猷一个著文一个绘图，才有《明式家具》巨作的圆满完成；

　　伟大的无产阶级革命家周恩来总理与邓颖超主席互爱互敬，共同为民族复兴披肝沥胆风雨同行；

　　……

　　这种互动的爱情，比之柏拉图，既是精神的，也更加现实，它相互依存、相辅相成、共同升华。

　　这种爱情之所以感人，因为它真实、诗意、典雅而又生动。

　　我崇尚这样互动的爱情！

1998 年 2 月 27 日
作于北京紫竹院

思逸颂歌

高黎贡山赋

高黎贡山，又称高良公山、昆仑冈。位于青藏高原的南部，在云南境内，是怒江与伊洛瓦底江的分水岭。

高黎贡山是一座跨越了5个纬度，巨龙一般的山脉。它北接青藏高原，南连印度半岛，是世界上最神奇、最美丽的地方，也是地球上生物多样性最丰富的地区。被称为"世界自然博物馆""世界物种基因库""哺乳类动物祖先的发源地"。

横空出世，蜿蜒陲边。起于沧海，势接霄汉。一头挑起南亚，一边虎踞雄关。国之瑰宝，龙之渊源。奇峰高耸，怪石突兀，叠瀑飞泉。山雄谷深，地披锦绣，水染天蓝。驿站棋布，马帮连蹄，花海漫天。古道茶香，商旅如织，游人接肩。山喷[①]火石，地涌热浪[②]，云蒸霞蔚，旷世奇观。林茂草盛，四季宜人，气候湿暖。植物乐土[③]，动物王国[④]，更是人间乐园。民风纯朴，家园和顺，歌舞翩跹。翡翠[⑤]与

---

① 高黎贡山腹地分布着90多座新生代火山。当地民谣"好个腾越州，十山九无头"，形象地描述了火山群的壮丽景观。

② 这里有数百个热泉、温泉，一年四季热浪蒸腾，彩虹满天。

③ 据记载，这里有高等植物4600多种，约占全国的17%。

④ 山上有兽类154种、鸟类419种、两栖和爬行动物77种、昆虫1690多种。

⑤ 这里是云南、缅甸翡翠的重要加工和集散地。

国色同辉，丝锦①舞彩霞斑斓。人杰地灵，物华天宝；古刹林立，国土庄严。忆远征②将士，血染旌旗，国魂民气动地感天；看英雄儿女，再创伟业，大智大勇重整河山。历史已将丰碑永恒，明朝续写高黎贡山！

1997 年 9 月 8 日夜
记于云南腾冲

---

① 高黎贡山是"南方古丝绸之路"的重要驿站。它起于成都，经昆明，过大理，翻越高黎贡山，从腾冲到缅甸、印度、阿富汗。它比起于长安的"北方丝绸之路"还早 200 多年。

② 1944 年，世界反法西斯战争进入战略反攻阶段。1944 年 5 月 12 日，中国远征军在腾冲向侵华日军发起反攻，第 20 集团军数万官兵血战 40 天，夺取了高黎贡山战役的最后胜利。近万名远征军将士用鲜血和生命，拉开了日军在中国战场彻底失败的序幕！

思逸颂歌

走进周庄

周庄，是一个有着1700多年历史的江南水乡小镇，古朴灵秀。只要看一眼，就会让你魂牵梦绕，久久难以忘怀。

今有幸走进周庄，朋友问我感觉如何？我告诉他：如痴如醉，如梦如幻。

是的，周庄令我着迷，让我流连忘返。

周庄是一首诗,既古朴又抒情。古老的街巷中，石板路吟诵着沧桑的历史。在这里，你可以感受到中国传统文化底蕴的丰厚，可以领略到江南地灵人杰的实在。在传世的民居里，从民俗民风中，你可以体会到人间亲情的纯朴和浓郁，可以解读到生活的清逸和浪漫。古色古香中，可以寻觅到圣贤的足迹和墨宝，可以感悟到生命的价值和意义……这里的每一条河、每一座桥、每一条街、每一幢房，都承载着文化，都抒发着情怀。它们抑扬顿挫，让人畅想，令人激动，在千秋岁月中和谐着平平仄仄。

周庄是一幅画，既清秀又维妙。河道纵横，小桥接肩而立，房子与水相伴；河边亭塔互映，柳枝曼摇轻舞；街巷杜鹃火红，人市两旺；河中扁舟轻荡，叫卖声声……使小镇更显得生动活泼。阳光下

的粉墙黛瓦，高低错落，倒映在河中，如同两个古城：一个在地上，一个在水中。弯弯的路连着弯弯的桥，弯弯的桥跨着弯弯的河，银月如钩挂在天上，悄悄地照亮水上人家。天地相映成趣，人物动静相宜，构成了永不褪色的水墨丹青。

周庄是一首歌，既优美又流畅。小河流淌，日日唱着平安曲；夜风轻吹，天天吟着康乐调。小城如行云流水，令人赏心悦目；小河像抒情的歌谣，让人情悦神怡。月色里，蛙蝉欢唱；晨光中，百鸟鸣叫。舒缓动人的歌声，在这儿世代传颂。信步小街，漫游水巷，串串笑声像跳动的音符，吟诵着生活的滋润和吉祥。桨声灯影，说笑弹唱，人与自然和谐律动，生活和生命的交响曲在天地间和弦，引导着昨天和今天走向远方。

周庄是一杯酒，既浓烈又醇厚。这里浓浓的亲情，厚重的文化，使你倍感生活的甜美。周庄的人是美的，周庄的水是美的，周庄的路是美的，周庄的桥是美的……小镇的一切都很美很美。它所蕴藏的传统的美、古典的美，厚重的美，美得让人着迷，美得让人心醉。走进周庄，如同品尝久酿的珍品，清醇甘冽，回味绵长。在这里细细地品味，使人有微醺的轻盈，有欲仙的快感，有千杯嫌少的豪迈。如果你尽情畅饮，驻足越久则爱得越烈，醉得越深。人在周庄，如痴如醉，似神似仙。

思逸颂歌

周庄是一本书，厚厚的、重重的；

周庄是一杯茶，清清的、淡淡的；

周庄是一朵花，香香的、妍妍的；

……

周庄是华夏的瑰宝，是我心中永远的留恋。

1997 年 5 月 12 日
作于周庄小河边

后记：

在离开周庄的时候，朋友们告诉我：当地政府已向联合国教科文组织正式提出申请，将周庄、乌镇、西塘等千年古镇，一并列入《世界文化遗产名录》。

我衷心祝福它能够如愿！我相信它也一定会如愿！

耕云种月

金磊夫诗词集

登香山

四月，在这个充满活力的季节，我们来到香山。

看那蓝天白云，绿草黄花，听那鸟语轻风，溪流欢唱。这时的香山，时时处处流淌着超凡的清新和快意。人与大自然相处，会感到一种倾心的真诚，一种怡爽的甘甜。

站在香山脚下，迎面崇山峻岭，它的魁伟显出无穷神力，它的感召力使人们愿与山为伴。和它在一起，能够使人生发出跃上葱茏的激动。此时，步云漫游天街的豪情油然而生。大家抑制不住登山的渴望，沿着小径，登着岩隙，拽着树枝，互相牵拉着向上攀援。一路有惊无险，有苦有甜。汗水写在脸上，笑声洒满征程。

不必细数每一个台阶，那会带上记忆的负荷；卸掉肩上包袱，让脚步轻松洒脱。登山的过程，其实是一次生命的顿悟。看峰回路转，左盘右旋，宛如追求的曲折和奋进的艰难。看沟壑纵横，峭壁林立，方感知辉煌来自于对失落的不屈和坦然。

会当凌绝顶，脚踏"鬼见愁"，手拂白云，极目远眺，尽情地体会"无限风光在险峰"的感受。只见山峦叠嶂，溪水潺涓，万物竞秀。在这如诗

如画的景色中,会更深地理解"海纳百川有容乃大,壁立千仞无欲则刚"的哲理是那样深沉和厚重。"一览众山小",这是经历多少跌宕起伏才拥有的境界。乐于进取,体验成功,旅途的坎坎坷坷显得微不足道。

驻足山巅,敞开胸襟,展开思绪的翅膀,任凭它在广阔的时空中自由翱翔。山顶的岩石,经酷暑,历严寒,岁月蹉跎,仍傲苍穹而立;壁隙上的松柏,饱受世道沧桑,任雷打霜欺,依然郁郁葱葱;路边的小草,挥舞新绿,使人想起"野火烧不尽,春风吹又生"的赞美;烂漫的山花,在风雨洗礼之后,更显出勃勃生机……感谢山间这些生灵万物,它们让人感悟到自立、自尊、自强的真谛,它们跳动着爱的力量,它们展示着生命不止,追求不息。

在大山中遨游,全身心地感受自然。和树对话,与风倾谈,看白云舞春晖,碧水托映"琉璃塔";听小溪诉衷情,神州绝唱"御苑"曲;离宫巍峨,古刹凝重,杏桃娇妍。不知不觉,人早已在画中,画在心中了。一路上,风化心中梦,道路随我开。当人与大自然融为一体时,可以长智、长识、长胆、长志。

我崇敬大山的性格。笑江涛在脚下汹涌,迎雷电在头上劈打,不怕风狂雨骤,不惧冰封雪压,任凭斗转星移,岿然不动,巍然屹立,拔地擎天。

　　我喜欢登山的情趣。志在顶峰，不懈攀登是一种享受，一种身心锻炼。每一步都会有全新的感觉，每一个台阶都会使你进入新的境界，每滴汗水都会给你心朗身爽的爱恋。回归自然，把浓浓的情、深深的爱，镶入七彩世界，融入万物之中。

　　登山，就是在读书。这里有生命的宣言，有创造的追述，有文明的积淀。每阵山风都是动人的旋律，每块石头都是不朽的诗篇。它没有注释，没有解说，感受它全凭一种大彻大悟的灵性和纯朴的实践。读懂了这本书，顿觉自己也幻化成了一片云霞，一条小溪，一座山峦……

　　自然无限，爱也无限。

　　　　　　　　　　1996 年 4 月 28 日夜於北京

思逸颂歌

小汤山温泉赋

京北卧燕山，此地多温泉。琼浆玉液腾精气，拥在绿水青山间。清新供天地，蔚为大自然。

不辞千寻之苦，投身一泓温泉。沸水蒸腾，氤氲拂面，如梦如幻，欲醉欲仙。神女恋幽境，汤池汇大川；地下烁朱火，沙傍放素烟。热浪朝明月，涌泉向空天。

任头上气雾缭绕，凭脚下激浪涌翻，让沸水洗尽铅华，唤春风沐浴心田。如入奇境，曼妙美幻，只觉身飘意然。不是神仙，胜似神仙，超凡脱俗，竟在此刻间。

红尘弥漫，物欲横流，世俗不堪。难得地心情暖，千秋不改，万代不变。上善若此水，亲临方感然。不是桃园，胜似桃园，神追幻化，乃贞怡心见。

美哉，天造地设胜华清，涓涓玉液唤大千；悠哉，人间瑶池任销魂，四季琼浆浴神仙；乐哉，宛如仙境多春色，福泽黎民逾千年。

1995 年 10 月 2 日
作于京郊小汤山

耕云种月

金磊夫诗词集

浅说东坡赤壁

这里说的"东坡赤壁",乃黄州赤壁,亦称"文赤壁",位于湖北黄冈市的黄州区。据《黄府州志》记载:"崖石屹立如壁,其色赤,亦称赤壁。"北宋元丰三年(公元1080年),著名文学家苏轼被贬黄州,在这里生活了四年零两个月,期间创作了诗歌约220首、词66首、赋3篇以及众多文学作品。这段时间也是他文学创作的辉煌时期。

据查,我国称做"赤壁"的地方共有五处,都集中于湖北江汉一带,分别在今天黄州、武昌、蒲沂、汉阳、汉州。

三国时期著名的"赤壁之战",使得位于蒲沂的古战场赤壁流传千古。因此,蒲沂赤壁被称做"武赤壁"。还有一处与之齐名,被称为"文赤壁",又称"东坡赤壁"的地方,这便是黄州赤壁。黄州赤壁因北宋大文学家苏轼在此写下了流传百世的《赤壁赋》《后赤壁赋》《念奴娇·赤壁怀古》"两赋一词",而使这里名声大振。

从武汉顺长江下行约60公里,便到了古朴而又美丽的黄州。在黄州城北的长江边上,有座长不足半里的小山,形状如同鼻子,颜色褚赤,故称为

"赤鼻山"，后又改称"赤壁山"。

苏轼（公元 1037—1101 年），宋，眉州眉山（今四川省）人。字子瞻，号东坡居士、铁冠道人，世称苏东坡。嘉祐二年进士及第，熙宁中因上书力言王安石新法之弊被贬，出为杭州通判。元丰三年（1080 年），被贬为黄州团练副使。哲宗即位后，知登州。元祐二年知杭州，六年知颍州，徒扬州。元祐七年以兵部尚书被召回京，后改任礼部尚书兼端明殿翰林、侍读两学士。1094 年再被贬惠州；1097 年，第三次被贬儋州。将苏轼一贬再贬的皇帝宋哲宗，童年的老师正是苏轼。宋徽宗时苏轼获大赦北还，途中于元符四年卒于常州。苏轼其文纵横恣肆，诗与黄庭坚并称，词辟辛弃疾先路，画乃一代名师。

苏轼爱黄州，更爱赤壁。据载，他在黄州期间，至少有 13 次到赤壁游览。

根据史记：苏轼被贬黄州后，生活非常困窘，经友人帮忙，州府将在东坡的 50 亩荒芜的军营地划给苏轼。从此，苏轼躬耕黄州东坡，遂自号"东坡居士"。他酷爱黄州赤壁，在相隔不到三个月的时间里，苏轼在此先后写下了我国文学史上的千古佳作。黄州赤壁因此而名声鹊起，并被后人誉为湖北"五赤壁之冠"。又因赤壁与苏轼"东坡居士"的大号连在一起，更使《东坡赤壁》名扬中外，流

耕云种月

金磊夫诗词集

传至今。

清康熙年间，黄州知府郭朝祚为黄州赤壁大门题额："东坡赤壁"，就是现在黄州悬挂的这块匾额。

东坡赤壁由此而来。

1994 年 7 月 18 日
於湖北黄冈市

思逸颂歌

何为夫妻

何为夫妻？

夫妻是一男一女，坠入爱河，缔结婚约，决定嫁，真心实意；决定娶，万分珍惜。一生一世一起走，白头到老不分离。

何为夫妻？

夫妻是一山一水，山水共情，相守相依，你陪伴着我，我依偎着你，相映美，共风雨。相濡以沫，不离不弃。

何为夫妻？

夫妻是一天一地，厚德载物，自强不息。华丽着大千世界，感动着斗转星移，流年笑掷，未来可期。

何为夫妻？

夫妻是我和你，共同建设一个新的天地，养育着骨血，传承着美德，创造着幸福，经营着甜蜜。

何为夫妻？

夫妻是你帮助我，我帮助你，困难时心贴心，幸福时在一起，相濡以沫，风雨共济，生死相依。

何为夫妻？

夫妻是互相欣赏，互相尊重，互相包容，互相礼遇。

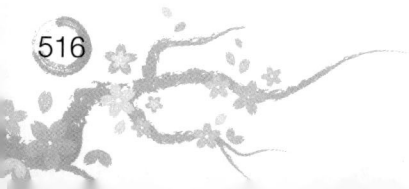

夫妻是人类最美好的生存形态；夫妻，是这个世界上互为最爱的知己；夫妻，值得用生命呵护，更要用一生珍惜！

1993年8月2日夜
於北京安定路5号院

思逸颂歌

517

怀念父亲

　　父亲金野，1925年10月16日生于吉林省海龙县海龙镇。毕业于东丰师道。1945年参加革命，先后在四野"松江支队"（当时，东北民主联军直属文工团、东北通讯社、东北日报社、东北鲁迅艺术学校等单位统编为松江支队）、东北民主联军直属文艺二团、四野三纵队九师、独立四师从事战地宣传工作。枪林弹雨中，他舍生忘死，驰骋在长白山与黑龙江之间这片热土上。他参加了新开岭战斗、四平保卫战、临江保卫战、三下江南、解放长春，以及辽沈战役等许多战斗，立大功一次，小功两次，为新中国的诞生，建立了不朽的功勋。

　　东北全境解放后，1949年1月他服从组织决定，为兴教强国从部队转业到地方，先后任梅河口中心小学校长、海龙县第一中学、第四中学两校首任教导主任等领导职务。从此把一生献给了新中国的教育事业。他心胸坦荡，为人磊落，处事刚正，虽多次蒙冤受难，仍坚守初心，秉性不改，赢得了人们的敬重。他关爱学子，乐善好施，扶贫济困，用心血培育了无数栋梁，用真诚结交了众多挚友。他言传身教，慈祥宽厚，用美德教化了我们、培养了一代又一代年轻人。

　　父亲1982年离休，1992年6月22日去世。

　　特作此长联，敬献给亲爱的父亲。

　　少年大志，投笔从戎，献身革命南征北战。保临江、夺四平、下江南，大智大勇奇功屡建；松江支队，文艺轻骑，露宿风餐，编演"白毛女""抓壮丁"，深入阵前敌后，唤起民众同心干；战顽敌、剿恶匪、

搞土改，足迹踏遍黑水白山；笑洒热血，甘舍性命，披肝沥胆从不悔，英雄豪杰，打下锦绣江山。

科教兴国，终生宏愿，耕耘讲坛老兵新传。扶贫困、济学子，传美德，乐业敬群堪称典范；真话实说，不媚权势，曲直明辨，冤为"大右派""走资派"，身陷风口浪尖，铮铮硬骨挽狂澜；扬正气、重情谊、弃前嫌，美德传遍塞北江南；秉性刚直，丹心可鉴，鞠躬尽瘁育桃李，千秋师表，赢得天地颂赞。

1992 年 6 月 22 日

敬献于长春

后记：

最近，由吉林教育音像出版社出版的《军旗的荣光》一书，比较详细地记述了父亲和无数革命前辈、先烈，为东北的解放，为新中国的诞生，纵横驰骋，浴血奋战的史实和光辉业绩。正是他们用鲜血和生命谱写了一部部气壮山河的英雄史诗，铸就了永不褪色的精神丰碑，换来如今的太平盛世和红旗上的无上荣光。

"一个有希望的民族，不能没有英雄"。在一个民族的精神谱系中，英雄是最醒目的标识；在一个国家的道德天空上，英雄是最璀璨的星辰。继承先辈遗志，弘扬革命精神，传承红色基因，凝聚复兴能量，是我们的责任。

愿荣光不灭，精神长存！

2019 年 9 月 30 日夜於北京

思逸颂歌

小蜜蜂与花蝴蝶

鲜花盛开的季节，大自然美极了。

小蜜蜂珍惜大好时光，酷爱这似锦般的天地，伴着歌声在百花丛中辛勤、愉快地工作着、生活着。她一会儿也不肯停下来，不愿意浪费这大好时光。小蜜蜂用劳动创造财富，报答这金子般的光阴。她工作得那样勤奋，那样愉快。红的花、白的花、黄的花、蓝的花……在这七彩缤纷的世界里，到处留下了她勤劳的身影和甜蜜的歌声。

花儿高兴得尽情地吐着芬芳，争把新蕊献给这神圣的小天使。小蜜蜂热情地担当着万紫千红的传播者和甜蜜事业的创造者。她把自己全部精力和有限的生命，毫无保留地都献给了这个美好的事业，献给了这个大千世界。她总是要求自己做的多些、再多些。小蜜蜂的勤劳和奉献精神赢得了光荣和尊敬，也收获了甜蜜和欢乐。

小蜜蜂的邻居，是个胖胖的花蝴蝶。它无所事事，每一天都在挥霍着光阴。你看它傲慢地翻飞着，不停地卖弄着华丽的翅膀，显示着自己的"尊贵"和"漂亮"。花蝴蝶眼里，自己简直高尚无比，简直伟大得不得了。心里总想着：就凭咱这副"尊容"

用不着干什么事，有了这"得意"甚至可以"忘形"的美丽，等于有了一切，这就是生存的本钱。凭这个"天资"，就要尽情地吃、喝、玩、乐，这就是自己的"事业"。胖蝴蝶不想为赖以生息的世间做点什么，也从不为自己的碌碌无为感到哪怕是半点的羞愧。它有时也在花丛中飞来飞去，但不是与小蜜蜂一起劳动，而是不停地鼓噪它那套悖论，"小蜜蜂活得太傻，讲奉献该着挨累"。它不遗余力地标榜自己："这个世界上我最漂亮""天底下我最潇洒……"它翻腾着、演讲着、忙活着，极力在为自己寻找知音和拥护者。它也显得很忙，但却无论如何也找不到一个同盟，找不到半个追随者。有时花蝴蝶急了，把兜风的翅膀抖得更勤、更快。它对着花儿，对着蓝天，对着大地，自我解嘲地高声唱着：你们不懂我的心，这个世界上，唯有我最可爱……

花儿对它摇着头，风儿对它叹着气。它们不欢迎轻浮的花蝴蝶，不喜欢它的这种生活态度，都欣赏小蜜蜂，盼望着小蜜蜂的到来。

生活得充实一些吧，花蝴蝶！那样对你自己、对这个世界才有意义。

1990 年 6 月 9 日
写于长春台儿庄

思逸颂歌

赞小草

"没有花香，没有树高，我是一棵无人知道的小草……"这是小草不卑不亢的自白。

小草平凡无奇，没有多少人赞美她。而我却偏爱小草。

她不像鲜花那样张扬，也不像大树那样招摇。一年四季，循环往复，小草总是默默无闻，与世无争，按照自己的方式生活。她生得坦坦然然，活得有滋有味，做得有规有律。

我爱小草带来了春天，我爱小草绚丽了夏日，我爱小草丰富了秋季，我爱小草不畏严寒，是小草给这个世界带来了勃勃生机和无限活力。

深秋，凉风吹走了夏日里争辉斗艳的花瓣，扫光了曾在枝头大摇大摆的树叶。小草悄悄地隐去，紧紧地拥抱着大地，把根深深扎在地下。这时的小草，没有谁在意她的存在，

冬天里，任天寒地冻，任冰封雪欺，她不怨不弃，努力积蓄能量，蓄势待发。

待到残冬过去，冰雪消融。小草最先醒来，她用稚嫩呼唤春天，用生命尽染大地，用遍及天涯海角的群体力量和不屈不挠的顽强，续写着绿色年华和自强不息。

"野火烧不尽，春风吹又生"的小草，能够豁达地活着，坦然地活着，快乐地活着，源于她对大地的爱，源自她对阳光雨露的追求和对生命的渴望。

在喧嚣浮华的世上，她甘守寂寞，安于平淡，乐于沉静，低调地生活。她以柔弱之躯，做自己能做的一切，奉献着能奉献的所有。

小草真的不平凡。她给人们带来希望，给大自然带来色彩，给世界带来活力，却没有任何诉求，从不要任何回报。

　　我爱小草，爱小草的自立，爱小草的奋发，爱小草的坚强，爱小草的生生不息……

　　　　　　无际小草自葱茏，
　　　　　　经署历寒总从容。
　　　　　　秋水碧天年年盛，
　　　　　　春风化雨岁岁荣。

　　　　　　1986 年 3 月 9 日
　　　　　　写于长春南岭

思逸颂歌

523

礁石与浪花

很久很久以前，有一对生活在大海中的夫妻，丈夫名字叫礁石，妻子名字叫浪花。这对夫妻在一起，总是你推我搡，天天吵架，任凭谁也劝不好它们。

礁石有很强的个性，不但懒惰，而且自高自大，总认为是自己撑起了天空，与谁相处都特别生硬，浑身都是棱角。他海中一站，"老子天下第一"，傲气冲天，自命不凡并常常以此炫耀。

妻子浪花很深沉，她内向、温柔，兼容性很强，从来不火火爆爆。浪花决心帮助丈夫改正毛病，使他能够正确认识自己，善意地对待别人，平和地与世相处。同时，也期盼夫妻间能相濡以沫，活得快快乐乐，活得地久天长。

浪花认准的事从不放弃，不管多难、多艰辛，她都不会动摇。持之以恒是她始终坚守的信念，认真做好每一件事是她不变的性格。日复一日地与丈夫倾心交谈，千回百转地与丈夫沟通磨合。时时从自己做起，从每一天做起，从每一件事做起。耐心的帮助、温存的体贴、真诚的感召……她用特有的情怀和不懈的努力，终于实现了美好的愿望。

丈夫变了，丈夫真的变了。礁石变得圆润随和，

再没有了从前那种傲气，也没有了让人望而生畏的棱角。他用坚实的臂膀为浪花遮风挡雨，他用宽阔的胸怀拥抱太阳，他把灯塔高高地扛在肩上……他担当起了所有能尽的责任。

现在，礁石和浪花相亲相爱形影不离，他们的生活变得和谐和美，成为这个世界上最美满的夫妻，最幸福的家庭。

你看：礁石与浪花千百次的接吻，浪花与礁石亿万次的拥抱。真让人赞叹和羡慕！

1984 年 6 月 13 日
写于青岛胶州湾

思逸颂歌

和月亮的悄悄话

夜，静极了。

没有了人来人往，没有了喧哗、没有了灯光……只有夜风在轻轻地唱着歌。

我仰卧在松软的沙滩上，尽情享受着"哈尔滨之夏"让人惬意的深夜。清新的江风掀动着我的衣角，又爽爽地带走八月的燥热。

江水好像懂得我的心事，不声不响地在我脚下流过。只有调皮的星星在偷听我和月亮的悄悄话。

皎洁的月亮对我敞开心扉，把真情话悄悄述说："人间真美，美得使天堂都逊色。"

"那当然，神州儿女叱咤风云，改天换地，巧手安排锦绣山河，看稻浪千重，钢花竞放，巨轮远洋，卫星航天，华夏福泽。"我自豪地对月亮说。

"欢迎您到人间来做客，看看人间的新景象，瞧瞧中国人的好日子，畅游华夏的好山河。"

月亮高兴得脸发胀，忙不迭往云里躲。

"嗨，与你有话没说完，怎么忽地丢下我？"我对月亮大声说。

月亮露出半边脸，笑着认真对我说：

耕云种月

金磊夫诗词集

　　"朋友，咱们一言为定。待到二○○○年，你驾飞船来接我。"

　　好！君子无戏言，共盼那一刻。

　　我提醒月亮："喂，到时千万别忘了，请你带上吴刚和嫦娥……"

1979年8月9日深夜
於哈尔滨松花江边

思逸颂歌

527

《耕云种月——金磊夫诗词集》
后记

　　《耕云种月——金磊夫诗词集》出版，我刚好七十周岁。

　　半个多世纪以来，坚持利用业余时间幽情逸韵地咬文嚼字，挥笔习作，并且乐此不疲。这种对文学、对诗词放不下、舍不得、忘不了的情结，也算得上痴迷。笔耕不辍的动力源于对祖国优秀传统文化的热爱，对神州江山的眷恋，对美好生活的憧憬和对文学的爱好。

　　五十多年里，经历了三年自然灾害、"文化大革命"、上山下乡、工农兵上大学，特别是改革开放和全面建成小康社会，看到了国家日新月异的变化和致力于中华民族伟大复兴的历史进程，以及在这个过程中涌现的新事物、新气象和可歌可泣的时代英雄，这些为我的诗词创作提供了取之不尽的素材。正是"文章均得江山助，人杰地灵入卷来"。

　　神州万里，江山锦绣。泱泱华夏五千年，历史

厚重，人文荟萃，天宝物华。新中国成立以后，尤其是改革开放以来，我国发生了翻天覆地的巨变。出生在这样一个文明灿烂的国度，生活在这样伟大变革的时代，我引以为自豪。传承中华文明，为波澜壮阔的中国文学瀚海增添一朵浪花，是吾辈应尽的责任。

于何本之？于何原之？于何用之？就是要努力创作符合史实、符合社会发展、符合国家利益、符合大众诉求的时代作品。孔子曾说过："质胜文则野，文胜质则史。文质彬彬，然后君子。"这里的质，是人类朴素的本质，也是文学的本体，可以理解为是作品的质量；这里所说的文，是指文化的积累及文化的修养，是文明的具体呈现，可以理解为是作品蕴含的精神文化气息；这里要求的"文质彬彬"，即文化的发展、个人修养要与人类的本质、社会的发展相适应、相协调。作为文学爱好者，努力创作好的作品，热情讴歌伟大时代，积极推动社会进步，不断丰富文学宝库，才无愧于炎黄子孙。

王蒙先生说得好，只有既喜欢文学更热爱生活，并能从生活中直接获得灵感、启悟、经验与刺激，从生活中汲取智慧、情趣、形象与语言的人，才能

思逸颂歌

创造出优秀的文学作品。生活是诗词创作的唯一源泉，在这方面，我有深刻的体会，"五十余年妄学诗，工夫深处独心知。经岁挥笔寒灯下，始是金丹换骨时。"欲学诗，功夫在诗外！

"天籁自鸣天趣足，好诗不过近人情"，一语天然万古新，豪华落尽见真淳。如果《耕云种月——金磊夫诗词集》能在读者心底引发一点点波澜、一点点思索、一点点共鸣，乃笔者初心，我会因此感到莫大的慰藉。

……

回首过往，感慨万千。非常感谢我的各位老师和各位领导，是你们把我教育、培养、锻炼成一个做人磊落、做事勤奋的国家机关干部；特别感谢周嘉楠、张训毅、董贻正三位先生和赵炜阿姨，你们是我人生的伯乐，终生难忘。

感谢我所有的老同学、老同事、老朋友们，是你们的相扶相助、激励和陪伴，使我能够不断成长、进步，愉快地走到今天。

感谢父母对我的养育之恩和言传身教，感谢妻子和弟弟、妹妹及所有的亲人们，对我无微不至的关心照顾和全力支持。

借此，还要特别感谢中宣部原副部长、中央精神文明委办公室主任、中国文联党组书记、中国文联副主席胡振民先生为本书题写书名；特别感谢中央文史研究馆馆员、《光明日报》原副总编辑、国务院参事室新闻顾问赵德润先生和企业家日报社党委副书记李丙驹先生为本书作序。

由衷感谢《诗刊》杂志社原副总编辑、鲁迅文学院常务副院长雷抒雁先生，华光书画院副院长爱新觉罗·兆瑞先生，军旅书画家于凉将军，中华诗词学会原常务副会长、《中华诗词》杂志社社长、著名诗人、书法家梁东先生，冶金工业出版社原党委书记、社长曹胜利先生，国创书院院长、梁代书法艺术馆馆长梁代博士和著名书画家王岐、路德怀、何涛、张思科、赵人勤、胡瀚林、战国权、孔祥美、康国栋等各位先生为本书题字。

感谢冶金工业出版社对本书出版的大力支持和为此所做的辛勤工作。

亲爱的读者和各位朋友，我们下本书再见！

2022 年 6 月 14 日於北京

思逸颂歌

531